Erfenis

Nora Roberts bij Boekerij:

Het eiland van de drie zusters-trilogie
1 *Dansen op lucht*
2 *Hemel en aarde*
3 *Spelen met vuur*

Ierse trilogie
1 *Meer dan liefde*
2 *Gesloten hart*
3 *Vergeet haar niet*

Teken van Zeven-trilogie
1 *Verbonden door het lot*
2 *Op zoek naar de bron*
3 *De kracht van het hart*

Sterren-trilogie
1 *Een ster van vuur*
2 *De baai der zuchten*
3 *Het glazen eiland*

Cirkel-trilogie
1 *De cirkel van zes*
2 *Dans van de goden*
3 *De stille vallei*

Dromen (*Templeton*-trilogie)
1 *Verover je droom*
2 *Koester je droom*
3 *Vind je droom*

Drie dochters (*Concannon*-trilogie)
1 *Geboren in vuur*
2 *Geboren in ijs*
3 *Geboren in schande*

De bron-trilogie
1 *Het begin*
2 *Vanuit het duister*
3 *De komst van de kracht*

Bruiden-kwartet
1 *Dromen in beeld*
2 *Armen vol rozen*
3 *Proeven van liefde*
4 *Geluk als besluit*

De *Boonsboro Inn*-trilogie
1 *Voor nu en altijd*
2 *De eerste en laatste*
3 *Alles voor elkaar*

Drakenhart-trilogie
1 *Ontwaken*

De villa
Droomwereld
Het eind van de rivier
Nachtmuziek
De schuilplaats
Thuishaven
Begraaf het verleden
Geboorterecht
Het noorderlicht
De gloed van vuur
Een nieuw begin
Het heetst van de dag
Eerbetoon
Vastberaden
De zoektocht
Vuurdoop
De ooggetuige
Het strandhuis
De schilder
Geliefde illusie
Terug naar huis
De obsessie
Publiek geheim
Bij zonsondergang
Weet je nog?
Kijk niet terug
Onderstromen

Op de vlucht
Erfenis

Nora Roberts als J.D. Robb bij Boekerij:

Thrillers:
Vermoord naakt
Vermoorde reputaties
Vermoorde schoonheid
Vermoord in extase
Plechtig vermoord
Vermoord uit wraak
Vermoorde liefde
Vermoorde harten
Explosief vermoord
Vermoorde getuige
Rechtvaardig vermoord
Verraad
Verleiding
Hereniging
Waanzin
Vergeten verleden
Berucht
Perfectie
Visioen
Overlever

E-booknovelles:
Bij nacht vermoord
Vermoorde vaders
Vermoord fantoom
Bloedig vermoord
Ritueel vermoord
Vermoord en vermist

www.noraroberts.com
boekerij.nl

Nora Roberts

Erfenis

Een moeder en dochter moeten samen hun traumatische verleden verwerken – en het gevaar voorblijven

ISBN 978-90-225-9237-3
ISBN 978-94-023-1631-5 (e-book)
NUR 302

Oorspronkelijke titel: *Legacy*
Vertaling: Iris Bol en Marcel Rouwé
Omslagontwerp: © Johannes Wiebel | Punchdesign, München
Omslagbeeld: © Shutterstock
Zetwerk: Mat-Zet bv, Huizen

Voor mijn kinderen en hun kinderen.
En voor allen die na hen komen.

DEEL 1

Ambities

Het vermogen tot goeddoen
is het ware en wettige doel van streven.

Sir Francis Bacon

1

Georgetown

De eerste keer dat Adrian Rizzo haar vader ontmoette, probeerde hij haar te vermoorden.

Op haar zevende bestond haar wereld voornamelijk uit beweging. Meestal woonden haar moeder en zij in New York, samen met Mimi, die voor hen allebei zorgde. Maar soms verbleven ze een paar weken in Los Angeles, Chicago of Miami.

En elke zomer mocht ze minstens twee weken bij haar grootouders in Maryland logeren. Dat vond ze het allerfijnste, want popi en nonna hadden honden, een grote tuin om in te spelen en een autoband waar je op kon schommelen en aan kon slingeren.

Als ze in Manhattan woonden, ging ze naar school en dat vond ze prima. Ze zat ook op ballet en turnen en dat was allebei echt véél leuker dan school.

Wanneer ze op reis moesten voor haar moeders werk gaf Mimi haar thuisonderwijs, want ze moest nou eenmaal leren. Mimi zorgde er altijd voor dat ze ook leerde over de steden waar ze verbleven. Aangezien ze nu een hele maand in Washington D.C. doorbrachten, bestond een deel van het thuisonderwijs uit het bezichtigen van de monumenten, een rondleiding door het Witte Huis en een bezoek aan het Smithsonian Institute.

Soms mocht ze meedoen met haar moeder en dat vond ze heel leuk. Elke keer dat ze mocht figureren in een van haar moeders fitnessvideo's moest ze een nieuwe oefening leren, zoals een danswork-out of yogahoudingen.

Ze hield van leren en ze hield van dansen.

Op haar vijfde maakte ze samen met haar moeder een video die specifiek op kinderen en gezinnen was gericht. Een yogavideo, want tenslotte was zíj de baby in Yoga Baby, zoals het bedrijf van haar moeder heette.

Ze was trots en blij toen haar moeder zei dat ze nog een keer zo'n video zouden maken. Misschien als ze tien was, om die leeftijdsgroep te bereiken.

Haar moeder wist alles over leeftijdsgroepen, demografie en dat soort dingen. Daar hoorde Adrian haar vaak over praten met haar manager en haar producenten. Haar moeder had ook heel veel verstand van fitness, van de verbinding tussen geest en lichaam, voeding, meditatie en al dat soort dingen meer.

Maar koken kon haar moeder niet, althans niet zo goed als popi en nonna, die een restaurant hadden. En ze hield niet van spelletjes, zoals Mimi, omdat ze het altijd heel druk had met haar carrière. Haar moeder had heel veel vergaderingen, repetities en strategiebesprekingen. En ze had heel vaak publieke optredens of ze moest interviews geven.

Al was Adrian pas zeven, ze besefte heel goed dat Lina Rizzo weinig kaas had gegeten van het moederschap. Maar ze vond het nooit erg als Adrian met haar make-up speelde, zolang ze na afloop alles maar netjes teruglegde. En wanneer ze samen een nieuwe oefening repeteerden en Adrian fouten maakte, werd ze nooit kwaad.

Het mooist van alles was dat ze na afloop van deze trip, als haar moeder klaar was met de nieuwe video en alle vergaderingen en besprekingen, niet terug zouden vliegen naar New York, maar in de auto zouden stappen om een lang weekend bij haar grootouders te gaan logeren.

Ze was van plan om haar moeder over te halen daar een hele week van te maken, maar voorlopig zat ze in de deuropening en keek ze naar haar moeder, die bezig was met de choreografie voor een nieuwe oefening.

Lina had specifiek dit huis voor een maand gehuurd omdat het een fitnessruimte met spiegelwanden had, wat voor haar even belangrijk was als het aantal slaapkamers.

Haar moeder deed squats, lunges, knielifts en burpees. Adrian kende alle namen. En Lina praatte tegen de spiegel – haar kijkers – terwijl ze hun instructies gaf en aanmoedigde.

Soms zei haar moeder een stout woord en begon ze een gedeelte van voren af aan.

Adrian vond haar moeder mooi, als een bezwete prinses, ook al had ze nu geen make-up op omdat er geen andere mensen of camera's in de buurt waren. Haar moeder had groene ogen, net als nonna, en haar huid zag eruit alsof ze in de zon had gelegen, ook al deed ze dat nooit. Haar haren, die nu met een scrunchie in een staart waren gebonden, hadden dezelfde bruine kleur als de warme, heerlijk ruikende kastanjes die je rond de kerst in een zak kon kopen.

Haar moeder was lang, maar niet zo lang als popi, en Adrian hoopte dat zij later net zo lang zou worden.

Haar moeder droeg een strakke korte broek en een sportbeha, maar voor haar video's of andere optredens droeg ze nooit iets wat zo veel blote huid liet zien, want ze zei dat dat niet stijlvol was.

Aangezien Adrian was geleerd om haar geestelijke en lichamelijke gezondheid in acht te nemen, wist ze heel goed dat haar moeder gezond, gespierd en geweldig was.

Mompelend in zichzelf liep Lina naar haar computer om, zoals Adrian wist, wat verbeteringen aan te brengen in de opzet van de video. Deze video zou uit drie delen van een halfuur bestaan – conditietraining, krachttraining en yoga – met als bonus een work-out van een kwartier voor het hele lichaam.

Lina pakte een handdoek om haar gezicht mee te deppen en zag ineens haar dochter zitten. 'Verdorie, Adrian! Je liet me schrikken. Ik wist niet dat je daar was. Waar is Mimi?'

'In de keuken. Vanavond eten we kip met rijst en asperges.'

'Lekker. Waarom ga je haar niet even helpen? Ik moet eerst nog even douchen.'

'Waarom ben je boos?'

'Dat ben ik niet.'

'Je was boos toen je Harry aan de telefoon had. Je schreeuwde dat jij het aan niemand had verteld en zeker niet aan een – toen zei je een heel stout woord – roddelbladjournalist.'

Lina rukte de scrunchie uit haar haar zoals ze altijd deed wanneer ze hoofdpijn had. 'Je mag geen privégesprekken afluisteren.'

'Dat deed ik ook niet. Ik hoorde het gewoon. Ben je boos op Harry?' Adrian vond de publiciteitsagent van haar moeder heel aardig. Hij stopte haar kleine zakjes M&M's of Skittles toe en hij vertelde leuke grapjes.

'Nee, ik ben niet boos op Harry. Toe, ga Mimi helpen. Zeg maar dat ik over een halfuurtje beneden ben.'

Ze was echt wel kwaad geweest, dacht Adrian toen haar moeder wegliep. Misschien niet op Harry, maar in elk geval op iemand, want ze had een hoop fouten gemaakt tijdens de repetitie en ze had een hoop stoute woorden gezegd.

Haar moeder maakte bijna nooit fouten. Of misschien had ze gewoon hoofdpijn. Mimi zei dat mensen soms hoofdpijn kregen als ze zich te veel zorgen maakten.

Adrian stond op. Maar omdat helpen met koken saai was, liep ze de fitnessruimte in en ging voor de spiegelwand staan. Ze was groot voor haar leeftijd en ze had krullend haar, dat even zwart was als dat van haar opa vroeger was geweest. Die krullen probeerden te ontsnappen aan een groene scrunchie. Haar ogen neigden te veel naar goudkleurig om echt groen genoemd te kunnen worden zoals die van haar moeder, maar ze hoopte dat dat nog zou veranderen.

In haar roze short en gebloemde T-shirt nam ze een pose aan. En terwijl ze in gedachten muziek aan zette, begon ze te dansen.

Ze was dol op ballet- én turnles wanneer ze in New York waren, maar nu beeldde ze zich in dat ze een les gaf, in plaats van er een volgde. Ze draaide, schopte, deed een handstandoverslag en een paar keer een spagaat. Kruispas, salsa, sprong! De choreografie verzon ze ter plekke.

Zo vermaakte ze zich twintig minuten. De laatste onschuldige twintig minuten van haar leven.

Toen drukte iemand op de zoemer van de voordeur en hield die ingedrukt. Die zoemer klonk boos, en ze zou het geluid nooit meer vergeten.

Zij mocht de voordeur niet opendoen, maar daarom kon ze toch wel even een kijkje nemen? Dus slenterde ze naar de woonkamer en liep daarna de gang in terwijl Mimi vanuit de keuken de gang in marcheerde.

Onder het lopen droogde Mimi haar handen af aan een felrode theedoek. 'Allemachtig! Wat is er zo dringend?' Ze rolde met haar donkerbruine ogen naar Adrian en propte de theedoek toen achter de band van haar spijkerbroek. Mimi, een kleine vrouw met een krachtige stem, schreeuwde: 'Doe verdomme even rustig!'

Adrian wist dat Mimi even oud was als haar moeder omdat ze samen op de universiteit hadden gezeten.

'Wat bezielt jou?' zei Mimi boos toen ze de deur opendeed.

Adrian zag Mimi's gezichtsuitdrukking veranderen van geërgerd – zoals ze keek wanneer Adrian haar kamer niet opruimde – in bang.

En daarna ging alles razendsnel.

Mimi probeerde de voordeur weer dicht te doen, maar de man drukte hem ruw open waardoor Mimi naar achteren werd geduwd. Hij was heel groot, veel groter dan Mimi en hij had een baardje met wat grijs erin. Zijn haar was goudbruin en daar zaten nog meer grijze haren in die op zilveren vleugels leken, en zijn gezicht was knalrood alsof hij had gerend. Adrian schrok zo toen ze de grote man háár Mimi zag duwen dat ze als aan de grond genageld bleef staan.

'Waar is dat klotewijf?'

'Ze is er niet. Je kunt hier niet zomaar naar binnen stormen. Ga weg. Ga weg, Jon, anders bel ik de politie.'

'Leugenachtige teef.' Hij pakte Mimi's arm en schudde haar door elkaar. 'Waar is ze? Denkt ze nou echt dat ze haar mond voorbij kan praten en mijn hele leven naar de bliksem kan helpen?'

'Blijf met je fikken van me af. Je bent dronken.'

Toen ze zich los probeerde te rukken, gaf hij haar een klap in haar gezicht.

Het geluid echode als een geweerschot in Adrians hoofd en ze sprong naar voren. 'Je mag haar niet slaan! Laat haar met rust!'

'Adrian, ga naar boven. Ga onmiddellijk naar boven.'

Maar Adrian was inmiddels kwaad geworden en balde haar vuisten. 'Hij moet weggaan!'

'Vanwege dit mormel?' snauwde de man naar Adrian. 'Maakt ze mijn leven kapot vanwege dit mormel? Dat kind lijkt totaal niet op mij. Ze heeft ongetwijfeld met Jan en alleman geneukt en nu probeert ze mij dit kind in de maag te splitsen. Nou, dat kan ze mooi vergeten. Flikker verdomme een eind op.'

'Adrian, ga naar boven.' Mimi draaide zich met een ruk naar haar om en Adrian zag angst op haar gezicht in plaats van de woede die zij voelde. 'Nu!'

'Dat kutwijf is boven, hè? Vuile leugenaar. Weet je wat ik met leugenaars doe?' Ditmaal sloeg hij niet met open hand, maar ramde hij zijn vuist twee keer in Mimi's gezicht.

Toen Mimi in elkaar zakte, voelde Adrian ineens dezelfde angst die ze bij Mimi zag. Hulp. Ze moest hulp halen.

Maar toen ze net op de trap was, kreeg hij haar krullende paardenstaart te pakken. Daar gaf hij zo'n harde ruk aan dat haar hoofd naar achteren vloog.

Ze schreeuwde zo hard ze kon om haar moeder.

'Ja, roep jij moeder maar.' Hij sloeg haar zo hard dat de klap leek te branden op haar gezicht. 'We moeten even met je mammie praten.'

Terwijl hij haar de trap op sleurde, kwam Lina in een badjas de slaapkamer uit gerend, haar haar nog nat van het douchen.

'Adrian Rizzo, wat mankeert je…'

Ze kwam abrupt tot stilstand en bleef doodstil staan terwijl ze de man aankeek. 'Laat haar los, Jon. Laat haar los, dan kunnen we praten.'

'Jij hebt al genoeg gepraat. Je hebt mijn leven kapotgemaakt, stomme boerentrien.'

'Ik heb niet met die journalist gepraat. Ik heb het met niemand over jou gehad. Dat verhaal is niet van mij afkomstig.'

'Leugenaar!' Hij gaf nog een ruk aan Adrians haar, zo hard dat haar hoofd in brand leek te staan.

Lina deed behoedzaam twee stappen naar voren. 'Laat haar los, dan kunnen we dit uitpraten. Ik kan dit rechtzetten.'

'Daar is het verdomme al te laat voor. De universiteit heeft me vanochtend geschorst. Mijn vrouw schaamt zich dood. Mijn kinderen zijn overstuur en ik geloof echt geen seconde dat deze kleine teef van mij is. Jij bent expres naar deze stad teruggekomen om me dit aan te doen.'

'Nee, Jon. Ik ben hier voor mijn werk. Ik heb niet met die journalist gesproken. Het is al meer dan zeven jaar geleden, Jon. Waarom zou ik dat nu nog doen? Waarom zou ik het überhaupt doen? Je doet mijn dochter pijn. Stop daarmee.'

'Hij heeft Mimi geslagen.' Adrian rook haar moeders shampoo, de subtiele zoete geur van sinaasappelbloesem. En ze rook de stank van de man waarvan ze niet wist dat die uit zweet en bourbon bestond. 'Hij sloeg haar in haar gezicht en toen viel ze.'

'Wat heb je...' Lina wendde haar blik even van hem af en keek over de balustrade die langs de eerste verdieping liep. Ze zag Mimi met een bebloed gezicht achter een bank kruipen. Ze keek weer naar Jon. 'Hou op voordat je echt iemand pijn doet, Jon. Laat me...'

'Jíj hebt míj pijn gedaan, kuthoer.'

Zijn stem klonk verhit en rood, net als zijn gezicht, net zoals het vuur dat op Adrians schedel brandde.

'Ik vind het vreselijk dat dit is gebeurd, maar...'

'Je hebt mijn gezin pijn gedaan! Wil je pijn zien? Dan begin ik wel met dat rotkind van je.'

Hij smeet haar weg. Adrian had heel even het angstaanjagende gevoel dat ze door de lucht vloog, maar toen raakte ze de rand van de bovenste traptrede. De brandende pijn die ze eerst in haar hoofd had gevoeld, ontvlamde plotseling ook in haar pols en haar hand en trok vervolgens langs haar arm omhoog. Daarna knalde haar hoofd tegen het hout en zag ze alleen nog dat de man op haar moeder afsprong.

Hij sloeg haar en toen nog een keer, maar haar moeder sloeg en schopte terug. Adrian hoorde geluiden die zo afschuwelijk waren dat ze haar handen tegen haar oren wilde drukken, maar ze kon zich niet bewegen. Ze kon alleen uitgespreid op de trap liggen rillen.

Zelfs toen haar moeder tegen haar schreeuwde dat ze hard weg moest lopen, lukte haar dat niet.

Hij had zijn handen om de keel van haar moeder gelegd en schudde haar heen en weer, maar haar moeder sloeg hem in zijn gezicht, zoals hij bij Mimi had gedaan.

Er was bloed, overal was bloed. Op haar moeder, op de man.

Ze hielden elkaar vast, bijna als in een omhelzing, maar dan hard en gemeen. Plotseling trapte haar moeder hard op zijn voet en daarna bracht ze haar knie met een ruk omhoog. Toen de man achteruit wankelde, gaf ze hem een zet.

Hij knalde tegen de balustrade. En toen vloog hij.

Adrian zag hem vallen, maaiend met zijn armen. Ze zag hem met een smak op de tafel belanden, waar haar moeder bloemen en kaarsen op had gezet. Opnieuw hoorde ze die afschuwelijke geluiden. Ze zag bloed uit zijn hoofd, uit zijn oren en zijn neus stromen.

Ze zag…

Toen tilde haar moeder haar op, draaide haar om en drukte haar gezicht tegen haar borst. 'Niet kijken, Adrian. Alles is nu in orde.'

'Het doet pijn.'

'Dat weet ik.' Voorzichtig pakte Lina Adrians pols beet. 'Daar ga ik wat aan doen. Mimi. O, Mimi.'

'De politie komt eraan.' Met een gezwollen oog, dat al halfdicht zat en blauw werd, stommelde Mimi de trap op, ging zitten en sloeg haar armen om hen allebei heen. 'Er is hulp onderweg.'

Boven Adrians hoofd zei Mimi geluidloos drie woordjes tegen Lina: *Hij is dood.*

Adrian zou nooit de pijn vergeten, evenmin als de kalme blauwe ogen van de ambulancebroeder die de twijgbreuk in haar pols stabiliseerde. Hij praatte rustig tegen haar toen hij met een zaklampje in haar ogen scheen en vroeg haar hoeveel vingers hij opstak. Ook zou ze nooit de politiemannen vergeten, de eersten die ter plekke kwamen nadat de sirenes waren opgehouden met gillen. De agenten in hun donkerblauwe uniform.

Maar het merendeel van de gebeurtenissen leek, zelfs op het moment dat ze plaatsvonden, al vaag en ver van haar verwijderd.

Ze zaten dicht bij elkaar in de woonkamer op de eerste verdieping, die uitkeek op de achtertuin en de kleine vijver met koikarpers. De politieagenten in uniform spraken met haar moeder, omdat ze Mimi naar het ziekenhuis hadden gebracht.

Haar moeder vertelde de agenten hoe de man heette: Jonathan Bennett. En ze vertelde dat hij Engelse literatuur doceerde aan de universiteit van Georgetown. Of dat althans had gedaan toen zij hem kende.

Haar moeder vertelde wat er was gebeurd, of eigenlijk wilde ze daar net mee beginnen, toen er een man en een vrouw binnenkwamen. De man was heel groot en droeg een bruine stropdas. Zijn huid was donkerbruin en zijn tanden waren heel wit. De vrouw had een gezicht vol sproeten en kortgeknipt rood haar. Ze hadden penningen, zoals in de politieseries op televisie.

'Mevrouw Rizzo, ik ben rechercheur Riley, en dit is mijn collega rechercheur Cannon.' De vrouw haakte haar penning weer aan haar riem. 'We weten dat dit moeilijk is, maar we moeten u en uw dochter wat vragen stellen.' Daarna keek ze Adrian met een glimlach aan. 'Jij heet toch Adrian?'

Toen Adrian knikte, keek Riley weer naar Lina. 'Is het goed dat Adrian me haar kamer laat zien en zij en ik daar eventjes gaan praten terwijl u hier met rechercheur Cannon praat?'

‘Gaat het dan sneller? Ze hebben mijn vriendin, de nanny van mijn dochter, naar het ziekenhuis gebracht. Gebroken neus, hersenschudding. En Adrian heeft iets waarvan de ambulancebroeder denkt dat het een twijgbreuk is in haar linkerpols. En ze heeft haar hoofd gestoten.’

‘U ziet er zelf ook een beetje verfomfaaid uit,’ merkte Cannon op.

Lina haalde haar schouders op en kromp ineen door de beweging. ‘Gekneusde ribben genezen wel weer en dat geldt ook voor mijn gezicht. Hij heeft vooral geprobeerd om mijn gezicht te raken.’

‘We kunnen u nu naar het ziekenhuis laten brengen en daar met u praten nadat u bent onderzocht.’

‘Daar ga ik liever naartoe als... jullie hier beneden klaar zijn.’

‘Begrepen.’ Riley keek Adrian weer aan. ‘Kunnen wij even met elkaar praten in jouw kamer, Adrian?’

‘Ik denk het wel.’ Ze stond op en hield haar arm, die in een mitella zat, dicht tegen haar borst. ‘Maar ik laat mama niet door jullie naar de gevangenis brengen.’

‘Doe niet zo gek, Adrian.’

Adrian negeerde haar moeder en keek Riley recht in de ogen. Die waren groen, maar lichter dan die van haar moeder. ‘Dat laat ik jullie niet doen.’

‘Begrepen. We gaan gewoon even met elkaar praten, oké? Is jouw kamer op deze verdieping?’

‘De tweede deur rechts,’ zei Lina. ‘Toe Adrian, ga maar met rechercheur Riley mee. Daarna gaan we bij Mimi kijken. Alles komt weer goed.’

Adrian ging voor en Riley toverde weer een glimlach op haar gezicht toen ze een kamer binnenliepen die was ingericht in verschillende tinten zachtroze en lentegroen. Op het bed lag een grote pluchen hond.

‘Wat een mooie kamer. En wat keurig opgeruimd.’

‘Ik moest hem vanochtend opruimen, anders zouden we niet naar de kersenbloesem gaan kijken en geen sorbets gaan eten.’ Ze kromp ineen, precies zoals Lina had gedaan. 'Niets zeggen hoor over dat ijs. Eigenlijk hadden we yoghurtijs moeten nemen.'

'Dat blijft ons geheimpje. Is je moeder erg streng op wat je wel of niet mag eten?'

'Soms. Meestal.' In haar ogen glansden tranen. 'Gaat Mimi dood, net zoals die man?'

'Ze is gewond geraakt, maar niet heel ernstig. En ik weet dat ze goed voor haar zorgen. Zullen we naast die grote hond gaan zitten?' Riley nam plaats op het bed en tikte even op de hond. 'Hoe heet hij?'

'Blaffert. Ik heb hem van Harry gekregen als kerstcadeau. We kunnen geen echte hond nemen omdat we in New York wonen en te vaak op reis zijn.'

'Hij lijkt me een geweldige hond. Kun jij Blaffert en mij vertellen wat er is gebeurd?'

Ze liep in een grote vloedgolf leeg, alsof er een dambreuk had plaatsgevonden. 'Er kwam een man aan de deur. Hij bleef maar op de zoemer drukken, dus toen ben ik gaan kijken. Ik mag de voordeur niet zelf opendoen, dus toen heb ik op Mimi gewacht. Zij kwam uit de keuken en deed de voordeur open. Maar ze probeerde hem meteen weer dicht te doen, maar hij duwde hem open en gaf haar ook nog een duw. Daardoor viel ze bijna.'

'Kende je hem?'

'Nee, maar Mimi kende hem wel, want ze noemde hem Jon, en ze zei dat hij weg moest gaan. Hij was boos en hij stond te schreeuwen. Hij zei stoute woorden. Ik mag die woorden niet zeggen.'

'Dat geeft niet.' Riley bleef Blaffert aaien alsof het een echte hond was. 'Ik snap wat je bedoelt.'

'Hij wilde mijn moeder spreken, maar Mimi zei dat ze niet thuis was ook al was ze wel thuis. Ze was boven aan het douchen. Hij bleef maar schreeuwen en gaf haar een klap in haar gezicht. Hij sloeg haar. Je mag niet slaan. Iemand slaan is verkeerd.'

'Dat is waar.'

'Ik schreeuwde tegen hem dat hij haar los moest laten omdat hij haar bij haar armen had gepakt en haar pijn deed. En toen keek hij naar mij. Daarvoor had hij me nog niet gezien, maar toen keek hij naar me, en toen ik zag hoe hij naar me keek, werd ik bang. Maar hij deed Mimi pijn en toen werd ik kwaad. Mimi zei "ga naar boven". Tegen mij, bedoel ik. Maar hij deed haar pijn. En toen... toen sloeg hij haar met... met zijn vuist.'

Adrian balde haar goede hand tot een vuist terwijl de tranen over haar wangen begonnen te stromen. 'En er was bloed en toen viel ze en toen rende ik weg. Ik probeerde naar mama te gaan, maar toen greep hij me. Hij trok aan mijn haar, hij trok er heel hard aan, en toen trok hij me aan mijn haar de trap op terwijl ik om mama riep.'

'Wil je even stoppen, lieverd? We kunnen wel even wachten voordat je me de rest vertelt.'

'Nee, nee. Mama kwam de kamer uit rennen, en toen zag ze hem. Ze bleef maar zeggen dat hij me los moest laten, maar dat deed hij niet. Hij zei telkens dat ze zijn leven kapot had gemaakt en toen zei hij opnieuw een heleboel stoute woorden. Echt hele stoute. Zij bleef maar zeggen dat ze het niet had verteld en dat ze het recht zou zetten, maar dat hij me dan wel moest loslaten. Hij deed me pijn. Daarna zei hij lelijke dingen tegen mij, en toen... toen gooide hij me door de lucht.'

'Hij deed wat?'

'Naar de trap. Hij gooide me naar de trap. Die raakte ik met een klap en toen begon mijn pols te branden. Ik heb mijn hoofd ook gestoten, maar ik ben niet ver naar beneden gevallen. Een paar treden maar, denk ik. Mama begon tegen hem te schreeuwen en toen rende ze naar hem toe en begon ze met hem te vechten. Hij sloeg haar in haar gezicht en hij had zijn handen om haar heen... kijk, zo...'

Ze deed alsof ze werd gewurgd.

'Ik kon me niet bewegen, en toen sloeg hij haar in haar gezicht, maar zij sloeg terug. Ze sloeg heel hard terug en ze schopte hem ook. Ze vochten met elkaar, en toen... toen ging hij over de balustrade. Ze duwde hem om bij hem weg te komen, om naar mij toe te gaan. Ze had bloed op haar gezicht, en ze gaf hem een duw en toen ging hij over de balustrade. Het was zijn eigen schuld.'

'Oké.'

'Mimi kroop de trap op terwijl mama me op schoot nam. En Mimi zei dat er hulp onderweg was. Iedereen zat onder het bloed. Voordat hij me sloeg, was ik nog nooit geslagen. Ik haat het dat hij mijn vader was.'

'Hoe weet je dat hij dat was?'

'Door de dingen die hij schreeuwde en door hoe hij me noemde. Ik ben niet dom. En hij geeft les op de universiteit waar mijn moeder heeft gestudeerd en zij heeft me verteld dat ze mijn vader op de universiteit heeft ontmoet. Dus.' Adrian haalde haar schouders op. 'Dat was alles. Hij sloeg iedereen, en hij stonk, en hij probeerde mij van de trap te gooien. Hij is gevallen omdat hij gemeen deed.'

Riley sloeg een arm om Adrians schouders en dacht: ja, daar komt het wel zo'n beetje op neer.

Mimi moest een nachtje in het ziekenhuis blijven. Lina kocht een bosje bloemen in de cadeauwinkel – iets beters kon ze niet krijgen – om mee te nemen naar Mimi's kamer. Adrian kreeg de eerste röntgenfoto van haar leven en zou, ook voor de eerste keer, een gipsverband krijgen zodra de zwelling was geslonken.

In plaats van de maaltijd af te maken waar Mimi mee bezig was geweest, bestelde Lina pizza. Na al deze ellende had haar dochter dat wel verdiend. Net zoals zij een heel, heel groot glas wijn had verdiend. Ze schonk een glas voor zichzelf in en toen Adrian zat te eten, overtrad ze de regel die ze zichzelf heel lang geleden had opgelegd en schonk een tweede glas in.

Ze moest een miljoen telefoontjes plegen, maar die konden wel even wachten. Alles kon verdomme wel even wachten tot zij zich weer wat rustiger voelde.

Ze aten in de achtertuin met zijn lommerrijke bomen en het hoge hek eromheen. Dat wil zeggen, Adrian at terwijl Lina, tussen de slokken wijn door, aan een pizzapunt knabbelde.

Misschien was het een beetje koud om buiten te eten en het was zonder meer aan de late kant voor Adrian om zich vol te proppen met pizza, maar een rotdag was nou eenmaal een rotdag.

Ze hoopte dat haar dochter zou kunnen slapen, maar ze moest bekennen dat ze niet echt wist hoe Adrians bedritueel eruitzag. Dat soort dingen regelde Mimi altijd.

Misschien moest ze een schuimbad nemen, zolang ze haar tijdelijke gipsverband maar droog hield. Door de gedachte aan dat gipsverband, en aan hoeveel erger het had kunnen aflopen, hunkerde ze naar een volgend glas wijn. Maar die verleiding weerstond ze. Lina had een prima zelfbeheersing.

'Waarom was hij mijn vader?'

Lina keek in de goudgroene ogen van haar dochter. 'Omdat ik ooit jong en dom was. Het spijt me. Ik kan nu wel zeggen dat ik liever minder dom was geweest, maar ja, dan had ik jou nu niet gehad. Aan vroeger kan ik niets meer veranderen, maar wel aan het heden en de toekomst.'

'Was hij liever toen je nog jong en dom was?'

Lina begon te lachen, waarop haar ribben pijnlijk protesteerden. Ze vroeg zich af hoeveel ze een kind van zeven kon vertellen. 'Toen dacht ik van wel.'

'Heeft hij je al eens eerder geslagen?'

'Eén keer. Eén keer maar, en daarna heb ik hem nooit meer gezien. Als een man je een keer slaat, zal hij dat waarschijnlijk vaker doen.'

'Je hebt een keer tegen me gezegd dat je van mijn vader hield, maar dat het misliep tussen jullie. En omdat hij ons niet wilde, was hij daarna niet belangrijk meer voor ons.'

'Ik dacht dat ik van hem hield. Dát had ik moeten zeggen. Ik was pas twintig, Adrian. Hij was ouder dan ik, een knappe, charmante man die ook nog eens intelligent was. Een jonge universiteitsdocent. Ik werd verliefd op de man die ik dacht dat hij was. En tussen toen en nu was hij gewoon niet belangrijk.'

'Waarom was hij vandaag zo boos?'

'Omdat iemand, een journalist, erachter is gekomen en er een artikel over heeft geschreven. Ik weet niet hoe of van wie die journalist het heeft gehoord. Niet van mij.'

'Jij hebt het niet verteld omdat hij niet belangrijk was.'

'Precies.' Hoeveel kon je een kind vertellen? Lina dacht opnieuw na. Gezien de omstandigheden moest ze misschien wel open kaart spelen.

'Hij was getrouwd, Adrian. Hij had een vrouw en twee kinderen. Dat wist ik niet. Dat wil zeggen, hij loog tegen me en zei dat zijn vrouw en hij gingen scheiden. En ik geloofde hem.'

Had ze hem werkelijk geloofd? vroeg Lina zich af. Het was zo moeilijk om het zich nu nog te herinneren. 'Misschien wilde ik hem graag geloven, en dat heb ik toen ook gedaan. Hij had een eigen appartementje, vlak bij de universiteit, dus ik geloofde dat hij in feite vrijgezel was. Ik ben er pas later achter gekomen dat ik niet de enige was tegen wie hij had gelogen. Toen ik de waarheid ontdekte, heb ik het uitgemaakt. Dat kon hem weinig schelen.'

Dat klopte niet helemaal, dacht ze. Hij had geschreeuwd, gedreigd en geduwd.

'En toen ontdekte ik dat ik in verwachting was, veel later dan ik het me had moeten realiseren. En ik vond dat ik het hem moest vertellen. En toen heeft hij me geslagen. Hij was toen niet dronken zoals vandaag.' Hij had wel wat gedronken, maar hij was niet dronken geweest, dacht ze. Niet zoals vandaag.

'Ik heb toen tegen hem gezegd dat ik niets van hem wilde, niets van hem nodig had en dat ik mezelf niet ging vernederen door andere mensen te vertellen dat hij de biologische vader was. En daarna ben ik vertrokken.'

Lina besloot de bedreigingen, de eisen dat ze abortus moest laten plegen en alle andere rotdingen die hij had gezegd te verzwijgen voor Adrian. Het had geen zin om dat soort dingen tegen haar te zeggen.

'Ik heb het semester afgemaakt, mijn bul gehaald en daarna ben ik naar huis gegaan. Popi en nonna hebben me toen geholpen. De rest van het verhaal ken je; dat ik les ben gaan geven en video's ben gaan maken toen ik in verwachting was van jou. Eerst lessen voor zwangere vrouwen en daarna voor moeders en baby's.'

'Yoga Baby.'

'Ja, precies.'

'Maar hij was altijd gemeen. Word ik dat later ook?'

O, god. Ze was echt heel slecht in het moederschap. Ze deed haar best om te bedenken wat haar eigen moeder zou zeggen. 'Voel jij je gemeen?'

'Soms word ik boos.'

'Ja, dat hoef je mij niet te vertellen.' Maar Lina glimlachte. 'Volgens mij is gemeen zijn een keus, en jij kiest er niet voor om gemeen te zijn. Hij had trouwens gelijk dat je niet op hem lijkt. Jij bent door en door een Rizzo.'

Lina pakte Adrians goede hand. Misschien voelde het te veel als een gesprek tussen twee volwassenen, maar dit was het beste wat ze kon. 'Hij is onbelangrijk, Adrian, tenzij wij hem belangrijk laten worden, maar dat gaan we niet doen.'

'Moet jij straks naar de gevangenis?'

Lina hief haar wijnglas. 'Jij zei toch dat je dat niet zou laten gebeuren?' Toen ze de plotselinge angst op het gezicht van haar dochter zag, kneep ze even in Adrians hand. 'Ik maakte maar een grapje. Heus. Nee, Adrian. De politie kon zien wat er was gebeurd. Jij hebt die rechercheur toch de waarheid verteld?'

'Ja. Dat beloof ik.'

'Nou, dat heb ik ook gedaan. En Mimi ook. Dus dat over de gevangenis moet je uit je hoofd zetten. Maar door dat artikel, en door dit gedoe, zullen er meer artikelen volgen. Ik ga binnenkort met Harry praten en hij zal me helpen om dat soort dingen te regelen.'

'Kunnen we nog steeds naar popi en nonna gaan?'

'Ja. Zodra Mimi weer beter is, jij je gipsverband hebt en ik wat dingen heb afgehandeld kunnen we naar hen toe.'

'Al snel? Heel snel?'

'Zo snel mogelijk. Misschien over een paar dagen.'

'Dat is snel. Daar wordt alles vast beter.'

Het zou nog een hele tijd duren voordat alles weer beter was, dacht Lina. Maar ze dronk haar glas leeg en zei: 'Reken maar.'

2

Lina's carrière kwam voort uit haar ongeplande zwangerschap. In een tijdsbestek van een paar maanden maakte ze de overstap van een studente die in deeltijd personal trainer en groepslesinstructeur was, naar de wereld van fitnessvideo's.

Het duurde een tijdje voordat het zaadje was ontkiemd en het plantje zich boven de modder uit had geworsteld, maar door Lina's vastberadenheid, doorzettingsvermogen en scherpe zakelijke inzicht, was haar bedrijf tot bloei gekomen.

In de maanden voordat Jon Bennett in Georgetown de voordeur open had geduwd en naar binnen was gestormd, had haar carrière een grote vlucht genomen door de publieke optredens en de verkoop van Yoga Baby-spullen – video's, dvd's, een boek (met het volgende al in de pen) – waarmee ze ruim twee miljoen dollar winst had gemaakt.

Als aantrekkelijke, slimme vrouw maakte ze optimaal gebruik van haar gastoptredens in de verscheidene ontbijtprogramma's, en daarna van de uitnodigingen om aan te schuiven bij de talkshows op de late avond. Ze schreef artikelen voor fitnesstijdschriften en promootte die met fotosessies.

Ze was een jonge, aantrekkelijke vrouw met een lang, afgetraind lichaam en ze wist hoe ze met die twee dingen haar voordeel kon doen.

Het lukte haar zelfs om een paar gastrolletjes in televisieseries te bemachtigen.

Ze hield ervan om in de schijnwerpers te staan, en schaamde zich daar niet voor, net zomin als voor haar ambities. Ze geloofde volledig in haar product – gezondheid, fitheid en balans – en was er heilig van overtuigd dat zij bij uitstek degene was om dat product te promoten.

Hard werken was geen enkel probleem voor Lina. Ze genoot van alle reizen, haar overvolle agenda en het inplannen van nog meer afspraken. Ze stond op het punt haar eigen lijn met fitnesskleding en -producten in de markt te zetten en in samenspraak met een voedingsdeskundige en een arts was ze plannen aan het maken voor een serie voedingssupplementen.

En toen had ze de man die haar leven onbedoeld een nieuwe wending had gegeven over de balustrade geduwd waardoor hij te pletter was gevallen.

Het was noodweer geweest. De politie had niet lang nodig gehad om tot de conclusie te komen dat ze had gehandeld om zichzelf, haar dochter en haar vriendin te beschermen.

En hoe morbide het ook was, de publiciteit stuwde haar verkoopcijfers, haar naamsbekendheid en de aanbiedingen voor opdrachten enorm op.

Ze had niet veel tijd nodig om te besluiten dat ze haar voordeel zou doen met die publiciteitshausse.

Een week na de afschuwelijke gebeurtenis reed ze van Georgetown naar het platteland van Maryland, vast van plan om er het beste van te maken. Ze droeg een enorme zonnebril aangezien zelfs haar vaardigheid met make-up de blauwe plekken niet kon verbergen. Hoewel haar ribben nog pijn deden, was ze al begonnen met aangepaste fitnessoefeningen, aangevuld met extra meditatiesessies.

Mimi had af en toe nog last van hoofdpijn, maar haar gebroken neus was aan het genezen en haar blauwe oog werd langzaam ziekelijk geel van kleur.

Adrian vond haar gipsverband vervelend maar ze vond het wel leuk dat mensen er hun naam op schreven. De dokter had gezegd dat er over veertien dagen nog een röntgenfoto van haar pols moest worden gemaakt.

Het had erger gekund. Lina hield zich voortdurend voor dat het erger had gekund.

Aangezien Harry een nieuwe Game Boy voor Adrian had gekocht, vermaakte haar dochter zich tijdens de rit op de achterbank. Lina zag de bergen van Maryland opdoemen: het zachte lavendelpaars tegen de felblauwe hemel.

Daar had ze als tiener zo graag aan willen ontsnappen, aan de gezapige rust, aan het tergend trage tempo van leven… ze had gesnakt naar levendigheid, mensenmassa's en alles wat de wereld verder nog te bieden had. En dat deed ze nog steeds.

Ze was niet het type voor kleine stadjes en het leven op het platteland. Ze had nog nooit de behoefte gevoeld om gehaktballetjes of tomatensaus voor op de pizza te maken. Of om een restaurant te runnen, ook al was de zaak in kwestie een echt familiebedrijf.

Zij wilde drukte, de grote stad, en ja… ook bekendheid.

Ze beschouwde New York als haar thuisbasis, al was het dan niet echt haar thuis. Haar thuis was de plek waar haar werk haar bracht en waar iets te beleven viel, en dat zou altijd zo blijven.

Toen ze eindelijk de grote weg verliet, was het overige verkeer ineens verdwenen en kronkelde de weg zich langs groene weilanden en glooiende heuvels, met hier en daar wat boerderijen en huizen.

Tja, dacht ze. Een mens kán terugkeren naar huis, maar niet om er voorgoed te blijven wonen. In elk geval niet als je Lina Theresa Rizzo heette.

'We zijn er bijna!' riep Adrian opgewonden vanaf de achterbank. 'Kijk! Koeien! Paarden! Ik wou dat popi en nonna paarden hadden. Of kippen. Kippen zijn vast leuk.' Adrian deed haar raampje open en stak haar hoofd naar buiten als een opgetogen jonge hond. Haar zwarte krullen dansten en wapperden in de wind.

Lina wist dat die haren uiteindelijk een grote warboel van knopen en klitten zouden worden.

Toen kwam de ene na de andere vraag.

Duurt het nog lang? Mag ik op de autobandschommel? Zou nonna limonade hebben? Mag ik met de honden spelen?

Mag ik? Doen ze dat? Waarom?

Lina liet Mimi antwoord geven. Zelf zou ze binnenkort heel andere vragen moeten beantwoorden.

Ze sloeg af bij de rode schuur. Op de hooizolder ervan was ze vlak voor haar zeventiende verjaardag ontmaagd. Door de zoon van een melkveehouder, herinnerde ze zich. Quarterback van het footballteam. Matt Weaver, dacht ze. Knap, stevig postuur, zachtaardig, maar beslist geen doetje. Ze hadden min of meer van elkaar gehouden, zoals je dat doet wanneer je bijna zeventien bent. Hij had met haar willen trouwen – ooit – maar zij had heel andere plannen gehad.

Ze had gehoord dat hij met een ander was getrouwd, een paar kinderen had en nog steeds met zijn vader op de boerderij werkte. Leuk voor hem, mijmerde ze, en dat meende ze oprecht. Maar het was niets voor haar, en dat zou het ook nooit worden.

Ze sloeg nog een keer af, en reed weg van het kleine plaatsje Traveler's Creek, waar het Italiaanse restaurant van de familie Rizzo aan het petieterige dorpsplein al twee generaties een begrip was.

Haar eigen grootouders, die de zaak waren begonnen, hadden uiteindelijk aanvaard dat ze behoefte hadden aan een warmer klimaat. En waren vervolgens prompt een tweede Rizzo's aan de Outer Banks begonnen. Het zat hen in het bloed, hadden ze gezegd, maar op de een of andere manier had dat gen haar gelukkig overgeslagen.

Ze volgde de beek en kwam bij een van de drie overdekte bruggen die vele fotografen, toeristen en bruidsparen naar dit gebied lokten. Best charmant hoe die brug op de kleine verhoging langs de bocht van de beek stond, dacht Lina. En zoals altijd lieten Mimi en Adrian allebei een jubelkreet horen toen Lina tussen de steenrode wanden en onder het blauwe puntdak door reed.

Ze sloeg nog een keer af, waarbij ze Adrian negeerde die opgewonden op de achterbank zat te stuiteren, en toen nog eens, waarna ze eindelijk op de bochtige weg was. Ze kwam over de tweede brug over de beek waaraan het stadje zijn naam te danken had en zette koers naar het grote huis op de heuvel.

De twee honden stormden uitgelaten op hen af. De ene was een groot witgeel mormel en de andere een kleine jachthond met lange oren.

'Daar zijn Tom en Jerry! Jippie! Hoi, jongens. Hoi!'

'Hou je gordel om tot de auto stilstaat, Adrian.'

'Ah, mam!' Maar ze deed wat haar gezegd was, al bleef ze stuiteren. 'Daar zijn nonna en popi!'

Dom en Sophia kwamen hand in hand de veranda op die helemaal om het huis heen liep. Sophia, haar gezicht omlijst door kastanjebruin haar, was op haar roze gymschoenen bijna een meter tachtig, maar toch torende haar man boven haar uit met zijn een meter vijfennegentig.

Ze waren allebei gezond en sterk en leken daar, in de schaduw van de veranda die om de eerste verdieping liep, tien jaar jonger dan ze in werkelijkheid waren. Hoe oud waren ze nu? Haar moeder zeven- of achtenzestig en haar vader ongeveer vier jaar ouder, dacht Lina. Ze waren verliefd geworden op de middelbare school en waren ondertussen al vijftig jaar getrouwd.

Ze hadden het verlies moeten verwerken van drie miskramen en een zoontje dat minder dan achtenveertig uur had geleefd, en het verdriet toen de artsen hadden gezegd dat ze geen kinderen zouden kunnen krijgen.

Tot ze allebei in de veertig waren en – verrassing! – Lina Theresa geboren werd.

Lina bracht de auto tot stilstand onder een brede carport naast een glanzend rode pick-up en een grote, zwarte SUV. Ze wist dat haar moeders grote trots, een gestroomlijnde turquoise sportwagen, een ereplaats had in de vrijstaande garage.

Lina had de handrem nog maar nauwelijks aangetrokken of Adrian sprong de auto al uit. 'Nonna! Popi! Dag, jongens. Dag.' Het meisje omhelsde de honden terwijl Tom tegen haar aan leunde en Jerry druk kwispelde en likte. Daarna stortte ze zich in volle vaart in de gespreide armen van haar opa.

'Ik weet dat je denkt dat ik een vergissing bega,' zei Lina tegen Mimi. 'Maar kijk nou toch naar haar. Op dit moment is dit echt het beste voor Adrian.'

'Een meisje heeft haar moeder nodig,' zei Mimi terwijl ze uitstapte, een glimlach op haar gezicht toverde en naar de veranda liep.

'Jezus, ik stop haar niet in een mandje om haar tussen het riet achter te laten. Het is verdomme maar voor één zomer.'

Haar moeder liep de verandatrap af en trof Lina halverwege. Zonder een woord te zeggen legde ze een hand onder het gekneusde gezicht van haar dochter en omhelsde haar vervolgens.

Geen van de gebeurtenissen van de afgelopen, afschuwelijke week bracht haar zo dicht bij haar breekpunt als dit. 'Ik kán dit niet, mam. Ik wil niet dat Adrian me ziet huilen.'

'Voor eerlijke tranen hoeft niemand zich te schamen.'

'Nou, voorlopig hebben we allemaal wel even genoeg gehuild.' Ze maakte zich opzettelijk van haar moeder los. 'Je ziet er goed uit.'

'Dat kan ik van jou niet zeggen.'

Lina probeerde te glimlachen. 'De vent die me aanviel, is er nog erger aan toe.'

Sophia liet een korte, bulderende lach horen. 'Zo ken ik mijn Lina. Kom, we gaan op de veranda zitten omdat het zulk mooi weer is. Jullie hebben vast honger. We hebben eten, hoor.'

Lina wist niet of het kwam door hun Italiaanse afkomst of omdat ze een restaurant hadden. Maar hoe het ook zij, haar ouders gingen er steevast van uit dat iedereen die bij hen thuis kwam honger had.

De volwassenen zaten aan de ronde tafel op de veranda terwijl Adrian samen met de honden in de voortuin speelde. Er waren brood, kaas, antipasti en olijven. De limonade waarop Adrian had gehoopt zat in een glazen schenkkan. En hoewel het nog maar net twaalf uur was, stond er ook wijn op tafel.

Het halve glas dat Lina zichzelf toestond, hielp om de spanning van de autorit te laten verdwijnen.

Ze hadden het niet over wat er was gebeurd, niet toen Adrian terug kwam rennen om – heel even – bij Dom op schoot te gaan zitten, om hem haar nieuwe Game Boy te laten zien, wat limonade te drinken en te kletsen over de honden.

Haar vader was een geduldig man, dacht Lina. Altijd zo geduldig met kinderen, zo goed met kinderen. En zo knap met zijn dikke, grijze haar en de lachrimpeltjes rond zijn goudbruine ogen.

Haar hele leven had ze Sophia en hem het ideale stel gevonden. Groot en gezond, knap en zo ontzettend op elkaar ingespeeld.

Terwijl zij altijd het gevoel had gehad dat ze een beetje uit de pas liep.

Nou ja, dat was ook zo geweest, nietwaar? Een klein beetje uit de pas in vergelijking met hen, met deze plek, met het stadje dat door de plaatselijke bevolking liefkozend de Creek werd genoemd.

Daarom had zij haar ritme elders gezocht.

Adrian giechelde toen haar grootouders plichtsgetrouw hun naam op haar gips schreven. Haar oma tekende er zelfs de honden op en schreef hun namen erbij.

'Jullie logeerkamers zijn klaar,' zei Sophia. 'We zullen jullie bagage naar boven brengen zodat jullie kunnen uitpakken of even kunnen rusten als jullie dat willen.'

'Ik moet nog naar de zaak,' zei Dom, 'maar ik ben op tijd terug voor het avondeten.'

'Zeg, Adrian heeft het al dagen over de autobandschommel. Mimi, wil jij even met haar naar de achtertuin gaan, zodat ze even kan spelen?'

'Oké.' Mimi ging staan, en hoewel ze met de blik die ze naar Lina wierp haar afkeuring liet merken, riep ze vrolijk naar Adrian: 'Kom, we gaan schommelen.'

'Ja! Kom op, jongens!'

Dom wachtte tot Adrian langs de zijkant van het huis was gerend, wat langzamer gevolgd door Mimi. 'Wat is er aan de hand?'

'Mimi en ik blijven niet. Ik moet terug naar New York om het project af te ronden waar ik in Washington aan ben begonnen. Het is gewoon niet mogelijk om het daar af te maken, dus ik hoopte... dat Adrian een tijdje bij jullie kan logeren.'

'Lina.' Sophia pakte haar dochters hand. 'Jij hebt minstens een paar dagen nodig om uit te rusten, bij te komen en Adrian het gevoel te geven dat ze weer veilig is.'

'Ik heb geen tijd om uit te rusten en bij te komen, en waar kan Adrian zich nou veiliger voelen dan hier?'

'Zonder haar moeder?'

Ze keek haar vader aan. 'Ze heeft jullie tweeën. Ik moet dit verhaal voor zien te blijven. Ik moet voorkomen dat mijn carrière en mijn bedrijf erdoor ontsporen, dus moet ik het voor blijven en zelf bepalen hoe erover wordt geschreven.'

'Die kerel had jullie wel kunnen vermoorden. Jou, Adrian en Mimi.'

'Dat wéét ik, pa. Heus. Ik was erbij toen het gebeurde. Adrian zal het hier naar haar zin hebben. Ze vindt het hier altijd heerlijk. Ze heeft het de afgelopen dagen nergens anders over gehad. Ik heb haar medische papieren bij me zodat ze hier naar de dokter kan gaan voor haar volgende röntgenfoto. De dokter in Washington denkt dat ze over een week of twee een afneembare spalk mag dragen. Het is een veel voorkomende breuk, die bovendien niet ernstig is, dus...'

'Niet ernstig?' Haar vader ontplofte bijna van woede.

Lina hief haar handen op. 'Hij wilde haar van de trap gooien. Ik kon niet op tijd bij haar komen. Ik kon hem niet tegenhouden. Als hij niet compleet ladderzat was geweest, zou het hem zijn gelukt en had ze haar nek kunnen breken in plaats van haar pols. Geloof me, dat zal ik nooit vergeten.'

'Dom,' mompelde Sophia terwijl ze een paar klopjes op de hand van haar man gaf. 'Hoelang wil je dat ze bij ons blijft logeren?'

'De hele zomer,' zei Lina. 'Ik weet dat het een hele tijd is en dat ik veel van jullie vraag.'

'We willen haar dolgraag bij ons hebben,' zei Sophia enkel. 'Volgens mij doe je hier verkeerd aan, Lina. Je begaat een fout door haar hier achter te laten. Maar wij zullen ervoor zorgen dat ze hier veilig en gelukkig is.'

'Dat waardeer ik. Ze heeft het schooljaar zo goed als afgerond, maar Mimi heeft nog een paar schooltaken voor haar en wat instructies voor jullie. Als het nieuwe schooljaar begint, zal dit achter haar liggen. En achter mij. Achter ons allemaal.'

Haar ouders zeiden een tijdje niets en keken haar alleen aan. Bij het zien van de goudbruine ogen van haar vader en de groene van haar moeder viel haar weer op hoezeer haar dochter een mix was van deze twee mensen.

'Weet zij dat je haar hier achterlaat?' vroeg Dom. 'Dat je zonder haar teruggaat naar New York?'

'Ik heb nog niks tegen haar gezegd omdat ik het eerst aan jullie wilde vragen.' Lina stond op. 'Ik ga nu met haar praten. Mimi en ik moeten dadelijk weer vertrekken.' Lina liet een stilte vallen. 'Ik weet dat ik jullie heb teleurgesteld. Voor de zoveelste keer. Maar dit lijkt me echt het beste voor iedereen. Ik heb tijd nodig om me op mijn werk te concentreren en daardoor zou ik haar niet de aandacht kunnen geven die ze nu misschien nodig heeft. Bovendien loopt ze bij jullie niet het risico dat een journalist foto's van haar zal maken en dat haar gezicht daarna in een roddelblad verschijnt.'

'Maar jij gaat de publiciteit wel opzoeken,' bracht Dom haar in herinnering.

'Het soort publiciteit dat ik onder controle heb en in goede banen kan leiden, ja. Weet je, pa, er zijn een heleboel mannen die niet op jou lijken. Die zijn niet aardig en liefhebbend, en er zijn heel veel vrouwen die uiteindelijk met blauwe plekken op hun gezicht eindigen.' Ze tikte met een vinger onder haar oog. 'En er zijn ook veel kinderen die met een arm in het gips eindigen. Je kunt er verdomme op rekenen dat ik dat ga aankaarten als die kans zich voordoet.'

Boos stampte ze weg, ervan overtuigd dat ze gelijk had. Maar ze was ook gefrustreerd omdat ze het vermoeden had dat ze het wel eens mis kon hebben.

Een uur later stond Adrian op de veranda en keek ze de auto na waar haar moeder en Mimi in zaten. 'Het is mijn schuld dat hij iedereen pijn heeft gedaan en daarom wil ze me nu niet in de buurt hebben.'

Dom ging op zijn hurken zitten en legde zijn handen zacht op haar schouders totdat ze hem aankeek. 'Dat is niet waar. Niets van dit alles is jouw schuld en je moeder laat je nu bij ons logeren omdat zij het heel druk zal krijgen.'

'Ze heeft het altijd druk. Mimi past altijd op me.'

'We dachten allemaal dat je het wel leuk zou vinden om deze zomer bij ons te logeren.' Sophia streelde Adrians haar. 'Als je het hier over... laten we zeggen een week, nog steeds niet leuk vindt, zullen popi en ik je hoogstpersoonlijk in de auto terugbrengen naar New York.'

'Echt waar?'

'Nou en of. Maar deze week logeert onze lievelingskleindochter bij ons. Onze *gioia*.' Onze vreugde.

Adrian glimlachte flauwtjes. 'Ik ben jullie enige kleindochter.'

'Maar nog altijd ons lievelingetje. Als je het hier wel leuk vindt, kan popi je leren hoe je ravioli moet maken en zal ik je leren om tiramisu te maken.'

'Maar je zult wel klusjes moeten doen.' Dom tikte met een vinger tegen haar neus. 'Je moet de honden voeren en meehelpen in de tuin.'

'Je weet best dat ik dat leuk vind als ik hier logeer. Dat zijn eigenlijk geen echte klusjes.'

'Leuk werk is óók werk.'

'Mag ik mee naar het restaurant om te kijken als jij pizzadeeg omhooggooit?'

'Deze zomer zal ik je leren hoe je pizzadeeg omhoog moet gooien. Daar kunnen we mee beginnen zodra je gips eraf is. Ik moet nu naar het restaurant. Als jij nu snel je handen gaat wassen mag je mee.'

'Oké.'

Toen ze naar binnen rende, kwam Dom overeind en slaakte een zucht. 'Kinderen zijn veerkrachtig. Ze komt er wel weer bovenop.'

'Ja, dat is waar. Maar Lina zal deze tijd met haar nooit terugkrijgen. Nou, goed.' Sophia gaf een paar zachte tikjes tegen Doms wang. 'Koop niet te veel snoep voor haar.'

'Nee, ik koop precies genoeg.'

Raylan Wells zat aan een tafeltje voor twee in Rizzo's en deed zijn stomme huiswerk. Hij vond dat hij al húíswerk had omdat hij thúís klusjes moest doen, dus waarom kon het werk dat hij voor school moest doen niet gewoon op die stomme school blijven?

Raylan was tien jaar en hij voelde zich vaak op de proef gesteld en verbaasd door de wereld van de volwassenen en de regels die zij aan kinderen oplegden.

Zijn wiskundehuiswerk was af, want dat vond hij makkelijk omdat er logisch redeneren bij kwam kijken. Bij heel veel andere dingen was dat niet zo. Zoals bij het beantwoorden van allerlei vragen over de Amerikaanse Burgeroorlog. Goed, ze woonden redelijk dicht bij Antietam en zo, en het slagveld daar was best interessant, maar al die dingen waren allang voorbij.

De Unie had gewonnen en de Confederatie had verloren. En daarmee uit, zoals Stan Lee altijd zei, en die man was een genie.

Dus beantwoordde Raylan een vraag, tekende toen wat, beantwoordde nog een vraag en verzonk in een dagdroom over een grootse strijd tussen Spider-Man en Doc Ock.

Aangezien ze zich nu in de 'tussentijd' bevonden, zoals zijn moeder het noemde, en daar bedoelde ze de tijd na de lunch en voor het avondeten mee, waren de meeste klanten rond die tijd leerlingen van de middelbare school die naar het restaurant waren gekomen om achter in de zaak videospelletjes te spelen, een pizzapunt te eten of een cola te drinken.

Hij mocht zelf pas kwartjes in de automaat gooien als hij zijn stomme huiswerk af had. Ook weer zo'n regel van mama.

Hij wierp een blik door de voornamelijk lege eetzaal, langs de toonbank en naar de open keuken waar ze aan het werk was. Zes maanden geleden had ze nog gewoon thuis gekookt, in hun eigen keuken. Maar dat was voordat zijn vader ervandoor was gegaan.

Tegenwoordig kookte zijn moeder hier omdat ze geld nodig hadden om de rekeningen en dat soort zaken te betalen. Ze droeg een groot rood schort waar RIZZO's op stond, en ze had haar haren weggestopt onder zo'n gekke witte muts die alle koks en het andere keukenpersoneel droegen.

Ze had tegen hem gezegd dat ze het leuk vond om hier te werken, en hij dacht dat het waar was omdat ze er blij uitzag wanneer ze bezig was aan dat enorme fornuis. Maar hij dacht vooral dat het waar was omdat hij meestal merkte wanneer ze hem de waarheid niet vertelde.

Zoals die keer dat ze tegen zijn zusje en hem had gezegd dat alles oké was, maar de blik in haar ogen iets anders had gezegd. Eerst was hij bang geweest, maar toch had hij ook gezegd dat alles oké was. Maya had eerst gehuild, maar zij was pas zeven, en bovendien was ze een meisje. En zij had zich eroverheen gezet.

Nou ja, min of meer.

Hij vond dat hij nu in feite de man des huizes was, maar hij had al heel snel begrepen dat dat niet wilde zeggen dat hij zijn huiswerk mocht overslaan of door de week laat mocht opblijven.

Dus beantwoordde hij nog maar een stomme vraag over de Amerikaanse Burgeroorlog.

Maya had met haar vriendinnetje Cassie naar huis mogen gaan om daar samen huiswerk te maken. Niet dat ze veel huiswerk kreeg. Maar mocht hij naar een vriendje om huiswerk te maken? Niks, hoor.

Al kwam dat misschien omdat hij en zijn beste vriend, en nog twee andere beste vrienden, gisteren gewoon waren gaan basketballen en wat hadden rondgehangen in plaats van hun huiswerk te maken. En eergisteren.

Doc Ock viel in het niet vergeleken met Woedende Mama, dus nu moest hij zich na schooltijd bij Rizzo's melden in plaats van naar Micks huis of dat van Nate of Spencer te gaan.

Het zou nog niet zo erg zijn geweest als Mick, Nate of Spencer bij hem mocht komen in Rizzo's. Maar zij hadden zelf ook Woedende Mama's.

Toen hij meneer Rizzo de zaak binnen zag komen, fleurde Raylan een beetje op. Als meneer Rizzo de keuken in ging, zou hij met deeg gaan gooien. Raylans moeder en sommige andere koks konden dat ook, maar meneer Rizzo kon er ook nog trucjes mee doen, zoals het omhooggooien, een rondje draaien en het weer opvangen achter zijn rug.

En als het niet te druk was in de zaak, mocht hij het soms ook proberen van meneer Rizzo. Dan mocht hij zijn eigen, persoonlijke pizza maken met alle ingrediënten die hij maar wilde... gratis.

Hij besteedde niet veel aandacht aan het kind dat samen met Dom binnen was gekomen, want het was een meisje. Maar haar arm zat in het gips en dat maakte haar ietsjes interessanter.

Hij verzon redenen waarom ze dat gips droeg terwijl hij de laatste stomme vragen van zijn geschiedenistaak afmaakte.

Ze was in een put gevallen, of uit een boom of uit het raam gesprongen tijdens een brand.

Nadat hij alle vragen had beantwoord – eindelijk! – begon hij aan zijn laatste taak.

Hij had zijn huiswerk voor wiskunde als eerste gemaakt omdat wiskunde het makkelijkst was. Daarna had hij die rottaak voor geschiedenis gemaakt, want dat vak was saai.

Hij had de opdracht om de woorden die hij deze week had leren spellen in een zin te gebruiken tot het laatste bewaard, want dat vond hij leuk.

Hij vond woorden zelfs nog leuker dan wiskunde, en bijna net zo leuk als dingetjes tekenen.

1. Voetganger. Na de bankroof reden de boeven in hun vluchtauto over de voetganger heen.

2. Buurt. Toen de buitenaardse wezens van de planeet Zork de Aarde aanvielen, konden de mensen in de buurt alleen nog rekenen op Spider-Man om hen te beschermen.
3. Oogsten. De boosaardige wetenschapper ontvoerde talloze mensen om hun organen te oogsten voor zijn rare experimenten.

Net toen hij met het laatste van de tien woorden bezig was, kwam zijn moeder aan zijn tafeltje zitten.

'Ik heb al mijn stomme huiswerk af.'

Omdat haar dienst erop zat, had Jan haar schort en muts afgedaan. Nadat haar man ervandoor was gegaan, had ze haar haar kort laten knippen en ze vond dat een kort koppie haar goed stond. Bovendien zat het lekker snel in model.

Ze zag dat Raylan ook wel eens een knipbeurt kon gebruiken. Zijn ooit stroblonde haar kreeg langzamerhand dezelfde honingblonde kleur als dat van haar. Hij werd groot, dacht ze terwijl ze gebaarde dat hij haar zijn huiswerk moest laten zien.

Toen hij haar aankeek, sloeg hij zijn prachtige, flesgroene ogen ten hemel – dezelfde kleur als haar vader had – en schoof hij zijn multomap naar haar toe.

Nu hij groot werd, mijmerde ze, was zijn haar niet meer zo fijn en blond als dat van een baby, maar werd het dik en kwamen er wat slagen in. Het babyvet was uit zijn gezicht verdwenen – waar bleef de tijd toch? – en hij kreeg langzamerhand de scherpe gelaatstrekken die hij de rest van zijn leven zou houden.

Hij was voor haar ogen van schattig in knap veranderd.

Ze controleerde zijn huiswerk, want hoewel ze in het jongetje de man zag die hij later zou worden, vond het jochie het nogal leuk om gek te doen.

Ze las de voorbeeldzinnen van de spellingsopdracht en zuchtte. 'Plichtsgetrouw. De zwarte ridder zwoer plichtsgetrouw: Ik strijd wijd en zijd voor gerechtigheid.'

Hij grijnsde alleen. 'Het rijmt.'

'Waarom besteedt iemand die zo verdomd slim is zo veel tijd en energie aan het vermijden van huiswerk dat hij anders binnen een uurtje af zou hebben?'

'Omdat huiswerk vervelend is.'

'Dat is waar,' beaamde ze. 'Maar je moet het nou eenmaal doen. En vandaag heb je het goed gedaan.'

'Mag ik nu dan naar Mick?'

'Voor iemand die zo goed is in wiskunde ben je niet erg goed in het tellen van de dagen in een schoolweek. Je mag zaterdag pas weer naar je vriendjes. En als je opnieuw met je pet naar je huiswerk gooit...'

'Mag je twee weken niet naar je vrienden toe,' maakte hij haar zin af op een toon die eerder triest dan gegriefd klonk. 'Maar wat moet ik nu dan doen? De middag duurt nog uren.'

'O, maak je maar geen zorgen, lieverd.' Ze duwde de multomap naar hem terug. 'Ik kan nog een heleboel dingen bedenken die je kunt doen.'

'Klusjes.' Daar had je de gegriefde toon. 'Maar ik heb al mijn huiswerk gedaan.'

'Ach, stakker toch. Wil je soms een beloning voor iets wat je hoort te doen? O, ik weet wat.' Met een stralende glimlach op haar gezicht en pretlichtjes in haar ogen klapte ze in haar handen. 'Wat zeg je ervan als ik je hele gezicht kus?' Ze boog zich naar hem toe. 'Ja, ik ga je hele gezicht kussen waar iedereen bij is. O, heerlijk. Kus, kus.'

Hij kromp ineen, maar kon een grijns niet onderdrukken. 'Hou op!'

'Je schaamt je toch niet voor dikke, luide klapzoenen op je wangen, mijn allerliefste knulletje?'

'Jij bent raar, mam.'

'Dat heb ik van jou. Kom, we gaan je zus halen en daarna gaan we naar huis.'

Hij stopte zijn multomap in zijn propvolle rugzak.

Mensen kwamen het restaurant binnen om een biertje of een glas wijn te drinken of omdat ze vroeg met vrienden hadden afgesproken om te gaan eten.

Meneer Rizzo had zijn koksmuts opgezet en zijn schort omgedaan en voerde zijn jongleurskunsten met pizzadeeg op. Het meisje zat op een kruk aan de bar en applaudisseerde.

'Dag, meneer Rizzo!'

Meneer Rizzo ving het deeg op, draaide ermee en knipoogde naar hem. '*Ciao*, Raylan. Pas goed op je moeder.'

'Doe ik, meneer.'

Ze liepen de zaak uit en stapten de overdekte veranda aan de voorkant op waar al wat mensen aan tafeltjes zaten te drinken en te eten. De geur van de bloemen in bloempotten vermengde zich met die van gefrituurde calamari, kruidige saus en geroosterd brood.

Langs het plein van het stadje stonden grote betonnen bloembakken vol bloemen, en sommige zaken hadden nog meer bloemen in potten of in hangende mandjes.

Terwijl ze op het kruispunt stonden te wachten voor het voetgangerslicht, moest Jan zich bedwingen om de hand van haar zoon niet te pakken. Hij was al tien, bracht ze zichzelf in herinnering. Hij wilde de hand van zijn moeder niet vasthouden bij het oversteken.

'Wie was dat meisje bij meneer Rizzo?'

'Hmm? O, dat is zijn kleindochter. Adrian. Zij logeert de hele zomer bij hen.'

'Waarom zit haar arm in het gips?'

'Ze heeft haar pols pijn gedaan.'

'Hoe dan?' vroeg hij terwijl ze de straat overstaken.

'Ze is gevallen.'

Omdat ze voelde dat Raylan naar haar keek terwijl ze langs het volgende huizenblok liepen, keek ze hem even aan. 'Wat is er?'

'Je hebt die ene blik weer in je ogen.'

'Welke blik?'

'De blik die je krijgt als je me niet wilt vertellen dat er iets naars is gebeurd.'

Ze vermoedde dat ze die blik inderdaad wel eens kreeg. En ze vermoedde ook dat in een stadje zo klein als Traveler's Creek – een stadje waar de familie Rizzo innig mee verweven was – dat Raylan, met zijn scherpe vleermuisgehoor, het uiteindelijk toch wel zou horen.

'Haar vader heeft haar pijn gedaan.'

'Echt?' Zijn vader had een heleboel gemene dingen gezegd en gedaan, maar hij had nooit zijn pols of die van Maya kapotgemaakt.

'Ik verwacht dat je de privacy van meneer en mevrouw Rizzo zult respecteren, Raylan. En aangezien ik van plan ben om je zusje mee te nemen naar hun huis om te kijken of Adrian en zij vriendinnetjes kunnen worden, want ze zijn even oud, wil ik dat je hier geen woord over zegt tegen je zusje. Als Adrian het Maya, of iemand anders, wil vertellen dan is dat háár zaak.'

'Oké, maar jemig. Haar vader heeft haar arm gebroken!'

'Haar pols. Maar dat is net zo erg.'

'Zit hij nu in de gevangenis?'

'Nee. Hij is doodgegaan.'

'Holy shit.' Stomverbaasd, maar ook een beetje opgewonden, wipte hij op en neer op zijn tenen. 'Heeft zij hem gedood of zo, uit zelfverdediging?'

'Nee. Doe niet zo raar. Ze is gewoon een klein meisje dat iets heel akeligs heeft meegemaakt. Ik wil niet dat je haar met vragen gaat bestoken.'

Ze kwamen bij het huis van Cassie, dat tegenover dat van hen lag.

Ze hadden in hun huis kunnen blijven wonen omdat de familie Rizzo zijn moeder een baan had gegeven nadat zijn vader ervandoor was gegaan en bijna al hun geld van de bankrekening had gehaald. Dat was een van de heel gemene dingen die hij had gedaan.

Toen dat was gebeurd, had Raylan zijn moeder horen huilen toen zij dacht dat hij sliep. Dat was nog voordat ze de baan bij Rizzo's had gekregen.

Hij zou nooit iets doen of zeggen wat meneer en mevrouw Rizzo kon kwetsen.

Maar dat meisje was ineens een stuk interessanter geworden.

3

Die hele zomer werd anders toen Adrian Maya leerde kennen. Er ging een wereld voor haar open met logeerpartijtjes, middagen samen spelen en geheimpjes delen. Voor het eerst van haar leven had ze een échte beste vriendin.

Ze leerde Maya yoga en danspassen – en bijna een handstandoverslag – en Maya leerde haar hoe ze met een baton moest draaien en yahtzee moest spelen.

Maya had een hond die Jimbo heette en op zijn achterpoten kon lopen. Ze had ook een kat die Juf Nuffig heette en van knuffelen hield.

Ze had ook een broer die Raylan heette, maar die wilde alleen maar videospelletjes spelen, stripboeken lezen of rondrennen met zijn vrienden, dus hem zag ze niet zo vaak. Maar hij had groene ogen, groener en donkerder dan die van haar moeder en haar oma. Alsof zijn ogen een extra scheut groen hadden gehad.

Maya zei dat hij meestal een poephoofd was, maar daar zag Adrian weinig bewijs voor aangezien hij de meisjes vooral uit de weg ging.

En ze vond zijn ogen echt heel mooi.

Adrian begon zich af te vragen hoe het zou zijn om een broer of een zus te hebben. Een zus zou veel fijner zijn, dat was natuurlijk logisch, maar het leek haar leuk om iemand in huis te hebben die ongeveer van haar leeftijd was.

Maya's moeder was heel aardig. Nonna had haar een schat van een vrouw genoemd en popi had gezegd dat ze een goede kok was en hard kon werken. Soms, wanneer mevrouw Wells dienst had, kwam Maya naar het restaurant en bleef daar dan de hele dag, en als ze het op tijd vroegen, mochten er ook nog een paar andere meisjes komen.

Nadat het gips eraf ging, moest ze nog drie weken een afneembare spalk dragen. Maar die mocht ze afdoen als ze een schuimbad wilde nemen of als ze mocht gaan zwemmen in het zwembad in de achtertuin van Cassie, het vriendinnetje van Maya.

Eind juni ging ze met Maya naar boven om alles te halen wat ze nodig hadden voor een theekransje buiten in de schaduw van de grote boom.

Bij de open deur van Raylans slaapkamer bleef ze staan. Anders hield hij die altijd dicht en er hing een papier op waar in koeienletters WEGWEZEN op stond.

'Daar mogen we niet naar binnen zonder toestemming,' zei Maya tegen haar. Haar lichtblonde haar zat in Franse vlechten omdat het haar moeders vrije dag was en zij daar tijd voor had gehad. Maya zette een hand op haar heup zoals ze dat vaak deed en rolde met haar ogen. 'Alsof ik dat zou willen. Het is er een bende en het stinkt er.'

Adrian rook niets vanuit de deuropening, maar het was zeker een bende in die kamer. Hij had zijn bed niet eens een beetje opgemaakt. Overal op de grond lagen kleren, schoenen en actiefiguurtjes. Maar ze werd meteen gefascineerd door de tekeningen die hij overal aan zijn muren had gehangen.

Superhelden, gevechten met monsters of superschurken, ruimteschepen, vreemde gebouwen, griezelig uitziende bossen.

'Heeft hij die allemaal getekend?'

'Ja, hij zit altijd te tekenen. Hij is goed, maar hij tekent altijd stomme dingen. Nooit iets moois. Nou ja, één keertje voor mama op Moederdag. Toen had hij een boeket bloemen getekend en mooi ingekleurd en zo. Toen moest ze huilen, maar wel omdat ze het mooi vond, hoor.'

Adrian vond de tekeningen niet stom. Sommige waren een beetje griezelig, maar niet stom. Toch zei ze dat niet, want Maya was tenslotte haar beste vriendin.

Net toen ze haar hoofd iets verder naar binnen stak, kwam Raylan de trap op rennen. Ineens bleef hij als aan de grond genageld staan en kneep zijn ogen tot spleetjes. Daarna holde hij naar hen toe en ging in de deuropening staan om de weg te versperren.

'Jullie mogen niet op mijn kamer komen.'

'We zijn ook niet naar binnen gegaan, poephoofd. Niemand wil jouw stinkende kamer in.' Maya snoof overdreven.

'De deur was open,' zei Adrian voordat Raylan terug kon schelden tegen zijn zus. 'Ik ben niet naar binnen gegaan, eerlijk niet. Ik keek alleen maar naar de tekeningen. Die zijn echt heel goed. Vooral die ene van Iron-Man. Deze,' voegde ze eraan toe terwijl ze ging staan alsof ze vloog, met een arm uitgestrekt en de vuist gebald.

Ineens richtte hij zijn boze blik op haar. Instinctief kromp ze ineen en ze ging een stapje achteruit terwijl ze haar hartslag pijnlijk in haar pols voelde bonken.

Hij zag dat ze haar goede hand beschermend voor haar gewonde pols hield, en hij herinnerde zich wat haar vader met haar had gedaan. Iedereen zou bang zijn als zijn of haar vader iets van hen had gebroken.

Dus dwong hij zichzelf zijn schouders op te halen alsof het hem niets kon schelen. Al was hij stiekem een beetje onder de indruk omdat ze wist wie Iron-Man was. 'Geeft niet. Dat was gewoon maar een tekening om te oefenen. Ik kan veel beter.'

'Die van Spider-Man en Doc Ock is ook heel gaaf.'

Goed, nu was hij meer dan een beetje onder de indruk. Geen van Maya's andere suffe vriendinnetjes kon Doc Ock en de Green Goblin uit elkaar houden. 'Ja, die is best oké.' Omdat hij vond dat hij nu wel lang genoeg met een meisje had gepraat, zei hij boos tegen zijn zus: 'Wegwezen.'

Maya liet haar zonnige glimlach zien. 'Zie je wel? Hij is een poephoofd.' Ze pakte Adrians hand en huppelde naar haar kamer om de spullen voor het theekransje te pakken.

Die avond, voordat ze naar bed moest, pakte Adrian wat papier en een potlood en probeerde ze haar lievelingssuperheld te tekenen: Black Widow.

Elke poging leek op losse klodders die met elkaar waren verbonden met lijnen of met nog meer klodders. Treurig ging ze weer terug naar haar standaardtekening: een huis, bomen, bloemen en een grote ronde zon. En zelfs die was niet erg goed, dat waren haar tekeningen nooit. Ook al hing nonna er altijd eentje op de koelkast.

Ze kon niet goed tekenen. Ze was ook niet echt goed in koken en bakken, hoewel nonna en popi zeiden dat ze het snel oppikte.

Waar was ze dan wel goed in?

Om zichzelf te troosten deed ze een paar yoga-oefeningen, al moest ze oppassen dat ze niet te veel gewicht op haar pols zette. Toen ze klaar was met haar bedritueel poetste ze haar tanden en trok haar pyjama aan.

Ze wilde net de slaapkamer uitlopen om tegen popi te zeggen dat ze klaar was om naar bed te gaan – oma had die avond dienst in het restaurant – toen hij op de openstaande deur klopte.

'Kijk mijn meisje nou. Helemaal schoon en glimmend en klaar om naar bed te gaan. En kijk deze eens,' ging hij verder toen hij haar tekening zag. 'Die krijgt een plaatsje in onze kunstgalerie.'

'Het is maar kindergeklieder.'

'De kijker bepaalt of iets wel of geen kunst is. En ik vind hem mooi.'

'Maya's broer, Raylan, die kan pas echt goed tekenen.'

'Dat is waar. Hij heeft veel talent.' Hij keek haar aan en zag haar pruilerige gezichtje. 'Maar ik heb hem nog nooit op zijn handen zien lopen.'

'Dat mag ik eigenlijk nog niet doen.'

'Maar dat komt wel weer.' Hij gaf haar een kus op haar hoofd en duwde haar toen zachtjes naar het bed. 'Kom, dan stop ik jou en Blaffert in zodat we nog een hoofdstuk uit *Matilda* kunnen lezen. Mijn meisje leest beter dan de meeste tieners.'

Adrian ging lekker liggen met haar speelgoedhond naast zich. 'Actieve geest, actief lichaam.'

Dom begon te lachen en ging naast haar op het bed zitten met het boek. Adrian kroop dicht tegen hem aan. Hij rook naar het gras dat hij in de namiddag had gemaaid.

'Denk jij dat mama me mist?'

'Tuurlijk. Ze belt je toch elke week om met je te praten, en te horen hoe het met je gaat en wat je doet?'

Ik wou dat ze wat vaker belde, dacht Adrian, en ze vraagt niet zo vaak wat ik doe.

'Ik denk dat ik je morgen ga leren hoe je pasta moet maken, en daarna mag je mij wat leren.'

'Wat dan?'

'Een van die choreografietjes die je zelf bedenkt.' Hij tikte tegen haar neus. 'Actieve geest, actief lichaam.'

Dat vond ze een geweldig idee. 'Oké! Ik kan wel een nieuwe voor je bedenken.'

'Niet al te moeilijk, hoor. Ik ben maar een beginneling. En lees me nu maar een stukje voor.'

Toen Adrian later terugkeek op die zomer, wist ze dat die idyllisch was geweest. Een korte ontsnapping aan de werkelijkheid, aan verantwoordelijkheid en aan de dagelijkse gang van zaken, zoals ze nooit meer zo volledig zou ervaren.

Lange, warme, zonnige dagen met limonade op de veranda en vrolijk hondengeblaf in de achtertuin. De opwinding van een plotselinge onweersbui die de hemel zilvergrijs kleurde en de bomen heen en weer liet zwiepen. Ze had vriendinnetjes om mee te spelen en mee te giebelen. Ze had gezonde, energieke grootouders die haar, in die korte periode, tot het middelpunt van hun bestaan maakten.

Ze leerde keukenvaardigheden waarvan ze sommige de rest van haar leven zou blijven gebruiken. Ze ontdekte dat ze het leuk vond om verse kruiden en groenten uit de tuin te halen en ze zag dat nonna glimlachte als popi haar een bosje wilde bloemen kwam brengen.

Die zomer leerde ze de echte betekenis van familie en gemeenschapszin kennen. Ze zou het nooit meer vergeten en er vaak naar verlangen.

Maar de dagen verstreken. De optocht en het vuurwerk op Onafhankelijksheidsdag. Een zwoele avond vol gekleurde lichtjes en harde geluiden toen de kermis naar het stadje kwam. Vuurvliegjes vangen en weer vrijlaten, naar kolibries kijken, een ijslolly eten op de grote veranda die helemaal om het huis heen liep, op een dag waarop het zo stil was dat ze de beek kon horen kabbelen.

Daarna had iedereen het ineens over nieuwe weer-naar-schoolkleren en schoolspullen kopen. Haar vriendinnetjes vertelden opgewonden welke leraar of lerares ze zouden krijgen en pronkten met hun spiksplinternieuwe rugzakken en multomappen.

En ondanks de hitte, het licht en de lange dagen liep de zomer razendsnel ten einde.

Toen haar oma haar hielp met inpakken, deed ze haar best om niet te huilen, maar dat lukte haar niet.

'Ach, schatje van me.' Sophia sloeg haar armen om haar heen. 'Je gaat niet voor altijd weg. Je komt heus nog wel eens op bezoek.'

'Dat is niet hetzelfde.'

'Maar daardoor wordt het juist bijzonder. Je weet best dat je mama en Mimi hebt gemist.'

'Maar nu ga ik jou en popi missen, en Maya en Cassie en mevrouw Wells. Waarom moet ik altijd iemand missen?'

'Ik weet dat het moeilijk is, want popi en ik gaan jou missen.'

'Ik wou dat ik hier kon wonen.'

Ze zag zichzelf hier wel wonen, in dit grote huis met deze mooie kamer van waaruit ze zo de veranda op kon lopen om naar de honden, de tuin en de bergen te kijken. 'Als we met z'n allen hier woonden, hoefde ik niemand te missen.'

Sophia wreef even over Adrians rug en stapte toen bij haar vandaan om een spijkerbroek in de koffer te stoppen. 'Dit is niet je mama's thuis, schatje.'

'Dat was het vroeger wel. Ze is hier geboren en ze is hier naar school gegaan en zo.'

'Maar nu is het haar thuis niet meer. Iedereen moet zijn eigen thuis zoeken.'

'En als ik nou wil dat dit mijn thuis is? Waarom kan ik niet krijgen wat ík wil?'

Sophia keek naar het lieve, rebelse gezichtje en voelde een barst in haar hart ontstaan. Ze klonk precies hetzelfde als haar moeder vroeger. 'Als je oud genoeg bent, besluit je misschien dat je hier wilt komen wonen. Maar het kan ook zijn dat je in New York wilt wonen of ergens anders. En dan mag jij beslissen.'

'Kinderen mogen nooit iets beslissen.'

'Daarom doen de mensen die van die kinderen houden hun best om goede beslissingen voor hen te nemen tot ze oud genoeg zijn om zelf dingen te bepalen. Je mama doet haar best, Adrian. Geloof me, ze doet haar best.'

'Als jij zegt dat ik hier mag komen wonen, zegt zij misschien ja.'

Sophia voelde de barst in haar hart groter worden. 'Dat zou niet goed zijn voor jou, en ook niet voor mama.' Ze ging op de rand van het bed zitten en nam Adrians betraande gezichtje in haar handen. 'Jullie tweeën hebben elkaar nodig. Wacht even,' zei ze toen Adrian haar hoofd schudde. 'Geloof jij dat ik je altijd de waarheid vertel?'

'Ik denk het wel. Ja.'

'Dan vertel ik je nu ook de waarheid. Jullie hebben elkaar nodig. Zo voelt het nu misschien niet omdat je boos en verdrietig bent, maar zo is het wel.'

'Hebben popi en jij me dan niet nodig?'

'O, nou en of.' Ze trok Adrian naar zich toe voor een stevige omhelzing. '*Gioia mia*. En daarom ga je ons brieven schrijven en dan schrijven wij je terug.'

'Brieven? Ik heb nog nooit een brief geschreven.'

'Nou, daar gaat verandering in komen. Sterker nog, ik zal je mooi briefpapier meegeven zodat je ermee kunt beginnen. Ik heb wel wat in mijn bureau liggen, en dat ga ik voor je halen. We zullen het in je koffer stoppen.'

'En dan ga jij brieven naar mij schrijven. Brieven alleen aan mij?'

'Alleen aan jou. En één keer per week ga je me bellen en dan praten we samen.'

'Beloof je dat?'

'Ik doe je hierbij de pinkbelofte.' Toen Sophia haar pink in die van Adrian haakte, begon het meisje te glimlachen.

Ze huilde niet toen de auto arriveerde, een grote, glanzend zwarte limousine, maar ze greep de hand van haar opa wel heel stevig vast.

Hij gaf een kneepje in de hare. 'Moet je die luxe auto eens zien! Wat zul jij in stijl naar huis rijden. Toe, ga maar.' Hij gaf nog een kneepje in haar hand. 'Geef je moeder maar een knuffel.'

De chauffeur, gekleed in een keurig kostuum met das, stapte als eerste uit om het portier open te doen. Vervolgens stapte haar moeder uit. Ze droeg mooie, zilverkleurige sandalen en Adrian zag dat mama's teennagels felroze waren, net als haar blouse.

Mimi stapte aan de andere kant uit. Ze glimlachte stralend, maar haar ogen glansden.

Adrian mocht dan nog net geen acht zijn, toch wist ze al dat het verkeerd was om als eerste naar Mimi te willen rennen. Dus liep ze over het gazon naar haar moeder en Lina boog zich voorover voor de knuffel.

'Volgens mij ben je gegroeid.' Terwijl ze weer rechtop ging staan, streek Lina met een hand over Adrians krullende paardenstaart. Toen fronste ze haar wenkbrauwen zoals ze altijd deed wanneer haar iets niet beviel. 'Je hebt veel tijd in de zon doorgebracht.'

'Maar ik heb me altijd met zonnebrandcrème ingesmeerd. Daar hebben popi en nonna op gelet.'

'Mooi. Dat is goed.'

'Zeg, waar blijft mijn knuffel?' Mimi spreidde haar armen en deze keer rende Adrian wel. 'O, wat heb ik jou gemist!' Ze tilde Adrian op, zoende haar op beide wangen en knuffelde haar daarna heel stevig. 'Je bent groter geworden en je lijkt wel van goud. En je ruikt naar zonneschijn.'

Iedereen omhelsde elkaar, maar Lina zei dat ze niet konden blijven om iets te eten en te drinken.

'We zijn uit Chicago komen vliegen. Ik heb nu al het gevoel dat ik er een lange dag op heb zitten en morgenochtend heb ik een interview in *The Today Show*. Nog ontzettend bedankt dat jullie voor Adrian hebben gezorgd.'

'Graag gedaan. Het is een lieve meid.' Sophia pakte Adrians handen en drukte er een kus op. 'Echt een heel lieve meid. Ik zal je knappe gezichtje hier missen.'

'Nonna.' Adrian sloeg haar armen om haar oma heen.

Dom tilde haar op, draaide even met haar in het rond en omhelsde haar. 'Lief zijn voor je moeder, hoor.' Hij drukte een kus tegen de zijkant van haar hals en zette haar toen weer neer.

Ze moest Tom en Jerry nog een afscheidsknuffel geven en ze huilde een beetje toen ze haar gezicht in hun vacht drukte.

'Kom op, Adrian. Het is niet alsof je ze nooit meer zult zien. Voor je het weet is het weer zomer.'

'Jullie zouden met kerst kunnen komen,' zei Sophia.

'We zien wel hoe het loopt.' Lina kuste eerst haar moeder op de wang en daarna haar vader. 'Echt ontzettend bedankt. Ik heb echt veel minder in spanning gezeten door de wetenschap dat ze even... weg was van de hele toestand. Het spijt me dat ik niet langer kan blijven, maar ik moet morgenochtend om zes uur in de studio zijn.'

Ze keek achterom en zag dat Mimi Adrian al in de limousine had gezet en het meisje probeerde af te leiden door haar te laten zien hoe de verlichting in de auto werkte. 'Dit is goed voor haar geweest. Goed voor iedereen.'

'Kom met Kerstmis.' Sophia pakte de hand van haar dochter stevig vast. 'Of met Thanksgiving.'

'Ik zal mijn best doen. Pas goed op jullie zelf.'

Ze stapte in en deed het portier dicht.

Adrian negeerde haar moeders bevel om haar gordel om te doen en ging op haar knieën op de achterbank zitten zodat ze door de achterruit van de grote auto naar haar grootouders kon kijken die voor het grote stenen huis stonden te zwaaien, met de honden aan hun voeten.

'Adrian, ga zitten zodat Mimi je gordel om kan doen.' Op het moment dat Lina het zei en de auto over de overdekte brug reed, ging haar mobieltje. Ze wierp een korte blik op het scherm. 'Ik móét dit telefoontje aannemen.' Ze schoof helemaal naar de zijkant van de achterbank. 'Met Lina. Hoi, Meredith.'

'We hebben water met prik en sap bij ons,' zei Mimi vrolijk terwijl ze Adrians gordel vastklikte. 'En wat bessen, en die groentechips die je lekker vindt. We gaan er een autopicknick van maken.'

'Hoeft niet.' Adrian ritste de kleine crossbodytas open die ze van haar grootouders had gekregen en pakte haar Game Boy. 'Ik heb geen honger.'

NEW YORK CITY

Uit die ene zomer van lang geleden ontstond Adrians gewoonte van brieven schrijven. Ze belde haar grootouders minstens één keer per week, stuurde hun af en toe een e-mail of een tekstberichtje, maar de wekelijkse brieven werden een traditie.

Op een warme septemberochtend waarop er een aangenaam briesje waaide, ging ze op het dakterras zitten van haar moeders appartement van drie verdiepingen in de Upper East Side om een brief te schrijven over haar eerste week van het nieuwe schooljaar.

Die had ze natuurlijk op de computer kunnen typen om hem daarna op de post te doen, maar dan had ze net zo goed een e-mail kunnen sturen. Volgens haar was het de handeling van het schrijven die brieven persoonlijk maakte.

Hoewel ze best vaak tekstberichtjes naar Maya stuurde, schreef ze ook haar af en toe een kaartje.

Ze had tegenwoordig geen nanny meer, want Mimi was verliefd geworden op Issac, daarna met hem getrouwd en had inmiddels zelf twee kinderen. Bovendien werd Adrian over zes weken zeventien.

Mimi werkte nog steeds voor Lina, maar nu als administratief assistent en in die hoedanigheid hielp ze met het inroosteren van afspraken en werkte ze samen met Harry om interviews en andere optredens te regelen.

De carrière van haar moeder was in een grote stroomversnelling gekomen, met boeken, dvd's, fitnessoptredens, optredens als motivational speaker en televisierollen (ze had zichzelf gespeeld in een aflevering van *Law and Order: SVU*).

Het merk Yoga Baby floreerde en bracht veel geld in het laatje.

Lina's paradepaardje, de Ever Fit-sportschool in Manhattan, had overal in het land filialen. En dankzij de Ever Fit-kledinglijn, de lijn met gezonde voeding, de etherische oliën, kaarsen, lotions en de Yoga Baby-fitnessapparatuur was Lina's eenmanszaak in iets meer dan tien jaar uitgegroeid tot een landelijke onderneming met een omzet van een miljard dollar.

Yoga Baby financierde vakantiekampen voor kansarme kinderen, en deed grote schenkingen aan opvanghuizen voor mishandelde vrouwen, dus Adrian kon niet zeggen dat haar moeder niets teruggaf aan de samenleving.

Maar meestal kwam Adrian na schooltijd thuis in een leeg appartement. Ze grapte wel eens tegen Maya dat ze een betere relatie had met de portier dan met haar moeder. Het nauwste contact met haar moeder had ze eigenlijk in de weken dat ze samen aan hun jaarlijkse moeder-dochter fitness-dvd werkten, dacht Adrian.

Maar zo was haar leven op dit moment, en ze had al besloten wat ze met de rest van dat leven wilde doen zodra ze oud genoeg was om haar eigen keuzes te bepalen.

Een van die eerste keuzes had ze al gemaakt, en nu zat ze in de warme bries te wachten op het commentaar dat daarop zou volgen.

Dat liet niet lang op zich wachten.

Ze hoorde de glazen deuren achter zich openschuiven en met een ferme dreun tegen de stootdoppen komen.

‘Adrian, wat ben je in godsnaam aan het doen? Je bent nog niet eens begonnen met inpakken. We vertrekken over een uur.’

‘Jíj vertrekt over een uur,’ verbeterde Adrian haar terwijl ze bleef schrijven. ‘Ik hoef niet te pakken, want ik ga niet met je mee.’

‘Doe niet zo kinderachtig. Ik heb morgen een overvolle agenda in Los Angeles. Toe, ga pakken.’

Adrian legde haar pen neer, verschoof op haar stoel en keek haar moeder aan. ‘Nee, ik ga niet mee. Ik ben niet van plan om me de komende tweeënhalve week door jou het hele land door te laten slepen. Ik ga niet in hotelkamers wonen en mijn schoolwerk via internet doen. Ik blijf hier en ik ga naar die stomme privéschool waar ik per se van jou naartoe moest toen je de afgelopen lente dit appartement kocht.’

‘Jij doet precies wat ik zeg. Je bent nog een kind, dus...’

‘Je zei net dat ik níét zo kinderachtig moest doen. Het is het een of het ander, mam. Ik ben zestien en over een paar weken word ik zeventien. Ik zit nog maar nauwelijks drie weken op deze school waar ik nog helemaal geen vrienden heb. Ik ben niet van plan om hele dagen op een hotelkamer, in een studio of in een evenementencentrum door te brengen. Na schooltijd kan ik hier ook wel alleen zijn.’

‘Je bent nog niet oud genoeg om in je eentje hier te blijven.’

‘Maar wel oud genoeg om in mijn eentje in een willekeurige stad te zitten terwijl jij je nieuwe boek of nieuwe dvd signeert, interviews geeft of ergens een optreden hebt?’

‘Daar ben je niet alleen.’ Verward en stomverbaasd ging Lina zitten. ‘Je kunt me altijd bellen of een berichtje sturen.’

‘Aangezien Mimi niet met je meegaat omdat ze haar twee kinderen geen veertien dagen alleen wil laten, kan ik haar ook bellen. Ik kan heus wel voor mezelf zorgen, hoor. Het is je misschien niet opgevallen, maar dat doe ik al een hele tijd.’

'Ik heb altijd gezorgd dat het je aan niets ontbrak, dus sla niet zo'n toon tegen me aan, Adrian.' Lina's verwarring en verbazing maakten plaats voor ontzetting en boosheid. 'Je krijgt de beste opleiding die iemand zich kan wensen, een opleiding waarmee je toegang krijgt tot de universiteit van jouw keus. Je hebt een schitterend en veilig thuis. Ik heb echt keihard gewerkt om je die dingen te kunnen geven.'

Adrian wierp Lina een lange en effen blik toe. 'Je hebt keihard gewerkt omdat je een ambitieuze vrouw bent die echt van haar werk houdt. Dat neem ik je niet kwalijk. Ik had het naar mijn zin op die openbare school. Ik had er vrienden. Nu ga ik proberen om het naar mijn zin te krijgen en vrienden te maken op de school die jij voor me hebt uitgekozen. Dat lukt niet als ik nu twee weken weg ga.'

'Als jij denkt dat ik een tiener in haar eentje ga achterlaten in New York zodat ze feestjes kan geven, haar schoolwerk kan verwaarlozen en tot diep in de nacht uit kan gaan, dan heb je het heel erg mis.'

Adrian sloeg haar armen over elkaar, zette haar ellebogen op tafel en boog zich voorover. 'Feestjes? Met wie dan? Ik drink niet, ik rook niet en ik gebruik geen drugs. Vorig jaar had ik bijna een vriendje, maar nu moet ik hier weer helemaal opnieuw beginnen. Mijn schoolwerk verwaarlozen? Ik hoor al vanaf mijn tiende bij de besten van de klas. En als ik wel tot diep in de nacht uit zou willen gaan, kan dat ook wel als jij thuis bent. Je zou het niet eens merken. Kijk toch naar me.' Adrian stak haar armen in de lucht. 'Ik gedraag me altijd zo verantwoordelijk dat ik mezelf irritant vind. Zo heb ik altijd moeten zijn. Jij hebt het altijd over de balans in iemands leven, nou, ik ga wat balans in het mijne brengen. Ik laat me niet nog een keer uit mijn normale leventje halen. Dat vertik ik.'

'Als je zo vastbesloten bent om niet mee te gaan, zal ik vragen of je een paar weken bij je opa en oma kunt logeren.'

'Ik wil dolgraag bij ze op bezoek, maar ik blijf hier. Ik ga hier naar school. Als je me niet vertrouwt, zeg dan maar tegen Mimi dat ze me elke dag moet komen controleren. Stop een van de portiers geld toe zodat die je elke dag verslag kan doen van mijn doen en laten. Het kan me niets schelen. Ik sta 's ochtends op om naar school te gaan en 's middags kom ik thuis om mijn huiswerk te maken. Ik zal trainen in die prachtige fitnessruimte die je in dit appartement hebt ingericht. Ik zal eten voor mezelf klaarmaken of anders laat ik wat bezorgen. Ik heb geen zin om te feesten of om seks te hebben of om te drinken tot ik erbij neerval. Ik wil alleen een normaal begin van het schooljaar. Meer niet.'

Lina stond weer op, liep ongedurig naar de muur en keek naar de East River. 'Je praat alsof je... Ik heb mijn best voor je gedaan, Adrian.'

'Dat weet ik.'

Ineens herinnerde ze zich wat haar oma tegen haar had gezegd tijdens die zomer van lang geleden. *Je mama doet haar best, Adrian.*

'Ja, dat weet ik,' herhaalde ze. 'En jij zou erop moeten vertrouwen dat ik niks zal doen wat jou in verlegenheid kan brengen. En als je dat niet kunt, zou je moeten weten dat ik nooit iets zou doen wat popi en nonna verdrietig maakt of teleurstelt. Ik wil verdomme alleen maar naar school.'

Lina deed haar ogen dicht. Ze zou haar dochter kunnen dwingen, want zij was tenslotte de baas. Maar ten koste van wat? En wat zou ze ermee opschieten? 'Ik wil dat je 's avonds om negen uur thuis bent en je blijft in deze wijk, tenzij je naar Mimi in Brooklyn gaat.'

'Als ik op vrijdag- of op zaterdagavond naar de bioscoop wil, bestaat er een kans dat ik pas om tien uur thuis ben.'

'Afgesproken, maar als je dan weer thuis bent, bel je mij of Mimi. Je laat niemand binnen als ik er niet ben, behalve Mimi en haar gezin. Of Harry. Hij gaat weliswaar met me mee, maar misschien vliegt hij tussendoor een dag terug naar New York.'

'Ik ben niet op zoek naar gezelschap. Ik ben op zoek naar stabiliteit.'

'Een van ons, ikzelf, Harry of Mimi, zal je elke avond bellen. En ik zeg niet hoe laat.'

'Ga je steekproeven nemen?'

'Dat ik erop vertrouw dat jij je verantwoordelijk zult gedragen wil niet zeggen dat ik risico's ga nemen.'

'Afgesproken.'

De bries bracht Lina's kastanjebruine haar in beweging. 'Ik... ik dacht dat je het leuk vond om te reizen.'

'Soms wel.'

'Als je van gedachten verandert, zal ik regelen dat je naar Mimi of naar opa en oma kunt gaan of dat je het vliegtuig kunt nemen naar waar ik op dat moment ook ben.'

Omdat ze wist dat haar moeder al die dingen voor haar zou doen, en zonder al te vaak *zie je nou wel* te zeggen, voelde Adrian iets in haar binnenste verzachten. 'Bedankt, maar ik red me wel. Het schoolwerk zal me wel bezighouden en ik ben al aan het uitzoeken welke universiteiten me aanspreken. Bovendien heb ik een project waarmee ik aan de slag wil.'

'Wat voor project?'

'Ik moet het eerst nog wat verder uitwerken.' Op haar zestiende wist Adrian precies hoe ze op een luchtige manier vragen moest ontwijken. En hoe ze haar moeder kon afleiden. 'Ik moet trouwens nog een zak M&M's van twee kilo kopen, plus een paar liter cola en vijf of zes zakken chips. Je weet wel, de gewone snackvoorraad.'

Lina glimlachte halfhartig. 'Als ik zou denken dat je dat meende dan zou ik je bewusteloos slaan en je meeslepen. Ik moet nu echt gaan. De auto komt zo. Ik vertrouw op je, Adrian.'

'Ik bén te vertrouwen.'

Lina boog zich voorover en drukte een zoen op Adrians kruin. 'Als ik in Los Angeles land, is het al laat, dus dan bel ik je niet meer. Ik stuur je wel een berichtje.'

'Goed. Dan wens ik je een veilige reis en een goede tournee.'

Na een knikje ging Lina weer naar binnen. Ze voelde een pijnscheut in haar borst toen ze achteromkeek en zag dat Adrian haar pen weer had gepakt en verder schreef alsof dit een doodnormale middag was.

Terwijl Lina de trap afliep naar de verdieping eronder, pakte ze haar telefoon en belde ze Mimi.

'Hoi, ben je al onderweg?'

'Nee, ik vertrek zo. Luister, Adrian blijft hier.'

'Wat zeg je nou?'

'Ze kwam met goede argumenten. Ik weet dat jij zoiets nooit toe zou staan, maar jij zou zo snugger zijn geweest om geen landelijke tour te boeken in de derde week van het nieuwe schooljaar terwijl zij net op haar nieuwe school is begonnen. Zo slim was ik niet. Momentje.'

Via de intercom belde ze naar de begane grond. 'Hoi, Ben. Met Lina Rizzo. Kun jij iemand naar boven sturen om mijn bagage te halen? Dank je wel.'

Daarna vervolgde ze het gesprek met haar vriendin. 'Mimi, ik moet haar wel vertrouwen. Ze heeft me nog nooit aanleiding gegeven om dat niet te doen. En ze is verdorie een stuk taaier dan ik dacht, dus het komt vast goed. Wil jij haar binnenkort even bellen om te horen hoe ze klinkt?'

'Natuurlijk. Als ze hier wil logeren terwijl jij weg bent, is dat ook prima.'

'Ze is vastbesloten. Als ze van gedachten verandert, dan laat ze je dat vast wel weten. Maar ze is vastbesloten en daarmee uit.'

'Dus ze lijkt op haar moeder.'

'Zou je denken?' Lina bleef voor een spiegel staan en bekeek haar haren en haar gezicht. Qua uiterlijk klopte het wel, want ze herkende veel van zichzelf in haar dochter. Maar de rest... misschien had ze niet goed genoeg opgelet. 'Maar goed, ze zal zich wel redden. Bel haar gewoon af en toe. Of stuur haar een berichtje.'

'Geen probleem. Ik zal contact houden met haar, en met jou. Sorry, Lina,' voegde Mimi eraan toe toen er opeens geschreeuw klonk door de telefoon. 'Jacob heeft kennelijk weer besloten om zijn zus te vermoorden. Ik moet gaan, maar ik wens je een goede reis. En maak je geen zorgen.'

'Bedankt. Spreek je snel.'

Toen de zoemer ging, liep ze naar de deur en zette alle andere dingen even van zich af. Aan boord van het vliegtuig moest ze nog wat dingen voorbereiden en voor de komende dagen had ze een overvolle agenda.

4

In haar eentje in New York volgde Adrian haar gebruikelijke ochtendritueel. Ze stond op toen haar wekker ging en deed haar ochtend-yoga. Ze nam een douche, deed haar haren, wat altijd een heel werk was, en maakte zich licht op, want ze was altijd al dol geweest op make-up.

Ze trok haar verfoeide schooluniform aan, dat bestond uit een marineblauwe broek, witte blouse en een marineblauw jasje. Elke dag dat ze het aantrok, nam ze zich heilig voor om na haar eindexamen nooit meer uit vrije wil een marineblauw jasje te dragen.

Ze maakte een ontbijt klaar van Griekse yoghurt met gemengde vruchten, een geroosterd sneetje tiengranenbrood en een glas sap.

Omdat Mimi haar die gewoonten had ingeprent, deed ze de afwas en maakte ze haar bed op.

Een snelle blik op de weerapp op haar telefoon leerde haar dat het die dag voornamelijk zonnig en warm zou worden, dus nam ze niet de moeite om een jas aan te trekken.

Ze deed haar rugzak om en nam de privélift van het penthouse naar beneden.

Ze kon niet klagen over de vijf straten die ze naar school moest lopen, vooral niet nu het weer zo mooi was. Ze gebruikte de tijd om in gedachten haar plan nog een keer na te lopen – haar afwijking van de routine. En de enige regel die haar was gesteld waarvan ze zeker niet van plan was zich eraan te houden.

Toen haar mobieltje ging, keek ze op het scherm. 'Hoi, Mimi.'

'Ik doe gewoon mijn plicht.'

'Als mam je ernaar vraagt, mag je tegen haar zeggen dat ik op weg was naar school toen je mijn gangen naging. Maar in plaats daarvan neem ik straks de trein naar Jersey Shore om een beetje in de zon te gaan liggen. En dan ga ik ook een heleboel bier kopen met mijn vervalste identiteitskaart en daarna ga ik in een goedkoop motel heel veel seks hebben met volslagen onbekenden.'

'Goed plan, maar ik denk dat ik dat gedeelte maar weglaat uit mijn verslag. Ik weet dat je voor jezelf kunt zorgen, schat, en dat ik je nu controleer wil alleen maar zeggen dat ik het goed met je voor heb en dat ik van je hou.'

'Weet ik.'

'Heb je zin om dit weekend bij ons te komen logeren?'

'Lief dat je het vraagt, maar dat is niet nodig. Mocht ik van gedachten veranderen dan sta ik zo bij je op de stoep.'

'Als je iets nodig hebt, bel me dan.'

'Doe ik. Spreek je snel.'

Nu dat achter de rug was, borg ze haar telefoon op.

Ze had een noodplan, voor het geval haar eerste plan niet zou werken. Maar ze had vooraf onderzoek verricht en was van mening dat plan A kans van slagen had.

Ze klemde haar identiteitskaartje vast aan haar jasje terwijl ze de korte stenen trap op liep naar het statige gebouw van bruinrood zandsteen waar de bovenbouw gevestigd was... als je ouders genoeg geld hadden en jij slim genoeg was.

Ze liep de kleine vestibule van de beveiliging door en kwam toen in de eigenlijke school.

De rust, de glanzende houten vloer en de smetteloos schone muren vormden een schril contrast met het lawaai, de beweging en het ietwat groezelige interieur van haar vorige school.

Ze miste die school, met alles erop en eraan.

Nog twee jaar, hield ze zichzelf voor terwijl ze de brede ingang achter zich liet en de gang aan de linkerkant in liep. Nog twee jaar, en dan kon ze haar eigen keuzes bepalen. Iets waar ze vandaag al een voorschot op wilde nemen.

De meeste leerlingen hadden al in het eerste jaar van de bovenbouw groepjes gevormd. Als nieuwkomer een plaatsje veroveren kostte tijd en ze zat nog niet eens drie hele weken op deze school.

Ze wist dat ze werd gadegeslagen, ingeschat en bekeken door de gevestigde orde. Hoewel Adrian nooit verlegen was geweest, keek ook zij de kat uit de boom.

Ze kon de komende jaren optrekken met de sporters. Teamsport boeide haar weliswaar maar matig, maar lichaamsbeweging interesseerde haar wel. Ze kon ook bij de modieuze meiden gaan zitten aangezien ze dol was op kleding. (Nog een reden om het schooluniform te haten.) Voor de feestbeesten had ze geen belangstelling, net zomin als voor de griezelig serieuze bollebozen.

Zoals altijd bestond een deel van de leerlingenpopulatie uit snobs en bullebakken – twee eigenschappen die vaak hand in hand gingen.

De nerds waren, op elke school, dodelijk voor je sociale status. Maar voor haar project had ze die mensen juist nodig.

Tijdens de lunchpauze bepaalde ze haar keus, eentje die al haar kansen om zich een plaatsje op de sociale ladder te verwerven vrijwel zeker om zeep zou helpen.

In de kantine liep Adrian met haar dienblad – waarop een groene salade met gegrilde kip, seizoensfruit en mineraalwater met prik stonden – langs de tafel met sporters, voorbij die met modieuze meiden en zette ze koers naar de tafel waar de groep met het minste aanzien aan zat: de nerds.

Ze hoorde sommige gesprekken even verstommen en dat er hier en daar werd gegrinnikt toen ze bij de drie mensen aan de minderwaardige tafel bleef staan.

Omdat ze zich goed had voorbereid – ze had oude exemplaren van de schoolkrant gelezen en het jaarboek van het afgelopen schooljaar grondig bestudeerd – besloot ze zich op Hector Sung te richten.

Hector was Aziatisch en zo mager als een lat. Hij had bruine ogen en droeg een bril met een vierkant, zwart montuur. Die bruine ogen keken haar nu knipperend aan terwijl de punt vegetarische pizza, met glutenvrije korst, waar hij net een hap van had willen nemen halverwege zijn mond in de lucht bleef hangen.

'Mag ik erbij komen zitten?' vroeg ze.

'Eh...' zei hij.

Ze glimlachte naar hem en ging tegenover hem zitten. 'Ik ben Adrian Rizzo.'

'Oké. Hallo.'

Naast hem zat een meisje met een karamelkleurige huid en een hoofd vol schitterende vlechten dat heel even met haar grote, ronde, zwarte ogen rolde. 'Dat is Hector Sung en hij vindt dat wij de enigen zijn die hier horen te zitten. Ik ben Teesha Kirk.' Ze wees met haar duim, waar een dikke zilveren ring om zat, naar de jongen die naast Adrian zat. Die had een behoedzame blik in zijn ogen en rode wangen. 'Die rooie heet Loren Moorhead de derde. Jij hebt ongeveer vijf komma drie seconden om weer op te stappen voordat je besmet bent met nerdbacteriën waardoor je voorgoed uit de samenleving zult worden verstoten.'

Adrian had Teesha ook nagetrokken. Het meisje had makkelijk bij de griezelig intelligente bollebozen kunnen horen als ze diep vanbinnen geen nerd was geweest. Ze speelde liever Dungeons and Dragons-toernooien of keek naar *Doctor Who*-marathons dan dat ze naar bijeenkomsten voor buitengewoon begaafde leerlingen ging.

'Tja.' Adrian haalde haar schouders op, kneep nog wat citroensap over haar salade en nam een hapje. 'Die tijd is nu wel verstreken. Dus, aangenaam kennis te maken Hector, Teesha en Loren. Luister, Hector, ik wil je een voorstel doen.'

Hij liet de pizzapunt met een zachte plof op zijn bord vallen. 'Een wat?'

'Een zakelijk voorstel. Ik heb een videograaf nodig, en aangezien jij je daarvoor interesseert, vroeg ik me af of je mij zou kunnen helpen met een project.'

Zijn blik schoot heen en weer tussen zijn twee vrienden. 'Voor school?'

'Nee. Ik wil een serie van zeven video's maken, die elk ongeveer een kwartier duren. Eentje voor elke dag van de week. Bij sommige wil ik een voice-over toevoegen en bij andere wil ik live praten. Ik heb overwogen om het zelf te doen met een statief en een camera. Maar dat is niet de uitstraling die ik wil.'

Eindelijk keek hij haar aan en in zijn ogen zag ze belangstelling. 'Wat voor soort video's?'

'Fitness. Yoga, cardio, krachttraining enzovoort. Om op YouTube te zetten.'

'Misschien hou je ons gewoon voor de gek.'

Ze draaide zich naar Loren. Zijn haar was pijnlijk rood en gemillimeterd en zijn melkwitte gezicht zat onder de sproeten. Hij had lichtblauwe ogen en was ongeveer zeven kilo te zwaar. Als hij wilde, zou ze hem daarvan af kunnen helpen, dacht ze.

'Waarom zou ik? Ik heb iemand nodig die mijn videofilmpjes wil opnemen, en voor elk filmpje betaal ik vijftig dollar. Dat is dus driehonderdvijftig dollar voor alle zeven. Daar valt nog over te onderhandelen, maar het moet niet al te gek worden.'

'Daar wil ik wel over nadenken. Wanneer wil je eraan beginnen?'

'Zaterdagochtend. Bij zonsopkomst. Ik wil die filmpjes opnemen bij zonsopkomst en zonsondergang. Ik heb een groot dakterras dat er volgens mij heel geschikt voor is.'

'Ik heb waarschijnlijk assistenten nodig.'

Adrian at nog wat salade en dacht daarover na. 'Vijfenzeventig dollar per filmpje. Hoe jullie die verdelen, moeten jullie zelf maar bepalen.'

'Hoe laat komt de zon op?' vroeg Loren.

Dat had Adrian opgezocht, maar voordat ze hem antwoord kon geven, zei Teesha: 'Zonsopkomst aanstaande zaterdag is om drie minuten voor halfzeven. Zonsondergang is om tien voor halfacht. *Eastern Daylight Time.*'

'Niet naar vragen,' zei Loren. 'Dat soort dingen wéét ze gewoon.'

'Hartstikke goed. Jullie moeten wel op tijd aanwezig zijn om de apparatuur op te zetten en alle andere dingen te doen die moeten gebeuren. Hier is mijn adres en de dingen die ik in grote trekken al heb uitgewerkt, de basisscripts.'

Adrian haalde een USB-stick uit haar zak en legde die naast Hectors dienblad. 'Bekijk het eens, denk erover na en laat het me dan weten.'

'Jouw moeder is toch die vrouw van Yoga Baby?' vroeg Teesha.

Adrian knikte naar haar. 'Ja.'

'Waarom laat je het haar mensen dan niet doen? Zij heeft haar eigen productiemaatschappij.'

'Omdat ik dit zelf wil doen. Dit is mijn project. Nou, als jullie besluiten om de klus aan te nemen, zal ik ervoor zorgen dat de portier jullie naar boven laat gaan. Waarschijnlijk zijn we er het hele weekend mee bezig. Misschien wel langer. Ik weet niet hoeveel tijd er nodig is voor de nabewerking en om het op YouTube te plaatsen.'

'Ik zal ernaar kijken en dan laat ik het je weten, misschien morgen al.' Hector glimlachte kort naar haar. 'Weet je, nu je met ons omgaat kun je het wel schudden bij de rest van de leerlingen. Ik hoop dat het je dat waard is.'

'Ik ook.'

Ze wist de rest van de dag door te komen door het gegniffel, de spottende opmerkingen en het geginnegap te negeren.

Toen ze het schoolgebouw verliet, liepen Hector en zijn kleine gevolg achter haar aan.

'Zeg, ik heb een deel van je overzicht gelezen en het lijkt me te doen.'

'Geweldig.'

'Maar ik wil wel even de plek zien waar we het gaan doen voordat ik definitief ja zeg. Gewoon om zeker te weten dat die geschikt is voor de dingen die jij wilt.'

'Als je tijd hebt, kan ik het nu wel laten zien. Ik woon maar een paar straten hiervandaan.'

'Nu is prima.'

'We gaan met z'n allen,' zei Teesha tegen haar.

'Goed.'

'Dus...' Terwijl hij naast haar liep, schoof Hector zijn bril omhoog op zijn neus. 'Ik heb in een tussenuur een paar filmpjes van je moeder bekeken. De manier waarop zij haar video's produceert is loepzuiver. Ik heb best goede apparatuur, maar ik zal nooit de kwaliteit kunnen evenaren die zij levert als ze de studio in gaat.'

'Ik wil niet wat zij heeft. Ik wil mijn eigen ding.'

'Ik heb dingen over haar opgezocht op internet, en over jou.'

Adrian keek achterom naar Loren. Lid van de debatclub, dacht ze. Wordt altijd als laatste gekozen bij gym en biedt zich altijd als eerste aan om te surveilleren tijdens de pauzes.

'En?'

'Mensen zijn altijd bezig met zwendels en zo, dus ik wilde het zekere voor het onzekere nemen. Je moeder heeft toevallig wel je vader vermoord, hoor.'

Het was niet de eerste keer dat iemand daarover begon, maar Adrian moest toegeven dat Loren de eerste was die dat zo plompverloren deed.

'Hij was mijn vader niet, hij was mijn verwekker. En op dat moment probeerde hij mij te vermoorden.'

'Waarom?'

'Omdat hij dronken was, en gemeen was en misschien ook wel gek. Ik heb geen idee. Het was de eerste en de laatste keer dat ik hem heb gezien. En aangezien het ondertussen bijna tien jaar geleden is, heeft het niets te maken met wat wij gaan doen.'

'Jezus, Loren. Hou erover op!' Teesha gaf hem een stevige por met haar elleboog. 'Heeft jouw oom niet in de bak gezeten voor handel met voorkennis?'

'Jawel, maar dat is witteboordencriminaliteit, en geen...'

'Zegt het bleekste witte jochie in de hele geschiedenis van witte jochies,' zei Teesha terug. 'Een wittere familie dan die van Loren bestaat niet. Drie generaties succesvolle, dure advocaten.'

'Dus hij houdt van discussiëren,' zei Adrian.

'Dat heb je snel door. Als jij "omhoog" zegt, zegt Loren "omlaag" en daar kan hij dan een uur over emmeren.'

'Omhoog hangt af van het punt waarop je je bevindt.'

Teesha gaf hem nog een por. 'Moedig hem vooral niet aan.'

'Nou, we staan nu hier beneden, dus gaan weer eerst naar binnen, en dan omhoog. Hoi, George.'

De portier wierp Adrian een brede glimlach toe terwijl hij de deur openhield. 'Hoe was het vandaag op school?'

'Gewoon. Net als anders. Dit is Hector. En dit zijn Teesha en Loren. Zij zullen af en toe bij me op bezoek komen.'

'Prima. Dan wens ik jullie nog een prettige dag.'

Terwijl ze door de aangenaam geurende hal met de kleine, exclusieve winkeltjes liepen, pakte Adrian haar sleutelkaart. Ze liep langs de rijen liften naar de lift waar PENTHOUSE-A PRIVÉ op stond.

'Als jullie besluiten om aanstaande zaterdag te komen, zal ik jullie namen doorgeven aan de beveiliging en aan de receptie. De receptie belt dan naar boven en dan kan ik de lift vrijgeven om jullie omhoog te laten komen.'

'Hoe hoog zitten jullie?' vroeg Loren terwijl ze in de lift stapten.

'Op de achtenveertigste verdieping. Helemaal op het dak.'

'O, jee,' mompelde Teesha toen Loren bleek wegtrok. 'Hij heeft hoogtevrees.'

Aangezien ze dat niet had ontdekt tijdens haar naspeuringen naar hem, keek ze hem oprecht meelevend aan. 'Wat vervelend voor je. Als je niet wilt, hoef je het dakterras niet op te gaan.'

'Geen probleem, hoor.' Hij stak zijn handen in zijn zakken. 'Heus. Het doet me niet zo veel. Echt niet.'

Integendeel, dacht Adrian toen ze een zweetdruppeltje langs zijn rechterslaap zag rollen. Maar ze ging er niet op door. Niemand vond het leuk om in verlegenheid te worden gebracht.

'Maar goed, zaterdag zullen jullie de andere lift moeten nemen, en die stopt dan voor de voordeur van de hoofdverdieping. Jullie zullen een sleutelkaart nodig hebben om deze kant op te gaan, en daarna moeten jullie de beveiligingscode intoetsen.'

Teesha liet haar wenkbrauwen op en neer gaan. 'Chic, hoor.'

'Mijn moeder houdt van chic.'

Vanuit de lift stapten ze rechtstreeks Lina's fitnessruimte binnen. Langs een spiegelwand stond een rek met losse gewichten dat werd geflankeerd door rekken en planken vol yogaballen, yogamatten, yogablokken, fitnessbanden, springtouwen, medicijnballen en kettlebells.

Een reusachtige flatscreen domineerde de muur boven een lange, smalle gashaard. In de kleine open keuken stond een wijnkoelkast vol energiedrankjes. In een kast met een glazen deur stonden flesjes water van Yoga Baby. Een hele wand van glazen deuren gaf toegang tot het weidse terras en bood uitzicht op de stad.

'Geen fitnessapparatuur?' vroeg Teesha terwijl ze door de zaal liep.

'In de wereld van mijn moeder is je lichaam het fitnessapparaat.'

'Nou ja, organische complexiteiten verschillen van mechanische complexiteiten.'

'De Terminator had anders zowel organische als mechanische complexiteiten,' merkte Loren op.

'Het duurt nog jaren voordat we een kunstmatig zenuwstelsel als Skynet hebben ontwikkeld,' zei Teesha. 'Maar goed, ik snap wel dat ze bedoelt dat je gebruik moet maken van je lichaam en je lichaamsgewicht, en er goed voor moet zorgen en zo.'

Adrian wachtte een tel. 'Precies. Links van de keuken is de wc, mocht iemand die nodig hebben.' Adrian deed de glazen deuren van het slot en schoof ze open. 'Ik wilde de video's hier gaan maken.'

'Gaaf.' Hector liep naar buiten. 'Echt gaaf. We zullen het meubilair aan de kant moeten schuiven zodat we een vrije ruimte hebben.' Hij wierp een korte blik op de hottub die op een verhoging stond te zoemen onder een afdekzeil. 'En dat ding zal uit moeten. Zelfs op deze hoogte zul je nog wat stadsgeluiden horen, maar dat voegt alleen maar sfeer toe aan de opname. Als we naar deze kant filmen, hebben we de rivier op de achtergrond.'

'En de zonsopkomst,' voegde Adrian eraan toe. 'Voor de opnamen bij zonsondergang filmen we in de andere richting. Dan staan het Chrysler Building en het Empire State Building op de achtergrond. Ik weet niet wat het beste is voor de late ochtend of voor de middag. Ik wil gewoon het uitzicht vanuit verschillende hoeken.'

'Ja, ja. Ik zou mijn vader kunnen vragen of ik wat apparatuur van hem mag lenen om het licht te weerkaatsen. Misschien mag ik zijn goede camera wel gebruiken.'

'Hectors vader is cameraman,' zei Loren, die in de deuropening was blijven staan en geen aanstalten maakte om verder te lopen. 'Hij filmt voor *Blue Line*, die politieserie. Zeg, heb je nog iets anders te drinken in huis dan die gezonde spullen? Frisdrank of zo?'

'Frisdrank is hier verboden. Maar ik zal zorgen dat ik zaterdag wat flessen in huis heb. In de hoofdkeuken is sap.'

'Ik kan wel even zonder.'

'Goed, dus...' Hector liep het terras nog een keer rond terwijl hij de richtingen bestudeerde waarin hij wilde gaan filmen. 'Kunnen we een soort repetitie houden, om een idee te krijgen hoe het eruit gaat zien?'

'Ja, geen probleem. Maar dan moet ik me wel even verkleden. In deze kleren kan ik geen oefeningen doen.'

'Als jij dat doet, schuiven Hector en ik wat meubels aan de kant,' zei Teesha. 'En dan kan Loren beneden wat flesjes cola gaan kopen.'

'Wil jij dat doen?' vroeg Adrian. 'Vlak naast de lobby is een winkel.' Ze liep naar binnen en viste een biljet van tien dollar uit haar rugzak. 'Ik trakteer.'

'Top.'

Tegen de tijd dat Adrian een yogabroek en een haltertopje had aangetrokken, hadden Hector en Teesha twee tafels, twee banken en een stoel naar de zijkant van het dakterras geduwd.

Adrian nam een yogamat mee naar buiten en legde die zo neer dat ze naar het zuidoosten keek. 'Ik heb dit kortgeleden nog geprobeerd, en als het goed is moet je mij, de rivier en de zonsopkomst zo in beeld kunnen krijgen.'

‘Ik ga een filmpje maken met mijn camera, gewoon als test. Ik bedoel, het licht zal dan anders zijn, net als allerlei andere dingen, maar dan krijgen we een idee van de timing en vanuit welke hoeken ik moet gaan filmen, zodat ik de boel beter kan plannen.’

‘Geweldig.’ Adrian wierp een blik achterom toen de liftdeur openging. Loren legde haar sleutelkaart op haar rugzak en zette zijn volle tas op het aanrecht.

‘Ik heb flesjes cola meegenomen en ook wat chips en zo.’

Adrian dacht aan haar moeder en moest even lachen. ‘Dat is de eerste keer sinds wij hier wonen dat dit soort spullen het huis zijn binnengekomen.’

‘Allemachtig, wat voor dingen eet je dan?’

‘Als snacks bedoel je?’ Adrian glimlachte naar Loren terwijl hij de cola uitdeelde. ‘Fruit, rauwe groenten, hummus, amandelen, en soms mag ik chips van zoete aardappelen. Het is niet zo erg, hoor. Ik ben eraan gewend.’

‘Jouw moeder is echt heel streng.’

‘Voor haar zijn fitness en voeding een religie. En ze houdt zich strikt aan haar eigen geboden, dus daar kan ik moeilijk over klagen. Maar goed…’ Ze liep naar de voorkant van haar mat. ‘Zoals ik al zei, wil ik dit doen zonder live commentaar. Na afloop wil ik er een voice-over aan toevoegen.’

‘Een filmpje van een kwartier, hè?’ Teesha pakte haar telefoon. ‘Ik zal je timen.’

Ze had deze routine talloze malen geoefend en verfijnd, tot ze het gevoel had dat die helemaal aan haar doel voldeed. Een liefelijke en… nou ja, mooie, zonnegroet.

Ze maakte haar hoofd leeg

Aangezien ze gewend was aan een camera en een filmploeg wanneer ze video’s met haar moeder maakte, liet ze zich niet afleiden door Hector en de anderen. Toen ze eindigde met Savasana, voegde ze er commentaar aan toe: ‘Bij het komende stuk zal ik gaan praten, anders denken jullie nog dat ik in slaap ben gevallen. Ja, de voice-over zal uitleggen hoe je moet ademhalen, hoe je je geest leeg moet maken en hoe je je lichaam volledig kunt ontspannen. Van je tenen naar je enkels naar je schenen en dan verder omhoog. Ik zal je vertellen hoe je zachte kleuren of licht moet visualiseren als je inademt en hoe je duisternis en spanning weg moet laten vloeien op je uitademing.'

'Je hebt nog negentig seconden,' zei Teesha.

'Goed. Ik zal zeggen dat ze in Savasana mogen blijven liggen zolang ze willen, en daarna...'

Ze rekte zich uit, armen gestrekt boven haar hoofd om vervolgens op haar zij te gaan liggen met opgetrokken knieën. Soepel rolde ze door naar een kleermakerszit op het midden van de mat.

'Meditatiehouding,' zei ze en ze legde haar rechterhand in de linker met de palm omhoog zodat de duimen elkaar raakten. 'Inademen en uitademen, bla bla.' Ze kruiste haar armen voor haar buik en boog voorover. 'Bedank jezelf omdat je tijd hebt vrijgemaakt en de oefening hebt gedaan en dan...'

Ze ging weer rechtop zitten, drukte haar handpalmen tegen elkaar en boog haar hoofd. 'Namasté. Dat is alles.'

'Vijftien minuten en vier seconden.' Teesha tuitte haar lippen en knikte. 'Dat is heel goed.'

'Wat ben jij lenig.' Loren, die voorzichtig het dakterras op was gelopen, was op een bank gaan zitten en at chips. 'Ik kan mijn tenen niet eens aanraken.'

'Lenigheid is belangrijk. Kijk, iemand die lenig is moet verder gaan dan iemand die niet lenig is om er baat bij te hebben.' Ze kon hem helpen, dacht ze opnieuw. 'Ga eens staan en probeer je tenen aan te raken.'

'Nee, dat is gênant.'

'Het is alleen maar gênant als je het niet probeert.'

Hij keek haar sceptisch aan maar boog zich toen voorover met zijn armen omlaag. Zijn vingertoppen bleven zo'n vijftien centimeter boven zijn tenen hangen.

'Voel je het trekken?'

'Wauw, ja.'

Ze nam dezelfde houding aan. 'Ik voel niets, echt helemaal niets tot ik helemaal beneden ben.' Ze boog zich voorover, zette haar handpalmen plat op de vloer en drukte haar neus tussen haar knieën. 'En toch hebben we er allebei evenveel baat bij. Toe, ga staan en adem in. Nee, als je inademt, moet je doen alsof je een ballon opblaast. Vul je longen, maak je buik bol.'

'Mijn buik is altijd al bol.' Hij begon te lachen en de andere twee lachten mee. Adrian glimlachte enkel. 'Probeer het gewoon. Adem in en vul die ballon met lucht. Goed, en nu laat je hem weer leeglopen en trek je je navel in richting je ruggengraat terwijl je je nog een keer vooroverbuigt om je tenen aan te raken.'

Toen hij het probeerde, knikte ze. 'Kijk, nu kom je al bijna drie centimeter dichter bij je tenen. Ademhaling, alles draait om de ademhaling.'

Ze wierp een blik naar achteren en zag dat Hector tegen de muur leunde terwijl hij het schermpje van zijn camera bestudeerde. 'Hoe ziet het eruit?'

'Niet slecht. Ik kijk er nog wel even naar om te bepalen vanuit welke hoeken ik precies wil filmen. Ik kan mijn vader waarschijnlijk wel overhalen om me wat van zijn spullen te lenen. Je zult een microfoontje moeten dragen voor de andere onderdelen van het filmpje, en je wilt vast een introductie of een openingsstukje inspreken.'

'Ja, daar heb ik al aan gewerkt. O, dank je.' Ze pakte de cola die Teesha haar aanreikte en nam er gedachteloos een slok van. Daarna stopte ze en deed haar ogen dicht. 'O, wat is dit allejezus lekker.'

'Ik heb nog ongeveer twintig minuten voordat ik naar huis moet.' Hector zette de camera uit. 'Misschien kunnen we de opening en de overgangen tussen alle onderdelen bespreken.'

'Laten we daar morgen over brainstormen.' Loren probeerde nog een keer zijn tenen aan te raken. 'In de lunchpauze, als je tenminste twee dagen achter elkaar bij ons aan tafel durft te komen zitten.'

'Ik waag het erop.'

Nadat ze waren vertrokken en Adrian de lege colaflesjes en chipszakken had weggegooid, besefte ze dat ze niet alleen het productieteam had gevonden voor haar kleine project, maar dat dit ook háár groep was.

Tijdens de lunchpauze brainstormden ze en na schooltijd repeteerden ze en schaafden ze de details bij.

Op vrijdagavond bestelde ze pizza en ze zorgde dat er frisdrank in huis was. Ze hielp haar team bij het opzetten van de apparatuur die Hector had weten te bemachtigen. Het lampstatief, de lichtkleppen en gels voor avondopnamen, de reflector, de paraplu voor middagopnamen, de microfoon en de kabels.

Met alles wat Hector bij elkaar had weten te bedelen of had mogen lenen waren ze erin geslaagd om een provisorische studio in te richten.

Ze aten pizza in de eetkamer op de hoofdverdieping van het appartement terwijl Loren zijn playlist van jaren 80-muziek op zijn mobieltje afspeelde.

Terwijl Wham! vroeg om wakker te worden gemaakt, moest Adrian uiteindelijk wel vragen: 'Waarom muziek uit de jaren 80?'

'Waarom niet?'

'Omdat wij toen allemaal nog niet waren geboren?'

Hij wees met een vinger naar haar. 'Dat is een "waarom wel", niet een "waarom niet". Dit is geschiedenis, meid. Muziekgeschiedenis. Ik overweeg om hierna een playlist van de jaren 90 samen te stellen. Je weet wel, als maatschappij-analyse van het decennium waarin wij zijn geboren, en hoe de muziek in die tijd paste.'

'Het is echt typisch iets voor een nerd om je daarin te verdiepen.'

'Mee eens.' Hij nam een hap van zijn tweede pizzapunt. 'Ik ben nou eenmaal gek op muziek, man.'

'*Music Man*,' zei Teesha tussen twee happen door. 'Robert Preston en Shirley Jones in de filmversie uit 1962. Preston speelde ook de hoofdrol in de Broadway-musical uit 1957, met Barbara Cook als Marian.'

'Hoe wéét je dat?' Adrian staarde Teesha verwonderd aan. 'En waarom?'

'Als zij iets leest, dan onthoudt ze het,' zei Hector behulpzaam.

'Hé, ik moet een playlist gaan aanleggen van nummers uit Broadway-musicals. Dat is pas typisch iets voor een nerd.'

'Ga dat dan maar snel doen, maat.' Hector keek om zich heen. 'Dit is echt een fantastisch appartement.'

'Zegt de jongen die de ene week in een groot herenhuis woont en de andere week in een penthouse dat niet eens zoveel verschilt van dit appartement.' Teesha nam een slok cola.

Hector haalde slechts zijn schouders op. 'Mijn ouders zijn gescheiden, dus ik pendel een beetje heen en weer. Tot nu toe zijn mijn stiefmoeder en -vader best aardig. Ik heb een klein broertje via mijn vader en een klein zusje via mijn moeder. Leuke kinderen.'

'Vroeger wilde ik ook broertjes of zusjes. Maar daar moest ik me overheen zetten want dat zou toch nooit gebeuren. En jij?' vroeg Adrian aan Teesha.

'Ik heb twee oudere broers, en ouders die het heel goed met elkaar kunnen vinden. Mijn broers zijn meestal wel oké, behalve wanneer ze enorme lastposten zijn.'

'Ik heb een zusje.' Loren plukte een plakje salami van zijn pizza en stopte het in zijn mond. 'Ze is tien. Mijn ouders zijn lang geleden een paar maanden uit elkaar gegaan, maar daarna hebben ze hun ruzie bijgelegd en zijn ze weer bij elkaar gaan wonen. Daarna was Rosalind er ineens. Het is een beetje een verwend nest.'

'Een beetje?' zei Teesha lachend.

'Goed, een compleet verwend nest. Maar dat is de schuld van mijn ouders, niet van haar. Jij bent enig kind,' zei hij tegen Adrian. 'Dus jij krijgt alle aandacht.'

'Nee, mijn moeder besteedt al haar aandacht aan haar carrière. Ik krijg wat er overblijft. Maar dat is niet erg, hoor,' zei ze daarna snel. 'Dat betekent gewoon dat ze me niet steeds op de huid zit. Bovendien ga ik mijn eigen carrière opbouwen. En jullie helpen me om daar een begin mee te maken.'

'En als jij een YouTube-ster bent...' Teesha slaakte een diepe, overdreven zucht, 'zijn wij nog altijd de drie nerds, en zit jij bij de populaire leerlingen aan tafel.'

'Echt niet. Aangezien ik voorlopig aan de tafel van de nerds blijf zitten, vind ik dat ik ere-nerd moet worden.'

'Dat "ere" kun je gerust weglaten. Jij bent een nerd,' zei Hector. 'Je drinkt wortelsap en je eet granola, en daar kies je zelf voor. Je ma is een paar weken weg en in plaats van erop los te feesten, ben je aan het werk. Jij bent een fitnessnerd.'

Ze had zichzelf in geen enkel opzicht ooit als nerd beschouwd, maar toen ze die avond klaar was met haar yogaoefeningen voor het slapengaan en om tien uur onder de dekens lag, besefte ze dat die benaming wel van toepassing was.

En dat vond ze helemaal niet erg.

5

Op zaterdagochtend nog voor de zon op kwam, gingen ze van start. Adrian had eten en drinken in huis gehaald voor de 'filmcrew', zoals sapjes, bagels en vers fruit. Omdat ze erachter was gekomen dat haar vrienden alle drie van luxe koffie hielden, had ze een koffiecupmachine klaarstaan met cups in verschillende smaken. Die zou ze na afloop in haar kamer moeten opbergen omdat cafeïne in Lina's huis streng verboden was.

Tevreden met het eerste filmpje – het licht was volmaakt geweest – liep ze naar beneden om zich te verkleden en eventueel haar haar anders te doen voordat ze aan het volgende segment zou beginnen.

Teesha liep mee als kledingassistente.

Als het Teesha verbaasde dat Adrian zich zonder blikken of blozen uitkleedde zodra de slaapkamerdeur dicht zat, dan deed ze haar best om dat niet te laten merken.

'Ik wilde proberen of ik mijn haar naar achteren kan spelden, maar dan moet ik er beton op spuiten anders blijft het nooit zitten tijdens een dans-workout van een kwartier.'

Teesha tuitte haar lippen terwijl Adrian zich in een gladde, strakke legging wrong die tot halverwege haar kuiten kwam. 'Waarom vlecht je de zijkanten niet? Dan kun je die vlechten naar achteren spelden.'

'Vlechten?' Adrian trok een bijpassende blauwe sportbeha aan. 'Dit haar?'

'Hé, ik ben een zwart meisje met kroeshaar. Zie je mijn vlechten? Die kan ik jou ook geven. Wat voor haarspul heb je in huis?'

Adrian trok een felroze haltertopje aan over de beha. En omdat ze een choreografie voor haar dans had bedacht die was gebaseerd op hiphop, zou ze een hoody met schotse ruit om haar middel knopen en hoge sneakers aandoen.

'Alles wat er te koop is, uit wanhoop en angst.'

'Ga zitten, meid. Ik regel dit.'

Zo gezegd zo gedaan.

Toen Adrian in de spiegel keek, was ze diep onder de indruk van het resultaat. 'Niet te geloven. Het is een wonder. Het ziet er schattig uit en ook, nou ja... flitsend, maar niet te. Dit moet je mij ook leren.'

'Doe ik.' Teesha keek glimlachend in de spiegel. 'Weet je, het is leuk om nog een meisje bij de club te hebben. Nu ben ik niet meer zo in de minderheid. Zeg, Rizz, misschien kun jij me wat van die yogadingen leren. Dat lijkt me leuk.'

'Het is ook leuk. Ik zal het je leren.'

De dans-workout was ook leuk. Loren deed het geluid, Hector bediende de camera en Teesha stond dan de een, dan de ander bij. Na drie takes waren ze tevreden over het resultaat.

Tegen de tijd dat de van tevoren bestelde lunch werd bezorgd, hadden ze drie filmpjes klaar. Ze rondden er nog twee af voor het avondeten en eindigden de dag met een yogafilmpje bij zonsondergang.

'Ik had nooit gedacht dat we op één dag zoveel zouden kunnen doen. Nu alleen nog de work-out voor het hele lichaam, de voice-overs en de introductie.' Adrian plofte op een van de banken op het dakterras. 'Misschien kan ik er nog een bonusfilmpje van tien minuten met buikspieroefeningen bij doen.'

'Ik zal er een kopie van maken,' zei Hector. 'Ik wil er een beetje mee spelen.'

'Hoe precies?'

'Ik wil gewoon wat dingen uitproberen. Als het niet lukt, is er niks aan de hand, want dan hebben we de master nog. Zullen we morgenochtend om een uur of tien beginnen? Als we in dit tempo doorwerken, moeten we om één of twee uur klaar zijn. Daarna nog wat productie, wat nabewerking, enzovoorts, en dan kunnen we het tegen het einde van de week op YouTube zetten. Als er delen zijn die opnieuw gefilmd moeten worden, kunnen we daar tijd voor maken, maar volgens mij is dat niet nodig.'

'Dat zou geweldig zijn.'

Toen ze waren vertrokken, nadat alle restanten van de lunch en het avondeten waren opgegeten, was het bijna middernacht. Adrian rekte zich uit in bed en glimlachte in het donker. Ze had vrienden, ze had werk, ze was een weg ingeslagen en ze wist precies waar ze naartoe wilde.

Ze begonnen meteen en Adrian sprak als eerste het intro in zodat ze niet bezweet zou zijn of zich nog een keer zou hoeven te verkleden. Ze keek recht in de camera, met de stad op de achtergrond.

'Hallo, ik ben Adrian Rizzo, en dit is About Time.' Ze gleed soepel in haar rol waarbij ze iets vertelde over de verschillende onderdelen, benadrukte dat elk filmpje maar een kwartier duurde en dat de kijker één segment kon doen of segmenten kon combineren.

'Je bent hier heel goed in,' zei Hector tegen haar. 'Ik ga wel eens met mijn vader mee als hij opnamen moet maken, en het lukt de acteurs echt bijna nooit om het in één take goed te doen.'

'Ik heb geoefend. Veel.'

'Het zag er prima uit, maar laten we een tweede take doen, gewoon als reserve. Zou je iets meer kunnen rondlopen? Dan volg ik je met de camera.'

Rond het middaguur hadden ze de video afgerond. Daarna sleepten ze de meubels weer op hun plaats en bouwden toen een filmset op in het stilste deel van het appartement: haar moeders kleedkamer.

'Wauw.' Teesha zette grote ogen op terwijl ze door de akelig netjes opgeruimde kamer liep. 'Jouw moeder heeft echt coole kleren. Ik dacht dat mijn moeder veel mooie kleding had, maar de jouwe heeft er wel tig keer in het kwadraat zoveel. En er staan hier...' Haar blik ging heen en weer. '... wel honderd paar schoenen. Zesentwintig paar sportschoenen. Allemaal in mooie kleuren.'

'Vroeger, als ze een video had gemaakt of ergens een optreden had gehad, mocht ze de kleding en de schoenen die ze daarvoor droeg houden van de verkopers of fabrikanten ervan. Dan werd hun naam vermeld op de dvd, en mocht mijn moeder die dingen na afloop meenemen. Tegenwoordig heeft ze haar eigen kledinglijn.'

En die zou zij op een goede dag ook hebben, dacht Adrian.

Adrian stond in het midden van de kamer met Hectors geopende laptop op een plank voor zich, klaar voor het eerste yogasegment.

'De microfoon heeft een plopkap,' zei Hector tegen haar terwijl hij de microfoon aan de standaard bevestigde. 'Zodat je p's niet ploppen en zo. Ik mocht hem lenen van mijn vader. De koptelefoon trouwens ook. We zetten er allemaal een op en tijdens de opname zijn we doodstil. Als iemand een wind moet laten, dan houdt die zich maar in. Loren doet het geluid. Als hij aan de geluidsopname begint, geef ik je een teken en start ik de video, en dan begin jij te praten.'

'Begrepen.'

Ze zette haar koptelefoon op en haalde een paar keer diep en ontspannen adem. Toen Hector naar haar wees begon ze.

'De Zonnegroet. Kom aan de voorkant van je mat staan.'

Nadat ze de yogaoefening was geëindigd met een Namasté, wachtte Hector heel even en gaf Loren toen het cut-teken. 'Dat was verdomme volmaakt. Zeg alsjeblieft dat je alles hebt opgenomen, Loren, want dit was gááf!'

'Het geluid is goed. Het is hier echt heel stil. Allemaal binnenmuren. En zij, eh... jij, Adrian... klonk, nou ja, rustgevend.'

'Dan heeft het plan gewerkt. Kunnen we meteen doorgaan en de opname bij zonsondergang doen nu alles zo goed gaat?'

'Fantastisch idee!' zei Hector, waarna hij alles in gereedheid bracht.

Aan het einde van de opname zette Loren zijn koptelefoon af en stak zijn beide duimen omhoog. 'Mensen, alles staat er prachtig op.'

'We moeten alle opnamen nog een keer bekijken om te controleren of alles precies zo heeft gewerkt als mijn vader zei. Ik mocht hem bellen als er dingen verkeerd gingen en dan zou hij ons alles stap voor stap uitleggen.'

'Zo te horen is hij heel aardig,' zei Adrian.

'Ja, absoluut.'

'Laten we naar beneden gaan.' Adrian ademde diep uit en rolde met haar schouders. 'Dan gaan we daar lekker zitten en de opnamen bekijken.'

'En pizza bestellen.'

Ze keek Loren even aan. 'We hebben vrijdag al pizza gegeten.'

Teesha, die op de grond had gezeten, kwam overeind en hield haar hoofd schuin. 'Nou en?'

'Goed, dan zal ik pizza bestellen.'

Ze had een voorraad cola in huis gehaald en ze wist dat ze al het bewijs daarvan uit het appartement moest hebben verwijderd voordat haar moeder weer thuiskwam. Ze was een beetje bang dat ze die dingen te lekker was gaan vinden en dat het niet zo makkelijk zou zijn om ze weer te laten staan.

Maar toen ze onderuitgezakt op de bank naast Teesha zat en Hector de video klaarzette om af te spelen, vond ze dat het het waard was. Het was het allemaal waard. 'Weten jullie zeker dat ik goed klink? Niet saai?'

'Kalmte,' zei Teesha. 'Je straalt kalmte uit, Rizz.'

'Rustgevend,' zei Hector tegelijkertijd.

'Werken de instructies wel? Wacht! Laten we dat even bekijken. Ik haal twee yogamatten en dan kunnen Teesha en Loren de oefeningen doen.'

'Wat? Ik kan dat soort dingen niet, hoor.'

Adrian keek even naar Loren terwijl ze de trap op rende. 'Hoe weet je dat nou? Ik zal je laten zien hoe je het wat minder zwaar kunt maken. Daarna kunnen Hector en ik het segment bij zonsondergang doen.'

Hector deed zijn mond open om te protesteren, maar ze was al naar de tweede verdieping gerend.

'Ik kan dat soort dingen niet,' herhaalde Loren terwijl hij van Hector naar Teesha keek alsof zijn hoofd de slinger van een klok was. 'Stel dat ik moet overgeven of dat ik iets breek.'

'Doe niet zo stom.' Teesha stond op toen Adrian de trap weer af kwam rennen met de yogamatten.

'Dit is precies wat we nodig hebben om het zeker te weten. We moeten alle segmenten gewoon een keer uitproberen. Dat had ik eerder moeten bedenken. Laten we de matten meenemen naar het terras. Daar is frisse lucht en genoeg ruimte.'

'Ik doe mee.' Teesha liep naar de deuren van het terras op de hoofdverdieping en deed ze open. 'Kom op, Loren. Wees niet zo'n watje.'

'Als ik moet overgeven is het niet mijn schuld. En ik zou ook best duizelig kunnen worden omdat we zo hoog zijn.'

'Duizeligheid door hoogtevrees, oftewel *Vertigo*, een filmklassieker van Alfred Hitchcock uit 1958, met in de hoofdrollen Jimmy Stewart en Kim Novak.'

Loren gaf niet over, maar hij kreunde wel voortdurend. En elke keer dat Adrian naar hem toe liep om zijn houding of positie aan te passen door haar handen op zijn heupen of schouders te zetten, werd hij vuurrood.

'Het werkt,' mompelde Adrian tegen Hector. 'Ik zie dat het werkt. Ze zijn allebei totale beginnelingen, maar ze kunnen de instructies opvolgen. Ze hebben alleen wat hulp nodig om de juiste houdingen aan te nemen, en dat kun je oefenen. Dat is precies waar yoga om draait. Het gaat erom dat je blijft oefenen dus... Pizza. Ik haal het wel even.'

Opgewonden graaide Adrian het geld mee dat ze binnen al op tafel had gelegd en liep vervolgens dansend naar de voordeur.

Toen ze die opendeed, verstijfde ze op slag.

'Een pizzafeestje?' Harry Reese, Lina's publiciteitsmanager, hield twee pizzadozen in zijn handen. Hij had zijn linkerwenkbrauw opgetrokken, wat hij altijd deed als hij iets leuk vond of sarcastisch uit de hoek kwam, of allebei. Zoals altijd zag hij er keurig verzorgd en stijlvol uit in een zwarte spijkerbroek, een jasje van zwart leer, een lichtgrijs T-shirt en halfhoge zwarte laarzen.

'Harry. Ik dacht dat jij pas weer terugkwam als...'

Hij hield zijn hoofd schuin. 'Als de kust veilig was?'

'Nee. Nee. En bovendien is het geen feestje. We zijn aan het werk.'

'Hm-m.' Hij liep de hal binnen, een knappe man van een meter tachtig met volmaakt gekapt bruin haar, pientere bruine ogen en een gezicht waarvan haar oma ooit had gezegd dat het was uitgebeiteld door vaardige en magische elfjes.

'Ja, echt! Kom maar kijken.' Ze nam de pizzadozen van hem over. 'Dit zijn mijn vrienden en collega's.' Ze gebaarde naar de glazen deuren en zag dat Teesha en Loren nog steeds probeerden de oefening te doen terwijl Hector grijnzend toekeek.

Net als hij zag ze de flesjes cola, de zak chips, de verschillende paren sneakers en iemands hoody verspreid door de woonkamer liggen.

'Heeft ze je gestuurd om mij te controleren?'

'Nee. Ik heb het vliegtuig terug naar huis genomen, want Lina heeft vanmiddag en morgen vrij en ik wilde hier nog wat dingen afhandelen. Bovendien wilde ik Marsh zien. Ik liep de pizzabezorger beneden tegen het lijf. Die pizza's heb ik al betaald, hoor.'

'Dank je wel.'

Marshall Tucker en Harry waren nu drie jaar samen en hoewel ze dol was op hen allebei, vervloekte Adrian de timing.

'Ga je me nog aan je vrienden voorstellen?'

'Tuurlijk. Luister, Harry...'

'Ik ga echt niet verraden dat je vrienden op bezoek had, tenzij ik ontdek dat je seksorgieën houdt zonder dat je mij hebt uitgenodigd.'

'Alsof wij dat zouden doen. Nee, we zijn aan het werk. Dat zweer ik. Ik had een project, en daar hebben zij me mee geholpen.'

Misschien had ze de bibbers in haar buik toen ze naar de deuren liep, maar toen ze die opentrok, deed ze haar best om zelfvertrouwen uit te stralen. 'Hoi, mensen. Laten we even een pauze nemen. Dit is Harry. Hij is mijn moeders publiciteitsmanager.'

Om er nog schuldbewuster uit te zien, zouden ze heel hard hun best moeten doen, dacht Harry.

'Hoe gaat het? Yoga in de buitenlucht met pizza na afloop. Klinkt goed, hoor.'

'Harry, dit zijn Hector, Teesha en Loren. We zitten bij elkaar op school.'

Dus ze had al vrienden gemaakt, en dat beschouwde hij als iets positiefs. Toen Lina had besloten om haar dochter in het op een na laatste jaar van de middelbare school naar een andere school te sturen, had hij geprobeerd om haar van gedachten te laten veranderen.

'We hebben een video gemaakt,' ging Adrian verder. 'Hector is videograaf. Zijn vader heeft ons wat van zijn apparatuur geleend.'

'Juist.' Harry liep naar de laptop. 'Wat voor soort video?'

'Een uit zeven delen bestaande fitnessvideo. Die willen we op YouTube zetten.'

'Was het een schoolopdracht?'

'Nee. Nee, niet voor school.'

'Houdt dit in dat ik nu mag ophouden?' Loren haalde zijn handen over zijn haar. 'Ik raak helemaal bezweet.'

Harry liep om de tafel heen om naar het scherm van de laptop te kijken waar Adrian – als stilstaand beeld – in de Krijger II-houding stond terwijl achter haar rug de zon boven de rivier opkwam.

'Wauw, wat een mooie lichtval.'

'Dit is het eerste segment van een kwartier. De Zonnegroet. Die waren we net aan het uitproberen.'

'Laat me jullie niet storen. Hector, heette je toch?'

Hector, die angstvallig had gezwegen, schoof zijn bril wat hoger op zijn neus en knikte. 'Ja, meneer.'

'Jezus, kunnen we dat "meneer" achterwege laten? Druk eens op PLAY.'

'Eh, wordt geregeld.'

Blijf over je rechterhand kijken terwijl je die omdraait met de palm omhoog. Hef daarna je rechterarm op terwijl je naar je handpalm blijft kijken, laat je linkerarm langs je linkerbeen zakken om de Omgekeerde Krijger aan te nemen.

'Ik ga een flesje cola halen. Zijn daar nog andere liefhebbers voor?'

Teesha keek Loren even nadrukkelijk aan en zei: 'Sst!'

'Wat is er nou? Ik heb gewoon dorst.'

'Heb je genoeg cola voor ons allemaal?' vroeg Harry terwijl hij naar Adrian op het scherm bleef kijken. 'Ik lust er wel een. En die pizza ruikt heel lekker. Een pizzapunt is de prijs voor mijn stilzwijgen.'

'Ik zal borden en zo halen,' bood Teesha aan.

'Bedankt, Harry,' zei Adrian.

'Sst.' Hij gebaarde dat ze stil moest zijn terwijl hij nog een minuut naar de video bleef kijken voordat hij op PAUSE drukte. Daarna keek hij Hector opnieuw aan.

'Heb jij dit gefilmd?'

'Ja, meneer. Ik bedoel: ja.'

'Hoe oud ben je?'

'Eh. Zeventien.'

'Ben jij verdomme een wonderkind of zo?'

Hector trok zijn schouders op en liet die toen weer zakken.

'Zeven filmpjes, Ads?'

'Ja, ik dacht zeven vanwege...'

'Hoeveel hebben jullie er al af?'

'Zeven.'

'Jezus. Laat me er nog eens eentje zien.'

'Dit is het dans-segment. Die is in een maat van acht tellen, wordt stapsgewijs uitgebreid, en dan herhaald tot we de hele dans hebben, en die doen we dan drie keer. Ik heb muziek uitgezocht waar geen rechten meer op zitten. Dat is niet erg, want we hadden alleen een beat nodig.'

Hij bekeek de eerste paar minuten en pakte het glas cola dat Teesha hem aanreikte. 'Je hebt je verkleed en je haar anders gedaan. Slim hoor, een andere filmrichting met de stad op de achtergrond. Mooi werk. De belichting en het geluid zijn ook goed. Je hebt charisma en talent, Adrian, maar dat was altijd al zo.'

Hij pauzeerde de video en ging lekker op de bank zitten. 'En je gaat die dingen niet op YouTube zetten.'

'Harry!'

'Je gaat ze niet op YouTube zetten als je moeder zelf een productiemaatschappij heeft.'

'Maar dit is van mij. Dit hebben wij gedaan. Het is niet van haar.'

Hij nam langzaam een slok terwijl hij haar koppige gezicht aandachtig bekeek. 'Jij hebt een product en zij heeft de middelen om dat product onder de aandacht te brengen en in de markt te zetten. Als de andere filmpjes net zo goed zijn als de twee die ik heb gezien, dan ga ik een goed woordje voor je doen. Als de rest minder goed is, dan zorg je dat ze net zo goed worden, en dan doe ik een goed woordje voor je. Hoe ga je het eigenlijk noemen?'

'About Time, en mijn bedrijf gaat New Generation heten. Zodra ik heb uitgezocht hoe ik dat moet oprichten.'

Hij glimlachte naar haar. 'Daar zal ik je bij helpen. Wees nou niet zo stom om geen gebruik te maken van wat je in je schoot geworpen krijgt, Ads. De agent van je moeder, haar gerenommeerde bedrijf, mij. New Generation vind ik een goede naam, en voorlopig kan dat productiebedrijf opereren onder de overkoepeling van Yoga Baby. De agent, de juristen, je moeder en jij kunnen alle details regelen en de deal sluiten. Je zult een voorschot krijgen en een flink percentage van de verkoop. Het leeuwendeel. Daar zal ik bij haar op aandringen. Maak je geen zorgen, wat dit betreft sta ik aan jouw kant.'

'Jij staat altijd aan mijn kant.'

'Dat klopt.' Hij sloeg een arm om haar heen en trok haar dicht tegen zich aan. 'Je weet dat je erop kunt vertrouwen dat ik het beste met je voor heb.'

'Ik vertrouw je ook.'

'Luister dan naar pappie. Laat mij dit aan je moeder voorleggen. Nadat ik alles eerst zelf heb gezien.'

Ze dacht erover na, deed haar best om een afweging te maken. Eigenlijk had ze echt liever gewild dat het háár project zou blijven, maar... 'Jongens, jullie hebben hier ook een stem in. We hebben dit samen gedaan.'

'Ja, maar het is jouw project,' bracht Hector haar in herinnering.

'Dvd's zouden wel gaaf zijn. Zoals voor de verkoop en zo. Ik zeg het alleen maar,' voegde Loren eraan toe toen Hector hem aanstaarde. 'Ik bedoel, YouTube is ook cool, maar als je het hele plaatje bekijkt dan...'

'Teesha?'

Teesha haalde haar schouders op. 'Jij bepaalt. Hector heeft gelijk. Maar we hebben er samen wel iets moois van gemaakt. Ik bedoel, écht iets moois.'

Adrian beende naar de muur, keek naar buiten en beende weer terug. 'Stel dat we het op jouw manier doen. Stel dat mama bereid is de video te produceren en in de markt te zetten. Het is mijn productiebedrijf op de dvd, onder de hoede van het hare, zoals je al zei. En ik wil vermeld worden als uitvoerend producent en choreograaf.'

'Dat lijkt me eerlijk.'

'Hector wordt vermeld als producent en videograaf. Loren als producent en geluidstechnicus, Teesha als producent en belichtingstechnicus. En voor elke titel krijgen ze betaald volgens de geldende regels in de branche.'

'Wat zijn die regels?' mompelde Loren, maar Hector wuifde hem weg.

'En per persoon vijf procent van de winst na aftrek van alle productiekosten.'

'Realistisch gezien zou je agent je twee procent aanraden.'

'Daar zullen we nog over onderhandelen. Als het zover komt.'

'Dergelijke dvd's worden verkocht voor... het wordt een setje van twee dvd's, vanwege de lengte, dus dan kom je uit op...' Teesha hield haar hoofd schuin en keek omhoog. 'Ongeveer $22,95.'

'Lina heeft al naamsbekendheid,' merkte Harry op. 'Een dubbel-dvd gaan we verkopen voor $29,99.'

‘Oké. Als we rekening houden met wat Adrian heeft geïnvesteerd, de productiekosten en de kosten voor het laten maken van de hoesjes en de dvd-doosjes, de korting voor de verkopers, de kosten voor de marketing... laat dat netto tien dollar vijftig zijn, maar dat blijft gissen tot ik wat onderzoek heb gedaan. Dus bij die twee procent, komt dat erop neer dat wij allemaal eenentwintig dollarcent krijgen per verkocht dvd-setje, boven op het loon. Misschien worden er honderdduizend dvd’s verkocht. Dat zou betekenen dat we de man zo’n eenentwintigduizend dollar krijgen.’

‘Met Yoga Baby erachter, plus de merknaam Rizzo en de frisse invalshoek?’ Harry sloeg Teesha scherp gade terwijl hij sprak. ‘Dan voorspel ik dat we een miljoen van die dvd-setjes kunnen verkopen.’

Ze keek hem aan. ‘Twee procent vind ik prima.’

‘Zijn jullie allemaal wonderkinderen?’

‘We zijn nerds,’ zei Hector tegen hem.

‘Nou, goed dan, nerds. Laten we pizza gaan eten en kijken wat jullie nog meer hebben gemaakt.’

Toen hij was uitgekeken en er aan de pizza’s alleen nog goede herinneringen over waren, ging Harry ontspannen zitten. ‘Goed. Goed, jongens en meisjes. Naar mijn nooit-erg-bescheiden mening hebben jullie hier iets goeds. Hector, kun jij een dvd voor me branden?’

‘Ja, hoor. Ik kan je het bestand ook mailen.’

‘Doe allebei maar. Maandagmiddag vlieg ik naar Denver, waar Lina dan is. Dan zal ik het haar laten zien en mijn verkooppraatje op haar loslaten.’ Hij stond op en rolde met zijn schouders terwijl hij een rondje liep over het dakterras. ‘Het is te laat om alles voor kerst nog geproduceerd, gepromoot en gedistribueerd te krijgen, maar we kunnen wel mooi de piek van januari meepakken, wanneer mensen uit schuldgevoel fitnessvideo’s gaan kopen en vinden dat ze meer moeten gaan bewegen.’ Hij draaide zich om. ‘Nerds, als jullie nog niet aan jullie ouders hebben verteld wat jullie hebben gedaan, dan wordt dat hoog tijd. Zij moeten jullie toestemming geven om contracten te mogen tekenen.’ Hij graaide in zijn zak en haalde zijn zilveren visitekaarthouder tevoorschijn en legde een paar kaartjes op tafel. 'Mochten er vragen zijn dan kunnen jullie ouders contact met me opnemen. Hector, stuur het bestand maar naar het e-mailadres op het kaartje. En zorg dat jullie er klaar voor zijn. Dit zal héél snel gaan.'

Hector etiketteerde zorgvuldig het schijfje dat hij had gekopieerd. 'Mijn pa weet ervan. Ik bedoel, hij weet alles, behalve wat er vandaag is gebeurd. En weet je, hij zit ook in dit vak en zo.' Hij deed het schijfje in een doosje en overhandigde dat aan Harry.

'Goed dan. Ik moet naar huis. Nog bedankt voor de pizza,' zei Harry.

'Die heb jij betaald,' merkte Adrian op terwijl ze hem uitgeleide deed.

'Je hebt gelijk. Nou, graag gedaan dan.' Hij sloeg een arm om haar schouders terwijl ze liepen. 'Weet Mimi dit al?'

'Nee.'

'Vertel het haar. Zij zal ook aan jouw kant staan.'

'Oké, maar Harry…'

'Vertrouw me nou maar.' Hij gaf haar een kus op haar hoofd. 'Ik sta achter je.'

Twee seconden nadat ze de voordeur had dichtgedaan, klonk er gejuich op het terras. Gevolgd door een onbeholpen vreugdedans.

Zij kenden Lina Rizzo niet, dacht Adrian. Maar verdomme, Harry stond aan hun kant. Ze deed een flikflak.

Zo'n zesendertig uur later, op negen kilometer hoogte, bekeek Lina twee segmenten op Harry's laptop. Ze nam een slokje van haar mineraalwater met prik – zonder ijsblokjes – terwijl het vliegtuig naar Dallas suisde. 'Zeven van deze?'

'Precies.'

'Ze had zes segmenten van tien minuten moeten opnemen en er één strak uur van moeten maken.'

'Een dubbel-dvd. Op de eerste de intro, de opening en drie van de segmenten en op de tweede de vier andere segmenten. Twee strakke uren. Een video van een kwartier vergt meer inzet en als je er twee na elkaar afspeelt heb je een work-out van een half uur.'

'Wat was dat voor muziek bij die dansoefening? En wat had ze aan?'

'Dat is hiphop, Lina. Het heeft een frisse, energieke uitstraling. Het is een leuke invalshoek en ze heeft kleding aangetrokken die bij de sfeer van het filmpje past.'

Lina schudde alleen haar hoofd en bekeek de volgende twee segmenten. Aangezien Harry zijn prooi kende, zweeg hij.

'Dus jij wist hier niets van?'

'Nee. Ze wilde alles zelf doen. Ze is heel ondernemend, creatief en doelgericht te werk gegaan. Ze heeft op school leeftijdgenoten gevonden die de vaardigheden hebben om haar te helpen dit te verwerkelijken. Het zijn aardige kinderen.'

'Hoelang heb je met ze doorgebracht? Een paar uur? En je weet nu al dat ze aardig zijn?'

'Ja. Ik heb ook met hun ouders gesproken, maar het zijn inderdaad aardige en slimme kinderen. Héél erg slim,' voegde hij eraan toe. 'Ze heeft vrienden gemaakt, Lina, en met die vrienden heeft ze iets bijzonders tot stand gebracht.'

'En nu, zonder dat ze mij er iets over heeft verteld en ze dit allemaal achter mijn rug om heeft gedaan toen ik de stad uit was, verwacht ze niet alleen mijn goedkeuring, maar ook dat ik het ga produceren?'

'Nee, dat verwacht zij niet van je, dat verwacht ík van je. Je kunt zeggen dat ze het achter je rug om heeft gedaan, maar je kunt ook zeggen dat ze iets voor zichzelf wilde doen. Omdat ze zichzelf wilde bewijzen. En als je die filmpjes bekijkt, kun je niet beweren dat ze zichzelf niet heeft bewezen. Je zou trots op haar moeten zijn.'

Lina keek aandachtig naar haar water en nam toen traag een slok. 'Ik wil niet zeggen dat ze geen goed werk heeft afgeleverd, maar...'

'Stop.' Hij stak een hand omhoog. 'Ga het nou niet bagatelliseren. We weten allebei dat ze verdomd goed werk heeft geleverd. Ik zal even doen alsof ik geen persoonlijke relatie met jou en Adrian heb, en je vertellen hoe ik hierover denk als jouw publiciteitsmanager. Als jij haar helpt om haar bedrijf op te richten en je deze dubbel-dvd produceert, geef je haar merk een grote zet in de goede richting. En dat straalt bovendien gunstig af op je eigen merk.'

'Een stel tieners als producenten.'

'Dat is het lokkertje, Lina.' Er verscheen een grote grijns op zijn gezicht. 'Jij herkent een goed lokkertje uit duizenden, net als ik. En met dat verhaal erachter zullen ze een scheepslading aan dvd's verkopen. Laat mij nou maar schuiven als het op de verkooppraatjes aankomt.'

'Jij kunt een kruiwagen met modder nog aan de man brengen.'

'Dat is mijn talent,' zei hij opgewekt. 'Maar die dubbel-dvd? Dat is geen modder maar puur goud.'

'Misschien. Misschien. Ik zal erover denken. Ik ga eerst de rest bekijken en daarna zal ik het in overweging nemen.' Hij had gelijk, dacht ze. Ze wist dat hij gelijk had. Ze wilde gewoon niet al te snel toegeven. 'Als jij niet naar huis was gevlogen en niet onverwacht bij haar was langsgegaan, dan... Zeg, ik vond het trouwens knap irritant dat jij die twee dagen vrij nam,' voegde ze eraan toe.

'Ik had een afspraak, en dat had ik je al verteld voordat we vertrokken.'

'En ik zat helemaal alleen in Denver.'

Er verscheen een glimlach op zijn gezicht, precies zoals haar bedoeling was geweest. 'Het ging om iets belangrijks, hoor.'

'En het was kennelijk een diep, duister geheim.'

'Niet meer.' Hij slaakte een zucht. 'Marshall en ik hebben een draagmoeder gevonden.'

'Wat?' Ze had haar glas water net opgetild en zette het nu met een klap weer neer. 'Voor een baby?'

'Ja. En voordat je verder iets zegt... Marsh en ik hadden afgesproken om er niets over te zeggen tot zij twaalf weken zwanger zou zijn. Twaalf weken is de grens. We willen een gezin, Lina, dus we moesten een draagmoeder zien te vinden. Afgelopen maandag zijn we bij haar langsgegaan voor die twaalfwekenecho. En toen… toen hebben we het hartje horen kloppen.' Hij kreeg tranen in zijn ogen. 'We hebben het hartje gehoord en…'

Hij pakte de aktetas die bij zijn voeten stond en haalde er een echofoto uit. 'Dit is ons baby'tje. Van Marsh en van mij.'

Lina boog zich voorover om de echo aandachtig te bekijken en moest haar eigen tranen wegknipperen. 'Ik heb verdomme geen flauw idee wat ik hier zie.'

'Ik ook niet!' Met een betraand lachje pakte hij Lina's hand. 'Maar ergens op die foto bevindt zich mijn zoon of mijn dochter. Rond zestien april word ik vader. Marsh en ik worden papa's.'

'Jullie zullen geweldige vaders worden. Echt.' Ze wenkte de steward. 'We willen graag champagne.'

'Ik wilde het de hele wereld vertellen, maar jij bent de eerste die het hoort.' Hij kneep hard in haar hand. 'Geef mij een cadeautje en ga Adrians dvd produceren. Heus, je zult er geen spijt van krijgen.'

'Heel doortrapt om me zoiets te vragen terwijl ik emotioneel ben.' Ze slaakte een zucht. 'Nou, goed dan.'

Dat wilde echter niet zeggen dat ze haar dochter niets te zeggen had. Ze wilde haar zowel goede raad geven als eisen stellen, waarvan ze verwachtte dat Adrian die zou opvolgen.

Nadat ze terug was in haar appartement in New York en de portiers een fooi had gegeven omdat die haar bagage naar haar slaapkamer hadden gebracht, popelde ze om een lange douche te nemen en acht uur te slapen, waar ze tijdens een tournee in de verste verte niet aan toekwam.

Maar alles op zijn tijd. Zij leek altijd alles in de juiste volgorde te moeten doen. Ze pakte haar bagage uit, zocht uit wat gewassen moest worden en wat naar de stomerij moest, zette haar schoenen op hun plek en borg de weinige sieraden op die ze van zichzelf mee mocht nemen op reis. Ze hing de sjaals en jasjes op die ze in de koelere steden nodig had gehad.

Daarna ging ze naar beneden, schonk een mineraalwater met prik in en deed er een schijfje citroen bij. Ze vond haar timing heel geslaagd toen ze de deur hoorde opengaan.

Ze liep de keuken uit en zag haar dochter.

Adrian droeg haar schooluniform met een dunne jas erover omdat het daar ondertussen koud genoeg voor was geworden en haar rugzak bungelde over een schouder. En er lag een behoedzame uitdrukking op haar gezicht. 'George zei dat je weer terug was. Welkom thuis.'

'Dank je wel.'

Ze liepen naar elkaar toe en gaven elkaar een lichte kus op de wang.

'Laten we even gaan zitten om jouw project te bespreken.'

'Ik heb er met Maddie over gesproken, en aangezien jij je fiat had gegeven, is zij bereid om mijn vrienden en mij te vertegenwoordigen. Ze zei dat het contract binnenkort rond zou zijn.'

'Dat weet ik.' Lina ging zitten en gebaarde dat Adrian hetzelfde moest doen. 'Je mag Harry wel bedanken dat hij met zijn enthousiasme het pad voor je heeft geëffend.'

'Daar bén ik hem ook dankbaar voor.'

'Maar dat zou niet nodig zijn geweest als je eerst met mij had overlegd.'

'Als ik eerst met jou had overlegd, zou het een samenwerkingsverband zijn geworden. Ik wilde dit graag in mijn eentje doen, en dat heb ik ook gedaan. Nou ja, samen met Hector, Teesha en Loren.'

'Die ik nog nooit heb ontmoet en van wie ik weinig of niets weet.'

'Wat wil je verder nog over ze weten, naast de dingen die je zelf al hebt uitgezocht?'

'Daar komen we zo nog op. Als je zo'n project wilde doen, had ik je goede raad kunnen geven en ik had voor een studio en professionals kunnen zorgen.'

'Jouw studio, jouw professionals. Ik wilde iets anders, en dat heb ik ook allemaal geregeld. En het is heel goed geworden. Ik wéét dat het goed is. Misschien is het minder gepolijst dan als we jouw studio en jouw professionals hadden gebruikt, maar het is alsnog goed,' zei Adrian. 'Jij bent met niets begonnen,' ging ze verder voordat Lina haar in de rede kon vallen. 'Ik weet dat dat niet voor mij geldt. Ik weet dat ik voordelen heb die jij niet hebt gehad omdat jij al iets groots hebt neergezet. Ik weet dat sommige mensen zullen beweren dat ik heel makkelijk een voet tussen de deur heb gekregen, omdat jij die deur voor me open hebt gehouden en me een zet in de goede richting hebt gegeven. Voor een deel is dat waar, maar ik wist dat ik dit kon. En ik weet dat ik mijn eigen bedrijf kan oprichten.'

'Hoe dan? Op een dakterras met geleende apparatuur en met hulp van schoolvriendjes?'

'Het is een begin. Ik wil aan de universiteit van Columbia gaan studeren, met als hoofdvak bewegingsleer, en bedrijfskunde en voedingsleer als bijvakken. Ik ben in elk geval niet van plan om me te laten bezwangeren en...'

Ze maakte haar zin niet af, geschrokken van haar eigen woorden, en ze zag dat Lina verstijfde en zich vooroverboog.

'Sorry. Sorry, dat was onaardig, verkeerd en respectloos van me. Jij geeft me altijd het gevoel dat ik alles wat ik wil of niet wil en alles wat ik wel of niet doe moet rechtvaardigen. Maar het spijt me.'

Lina zette haar glas neer en liep naar de deuren van het dakterras. Ze schoof ze open om frisse lucht binnen te laten. 'Je lijkt meer op me dan je denkt. En dat is helemaal niet zo gunstig voor je. Die video's zijn goed. Je hebt talent, dat weten we allebei. Het concept en de uitvoering ervan zijn... interessant. Harry zal doen wat hij kan om er zoveel mogelijk publiciteit aan te geven, en jij moet al zijn aanwijzingen opvolgen bij elke vorm van publiciteit die hij uit zijn hoge hoed tovert, en ik zal uiteraard het hele project steunen. We zullen zien hoe het loopt.' Ze draaide zich om. 'Hoelang ben je hiermee bezig geweest?'

'Alles bij elkaar, het idee, de oefeningen, de timing en de aanpak, ongeveer een half jaar, schat ik.'

Lina knikte en liep terug om haar glas te pakken. 'Nou, we zullen kijken hoe dit verder gaat. Ik ga nu eerst een douche nemen. We kunnen vanavond wel wat eten laten bezorgen.'

'Ik wilde die curry van kikkererwten maken die je lekker vindt. Ik dacht dat je het eten van de roomservice en van restaurants wel even zat zou zijn.'

'Daar heb je gelijk in. Dat lijkt me heerlijk.'

Op twee januari bracht New Generation – in samenwerking met Yoga Baby – de dubbel-dvd *About Time* uit. Adrian had er de hele kerstvakantie reclame voor gemaakt en ze had Kerstmis bij haar grootouders zo gemist dat ze zich heilig voornam om dat nooit meer te laten gebeuren.

De verkoopcijfers voor de eerste maand vertelden haar dat ze het goede pad had gekozen en dat ze dat pad verder zou bewandelen.

Ze maakte plannen voor haar volgende project.

En in februari ontving ze haar eerste doodsbedreiging.

Lina bestudeerde het enkele velletje wit papier beschreven met dikke, zwarte blokletters. Het was een gedicht.

Rozen bij een grafsteen, van marmer of graniet.
Meer dan eens zijn mensen een slaaf van hun verdriet.
Maar voor jou geen bloemen, zelfs geen steentje.
Als ik kom om jou te doden, ben jij in je eentje.

'Het zat hierin.' Met een bevende hand stak Adrian de envelop uit om aan haar moeder te laten zien. 'Hij zat in de postbus die we hebben genomen voor fanmail voor de dvd. Ik heb hem na schooltijd leeggehaald. Er staat geen naam of retouradres op.'

'Nee, natuurlijk niet.'

'Op het poststempel staat Columbus, Ohio. Waarom wil iemand uit Columbus, Ohio mij vermoorden?'

'Dat wil diegene niet. Dit is gewoon iemand die gemeen wil doen. Het verbaast me dat dit pas de eerste dreigpost is die je hebt gekregen. Harry houdt een dossier bij van alle dreigbrieven die ik heb gekregen.'

Dat schokte haar bijna net zo erg als het gedicht zelf.

'Bedreigingen? Heb jij een heel dossier met bedreigingen?'

Lina pakte een handdoek. Ze was bezig geweest met de choreografie voor een nieuwe routine toen Adrian de fitnessruimte binnen was gestormd.

'Bedreigingen, seksuele voorstellen die minstens zo akelig zijn en post met huis-tuin-en-keuken-rottigheid.' Ze gaf de brief terug aan Adrian. 'Stop hem terug in de envelop. We zullen er aangifte van doen en er een kopie van maken. De politie zal het origineel innemen. Maar ik kan je nu al vertellen dat het nergens toe zal leiden. Dus stoppen we dat soort dingen in het dossier om ze daarna te vergeten.'

'Vergeten dat iemand heeft gezegd dat ik dood moet? Waarom zou iemand mij dood willen hebben?'

'Adrian.' Lina legde de handdoek over haar schouder en pakte haar fles met water. 'Heel veel mensen zijn gewoon verknipt. Ze zijn jaloers, geobsedeerd, boos of ongelukkig. Jij bent jong, knap en succesvol. Je bent op televisie geweest, je hebt op de cover van *Seventeen* en *Shape* gestaan.'

'Maar… je hebt nooit verteld dat je dreigpost krijgt.'

'Had geen zin. En het heeft ook geen zin dat jij je hier zorgen over gaat maken. We zullen dat briefje en de envelop aan Harry geven en hij zal het afhandelen.'

'Wil je nou zeggen dat doodsbedreigingen er gewoon bij horen?'

Lina hing de handdoek op en zette de fles neer. 'Ik zeg dat dit niet je laatste dreigbrief zal zijn en ik zeg dat je eraan gewend zult raken. Bel Harry. Hij weet wat er moet gebeuren.'

Adrian liep de zaal uit, maar ze keek nog even achterom en zag dat haar moeder weer met haar gezicht naar de spiegelwand was gaan staan om haar reeks burpees opnieuw te beginnen.

Ze zou Harry bellen, dacht Adrian. Maar ze zou nooit ofte nimmer gewend raken aan dreigbrieven.

6

Om het goed te maken dat ze met Kerstmis verstek had laten gaan, ging Adrian tijdens de zomervakantie veertien dagen bij haar grootouders logeren. Ze hernieuwde haar vriendschap met Maya, bracht tijd door met de ouder wordende Tom en Jerry en hielp haar grootouders in de tuin en in de keuken.

Haar grootouders verwelkomden haar drie vrienden uit New York toen die ook een week kwamen logeren zodat ze een nieuwe video konden opnemen.

De rest van haar leven zou ze de herinneringen koesteren aan haar grootouders, die op de brede veranda zaten te kijken terwijl zij de voorbereidingen trof om een yogasegment in de buitenlucht op te nemen, of dat ze 's ochtends beneden kwam en haar oma en Teesha in de keuken aantrof waar ze gezellig babbelend koffie zaten te drinken.

Toen de herfst aanbrak en de bladeren allerlei verschillende kleuren aannamen, moest ze weer naar school. Hoewel Harry haar post van tevoren wilde selecteren, stond ze erop om alles zelf te bekijken. Er zaten briefjes bij met hatelijkheden en ook exemplaren met obsceniteiten, maar het overgrote deel bestond uit positieve reacties.

Ze vergat de akelige reacties niet, maar besteedde er gewoon geen aandacht aan.

FOGGY BOTTOM, D.C.*

Maar de dichter vergat het niet. Gedachten aan het meisje gingen rond in het boosaardige en geduldige brein. Maar er was nog tijd, nog zo veel tijd. En er waren nog anderen. Vele anderen die eerst aan de beurt waren.

Het meisje zou het hoogtepunt van een crescendo worden. Maar om een crescendo te kunnen beleven, moest er een begin worden gemaakt.

Uit een lijst werd een naam gekozen, de naam van het eerste slachtoffer. Adrian Rizzo zou het laatste slachtoffer worden en Margaret West het eerste.

Het begon met het besluipen, de jacht, de observatie, de opnamen. Wat een opwinding! Wie had kunnen denken dat het plannen op zich al zo opwindend was?

Een goede planning, met een eenvoudige rechttoe rechtaan uitschakeling leek het beste. Ontspannen wandelingen langs het stille huis, uren achter de computer. Gewoon als een gast in een trendy restaurant terwijl de prooi lachend en drinkend van een maaltijd genoot.

Kijk hoe ze zich beweegt, zonder enig benul dat het einde van haar tijd op aarde almaar dichterbij komt. Kijk, ze neemt een hap van haar dessert, rolt van verrukking met haar ogen, en lacht samen met de man voor wie ze later – als het een beetje meezat – haar benen mocht spreiden.

Gescheiden en op mannenjacht. Dat was Maggie ten voeten uit!

En wat bonsde het hart toen de plannen werden verwezenlijkt! Alle geïnvesteerde tijd, vaardigheden en training die samensmolten. De draden doorknippen van het alarmsysteem van het huis, dat nu in diepe rust verkeerde. Het slot op de achterdeur openen met slothaken, veilig verscholen in de schaduw.

Het was ook heel opwindend om door het huis te lopen en zo goed als geruisloos de trap op te sluipen. Dan de hoek om naar de kamer waar het licht 's avonds als laatste uitging.

De slaapkamer.

Ze slaapt. Ze slaapt zo vredig. Heel moeilijk om de verleiding te weerstaan haar wakker te maken, haar het pistool te laten zien en haar te vertellen waarom.

Twee handen om het wapen stabiel te houden. Niet trillend van nervositeit, maar van opwinding. Pure opwinding.

Dankzij de geluiddemper knalde het pistool nauwelijks. Het tweede schot klonk iets luider, en het derde nog luider. Toch kwam er een vierde schot, gewoon voor de lol.

Wat schokte haar lichaam. Wat echode het geluidje dat ze maakte lang door die donkere kamer.

Wat vreselijk, zouden de mensen zeggen. Vermoord in haar eigen bed! Zo'n nette buurt. Zo'n lieve vrouw!

Maar die mensen hadden dat kreng niet gekend, of wel soms?

Om de politie – stelletje idioten – op een dwaalspoor te brengen snel een paar spullen stelen.

Souvenirs.

Pas enkele straten bij het huis vandaan kwam bij de dader het idee op om een foto te nemen van de gedane arbeid.

De volgende keer. De volgende keer zouden er foto's zijn om terug te kunnen kijken.

Adrian bracht de tweede video uit in januari, en omdat ze per se had willen leren autorijden, reed ze naar Maryland in de auto die ze had gekocht van de winst, om Kerstmis in het huis op de heuvel te vieren.

Ze had toegezegd om wat interviews op afstand en per telefoon te geven, maar ze zou de kerstdagen doorbrengen in Traveler's Creek.

Lina was voor nieuwe opnamen bijna de hele maand, inclusief de feestdagen, op Aruba.

Het tweede gedicht werd, net als het eerste, in februari bezorgd, maar ditmaal was het afgestempeld in Memphis.

Je vindt jezelf geweldig en ook heel bijzonder.
Maar je bent een nepper en bepaald geen wereldwonder.
Eens zul jij de tol betalen voor je zinloze bestaan.
Op die dag kom ik je halen en daarna ga jij eraan.

Ditmaal nam ze niet de moeite om het Lina te vertellen want, zoals Lina eerder al had gezegd: dat had toch geen zin. Ze maakte een kopie voor haar eigen archief en gaf het origineel aan Harry.

Ze concentreerde zich op haar schoolwerk en probeerde een concept te verzinnen voor haar volgende video.

Ze probeerde zich niet druk te maken over haar eventuele toelating op Columbia University, ook niet toen Teesha haar toelatingsbrief wel had ontvangen, Loren was aangenomen op Harvard en Hector op de UCLA.

Ze had andere universiteiten achter de hand, want ze was niet dom. Maar ze wilde naar Columbia. En ze wilde een kamer delen met Teesha.

Ze wilde.

Toen ze het toelatingspakket van Columbia ontving, deed ze een vreugdedans op alle drie verdiepingen van het penthouse.

Ze belde haar grootouders, stuurde tekstberichtjes naar haar vrienden en naar Harry. Aangezien haar moeder een optreden had in Las Vegas, maakte Adrian een kopie van de toelatingsbrief en legde die op Lina's bureau.

Ze nam zonder enige spijt afscheid van de middelbare school en begon aan wat zij als de volgende etappe op haar levenspad beschouwde.

Adrian pakte haar studie strategisch aan en koos vakken waarvan ze vond dat die haar doelen ten goede kwamen. Ze stopte al haar energie in studeren en haalde goede cijfers. De zomers hield ze vrij voor het opnemen van video's en lange logeerpartijen in Maryland.

Ze liep over van de plannen en in haar laatste jaar op Columbia waren veel ervan keurig verwezenlijkt. Teesha en zij deelden een appartement dat zich op loopafstand van de campus bevond en ze betaalden de huur met de winst van Adrians jaarlijkse dvd's.

Ze was gaan samenwerken met een andere studente – die als hoofdvak kledingontwerpen had – om haar eigen lijn fitness- en sportkleding te ontwerpen.

Terwijl Teesha zorgeloos op de ene en dan op de andere jongen verliefd – of in elk geval verlekkerd – werd, hield Adrian haar dates vrij oppervlakkig.

Voor liefde had ze geen tijd. Wellust beschouwde ze als een eenvoudigere zaak, waarvan de bevrediging en de ontlading bovendien deel uitmaakten van een algehele goede gezondheid – zolang dat op een veilige manier gebeurde en de deelnemers na afloop geen aanspraak op elkaar maakten.

De zakelijke relatie met haar moeder was weliswaar ingewikkeld, maar dreef de verkoopcijfers van hun beider merken op. Hun persoonlijke relatie bleef zoals Adrian die altijd had ervaren: afstandelijk, maar vriendschappelijk. Zolang die twee maar strikt gescheiden bleven.

Op een stormachtige avond in februari liep Adrian een restaurant in terwijl het haar moeite kostte haar zorgen opzij te zetten over wat zij haar 'jaarlijkse hatelijke valentijnspost' noemde. Deze brief, die was afgestempeld in Boulder, was de zesde. Dat er niet naar de bedreigingen werd gehandeld en dat er geen escalatie plaatsvond, stelde haar bepaald niet gerust. De regelmaat wees op iemand die bijzonder gefocust was en een onnatuurlijke obsessie had.

Ze had de dinerafspraak met haar agent en Harry bijna afgezegd, maar had zichzelf gedwongen om toch te gaan, hoewel het laatste gedichtje als lood aanvoelde in haar handtas.

Aangezien ze zoals altijd te vroeg was, overwoog ze eerst iets te gaan drinken aan de bar om haar zenuwen te kalmeren, in plaats van in haar eentje aan een tafel in de eetzaal te gaan zitten.

Door het geroezemoes van alle gesprekken en de energie die in de zaak hing kwam ze een beetje tot rust. Ze gaf haar naam door aan de gastvrouw en ging toen de bar in die was ingericht met veel donker hout en oud, blootliggend metselwerk. Net toen ze op een barkruk wilde gaan zitten, zag ze een bekend gezicht bij een van de hoge tafeltjes met krukken.

Ze had Raylan slechts een paar keer gezien sinds hij was gaan studeren in Savannah, maar omdat Maya haar overal van op de hoogte hield, wist ze dat hij een van de felbegeerde stageplaatsen bij Marvel Comics in de wacht had gesleept, wat weer had geleid tot een instapbaan bij hun hoofdkantoor in New York.

De jongen met alle tekeningen aan de muren van zijn slaapkamer was er dus in geslaagd zijn droombaan te bemachtigen, dacht ze.

En de knappe blondine die bij hem stond moest de kunstenares zijn op wie hij tijdens zijn studie verliefd was geworden en met wie hij nu een langeafstandsrelatie had terwijl zij, net als Adrian, in haar afstudeerjaar zat.

Adrian aarzelde, want die twee gingen dusdanig in elkaar op dat ze net zo goed op een verlaten strand in het maanlicht hadden kunnen staan. Maar ze kon niet doen alsof ze de broer van haar oudste vriendin niet had gezien.

Ze zagen eruit als kunstenaars, dacht ze terwijl ze naar hun tafeltje liep. Raylan met zijn donkerblonde haar, dat de kleur van gebrande honing had en over de kraag van zijn overhemd viel, en de vrouw – Adrian kon even niet op haar naam komen – met haar door de zon gebleekte vlecht die tot halverwege haar rug kwam.

Toen ze naderbij kwam keek Raylan haar kort aan met zijn groene ogen, waarin eerst verwarring en daarna beginnende herkenning te zien was.

Ze voelde een lichte tinteling, maar dat gevoel hadden zijn ogen haar altijd al bezorgd.

'Hé, hallo. Adrian.'

'Jij ook hallo, Raylan. Ik had gehoord dat je tegenwoordig in New York werkt.'

'Ja, dat klopt. Lorilee Winthrop, dit is Adrian Rizzo, een goede vriendin van Maya. Adrian, dit is Lorilee, mijn…'

'Verloofde! Sinds vandaag!' Zelfs in een toestand van blije opwinding, riep Lorilees stem beelden op van magnolia's, Spaans mos en het drinken van zoete ijsthee op een veranda. Ze stak haar hand uit met aan haar ringvinger een mooie diamanten ring.

'O, mijn god.' Intuïtief pakte Adrian de haar toegestoken hand en voelde de warmte en de opwinding. 'Wat een prachtige ring. Gefeliciteerd. Wauw, Raylan, jij ook gefeliciteerd. Ongelooflijk dat Maya me geen berichtje heeft gestuurd.'

'We hebben het nog aan niemand verteld.'

'Ik ben een flapuit. Ik kan er niets aan doen,' zei Lorilee.

'Doe me een lol en zeg niet tegen Maya dat ik het jou als eerste heb verteld,' zei Raylan. 'Misschien kun je verbazing voorwenden als zij het je vertelt.'

'Dat moet lukken. Beschouw dat maar als een verlovingscadeautje.'

'Ga toch even zitten,' zei Lorilee. 'Maya heeft me heel veel over je verteld, en ik heb je grootouders ontmoet. Het is echt een fantastisch stel, nietwaar? O, en ik ben dol op je dvd's. En kennelijk ratel ik aan een stuk door. Raylan, schat, pak eens een kruk voor Adrian.'

'Dank je, maar dat hoeft niet. Ik heb een afspraak, maar ik was wat aan de vroege kant.'

'Jij woont in New York. Ik kan maar niet geloven dat ik hier de komende lente ook kom wonen.'

Raylan keek naar zijn verloofde alsof zij de enige vrouw op welke wereld dan ook was. Adrian voelde een zuchtje van verlangen opkomen, een kleine steek van pijn in haar hart.

'Mocht het je nog niet zijn opgevallen, Lorilee is een meisje uit het Zuiden.'

'Goh, dat zou ik nou nooit hebben geraden. En ik heb gehoord dat ze ook een kunstenares is.'

'Ik doe mijn best om dat te zijn. Maar eigenlijk zou ik het liefst tekenles geven op een middelbare school. Ik ben dol op kinderen. Raylan, schat, ik vind dat we er tien moeten nemen.'

Hij keek haar glimlachend aan en Adrian durfde te zweren dat ze de sterren in de diepgroene zee van zijn ogen kon tellen.

'Misschien moeten we het bij vijf houden.'

'Zo te horen zullen jullie moeten onderhandelen,' zei Adrian lachend terwijl ze zich de jongen die ze vroeger had gekend probeerde voor te stellen als vader van vijf kinderen. Vreemd genoeg lukte haar dat.

'Raylan, je moeder en Maya zullen door het dolle heen zijn van blijdschap. Ze zijn gek op jou,' zei ze tegen Lorilee.

'O, wat lief dat je dat zegt.'

'Er is geen woord van gelogen. Maya heeft me ook veel over jou verteld, en een van die dingen die ze zei, is dat jij te goed bent voor Raylan.'

'Ook daar is geen woord van gelogen,' zei Raylan. 'Zolang zij dat maar niet gaat geloven voor juni volgend jaar, want dan zijn we getrouwd en zit ik gebeiteld.'

'Wat ben je toch een gekkerd.' Lorilee boog zich over de tafel om hem een kus te geven.

'Daar zijn de mensen met wie ik heb afgesproken,' zei Adrian. 'Ik ben zo blij dat we elkaar zijn tegengekomen. En wat Maya ook zegt, ik vind jullie tweeën een volmaakt stel. Nogmaals gefeliciteerd.'

'Ik vond het heel leuk om jou te ontmoeten.'

'Insgelijks.'

Adrian liep weg en sloeg haar armen even om Harry heen. Voordat ze plaatsnamen aan hun tafel, liet ze een fles champagne naar Raylan en Lorilee brengen. Ze waren echt een volmaakt stel, dacht ze opnieuw, en hun blijdschap werkte zo aanstekelijk dat ze helemaal niet meer aan het gedicht in haar handtas dacht.

Drie dagen later ontving ze een kaart met een handgeschreven bedankje van Lorilee, met op de voorkant tulpen die ze zelf had geschilderd.

Lieve Adrian,
Bedankt voor de fles champagne. Het was een ongelooflijk attent gebaar en heel onverwacht. Eigenlijk hadden we je er

hoogstpersoonlijk voor willen bedanken, maar we wilden je bespreking niet verstoren.
Ik vind het heel fijn dat we elkaar hebben ontmoet, en dat nog wel op de mooiste dag van mijn leven. Jan en Maya houden ontzettend veel van je, en ik hou van hen. Dat betekent automatisch dat ik ook van jou hou. Hopelijk vind je dat niet erg.
Ik blijf de oefeningen op je dvd's doen en die zullen ervoor zorgen dat ik er fantastisch uitzie op mijn trouwdag.

Nogmaals bedankt,
Lorilee (de toekomstige mevrouw Wells!)

Hoewel Adrian zichzelf nooit als sentimenteel had gezien, vond ze het kaartje zo charmant dat ze besloot om het te bewaren.

Zodra ze die de lente haar bul had behaald, begon ze aan een nieuwe video. Hoewel ze bij vorige opnamen dansers en trainers had ingehuurd om in de video te figureren, had ze Teesha en Loren ditmaal min of meer gedwongen om mee te doen.

'Ik zie eruit als een malloot.' Loren, die ondertussen een meter tachtig was, droeg een trainingsbroek en een T-shirt van New Generation. Hij was slanker geworden en zijn vuurrode haar was tegenwoordig lang genoeg voor een 'advocatencoupe', zoals Teesha het noemde.

'Helemaal niet,' stelde Adrian hem gerust. 'Tijdens de repetities deed je het prima en nu hoef je alleen mijn aanwijzingen op te volgen.'

'Welke aanwijzingen je me ook geeft, ik krijg niet ineens gevoel voor ritme. Ik ga dat dansstuk vast verprutsen. Waarom nou Latijns-Amerikaans, Ads? Waarom al die heupbewegingen en zo?'

'Omdat het leuk is.' Ze gaf hem een por in zijn buik. 'En jij ziet er geweldig uit. Hoeveel kilo ben je afgevallen?'

Hij sloeg zijn ogen ten hemel. 'Elf, nadat ik in mijn eerste jaar eerst de standaard vier kilo was aangekomen en jij op de lange afstand begon te zeuren dat ik moest afvallen.'

'Mij heeft ze nooit de kans gegeven om vier kilo aan te komen.

Zeuren op lange afstand?' Teesha rolde met haar ogen. 'Moet je je voorstellen dat je een appartement met die meid deelt.'

'Jij ziet er goed uit.'

Teesha schudde met haar heupen en duwde haar haren omhoog, die ze in een ebbenhouten aureool droeg sinds ze haar vlechten had afgeknipt. 'Ja. Nou en of. Ik zie er fantastisch uit in deze kleren.'

'Die wel heel klein zijn,' merkte Hector op terwijl hij nog eens door de ruimte liep.

Teesha droeg een strakke korte broek, een zwarte sportbeha met knalroze randen, en om haar middel had ze een roze hoody van New Generation geknoopt. 'Als je het hebt, moet je ermee pronken.'

'Uh-huh.' Hector, die tegenwoordig een sikje en een korte paardenstaart droeg, schoof zijn bril met draadmontuur omhoog. 'Je weet toch wel dat hier duiven zitten?'

'Die geven extra sfeer.'

Adrian had het oude gebouw, dat op sommige plekken geen dak meer had, precies om die reden gekozen. Ze had nog steeds geen echte studio of gelikte sportzaal voor haar video's gebruikt, en te oordelen naar de feedback, vond haar publiek de wat minder voor de hand liggende locaties wel leuk.

Ze grijnsde even toen er een gillende sirene klonk. 'Authentieke sfeer. En in plaats van professionals hebben we twee normale mensen.'

Al waren de leden van het belichtings- en geluidsteam wel professionals, net als Hectors assistenten.

Maar goed, als puntje bij paaltje kwam, verschilde het niet zoveel met dat weekend op het dakterras toen er vriendschappen waren gesmeed en Adrian een begin had gemaakt met het verwezenlijken van haar dromen.

'Goed, als eerste doen we de cardiodans van vierendertig minuten.'

Ze droeg een zuurstokroze korte broek met een zwarte nepriem en een roze sportbeha met zwarte randen die op een haltertop leek. Haar schouderlange haar mocht tijdens deze oefening doen wat het wilde.

Ze ging op haar plaats staan en wachtte tot Hector – die tevens als regisseur fungeerde – haar het teken gaf om te beginnen. Daarna keek ze glimlachend in Hectors camera.

'Hoi, ik ben Adrian Rizzo. Welkom bij *For Your Body*. Op deze tweedelige dvd-set nemen we je mee voor een leuke en uitdagende cardiodans met een Latijns-Amerikaans tintje. Eerst dertig minuten buikspieren, gevolgd door dertig minuten krachttraining met lichte en zwaardere gewichten en dan een bonusronde van vijfendertig minuten met een work-out voor het hele lichaam, die al je spieren aan het werk zet. En tot slot een yogasessie van vijfendertig minuten. We zijn vandaag in New York.' Ze keek even omhoog toen er een duif over hen heen vloog. 'En zo te zien hebben we gezelschap van de plaatselijke fauna. Ik ben hier samen met mijn vrienden. Dit is Teesha.'

Teesha salueerde energiek.

'En Loren.'

Adrian begon te lachen toen Loren zijn hand opstak en de Vulcangroet bracht.

'Denk eraan, jullie kunnen elk onderdeel van deze video los doen, de volgorde veranderen of oefeningen combineren. Doe gewoon waarvan je zelf denkt dat goed voor je is, maar doe in elk geval iets, want je doet dit voor je lichaam.'

Ze voelde gewoon dat het werkte en dat wist ze zeker toen ze Teesha hoorde lachen en Loren mompelend hoorde tellen. Het werkte ook toen Loren zich tijdens de buikspieroefeningen achterover liet vallen op zijn matje en om zijn mammie riep.

Het werkte drie hele dagen lang en eindigde met pizza en wijn op de vloer van het appartement dat Adrian en Teesha deelden.

'Mijn buikspieren schreeuwen het nog steeds uit,' beweerde Loren.

'We hebben ze gewoon even wakker gemaakt.'

Hij nam een grote hap pizza. 'Nou, ze willen weer gaan slapen. Misschien wel voor altijd. De volgende keer ga ik achter de camera staan en dan mag Hector smelten in een plasje van zijn eigen zweet.'

'Ik ben de man van achter de schermen.' Hector nam een slok wijn, iets wat hij ooit lekker hoopte te gaan vinden. 'En de komende twee maanden blijf ik ook de man achter de schermen in Noord-Ierland.'

Teesha ging met een ruk rechtop zitten. 'Wat voor schermen?'

'Het is iets voor een HBO-serie. Ik ben assistent bij het *B roll*-team, maar ik doe in elk geval mee.' Hij kreeg een reusachtige glimlach op zijn gezicht. 'Hollywood, lui. Nou ja, de Noord-Ierse versie dan.'

'Dan doe je mee met de grote jongens, man.' Loren stak een vinger in de lucht. 'De echte grote jongens.'

'Het is een stapje naar het middensegment dat uiteindelijk kan leiden tot werken met de grote namen. Dus waag het niet me te ontslaan als jouw videograaf,' zei Hector terwijl hij met zijn wijsvinger naar Adrian priemde.

'Nooit of te nimmer. Jezus, Hector Sung, dit is geweldig nieuws. Wanneer ga je?'

'We beginnen volgende week, maar ik stap overmorgen al op het vliegtuig zodat ik een beetje de toerist kan uithangen. Ik vind dat jullie van de zomer langs moeten komen.'

'Ja, Noord-Ierland is zó dichtbij, het is net alsof je de metro naar Queens neemt.' Teesha schudde haar hoofd. 'Ik heb mijn zomer volgepropt met allerlei cursussen, Hec. Ik wil z.s.m. mijn MBA halen.'

'Daarna wordt ze mijn businessmanager. En als Loren klaar is met rechten en is beëdigd tot advocaat, wordt hij mijn advocaat. Dus...' Adrian hief haar glas om een toost uit te brengen. '... ons groepje blijft gewoon bij elkaar.'

In de maanden erna verdeelde Adrian haar tijd tussen optredens, bezoekjes aan haar grootouders, het promoten van haar nieuwe lijn sportkleding en het uitwerken van een nieuw project.

Een wekelijks fitnessblog, inclusief een korte demonstratie via streaming, die zij de *Five-Minute Workout of the Week* noemde.

En aangezien ze vanaf vrijwel elke plek kon streamen – nadat Hector haar had geleerd hoe dat moest – liet ze vaak iemand anders meedoen aan de demonstratie. De eigenaar van haar delicatessenzaak, een willekeurige voorbijganger die zijn hond uitliet, een dienstdoende politieagent (met wie ze daarna een paar maanden een heel bevredigende relatie had).

In een van haar lievelingsfilmpjes, dat ze in de jaren erna talloze malen zou bekijken, figureerde haar oma.

Terwijl er buiten een pak sneeuw van dertig centimeter lag en binnen de open haarden knapperden en het grote huis fonkelde door alle kerstlichtjes, zette Adrian haar camera op in de keuken.

'Stoei er maar gewoon een beetje mee,' zei ze tegen Sophia.

'De keuken is om in te koken, om in samen te komen en om in te eten.'

Adrian stelde de camera scherp. 'Als je kookt, mensen samenbrengt en eet, moet je ook bewegen.' Tevreden draaide Adrian zich om en glimlachte naar haar oma. 'Je ziet er geweldig uit. Nee, herstel: je ziet er echt superaantrekkelijk uit.'

Lachend wuifde Sophia haar woorden weg terwijl ze haar haren naar achteren schudde. 'Dat komt door dat pakje. Jouw ontwerp.'

'Nou, het is wel mijn kledinglijn, maar het gaat om wie die spullen draagt.'

Het was wel heel flatteus, dacht Adrian. Een mosgroen sporttopje, driekwartlegging in groen, roze en blauw en lage, roze gymschoenen.

'Je hebt genoeg van dit soort filmpjes gezien om te weten hoe ze in hun werk gaan. Volg gewoon mijn aanwijzingen op. Als je iets wilt zeggen, doe het dan. Dit is gemakkelijk, leuk en snel.'

'Ik heb nu al medelijden met mezelf.'

Lachend stak Adrian een hand in haar zak en drukte op de afstandsbediening. 'Voor de work-out van vijf minuten van deze week ben ik hier met de geweldige Sophia Rizzo, of zoals ik haar noem: nonna. We staan nu in haar keuken waar zij én mijn opa de sterren van de hemel koken. Op dit moment staat hij pizzadeeg op te gooien in hun restaurant hier in de bergen van Maryland. En nonna en ik onderbreken onze bakactiviteiten voor Kerstmis vijf minuutjes voor wat lichaamsbeweging en om onze hartslag wat omhoog te brengen. Klaar, nonna?'

Sophia keek recht in de camera. 'Dit is niet mijn idee, maar ze is nou eenmaal mijn enige kleinkind, dus...'

'Marcheren op de plaats met hoog opgetrokken knieën. Zorg dat die knieën boven je middel komen en laat je buikspieren werken. Goed zo, nonna. Zo hoeft niemand zich kerstmishapjes te ontzeggen. Ik ook niet, en zeker niet wanneer die hapjes zijn gemaakt door Dom en Sophia Rizzo. Dus ga tijdens de feestdagen lekker genieten, maar wel met mate, en vergeet niet te bewegen.'

'Dit doe ik alleen voor jou. Het is toch sneu voor je kijkers dat ze deze arme oude vrouw moeten zien.'

'Ha! Arme oude vrouw, je kunt me wat. O, ik weet nog een leuke oefening. Squats. Je weet hoe je die moet doen, nonna. Duw die billen naar achteren. Span je bilspieren.'

Daarna ging ze verder met lunges, zich er terdege van bewust dat Sophia haar zogenaamd boze blikken toewierp. Daarna combineerde Adrian de bewegingen, waarbij ze hardop telde. Ze eindigde met heupcirkels en wat stretches.

'En dan zit het er alweer op. Als je vijf minuutjes oefent tussen het winkelen, bakken, inpakken en eten door, dan zul je er net zo fit uitzien als mijn fantastische nonna.' Adrian sloeg een arm om Sophia's middel. 'Is ze niet geweldig knap? Ik bof toch maar met dit DNA, nietwaar?'

'Ze vleit me omdat het allemaal waar is.' Lachend sloeg Sophia haar armen om Adrian heen en drukte een kus op haar wang. 'Dan is het nu tijd voor een koekje.'

'Goed idee.' Adrian draaide haar hoofd, zodat haar wang die van haar oma raakte en ze keek glimlachend in de camera. 'Vrolijk kerstfeest en prettige feestdagen, van onze hele familie aan die van jullie. En onthoud: blijf fit, fel en fantastisch. Tot volgend jaar!'

Adrian drukte op de afstandsbediening. 'Je was volmaakt!'

‘Ik wil het bekijken. Speel het eens af.’

‘Doe ik. Maar wel mét koekjes.’

‘En wijn.’

‘En wijn. Ik hou zo allemachtig veel van je, nonna.’

ERIE, PENNSYLVANIA

Op een koude, bewolkte nacht eind december, terwijl er piepkleine sneeuwvlokjes als stukjes kant omlaagdwarrelden, zat de dichter ineengedoken op de achterbank van een glanzend blauwe sedan.

Het autoalarm? Het slot van het portier? Een fluitje van een cent als je er onderzoek naar deed.

De tijd tussen twee momenten van opwinding had te lang geduurd, maar je moest je doelwit elke keer zorgvuldig uitkiezen. Ditmaal opnieuw het pistool, hoewel anderen het lemmet van een mes of een honkbalknuppel hadden gevoeld. Maar het pistool had, door de manier waarop het in de hand lag wanneer het zijn werk deed, absoluut de voorkeur.

Net zoals de prooi waar nu op gejaagd werd de voorkeur had.

Had ze soms niet bewezen dat ze een hoer was? Bevond ze zich op dit moment soms niet in een goedkope motelkamer om zich te laten neuken door een andere man dan die met wie ze getrouwd was?

Nou, hopelijk genoot ze ervan, want dit zou de laatste keer zijn dat ze nog iets zou voelen. Geen *gelukkig nieuwjaar* voor jou, teef.

Helemaal in het zwart gestoken, een schaduw, onzichtbaar toen de hoer eindelijk de deur opendeed. Ze baadde in het licht dat uit de motelkamer achter haar stroomde. Ze blies een kushandje naar de overspelige klootzak binnen en liep toen glimlachend naar haar auto. Ze drukte op het knopje waarmee ze het autoportier op afstand openmaakte, eenmaal achter het stuur deed ze de portieren onmiddellijk weer op slot.

In de achteruitkijkspiegel werden haar ogen heel even groot, dat laatste moment voordat de kogel binnendrong in haar hersenen.

Voor alle zekerheid een tweede schot. En de ondertussen traditionele foto.

Even later volgde een ontspannen wandeling door de lichte, dwarrelende sneeuw naar de auto die drie straten verderop geparkeerd stond.

Plotseling moest de dader aan een regel uit een kerstgedicht denken.

Een vrolijk kerstfeest, mensen, en een goede nacht.

In februari vouwde Adrian het briefje met het gedichtje open. Elk gedichtje maakte haar overstuur, maar dit exemplaar deed haar naar adem snakken, en ze moest zich trillend op een stoel laten zakken.

Die ouwe taart met nep-rood haar is dus je nieuwste stunt.
Je profileren in sportkleren zegt me dat je echt niks kunt.
Pas op wie je gebruikt als je jezelf promoot.
Wellicht eindigen zij, dus net als jij, dan ook morsdood.

Zoals altijd bracht ze haar moeder en Harry op de hoogte, en zoals elke keer maakte ze er kopieën van. Maar ditmaal nam ze ook contact op met de politie van Traveler's Creek.

Daarna vertelde ze het aan haar grootouders. Hoewel het heel wat voeten in aarde had, slaagde ze erin hen ervan te overtuigen een alarmsysteem te laten installeren.

Dit is nu al zeven jaar aan de gang, dacht ze terwijl ze door het appartement ijsbeerde en vurig wenste dat Teesha thuis zou komen. Wat voor persoon schreef elk jaar een ziek gedicht aan iemand en verstuurde dat ook? En dat al zeven jaar lang.

Een ziek persoon, even ziek als de gedichtjes, dacht ze. En duidelijk iemand die haar blog en haar openbare leven volgde.

'En een lafaard,' mompelde ze. Dat moest ze vooral niet vergeten. Dit was een lafaard die haar schrik en angst wilde aanjagen. Hoewel ze wist dat ze deze persoon – wie het ook was – niet de voldoening moest gunnen, lukte het haar niet om de schrik en de angst van zich af te schudden.

Ze liep naar het raam en staarde naar de stroom auto's die voorbijreed en de mensen die gehaast over de trottoirs liepen.

'Waarom vertoon je jezelf niet?' mompelde ze. 'Waar je ook zit, wie je ook bent, kom tevoorschijn dan kunnen we dit persoonlijk regelen.'

Terwijl ze keek, begon er zachtjes wat natte sneeuw te vallen en werd het buiten donkerder. En ze wist dat ze niets anders kon doen dan afwachten.

7

Adrian had helemaal geen uitnodiging voor Raylans bruiloft verwacht, en ze merkte dat ze het oprecht jammer vond dat ze op die dag al een afspraak had en er dus niet naartoe kon gaan.

Ze dacht terug aan die stormachtige avond, nu ruim een jaar geleden, toen ze hem en zijn Lorilee tegen het lijf was gelopen terwijl ze hun verloving vierden. En ze dacht terug aan het lieve bedankbriefje met de handgeschilderde tulpen dat Lorilee haar had gestuurd.

In plaats van enkel op het felicitatiekaartje te schrijven dat het haar speet dat ze niet kon komen, ging ze zitten en volgde de traditie van haar oma door een brief te schrijven.

Lorilee,

Je hebt het nu vast druk met plannen maken voor je bruiloft, maar ik wilde je toch even een briefje schrijven om te zeggen dat het me spijt dat ik niet aanwezig kan zijn op deze bijzondere dag voor jou en Raylan. Ik zit dat weekend in Chicago. Ik vind het jammer dat ik er niet kan zijn om jullie allebei het allerbeste te wensen.

Toen ik jullie vorig jaar ontmoette, viel het me op hoe goed jullie bij elkaar passen. Ongetwijfeld zal Maya me alle mooie bijzonderheden over jullie trouwdag vertellen, en je moet weten dat ze het waanzinnig leuk vindt dat ze jouw bruidsmeisje mag zijn.

Je gaat deel uitmaken van een geweldige familie.

Feliciteer Raylan alsjeblieft namens mij, en aanvaard zelf mijn beste wensen. Zo hoort dat toch, nietwaar? Hoe het ook zij, ik weet zeker dat jullie samen heel gelukkig zullen worden.

Geniet van elk moment.

Mijn beste wensen,
Adrian

Toen ze het briefje op de post deed, kon ze niet vermoeden dat dit het begin zou worden van een vriendschappelijke correspondentie die jaren zou duren.

BROOKLYN, NEW YORK

Zelfs wanneer de chaos hoogtij vierde, wat nogal vaak gebeurde, was Raylan dol op zijn leven.

Lorilee en hij hadden in Brooklyn een oud, bouwvallig bakstenen huis van twee verdiepingen gekocht, dat ze samen opknapten. Iets waar ze waarschijnlijk nog steeds mee bezig zouden zijn als hun kinderen allang waren afgestudeerd. Maar ondanks de vele mankementen van het huis met zijn reusachtige zolder, bedompte kelder en krakende trap paste het precies bij hen.

Misschien was het stom van hen geweest om het te kopen vlak voordat hun eerste kind ter wereld kwam, maar ze hadden het jongetje uit het ziekenhuis willen meenemen naar een echt thuis.

Misschien had Raylan de afgelopen vijf jaar te veel van zijn zogenaamde vrije tijd besteed aan het uitproberen van zijn timmervaardigheden, het verbeteren van zijn schilderkunsten of aan het leren tegelzetten met Lorilee, maar deze aanpak vonden ze allebei prettig.

Ze wilden hun kinderen grootbrengen in een huis met een tuin, in een wijk die karakter had. En omdat Bradley slechts dertien maanden nadat ze elkaar het jawoord hadden gegeven ter wereld was gekomen, hadden ze zich heel optimistisch gevoeld toen ze het huis hadden gekocht.

Twee jaar later was Mariah geboren.

Ze hadden afgesproken om een poosje te wachten voordat ze aan hun volgende kind zouden beginnen. Eerst moest er meer van het huis worden opgeknapt en moest hun appeltje voor de dorst wat groter worden. Bovendien moest Raylans stripuitgeverij die hij met twee vrienden had opgericht voorzichtig uit de rode cijfers zien te komen.

Nu Bradley op de kleuterschool zat en Mariah naar de kinderopvang ging, Lorilee tekenles gaf op een middelbare school en Triquetra Comics langzaam maar zeker begon te lopen, hadden ze besloten om een poging te doen voor hun derde kind.

Raylan kwam, na een dag vol vergaderingen, strategiebesprekingen en het inroosteren van volgende besprekingen – en het genot van het werken aan zijn nieuwe stripverhaal – thuis in de welbekende chaos.

De hond – en het was zijn schuld dat die er was, want hij had het dier vorig jaar zomer als pup mee naar huis genomen – rende blaffend door de woonkamer, stoof de eetkamer in waar hij een van de stoelen omvergooide, schoot de keuken in waar Lorilee in een pan op het fornuis stond te roeren en rende vervolgens weer terug.

Mariah, gekleed in een van haar vele prinsessenkostuums, zette de achtervolging in met een toverstafje in haar hand. Intussen richtte Bradley zijn speelgoedgeweer en schoot lukraak nerfballetjes op de rennende hond, zijn rennende zusje of allebei.

'Daar krijg je spijt van als Jasper die balletjes kapot kauwt,' waarschuwde Raylan zijn zoon.

'Maar dit is leuk.' Bradley, met zijn vlasblonde haar, blauwe ogen en de stralende glimlach waarmee hij ijs kon laten smelten, rende naar zijn vader toe en sloeg zijn armen om diens benen. 'Kunnen we na het eten een ijsje gaan halen bij Carney's? Ah, toe.'

'Misschien. Laat je balletjes niet rondslingeren, jochie. Geloof me, op een dag zul je me dankbaar zijn voor dat advies.'

Met Bradley als een aapje om zijn been schuifelde Raylan verder, begroette de inmiddels tegen hem opspringende Jasper en tilde daarna zijn feeënprinsesje op.

‘Ik ga Jaspew omtovewen in een gwoot konijn.’

Ze sprak haar r’en nog altijd als w’s uit, wat hij superaandoenlijk vond. Hij gaf haar een kus op haar neus. ‘Dan eet hij alleen nog worteltjes.’

Zijn messengerbag flapte tegen zijn heup toen hij met zijn dochter op zijn arm en zijn zoontje om zijn been geklemd naar de keuken liep om zijn vrouw een kus te geven. Hij was een slungelige man, die aan het einde van de middelbare school al bijna een meter negentig was geweest en op de universiteit nog ruim twee centimeter groter was geworden.

Nadat hij zich voorover had gebogen en zijn neus tegen Lorilees wang had gedrukt, snoof hij de geur op. ‘Vanavond spaghetti. Hoera!’

‘En als voorgerecht een lekkere salade.’

Bij Raylans voeten zei Bradley: ‘Bah!’

Lorilee keek haar zoon alleen even streng aan. ‘Als bepaalde mensen hun salade zonder mopperen opeten, zouden we daarna aan de spaghetti kunnen beginnen en na het eten gezellig een ijsje gaan halen bij Carney’s.’

‘Hoera! Echt?’ Bradley verruilde Raylans benen voor die van Lorilee. ‘Echt, mam?’

‘Eerst de salade en de pasta.’ Lorilee schudde haar hoofd toen Bradley opsprong om zijn vreugdedansje te maken, waarop Mariah zich omlaagkronkelde om met hem mee te doen. ‘En hoe was jouw dag?’

‘Goed. Heel goed. En de jouwe?’

‘Uitstekend. En volgens mijn grafiek…’ Ze boog zich dichter naar hem toe en fluisterde in zijn oor: ‘… is het vanavond misschien wel het goede moment om nog een van deze drukke handenbindertjes te maken.’

‘O, dat is nog veel fijner dan een ijsje.’ Hij streelde haar lichtblonde haar dat ze in een asymetrische bob had laten knippen om tijd en werk te besparen. Hij vond dat het kapsel haar gezicht prachtig omlijstte. ‘Dan tref ik je wel in de slaapkamer na de verhaaltjes voor het slapengaan.’

'Ik zal er zijn.' Ze drukte zich even tegen hem aan terwijl ze naar hun dansende kinderen keek. 'Wij leveren goed werk af, Raylan.'

Hij liet een hand over haar rug naar haar billen gaan, en weer omhoog. 'Ik verheug me erop om nog meer goed werk af te leveren.'

Na het avondeten – met de bijbehorende rommel en lawaai – na de wandeling en het ijsje, na het vaste ritueel van het verhaaltje voor het slapengaan, stopten ze hun kinderen in.

Dan kwamen onveranderlijk de vragen waarvan hij het idee had dat de kinderen die opspaarden om hun tijd voor het slapengaan nog even te rekken.

Waarom kan ik overdag geen sterren zien terwijl ik de maan soms wel kan zien?
Waarom krijg jij een baard en mama niet?
Waarom kunnen honden niet net zo praten als mensen?

Dat duurde even, net zoals Raylan wist dat het een tijdje zou duren voordat de twee kinderen echt sliepen, zodat zijn beoogde liefdesspel met hun moeder onopgemerkt en ongestoord zou blijven.

'Wat zou je zeggen van een glas wijn? Als onze poging slaagt, zul je de wijn weer een hele tijd moeten laten staan. Geniet ervan nu het nog kan.'

'Lijkt me heerlijk.'

Hij liep naar beneden om de wijn te halen. Het behang op de muren van de gang op de eerste verdieping moest nog worden afgetrokken. Ze hadden voorrang gegeven aan het opknappen van de kinderkamers, de keuken, twee van de drie badkamers en een apart toilet.

Als het zou lukken om nog een kind te krijgen, dacht hij, dan moesten ze nog een van de vier slaapkamers in een babykamer veranderen in plaats van hun eigen slaapkamer op te knappen. En dat betekende weer dat hij zijn studio naar zolder moest verplaatsen.

Lorilee schilderde daar al, maar ze zouden een deel van de ruimte kunnen aftimmeren voor zijn werk. Ze zouden er wel een mouw aan passen.

Hij pakte een fles wijn, maakte hem open en wilde net glazen pakken toen de telefoon op het aanrecht ging. Hij zag de naam van zijn moeder op het schermpje staan.

'Hoi, mam.'

Zijn ontspannen glimlach bij het horen van haar stem veranderde plotseling in een wezenloze ontzetting. 'Wat? Nee. Hoe? Wanneer? Maar...'

Toen hij niet meer naar boven kwam, ging Lorilee naar beneden en zag ze hem met zijn hoofd in zijn handen aan het aanrecht zitten.

'Wat is er? Raylan, wat is er aan de hand?'

Hij hief zijn hoofd op terwijl ze naar hem toe rende. 'Sophia Rizzo. Een ongeluk. Ze... ze was samen met een vriendin naar hun leesclub geweest en ze waren in de auto op weg naar huis. Het was noodweer, de wegen waren glad en toen is een tegenligger geslipt en tegen hen gebotst. Haar vriendin ligt in het ziekenhuis, maar Sophia... Ze is dood, Lorilee. Ze is er niet meer.'

'O, mijn god. Nee!' De tranen stroomden terwijl Lorilee Raylan naar zich toe trok. 'Niet Sophia. O, Raylan.'

'Ik weet niet wat ik moet doen. Ik kan nu niet goed nadenken. Ze was net een oma voor me.'

'Sst, stil maar.' Lorilee drukte een zoen op zijn wang. Daarna pakte ze de glazen en schonk ze de wijn in. 'Drink eerst maar wat. Daarna kun je je moeder...'

'Die heeft me net gebeld.'

'Zij zal ook rouwen, net als Dom. En Adrian en haar moeder. En... mijn god, schat. Het hele stadje zal rouwen. Er zullen diensten worden gehouden, een herdenkingsdienst. We moeten ernaartoe gaan. We kunnen een paar dagen blijven om te kijken of we ze ergens mee kunnen helpen.'

'Mam wist nog niets over een uitvaart of een herdenkingsdienst, maar ze zou bellen als ze meer informatie had. Ze zei ook dat Maya en

Joe zouden komen. Ze willen een oppas regelen voor Collin en dan kunnen ze ma helpen bij het sluiten van de zaak en...'

'O, het restaurant. Natuurlijk. Luister, blijf gerust een week of desnoods twee als je denkt dat je ze kunt helpen. Dan gaan de kinderen en ik weer naar huis.'

'Ik weet nog helemaal niet wat ik moet doen. Ik moet nadenken. We regelen wel wat. Het wil maar niet tot me doordringen, Lorilee. Zolang ik me kan herinneren was ze er gewoon altijd.'

'Dat weet ik, schat.' Ze drukte hem stevig tegen zich aan en streelde zijn rug. 'We bedenken wel een manier om ze te helpen.' Ze hief zijn gezicht op en gaf hem een kus. Daarna ging ze naast hem zitten aan het aanrecht en hield zijn hand vast. 'Ik kan op school verlof wegens bijzondere omstandigheden opnemen. Dan ga ik er morgen alleen even naartoe om de boel te regelen. Tenzij jij morgen al wilt vertrekken.'

'Ik, eh...' Hij probeerde zijn hoofd leeg te maken, maar hij hoorde nog steeds de tranen in de stem van zijn moeder. 'Nee, volgens mij moeten wij eerst alles in orde maken. We brengen de kinderen gewoon naar school en wachten tot mijn moeder ons terugbelt. Laten we morgen op ons werk alle regelingen treffen en dan kunnen we overmorgen vertrekken.'

'Dat komt mij ook goed uit. Ik zal gaan inpakken zodra ik weer thuis ben.'

Goed, ze hadden een plan. Hij voelde zich altijd prettiger als er een plan was, een schema. Iets wat houvast bood. 'Ik kan morgen wel eerder thuiskomen zodat alles vroeg in de middag klaar staat.'

'Pak genoeg in om minstens een week te blijven. Maak je maar geen zorgen over mij en de kinderen,' zei ze voordat hij kon protesteren. 'Wij gaan wel terug met de trein. Het zal een avontuur voor ze zijn. Je moeder zal je nodig hebben. Sophia was praktisch een moeder voor haar.'

'Hoe moeten we dit aan de kinderen vertellen?' Hij pakte zijn glas wijn, maar staarde er alleen naar. 'Ze zijn nog zo jong, Lorilee, en ze hebben nog nooit iemand verloren die ze goed kennen.'

'We zeggen gewoon dat nonna naar de hemel is geroepen om een engel te worden, en als ze vragen waarom, zeggen we dat we dat niet weten en dat we verdrietig zijn omdat ze niet meer bij ons is.' Lorilee pakte Raylans wijn en nam er een slokje van. 'Maar we zullen erbij zeggen dat ze voor altijd in ons hart blijft. Volgens mij moeten we gewoon van ze houden, schat, zoals we dat altijd doen.'

Ze spraken af om het de volgende ochtend nog niet aan de kinderen te vertellen en ze gewoon naar school te brengen zodat ze al hun vragen en hun verdriet niet de hele dag met zich mee zouden hoeven dragen.

Misschien dat hij ze net iets steviger en langer omhelsde voordat hij Lorilee hielp om ze vast te maken in hun autostoel.

'Leer vandaag iets,' zei hij tegen Bradley.

'Als ik maar dingen blijf leren weet ik straks alles en hoef ik niet meer naar school. Dan kan ik samen met jou gaan werken en stripverhalen maken.'

'Wat is de wortel van negenhonderdzesenveertig?'

Bradley kraaide van de lach. 'Dat weet ik niet.'

'Zie je nou wel? Je weet nog niet alles. Leer vandaag iets. Jij ook, prinses Mariah.'

Hij draaide zich naar zijn vrouw en trok haar tegen zich aan. 'Bedankt.'

'Waarvoor?'

'Omdat je bent wie je bent, omdat je van mij bent. En omdát je er bent.'

'O, wat ben je toch lief. Tot binnenkort.' Ze kuste Raylan tot Bradley kokhalsgeluiden begon te maken. Daarna begon ze te lachen. 'Ik hou van je.'

'Ik ook van jou.'

Ze kroop achter het stuur, deed de gordel om en glimlachte naar hem. 'Tegen vieren ben ik weer thuis. Als je me nodig hebt, kom ik vroeger thuis.'

'Ik hou je op de hoogte.'

Hij deed een stap naar achteren en iedereen zwaaide. Daarna liep hij het stille huis weer in waar Jasper al opgekruld zijn eerste ochtenddutje deed.

'Ik ga vandaag vroeg naar mijn werk, maatje, en jij gaat met me mee. Daarna ga je een tijdje bij Bick logeren.'

Raylans vriendin en collega had er al mee ingestemd om een tijd op de hond te passen, hoelang het ook zou duren. Het enige wat Raylan hoefde te doen was Jaspers voer, mand, hondenkoekjes en speeltjes meenemen.

Het was verbazingwekkend hoeveel spullen ze al hadden voor de halfvolgroeide labrador, dacht Raylan.

Hij pakte een hoody om over zijn No One T-shirt aan te trekken, het personage waarmee Triquetra Comics naam had gemaakt. Bij Triquetra droeg niemand ooit jasje-dasje.

Hij pakte de messengerbag die hij als aktetas gebruikte en klikte daarna de riem aan de halsband van de dolblije hond. Normaliter, vooral op een zonnige lentedag, zou hij te voet of op de fiets de tien huizenblokken hebben afgelegd naar het oude pakhuis waar het kantoor van Triquetra was gehuisvest, maar hij wilde straks wat meer werk mee naar huis nemen voor het geval hij besloot langer in Traveler's Creek te blijven.

Dus deed hij een achterdeur van zijn vrij oude Prius open voor Jasper. Eenmaal achter het stuur deed hij de raampjes open zodat de buitenlucht naar binnen waaide en de hond zijn kop uit het raam kon steken.

Onderweg liep hij alle taken na die gedaan moesten worden als hij uiteindelijk zou besluiten om een week of twee niet op kantoor te werken.

Ze konden via de computer vergaderen of werkoverleg voeren. Al het werk dat hij moest inzien of moest goedkeuren kon als bijlage bij een e-mail worden verzonden. Hij kon makkelijk zijn vroegere slaapkamer inrichten als tijdelijk kantoor om de deadline te halen – over tien dagen – waarop het inkleuren van zijn nieuwste No One-stripboek af moest zijn.

Dat was echt geen probleem want wat dat betrof liep hij voor op schema, stelde hij zichzelf gerust. Normaal gesproken deed hij de belettering zelf, maar omdat zijn beide partners dat niet deden, hadden ze kunstenaars in dienst die dat voor hun rekening namen. Als het nodig was, kon hij die klus voor deze ene keer aan hen overlaten.

Dat besluit zou hij wel nemen als het zover was.

Hij zette de auto op het kleine parkeerterrein naast het vierkante gebouw van baksteen. Het had vijf verdiepingen, brede, hoge ramen, een oud laadperron, brede stalen deuren en een plat dak, waar ze 's zomers na werktijd feestjes hielden, af en toe tegen elkaar stonden te schreeuwen en waar de werknemers die rookten hun rookpauzes hielden.

Voordat hij naar binnen ging, liep Raylan nog even met de hond naar het struikgewas en het grasperkje aan het einde van het parkeerterrein. Hij liet Jasper even rondsnuffelen om de hond daarna buiten te laten doen wat honden moesten doen, zodat het beest niet binnen zou doen wat honden niet binnen hoorden te doen.

Hij pakte zijn sleutels, maakte de zware stalen deur open, schakelde het alarmsysteem uit en drukte op het lichtknopje.

Alle vijf etages waren te zien, met elkaar verbonden via een open, stalen trap en een paar goederenliften.

Ze hadden de begane grond ingericht als een soort reusachtige spelletjesruimte, kantine en zitkamer. Per slot van rekening waren twee van de drie partners mannen. En Bick was het op één na beste: een vrouw die het begreep.

De zitkamer was ingericht met afgedankte meubels, bobbelige zitbanken, versleten leunstoelen met een bekleding van Schotse ruit en plastic kratten die als tafeltjes dienden. Ze hadden het er wel eens over gehad om die spullen te vervangen nu ze het zich konden veroorloven, maar elke keer dat het onderwerp ter sprake was gekomen, had het sentiment het gewonnen.

Ze hadden twee van de grootste flatscreens gekocht die ze konden krijgen, verscheidene spelcomputers, een paar klassieke flipperkasten (die bijna constant gerepareerd moesten worden) en een paar oude speelkasten uit speelhallen.

Ze waren het er alle drie over eens geweest dat geest en lichaam soms wat moesten kunnen spelen om de ideeën te laten doorpruttelen. En dat er een dag zou komen dat sommige van die spellen van henzelf zouden zijn.

Die droom was verwezenlijkt met No One, Violet Queen en Snow Raven.

Er zouden er nog meer volgen, daar was Raylan van overtuigd. Want ze deden werk waar ze van hielden en dat werk deden ze goed. Iedere medewerker die ze in dienst namen moest aan die twee eisen voldoen.

Omdat hij de hond bij zich had, nam hij de goederenlift in plaats van de trap. Jasper drukte zich hard tegen hem aan en trilde toen de lift krakend en piepend omhoogging naar de vierde verdieping.

Hij had ervoor gekozen om zijn kantoor en tekenatelier op de bovenste verdieping te hebben omdat de anderen geen zin hadden gehad om dagelijks de lange klim naar boven te maken.

Bijna al het werk, en de daarbij behorende activiteiten en lawaai, vonden plaats op de verdiepingen onder hem. De echo's daarvan stoorden hem niet, sterker nog, hij genoot ervan. Maar hij was ook blij met deze wat afgezonderde ruimte, en met het uitzicht uit de grote ramen, van de rivier helemaal tot de skyline van Zuid-Manhattan.

Aangezien het personage No One de misdaad bestreed in New York, en zijn alter ego Cameron Quincy in de stad werkte als IT-er, maakt Raylan om inspiratie op te doen vaak schetsen van de skyline in al zijn verschillende stemmingen.

Maar op dit moment kon hij alleen maar denken dat iemand van wie hij had gehouden niet langer op aarde was. Het speet hem enorm dat hij al wekenlang niet in Traveler's Creek was geweest om een praatje te maken met Sophia.

En dat hij dat nu nooit meer zou kunnen doen.

Goed, hij leidde een druk leven en dat accepteerde hij ook. Maar toch zouden ze meer tijd moeten vrijmaken. Zijn zus had een zoontje van bijna twee en na Kerstmis had hij dat jochie slechts één keer gezien.

Hij had zijn moeder niet genoeg tijd met zijn kinderen gegeven en zijn kinderen niet met haar. Daar zou hij iets aan moeten doen.

En dan Dom... Zou die nu helemaal alleen zijn in dat grote huis? Raylan nam zich voor om echt zijn best te doen om tijd terug te geven aan degenen die vroeger tijd aan hem hadden besteed.

Omdat tijd belangrijk was, ging hij aan zijn tekentafel zitten terwijl de hond snuffelend door het vertrek liep met de twee piepende bureaustoelen op wieltjes, de oude minikoelkast vol cola en Gatorade, het reusachtige prikbord waar hij schetsen, aantekeningen en verhaallijnen op prikte en de spiegel waarin hij gezichtsuitdrukkingen uitprobeerde. De ingelijste foto's van zijn familie. De actiefiguurtjes en de bloempot met daarin de ficus die hij langzaam van het leven beroofde.

Op zijn bureau lagen de twee bladzijden met de afgeronde bijschriften waarvan sommige al in inkt waren uitgevoerd. Hij had geschreven, verbeterd, veranderd en de verhaallijn afgemaakt, en daarna hetzelfde gedaan met alle schetsen.

Dit werk kon hij ook op de computer doen, maar hij gaf de voorkeur aan handwerk. Net zoals hij de voorkeur gaf aan het zelf inkten en inkleuren van de tekeningen. Hij begreep dat dat misschien zou moeten veranderen als het bedrijf groter werd, maar hij zou zijn best doen om dit pleziertje zo lang mogelijk vast te houden.

Terwijl Jasper ging liggen met zijn kauwbot en de pluche speelgoedpoes, pakte Raylan zijn gereedschap. En al snel ging hij helemaal op in zijn werk.

Een deel van zijn hersenen hoorde dat de werkdag ook voor de anderen begon, de stemmen die langs de open trap omhoogdreven, het gerammel van metaal wanneer mensen de trap op liepen. De geur van koffie en van iemands aangebrande bagel.

Maar No One zat in de problemen nu de verleidelijke schurk Mr.

Suave het meisje op wie No One verliefd was in de val probeerde te lokken.

Dus werkte hij door en vervolmaakte tekeningen. Hij liet de stripkaders tot leven komen terwijl het zonlicht door de ramen naar binnen stroomde.

Zijn donkerblonde haar viel over zijn oren. Lorilee zou zeggen dat hij naar de kapper moest, maar ze vond het leuk om ermee te spelen als ze dicht tegen elkaar aan in bed lagen. Hij had vanochtend vergeten om zich te scheren omdat hij andere dingen aan zijn hoofd had gehad, dus had hij een stoppelbaard.

Terwijl hij zijn blik strak en geconcentreerd op zijn werk gericht hield, gingen zijn mondhoeken langzaam omhoog toen hij zag dat de door hem geschapen stripheld diepte kreeg.

Toen hij het gerammel hoorde van iemand die de trap op rende, besteedde hij daar niet veel aandacht aan, maar Jasper schoot blaffend overeind.

Raylan keek even opzij toen Bick, met haar lange dreadlocks waarvan de punten rood geverfd waren, boven kwam.

'Hoi, Bick. Ik vind het echt heel lief van je dat je een tijdje op Jasper wilt passen. Ik zal zorgen dat deze tekeningen af zij–'

'Raylan.' Haar stem sloeg over, en ze hapte diep en bevend naar adem. 'Er is een schietpartij aan de gang op de middelbare school. Lorilees school.'

Heel even kon hij niet denken. 'Wat?'

'Jojo had de televisie aangezet in de zitkamer en toen kwam het nieuwsbericht. De school is afgesloten van de buitenwereld. Een jongen heeft kunnen ontsnappen. Hij zei dat er twee, minstens twee schutters waren die mensen doodschoten. Raylan...'

Hij was al overeind gesprongen en holde naar de deur. Jasper probeerde achter hem aan te rennen, maar Bick greep de hond vast en hield hem tegen. 'Nee, jij moet hier blijven.'

Raylan rende de trap af en botste bijna tegen Jonah op, zijn andere partner, die onderaan de trap stond te wachten.

'Ik rij wel.'

Raylan protesteerde niet, maar rende alleen door. Hij sprong in Jonahs knaloranje Mini. 'Snel.'

'Ze mankeert vast niets.' Jonahs gewoonlijke ik-blijf-onder-alle-omstandigheden-kalm-houding hield stand terwijl hij de auto in de achteruit zette. 'Ze is slim. Ze heeft die schutter-op-school-oefeningen talloze keren gedaan.'

De woorden drongen nauwelijks tot Raylan door, hij kon zijn eigen wanhopige gedachten niet eens horen door het harde gebonk van zijn hart in zijn oren.

De kap van de Mini was omlaag en de lentelucht blies om hem heen. Tere, lentegroene blaadjes ontvouwden zich aan de bomen, en vroege bloemen dansten vol kleur en charme. Hij voelde en zag er niets van. Het enige wat hij voor zich zag was Lorilees gezicht toen ze naar hem had geglimlacht voordat ze was weggereden.

'Hoe laat is het?' Hij schrok toen hij op zijn horloge keek en zag dat er drie uur waren verstreken sinds hij aan zijn tekentafel was gaan zitten. Dat hield in dat Lorilee voor de klas stond, dat ze in een klaslokaal was.

In een klaslokaal zijn was gunstig. Hij kende die schutter-op-school-oefeningen even goed als zij aangezien ze hem de verschillende onderdelen ervan had gedemonstreerd, nadat ze had moeten huilen omdat zoiets überhaupt nodig was.

Deur van het klaslokaal op slot doen, kinderen in de ruimte voor lesmaterialen stoppen, zorgen dat ze rustig en stil zijn. Beschutting zoeken op de plek waar je je bevindt en wachten tot de politie komt.

Toen de eerste schrik was weggeëbd, pakte hij zijn telefoon. Tijdens lesuren zou ze die op 'stil' hebben gezet, maar ze zou de trillingen wel voelen.

Toen hij werd doorgeschakeld naar de voicemail en hij haar vrolijke, zangerige stem hoorde, voelde hij misselijkheid in zijn keel opwellen.

'Ze neemt niet op. Ze neemt niet op.'

'Ze heeft haar telefoon waarschijnlijk op haar bureau laten liggen. We zijn er bijna, Raylan. We zijn er bijna.'

'Op haar bureau.'

Hij dwong zichzelf dat te aanvaarden, hoewel er bij de oefening op werd gehamerd dat ze met de buitenwereld moest kunnen communiceren.

Hij zag de wegafzettingen, politieauto's, ziekenwagens, televisiecrews, vertwijfelde ouders en doodsbange echtgenotes en echtgenoten, die net als hij naar de school waren gekomen.

Nog voor de auto goed en wel stil stond, was hij er al uit gesprongen.

De school stond een halve straatlengte verderop, een gebouw van rood baksteen met ramen die de zon weerkaatsten, dat werd omgeven door een terrein dat lentegroen was.

Hij zag de politieagenten, en zelfs vanuit de verte zag hij dat een van de ramen kapot was.

'Mijn vrouw.' Hij slaagde erin de woorden uit te brengen terwijl hij de afzetting beetpakte die door de politie van Brooklyn was neergezet. 'Lorilee Wells. Lerares tekenen. Ze is daarbinnen.'

'We moeten u vragen om hier te wachten, meneer,' zei de geüniformeerde agent rustig en afgemeten. 'Er zijn op dit moment agenten binnen.'

'Raylan!'

Even wist hij niet wie de vrouw was die op hem af rende. Zijn gedachten leken heen en weer te gaan tussen akelig helder en totaal wezenloos.

'Suzanne.'

Natuurlijk wist hij wie ze was. Ze hadden bij haar en haar man – Bill McInerny, leraar wiskunde, begenadigd schaker, fanatieke Yankeesfan – gegeten en Suzanne en Bill hadden bij Lorilee en hem gegeten.

Ze sloeg haar armen om hem heen, deze vrouw die naar gras, aarde en mulch rook. Ze had vast in de tuin gewerkt, herinnerde hij zich ineens in een volgende vlaag van helderheid. Ze was een enthousiast tuinierster, die bijna naast de school woonde in een bungalow met een groot terras aan de achterkant.

'Raylan. Raylan, god. Ik had vandaag vrij en ik was in de tuin aan het werk. En toen die schietpartij.' Ze begon te beven en hij voelde elke afzonderlijke trilling. 'Ik hoorde de schoten. Maar ik dacht er verder niet bij na. Ik dacht er niet bij na. Je gaat er nooit van uit dat zoiets vlak bij je eigen huis kan gebeuren.'

'Heb jij Bill al gesproken? Heb je hem te pakken gekregen?'

'Hij heeft me een berichtje gestuurd.' Ze maakte zich van hem los en veegde haar tranen af. 'Hij schreef dat hij en zijn kinderen in veiligheid waren en dat ik me geen zorgen moest maken. Hij zei dat hij van me hield en dat ik me geen zorgen moest maken.' Ze drukte haar vingers opnieuw tegen haar ogen en liet haar handen toen langs haar lichaam vallen. 'En Lorilee?'

'Ze nam niet op toen ik haar belde.' Hij pakte zijn telefoon om het nog eens te proberen.

Ineens klonken er schoten. Het klonk als de terugslag van een motor, als vuurwerk, als angst.

Hij durfde te zweren dat die schoten rechtstreeks door zijn hart gingen als scherpe, dodelijke klappen. Overal om hem heen stonden mensen te gillen. Er werd gesnikt en geschreeuwd.

Mensen klampten zich aan elkaar vast, precies zoals Suzanne net bij hem had gedaan. Hij voelde Jonahs hand op zijn schouder als een spookachtig gewicht. Die hand was er en toch ook weer niet.

De wereld was simpelweg opgehouden met draaien. In de leegte hoorde hij alleen een afschuwelijke stilte.

Toen zag hij een groep kinderen die onder politiebegeleiding naar buiten werd gebracht, kinderen met hun handen omhoog of hun handen boven op hun hoofd. Kinderen die huilden, sommige met bloed op hun kleren.

Hij hoorde ouders namen schreeuwen, en huilen. Hij zag ambulancepersoneel dat zich de school in haastte.

Geluid, veel te veel geluid vulde de leegte, als een bulderende schreeuw in zijn hoofd. Hij kon de woorden die er werden geschreeuwd niet goed verstaan.

De schutters waren neergeschoten.

De situatie was onder controle.

Verscheidene slachtoffers, verscheidene gewonden.

'Bill!' Suzanne rende bij Raylan weg, huilend en lachend tegelijk. 'Daar is Bill, daar is Bill.'

Ouders omhelsden kinderen, stellen omhelsden elkaar. Ambulancepersoneel kwam met brancards naar buiten waarna de ziekenwagens met gillende sirenes wegreden.

Hij bleef strak naar de deur kijken waardoor ze nu elk moment naar buiten kon komen. Ze zou weer bij hem terugkomen.

'Meneer Wells.'

Hij kende het meisje, een van Lorilees leerlingen. Een of twee keer per jaar kwam hij naar Lorilees klaslokaal om te vertellen en te laten zien hoe beeld- en stripverhalen van idee tot werkelijkheid werden.

Ze zag er zo bleek uit, haar huid zo wit tegen de rode vlekken van tranen. Een vrouw – haar moeder, nam hij aan – had haar arm stevig om haar heen geslagen. De vrouw huilde ook.

Hij zou nooit weten waarom haar naam hem ineens te binnen schoot, te midden van al zijn verwarde gedachten. 'Caroline. Jij bent een van Lorilees... van mevrouw Wells... Waar...'

'We hoorden de schoten. We hadden les toen we de schoten hoorden, en... en we hoorden gelach. Ze lachten en schoten op ons. Mevrouw Wells zei dat we naar de opslagkamer moesten gaan, zoals tijdens de oefeningen. Ze zei dat we moesten opschieten en niks mochten zeggen. Daarna ging zij het klaslokaal op slot doen.'

'Is zij nog steeds binnen?'

'Meneer Wells, toen zij naar de deur liep, viel hij, precies daar. Rob Keyler. Ik ken die jongen. En hij bloedde, hij viel, en zij... mevrouw Wells, begon hem het lokaal in te trekken, hem naar binnen te helpen, en toen kwam hij...'

De tranen bleven over haar gezicht stromen, zo'n jong gezichtje, zo zacht, nog steeds worstelend met jeugdpuistjes. 'Het was Jamie Hanson. Hem ken ik ook. Het was Jamie en hij had een wapen in zijn hand, en zij, mevrouw Wells, zij… zij… wierp zich op Rob om hem te beschermen. Dat zag ik. We hadden geen tijd om de deur helemaal dicht te doen, en toen zag ik dat hij… Hij heeft haar… Meneer Wells, meneer Wells, hij heeft haar doodgeschoten. Hij heeft haar doodgeschoten.'

Onbedaarlijk snikkend wierp ze zichzelf in zijn armen. 'Hij heeft twee keer op haar geschoten en daarna liep hij lachend weg. Hij liep gewoon weg.'

Verder hoorde hij niets. Voelde hij niets. Zijn wereld kwam ten einde op een zachte lentedag, met een hemel zo blauw dat het hartverscheurend was.

8

Ze noemden haar een heldin. De jongen die ze met haar eigen lichaam had beschermd lag tien dagen in het ziekenhuis, maar hij overleefde het.

Geen van de leerlingen in haar klas had lichamelijke verwondingen, maar het zou jaren duren voordat de wonden in hun hart, hun ziel en geest waren genezen. Als dat ooit zou gebeuren.

Twee jongens, van zestien en zeventien, die kwaad waren op de wereld en geen waarde hechtten aan hun eigen leven, hadden zes andere mensen om het leven gebracht op een mooie dag in mei. Vijf van hen waren medeleerlingen geweest.

Elf anderen hadden ze verwond.

De levens die ze kapot hadden gemaakt, de kinderen die een ouder, broer, zus of hun onschuld hadden verloren, de gezinnen die voor altijd in rouw gedompeld zouden zijn, dat alles zou een veel diepere impact hebben.

De beide jongens overleefden de aanslag niet.

Adrian was bezig haar eigen verdriet te verwerken toen ze aan het bureau van haar oma ging zitten en een keus maakte uit het briefpapier van haar oma.

Ze had bloemen gestuurd, maar die verwelkten. Een week nadat de dood twee keer had toegeslagen, schreef ze een brief aan Raylan.

Beste Raylan,

Woorden schieten tekort om te schrijven hoe vreselijk ik het

vind wat er is gebeurd. Ik weet dat je moeder en je zus nu bij je zijn en ik hoop dat je daar enige troost uit kunt putten.
Ik vind het ook vreselijk dat ik niet naar de herdenkingsdienst voor Lorilee kon komen, maar ik had het gevoel dat ik mijn opa niet alleen kon laten.
Lorilee was een van de liefste mensen die ik ooit heb gekend. Hoewel ik haar niet heel goed kende, en dan nog voornamelijk via mijn briefwisseling met haar, is me heel duidelijk geworden dat ze altijd blijmoedig in het leven stond, vriendelijk was en ontzettend veel van jou en jullie kinderen hield.
De wereld heeft een engel verloren.
Het klinkt zo armzalig om te zeggen 'laat me het alsjeblieft weten als ik iets voor je kan doen, wat het ook is', maar ik meen het oprecht.
Om over deze schok, dit verdriet heen te komen, houd ik mezelf voor dat nonna en Lorilee nu op elkaar passen. En op ons. Op jou en je kinderen en op mij.
Want zulke mensen waren het.
Sommige mensen laten een nagedachtenis van louter goedheid na. Jouw Lorilee en mijn nonna waren zulke mensen.

Mijn diepste medeleven,
Adrian

Ze liep met haar brief en het briefje dat haar opa had geschreven naar de veranda aan de voorkant van het huis waar Dom zat. 'Laten we een ritje gaan maken, popi. Ik moet deze brieven op de post doen en daarna kunnen we even bij de zaak langsgaan om te zien hoe het daar gaat.'

Hij glimlachte naar haar, maar schudde zijn hoofd. 'Niet vandaag, lieverd. Misschien morgen.'

Dat zei hij elke dag.

Ze liep naar hem toe en ging in de stoel naast hem zitten – de stoel van haar oma. En legde een hand op de zijne. 'Jan en Maya komen volgende week terug. Dat is tenminste de bedoeling.'

'Die arme jongen. Die arme kinderen. Ik heb een heel leven met Sophia gehad. Hij heeft maar een oogwenk met zijn vrouw gehad. Jan moet net zo lang blijven als hij haar nodig heeft.'

'Dat weet ze.'

Hij draaide zijn hand om en gaf een klopje op de hare. 'Jij moet ook weer terug naar je eigen leven, Adrian.'

'Schop je me eruit?'

'Dat nooit.' Hij gaf een kneepje in haar hand. 'Maar je moet je eigen leven leiden.'

'Op dit moment moet ik een paar boodschappen doen. Zal ik een stokbroodje met gehaktballetjes meenemen? Dat kunnen we delen.'

Hoewel ze zijn lievelingsgerecht had voorgesteld, gaf hij alleen nog een afwezig klopje op haar hand. 'Kies jij maar, ik vind alles goed.'

Dat zei hij ook bijna elke dag. Adrian kwam overeind en boog zich naar hem toe om hem een kus op zijn wang te geven. 'Ik ben binnen een uur weer terug.'

'Neem lekker de tijd.'

Maar dat zou ze niet doen. Tegenwoordig liet ze hem niet graag langer dan een uur alleen. Hij leek te broos, te lusteloos.

Tijdens de rit naar het stadje liep ze in gedachten opnieuw alle mogelijkheden na die ze had, en ze wist dat ze een keus moest maken.

Eigenlijk had ze altijd al geweten welke keus dat zou worden.

Ze parkeerde de auto op het parkeerterrein bij Rizzo's en liep vandaar naar het postkantoor om de brieven te posten en een postbus aan te vragen. Dat hield in dat ze een gesprekje moest voeren met de mevrouw van het postkantoor die tranen in haar ogen kreeg toen ze Adrian vroeg hoe het met Dom ging.

Van het postkantoor liep ze terug naar Main Street en vanaf daar naar de Farm Fresh-winkel voor een liter melk, een doos eieren en… nog een gesprekje. Ze had niet veel boodschappen nodig omdat de mensen uit de buurt hun heel veel eten hadden gebracht, en dat nog steeds deden.

Bovendien at haar opa veel minder dan hij zou moeten doen.

Ze nam nog een potje wilde-frambozenjam mee in de hoop dat het uitgebreide ontbijt dat ze de volgende ochtend wilde klaarmaken hem ertoe zou bewegen wat meer te eten. Daarna pakte ze een paar sojakaarsen met lavendelgeur in de hoop dat die haar hoofd tot rust zouden brengen tijdens haar ochtendmeditatie.

Ze liep terug naar haar auto – en voerde nog een gesprekje bij het zebrapad terwijl ze wachtte tot het licht op groen zou springen. Ze stopte de eieren en de melk in de kleine koelbox en legde de rest in de auto, waarna ze de lunchdrukte van Rizzo's in liep. Omdat ze niet wist hoeveel gesprekjes ze nog aankon, nam ze de achteringang. Ze rook knoflook, specerijen en de scherpe geur van azijn. Ze liep naar de grote eetzaal en de open keuken en belandde in het geroezemoes van gesprekken, het gerammel van servies en het getik van messen op snijplanken.

Op het grote fornuis stond een dampende pan vol saus te pruttelen. De deur van de bakstenen oven ging open en een kok haalde er een volgende borrelende pizza uit.

'Hoi, Adrian.' Barry verspreidde tomatensaus op een volgende pizza. Hij was een slungelige, trouwe man die een bril met jampotglazen droeg. Hij was al bij Rizzo's komen werken toen hij nog op de middelbare school zat. Nu, vier jaar later, hielp hij met het runnen van het restaurant terwijl Jan, die tegenwoordig de manager van het restaurant was, haar zoon troostte en Dom zijn verdriet verwerkte. 'Hoe gaat het met jou? En met de baas?'

'Het gaat wel redelijk met hem. Ik wil proberen hem op te vrolijken met een broodje met gehaktballetjes. Zou jij er eentje willen klaarmaken als je even tijd hebt?'

'Geen probleem. Ik weet precies hoe hij het lekker vindt. Pak een stoel. Wil je iets drinken? Of een pizzapunt?'

'Nee, dank je wel. Ik pak zo wel een...' Ze wilde een 'flesje water' zeggen aangezien ze dat het vaakst dronk. Maar toen bedacht ze dat ze zelf ook wel een oppepper kon gebruiken. 'Een beker cola. Als het kan, wil ik het kantoor graag een paar minuutjes gebruiken.'

'Geen probleem,' zei hij opnieuw. 'Zeg maar tegen Dom dat we hem hier missen.'

'Zal ik doen.'

Bij de frisdrankdispenser tapte ze een beker cola met veel ijs voor zichzelf.

Het 'kantoor' was een klein hokje achter in de zaak, vlak bij de plek waar de bordenwasser aan het werk was bij een enorme spoelbak. De grote deegmachine stond voorlopig niets te doen, en een van de chefs de partie haalde meer ingrediënten uit de koelkast.

Adrian wuifde even en sloot zich daarna op in het hokje.

In de betrekkelijke rust ging ze aan het bureau zitten, waarna ze achteroverleunde en haar ogen een paar minuutjes sloot.

Zolang ze bezig bleef, kon ze ontsnappen aan de pijn in haar hart. Het huis een beetje schoonmaken, ook al viel er daar weinig te doen, trainen en de benodigde boodschappen doen. Maar zodra ze daarmee ophield, al was het maar even, benam die pijn haar bijna de adem.

De oplossing was dus bezig blijven, hield ze zichzelf voor. En dat was nou precies waar de beslissing die ze zojuist had genomen voor zou zorgen.

Omdat ze wist dat dit besluit een persoonlijk gesprek vereiste, pakte ze haar tablet en facetimede ze met Teesha.

Teesha verscheen op het scherm, met bungelende korte vlechten en de belachelijk schattige Phineas van tweeëntwintig maanden op haar heup.

Het leven veranderde nou eenmaal, dacht Adrian. Het kon gewoon niet stil blijven staan.

Tegenwoordig was haar oude vriendin, businessmanager en klankbord moeder. Ze was verliefd geworden – en gebleven – op een songwriter met sexy ogen en een trage glimlach die haar het hof had gemaakt met muziek, bloemen en engelengeduld.

'Daar heb je mijn jochie!'

Hij gilde toen hij Adrian op het scherm zag en klapte in zijn handjes. Hij zei: 'Rizz!' en blies haar kushandjes toe.

'Hoi, Phineas, hoi Phin, hoi schatje van me. Ik neem aan dat zijn gezicht onder de rode saus zit en niet onder bloed van zijn slachtoffers.'

'Goed geraden. Deze keer, althans. We zijn net klaar met de lunch. Praat met me terwijl ik hem afspoel. Monroe heeft zich opgesloten in zijn studio om te werken. Maar dat geeft niet, want hij neemt de avonddienst voor zijn rekening. Hoe gaat het met je, Adrian? En met popi? Ik wou dat we langer hadden kunnen blijven.'

'We redden ons wel. Maar toch maak ik me zorgen om hem, Teesha.'

'Ja, logisch.' Toen zijn gezichtje en zijn handjes werden gewassen, begon Phineas luidkeels te protesteren. 'Even flink zijn, jochie. We zijn bijna klaar,' zei Teesha tegen haar zoontje. 'Je zei toch dat je moeder ook weer was vertrokken?'

'Ze had evenementen. Ze is drie dagen gebleven, wat voor haar gelijkstaat aan een hele maand in Traveler's Creek. Ik kan het haar niet al te erg kwalijk nemen, want zij had ook verdriet. Dat weet ik gewoon.'

'We missen nonna allemaal. Ik zet dit ventje even voor de televisie met *Sesamstraat*, zodat wij een echt gesprek voor volwassenen kunnen voeren. Momentje, Rizz.'

Terwijl Adrian wachtte, hoorde ze dat Teesha Phineas over Elmo vertelde en dat het jongetje begon te schateren van de lach. Dat geluid vrolijkte Adrian wat op. Alles zou goed komen.

'Kijk eens aan. Wauw. Dat jochie houdt nog meer van Elmo dan ik van mijn nieuwe laptop. En je weet dat ik gek ben op dat ding.'

'Ja, dat weet ik.'

'En dit is nog steeds geen gesprek voor volwassenen. Help me even.'

'Ik ben zo blij dat je gelukkig bent, Teesha. Ik ben zo blij dat je Monroe en Phineas hebt en dat zij jou hebben.'

'Ja, alles gaat best goed. Volgens mij hebben we ontzettend geboft met dat ventje. Maar we missen jou wel.'

'Ik jullie ook. Lopen jullie nog steeds met plannen rond om naar een voorstad te verhuizen of naar een droomhuis op het platteland?'

'Ja, daar praten we wel over. Nou wonen we natuurlijk allebei ons hele leven al in de stad en het bevalt ons hier best. Maar...' Ze keek even naar de plek waar Adrian Elmo's pieperige stemmetje en Phineas' gegiechel vandaan hoorde komen. 'Het zou wel leuk zijn om een huis met een tuin te hebben en misschien ook een domme hond. Een schommel, de hele reutemeteut. Ik ben verdorie huiselijk aan het worden, Adrian. Ik zeg het nog maar een keer: Help me!'

'Nee, huiselijkheid past veel te goed bij je. Luister, ik heb een plan en dat valt uiteen in een paar delen. Deel één is dat ik mijn bedrijf hiernaartoe ga verhuizen.'

'Wat? Meen je dat nou? Wil je daar blijven?'

'Ik wil jou vragen of je mijn spullen kunt laten inpakken. De persoonlijke dingen, bedoel ik. Van de meubels mag jij alles houden wat je kunt gebruiken of wilt hebben. De rest kan wel in een opslag worden gezet tot wanneer dan ook maar. Die spullen heb ik hier niet nodig.'

'Maar dit is groot nieuws. Van Godzilla-formaat. Wanneer heb je dit besloten?'

'Volgens mij op het moment dat ik hier aankwam en popi zag. Hij kan niet in zijn eentje in dit grote huis wonen, Teesh. Maar het zou zijn dood worden als hij moet verhuizen. Hij heeft me nodig, al zou hij dat nooit zeggen. En ik hoef niet in New York te zijn om te kunnen werken. In Traveler's Creek ben ik gelukkig.'

'Op zich is dat allemaal waar, maar New York is al vanaf het begin je thuisbasis.'

'Voor mijn werk wel. Maar dit is mijn thuis, mijn échte thuis, en dat is het al een hele tijd. Ik kan de benedenverdieping gebruiken. Met wat aanpassingen, een mooie nieuwe inrichting en wat technische snufjes kan ik daar mijn work-outs streamen, mijn video's opnemen of wat ik daar verder ook maar wil doen. En als ik wel naar New York moet, stap ik gewoon in de auto of in de trein. Maar op dit moment voel ik me daar zelfs ongemakkelijk bij.'

'Ik begrijp het. Heus. Als je het praktisch bekijkt, bespaar je elk jaar een bedrag met vier nullen aan huur. Je zou een bepaald percentage daarvan kunnen besteden aan de inrichting van je werkruimte dáár. En in creatief opzicht kun je je video's voortaan opnemen op plekken in en om Traveler's Creek in plaats van in New York. Zoiets kunnen we verkopen. En vanuit persoonlijk oogpunt hoef je je dan niet elke dag zorgen te maken om popi, omdat je bij hem woont.'

'Kijk, daarom ben jij niet alleen mijn vriendin, maar ook mijn businessmanager.'

'Wat vindt popi ervan?'

'Ik heb het hem nog niet verteld. Dat doe ik zodra alles is geregeld. Wat kan hij dan nog doen? Me eruit gooien?'

'Je hebt helemaal gelijk.'

'Jij en ik kunnen telewerken voor zolang als dat nodig is. Tenzij…' Ze liet haar stem zo overredend mogelijk klinken. 'In en om Traveler's Creek staan een paar heel mooie huizen te koop. Schitterende huizen met tuinen voor domme honden en lieve kleine jongetjes.'

'Verdomme nog aan toe, Adrian.'

Teesha deed haar ogen dicht toen Phineas haar woorden prompt luidkeels herhaalde. 'Leer ik het dan nooit?' mompelde ze. 'Dat is iets heel anders dan samen met de familie Petrie naar New Rochelle verhuizen. Rob en Laura,' zei ze toen Adrian haar vragend aankeek. 'Laat maar zitten.'

'Het kan veel leuker worden dan dat.' Adrian wist precies hoe, en wanneer, ze moest aandringen en wanneer ze Teesha ruimte moest geven om erover na te denken. 'Gewoon iets om in overweging te nemen. En als het je inderdaad iets lijkt, kan ik je nog een baan bezorgen. Jan Wells is tegenwoordig de bedrijfsleider van Rizzo's. Nonna en popi deden de administratie altijd, maar dat kwam voornamelijk op nonna's schouders terecht. Het is niet zo dat hij het niet kan, maar volgens mij heeft hij er hulp bij nodig. En dat is iets wat ik niet kan.'

'Rizz, ik hou van die man alsof hij mijn eigen opa is. Je weet best dat ik hem daarbij wil helpen, waar ik ook woon.'

'Ik hoopte al dat je dat zou zeggen. Ik zal met popi gaan praten en Jan komt over een dag of twee terug naar Traveler's Creek, dus dan kan ik ook met haar praten. Maar ik heb jouw griezelig goede zakelijke inzicht nodig.'

'We kunnen wel een paar dagen bij je komen logeren om dat deel te regelen. Maar laat me eerst even aan Monroe vragen of hij tijd heeft.'

'Dank je wel.' Tijd om Teesha nog een extra zetje voor een eventuele verhuizing te geven. 'Hé, stel je een mooi huis voor, met een mooie tuin. Eentje met een kantoor voor jou dat groter is dan een kast. En met een echte muziekkamer voor Monroe. En een speelkamer voor Phineas, en voor de eventuele broertjes of zusjes die hij nog zal krijgen.'

'Nou probeer je me te verleiden met een groot woonoppervlakte en lagere belastingtarieven.'

'Ik doe mijn uiterste best. Denk er eens over na en bespreek het met Monroe. Ik moet terug naar popi en ik moet contact opnemen met mijn huisbaas in New York om de huur op te zeggen.'

'Dat regel ik wel voor je. En ik vind ook wel een goederenopslag voor je bij jou in de buurt. En doe je meubilair voorlopig nog niet weg. Misschien kun je sommige dingen ervan gebruiken.'

'Je hebt gelijk. Bedankt. Echt ontzettend bedankt. Geef je jongens een kus van me en dan spreken we elkaar binnenkort weer.'

'Zal ik doen. Zeg, Rizz? Je hebt de juiste keus gemaakt. Niet alleen voor popi. Ook voor jezelf. Het voelt als iets goeds.'

'Ja, dat vind ik ook. Ik hou van je, meid.'

'Ik ook van jou.'

Nadat ze haar tablet uit had gedaan, slaakte Adrian een zucht. Ja, alles zou goed komen. Met wat tijd, wat kosten, wat werk en wat geregel, zou ze ervoor zorgen dat alles goed kwam.

Met de cola die ze helemaal had vergeten liep ze de eetzaal in. Ditmaal ging ze op een kruk aan de toog zitten.

'Ik zal dat stokbroodje even voor je klaarmaken. Ik wilde zeker weten dat het nog warm is als je thuiskomt.'

'Ik ben heel blij dat je de zaak draaiend houdt te midden van alle ellende, Barry.'

'Rizzo's is als een thuis voor me. Dat is het altijd al geweest.'

'Dat is te zien. Zeg, jij hebt toch een jongere zus?'

'Ik heb er drie. Waarom denk je dat ik dit als mijn thuis beschouw?'

Lachend nam ze een slok cola terwijl hij het stokbrood doormidden sneed. 'De zus die nu studeert. Die wil toch binnenhuisarchitect worden?'

'O, dat is Kayla. Ja, ze gaat over een week of zo weer terug naar de universiteit. Ze heeft haar eerste jaar afgerond.'

'Luister, dit hier is even een ruimte voor vertrouwelijke gesprekken geworden. Wat je hier zegt, zal ik niet verder vertellen. Is ze er goed in?'

'Nou ja, ze vindt de inrichting van mijn appartement gruwelijk lelijk. Daar heeft ze geen ongelijk in, maar sinds Maxie en ik uit elkaar zijn, woon ik daar in mijn eentje. Een paar jaar geleden heeft Kayla haar slaapkamer bij mijn ouders opnieuw ingericht en die ziet er nu uit alsof hij zo uit een tijdschrift komt. Wat cijfers betreft hoort ze bij de besten van haar jaar, dus ze is goed in wat ze doet. Ze heeft er oog voor, en zo.'

'Zeg maar dat ze me moet bellen. Misschien heb ik een baantje voor haar.'

'Echt?' Hij schoof het stokbroodje in de oven om de provolone over de gehaktballetjes en de saus te laten smelten. 'In New York?'

'Nee, hier. Als het haar iets lijkt, mag ze me adviseren, en daarna zien we wel of we elkaar liggen.'

'Ik zal haar bellen. Ze is vast dolenthousiast. Ze streamt je workouts.'

'Echt waar?' Adrian glimlachte en nam nog een paar slokken cola. 'Nog een punt in haar voordeel.'

Toen ze weer thuiskwam, zat Dom nog steeds op de veranda. Hij maakte aanstalten om overeind te komen toen ze de zak met de afhaalmaaltijd en de koelbox het trapje op droeg.

'Laat me je even helpen.'

'Niet nodig. Laten we hier buiten gaan eten.'

'Je zegt het maar, lieverd.'

'Ja, beslist op de veranda. Het is hier buiten zo mooi. Ik ben zo weer terug.'

Soms, dacht ze, terwijl ze door het grote huis naar de grote keuken liep, was de juiste keus ook de énige keus.

Ze pakte twee mooie borden en legde op allebei een half stokbroodje. Daarna pakte ze stoffen servetten en schonk ze voor hen allebei zowel water als wijn in. Om hem te verleiden legde ze ook een handjevol van zijn lievelingschips met azijn en zout op elk bord. Voor één dag kon de gezonde voeding de pot op.

Ze droeg het volle dienblad naar buiten en zette alles op de lange verandatafel. 'Laten we gaan eten, popi. Ik ben even bij het restaurant langsgegaan en het was er druk.' Ze praatte door terwijl hij opstond en langzaam naar de tafel liep. 'Barry heeft vandaag dienst, en hij doet het prima. Maar hij zei dat iedereen in het restaurant je mist.'

'Misschien ga ik er morgen even langs.'

Dat had hij gisteren ook al gezegd.

'Goed idee. God, de laatste keer dat ik een stokbroodje met gehaktballetjes heb gegeten was... ik kan het me niet eens meer herinneren.' Ze boog zich diep over haar bord en nam een hap van haar broodje, waar saus uit drupte. 'O, dit is zo lekker dat het vast verboden is in sommige staten. Op een dag zul je me het recept van Rizzo's geheime saus moeten geven.'

'Je weet best dat ik dat zal doen.' Hij glimlachte en nam een paar muizenhapjes.

'Luister, toen ik in het restaurant was, heb ik gefacetimed met Teesha en de geweldige Phineas. Ik moest je de groeten doen en tegen je zeggen dat ze van je houden.'

'Dat is een lief jochie. En zo slim als een vos. Nee, nog slimmer.'

'Ja, zeg dat wel. Ik hoop dat we hem veel vaker zullen zien als ik Teesha en Monroe kan overhalen om hier te komen wonen.'

'Hmm? Wat, hier?'

En daar was een kiertje in het gordijn dat voor zijn ogen was geschoven, dacht ze.

'Mmm.' Ze nam nog een hap. 'Ik weet dat we zonder enig probleem kunnen telewerken, maar ze zeggen al een tijdje dat ze een huis in een voorstad willen kopen, of zelfs op het platteland. Eigenlijk al sinds Phin is geboren. Waarom zouden ze dan niet hier komen wonen? En Rizzo's zou ook gebaat zijn bij Teesha's geweldige talent voor zakendoen. Monroe kan overal werken.' Ze nam een slok wijn, glimlachte en haalde haar schouders op. 'Net als ik.'

'Ik begrijp het niet.'

Ze maakte nog een tevreden geluidje en stopte een chip in haar mond. 'O, nu weet ik waarom ik deze nooit eet. Mijn hele lichaam schreeuwt nu om meer. O.' Ze wierp hem opnieuw een stralende glimlach toe. 'Ik trek bij je in. Had ik dat nog niet gezegd? Ik heb de huur van mijn appartement in New York opgezegd, of eigenlijk heb ik Teesha dat laten doen. Zij zal zorgen dat mijn spullen worden ingepakt en hiernaartoe worden gebracht. Een deel gaat in de opslag. Dat regelt zij ook. Volgens mij zou ik het nog geen dag redden als zij bepaalde zaken niet voor me zou regelen.'

'*Gioia*, jij hebt je eigen leven in New York.'

'Ik woonde in New York omdat ma daar woonde en omdat mijn bedrijf daar is begonnen. Maar mijn thuis is hier, al zo lang ik me kan herinneren. Ik wil mijn leven graag leiden in mijn eigen huis.'

Zijn kaken verstrakten. 'Adrian, je gaat je leven niet overhoophalen voor mij. Geen sprake van.'

Achteloos likte ze wat saus van haar vinger. 'Goh, wat jammer, want alles is al in kannen en kruiken. Ik doe dit voor jou omdat ik van je hou. En ik doe dit voor mezelf omdat ik het graag wil. Ik hou van je,' herhaalde ze. 'Ik hou van dit grote oude huis. Ik hou van het uitzicht hier, van de bomen, van de tuin. Ik hou van dit stadje en ik ga hier wonen. Probeer me maar eens tegen te houden.'

Er gleed een traan over zijn wang. 'Ik wil niet dat jij...'

'Is het dan niet belangrijk wat ik wil?' Ze legde een hand op de zijne. 'Nou?'

'Natuurlijk wel. Natuurlijk.'

'Dit is wat ik wil.'

'Wil jij in dit oude huis wonen? In een stadje met drie stoplichten?'

Ze at nog een chip. 'Ja, dat is precies wat ik wil. O, en ik neem de benedenverdieping in gebruik.'

'Ik, eh...'

'Dat is het recht van een kraker. Ik heb die plek nodig voor mijn fitnessruimte en het streamen van mijn work-outs. Gewoon, voor mijn werk. En aan de achterkant heb je die handige deur, dus daar heb ik genoeg licht. Ik laat een team komen om alle technische zaken te installeren. Misschien neem ik Barry's jongere zus wel in dienst om de boel in te richten.'

'Adrian, dit is een grote beslissing. Ik vind dat je de tijd moet nemen om er goed over na te denken.'

'Heb ik al gedaan. Ik heb alle voor- en nadelen tegen elkaar afgewogen. De voordelen hebben gewonnen. Je weet hoe de familie Rizzo in elkaar steekt, popi. We weten wat we willen en we doen ons uiterste best om ons doel te bereiken. Ze tikte haar glas tegen het zijne. 'Wen er maar aan, huisgenoot.'

Ze zette haar glas neer en stond op zodat ze haar armen om hem heen kon slaan terwijl er meer tranen werden vergoten. 'Jij hebt mij nodig,' mompelde ze. 'Maar ik heb jou ook nodig. We helpen elkaar.'

'Samen redden we het wel.'

'Reken maar.' Ze nam zijn gezicht in haar handen en gaf hem een kus. 'Oma zou niets anders van ons verwachten. En nu moet je dat stomme broodje snel opeten, want als jij het niet doet, doe ik het en dan moet ik er later een hoge tol voor betalen.'

'Goed, goed. Barry weet precies hoe ik dat het lekkerst vind.'

'Ja, dat zei hij al.'

Toen ze weer was gaan zitten, nam hij nog een hap. En nadat hij wat wijn had gedronken, schraapte hij zijn keel. 'Denk je echt dat je hen kunt overhalen om hier te komen wonen met dat lieve jochie?'

Glimlachend tikte ze met haar glas tegen het zijne. 'Ik schat mijn kansen hoog in. Die autobandschommel heeft nieuwe, jonge billen nodig.'

'Dat is zonder meer waar. Toen het net was gebeurd, wilde ik gewoon langzaam verdwijnen. Hoe kon ik blijven leven nu zij er niet meer was? Ik wilde gewoon verdwijnen.'

Ze voelde hete tranen tegen de achterkant van haar oogleden drukken. 'Dat weet ik.'

'Maar dat laat jij niet gebeuren, hè?'

'Nee.'

Hij knikte en keek haar recht in de ogen. 'Vertel dan maar eens wat je van plan bent met mijn benedenverdieping. Onze benedenverdieping,' verbeterde hij zich.

Twee dagen later liep ze door de ruimte die ze wilde gaan verbouwen. Ze bestudeerde, fantaseerde, overwoog mogelijkheden en wees sommige daarvan weer af. Ver voor haar geboorte hadden Sophia en Dom er een wijnkelder laten maken en die zou natuurlijk blijven. Net zoals de wasruimte annex berging.

Aan de logeerkamer en de grote badkamer hoefde ze niets te veranderen.

Wat overbleef was de hele hobbyruimte met de antieke bar en de oude open haard van baksteen. Een vertrek dat vooral werd gebruikt wanneer ze grote feesten hielden. Nog meer meubilair om te verplaatsen of ergens op te slaan, mijmerde ze. Maar de bar en de open haard zouden interessante achtergronden vormen.

Ze wilde dat de ruimte precies zou uitstralen wat die was – deel van een huis – maar tegelijkertijd moest het vertrek efficiënt en doelgericht zijn. Ze pakte haar tablet en begon aantekeningen te maken die ze met Kayla zou bespreken wanneer haar jonge binnenhuisarchitecte, hopelijk, langskwam voor een adviesgesprek.

Een signaal van FaceTime onderbrak haar gemijmer en Adrian staarde naar het scherm. Haar moeder facetimede nooit. Adrian tikte op het scherm om de oproep te beantwoorden.

Lina verscheen in beeld, volledig opgemaakt en met haar kastanjebruine haren in een sluike staart. Ze is aan het werk, dacht Adrian.

'Hoi. Jij op FaceTime? Dat doe je anders nooit.'

'We moeten even met elkaar praten, en dit is de beste manier. Ik heb je blog net gelezen.'

'O. Ik wist niet dat jij...'

'Adrian, je kunt jezelf niet in dat huis, in dat stadje begraven. Denk nou toch eens na!'

'Ik héb erover nagedacht en dit is de plek waar ik wil zijn, waar ik móét zijn. En ik begraaf me niet in dit stadje, ik zie het als een nieuwe kans.'

'Je hebt je bedrijf opgericht in New York, je gebruikt de locaties daar voor je dvd's en je livestreams. Dat is je handelsmerk geworden.'

'Ik ben bezig om dat handelsmerk te veranderen.'

Lina wuifde iemand weg zonder haar blik af te wenden van het scherm. 'Luister, het is loffelijk dat je overweegt je leven in New York op te geven om voor je opa te zorgen.'

'Loffelijk.'

'Ja. Het is aardig, liefdevol en loffelijk. Ik ben niet dom, Adrian, en ik zie ook wel hoe de zaken ervoor staan. Ik wéét dat hij niet in zijn eentje in dat huis moet blijven wonen. Eerst wilde ik hem overhalen om in New York te komen wonen, maar toen bedacht ik dat pa en ik ons dan allebei gefrustreerd zouden voelen. Ik heb sollicitatiegesprekken gevoerd met inwonende thuishulpen.'

'Heb je dat ook tegen hem gezegd?'

'Nee, want hij zou het idee ogenblikkelijk afwijzen. Maar zodra ik iemand heb gevonden die...'

'Hou maar op met zoeken.' Adrian zat op de armleuning van een bank en hield zich voor dat het geen zin had om kwaad te worden. Haar moeders methode om problemen op te lossen of ongemakken te verhelpen bestond meestal uit er geld tegenaan smijten. Maar als je het van de positieve kant bekeek, had ze in elk geval geprobeerd om iets aan de situatie te doen.

'Hij is niet ziek, hij rouwt. Hij heeft geen verpleegster nodig, hij heeft mij nodig. En andersom geldt hetzelfde. Ik wil hier graag zijn, en niet alleen om voor hem te zorgen. Ik wil in het huis van onze familie wonen. Waarom zou jij dat erg vinden?'

'Ik wil niet dat je de rem op je carrière zet terwijl die nog in de lift zit. Je hebt talent.'

'En ik ben ook beslist van plan dat te blijven gebruiken.'

'In een oud huis aan de rand van een gehucht?'

'Precies, en ook op de veranda, op het terras achter het huis, in het park, op het stadsplein. Ik barst van de ideeën. We hebben dezelfde wortels in dit werk, mam, maar we hebben ons ieder in een andere richting ontwikkeld.'

'New Generation is nog altijd een onderdeel van Yoga Baby.'

Adrian trok haar wenkbrauwen op. 'Dat is waar. Als je dat vanwege mijn verhuisplannen wilt heroverwegen dan kunnen we de juristen een splitsing laten regelen.'

'Doe niet zo kinderach–' Lina maakte haar zin niet af en keek heel even weg van het scherm. Adrian zag dat het haar moeder moeite kostte om haar zelfbeheersing te bewaren. 'Ik wil je alleen duidelijk maken dat dit zowel een zakelijke onderneming als een hartstocht is, een manier van leven. En dat je in het zakenleven zowel praktisch als vernieuwend moet zijn. Bovendien ben je niet de enige die dit verlies moet verwerken. Ze was mijn moeder.' Lina slaakte een zucht en keek weer naar het scherm. 'Ze was mijn moeder.'

'Dat weet ik. Daar heb je gelijk in.' Ze kon het verdriet van haar moeder even goed zien als zij het hare voelde. 'En ik had het je van tevoren moeten vertellen. Zowel in persoonlijk als zakelijk opzicht. Dat is gewoon niet bij me opgekomen en dat spijt me. Laten we dit proberen: jij gunt me een jaar en als deze verhuizing niet oplevert wat ik ervan verwacht, zullen we de zaak opnieuw evalueren.'

'En met opnieuw evalueren bedoel je dat je te rade zult gaan bij mij, Harry en de rest van het team?'

'Ja.'

'Afgesproken.' Ze keek opnieuw weg van het scherm. 'Ja, ja, nog twee minuutjes! Ik wil dat je succes hebt, Adrian.'

'Dat weet ik.'

'Ik moet gaan. Zeg maar tegen papa dat... zeg maar dat ik hem binnenkort zal bellen.'

'Doe ik.'

Nadat ze de oproep had beëindigd, liet Adrian zich van de armleuning op de bank zelf glijden. Ze moest toegeven dat het verkeerd van haar was geweest om haar moeder niet van haar besluit op de hoogte te brengen. En ze kon niet bepalen of ze het met opzet had nagelaten of dat ze het gewoon was vergeten.

Gebeurd is gebeurd, dacht ze. Als de boel hier eenmaal draaide, zou Lina, net als alle anderen, inzien dat ze de juiste keus had gemaakt, op het juiste moment.

Dus ze kon nu maar beter hard aan de slag gaan om dat te bewijzen.

NOORD-CALIFORNIË

Gewoon iemand die 's morgens bij zonsopgang aan het joggen was. Opgaan in de omgeving was zowel een vaardigheid als iets waar je plezier aan kon beleven. De canyon bood een echoënde stilte, waarin soms de roep van een havik of adelaar weerklonk.

Alom bewonderde roofdieren.

De vrouw die de zon niet opnieuw zou zien opkomen, kwam hier twee keer per week joggen, drie keer als ze er tijd voor had, maar op die twee dagen kon je de klok gelijkzetten.

Haar tijd voor zichzelf, haar tijd om een te worden met de natuur en lichaam en ziel met elkaar in balans te houden.

Zo had ze het tenminste op Twitter gezegd.

De jacht en het treffen van alle voorbereidingen hier waren een genot geweest. Reizen, zo'n wezenlijk deel van leven dat de jager leidde, bood zo veel kansen. Nieuwe omgevingen, nieuwe geluiden. Nieuwe moorden.

En daar was ze al. Precies op het juiste moment. Ze rende langs op haar loopschoenen en met een felroze honkbalpet op. Haar geverfde blonde haar zat in een staart die door de opening aan de achterkant van het petje was getrokken. Zonnebril op haar neus, korte broek aan.

Alleen.

Het geveinsde trekken met een been, de pijnlijke grimas op het gezicht trokken haar aandacht.

'Gaat het wel?'

Een wuivend gebaar, een dapper, enigszins gepijnigd glimlachje. En de stem klonk ademloos en zacht. 'Ik heb gewoon mijn enkel een beetje verstuikt. Stom van me.'

Nog een stap, een kleine struikeling.

En precies zoals verwacht schoot ze de jager te hulp.

Het mes gleed soepel in haar buik. Haar mond ging even open en vormde een geschrokken 'O' die misschien wel in een gil had kunnen veranderen, als het mes niet van die heerlijke geluiden was blijven maken terwijl het werd teruggetrokken en opnieuw naar binnen werd geduwd.

Toen de vrouw naar de grond ging, viel haar zonnebril af.

Souvenirs! Een zonnebril, een sporthorloge, een sleutelhanger en natuurlijk de inmiddels traditionele foto.

Haar bloed doordrenkte de grond. De havik cirkelde rond en schreeuwde toen even.

Nu er weer een naam van de lijst was afgestreept, wandelde de moordenaar rustig weg, denkend aan het nieuwe gedicht dat al onderweg was naar Adrian.

Tijd om weer aan het werk te gaan. Tijd om weer op reis te gaan.

Drie dagen later was Adrian opnieuw boodschappen aan het doen. Ditmaal moest ze heel wat hebben in de supermarkt, want Teesha en haar gezin kwamen naar Traveler's Creek. Ze haalde een handjevol post uit de nieuwe postbus waarvan het nummer vermeld stond op haar blog, haar website en haar sociale media. Daarna ging ze naar de bloemist om verse bloemen te kopen.

Dom hielp haar met het opbergen van de boodschappen. Dat beschouwde ze als een goed teken. Ze aten een Griekse salade terwijl ze hem de laatste roddels vertelde die ze in de stad had gehoord.

Toen hij begon te lachen, écht begon te lachen, sprongen er tranen van blijdschap in haar ogen en kreeg ze een brok in haar keel.

Ze kwam pas laat in de middag toe aan het openen van haar post. En ze zag direct dat haar dichter haar had gevonden.

Dus jij dacht dat je je kon verstoppen en kon vluchten voor het gevaar?
O nee, schat. Wij tweeën zijn nog lang niet klaar.
Je denkt aan mij, jaar in jaar uit, gedicht na gedicht.
En pas als je je laatste adem uitblaast, zie je mijn gezicht.

Ditmaal afgestempeld in Baltimore. Adrian zag het en dacht: te dichtbij.

Maar ze wist dat een poststempel niets te betekenen had. Die gedichtjes waren de afgelopen tien jaar overal in het land op de post gedaan.

Maar altijd in februari.

Dus haar verhuizing had niet alleen haar moeder laten schrikken, maar ook haar stalkende dichter. Nu zou ze de plaatselijke politie het hele verhaal moeten vertellen, omdat ze dit verstandig moest aanpakken. Ze zou het ook aan Harry moeten vertellen en aan haar opa, hoe vreselijk ze dat ook vond.

En om het zekere voor het onzekere te nemen – ze moet tenslotte rekening houden met Dom – was het misschien tijd om het alarmsysteem uit te breiden.

Daar had ze wel een paar ideeën over.

9

Zodra Teesha's auto voor het huis tot stilstand kwam, holde Adrian naar buiten. Tot haar vreugde volgde Dom haar op de hielen. Ze sloeg haar armen om Teesha heen en knuffelde haar lang en stevig. 'Jullie zijn er! Hup, geef dat jochie aan mij! Hallo, Monroe.'

'Jij ook hallo, schoonheid.'

Monroe – lang, slank en belachelijk knap – boog zich naar de achterbank van de auto om Phineas uit zijn autostoeltje te bevrijden.

De huidskleur van Phineas' vader was een paar tinten donkerder dan die van zijn moeder. Hij droeg zijn haar in korte dreadlocks, had sexy chocoladebruine ogen en een keurig bijgehouden kinbaardje dat goed bij zijn hoekige gezicht paste.

Adrian rende net naar hem toe om hem te omhelzen en de peuter op te tillen toen Teesha ineens uitriep: 'Jeetje! Is dat een beer?'

Adrian tilde Phineas snel op en drukte allemaal zoentjes op zijn gezichtje om hem aan het lachen te maken. 'Het is een hond. Onze hond, sinds gisteren.'

'Allemachtig, krijg nou tie… tandjes. Wat een enorm beest.' Instinctief deed Teesha een paar stappen naar achteren toen de reusachtige zwarte hond naar haar toe dribbelde.

'Het is een teefje. Een Newfoundlander. Althans, dat zeiden de mensen van het dierenasiel, en de dierenarts was het ermee eens. Ze is ongeveer negen maanden oud, dus ze wordt nog wat groter. En ze is zo mak als een lammetje.'

'Ik ken geen lammetjes.'

De hond ging aan Teesha's voeten zitten, keek haar aan met een gevoelige hondenblik en stak toen een poot omhoog.

'Ze is zindelijk, ze kan zitten, pootjes geven en apporteren. Dit ras wordt ook wel oppashond genoemd omdat ze heel geduldig en voorzichtig zijn met kinderen.' Al pratend droeg Adrian de beweeglijke en met zijn armen zwaaiende Phineas naar de hond zodat ze elkaar konden leren kennen.

'Adrian...'

'Denk je nou echt dat ik een hond in huis zou halen die dit knappe jochie pijn doet? Of wie dan ook? Dit is Sadie, en ze is een grote, donzige berg liefde.'

'Sexy Sadie.' Met een grijns boog Monroe zich voorover en aaide de hond, die woest kwispelstaartend wachtte op nog meer liefkozingen.

'Iemand heeft haar gevonden. Ze denken dat haar eigenaar haar gewoon aan haar lot heeft overgelaten zoals sommige, heel lelijk woord, mensen doen als ze besluiten dat ze toch geen hond willen. Ze is naar het asiel gebracht, één dag voordat popi en ik daar gingen kijken. Dus eigenlijk was het voorbestemd, nietwaar popi?'

'Het was liefde op het eerste gezicht,' beaamde hij.

Adrian ging op haar hurken zitten.

'Hond, hond, hond. Blaf!' Phineas tikte met zijn handjes op Sadies kop, wat ze net zo bereidwillig aanvaardde als de strelingen van Monroe. Daarna likte ze het gezicht van het jongetje waarop hij begon te schaterlachen.

'Ze is ook intelligent. Meteen nadat ze ons hart had gestolen heb ik het ras gegoogeld. Intelligent, heel goed af te richten, lief, zachtaardig, geduldig en vooral dol op kinderen.'

'Ik heb altijd al een hond willen hebben.'

'Toen Tom en Jerry waren overleden, hebben Sophia en ik overwogen om een andere hond te nemen. Volgens mij hebben we dat nooit gedaan omdat we op Sadie moesten wachten.'

'Nou, al die jaren van wachten en verlangen zijn uitgemond in een allejezus grote werkelijkheid.' Eindelijk legde Teesha voorzichtig een hand op de kop van de hond.

'Kom, laten we naar binnen gaan zodat jullie je spullen kunnen uitpakken.' Dom porde met een vinger in Phineas' buikje. 'Daarna drinken we een glas wijn.'

'Popi, je bent een man naar mijn hart.' Monroe deed de achterbak open. 'Nee, je hoeft niet te helpen met de bagage, dat doe ik wel. Maar als jij intussen die wijn inschenkt, zou ik je heel dankbaar zijn.'

'Ik help hem wel even.' Nadat ze Phineas nog een klapzoen had gegeven, wilde Adrian hem teruggeven aan Teesha. Maar voordat ze dat kon doen had hij zich al los gewurmd en zijn armpjes om Sadie heen geslagen.

'Waarom help jij Teesha niet met ons knulletje?' stelde Adrian voor. 'En daarna kun je rondgaan met die koekjes die je hebt gebakken toen ik even niet keek.'

'Je kunt geen klein kind in huis hebben zonder dat er koekjes zijn.'

Adrian liep naar de bagageruimte en pakte een stel tassen. 'En… kan ik jullie tweeën overhalen om hier te komen wonen?'

Monroe glimlachte naar haar. 'Teesha is gewend aan de stad. Ik wilde graag naar het platteland, dus hebben we een compromis gesloten en kijken we nu wat er te koop staat in de voorsteden. Maar nu jij hier zit, denk ik dat we wel een kans maken.'

'Echt? Echt? Zouden jullie hier willen komen wonen?'

'Ik hou van de rust,' zei hij op zijn dromerige manier. 'Ik hoor de muziek in de stilte. Teesha heeft wel buren nodig,' praatte hij verder terwijl ze de bagage naar het huis droegen. 'En een plek waar op loopafstand winkels en zo zijn. Er moeten ook goede scholen in de buurt zijn en het moet veilig zijn op straat.'

'Ik heb al drie huizen uitgezocht als beginnetje.'

Hoofdschuddend keek hij haar aan. 'Jij laat er geen gras over groeien, Rizz.'

'Popi kent hier iedereen, inclusief de beste makelaar in deze streek.'

'We krijgen haar wel zover,' zei hij.

Adrian wist dat ze de juiste keus had gemaakt wat betreft binnenhuisarchitect toen Kayla op hun afspraak verscheen met een tablet vol apps, een meetlint, een kleurenwaaier en een heleboel ideeën.

Kayla, die lang en slank was en haar blonde haar met highlights in twee Franse vlechten droeg, straalde één en al enthousiasme uit.

'Wat een geweldige ruimte.' Ze was op haar hurken gaan zitten om Sadie aan te halen en tegen het dier te kirren. 'Je hebt hier veel meer goed en natuurlijk licht dan ik had verwacht. En ik was bang dat je een laag plafond zou hebben. Maar dit is geweldig. En nou ben ik zenuwachtig. Ik doe mijn best om niet dom over te komen, maar ik ben echt zenuwachtig. Dit is de eerste keer dat ik echt iemand advies geef. Advies aan vrienden en familie telt niet mee. Ik wil het niet verpesten.'

'Je doet het prima.'

Kayla ging weer staan terwijl Sadie keurig ging zitten, bijna boven op Adrians voeten. 'Ik had eigenlijk meteen tegen je moeten zeggen... ik wil je graag vertellen dat ik je ontzettend dankbaar ben voor deze kans. Ik ben namelijk nog niet eens afgestudeerd.'

'Ik had mijn schooldiploma nog niet eens toen ik mijn eerste fitnessvideo maakte.'

Kayla's mooie, donkerbruine ogen werden groot. 'Echt niet? Ik dacht dat dat verzonnen was. Een soort mythe.'

'Nee, het is echt waar. Ik heb die video met drie vrienden geproduceerd, en zo ben ik begonnen. Dat was het moment waarop ik voor mezelf ben begonnen. Misschien, als het tussen ons klikt, wordt dit het moment waarop jij voor jezelf begint.'

'Ja, maak me nog een beetje extra zenuwachtig.' Kayla omklemde haar tablet en lachte. 'Goed, ik heb wat onderzoek gedaan naar fitnessruimtes aan huis, maar in je video's maak jij geen gebruik van een loopband of krachttoestellen. Ik heb een heleboel van je filmpjes bekeken, dus ik weet dat je veel buitenlocaties gebruikt, en ook... ik neem aan dat het studio's zijn.'

'Precies. Het lichaam zelf is het apparaat. Maar soms heeft dat apparaat wat gereedschap nodig.'

'Zoals gewichten, yogaballen, yogamatten, enzovoort.'

'Exact. Dus ik wil graag dat die spullen op een creatieve manier worden getoond. Ik zal je een lijstje geven van de dingen die ik het vaakst gebruik.'

'Ik heb wel een idee van jouw stijl omdat ik je filmpjes heb bekeken, en ook een paar interviews heb gezien, maar misschien kun je me vertellen wat je bedoeling is met deze ruimte. Welke uitstraling je wilt. En ik hoop echt dat je niet van plan bent om die bar of die open haard eruit te slopen. Die zijn fantastisch, en een heel klein beetje retro en oubollig.'

Met een grijns keek Adrian haar aan. 'En daar heb je onze eerste klik.'

Een uur en verscheidene klikken later verzamelde Kayla haar spullen. Net op dat moment kwam Maya de trap af, het handje van de vlasblonde Collin stevig vasthoudend.

'Dom zei dat ik naar beneden kon doorlopen. Hoi, Kayla.'

'Hoi. Hoi, Collin. Ik vind het zo vreselijk wat er met Lorilee is gebeurd, Maya. Ik kende haar niet heel goed, maar ze was ontzettend vriendelijk. Ik vind het echt vreselijk.'

'Dat vinden we allemaal. We maken nu even een rottijd door.' Ze haalde even diep adem terwijl Collin met grote ogen naar de kwispelende Sadie keek. 'Ik moest van Dom zeggen dat hij even naar het restaurant gaat.'

'Echt? Dat meen je niet.' Adrian stak haar gebalde vuisten omhoog en draaide twee pirouettes. 'Dit is de eerste keer dat hij het huis verlaat sinds...' Daarna drukte ze haar handen tegen haar gezicht terwijl ze tegen de tranen vocht. 'Sorry, Kayla.'

'Nee, nee. Daar hoef je je niet voor te verontschuldigen.' Terwijl ze zelf tranen in haar ogen kreeg, sloeg ze haar armen stevig om Adrian heen. 'Ik ga een paar ontwerpen maken en daarna stuur ik je een berichtje, oké?'

'Ja. Goed. Dank je wel.'

Kayla vertrok via de glazen terrasdeuren terwijl Maya en Adrian elkaar met vochtige ogen aankeken.

'Als eerste wil ik weten wie dit is,' zei Maya.

'Dit is Sadie, en ze is even lief en zachtaardig als ze groot is. Ze is dol op kinderen.'

'Als ontbijt?'

'Vanochtend heeft ze een half plakje bacon gepakt dat Phineas haar gaf voordat iemand hem kon tegenhouden, en ze heeft het zo sierlijk als een hertogin in haar bek genomen.'

'Had hij daarna alle vijf zijn vingers nog?'

'Aan elke hand. Kijk dat koppie toch, Maya. En die ogen. En die staart.' Adrian ging op haar hurken zitten en legde een arm om Sadies rug. 'Toe, hurk eens naast me neer.'

'Ik hoef niet ver omlaag.' Maar toen Maya deed wat Adrian vroeg, snuffelde Sadie vrolijk aan Collin. Collin, die wat afwachtender was dan Phineas, leunde tegen zijn moeder aan. Daarna klopte hij voorzichtig met zijn vlakke hand op Sadies kop.

Toen glimlachte hij en zei: 'Da, da da da. Ooo.'

'De hond is goedgekeurd. Anders had hij "nee" gezegd. Zijn eerste woordje was een heel stellig "nee". Het staat nog steeds bovenaan zijn repertoire.'

'Ik weet dat hij zich mij niet meer kan herinneren, maar dat gaan we verhelpen.'

'Ik kon mijn oren niet geloven toen ik hoorde dat je hier kwam wonen.' Maya kreeg opnieuw tranen in haar ogen. 'Ik ben zo blij dat je dat hebt besloten.'

'Ik ook. Maya, ik wil niet dat we allebei weer gaan huilen, maar ik vind het zo afschuwelijk wat er met Lorilee is gebeurd.' Ze moest zichzelf onderbreken en diep ademhalen om de opnieuw opkomende tranen te onderdrukken. 'Ik vind het zo erg dat ik niet naar haar uitvaart kon, gewoon om jou, je moeder en Raylan en zijn kinderen te steunen.'

'Dat geldt andersom ook,' wist Maya beverig uit te brengen. 'Ik had er na Sophia's overlijden ook graag willen zijn voor Dom en jou.'

'Hoe gaat het nu met Raylan?'

'Hij probeert zich groot te houden, maar dat doet hij voor de kinderen. Als die er niet geweest waren, weet ik niet hoe hij eraan toe zou zijn. Voorlopig werkt hij thuis of hij neemt ze mee naar kantoor als ze geen school hebben. Op dit moment wil hij niets horen over een oppas voor de kinderen of naschoolse opvang, en waarschijnlijk heeft hij daar gelijk in. Maar vroeg of laat...'

Maya glimlachte toen Collin haar losliet en ging zitten, waarna Sadie prompt ging liggen zodat ze op gelijke hoogte waren.

'Hij zei dat je hem een brief had geschreven. Dat betekende veel voor hem. Voordat we opnieuw gaan huilen, iets wat Collin voorlopig wel genoeg heeft gezien, wil ik weten wat je hier van plan bent. Ik vond het echt ontzettend lief van je om Kayla in dienst te nemen.'

'Ze is jong, ze heeft een frisse blik en ze is enthousiast. Ik vond het een heel slimme zet van mezelf. Ze wil de muren in een zachte, neutrale kleur verven, terwijl ik juist had verwacht dat ze krachtige, energieke kleuren zou kiezen. Maar die kunnen volgens haar de aandacht van de kijkers afleiden bij de livestreams en de video's.'

'Zeg, even iets anders. De nieuwe trainers bij Work Out Now-online en de work-outs die je daar plaatst zijn echt geweldig, Adrian.'

'Heb ik al verteld dat ik alles uit de kast heb moeten halen om mijn moeder ervan te overtuigen zich open te stellen voor de streaming deal en het inhuren van andere professionele fitnesstrainers?'

Maya glimlachte. 'Een paar keer misschien.'

'Waarom zouden we de concurrentie met onszelf aangaan, met de verkoop van onze dvd's?' Adrian rolde met haar ogen. 'Ze is schoorvoetend overstag gegaan toen Teesha haar wat cijfers heeft voorgeschoteld over potentiële ledenaantallen, merchandising, marketingmogelijkheden en geschatte aantal weergaven.'

'Nu je het over Teesha hebt, waar is ze eigenlijk? Ik hoopte dat ik Collin en Phineas bij elkaar kon krijgen.'

'Ze moeten zo weer terug zijn. Ze zijn huizen aan het bezichtigen.'

'Huizen?'

‘Ik heb hen, nou ja, vooral haar, want Monroe is al overstag, bijna overgehaald om hier te komen wonen.’

‘Hier? Echt? Allemachtig.’

‘Laten we mijn grote baby en jouw kleine mannetje mee naar buiten nemen, dan vertel ik je daar de rest.’

Voordat Adrian overeind kon komen, greep Maya haar bij de hand. ‘Dit kunnen we vanaf nu de hele tijd doen. De reden waarom vind ik afschuwelijk, maar ik heb mijn vriendin nu echt hard nodig.’

‘En zij heeft jou nodig. Toe, vertel me eens wat nieuwtjes over de stad.’

‘Nou, ik heb er wel een paar.’ Ze liepen naar buiten, met Sadie aan Adrians zijde. ‘Mevrouw Fricker gaat met pensioen.’

‘Hoe kan ik dat hebben gemist? Ik was onlangs nog in de stad om nieuwtjes aan de weet te komen en niemand heeft me dat verteld.’

‘Ze probeert het stil te houden. Je weet dat ik sinds mijn studie de manager ben van Crafty Arts, al werk ik er tegenwoordig in deeltijd. Mevrouw Fricker hoopt dat Joe en ik haar willen uitkopen.’

‘Kopen?’ Adrian bleef ineens staan. ‘Willen jullie de cadeauwinkel overnemen? Dat zou fantastisch zijn.’

‘Denk je?’ Maya trok haar schouders op tot haar oren en zette Collin neer. Hij deed een paar wankele stapjes en liet zich toen in het gras vallen om te spelen. ‘Ik bedoel, ik ben dol op die winkel, en ik weet precies hoe je hem moet runnen. Maar een winkel hebben is iets anders dan alleen de dagelijkse leiding hebben.’

‘Volgens mij zou je het geweldig doen. Toen meneer Fricker een paar jaar geleden ziek werd, heb jij de zaak draaiend gehouden. Je deed de inkoop, richtte de etalage en de vitrinekasten in, je deed de loonadministratie, kortom, de hele reutemeteut.’

‘Dat was niet niks, hoor. En toen had ik nog geen kind. Als we dit gaan doen, heb ik iemand nodig voor de loonadministratie en de boekhouding. Daar ben ik niet echt goed in, en Joe ook niet. Bovendien heeft hij zijn eigen werk.’

Adrian stak een vinger op. ‘Zie je dat gloeilampje boven mijn hoofd? Ik ken toevallig een buitengewoon goede bedrijfskundige die binnenkort misschien in Traveler's Creek komt wonen.'

'Denk je dat zij het zou willen doen? Dat zou al mijn problemen in één keer oplossen. Maar kan ik me haar veroorloven? Denk je dat zij bereid is de boel financieel door te lichten en me eventueel te vertellen dat ik gek ben om het zelfs maar in overweging te nemen?'

'Vast wel. Maar het belangrijkste is of jij het wilt.'

'Dat is nou net het probleem. Ik wil het graag. Echt heel graag. Een paar keer per dag kan ik mezelf ervan overtuigen dat ik het juist niet moet doen. Maar uiteindelijk kom ik altijd terug bij het idee dat ik het echt graag wil.'

Ze keek even naar Collin, die druk in gesprek leek met een grasspriet.

'Ik ben altijd dol geweest op die winkel. Toen ik op de middelbare school zat, hield ik mezelf voor dat ik net als jij naar de grote stad zou verhuizen en daar een geweldige baan zou vinden en de hele dag mooie kleren zou dragen. Maar toen nam ik dat vakantiebaantje bij Crafty om wat extra geld te verdienen en werd ik verliefd op dat winkeltje. Later leerde ik Joe kennen en toen kwam Collin. En dit is echt wat ik wil.'

'Dan raad ik je aan om aan Teesha te vragen of ze de financiën wil doorlichten en er dan gewoon voor te gaan. Als er iets is wat mensen later betreuren, is het dat ze hun dromen niet hebben nagestreefd. Denk je dat Collin het goedvindt als ik hem optil?'

'Hij vindt meisjes en vrouwen leuk,' zei Maya. 'Bij jongens en mannen is hij een beetje verlegen tot hij ze beter leert kennen.'

'Ik ben een vrouw, dus...' Ze tilde Collin op en draaide met hem in het rond tot hij in lachen uitbarstte. 'En ik hoorde net een auto aankomen. Dat is of Teesha met haar gezin of het is popi. Laten we gaan kijken.'

'Over maximaal twintig minuten moet ik dit knulletje naar huis brengen voor de lunch en zijn middagdutje. Als hij geen dutje doet, wordt hij heel chagrijnig.'

'Dit gezichtje?' Adrian drukte er een kus op. 'Dat kan nooit chagrijnig zijn.'

'Kom maar een paar dagen bij ons wonen.'

Sadie liep bij Adrian vandaan en versnelde haar tempo zelfs toen ze Phineas zag. Zonder bedenkingen zette Teesha haar zoontje neer voor een liefdevolle hereniging tussen jongen en hond.

'Maya! Wat is Collin groot geworden. Zo'n knap jochie. Toe, hier met dat kind.'

Teesha griste het jongetje uit Adrians armen en Monroe boog zich voorover en legde zijn kin op Teesha's schouder.

'Jochie, jij lijkt net een zonnestraaltje.'

Na een verlegen glimlachje probeerde Collin zich los te wringen.

'Ja, ik weet het, een ander jongetje en een reusachtige hond zijn veel leuker dan ik.'

Nadat ze Collin had neergezet, sloeg Teesha haar armen om Maya heen. Wat ze ook in Maya's oor fluisterde, het zorgde ervoor dat Maya haar steviger beetpakte.

'Dank je wel. En jullie allebei nog bedankt voor de bloemen. Ze waren schitterend en bijzonder gewaardeerd. O, wat is het heerlijk om jullie weer te zien. Jullie allemaal. Kijk Phineas nou. Hij is al een heel kereltje geworden.'

Sadie strekte zich uit, duidelijk verrukt met de jongetjes, die zowat over haar heen kropen.

'En jij...' zei Teesha terwijl ze naar Adrian wees, '... jij bent een trut.'

Monroe begon te lachen en sloeg een arm om de schouder van zijn vrouw. 'We hebben ons droomhuis gevonden.'

'Ik wist het.' Adrian deed een vreugdedansje. 'Wedden dat het dat mooie, blauwe huis met één verdieping is. Dat huis aan Mountain Laurel Lane met de overdekte veranda, de open keuken en die prachtige omheinde achtertuin.'

'Eigenlijk zou ik je nu met een lelijk woord om de oren willen smijten, maar er zijn kinderen bij. Ik had nooit van mijn leven gedacht dat ik in een straat zou wonen die Mountain Laurel Lane heet.'

'We hebben een bod uitgebracht,' zei Monroe met een grijns van oor tot oor.

'Krijg nou tie... eh, tandjes. Wauw, dit is verdorie geweldig, en...' Toen woorden haar tekortschoten, maakte Adrian drie handstandoverslagen.

'Uitslover. Ik word gek.' Teesha legde haar handen tegen haar slapen en schudde haar hoofd heen en weer. 'Ik weet dat het idioot is, maar ik wil dát huis. We hebben er maar twee bezichtigd. We zijn maar een paar uur gaan kijken, op één dag, en... en toen hadden we het gevoel dat het ons huis is.' Ze legde een hand op haar schouder en Monroe pakte hem vast.

'Dat huis is echt ideaal voor ons,' zei Monroe. 'We kunnen te voet de stad in om naar een restaurant te gaan, wat te gaan drinken of om te winkelen. En we hebben een tuin! We krijgen leuke buren in een leuke wijk waar gelukkig geen snobs wonen.'

'Hij heeft gelijk,' verzuchtte Teesha. 'Hij heeft gelijk, maar het is nog steeds waanzin. En toch wil ik dat huis.'

'Twee, nee, drie van mijn beste vrienden als ik Monroe meetel, gaan straks doen wat ze graag willen doen. En ik trouwens ook! Kom vanavond bij ons eten, Maya. Samen met Joe en Collin. Dan kunnen we het vieren.'

'Ik heb het nog niet eens aan Teesha gevraagd. Joe en ik moeten nog heel veel dingen overleggen.'

'Wat wilde je me dan vragen?' vroeg Teesha.

'Maya gaat de leukste winkel van de stad kopen maar ze wil graag dat jij de boekhouding voor haar doorlicht. Neem die vanavond maar mee, Maya. Jij wilt er toch wel even naar kijken, hè Teesh?'

'Geen probleem.'

'Geweldig. Kom om vijf uur. Dan drinken we een wijntje. Dan kan Teesha de financiën bekijken en zullen Sadie en ik wel op de kinderen letten.'

'Ze is een bazig type,' zei Teesha tegen Maya.

'Vertel mij wat.'

'Nee, ik heb alles graag op orde, ik ben efficiënt en doelgericht. We hebben een paar zware weken achter de rug.' Adrian sloeg haar ene arm om Teesha's middel en de andere om dat van Maya. 'Daarom zijn we nu toe aan een nieuw begin, een nieuwe onderneming en aan het verwezenlijken van je dromen. Dat lijkt mij allemaal heel positief.'

'Laten we eerst maar afwachten of Joe en ik het ons kunnen permitteren en ik wil horen hoe Teesha erover denkt. Maar ik weet dat ik ook namens Joe spreek als ik zeg dat we dolgraag bij je willen komen eten. Niemand slaat een maaltijd af bij Casa Rizzo. En dan is het nu tijd,' zei Maya terwijl ze Collin optilde, 'om dit ventje naar huis te brengen. Tot straks. En alvast bedankt, Teesha.'

'Cijfers, ondernemingen, ramingen. Daar leef ik voor.' Nadat ze Maya hadden uitgezwaaid, draaide Teesha zich om naar Adrian. 'Wat voor winkel? Hoelang bestaat die al? Waarom willen de huidige eigenaren hem verkopen? En wáár staat die winkel?'

'Ik kan al die vragen, en vele andere, beantwoorden als we met een glas limonade op de veranda zitten.'

Tien weken later woonde Teesha aan Mountain Laurel Lane, was Maya de eigenaresse van een winkel en stond Adrian samen met Kayla in haar nieuwe studio.

'Het is volmaakt geworden. Het is gewoon precies goed. Ik maakte me eerst een beetje zorgen toen je voorstelde om een laagje witte verf op de open haard aan te brengen, maar daar had je ook gelijk in. Het verzacht het metselwerk.'

'Vind je het mooi? Ik wel. Ik wil dat jij het ook mooi vindt.'

'Ik vind het geweldig. Jij bent aan de slag gegaan met mijn wensen, of wat ik dacht dat mijn wensen waren, en vervolgens heb je alles nog mooier gemaakt. Die nieuwe vernislaag op het hardhout was de moeite meer dan waard. De bar omtoveren tot een smoothiebar was een fantastisch idee en die terracotta plantenbak met tarwegras is een mooie verwijzing naar de voedingscomponent van fitness.'

'En het voelt nog steeds huiselijk aan. Toegankelijk.'

De mooie, natuurlijke lichtinval liet de pas geverniste vloeren glanzen. In een grote mand van gevlochten zeegras lagen bontgekleurde yogamatten terwijl trainingselastieken pontificaal aan een oude kapstok hingen.

Kayla had zwevende planken aan de muren gehangen en daar yogaballen op gelegd, waardoor die ballen kunstobjecten leken. En in plaats van een doorsnee halterrek had ze een oud wijnrek een nieuwe functie gegeven.

'Ik vind het geweldig dat je gebruik hebt gemaakt van dingen die hier al waren, van de spullen van mijn grootouders en overgrootouders, zoals die kast daar. Briljant om er handdoeken, zweetbandjes en yogablokken in op te bergen. En heel slim dat je planten en kaarsen op dat oude bankje hebt gezet. Dat geeft de fitnessruimte echt iets huiselijks.'

'Dus die kleine zithoek bij de open haard vind je niet te veel van het goede?'

'Nee. En ik zal er gebruik van maken ook. De kleuren passen ook mooi bij elkaar. Je had gelijk wat betreft dat zachte saliegroen. Het leek me te grijs en te saai, maar het vormt gewoon een zachte achtergrond waar de kleuren van de fitnessspullen extra tegen afsteken. En het maakt het groen van de planten nog levendiger. Het geeft niet vanuit welke hoek ik zal gaan streamen, het is allemaal even mooi.'

Afwezig stak Adrian een hand omlaag om Sadies kop te aaien terwijl de hond naast haar zat. 'Het was heel attent van je om de familiefoto's die je hebt gevonden te laten inlijsten en op de schoorsteenmantel te zetten.'

'Jij zei steeds dat het echt huiselijk moest aanvoelen. En daar heb je toch zeker familie voor nodig?'

'Nou, Kayla, volgens mij heb je je eerste opdracht als professioneel binnenhuisarchitect met succes afgerond. En het zal vast niet je laatste zijn.'

'Ik ben zo blij!' Ze wipte op en neer op haar lavendelkleurige hardloopschoenen. 'Je zei dat ik er foto's van mag maken voor in mijn portfolio.'

'Nou en of. Ik zal ook je eerste klantenrecensie schrijven.'

'O, god!'

'Ik weet dat je binnenkort terug moet naar de universiteit, maar denk je dat je tijd hebt voor een tweede adviesgesprek? Mijn vrienden Teesha en Monroe kunnen wel wat hulp gebruiken bij de inrichting van hun nieuwe huis.'

Kayla's ogen werden groot en haar mond viel open. 'Dat meen je niet!'

'Dat meen ik wel degelijk. Ik heb tegen Teesha gezegd dat je, als je de tijd had, even bij haar langs zou gaan nadat je hier klaar was. Ik zal je het adres geven. Ze woont aan Mountain Laurel Lane.'

'Ik ken dat huis. Echt. Iedereen weet dat ze daar zijn komen wonen. Het is zo'n schitterend huis. Ik ga meteen. O, mijn god!'

'Bedankt, Kayla. Je hebt me precies gegeven wat ik wilde.'

Adrian stak haar een hand toe, maar Kayla sloeg haar armen om haar heen. 'Je bent niet alleen mijn eerste klant, je zult ook altijd mijn lievelingsklant zijn. Dag, Sadie!' Ze rende naar de glazen terrasdeuren en bleef toen staan om een pose aan te nemen. 'Ik ben een échte binnenhuisarchitecte.'

Lachend rende ze weg.

Adrian wist precies hoe het voelde om een droom werkelijkheid te zien worden. Terwijl ze daaraan dacht, pakte ze haar telefoon om Hector, Loren en Teesha een berichtje te sturen.

Hoi mensen, het is tijd voor onze eerste productie in mijn nieuwe fitnessruimte thuis. En die ziet er verdomd gaaf uit. Ik heb het thema al bedacht en de choreografie bijna onder de knie. Mijn agenda is helemaal leeg, dus kijk even wanneer jullie kunnen. Teesha, Kayla is onderweg naar jou. En jongens? Jullie zullen paf staan als jullie Teesha's nieuwe huis zien. Om nog maar te zwijgen over mijn fitnessruimte. Spreek jullie snel weer.

Ze rende de twee trappen op, dolblij dat het huis leeg was omdat haar opa naar het restaurant was gegaan. Dat deed hij tegenwoordig elke dag, dacht ze, terwijl ze naar haar slaapkamer liep om zich om te kleden. Soms bleef hij een uurtje, maar meestal de hele dag.

Het werk in het restaurant en zijn liefde voor het vak boden hem vreugde en troost, dacht ze.

Precies dezelfde dingen die zij uit haar werk putte.

Nadat ze haar sportkleren had aangetrokken, liep ze naar beneden, naar haar nieuwe fitnessruimte. Ze deed de glazen deuren open zodat Sadie naar believen in en uit kon lopen. Ze zette haar vaste blijf-in-de-maat-muziek op en drukte haar stopwatch in. En met haar gezicht naar de spiegelwand ging ze aan het werk.

Terwijl ze oefende en de warming-up bijschaafde, zag ze zichzelf in gedachten heel even als kind, kijkend naar haar moeder die stond te oefenen. Het huis in Georgetown, de strakke fitnessruimte met de spiegelwand en haar moeders spiegelbeeld.

Ze wist nog wat een verlangen ze had gevoeld.

En dat ze – toen ze alleen was – had staan dansen in die ruimte terwijl ze zich inbeeldde dat ze een ballerina was of een Broadway-ster, of alle andere dingen die ze later zou kunnen worden. En dat ze dan zo goed, zo buitengewoon zou zijn, dat haar moeder naar haar zou kijken met hetzelfde verlangen dat zij voelde.

Daarna was de man gekomen die angst, bloed en pijn had gebracht.

De herinnering aan zijn gezicht, waarvan ze zich elk detail moeiteloos voor de geest kon halen, zorgde ervoor dat haar zicht wazig werd, dus moest ze de stopwatch stopzetten.

'Het is nutteloos, volkomen nutteloos om daaraan terug te denken.'

Ze deed haar ogen dicht, haalde een paar keer diep adem en zette de herinnering van zich af. Zelfs in de media werd dat afschuwelijke oude verhaal tegenwoordig bijna nooit meer opgehaald. Oud, oud nieuws. Nutteloos.

Ze hield zich voor dat ze dit soort momenten zelden meemaakte, momenten waarop de angst haar besprong, waarop ze het eerst koud en dan warm kreeg om vervolgens geen lucht meer te kunnen krijgen.

Ze zou zichzelf erdoorheen slaan. Dat was haar eerder ook al gelukt.

'Ik ben sterk,' zei ze tegen haar spiegelbeeld. 'En ik weiger om mijn hele leven te laten bepalen door één afschuwelijke dag.'

Net toen ze de stopwatch weer aan wilde zetten, ving ze in de spiegel een glimp van Sadie op. De hond lag een stukje verder naar achteren op de vloer naar haar te kijken.

Zij verlangt ook, dacht Adrian.

In plaats van de stopwatch weer aan te zetten, liep ze terug en ging op de grond zitten om de hond in berengedaante te knuffelen tot er liefdesgeluidjes uit Sadies keel opstegen. Een geluid waar Adrian altijd om moest lachen.

'Ik ga hier straks wel weer mee verder. Kom, dan gaan we even naar buiten zodat jij achter de bal aan kunt rennen.'

Je maakte tijd voor degenen die je dierbaar waren, dacht ze terwijl ze naar buiten liep en de grote oranje bal pakte die voor pretlichtjes in Sadies ogen zorgde.

Als ze iets had geleerd van haar kindertijd dan was het dat ze tijd moest maken voor haar hartstocht en haar verantwoordelijkheden. En voor degenen die haar dierbaar waren.

10

In de zomer na de dood van zijn vrouw werkte Raylan bijna uitsluitend thuis. En bijna altijd 's nachts. Slaap was hem niet gunstig gezind sinds Lorilees overlijden, dus gebruikte hij de nachten als werktijd en pakte wat slaap mee in de vroege ochtenduren.

Hij deed dutjes wanneer de kinderen dat deden, áls ze dat al deden.

Het idee van een nanny kon hij niet aan, want hij vond het een vreselijk vooruitzicht om zijn kinderen nog een enorme verandering in hun leven te laten ondergaan. Bovendien vond hij het idee om ze bij een ander achter te moeten laten onverdraaglijk.

En omdat Bradley de eerste weken na de dood van zijn moeder vaak midden in de nacht huilend wakker werd, werd slaap voor Raylan meer een luxe dan een prioriteit.

Alle hulp, troost en aandacht die zijn moeder en zijn zus hem hadden gegeven, zou hij nooit vergeten, maar zij konden niet permanent bij hen blijven.

Hij had verantwoordelijkheden, in de eerste plaats tegenover zijn kinderen, maar in tweede instantie tegenover zijn werk. Dat werk leverde niet alleen een inkomen voor zijn gezin, maar zorgde ook dat zijn bedrijf solvabel bleef en zijn werknemers brood op de plank hadden.

Gedurende korte periodes kon hij opgaan in zijn werk of in de verzorging van zijn kinderen. De was doen, boodschappen doen, eten klaarmaken, aandacht geven, met z'n drieën naar het park gaan. Met al die dingen probeerde hij zijn kinderen een gevoel van veiligheid en normaliteit te geven.

Vroeger had hij zich altijd afgevraagd hoe alleenstaande ouders zich wisten te redden. Hij ontdekte dat 'redden' vaak een kwestie was van wanhoop, uitputting en jezelf volledig wegcijferen.

Hij viel af – een pondje hier, een pondje daar – tot hij niet meer slank was, maar broodmager. Als hij toevallig een glimp van zichzelf in een spiegel opving, herkende hij zich nauwelijks.

Hij had echter geen tijd om er iets aan te doen.

In de herfst ging hij weer naar kantoor, nadat hij zijn kinderen naar school had gebracht en voordat hij ze weer moest ophalen.

Hij slaagde erin een vast patroon te creëren en huurde een huishoudster in die één keer per week langskwam voor de schoonmaakklusjes die Lorilee en hij vroeger altijd zelf hadden gedaan.

Met Kerstmis, toen hij niets liever wilde dan zich in het donker opsluiten om weer helemaal opnieuw te gaan rouwen, dwong hij zichzelf om een kerstboom op te tuigen en lichtjes op te hangen.

Hij stortte echter in op het moment dat hij de kerstsokken ophing en die van Lorilee pakte. Gelukkig was hij toen alleen. Het verdriet rolde als een donkere, afschuwelijke golf door hem heen, waardoor hij zich alleen op de grond kon laten zakken.

Hoe moest hij dit volhouden? Hoe kon iemand dit doorstaan?

Terwijl hij daar zat met Lorilees kerstsok in zijn handen geklemd, trippelde Jasper naar hem toe, kroop bij hem op schoot en legde zijn kop op Raylans schouder.

Hij trok de hond tegen zich aan en hield hem heel lang stevig vast, tot het ergste voorbij was.

Hij kon dit, hij zou zich hierdoorheen slaan. Hij had geen keus, want zijn kinderen lagen boven te slapen en zij hadden hem nodig.

In plaats van dat ze, zoals vroeger, kerstochtend thuis doorbrachten en daarna naar zijn moeder toe reden voor het kerstdiner en het uitpakken van de cadeautjes op tweede kerstdag, hielden ze hun kleine kerstviering al op de ochtend van de dag voor kerst en reden ze daarna naar Traveler's Creek.

Hij had de kinderen verteld dat de kerstman de cadeautjes dat jaar wat eerder had gebracht omdat hij wist dat ze naar oma gingen. Want de kerstman wist natuurlijk alles.

Hij moest nieuwe tradities creëren, hield hij zichzelf voor. Nieuwe tradities om te voorkomen dat de oude dusdanig aan scherven zouden vallen, dat hij ze nooit meer zou kunnen lijmen.

Op die manier lukte het hem om de zomer, de herfst en de winter door te komen, en op de dag dat het een jaar geleden was dat Lorilee was overleden, zat hij in zijn eentje in het donker terwijl zijn kinderen sliepen. Hij dommelde weg en droomde over haar.

Zoals ze vroeger vaak had gedaan als ze met zijn tweetjes waren geweest, kwam ze bij hem op schoot zitten. Hij rook haar, de zachte bloemengeur die ze vaak op had gehad.

'Je doet het prima, lieverd.'

'Ik wil het niet prima doen. Ik wil jou.'

'Dat weet ik. Maar ik ben er ook. Ik zit in de kinderen. En ik zit hier.' Ze legde een hand op zijn hart. *'Jij zult moeten doorgaan. Ik weet dat dat moeilijk is, maar je kunt het. En morgen is er weer een nieuwe dag.'*

'Ik wil terug in de tijd. Ik wil je tegenhouden, zodat je die dag niet naar je werk gaat.'

'Dat kan niet.' Ze streelde met haar neus langs zijn keel. *'Als ik die dag niet naar school was gegaan, zou die jongen nu dood zijn. En zeg nou niet dat jij daar niet mee zit, want dat is niet waar. Wie weet wat hij later zal worden en wat voor geweldige dingen hij misschien gaat doen.'*

'Hij is op bezoek gekomen,' mompelde Raylan. 'Samen met zijn ouders. Ik had geen zin om met ze te praten.'

'Maar dat heb je wel gedaan.'

'Ze wilden vertellen... hoe vreselijk ze het vonden, hoe dankbaar ze waren. Ik wilde me voor hun gevoelens afsluiten. Ik wilde dat het me koud zou laten.'

'Maar dat lukte je niet, hè?'

'Ze hebben toestemming gekregen om een boom te planten op het terrein van de school. Een dwergkers, zo eentje voor de sier. Je kunt hem zien vanuit jouw oude klaslokaal. Ze wilden me vertellen dat ze jou nooit zullen vergeten.'

'We kunnen niet weten welke goede dingen hij later misschien gaat doen. En als ik er die dag niet was geweest, zou mijn invaller er misschien niet in zijn geslaagd om de andere kinderen in veiligheid te brengen. We weten het niet, lieverd. We kunnen het gewoon niet weten.'

'We weten nu ook niet wat jij nog met je leven had kunnen doen. Of wat wij met het onze hadden kunnen doen.'

'O, Raylan. Ik heb met mijn leven gedaan wat ik moest doen, en dat was waarschijnlijk zo voorbestemd. Dat weet je best. En nu doe jij wat jij moet doen. Weet je nog dat we het op de avond voordat het gebeurde bespraken hoe we de kinderen over Sophia moesten vertellen?'

'We wilden tegen ze zeggen dat ze een engel was geworden en dat ze hen altijd zou beschermen, net als alle andere mensen die bescherming nodig hebben.'

'Dat leek ons toen de juiste manier om het ze te vertellen omdat ze nog zo jong waren. Maar zo kun je mij ook zien. Want mijn lieve Raylan, ik zal altijd bij je zijn om jou en de kinderen te beschermen.'

'Adrian heeft me een brief geschreven. Ze zei dat je een engel van een vrouw was.'

'Nou, daar is alles toch mee gezegd?' Ze gaf hem een kus, zo zacht, zo lief. *'Ik hou van je, Raylan. Je zult je verdriet los moeten laten. Dat is niet hetzelfde als mij loslaten of de herinneringen aan mij of onze liefde. Laat je verdriet los en maak er iets anders van. Doe het voor mij en voor onze kleintjes.'*

'Ik weet niet of ik dat kan.'

'Ik wéét dat je dat kunt, en ik wéét dat je dat zult doen.'

Ze gaf hem nog een kus en ineens zat hij weer in zijn eentje in het donker.

Hij ging staan en deed de lampen aan in zijn kantoor. Hoewel het al bijna middernacht was, ging hij aan zijn tekentafel zitten.

Hij maakte schetsen van haar, van zijn Lorilee. Eerst van haar gezicht. Zo veel gezichtsuitdrukkingen. Blij, verdrietig, boos, geamuseerd, verleidelijk, verrast.

Daarna tekende hij haar lichaam. Van de voorkant, de zijkant en van hem afgewend. Hij vulde het ene vel tekenpapier na het andere voordat hij ten slotte vleugels aan haar lichaam toevoegde.

Hij beeldde haar af met gevouwen vleugels, met gespreide vleugels, ermee vliegend en ermee ronddraaiend. Ermee vechtend.

Eerst tekende hij haar in een lange witte jurk, maar hij besefte meteen dat hij de verkeerde keus had gemaakt. Witte vleugels, ja! Die moesten groot, mooi maar… ergens ook geducht worden. Maar haar kleding moest opvallender en krachtiger en meer uitstraling hebben dan engelachtig wit.

Hij deed een nieuwe poging en tekende haar in een strakke jumpsuit met nauwsluitende laarzen. Even overwoog hij een aureool toe te voegen, maar bij nader inzien vond hij dat te afgezaagd. Hij liet de lange mouwen taps toelopen op de rug van haar handen en gaf de voorkant van de laarzen een v.

Eenvoudig, maar krachtig. En toen hij zijn kleurpotloden pakte, koos hij voor blauw. Net als haar ogen.

Ze was gestorven terwijl ze bezig was geweest om anderen te redden, dacht hij. Maar wel voordat het haar tijd was geweest. Een vergissing in de orde der dingen. Dus… had ze honderd jaar gekregen om te leven als mens, maar op voorwaarde dat ze bleef vechten voor anderen, dat ze anderen bleef redden. Ze zou strijden voor gerechtigheid en voor de onschuldigen.

Lee, zou ze gaan heten in mensengedaante. Lee Marley. De voornaam Lee als afkorting van Lorilee en de achternaam Marley als samentrekking van de namen van hun kinderen. Haar alter ego, zou… kunstenares zijn.

Maar als ze haar vleugels spreidde, als ze moest optreden als beschermende superheldin, zou ze True Angel zijn.

Hij prikte de tekening op zijn prikbord.

Nog voordat zijn kinderen 's ochtends wakker werden, had hij haar achtergrondverhaal klaar.

Hij had gedaan wat ze van hem had gevraagd, dacht hij. Hij had een klein beetje van het verdriet losgelaten en er iets anders van gemaakt.

Hij kleedde de kinderen aan en ging op zoek naar de roze gympies met glittertjes die zijn dochter per se aan wilde naar de kleuterschool, maar die ze zelf niet had kunnen vinden. Aangezien die zoektocht flink wat tijd had gekost, warmde hij daarna snel wat Eggo-wafels op voor het ontbijt, wat met gejuich werd begroet.

Nadat hij zijn kroost en het resultaat van zijn nacht doorwerken in de auto had gepropt, bracht hij eerst de kinderen naar school en reed daarna door naar kantoor. En voor het eerst in een jaar kwam hij daar aan met een echt plan, en echt enthousiasme.

Als eerste nam hij Jonah even apart.

'Jezus Raylan, wat zie jij er beroerd uit. Het lijkt wel alsof je drie keer door de mangel bent gehaald en pepmiddelen hebt geslikt.'

'Nachtje doorgewerkt. Ik wil een vergadering beleggen met jou en Bick.'

'Ze is net naar boven gegaan. Luister, ik moet Crystal zoeken voor de belettering van...'

'Straks.' Om tijd te besparen, trok hij Jonah mee naar de goederenlift.

'Ik weet dat gisteren een moeilijke dag voor je was, maar heb je toevallig een berg drugs geslikt?'

'Nee. Alleen koffie, veel te veel koffie.'

Terwijl de lift krakend en piepend aan de tocht naar boven begon, stuurde Raylan een tekstberichtje naar Bick. KOM NAAR MIJN KANTOOR. NU!

'Jij drinkt bijna nooit koffie.'

'Vannacht wel. Ik heb iets bedacht.' Hij tikte op zijn tas. 'Ik wil jullie iets laten zien en ik wil jullie eerlijke mening horen.'

'Tuurlijk, tuurlijk. Maar voorlopig geen koffie meer voor jou. Er staat toch al een partnervergadering gepland voor vanmiddag. Waarom doe je niet even een dutje? Daarna kunnen we...'

'Nee. Nu.' Hij greep Jonah opnieuw stevig bij zijn arm en trok hem zijn kantoor in. Hij maakte zijn tas open, haalde de tekeningen tevoorschijn en prikte ze op het prikbord. Zonder acht te slaan op het voor de helft afgemaakte werk dat op zijn bureau lag, voegde hij ook de samenvatting toe van elk hoofdstuk van de ontstaansgeschiedenis.

'Ze ziet er prachtig uit,' zei Jonah met zachte stem. 'Het is Lorilee, en ze is prachtig.'

Raylan schudde zijn hoofd. 'In mensengedaante is ze Lee Marley. Ze is True Angel, de beschermster van de onschuldigen.'

'Jezus, waar is de brand?' vroeg Bick op hoge toon toen ze binnenkwam. 'Ik heb nog akelig veel te... O.' Ze bleef staan en bestudeerde de tekeningen. 'Die zijn fantastisch, kerel.'

'Ik wil dat jullie die tekeningen bekijken en naar de verhaallijn luisteren die ik erbij heb bedacht. Daarna moeten jullie zeggen of het wat is. Ik wil niet dat jullie "ja" zeggen uit medelijden of omdat jullie ook van haar hielden. Ik wil gewoon weten of dit goed is. Nee, het moet zelfs beter zijn dan goed als we dit verder willen ontwikkelen. Als jullie gebreken zien, wil ik ze horen. Als het niks is, wil ik het weten. Het is háár gezicht. Het is háár hart. Dus ik wil het echt weten.'

Jonah was al naar het prikbord gelopen om de samenvattingen van de hoofdstukken snel te lezen. 'Je weet al dat dit goed is. Dat het méér dan goed is. Het is natuurlijk een eerbetoon aan haar, maar...' Hij hield op met praten toen zijn stem begon te trillen. 'Neem het van me over,' mompelde hij tegen Bick.

'Ik ben aan het lezen.'

'Ik kan je wel vertellen waar ik naartoe wil,' begon Raylan. 'Ik heb het verhaal al bijna helemaal in mijn hoofd zitten.'

Bick zwaaide met een wijsvinger naar hem. 'Hou je mond. Haal haar weg uit Brooklyn. Plaats haar in SoHo. Geef haar een loft in SoHo. Om dat appartement te kunnen betalen werkt ze in de galerie op de begane grond.'

'Oké.' Raylan knikte terwijl hij erover nadacht. 'Oké, op die manier blijft ze in Manhattan. Dat is beter.'

'Je laat haar een vrouw redden bij een winkeloverval. Kun je daar ook een kind van maken? Een jochie van een jaar of tien? Een straatjochie. Dat maakt het aangrijpender.'

'Dat zou een verbetering kunnen zijn. Ja, daar kan ik wel wat mee.'

'Hé, ik heb een idee. Laat haar "sterven" in de ambulance. En terwijl het ambulancepersoneel haar reanimeert, gaat haar geest over naar wat jij de "Tussenwereld" hebt genoemd. Dat wordt magisch. En net als ze haar dood hebben verklaard, schiet ze terug in haar lichaam en haalt ze adem. Ja, dat zal magisch zijn.'

Bick keek hem aan. 'Kun jij het wel aan om zo'n verhaal te schrijven en te tekenen? Haar op die manier weer tot leven wekken?'

'Ik zal er troost uit putten.' Dat had hij al gedaan. 'Daarmee buig ik het verdriet van haar verlies om in iets positiefs. Maar alleen als ik een heldin van haar kan maken die er echt toe doet.'

'Nou, ze zál ertoe doen. Wat vind jij ervan, Jonah?'

Hij had zich ondertussen herpakt en er verscheen een glimlach op zijn gezicht. 'Op de toekomst van True Angel. Lang moge ze vliegen.'

Op de dag af twee jaar na het overlijden van Lorilee brachten ze *True Angel* uit. Raylan liet haar strijden tegen Grievous, de halfdemon die bij mensen binnendrong en hun alledaagse ergernissen en frustraties omzette in een explosie van geweld.

Het werk hield Raylan bezig en betrokken, en de manier waarop True Angel door de lezers werd ontvangen, gaf hem én hun tekenstudio een flinke oppepper.

Maar tegen de zomer, toen er alweer een schooljaar ten einde liep, accepteerde hij dat er iets moest veranderen. Voor zijn kinderen, voor zichzelf en voor de kwaliteit van zijn werk. Hij nam vakantie, iets wat hij al veel te lang op de lange baan had geschoven, en ging een week naar het strand met zijn kinderen.

Daar dacht hij zelfs niet aan zijn werk en hij schoof de regels voor bedtijd en het ontbijt aan de kant, zodat hun hele wereld een tijdlang alleen draaide om zandkastelen bouwen, je insmeren met zonnebrand, hotdogs grillen en zeevruchten stomen. Hij werd wakker met het geluid van oceaangolven en kinderen die op zijn bed stonden te springen.

's Avonds, als hij niet was bezweken aan een zon-en-zee-coma zoals zijn kinderen, zat hij op de kleine veranda en keek hij naar de sterrenhemel boven de donkere zee.

Toen hij over haar droomde, droeg ze een lange witte jurk met paarse bloemen. Hij herkende die jurk, want het was een van de laatste kledingstukken die hij van zichzelf had moeten inpakken om aan een goed doel te geven.

Ze stond bij de balustrade van de veranda, badend in het maanlicht, terwijl het briesje van de oceaan door haar haren blies.

'We vonden het altijd heerlijk om hiernaartoe te gaan. We hebben zelfs overwogen om hier ooit een cottage of een bungalow te kopen.' Met een glimlach keek ze hem aan. *'Daar zijn we nooit aan toegekomen.'*

'Er zijn te veel dingen waar we nooit aan toe zijn gekomen.'

'O, maar de belangrijke dingen hebben we gedaan. Die liggen nu binnen te slapen, lekker in hun bedje, met een kleurtje van de zon terwijl Jasper de wacht houdt.'

'Hij is minstens zo dol op het strand als zij. Ik kan nu een huis kopen. True Angel is een enorm succes geworden. Ik zou een huis kunnen zoeken in Cape May, dat is dichter bij huis, maar...'

'Zelfs voor een goede vader is het moeilijk om alles tegelijk te doen.'

'Ik ben altijd bang dat ik dingen laat versloffen. Twintig glutenvrije cupcakes bakken die Bradley kan meenemen naar school, ervoor zorgen dat Mariah een haarlintje draagt in dezelfde kleur als haar kleren. Dat kind is bezeten van mode. Hoe deed jij dat allemaal?'

'Ik had jou, lieverd. Als ik er niet aan toekwam om cupcakes te bakken, dan bestelde jij ze bij de bakker. Als ik dat haarlintje niet kon vinden dan vond jij haar haarspeld met de bloem zodat onze jongedame toch tevreden was.'

Ze kwam naast hem zitten, wat hij als troostend ervoer, en pakte het glas wijn dat hij nauwelijks had aangeraakt. *'Het is geen schande om hulp nodig te hebben, Raylan.'*

'Nee, dat is het probleem niet. Elke keer dat ik overweeg om een nanny te nemen, bekruipt me het gevoel dat ik een vergissing bega. Voor hen. Voor ons. Ik weet niet waarom, maar het voelt gewoon niet goed.'

'Nee, en je weet precies waarom niet.' Ze gaf een klopje op zijn been terwijl ze een slok van zijn wijn nam. *'Net zoals je weet wat je te doen staat, wat je móét doen, en waarvan je diep in je hart weet dat je het wilt doen.'*

'Maar dat geeft me het gevoel dat ik jou achterlaat, dat ik me afkeer van alles wat we samen hadden, wat we hebben opgebouwd, onze dromen voor de toekomst.'

'O, Raylan, lieverd. Ik heb jou verlaten. Dat wilde ik niet, het was niet mijn bedoeling, maar ik heb je wel verlaten. Nu moet jij doen wat goed is voor onze kleintjes, en voor jezelf.' Nadat ze het glas wijn had neergezet, drukte ze een kus op zijn wang. *'Ik reken erop dat je dat zult doen.'*

Ze stond op, spreidde haar witte vleugels en vloog de nacht in.

Weer terug in Brooklyn zorgde hij ervoor dat zijn kinderen tegelijk een speelafspraak hadden, wat heel wat voeten in de aarde had, en maakte daarna de veel eenvoudiger afspraak voor een vergadering met zijn twee partners. Die zou plaatsvinden in de vergaderkamer op de tweede verdieping, waar ze Chinees zouden laten bezorgen voor de lunch.

Jonah, gladgeschoren na zijn baardexperiment van afgelopen winter, nam een hap kip in zoetzure saus. 'Marta heeft me zonet de verkoopcijfers van Angel en Snow Raven gegeven, de voorverkopen van het juli-nummer van Queen. Ik zal ze naar jullie allebei sturen, en ze hier ophangen zodat we lekker kunnen eten. Want we doen het heel goed, vrienden.'

'Fijn om te horen.' Behendig bewoog Bick haar eetstokjes in de mie. 'Want ik heb vanochtend op een staafje geplast. Pats en ik krijgen in de lente een extra mondje om te voeden.'

'Allemachtig!' Jonah wees naar haar terwijl Raylan opsprong, om de tafel liep en haar omhelsde. 'Dus je bent zwanger?'

'Ja. We houden het voorlopig stil, en we moeten nog naar het ziekenhuis voor de officiële test, maar ik vond dat jullie tweeën het nu al moesten weten.'

'Hoe gaat het met je?' vroeg Raylan. 'Hoe voel je je?'

'Op dit moment heel goed, ik hoop dat dat nog lang zo blijft. En ik ben ontzettend blij. Waanzinnig blij. Luister, ik wil het verder nog aan niemand vertellen tot ik bij de dokter ben geweest en die me heeft verteld dat alles in orde is en dat de zwangerschap naar behoren verloopt. Dat betekent dat jij je mond moet houden, Jonah.'

Hij wierp haar een verontwaardigde blik toe. 'Dat kan ik best.'

'Meestal moeten we hem dichtlassen, maar dit is belangrijk. Dus mondje dicht tot ik je toestemming heb gegeven om het verder te vertellen.'

'Waarom zeg je dat niet tegen Raylan?'

'Omdat hij geen flapuit is.'

'Een flapuit!' zei Jonah beledigd. 'Ja, dat ben ik eigenlijk wel.'

Bick lachte en gaf hem een stomp tegen zijn schouder. 'Een wijs man kent zichzelf.'

'Dit is geweldig nieuws, Bick. Ik ben blij voor Pats en jou.'

'Ik ben ook blij voor ons, Raylan. Maar goed, jij hebt deze vergadering belegd. Wilde je die soms gebruiken om te vertellen hoe je zomervakantie is geweest?'

'Nou, die vakantie kan ik heel makkelijk samenvatten. Die was eigenlijk volmaakt. De kinderen hebben ervan genoten. Helaas moet ik bekennen dat Bradley nog steeds geobsedeerd wordt door de Dark Knight.'

'Je moet dat joch echt wat beter opvoeden,' zei Jonah.

'Een icoon is een icoon, maar ik had de moeilijke taak om samen met hem een zandversie van Wayne Manor te maken.'

'Wat? En de adelaarshorst van Snow Raven dan? Die is veel mooier!'

'Hij is nog maar zeven, Jonah.' Bijna acht, besefte Raylan geschrokken. 'Gun hem nog wat tijd. Goed, voordat we onze verkoopcijfers bekijken en eventuele andere zaken afhandelen, wil ik jullie iets vragen. Als zakelijk partners, niet als vrienden. Heeft het feit dat ik thuis werk voor problemen gezorgd binnen het bedrijf, bij de productie, de creativiteit of de verdeling van onze verantwoordelijkheden?'

'Je hebt True Angel thuis bedacht,' bracht Bick hem in herinnering. 'Dat is het tegenovergestelde van problemen.'

'En we hebben het al zo geregeld dat je de rest van de zomer kunt thuiswerken, althans voor het grootste deel,' merkte Jonah op. 'De technische kant van de zaak is al rond, Raylan. Ja, het is leuk als we met z'n allen in hetzelfde gebouw zijn om te brainstormen, besluiten te nemen of juist om over besluiten te kibbelen. Maar dat kan in principe ook allemaal via videovergaderingen.'

'Wat zouden jullie ervan vinden als ik dat niet alleen in de zomervakantie of andere vakanties zou doen, of wanneer een van de kinderen ziek is?'

Bick zakte achterover in haar stoel. 'Is er iets met de kinderen?'

'Nee. Maar ik heb het gevoel dat ik meer voor hen moet doen. Ze hebben niet genoeg aan mij alleen. Ze hebben méér nodig. Ze hebben familie nodig en een stabieler leven dan ik ze in mijn eentje kan bieden. Ik heb die beslissing uitgesteld, uit egoïstische motieven, maar dat kan ik niet blijven doen. Ik heb besloten om terug te gaan naar huis, naar Traveler's Creek.'

'Van Brooklyn naar de rimboe?' vroeg Jonah duidelijk geschokt.

'Ik ben van de rimboe naar Brooklyn gekomen. Hun oma woont daar, en ze zien elkaar veel te weinig. Hun tante, oom en neefje wonen er ook. Familie. En ik weet wel dat die het ook allemaal druk hebben, maar dan zijn ze in elk geval in de buurt. En wij zouden dan ook in hun buurt zijn. Dan hoef ik mijn moeder geen videofilmpjes meer te sturen van Mariahs balletuitvoeringen of van Bradleys honkbalwedstrijden. Daar kan ze dan zelf bij zijn. En als het nodig is, kunnen de kinderen hun huiswerk doen in Rizzo's, net als ik vroeger.'

'Dit voelt als een plotseling besluit. Maar dat is het niet, hè?' zei Bick.

Nee, dacht Raylan, het was helemaal geen plotseling besluit. 'Ik overweeg het al een poosje, maar ik heb het steeds uitgesteld omdat het als verraad voelt om het huis te verkopen dat Lorilee en ik samen hebben gekocht, samen hebben opgeknapt en waar we de kinderen na hun geboorte mee naartoe hebben genomen.'

'Dat is het niet,' mompelde Jonah. 'Echt niet.'

'Fijn dat je dat zegt. Ik kan eens per maand met de trein of met de auto naar de stad komen, of hoe vaak ook maar nodig is. En dan hoef ik me geen zorgen te maken over de kinderen omdat ze bij mijn moeder of bij mijn zus zullen zijn. Als het niet werkt of nadelig is voor ons bedrijf, dan zal ik me terugtrekken. In dat geval kunnen jullie me uitkopen en–'

'Hou verdomme je waffel,' zei Bick terwijl ze met een priemende vinger naar hem wees.

'Vind ik ook,' zei Jonah. 'Dit bedrijf is ons kindje, van de wieg tot aan het graf. We doen dit met z'n drieën of we kappen ermee. Jij bent degene die tegen ons heeft gezegd: "Laten we verdomme onze eigen strips gaan maken."'

'Ik was toen eigenlijk best wel dronken.'

'Nou, we zijn verdomme onze eigen strips gaan maken, zelfs toen we weer nuchter waren. Je verhuist dan misschien naar een uithoek, maar wij kunnen verdorie wel kaartlezen.'

'Jezus, Jonah.' Bick tikte met een hand op haar hart. 'Wat zeg je dat poëtisch. Hoe staan de kinderen ertegenover? Je zou ons dit nooit hebben verteld zonder het eerst met hen te overleggen.'

'Zij zijn voor. Het verbaasde me hoe snel ze ermee akkoord gingen. Ze hebben hier vriendjes en vriendinnetjes, hun school en het huis. Maar ze zijn heel enthousiast. Mariah wil een huis met een prinsessentorentje. Ik vrees dat Bradley liever een huis heeft dat op Wayne Manor lijkt.'

‘Jezus.’ Jonah schudde zijn hoofd boven zijn kip in zoetzure saus. ‘Dat joch zal nog mijn dood worden.’

‘We trekken eerst een tijdje bij mijn moeder in. Ik hoop tenminste dat ze daar geen bezwaar tegen heeft, want het zal wel even duren voordat we daar een huis hebben gevonden. Nog afgezien van de tijd die nodig is om het huis hier leeg te halen en te koop te zetten.’

‘Nee, niet doen.’ Bick sloeg meteen een hand voor haar mond en zette grote ogen op.

‘Ik kan geen twee huizen aanhouden. Zo goed zijn onze verkoopcijfers nou ook weer niet.’

‘Nee, ik bedoel… Hoe zou je het vinden als wij het zouden kopen? Pats en ik. O, mijn god, ik kan niet geloven dat ik dat hardop heb gezegd.’

‘Misschien moet je het nog eens zeggen.’

‘Het is een idioot idee, hè? Maar toen ik die zwangerschapstest had gedaan en we een rondedansje hadden gemaakt, zeiden we tegen elkaar dat we een huis moesten gaan kopen. Een huis dat dicht bij haar werk ligt, en dicht bij het mijne, maar in elk geval een huis met een tuin, in een kindvriendelijke buurt. Godsamme, stel je voor dat we jouw huis kopen? Zou je dat vervelend vinden? Zou het je pijn doen als er mensen in dat huis gaan wonen die je kent? Zou het–’

Hij voelde zijn hart wijd opengaan terwijl alle goedheid erin stroomde. ‘Ik kan me niets mooiers voorstellen. Jullie zijn geen onbekenden, maar familie.’

‘Echt? O, hemel. O, hemel nog aan toe. Ik moet het eerst met haar overleggen. Ik bedoel, ze is gek op jouw huis, maar ik kan niet zomaar “we doen het” zeggen.’

‘Dit is voorbestemd.’ Jonah nam nog een hap van zijn kip. ‘Ik voelde een tinteling in mijn botten. Jullie weten dat ik die alleen voel als iets is voorbestemd.’

‘Ik ga haar meteen bellen. Weet je echt zeker dat je het goed vindt?’

‘Ja, heel zeker. Sterker nog, ik voel zelf ook tintelingen in mijn botten.’

'Hé, die tintelingen zijn mijn ding. Je kunt je niet zomaar iemands tintelingen toe-eigenen.'

'Ik ga haar nu bellen.' Bick sprong overeind, maar ging meteen weer zitten. 'Nee, laat ons eerst die verkoopcijfers maar zien. Ik wil die cijfers zien voordat ik een huis ga kopen.'

Nadat Jonah een paar grote slokken Mountain Dew had genomen, verscheen er een grijns op zijn gezicht terwijl hij zich omdraaide naar zijn computer. 'Dan wil ik voor ik de cijfers onthul graag zeggen dat we ons allemaal een huis kunnen veroorloven.'

Omdat de dag erom smeekte, filmde Adrian de work-out voor haar blog op het terras. Ze koos voor een snelle, doeltreffende yogasessie en beëindigde die in kleermakerszit op haar mat, met haar ene arm om Sadie geslagen, die bij haar was komen zitten.

'En vergeet niet, lenigheid is een van de belangrijkste poten van het fitnesskrukje. Maak er tijd voor, maak tijd voor jezelf. Tot de volgende keer, en Sadie en ik zeggen: "Maak er vandaag een mooie dag van."'

Ze drukte op de afstandsbediening van de camera en knuffelde haar hond. 'Voor deze week zitten onze filmwerkzaamheden erop.'

'Je zag er goed uit.'

Ze draaide haar hoofd en zag Dom staan. 'Hé, ik wist niet dat je al terug was. Was even in beeld gekomen. De kijkers vinden het altijd leuk om jou op de blog te zien.'

'Ik laat de neerwaartse hond maar over aan jou en Sadie.'

'Doe volgende week dan mee met tai chi. Daar ben je goed in.'

'We zullen zien. Zullen we even in de schaduw gaan zitten om te genieten van deze zomerdag? Of heb je het druk?'

'Nee, hoor. Ga jij maar vast zitten, dan haal ik limonade.'

'Daar zeg ik geen nee tegen.'

'Geef me vijf minuutjes. Blijf bij popi, Sadie.'

Toen Dom aan de kleine verandatafel ging zitten, liep Sadie naar hem toe en legde haar grote kop op zijn dij.

Terwijl hij de hond aaide, keek Dom naar de tuin, die een en al zomers leven was. De tomaten rijpten, de rozen stonden in bloei en de grote rozemarijnstruik verspreidde een heerlijke geur. Hij hoorde bijen zoemen en vogels zingen.

Hij vond het vreselijk dat hij niet meer zo veel werk in de tuin kon doen als vroeger, maar hij wist dat Adrian het leuk vond om de klusjes te doen waar hij niet meer toe in staat was. 'Ze neemt me veel werk uit handen, Sadie.'

Hij keek naar zijn kleindochter, die aan kwam lopen met een dienblad. Daarop stonden een kan, glazen met ijsblokjes, een klein schaaltje bessen en borden voor fruit en kaas.

Ze neemt me echt heel veel werk uit handen, dacht hij opnieuw.

'Hoe gaan de zaken in Rizzo's?'

'Het is er vanmiddag vrij rustig. Op een mooie dag als deze zijn de mensen liever buiten. Ik heb trouwens een nieuwtje voor je.'

'Plaatselijke roddels?' Adrian liet haar schouders op en neer gaan terwijl ze de limonade inschonk, waardoor de ijsblokjes begonnen te kraken. 'Daar ben ik dol op.'

'Het is meer een nieuwtje dan een roddel, ben ik bang. Maar wel een goed nieuwtje. Jan vertelde me dat Raylan en zijn kinderen naar Traveler's Creek gaan verhuizen.'

'Echt waar?' Adrian stopte een framboos in haar mond. 'Jan zal wel dolblij zijn.'

'Dolblij is nog zacht uitgedrukt.'

'Maar hoe zit het dan met zijn werk, zijn bedrijf?'

'Hij wil hier gaan werken, en naar Brooklyn gaan als dat nodig is. Ze gaan bij Jan wonen tot hij een huis heeft gevonden. Volgens mij mag die zoektocht wat haar betreft een eeuwigheid duren.' Hij nam een paar slokjes van zijn limonade. 'Precies zoals je oma hem maakte.'

'Ik heb het haar vaak genoeg zien doen. Maar ik mag nog steeds niet toekijken hoe jij je saus maakt.'

Hij glimlachte. 'Op een goede dag.'

'Ja, dat heb ik eerder gehoord.' Ze gooide een blauwe bes naar Sadie, die hem uit de lucht hapte, wat ze alle drie grappig vonden.

'Ik wil iets met je bespreken,' zei Dom.

'O?'

'Het gaat over het huis en het restaurant. Ik heb mijn testament al een tijd geleden laten wijzigen...'

'O, popi.'

Hij onderbrak haar door met zijn hoofd te schudden. 'Een man, of vrouw, die zijn of haar zaakjes niet op orde heeft is egoïstisch en kortzichtig. En ik mag graag geloven dat ik geen van beide ben.'

'Dat bén je ook niet.'

'Ik bedacht ineens dat ik die wijzigingen nog nooit met jou heb besproken, en dat mijn testament misschien eerder een last dan een lust voor je zal zijn. Ik laat jou het huis en het restaurant na.'

'O, popi.'

'Kijk, niet alleen heeft je moeder die niet nodig, ze wil ze allebei ook niet hebben. Dit is haar thuis niet, en dat is het al een hele tijd niet. Ze heeft nooit echt belangstelling gehad voor het restaurant. Ze heeft haar eigen werk. Maar goed, dat geldt ook voor jou. Ik wil dat je nu eerlijk tegen me bent omdat dit verantwoordelijkheden zijn waar geen einde aan komt. Misschien wil je ooit teruggaan naar New York of moet je er niet aan denken om een tweede bedrijf te bezitten.'

'Ik ben niet van plan om te verhuizen. Dit is mijn thuis. Dat weet je best. En Rizzo's is niet zomaar een bedrijf, niet voor jou en ook niet voor mij. Ook niet voor de stad trouwens.'

Ook al had hij die reactie verwacht, toch was het een pak van zijn hart. 'Goed dan. Ik weet dat ik ze allebei aan jou kan toevertrouwen. En wat betreft de dingen die in het huis staan, wil ik je vragen om je moeder alles te geven wat ze wil hebben. Een paar sieraden die van haar moeder zijn geweest. Sophia hield niet zo van dure dingen, maar er zitten wel een paar sieraden bij met sentimentele waarde. En dan zijn er nog de meubelstukken en zo. Als er spullen zijn die iets betekenen voor Lina dan wil ik graag dat ze die krijgt.'

'Spreekt vanzelf. Dat beloof ik je.'

'Je bent een lieve meid. Je bent altijd al mijn schat geweest, maar de afgelopen twee jaar... zou ik het zonder jou niet hebben gered. En ook niet zonder jóú.' Hij streelde Sadies kop nog een keer. 'Mijn grote meisje.'

'We zijn allebei dol op je, popi. En dat ik dit heb?' Ze spreidde haar armen. 'Dat ik jou heb? Jij hebt me wortels gegeven. En voor mij heeft dat een wereld van verschil uitgemaakt.'

'Als ik naar je kijk en zie wat er uit die wortels is gegroeid, voel ik me trots.' Hij slaakte een zucht. 'Goed, nu we dit gesprek achter de rug hebben, vind ik dat we het advies moeten opvolgen dat jij de mensen net in je filmpje gaf. Laten we van vandaag een mooie dag maken.'

DEEL 2

Veranderingen

Alles verandert,
niets vergaat.

Ovidius

11

Het was een stuk gecompliceerder dan je spullen in de auto laden en naar het zuiden rijden. Raylan ontdekte dat het zelfs lastiger was dan gewoon al je bezittingen inpakken. Want eerst moest je uitzoeken en wegdoen en besluiten en ordenen. En je moest je twee kinderen helpen om hetzelfde te doen met hun spullen.

Hoe en wanneer hadden ze zo veel spullen verzameld?

Daarna moest hij de babyspulletjes weggooien die Lorilee en hij hadden opgeborgen, in de verwachting dat ze nog één of twee kinderen zouden krijgen. Dat deed zijn hart minder pijn dan hij had gedacht, aangezien hij al die spullen – wieg, babyschommel, commode, schommel, draagbanden, kortom: de hele reutemeteut – kon aanbieden aan Bick. Alles wat Pats en zij niet wilden zou hij naar een kringloopwinkel brengen.

Omdat hij moest toegeven dat hij de inrichting van het huis voornamelijk aan zijn vrouw had overgelaten – behalve die van zijn kantoor – en omdat hij nog niet wist wat hij in zijn nieuwe huis nodig had of wilde hebben, bood hij een deel van de meubels ook aan aan Bick en Pats.

Toch kostte het alsnog tijd om alles wat ze in acht jaar hadden verzameld te sorteren en in te pakken, om nog maar te zwijgen over de stortvloed aan herinneringen die kleefden aan een nachtlamp of pannenset, aan alle verjaardags- en kerstcadeautjes en zelfs aan het vloerkleed uit de woonkamer dat in één hoek bijtsporen vertoonde uit de tijd dat Jasper nog een pup was.

Dus huurde hij een opslagruimte, regelde verhuizers, zegde op wat opgezegd moest worden, gaf adreswijzigingen door, en zorgde er op die manier voor dat hij het drie weken waanzinnig druk had.

Op de ochtend van de verhuizing slenterde hij door het bijna lege huis, luisterend naar de echo's van het leven dat hij had gehad. Heel veel vrolijkheid, maar ook tranen. Het gehuil om twee uur 's nachts van een baby die tandjes kreeg, de dutjes op de bank. Gestoten tenen, gemorste melk, 's ochtends met z'n tweeën koffiedrinken, snoeren kerstlichtjes die in de war zaten, de eerste stapjes.

Wensen en dromen.

Hoe moest hij daar nou afscheid van nemen?

Met zijn handen in de zakken van z'n joggingshort, liep hij naar het achterste deel van de woonkamer. En plotseling zag hij Bradley op de trap zitten.

Zijn zoontje had een slaapvouw in zijn linkerwang, zijn blonde haar zat in de war en de oogleden van zijn grote blauwe ogen waren nog zwaar van de slaap. Bradley keek naar hem.

'Dag, knul.'

'Niet verdrietig zijn, hoor.'

Raylan liep naar de trap, ging naast zijn zoontje zitten en sloeg een arm om zijn schouders. Bradley droeg zijn Batman-pyjama – tja, wat deed je eraan? – en rook nog steeds naar bos.

'Ik ben niet zo erg verdrietig.'

'Ik heb afscheid genomen van mijn vriendjes en mijn honkbalteam, en ik heb mevrouw Howley van de overkant gedag gezegd. Toen ik wakker werd, heb ik afscheid genomen van mijn kamer.'

Raylan trok het jongetje wat dichter tegen zich aan en drukte een zoen op zijn kruin. 'Doe ik hier wel goed aan, jochie?'

'Mariah vindt het spannend, maar zij is nog maar klein, al vindt ze zichzelf al heel groot. Ik hou van oma en van tante Maya en oom Joe, en Collin is wel grappig. Ik vind oma's huis mooi en ik vind het leuk om naar het pizzarestaurant te gaan waar ze werkt. En Ollie, die naast oma woont, is best aardig. Maar deze keer zal het anders zijn omdat we niet alleen maar op bezoek gaan.'

'Ja, deze keer wordt het anders.'

'Als we ons eigen huis krijgen, gaat zij dan met ons mee?'

Raylan hoefde niet te vragen wie hij bedoelde. 'Zij zit voor net zo'n groot deel in jou en Mariah als ik. Waar je ook naartoe gaat, zij zal erbij zijn.'

Bradley legde zijn hoofd tegen zijn vader. 'Dan is het goed. Maar als we ons nieuwe huis krijgen, mag het niet roze worden. Oké? Wat zij ook zegt.'

Raylan begreep dat 'zij' deze keer op Mariah sloeg. 'Nee, geen roze huis. Dat is een overeenkomst tussen mannen. Wat zou je zeggen van een mannelijk ontbijt van pop-tarts voordat we ons gaan aankleden en Mariah op gang helpen? Om aan dit avontuur te beginnen.'

'Pop-tarts! Kunnen we onderweg ook naar die parkeerplaats met de McDonalds en een Happy Meal halen voor de lunch?'

'Ik zal het op ons reisschema zetten.'

Op dat reisschema stond ook de plechtige overdracht van de huissleutels aan Bick en Pats, een hartelijk afscheid van Jonah die aan kwam zetten met twee zakken snacks voor onderweg, een aantal spelletjes en een hoeveelheid strips waarmee een hele buslading kinderen zoet gehouden kon worden tijdens de rit van vijf uur. Er werd getoeterd, er werd gewuifd en... na minder dan een half uur rijden werd er gestopt omdat Mariah moest plassen.

Die netelige situatie – dat Raylan bij de deur van het damestoilet stond te wachten terwijl hij zich een viezerik voelde – zou zich nogmaals voordoen toen ze stopten om te gaan lunchen – hoewel eigenlijk niemand trek had dankzij de zakken snacks – en nog keer, een kwartier voor aankomst, toen beide kinderen moesten plassen.

En natuurlijk moest hij Jasper bij elke stop aanlijnen en een stukje met hem gaan lopen zodat de hond ook kon plassen.

Ze arriveerden in Traveler's Creek met een lege blaas en een suikerroes door de gummywormen.

Jan snelde het keurig opgeruimde huis uit, waar ze al meer dan dertig jaar woonde. Haar vlecht deinde op en neer op haar rug en in haar ogen blonken tranen van blijdschap. 'Jullie zijn er! Welkom thuis! Ik wil knuffels. Ik sta te springen om knuffels!'

Een beetje daas door de rit, die uiteindelijk vijfenhalf uur had geduurd, en ook een beetje stuiterend van de suiker, stapte Raylan voorzichtig uit de auto. Nadat Jan Mariahs gordel had losgemaakt, liep ze naar haar zoon en sloeg haar armen stevig om hem heen.

Jasper sprong uit de auto en rende rondjes door de voortuin alsof hij wekenlang gevangen had gezeten.

'Er staat een koud biertje voor je klaar,' mompelde ze. 'Dat heb je vast wel verdiend.'

'Ja, zeg dat wel. Een koud biertje. Lekker, mam! Bedankt.'

'Hou op.'

De kinderen praatten aan een stuk door en zijn moeder reageerde met de gepaste geluiden – verbazing, ongeloof, blijdschap – terwijl ze hen mee naar binnen nam.

'Jullie kamers zijn al klaar. En er staat een cadeautje in.'

'Wat voor cadeautje?' wilde Mariah weten. 'Wat dan?'

'Ga maar kijken.'

Opgewonden gillend renden ze de trap op, gevolgd door een rennende, blaffende Jasper.

'Ik heb een American Girl-pop gekregen! Oma!'

'En ik een radiografisch bestuurbare Batmobile. Wat vet!'

'Een Batmobile. Zo maak je hem niet enthousiast voor mijn strips.' Raylan omhelsde zijn moeder en legde zijn wang op haar hoofd. 'Mam.'

'O, mijn jongen. Mijn lieverd. Alles komt goed. Alles komt goed.' Ze draaide zich om en hield haar arm om zijn middel geslagen terwijl ze met hem naar de keuken liep. 'Kom, dan halen we dat biertje voor je. Luister, Maya en haar gezin komen barbecueën, maar als je daar vandaag geen zin in hebt, kan het ook een andere keer.'

'Nee, dat lijkt me heel leuk.'

Ze pakte zijn biertje en maakte het voor hem open. Nadat ze het aan hem had gegeven, haalde ze haar handen door zijn haar. 'Je bent moe. Je moet je scheren en je haar laten knippen en je moet een nachtje goed slapen.'

'Ik heb een paar waanzinnig drukke weken achter de rug.'

'Maar nu ben je hier. Als je een beetje op adem bent gekomen en je biertje op hebt, zullen we je spullen naar binnen brengen zodat je je kunt settelen. Raylan, ik vind echt dat je mijn slaapkamer moet nemen.'

'Ik ga niet in jouw bed slapen. Geen sprake van. Ik neem de slaapbank in de hobbykamer.'

'Waarbij jouw grote voeten over het voeteneind steken?' Ze leunde tegen haar sneeuwwitte aanrecht. 'Als ik zelfzuchtig was, zou ik de kelderruimte laten aftimmeren en je overhalen hier te blijven wonen tot de kinderen zijn afgestudeerd. Maar ik ben een verstandige vrouw, dus ik weet dat jij je eigen plekje nodig hebt.'

'Als het aan de kinderen ligt, moet dat huis een mengeling worden tussen een roze kasteel en Wayne Manor.'

'Ik weet niet of ik je daarmee kan helpen, maar er is wel een huis dat je volgens mij moet zien.'

'Meen je dat nou?'

'Ik heb een insidertip gekregen, of eigenlijk heeft Dom die gekregen. Het heeft twee verdiepingen. Vier slaapkamers en op de begane grond een kantoor. Het staat op een perceel van ongeveer duizend vierkante meter. En het is pas gerenoveerd. Iemand heeft het gekocht om het op te knappen en weer van de hand te doen, en het wordt binnenkort te koop gezet.'

'Binnenkort?'

'Het is een insidertip,' herhaalde ze. 'Het ligt aan Mountain Laurel Lane.'

'Dat meen je niet. Spencer woonde vroeger in die straat.'

'Zijn ouders wonen er nog steeds, een paar deuren verderop. Het ligt naast het huis van die vrienden van Adrian Rizzo: Teesha en Monroe en hun zoontje. Dat zijn aardige mensen en je zult vast goede buren aan ze hebben.'

Hij wierp haar een glimlach toe over de rand van zijn biertje heen. 'Zo te horen is alles al geregeld.'

'Je wilt vast meer dan één huis bezichtigen, maar ik durf te wedden dat dit huis aan al je eisen voldoet. Dom heeft tegen de eigenaar gezegd dat hij iemand kent die het huis meteen zou willen bekijken, en hij heeft me de naam en het telefoonnummer van die man gegeven. Dus je kunt hem bellen.'

'Dan zal ik dat doen. Hoe gaat het tegenwoordig met Dom?'

'Goed. Hij is wat langzamer, maar het gaat goed met hem. Dat zijn kleindochter bij hem in is getrokken heeft een wereld van verschil uitgemaakt. Net zoals het een wereld van verschil voor mij is dat jullie hier nu zijn.'

De kinderen stormden naar binnen en sloegen hun armen om Jans benen terwijl ze haar bedankten.

Jan keek haar zoon aan. 'Echt een wereld van verschil.'

Ze sjouwden hun bagage naar binnen, al het speelgoed en zijn tekenspullen. Omdat zijn moeder er duidelijk van genoot, liet hij haar helpen om Mariahs spulletjes naar Maya's vroegere slaapkamer te brengen en de bezittingen van Bradley naar Raylans oude slaapkamer. Ondertussen deed Raylan zijn best om het zich gemakkelijk te maken in de hobbykamer op de begane grond.

Het lukte hem om ruimte te maken voor een werkplekje en hij borg de rest van zijn spullen op in de kast op de overloop die zijn moeder al voor hem had leeggemaakt. Op de benedenverdieping was ook een kleine badkamer met een piepkleine douchecel, waar hij zich wel mee zou redden. Voorlopig, althans.

Mountain Laurel Lane, dacht hij, voordat hij – een minuutje maar – op zijn slaapbank ging liggen. Als kind had hij door die straat gerend, over de stoepen en door de tuinen. Dus wie weet…

Hij werd duizelig en gedesoriënteerd wakker… en zo stijf als een plank. En hij zag zijn zus in de deuropening staan, met in elke hand een glas wijn en een glimlach op haar gezicht.

'Mooi, nu hoef ik je niet wakker te maken.'

Hij ging rechtop zitten en wreef over zijn zere nek. 'Jezus, hoe kon ik zijn vergeten dat die slaapbank zo oncomfortabel is?'

'Je moet hem ook uitklappen, soldaat. Het avondeten is over een uur klaar, de kinderen, zowel die van jou als die van mij, zijn buiten met de hond. En Joe en mama kibbelen over wie de barbecue mag bedienen.'

'Wat eten we?' Hij ging staan, rolde met zijn schouders en probeerde zijn rug te strekken.

'Ter ere van jouw thuiskomst hebben we steak, gepofte aardappelen, maïs en groenten van de barbecue, tomaten en mozzarella, en als toetje kersentaart.'

'O, dat klinkt verdomd lekker.' Hij glimlachte naar haar. 'Hoi.'

'Hoi.' Ze liep naar hem toe om hem te omhelzen en gaf hem daarna een van de glazen. 'Laten we even een stukje lopen, van de voorkant van het huis naar de achterkant. Gewoon om je bloedsomloop weer op gang te brengen en even rustig bij te praten voordat we ons in de menigte storten.'

'Het was helemaal niet mijn bedoeling om in slaap te vallen en mama met de kinderen op te zadelen.'

'Ze is in de zevende hemel, en de kinderen ook. Goed gedaan, Raylan.'

'Ik hoop het.' Ze liepen naar de voorkant van het huis waar hij even bleef staan om te kijken naar de buurt waar hij was opgegroeid. Er waren wat dingen veranderd, maar niet veel. En de wijk had nog altijd dezelfde gemoedelijke uitstraling. 'Het voelt goed om terug te zijn. Dat wist ik van tevoren niet zeker. Hoe loopt de winkel?'

'Ook goed. Ik vind het heerlijk om die zaak te hebben en dat wist ik van tevoren niet zeker. Zijn wij geen bofkonten?'

'Mam heeft ons goed opgevoed.'

Ze liepen langs hortensiastruiken die vol dikke roze bloemen zaten.

'Ik heb gehoord dat jij overweegt om aan Mountain Laurel Lane te gaan wonen.'

'Ik heb dat huis nog niet eens gezien. Om nog maar te zwijgen over andere huizen.'

'Het is een mooi huis, althans van de buitenkant. Herinner je je Paul Wicker? Die zat toch bij jou in de klas?'

'Motorrijder. Ruige kerel.'

'Nou, zijn oudere broer, Mark, is aannemer en hij heeft het huis gekocht om op te knappen en weer door te verkopen. En Paul, die tegenwoordig overigens een stuk minder ruig is, werkt voor hem. Maar goed, ik kan je alvast wat vertellen over je naaste buren.'

Ze doken onder de takken van een rode esdoorn door terwijl ze langs de zijkant van het huis liepen. 'Dat zijn geweldige mensen. Monroe is songwriter en Teesha is Adrians businessmanager. Hun zoontje, Phineas, is Collins beste vriendje, dus ik ken ze goed.'

'Misschien moet ik die broer van de vroeger zo ruige Paul morgen maar eens gaan bellen.'

Ze tikte met haar glas tegen het zijne voordat ze een slok nam. 'Waarom doe je dat niet meteen?'

Hij hoorde zijn kinderen spelen in de achtertuin. Dezelfde achtertuin waar hij ooit de strijd had aangebonden met superschurken, had gebasketbald en het gras had gemaaid. Misschien zou dat telefoontje hem een stap dichter bij een huis voor zichzelf en zijn kinderen brengen. 'Ja, dat kan ik wel even doen.'

NEW ORLEANS, LOUISIANA

Het was zinderend heet in de steeg, zelfs al was het al twee uur 's nachts geweest. De vuilniscontainer stonk na een hele dag in de zon te hebben gestaan. En zij verliet de bar altijd als laatste, en altijd via de deur naar de steeg.

Stom, gewoonweg stom voor een goed opgeleide vrouw die een graad had behaald in bedrijfskunde en in hotelmanagement. Maar omdat ze veel aan krachttraining deed en ze een taser en een verboden mes bij zich had, dacht ze dat ze alle mogelijke problemen het hoofd kon bieden. Nou, na vannacht zou ze nooit meer iets het hoofd hoeven te bieden.

Alweer een slet – twee keer gescheiden – met een ego dat zo groot was dat ze haar bar naar zichzelf had genoemd: Stella's. Stella Clancy, die haar laatste borrel had ingeschonken.

Nu was het een kwestie van afwachten, en zweten in de zwarte wegwerpoverall. Wachten tot ze door de deur naar buiten kwam en de bar afsloot, om daarna het korte stukje naar haar appartement te lopen.

Daar zou ze nooit aankomen. Ze zou sterven in deze stinkende steeg, en dat had ze verdiend.

Vlak voor drieën kwam ze naar buiten. Haar hoerig rood geverfde haar was kortgeknipt, zodat de tatoeage in haar nek goed opviel.

Daar raakte de pijp haar als eerste.

Ze viel neer als een boom die werd geveld, een stevig gebouwde vrouw gekleed in een schamel haltertopje en een korte broek die nauwelijks haar kruis bedekte.

Vieze hoer.

Ze ging geluidloos ten onder.

Het bloed spatte in het rond toen de pijp haar achterhoofd raakte. Nog eens en nog eens, zodat er botten versplinterden, ook toen ze al was opgehouden met ademen.

Dit was veel te leuk! Ja, veel te leuk.

Beheers je, probeer jezelf weer in bedwang te krijgen. Klus geklaard.

Pak haar horloge en die lelijke, protserige ring en de goedkope handtas.

Even glimlachen, kreng.

Dan de foto nemen.

Souvenirs in een zak stoppen, bebloede overall uittrekken. Overall en pijp in een tas doen.

Hup, de Mississippi in met die tas.

Dan een bar zoeken om wat te drinken. Misschien een hurricanecocktail alsof je een echte toerist bent. En daarna opnieuw op pad.

’s Ochtends werd hij al vroeg gewekt door de hond. Raylan schatte dat de nacht op de slaapbank hem zo’n dertig jaar ouder had gemaakt toen hij met krakende ledematen uit bed stapte. Hij trok een korte sportbroek aan, leidde de rondspringende Jasper naar de keuken en pakte snel een cola uit de koelkast voordat hij de achterdeur opendeed.

Jasper schoot als een raket naar buiten. En in de heiige hitte van de ochtend leunde Raylan tegen de deurpost, terwijl Jasper rondsnuffelde in de tuin.

Jasper was een welgemanierde hond, die het vreemd genoeg vervelend vond om zijn behoefte te doen in het bijzijn van anderen. Hij liep naar het hek aan de achterkant van de tuin en verdween achter een vlinderstruik. Raylan was gewend aan dit ritueel en bleef staan wachten in de rust en stilte, een wereld van verschil met de ochtenddrukte in Brooklyn.

Hij had de juiste keus gemaakt. Als hij nog twijfels had gehad over de verhuizing dan waren die gisteravond verdwenen toen hij aan de oude, recentelijk lichtblauw geverfde, picknicktafel had gezeten. Zijn kinderen hadden zitten smullen terwijl ze aan een stuk door hadden gekwebbeld als eksters die aan de cocaïne waren. En Joe, met zijn John Lennon-brilletje en honkbalpet van de Baltimore Orioles, had Collin paardje laten rijden op zijn knie, ook al hadden de handjes en het gezichtje van het jongetje onder de saus gezeten. Zijn zus en Mariah hadden een diepgaand gesprek gevoerd over mode en zijn moeder had eruitgezien alsof hij haar de wereld cadeau had gedaan.

Nadat hij de hond had gevoerd en koffie had gezet, zodat zijn moeder dat niet zou hoeven doen, nam hij een douche om de ergste stijfheid te verdrijven. Hij herinnerde zichzelf eraan dat hij zich moest scheren en, terwijl hij in de spiegel keek, dacht hij – vol afgrijzen – na over een bezoek aan een voor hem onbekende kapper. Die knipbeurt kon hij voorlopig nog wel op de lange baan schuiven.

Toen hij klaar was met aankleden, zat Jan koffie te drinken aan de ontbijtbar, en lag Jasper aan haar voeten.

'Wat heerlijk om wakker te worden terwijl de koffie al klaar is.'

Hij liep naar de keukentafel en sloeg zijn armen van achteren om haar heen. 'Slapen de kinderen nog?'

'We hebben ze gisteravond helemaal uitgeput. Wil je ontbijten?'

'Ik heb gisteravond zoveel gegeten dat ik wel een paar dagen vooruit kan.'

'Jij kunt anders best een paar pondjes extra gebruiken, magere lat.'

Waarschijnlijk wel, dacht hij. Van de kilo's die hij in het eerste jaar na Lorilees dood was kwijtgeraakt, had hij er een paar teruggekregen, maar hij hoefde zeker nog niet op zijn gewicht te letten. 'Als ik niet uitkijk, kom ik meer dan een paar pondjes aan door jouw kookkunsten. Misschien kun je je dienstrooster ergens ophangen, net als vroeger. Dan kunnen we om de beurt koken. Daar ben ik veel beter in geworden.'

'Nou ja, veel slechter kon ook niet.'

'Au.'

'Vormeloze eierbroodjes. Aangebrande kaastosti's.'

'Experimentele gerechten uit het begin van mijn culinaire carrière.'

'Aangezien je kinderen er duidelijk gezond en goed doorvoed uitzien, geloof ik dat je in de loop der tijd inderdaad beter bent gaan koken.'

'Ik zal je een keer verrassen.' Hij drukte een kus op haar hoofd. 'Laat ik die slaapkoppen maar eens wakker gaan maken, anders halen we die afspraak voor de bezichtiging van het huis niet.'

'Laat ze nog maar even slapen. Ik neem ze wel mee naar mijn werk.'

'Naar het restaurant?'

'Ik nam Maya en jou toch ook mee als dat nodig was? Je weet best hoe dat vroeger ging.'

Hij ging even naast haar zitten. 'Helpen met het dekken van de tafels, controleren of de ploeg die de avond ervoor heeft afgesloten de tafels en de stoelen goed heeft schoongemaakt, en kwartjes verdienen om in de speelkasten te gooien.'

'Als je het werk doet, krijg je ervoor betaald.'

'Wil je ze echt meenemen?'

'Ik zou het heel leuk vinden. En volgens mij kun je dat huis beter eerst in je eentje bekijken. Als het je wat lijkt, kun je ze ophalen in het restaurant zodat zij het ook kunnen zien. Dan kun je meteen hun reactie peilen.'

'Je bent een wijze vrouw, Jan Marie.'

'Nou en of.' Ze stond op om haar beker nog een keer vol te schenken waarna ze er een beetje koffiemelk bij deed. 'En wie weet nou beter hoe het is om een alleenstaande ouder te zijn met twee kinderen en een voltijdsbaan? De familie Rizzo heeft me destijds meer hulp gegeven dan ik ze ooit kan terugbetalen.'

'Weet ik.'

'Om nog maar te zwijgen over de buren en de gemeenschap hier. Dat heb jij hier nu ook, plus mij, en Maya en Joe. We kunnen meer afwisselen dan alleen de kookbeurten en dat zullen we ook doen. Maar jij moet niet alleen een huis zoeken, maar ook andere dingen regelen. Je moet een kinderarts, een tandarts en een dierenarts kiezen. Je moet de kinderen inschrijven op een school en... je moet naar de kapper.'

Hij haalde zijn vingers door zijn haar. 'Dat laatste stel ik nog even uit. Daar moet ik eerst de moed nog voor bijeenschrapen. Maar met de rest wilde ik vandaag een begin maken.'

'Ik kan je vertellen dat er tegenwoordig een tandarts in de stad zit. Ik ben nu ongeveer een jaar patiënt bij hem en ik ben heel tevreden. Zijn praktijk ligt tegenover de brandweerkazerne, dus je kunt je auto zelfs op een parkeerterrein zetten.'

'Ik ben verkocht.' Hij streek met zijn tong langs zijn tanden. 'Denk ik.'

'En wat betreft die knipbeurt, kun je altijd naar Bill's gaan.'

'Daar word je gescalpeerd.' Hij gaf haar een por. 'Dat weet je best. Zelfs vroeger stuurde je me daar niet naartoe.'

'Omdat ik dol was op je lange, blonde lokken.'

Hij rolde met zijn ogen. 'Dan zul je de mannenknot vast ook mooi vinden zodra mijn haar daar lang genoeg voor is.'

Lachend schudde ze haar hoofd. 'Ik ga naar boven om me aan te kleden. Daarna zal ik de kinderen wakker maken en ontbijt voor ze klaarmaken.'

Hij was vergeten hoe het was als een ander zoiets normaals deed. 'Goed, als je het echt zeker weet. Ik neem Jasper mee. Dan kunnen we samen een stukje lopen. Ik zie vast meer van de buurt als ik de auto laat staan en ga lopen.'

'Ja, goed idee. Er staat trouwens ook nog een ander huis te koop. Dat ligt aan de andere kant van de stad, dichter bij de school, dus dat is misschien meer iets voor jou. Het heeft een kleinere tuin, maar het hééft een tuin. Het is niet gerenoveerd, dus waarschijnlijk is het ook minder duur. Een degelijk huis van rode baksteen met aan de voorkant een fatsoenlijke veranda. Het ligt aan Schoolhouse Drive.'

'Fijn om te weten.'

'Neem de tijd,' zei ze terwijl ze overeind kwam. 'We zien je wel verschijnen in het restaurant.'

Hij nam de tijd, terwijl hij de hond bij zich riep en de riem pakte. Daarna zocht hij de poepschep en een plastic zakje en deed die in zijn zak. Hij vond zijn zonnebril en overwoog even om zijn honkbalpet van de New York Mets op te zetten, maar bedacht toen dat hij zich nu in Orioles-territorium bevond, dus liet hij hem maar thuis.

Jasper werd gefascineerd door zijn nieuwe omgeving en bewoog zijn kop telkens heen en weer. Aangezien Raylan geen haast had, tolereerde hij de vele pauzes waarin de hond naarstig liep te snuffelen, en af en toe een poot optilde en een paar druppels pies liet vallen om zijn mannelijkheid te bewijzen.

Op de hoek van een van de zijstraten van Main Street bleef hij staan. Een vrouw met een strohoed op stond dode bloemen uit een reusachtige klimroos te knippen. Ze droeg een roze driekwartbroek en had dunne, spierwitte benen die onder de paarse spataderen zaten.

Mevrouw Pinsky, wist hij nog. Drie zomers lang had hij elke week haar gazon gemaaid. Dankzij het grasmaaien bij verschillende mensen en dankzij zijn deeltijdbaan bij Rizzo's had hij zijn eerste rammelkast van een auto kunnen kopen.

Op zijn vijftiende had hij gedacht dat mevrouw Pinsky minstens duizend jaar oud was. Maar hier stond ze nog altijd uitgebloeide bloemen uit haar rozenstruik te knippen.

'Hallo, mevrouw Pinsky!'

Ze keek hem aan en kneep haar ogen tot spleetjes achter haar bril terwijl ze een hand achter haar oor – en haar gehoorapparaat – hield. 'Wat?'

'Ik ben het, mevrouw Pinsky. Raylan Wells. De zoon van Jan Wells.'

'Ben jij Jans zoon?' Ze zette een hand op haar heup. 'Ben je bij je moeder op bezoek?'

'Nee, ik kom weer in Traveler's Creek wonen.'

'O, ja? Jij was toch naar een of andere ontaarde plek verhuisd?'

'Ja, mevrouw.'

'Je moeder is een geweldige vrouw.'

'Ik ken geen betere.'

'Het is goed dat je dat weet. Vroeger maaide je mijn gazon toch? Ben je toevallig op zoek naar een baantje?'

'Eh... Nee, mevrouw, ik heb al een baan.'

'Ik kan tegenwoordig niemand meer vinden die mijn gras wil maaien zonder dat ik er dik voor moet betalen.'

Ze had hem altijd als een havik in de gaten gehouden, maar hem ook altijd een eerlijke beloning gegeven. En meestal had hij als fooi ook nog een paar koekjes en een koel drankje gekregen.

'Ik wil het best voor u maaien,' hoorde hij zichzelf zeggen, waarna hij zich wel voor zijn kop kon slaan.

Ze keek hem streng aan. 'Hoeveel vraag je ervoor?'

'Niets.'

'Als iemand een klus doet, moet hij er ook voor worden betaald.'

'Ik ga misschien een huis kopen aan Mountain Laurel Lane. Als ik daar ga wonen, worden we buren. En buren doen nou eenmaal dingen voor elkaar.'

Daarmee ontlokte hij haar een glimlach. 'Je moeder heeft je goed opgevoed. De grasmaaier staat in de schuur.'

'Goed, mevrouw. Maar eerst heb ik een afspraak om dat huis te gaan bezichtigen. Na afloop zal ik uw gras maaien. Is dat goed?'

'Dat is prima. Hartelijk dank.'

Hij liep door en hield zichzelf voor dat hij zich niet nog eens als vrijwilliger moest opgeven als hij toevallig nog iemand tegenkwam die hij van vroeger kende.

Nu moest hij elke week tijd zien vrij te maken om haar gazon te maaien, en hij had zich al voorgenomen om dat ook bij zijn moeder te gaan doen. En hij moest een huis kopen, erin trekken en ook dat gras maaien.

'Waarom zei je niet dat ik mijn mond moest houden?' vroeg hij aan de hond. 'Voordat ik opnieuw in de grasmaaibranche belandde?'

Toen hij de hoek om ging en Mountain Laurel Lane in liep, bleef hij ineens stilstaan.

Dit was blijkbaar niet het huis dat hij kwam bezichtigen aangezien er een duidelijk zwangere vrouw in de deuropening stond.

Het kwam echter niet door haar dat hij abrupt stil was blijven staan, maar door de vrouw die met zijn rug naar hem toe stond. Ze had een wolk inktzwart haar dat in pijpenkrullen tot over haar schouders viel. Ze was een slanke, rijzige vrouw en ze droeg een strakke blauwe legging waarop een patroon van gouden vlammen omhoogschoot. Ze had een blauw topje aan – een haltertopje? – dat ook strak zat en haar lange, gebruinde armen mooi liet uitkomen. Haar schoenen waren ook blauw, met hetzelfde vlammenpatroon aan de zijkant.

Hij kon haar gezicht niet zien, maar dat was ook niet nodig. Nog niet.

Cobalt Flame, dacht hij. Een halfdemon. Gevangen in het web van Grievous, gekweld door hem. Haar gevecht met zijn True Angel zou een legendarische strijd worden. Maar uiteindelijk zouden ze bondgenoten worden.

Het verhaal stroomde zo uit hem, als lava uit een vulkaan.

Want dááruit was ze ontstaan, daar ontleende ze haar krachten aan.

Zijn inspiratiebron, nog steeds met haar rug naar hem toe, liep achteruit een tree omlaag op de verandatrap. En aan de andere kant van de veranda kwam een berg zwarte vacht overeind en liep naar haar toe.

Aan Raylans voeten stootte Jasper een geluid uit. Het was geen grom, en ook geen waarschuwende blaf, maar eerder – als zoiets al kon – het geluid van een hond die naar adem hapte. Daarna begon hij te trillen. Raylan keek omlaag en wilde zijn hond sussen, maar opeens sprong Jasper naar voren.

Door de ruk aan zijn arm struikelde Raylan half vooruit. 'Hé.'

Bij het horen van zijn schreeuw en de aanstormende man en hond, draaide de vrouw zich om.

Ze schoof haar zonnebril een stukje omlaag en begon te lachen. 'Raylan? Raylan Wells!'

Adrian Rizzo, dacht hij, terwijl hij zijn hond slechts met de grootste moeite in bedwang kon houden. Ja, dat gezicht zou goed bij het nieuwe personage passen. Ze was altijd al knap geweest. 'Adrian, hoi. Sorry, ik weet niet wat hem ineens bezielt. Hij bijt niet, hoor.'

Jasper plofte onderaan de veranda neer en begon langzaam naar de zwarte berg te kruipen.

'Zij ook niet.' Adrian hield haar hoofd schuin en keek toe terwijl Jasper languit gestrekt aan Sadies voeten ging liggen. 'Wat doet hij nou?'

'Ik zou het niet weten.'

'Volgens mij vraagt hij haar ten huwelijk.' De andere vrouw kwam de veranda op. Ze had lange vlechten die in haar nek bijeen waren gebonden en een jongetje van een jaar of vier klampte zich met een arm vast aan haar been terwijl hij in zijn andere hand een plastic hamer hield.

Sadie legde een grote poot op Jaspers kop en wierp Adrian toen een zijdelingse blik toe.

'Volgens mij zegt ze tegen hem dat hij zich niet zo moet aanstellen. Ze zijn nog niet eens aan elkaar voorgesteld. Dit is Sadie.'

'Jasper. Hou op. Je zet jezelf voor schut.'

'Ik weet bijna zeker dat ik sterretjes in zijn ogen zie. Welkom thuis, Raylan.'

'Dank je wel. Het spijt me dat ik jullie stoor.'

'Dat doe je niet. Ik was een eindje aan het joggen en toen ben ik hier blijven hangen. Dit zijn Teesha Kirk en Phineas Grant. Teesha, Phineas, dit is Raylan Wells.'

'Leuk je te leren kennen.' Teesha wierp hem een glimlach toe. 'Ik weet dat Maya en Jan dolblij zijn dat je weer terug bent.'

'Dat zijn wij ook. Ik ben hier trouwens om het huis hiernaast te bekijken.'

'O, dat is echt prachtig!' Teesha keek naar het huis terwijl Phineas ging zitten en op onzichtbare spijkers begon te slaan.

'Ik moet deze klus afmaken,' zei het jochie nadrukkelijk.

'Ik ben er al heel vaak wezen kijken,' ging Teesha verder. 'Mark levert echt goed werk. Jij hebt toch twee kinderen?'

'Ja, eentje van zeven en eentje van vijf. Nou ja, eigenlijk zijn ze bijna acht en zes.'

'Het zal leuk zijn om buurkinderen te hebben.'

Ineens hield Phineas op met hameren. 'Moet poepen,' zei hij, waarna hij het huis in liep.

'Sorry, hij moet poepen.' Teesha snelde achter hem aan.

'Tja, wat moet dat moet.' Lachend liep Adrian de verandatrap af. 'Ik moet naar huis, maar mijn opa zou het heerlijk vinden om jou, je kinderen en je smoorverliefde hond te zien.'

'Dat heb ik hem nog nooit zien doen. Maar Sadie is beslist indrukwekkend.'

'Sexy Sadie. Teesha heeft gelijk wat dat huis aangaat. Ik mocht er ook even binnen kijken. Het is een mooie woning. En wat de buren betreft?' Terwijl ze naar Teesha's huis gebaarde, hoorde Raylan pianomuziek naar buiten zweven. 'Je kunt je geen betere buren wensen.'

‘Ja, dat zei Maya ook al. Je ziet er goed uit, Adrian. Ik bedoel, ik vind het fijn om je weer te zien.’

‘Dat is andersom ook zo.’ Ze boog zich voorover, aaide Jasper even en lijnde toen de enorme hond aan. ‘Ik weet zeker dat we elkaar vaker zullen zien, Jasper. Liefde laat zich niet tegenhouden. Kom, Sadie!’

Sadie stapte eenvoudigweg over de verdwaasde Jasper heen, schudde zich even uit en paste haar tempo vervolgens aan dat van Adrian aan, die met grote passen wegliep.

‘Indrukwekkend.’ Hij keek omlaag naar zijn nu treurig kijkende hond. ‘Waarschijnlijk is ze net wat te veel vrouw voor je, makker, maar het hart wil nou eenmaal wat het wil. Kom, dan gaan we dat huis bezichtigen.’

12

Na de bezichtiging moest Raylan even nadenken. Toen hij bij het huis was gekomen had hij eerst samen met de voormalige ruige kerel wat bijzonder eigenaardige herinneringen aan de middelbare school opgehaald en daarna met zijn broer, de aannemer, gesproken. Ondertussen hadden de beide mannen, samen met een paar anderen, nog wat klusjes gedaan die zij 'afrondende werkzaamheden' hadden genoemd.

Hij sprak af dat hij over ongeveer een uur terug zou komen met zijn kinderen, iets wat Mark Wicker een heel goed idee vond.

Op de terugweg ging hij bij mevrouw Pinsky langs en maaide haar gras met haar stokoude grasmaaier. Hij moest bekennen dat het gazon op zijn vijftiende een stuk groter had geleken, en het kostte hem nu niet veel tijd. Wel was hij er flink van gaan zweten en hij pakte dankbaar het glas ijsthee aan, waar ze zo veel suiker in had gedaan dat het pijn deed aan zijn tanden.

Ze zei tegen hem dat hij een brave jongen was die goed werk had geleverd, en daarna maakte ze zijn moeder nogmaals een compliment vanwege zijn goede manieren.

Raylan liep samen met de hond naar huis en liet de hopeloos verliefde Jasper smachtend achter in de tuin. Daarna stapte hij snel in de auto en reed het kleine eindje naar het restaurant van de familie Rizzo.

Sommige tafeltjes waren al bezet door klanten die vroeg kwamen lunchen. Zijn moeder was bezig aan het fornuis en Dom gooide pizzadeeg in de lucht. Hij leek magerder en ouder te zijn geworden sinds Kerstmis, toen Raylan hem voor het laatst even had gezien, maar deeg gooien kon hij nog als de beste.

Mariah, die met een kleurboek en waskrijtjes op een kruk aan de bar zat, sloeg hem vol verrukking gade. 'Doe er nog een, popi! Doe er nog een!'

Terwijl hij het deeg in een volmaakte cirkel op de plank legde, gaf hij haar een knipoog. 'Eerst moet ik deze beleggen. De klanten willen hun pizza hebben.'

'Wilt u er ook een voor mij maken? Oma heeft gezegd dat we een pizza mogen eten als Bradley klaar is met zijn spelletje achter in de zaak.'

'Ik zal een heel speciale voor jou maken, eentje die precies jouw maat heeft en helemaal bij een prinses past.'

Ze hapte bijna op dezelfde manier naar adem als Jasper toen hij Sadie in het oog had gekregen, en toen zag ze haar vader ineens staan. 'Papa! Heb je dat gehoord? Popi gaat een prinsessenpizza voor me maken.'

'Fantastisch. Hoe gaat het, Dom?'

'Ik mag niet klagen, dus dat doe ik ook niet. Welkom thuis.'

'Bedankt. Zou je die prinsessenpizza nog even kunnen uitstellen? Mariah, ga Bradley eens halen. Ik wil het huis met jullie gaan bekijken. Als we dat hebben gedaan, komen we terug om hier pizza te eten.'

'Maar krijg ik dan wel de speciale prinsessenpizza?'

'Tuurlijk. Zeg Dom, ik heb je kleindochter nog even gezien, samen met de reus die zij een hond noemt.'

'Ja, dat heeft ze me verteld.' Dom belegde de pizza met stukjes paprika, champignons en zwarte olijven. 'Het is een goed, degelijk huis met goede, degelijke buren. Ik ben blij dat jullie het gaan bezichtigen.'

'Hoe vond je het?' vroeg Jan.

'Het is precies zoals Dom zei, maar ik wil dat de kinderen het ook zien. Kijk, daar is onze gamer.' Aan Bradleys gezicht zag hij dat de gamer geen topscore had behaald.

'Ik moet meer kwartjes verdienen.'

'Dat komt straks wel. Nu gaan we dat huis bekijken.'

'Maar daarna gaan we pizza eten. Dat heeft oma beloofd.'

'Ja, daarna komen we terug en gaan we pizza eten, maar de eigenaar van het huis staat nu op ons te wachten.'

'Ik kan in de tussentijd wel doodgaan van de honger.'

Voordat Raylan iets kon zeggen, pakte Dom een handjevol pepperoni en een handjevol kaas en deed het in een afhaalbakje. 'Hier kun je wel even op teren. Als jullie weer terug zijn, zal ik een speciale pizza voor jullie maken.'

Bradley, die altijd het naadje van de kous wilde weten, keek hem aan. 'Speciaal op wat voor manier?'

'Ik krijg een prinsessenpizza.'

'Mag ik een Batman-pizza?'

'Als je met je vader meegaat en een lieve jongen bent, dan wordt het een Batman-pizza.'

'Cool! Bedankt, popi. Kunnen we meteen gaan, dan zijn we snel weer terug.'

'Ja, we gaan al.'

'Laat die maar liggen.' Jan duwde Raylan zacht opzij toen hij de krijtjes wilde opruimen.

'We hebben alle klusjes gedaan,' zei Mariah toen hij haar optilde. 'Dus toen heb ik een kleurboek gekregen en Bradley kreeg kwartjes. Popi zei dat we harde werkers zijn.'

'Fijn om dat te horen.'

Hij bracht ze naar de auto en zette ze veilig vast op de achterbank.

'Waar is Jasper?' vroeg Bradley, die de pepperoni verslond alsof het snoepgoed was.

'Bij oma. Hij heeft het huis al gezien.'

'Gaan we in dat huis wonen?' wilde Mariah weten.

'We gaan het eerst bekijken.'

'Ik vind het fijn om bij oma te wonen.'

Probeer het eens als je op een slaapbank moet slapen en je moet douchen in een kast, dacht hij. 'Het ligt dicht bij het huis van oma.'

'Hoe dichtbij?'

In de achteruitkijkspiegel zag hij de argwanende blik van zijn zoon. 'Dat zul je zo zien. Kijk, daar is oma's huis,' zei hij terwijl ze erlangs reden. Hij sloeg linksaf en verliet Main Street. Een stukje verderop kwam hij voorbij het pas gemaaide gazon van mevrouw Pinsky en ten slotte sloeg hij rechtsaf om op Mountain Laurel Lane te komen. Toen sloeg hij nog eens linksaf en reed de oprit op. 'Zo dichtbij.'

'Het lijkt helemaal niet op ons oude huis.'

Bradleys woorden troffen hem recht in het hart, vooral omdat Raylan precies hetzelfde had gedacht. 'Nee, het lijkt er zeker niet op.'

Bij dit huis geen mooi, verbleekt baksteen, maar horizontale planken, pas geverfd in rookgrijs dat mooi afstak tegen de donkerblauwe vensterluiken en de hagelwitte sierlijsten.

Een rustige straat, want dat was belangrijk, en een ondiepe groene voortuin die uitkwam op een brede stoep. Stoepen waren ook belangrijk.

Hij had genoeg huis-en-tuinprogramma's gezien om te weten dat de struiken die onder de ramen waren geplant en de boom waarvan Mark had gezegd dat het een opvallend roze kornoelje was, het huis een stuk aantrekkelijker maakten.

Aan weerskanten van de voordeur zaten hoge, smalle zijramen, en de handig gesitueerde zijdeur, die uitkwam tegenover het huis van de buurvrouw die hij eerder had ontmoet, gaf direct toegang tot een bijkeuken annex wasruimte. Die zou goed van pas komen.

Het huis voldeed aan al zijn wensen, dacht hij terwijl hij de kinderen uit de auto hielp. Dat wist hij. Net zoals hij door zijn eigen ervaring als klusser wist dat zowel de binnen- als de buitenkant heel goed waren opgeknapt.

Maar.

Het leek in niets op hun huis in Brooklyn.

Terwijl hij het huis aandachtig bekeek, met zijn kinderen naast hem, werd hij geroepen door de buurvrouw.

Ze kwam haar voordeur uit en liep naar hen toe terwijl haar zoontje achter haar aan marcheerde. 'Ik heb de sleutels. Mark zei dat ze bijna klaar waren, dus hij heeft zijn team naar een andere klus gestuurd. Hij wilde ze even wat aanwijzingen geven en daarna moest hij nog iets ophalen, maar dan komt hij terug. Hij wilde niet dat jullie op hem zouden moeten wachten als jullie hier eerder waren dan hij.'

'Dank je wel. Dit is mevrouw Kirk.'

Bradley zette grote ogen op. 'Als in kapitein James Tiberius Kirk?'

'Ja, precies zo. Ik heb altijd gedacht dat ik best eens zijn bet-betovergrootmoeder kan zijn.'

Bradleys ogen werden nog groter. 'Echt waar?'

'Dat mag ik graag denken. Dit is Phineas.' Daarna tikte ze op haar buik. 'En dit is we-weten-het-nog-niet. Als jullie besluiten om hier te gaan wonen, worden we buren.'

'Mag ik de baby aanraken?'

Teesha keek omlaag naar Mariah. 'Deze? Tuurlijk.'

Heel voorzichtig legde Mariah een handje op Teesha's dikke buik. 'Mijn juf had ook een baby in haar. Zij had echt een heel dikke buik. Ze zei dat het kindje in de zomer zou worden geboren.'

'Nou, deze moet nog een poosje groeien en dan wordt hij in november geboren.'

Phineas, die veel geïnteresseerder was in iemand van zijn eigen soort, liet Bradley zijn plastic dinosaurus zien. 'Dit is een tyrannosaurus rex. Ze zouden mensen hebben opgegeten, alleen waren ze al uitgestorven voordat er mensen waren. Maar ze aten wel andere dinosaurussen. Hij is mijn lievelingsdinosaurus.'

'Leuk! Ik vind velociraptors gaaf omdat ze in roedels jagen.'

'Die heb ik ook. Die stammen waarschijnlijk af van vogels. Wil je ze zien?'

'Misschien een andere keer, maar nu moeten we het huis gaan bekijken.'

'Ze zijn daarbinnen aan het hameren en zagen. Ik heb ook een hamer en een zaag.'

'Als hij eenmaal aan het praten is, houdt hij niet meer op,' waarschuwde Teesha hen, waarna ze de hand van haar zoontje pakte. 'Zeg maar "Tot ziens", Phin.'

'Oké. Tot ziens.'

'Mark zei dat je de sleutels op het kookeiland kunt leggen als hij je misloopt,' riep ze over haar schouder terwijl ze terugliep naar haar huis. 'Hij heeft reservesleutels.'

'Bedankt. Nou, dame en heer, laten we naar binnen gaan.'

'Ik vind die mevrouw met de baby in haar buik aardig. Ze heeft mooi haar.'

'Ja, dat is zo.' Hij besloot om door de voordeur naar binnen te gaan, als een gast, want dat waren ze op dit moment nog.

De vloeren blonken, dat kon hij niet ontkennen, en die glans strekte zich uit over de hele lengte van het huis, helemaal door de keuken, tot de brede terrasdeuren die toegang boden tot een heel mooie achtertuin.

'Het huis ziet er heel groot uit,' zei Bradley.

'Nou ja, binnen zijn geen tussenmuren en het is nu helemaal leeg.'

'Er is een open haard. Die hadden we ook in ons oude huis.' Mariah liep naar de open haard. 'Nu weet de kerstman waar hij naar binnen moet komen.'

Maar het was geen open haard van baksteen. Deze had tegeltjes in een subtiel wit-op-wit patroon. En hij werd gestookt op gas, niet op hout. Hij had geen forse schoorsteenmantel, maar een die slank en sierlijk was.

'Het huis echoot!' Voor de lol schreeuwde Bradley zijn naam.

Maar er zaten geen herinneringen in die echo's.

Zijn zoon rende naar de achterkant, op de voet gevolgd door Mariah. Niet om de keuken te bekijken – die witte kastjes, roestvrijstalen apparatuur, een steengrijze aanrecht en een diepe rustieke spoelbak had – maar vanwege het uitzicht door die brede deuren.

'Jeetje, wat een grote achtertuin! Dat zal Jasper geweldig vinden.'

'Geen schommels?' vroeg Mariah geschrokken. 'Waarom zijn er geen schommels?'

'Omdat er nu nog niemand woont, domoor.' Bradley gaf haar een por. 'Papa koopt wel schommels en andere spullen voor ons.'

'Je bent zelf een domoor.' Ze gaf hem een duw terug. 'Wat is er in deze kamer?'

Ze rende naar de dubbele glazen deuren aan de ene kant van wat hun eethoek zou worden. 'Is dit onze speelkamer?'

'Er is boven een extra kamer, een soort van speelkamer.'

Hij moest bekennen dat de kamer achter die deuren de ideale werkruimte zou zijn. De lichtinval was goed, de kamer bood uitzicht op de tuin en was groot genoeg voor alles wat hij nodig had.

'Die kamer wil ik zien. Mogen we naar boven?'

'We zijn hier om het hele huis te bekijken. De slaapkamers zijn ook boven.'

Hij bleef even staan terwijl de kinderen weer terug renden naar de andere kant van de kamer en daarna de trap op holden.

Onder die trap was een toilet en aan de ene kant van de keuken was een tweede woongedeelte en aan de andere kant lag de bijkeuken annex wasruimte. De kelder was volledig waterdicht gemaakt en klaar om afgetimmerd te worden en daar bevonden zich ook een nieuwe verwarmingsketel en een flinke bergruimte. Hij hield zich voor dat het een prima huis was en dat de vraagprijs ruim binnen zijn budget lag.

Hij liep naar boven waar hij de rennende voetstappen en de stemmen van zijn kinderen hoorde echoën.

Met een stralende blik in haar ogen rende Mariah naar hem toe. 'Wat wordt mijn kamer, papa? Mag ik er een uitkiezen?'

'Nou, twee van deze slaapkamers hebben een zogenaamde "gedeelde badkamer". Kijk, dit is een van de slaapkamers die ik bedoel.' Terwijl haar handje de zijne omklemde, leidde hij haar naar een van de vier slaapkamers. 'En die badkamer daar komt aan de ene kant uit op deze slaapkamer en aan de andere kant op de andere slaapkamer. Beide slaapkamers zijn ongeveer even groot, dus...'

'Ik wil geen badkamer delen met een jongen! Jongens stinken!'

Raylan kon haar wel opvreten toen hij de afschuw op haar gezichtje zag. 'Aan de andere kant van de overloop is nog een kamer, maar deze is groter, dus...'

Hij maakte zijn zin niet af toen ze weg holde om die kamer zelf te gaan bekijken. 'Deze heeft een eigen badkamer! Kijk, kijk! Eentje die niet door jongens mag worden gebruikt. Mijn eigen badkuip en van alles. Mag ik deze kamer? Ah, toe?'

Bradley kwam terug gerend. 'Die speelkamer is gigantisch! En ik claim de slaapkamer met de open haard en de grote badkamer.'

'Hier wordt helemaal niets geclaimd. Dat is de ouderslaapkamer. Om die te krijgen, moet je alle rekeningen betalen.'

'Ik kan geen rekeningen betalen.'

'Dat betekent dat jij een van deze twee kamers krijgt als we het huis kopen. En dan heb je ook een vrij grote badkamer, aangezien Mariah die kamer daar nu bekijkt.'

Bradley liep met getuite lippen door de kamer en knikte een paar keer. 'Ja, dat is wel goed, denk ik. Ik wil die kamer daar, want dan ben ik verder bij haar vandaan.' Met een grijns draaide Bradley zich om, maar toen hij zijn vader zag, verdween zijn grijns. 'Vind jij het huis niet mooi?'

'Wat? Nee. Ik bedoel: ja, natuurlijk vind ik het mooi.'

'Je kijkt anders niet zo blij.'

Mariah kwam dansend terug. 'Mag ik mijn badkuip roze verven? Wat is er?'

'Papa vindt het huis niet mooi.'

'Waarom niet? Het is een mooi huis. Het ruikt lekker.'

Ze wilden het hebben, dacht hij. Zij wilden dit huis en dit nieuwe leven. Nou moest hij alleen zorgen dat dit een echt thuis werd. Hij moest het verleden definitief loslaten en een knus nieuw thuis creëren.

'Jullie zijn twee schepselen met een zwakke wil, die zich voor de gek hebben laten houden door mijn grote zelfbeheersing,' verkondigde Raylan. 'Ik wilde dat jullie eerlijk je mening zouden geven zonder dat mijn superintelligente geest jullie pietepeuterige hersentjes zou beïnvloeden.'

'Pap.' De spanning verdween terwijl Bradley verontwaardigd snoof. 'Kom op!'

'Gaan we het kopen?' Mariah sloeg haar armen strak om zijn benen en keek naar hem op. 'Kunnen we de badkuip roze verven in de badkamer die helemaal van mij wordt?'

'Ja, en nee. Je mag een roze douchegordijn hebben en roze handdoeken, maar we gaan geen badkuip verven.'

'En Bradley mag nooit, nooit op de wc in mijn badkamer poepen.'

'Ik heb mijn eigen badkamer en die is groter dan die van jou. En daar mag jij nooit poepen.'

Toen zijn kinderen elkaar begonnen te bestoken met poep-beledigingen concludeerde Raylan dat ze al bezig waren om hier een echt thuis van te maken.

Nadat de koop was gesloten en de koopakte was opgesteld, telde Raylan de nachten af die hij nog op de slaapbank moest doorbrengen en de dagen waarop hij nog ergens in een hoekje of aan de keukentafel moest werken.

Binnenkort moest hij met zijn kinderen gaan winkelen voor het nieuwe schooljaar, al leek het onmogelijk dat de zomervakantie alweer bijna voorbij was. Hij was echter vastbesloten om die beproeving tot op het laatste moment uit te stellen.

Wat hij, ondanks zijn huidige werkomgeving, wél had was een degelijke nieuwe verhaallijn met een fascinerend nieuw personage dat eerst de vijand van zijn Angel zou worden, altijd haar tegenpool zou zijn, maar ten slotte haar vriendin zou worden.

Dat had hij te danken aan zijn moeder en zijn zus, die de kinderen de hele zomer bezig hadden gehouden. En daar bedankte hij hen dus ook voor. Ze hadden ook een nachtje op de kinderen gepast toen hij naar zijn hoofdkwartier was gegaan om het nieuwe verhaal, dat nieuwe personage, samen met zijn partners te vervolmaken.

Hij had zijn enige nacht in de stad doorgebracht in Jonahs vreselijk rommelige vrijgezellenflat, omdat hij het nu nog niet aankon om bij Bick en Pats in zijn oude huis te logeren.

Maar voordat hij echt kon beginnen met het maken van het stripverhaal, moest hij toestemming vragen aan de inspiratiebron voor het personage.

Als zij te kennen gaf dat ze het niets vond, zou hij het uiterlijk van het nieuwe personage aanpassen, maar eigenlijk wilde hij dat niet. Alles aan dat personage klopte. Hij was echter optimistisch gestemd want hij herinnerde zich dat ze als meisje Iron Man had herkend op de tekening die in zijn slaapkamer had gehangen.

Omdat hij dit ondertussen lang genoeg had uitgesteld en de kinderen die middag bij Maya en Collin waren, pakte hij zijn schetsboek en reed samen met de hond naar het grote huis op de heuvel.

Hij had het altijd een schitterend huis gevonden, door de manier waarop het zo stevig en tijdloos op de heuvel stond, door de veranda die om het hele huis liep en door de prachtige oude bomen aan de achterkant en aan de zijkant. De gevelspitsen zorgden voor een enigszins mysterieuze aanblik.

'Jezus, Jasper, wat ben ik een sukkel. Ik moet dat huis gebruiken. Als ik het een beetje extra griezelig maak, heb ik de schuilplaats van Flame. Ik maak de bakstenen wat donkerder, plaats de bomen wat dichter bij het huis en geef het huis een toren. Ja, dat kan wel mooi worden.'

Terwijl hij in gedachten een schets maakte, liep hij naar de voordeur en klopte aan met de grote, koperen deurklopper. Die was stervormig, maar hij zou hem de vorm van een gargouille geven. Een gargouille met een gemene blik.

Toen er niemand opendeed, volgde hij de raad van zijn zus op en liep om het huis naar de terrasdeuren van de onderste verdieping, waarbij hij onderweg meer details toevoegde aan zijn schets.

Aangezien die deuren open stonden, hief hij zijn hand op om op de deurpost te kloppen, maar bleef toen staan met zijn hand in de lucht. Hij voelde dat zijn mond open viel, maar leek niet bij machte om hem weer dicht te doen.

Ze stond in het midden van de kamer met haar gezicht naar een spiegelwand. Ze droeg een zwarte korte broek en een sportbeha waarvan de bandjes elkaar kruisten op de rug. Haar haar zat in een knot op haar hoofd, waaruit allerlei krullen waren ontsnapt.

En terwijl ze op één blote voet stond, hief ze haar linkerbeen op tot het naar het plafond wees en ze een verticale lijn vormde.

Zoiets hoorde anatomisch onmogelijk te zijn.

Daarna liet ze haar been zakken, maar trok het vervolgens achter zich op om daarna, nog altijd volkomen in balans, haar tenen beet te pakken, waarna ze haar andere arm uitstak en tegelijk naar voren leunde en vervolgens het been optrok zodat het een soepele boog vormde.

Op het moment dat er eindelijk een paar bloedcellen waren teruggekeerd naar zijn hersens en hij besefte dat hij in feite naar haar stond te gluren, deed hij snel een paar passen achteruit.

Maar toen draaide zij haar hoofd, een paar centimeter maar, en zag hem staan.

In plaats van te gillen en haar monsterlijk grote hond te roepen, verscheen er een glimlach op haar gezicht en wenkte ze hem naar binnen met haar naar voren gestoken hand.

Hij stapte de kamer in, maar bleef meteen na de drempel staan. 'Sorry. Ik was net... Ik wilde je niet storen.'

'Ik was toch al bijna klaar. Ik had alleen nog een lekkere rekoefening nodig.'

'Heb jij misschien...' Hij maakte zijn zin niet af toen Jasper opeens een geur rook en woest door de open deuren naar zijn grote liefde stormde, die languit voor de open haard lag.

'Jasper, verdomme nog aan toe! Sorry, hoor.'

'Geen probleem.'

Vooral niet omdat Jasper eenvoudigweg neerplofte naast Sadie, die hem volkomen negeerde.

'Ik moet mijn andere kant nog even doen. Ben je op zoek naar popi?'

'Eh... nee. Eigenlijk niet.' Hij kon zijn ogen niet van haar afhouden. 'Hoe dóé je dat? Hoe kan iemand, wie het ook is, zoiets doen? Heb jij soms geen gewrichten?'

'O, jawel, hoor. Maar, die zijn goed geolied. Lenigheid is van groot belang bij fitness.'

'Dat is geen lenigheid. Zelfs Gumby kan dat niet en hij is een kleipoppetje.'

'Ik heb op ballet en turnen gezeten, ik heb mijn genen mee en verder is het een kwestie van veel oefenen. Hoe zit het met jouw lenigheid?'

'Nou, zó lenig ben ik niet. Maar ik kom dan ook van de planeet Aarde, en jij duidelijk niet. En dat brengt me bij de reden van mijn...'

'Raak je tenen eens aan.'

'Wat?'

'Kun je je tenen aanraken zonder je knieën te buigen? Laat eens zien.'

Hij voelde zich belachelijk, maar omdat hij zich nog steeds schuldig voelde omdat hij naar haar had staan kijken, raakte hij zijn tenen aan.

'Heel goed. Daar valt mee te werken. Doe je aan sport?'

'Ik, eh...'

'Aha,' zei ze, terwijl ze allebei haar voeten weer op de vloer zette.

'Ik heb twee kinderen, een baan, een hond die moet worden uitgelaten, ik heb net een huis gekocht en ik slaap op een slaapbank.'

'Je hebt het dus druk,' zei ze met een glimlach. 'Maar dat geldt voor ons allemaal, nietwaar? Iedereen is trouwens blij dat je dat huis aan Mountain Laurel Lane hebt gekocht. Als je eenmaal bent gesetteld, zal ik wat oefeningen voor je bedenken. Dertig minuten per dag. Heb je toevallig gewichten?'

'Nee. Ik...'

'Dan moet je er een paar kopen. Je moet een beetje gespierder worden.'

Hij wierp haar een lange, geërgerde blik toe. 'Oké.'

'Nee, ik bedoelde het niet als belediging. Het was gewoon een professionele observatie. Cardio-, buikspier-, kracht- en weerstandstraining én lenigheidsoefeningen. Dat zijn dingen die iedereen nodig heeft. Je hebt trouwens twee mooie kinderen.'

De ergernis trok weg. 'Ja, vind ik ook. Lief dat je dat zegt.'

'Ze zijn een mengeling van jou en Lorilee. En ik mocht Lorilee heel graag. Het is me wel duidelijk, afgaand op de paar keer dat ik ze heb gezien, dat je een behoorlijk geweldige vader bent.'

'Ze maken het me makkelijker dan ik laat merken. Uit het oogpunt van zelfbehoud.'

'Een deel van jouw taak als vader is dat je gezond moet blijven. Voor hen.'

Hij schoot in de lach. 'Volgens mij speel je nu vals.'

'Ja, dat klopt, maar het is wel waar. Goed, ik zal een paar eenvoudige oefeningen voor je bedenken. En wat kan ik nu voor je doen?'

'Doe je dat bij iedereen? Een gezondheids- en fitnessverkooppraatje op ze loslaten?'

'Nee, want niet iedereen is er klaar voor om ernaar te luisteren. Maya is een van mijn beste vriendinnen en ik hou van Jan. Zij maken zich zorgen over je, en daarmee klap ik niet uit de school, want dat weet je al.'

'Ja, dat is waar.' Omdat hij geen zin had om daarover te praten, liep hij een rondje door haar studio en bekeek alles aandachtig. 'Je hebt hier een grote, degelijke, maar niet intimiderende fitnessruimte. Ik had gedacht dat... o, moet je dat nou zien.'

Toen Adrian keek, zag ze dat Jasper dicht tegen Sadie aan lag en zijn ogen had dichtgedaan.

'Volgens mij zie ik een gelukzalige glimlach op zijn gezicht. Ze gunt hem een kans. Ze heeft jou ook een kans gegund,' zei ze tegen Raylan.

'Als ze niets van je moest weten, zou ze nu hier staan om je in de gaten te houden.'

'Laten we hopen dat dat lang zo blijft. Ik ben gekomen omdat ik je toestemming ergens voor wil vragen.'

'O. Moeten we dan even gaan zitten om dat te bespreken?'

'Misschien wel.'

'Neem plaats.' Ze gebaarde naar de bank en liep toen weg om twee waterflessen van New Generation te vullen. Ze gaf er een aan Raylan en ging toen naast hem zitten. 'Die mag je houden. Hij zal goed van pas komen om je vochtgehalte op peil te houden tijdens je trainingen.'

'Juist. Maar goed. Ik ben bezig met een nieuw verhaal, over een nieuw personage.'

'Ik vond het debuut van True Angel geweldig.'

Ze bracht hem van zijn stuk. Alweer. 'Heb jij het gelezen?'

'Reken maar. Je bent niet alleen de broer van mijn beste vriendin, maar ik hou van stripverhalen.'

Dat kon – nee, móést – in zijn voordeel werken. 'Dit personage moet een tegenpool van Angel worden. Eerst haar vijand, daarna een bondgenoot. Ze is een halfdemon.'

'Net als Grievous.'

'In eerste instantie is ze aan hem gebonden en gedwongen om voor hem te werken. Ze is eenzelvig en levert voortdurend een innerlijke strijd met haar duistere neigingen, en uiteindelijk zal Angel haar te hulp schieten om haar te bevrijden. Ze kan een mensengedaante aannemen en woont alleen. Ze schrijft horrorverhalen, oftewel ze verwerkt haar ervaringen en haar al ruim vijf eeuwen oude geschiedenis in boeken.'

'Ik kan niet wachten om dat verhaal te lezen, maar ik begrijp niet waarom je mijn toestemming daarvoor nodig hebt.'

'Oké. Bekijk dit dan maar eens.' Hij sloeg zijn schetsboek open en gaf het aan haar. 'Dat is het nieuwe personage.'

'Hé, dat ben ik! Hot Stuff.'

'Ja, je ziet er goed uit.'

Dat ontlokte haar nog een geamuseerde blik in zijn richting. 'Dank je, maar dat is de naam van het kledingontwerp, vanwege de vlammen.'

'O, juist, eh… Dat had je aan toen ik de eerste keer het huis kwam bezichtigen. Je stond met je rug naar me toe, en ineens kreeg ik het idee voor dat nieuwe personage: Cobalt Flame.'

Gefascineerd keek ze op van de schets. 'Gaat dat altijd zo?'

'Soms wel. Meestal niet. Eigenlijk nooit.'

'Heb je nog meer tekeningen?' Terwijl ze het vroeg, sloeg Adrian een bladzijde om. 'O, mijn god. Ze rijdt op een draak! Een draak!'

'Ja. Drakenvuur. Vuur is haar element. De draak heet Vesta. Naar de Romeinse godin van het vuur.'

'Een vrouwtjesdraak. Dat maakt het zelfs nog leuker. Ik zie er goed uit. Sterk. Woest.' Ze sloeg de ene na de andere bladzijde om. 'Ooo, gemeen en gewelddadig. O, o, gekweld! Ik vind het te gek.'

'Echt waar? Dus je hebt er geen bezwaar tegen?'

'Ben je mal? Ik ben verdorie een halfdemon die een superheldin is. Nou ja, eerst schurk en daarna een heldin. Ik vind beide prima. En ik rijd op een draak. Ze heeft een speer.'

'Als ik besluit om die speer erin te houden, wordt het er een die vlammen kan schieten.'

'Een vlammenwerpende speer. Het wordt steeds mooier. Waar woont ze eigenlijk?'

'Hier. Ik bedoel in een groot, oud huis zoals dit, maar dan griezeliger en somberder. Ik heb namelijk net ontdekt dat dit huis aan de basis staat van het hare.'

'Popi zal dolenthousiast zijn. Zijn huis wordt vereeuwigd en het wordt de thuisbasis en schuilplaats van een halfdemon.'

'Denk je dat hij het goed zal vinden?'

'Goed? Hij heeft jouw tekening waarop hij met pizzadeeg gooit ingelijst aan de muur in zijn kantoor hangen.'

'Echt?'

'Hij bewondert je talent. Waarom zou hij dat niet doen?'

Terwijl zij verder ging met het bekijken van zijn tekeningen, besefte hij hoeveel dat voor hem betekende.

'Je zou haar een geheime kamer kunnen geven, al heeft ze die niet nodig. En misschien een toren, of torentjes. Ach, alsof ik jou moet vertellen wat wel of niet werkt. Hoe heet haar alter ego?'

'Adrianna Dark, en ik heb al besloten dat er een toren moet komen.'

'Fantastisch! Raylan, ik voel me zo verdomd gevleid.'

'Dat is een hele opluchting, want ik ben klaar om eraan te beginnen, en ik had eigenlijk geen zin om haar uiterlijk te veranderen.'

'En nu mág je dat niet meer doen, anders verpulver je mijn kwetsbare ego.'

'Volgens mij is dat helemaal niet zo kwetsbaar, maar ik ga haar uiterlijk niet veranderen.'

'Mag ik een keer komen kijken? Als je aan de tekeningen werkt, bedoel ik. Of vind je het niet leuk dat iemand naar je kunst komt kijken terwijl je ermee bezig bent?'

'In Brooklyn werkte ik in een omgebouwd pakhuis. Daar kon iedereen alles zien. Ik moet gaan,' zei hij terwijl hij op zijn horloge keek. 'Ik moet de kinderen ophalen bij Maya.'

Toen hij zijn schetsboek pakte en ging staan, kwam Adrian ook overeind. 'Wil je een keer terugkomen als popi er is? Neem de kinderen dan mee. Hij mist het om kinderen in en om het huis te hebben.'

'Dat zal ik doen. Kom, Jasper.'

Jasper deed zijn ogen open en wendde zijn kop af.

'Kom op, Romeo. Anders laat ik je thuis als ik hier nog een keer op bezoek ga.'

Toen Adrian 'Sadie' zei, stond de grote hond op en liep naar Adrian toe. Op de voet gevolgd door Jasper. 'Kom, dan doen we jullie uitgeleide.'

'Graag, dan hoef ik hem niet mee te slepen.'

Toch moest hij Jasper buiten optillen om hem in de auto te krijgen, waarbij de hond begon te janken alsof hij zwaargewond was.

'Meisjes houden niet van huilebalken, makker. Stel je niet aan.' Hij wuifde naar Adrian en reed toen weg.

Toen hij in de achteruitkijkspiegel keek, zag hij Adrian staan in haar piepkleine, zwarte pakje, met een hand op de kop van de reusachtige hond. Plotseling voelde hij een diep verlangen dat hij al een hele tijd niet meer had ervaren.

Hij wist dat het wellust was en negeerde dat vervolgens.

Daar ben ik nog niet aan toe, zei hij in gedachten tegen zichzelf. En zelfs al zou hij er ooit klaar voor zijn, dan zeker niet met een van de oudste vriendinnen van zijn zus.

13

Op een gloeiendhete dag in augustus waarop de hemel de kleur had van oud pleisterwerk, kwam er een nieuw gedicht via de post. Ditmaal had de envelop een poststempel van Wichita.

Ze las het derde gedicht van dat jaar in haar auto, die op het parkeerterrein van de supermarkt stond.

Je bent de woede in mijn hoofd en de furie in mijn hart waar ik me door laat leiden.
Waarom heb ik zo lang gedraald en hield ik ons gescheiden?
Geduldig zal ik afwachten tot ik je kan afslachten, mijn voorpret is zo groot.
Want ik bepaal als enige het tijdstip van jouw dood.

Het bezorgde haar een rotgevoel, zoals elk gedicht. Ze bleef nog een minuutje zitten in de hoop dat ze een beetje tot rust zou komen terwijl ze luisterde naar een vermoeide stem die tegen een zeurende stem zei dat ze later een ijsje zouden gaan eten.

Ze volgde haar eigen protocol en stopte het gedichtje weer in de envelop en deed die in haar handtas. Thuis zou ze er kopieën van maken en die, zoals gewoonlijk, naar de politie, de agent van de FBI en Harry sturen.

Het zou natuurlijk niets opleveren, dat deed het nooit.

Maar de frequentie van de gedichtjes was opnieuw gestegen. Jarenlang was er één per jaar gekomen, daarna waren het er twee geworden en nu drie.

Ze wist dat de FBI het dossier niet zou sluiten, maar ze wist ook dat de FBI van mening was dat ze niet daadwerkelijk gevaar liep. Vage bedreigingen in dichtvorm, een paar regeltjes maar, en nooit openlijke of echte dreigementen die vervolgens ook werden uitgevoerd.

Gedichtjes geschreven door iemand die weliswaar een obsessie had, maar ook laf was. Iemand die wel geestelijke en emotionele spanning teweegbracht, maar nog nooit een poging had gedaan om haar lichamelijk iets aan te doen.

Ze wist wat de FBI-agenten en de politieagenten dachten. Ze was een publiek figuur en daar had ze zelf voor gekozen. En aan die keus hing een prijskaartje. Ze wist wat haar moeder zou zeggen en ook hád gezegd: *Stop het in je archief en vergeet het dan.*

Adrian pakte een winkelkarretje en duwde het de supermarkt in waar het overdreven koud was. Ze opende de app voor boodschappen op haar telefoon en ging aan de slag.

Ze hield zich voor dat ze blij moest zijn dat haar opa niet mee had gewild naar de supermarkt. Als hij wel meeging, duurde boodschappen doen twee keer zo lang. Eten was tenslotte zijn grootste hartstocht, op de voet gevolgd door zijn liefde voor mensen.

Dat hield in dat hij met iedereen een praatje maakte, elke perzik aan een nauwgezette inspectie onderwierp en af en toe een groente zag die hem inspireerde tot een nieuw gerecht, wat weer betekende dat er nog meer inkopen moesten worden gedaan om dat gerecht te maken.

Als ze met z'n tweeën naar de weekmarkt gingen, draaide dat steevast uit op een marathon van etenswaren bestuderen, gesprekken voeren over eten, en kletsen met andere mensen.

Terwijl ze de producten verzamelde – zorgvuldig, maar niet met dezelfde bezieling als haar opa – glimlachte ze. Als hij erbij was duurde boodschappen doen veel langer, maar hij was altijd onderhoudend gezelschap. Ze streepte de boodschappen van de zuivelafdeling af op haar lijst en liep verder.

Toen ze bij de afdeling ontbijtgranen was – haar opa was dol op

Wheaties – was ze lekker op dreef. Ineens hoorde ze een getergde mannenstem.

'Kom op, joh. We hadden afgesproken dat we Cheerio's zouden kopen.'

'Maar deze zijn betoverend lekker.'

Ze zag Bradley staan met een doos ontbijtgranen in zijn hand terwijl zijn zusje een uitstekende pirouette draaide in het gangpad. Raylan zag eruit als een man die van alle kanten werd aangevallen.

'Betoverend en lekker zijn allebei goed,' hield Bradley vol. 'Wil je dan niet dat we een goed ontbijt krijgen?'

'Houdt hij voet bij stuk of zal hij zwichten?' vroeg Adrian zich hardop af terwijl ze haar boodschappenkarretje naar hem toe duwde. 'Dag, schatten.'

'We hadden een afspraak.' Duidelijk hopend op versterking deed hij een beroep op Adrian: 'We hadden afgesproken dat we Cheerio's zouden kopen.'

'We kunnen de "betoverend lekkere" dingen vermengen met de Cheerio's. Jij zegt zelf dat we compromissen moeten sluiten.' Bradley keek Adrian aan. 'Dat zegt hij altijd.'

'Jij bent een heel slim jochie, hè?' Ze reikte langs hem heen en pakte een pak Wheaties voor Dom.

'Wat ligt er veel in je karretje. Jij eet vast heel veel.'

Raylan glimlachte flauwtjes. 'Heel slim, zei je toch?'

'Ja, dat is waar. En er ligt veel in mijn karretje omdat ik over een paar dagen een huis vol visite heb.'

'Wij hebben een huis vol visite gehad voor mijn verjaardag. Ik ben acht geworden. Ik had een Batman-taart.'

'Ik heb de Dark Knight altijd betoverend lekker gevonden.'

Dat ontlokte hem een grijns, waarna Mariah haar aandacht opeiste.

'Ik word volgende maand zes en dan krijg ik een ballerinataart. Of een prinsessentaart. Dat moet ik nog beslissen.'

'Waarom niet allebei? Een ballerina die prinses is?'

Haar ogen, even groen als die van haar vader, begonnen te stralen. 'Ja, zo een wil ik. Papa, ik wil een ballerina-prinsessentaart.'

'Staat genoteerd.'

'Ik vind jouw sandalen mooi.'

Adrian glimlachte. 'Dank je wel. Ik vind de jouwe ook mooi. En ik vind ook dat je prachtige pedicure hebt. Wat een mooie kleur roze.'

'Papa heeft mijn teennagels gelakt. Jij hebt een Franse manicure/pedicure gehad. Die staat echt heel goed bij de kleur van je huid.'

'Dank je wel. Dus zij wordt zes?' vroeg Adrian aan Raylan.

'Chronologisch gezien wel. Maar qua modebewustzijn is ze ongeveer vijfendertig. Ik heb gehoord dat je een filmteam over laat komen om een nieuwe dvd op te nemen.'

'Een groot deel van dat team zijn goede vrienden van me. Ze komen logeren en ze eten een heleboel. Mijn opa is nu al in de zevende hemel.'

Ze zag dat Bradley de doos met 'betoverend lekkere' ontbijtgranen heimelijk in Raylans boodschappenkar liet zakken. Ze dacht aan de keer dat Mimi haar stiekem koekjes had toegestopt en moest even glimlachen. 'Hoe bevalt jullie nieuwe huis?'

'Ik heb roze handdoeken in mijn badkamer. Bradley heeft rode, en we hebben een speeltoestel in de achtertuin. Maar we krijgen geen zwembad. Papa heeft gezegd dat we dat mooi kunnen vergeten. Vind jij mij oud genoeg voor lippenstift?'

'Heb je dat dan niet op?' Adrian ging op haar hurken zitten om het wat beter te kunnen bekijken. 'Ik had durven zweren dat je lippenstift op had, want je lippen zijn zo mooi en roze.'

'Echt waar?'

'Nou en of. Je boft maar dat je lippen van zichzelf al zo'n mooie kleur hebben.'

'Indrukwekkend,' mompelde Raylan toen Adrian weer ging staan.

'Ik moet verder. Het was leuk om jullie even te zien. Doe Jasper de groeten van mij en Sadie.'

'Kom een keertje bij ons langs,' hoorde Raylan zichzelf zeggen. 'Jasper smacht naar haar.'

'Dan kun je mijn slaapkamer zien. Ik heb nieuwe gordijnen en nog veel meer.'

'Dat lijkt me heel leuk. Tot ziens.'

Terwijl ze wegliep met haar winkelkar en Raylan haar nakeek, zei hij: 'Ik zag wel dat je die doos in de kar deed, Bradley. Maar in het kader van compromissen sluiten zullen we hem maar kopen.'

'Hoe heb je me gezien?'

'Ik heb je gezien omdat ik…' Raylan draaide zich om en haalde adem als Darth Vader. '… je vader ben, Bradley.'

Eenmaal thuis borg Adrian alle boodschappen op, liet Sadie uit en maakte de kopieën van het gedicht. Aangezien Harry en zijn gezin de volgende middag zouden arriveren, zou ze hem zijn kopie persoonlijk overhandigen.

Ze overwoog om beneden in haar studio te gaan repeteren, maar in plaats daarvan liep ze naar boven om, geheel overbodig, de slaapkamers te controleren.

Morgenochtend zou ze nog even snel de stad ingaan voor verse bloemen, maar voorlopig zag alles er piekfijn uit. De kamer voor Harry en Marshall en de kamers voor hun twee kinderen. Dan was er de kamer voor Hector, waar hij in zijn eentje zou slapen omdat zijn vriendin, met wie hij al anderhalf jaar samenwoonde, ditmaal geen tijd had om te komen. En ten slotte de kamer voor Loren.

Ze controleerde de badkamers, wat minstens zo overbodig was, maar het gaf haar iets te doen, zodat ze even niet aan die verrekte gedichtjes hoefde te denken.

Net als haar opa verheugde ze zich op een huis vol mensen. Niets zou een betere afleiding van haar zorgen vormen dan haar vrienden en werk.

Of een lekkere, zweterige work-out, dacht ze. Net toen ze haar eigen kamer in wilde gaan om zich om te kleden hoorde ze de voordeur opengaan.

Ze liep naar de trap. 'Popi. Wat ben jij snel terug.'

‘In het restaurant hebben ze alles onder controle. En ik wilde een paar dingen met je bespreken.’

‘Ik heb spareribs en kip gekocht,’ zei ze toen ze de trap af liep. ‘En alles wat je wilde voor die zomerse trifle.’

‘Daar wilde ik het niet over hebben.’ Toen ze bij hem was aangekomen, stak hij haar zijn autosleutels toe. ‘Ik lever ze in. Ik ben bijna doorgereden bij het stopbord aan Woodbine, en dat was niet de eerste keer.’

‘Popi.’ Ze pakte de sleutels van hem aan en sloeg toen haar armen om hem heen. ‘Ik weet dat dit moeilijk voor je is. Ik zal je voortaan rijden. Wanneer en waar je maar naartoe wilt. Dat beloof ik.’

‘Ik heb al ruim vijf mensen die bereid zijn om deze ouwe vent overal naartoe te brengen. Jij mag je bij hen aansluiten. En je mag meteen beginnen.’

Ze hield haar hoofd schuin. ‘Waar wil je dan naartoe?’

‘Ik heb iets wat ik je wil laten zien, en wat ik met je wil bespreken.’

‘Een mysterie!’

‘Waar is ons meisje?’

‘In de achtertuin.’

‘Laten we haar ophalen en dan een ritje gaan maken.’

Ze gingen in Adrians auto aangezien Dom de laatste jaren in een kleine pick-up had gereden, waar hij dol op was. Omdat ze wist dat hij niet graag reed in een auto waarin de airconditioning aan stond, zette ze de raampjes open. Sadie stak haar kop blij uit het achterraampje.

‘Rij de stad in en als je bij Main Street bent, sla dan rechtsaf.’

‘Begrepen. Ik liep Raylan en zijn kinderen tegen het lijf in de supermarkt.’

‘Dat zijn schatten van kinderen.’

‘Nou en of.’ Onderweg naar de stad vertelde ze in geuren en kleuren over de ontbijtgranenoorlog en over haar gesprek over make-up met Mariah.

‘Vlak voordat ik wegging, kwamen Monroe en dat pientere zoontje van hem het restaurant binnen om een pizza te gaan eten. Hij zei dat ze vandaag een mannendag hadden, zodat Teesha even wat tijd voor zichzelf had. Bij het stoplicht moet je naar links. Daar is het.' Hij wees. 'Parkeer hem daar.'

'Het oude schoolgebouw.'

'De oude lagere school. Zo oud dat ik er nog op heb gezeten. Toentertijd kreeg je nog tikken met de plak als je stout was.'

'Au.'

Met een grijns duwde hij zijn bril wat hoger op zijn neus. 'Dat heb ik vaker gezegd dan ik me wil herinneren.'

Het oude, verweerde baksteen met verbrokkelend cement vormde een laag vierkant. Het vroegere schoolplein was nu een asfaltvlakte vol gaten en onkruid en langs het pad ernaartoe stond aan beide kanten een oud gaashek.

Een paar van de ramen, die in de loop der tijd kapot waren gegaan door het weer of een goed gemikte steen, waren dichtgetimmerd met platen van multiplex. In de dakgoten, althans wat ervan over was, groeide nog meer onkruid.

'Ze hebben er in de loop der jaren een paar dingen mee geprobeerd,' zei Dom. 'Het is een tijdje een antiekwinkel geweest, maar die eindigde als een stoffige, oude vlooienmarkt. Lang geleden heeft er een reparatiezaak in gezeten die maaimachines en zo herstelde. Maar niets heeft het er lang volgehouden.'

'Ik kan wel zien waarom. Het is een bende.'

'Nee, ze hebben het laten verkommeren, dát is de reden. De eigenaar is een man met grote dromen en een sluwe inborst, maar te weinig geld om daar iets mee te kunnen doen. Hij wilde er een bar van maken. En tegenwoordig krijgt hij boetes omdat het een veiligheidsrisico is geworden en er wordt overwogen om het te laten afkeuren.'

'Ja, dat snap ik wel.'

'Dat kan ik niet laten gebeuren, Adrian.' Dom kreeg een vastberaden uitdrukking op zijn gezicht en schudde zijn hoofd. 'Dat kan ik niet laten gebeuren. Dat gebouw is honderd jaar oud. Het heeft geschiedenis. Het moet een nieuwe bestemming krijgen.'

Ze begreep dat iemand gevoelens kon koesteren voor zo'n oud gebouw, maar toch... 'Wil jij het kopen?'

'Ja, maar alleen met jouw toestemming, want het geld komt uit jouw erfenis.'

'Doe niet zo gek, popi.'

'En dat is niet de enige reden, want als ik weer bij je oma ben, zal het jouw verantwoordelijkheid worden.'

'Wat precies? Wat heb je in gedachten?'

'Laten we het eerst even gaan bekijken. Ik heb de sleutels.'

'Tuurlijk,' mompelde ze. Ze wilde Sadie in de auto laten, maar Dom trok het autoportier al open.

'Kom mee, meid. We gaan op onderzoek.'

'Is dat gebouw wel veilig? Het ziet er totaal niet veilig uit.'

'Veilig genoeg om er snel even rond te kijken.' In zijn kaki korte broek en marineblauwe golfshirt liep hij voorop over het trottoir en ging de verbrokkelende treden van beton op naar de dubbele deuren van de hoofdingang.

'Je moet wel een beetje je fantasie gebruiken,' zei hij terwijl hij de sleutels uit zijn zak haalde.

'Ja, dat geloof ik graag.'

Binnen stonk het. Haar eerste indruk was dat het er naar spinnenwebben, stof, viezigheid, en leegstand rook en dat muizen – en misschien ook ratten – het gebouw als toilet hadden gebruikt.

Maar Doms gezicht begon te stralen. 'Voel je dat?'

'Misschien voel ik iets langs mijn been omhoogkruipen.'

Hij sloeg een arm om haar schouders. 'De kinderen. Al die herinneringen aan de kinderen die hier hebben rondgelopen. Van het oorspronkelijke houtwerk is weinig meer over, en dat is verdomd jammer. Maar de klojo van wie het gebouw nu is, heeft het helemaal laten strippen zonder aan dat houtwerk te denken. De fundering is nog goed,' zei hij terwijl hij doorliep. 'Dat geldt niet voor het dak, maar dat moeten we toch laten verhogen om er een extra verdieping op te zetten.'

‘Behoort dat dan tot de plannen?’

Ze zag muren van vergeeld oud pleisterwerk. Op de vloer lag vinyl vloerbedekking, met gaten erin waar iemand had geprobeerd die los te trekken.

Dom wees naar beneden. ‘Onder dat vinyl zit hardhout en ik durf te wedden dat het opgeschuurd en gepolijst kan worden. Er moet een nieuwe waterleiding worden aangelegd en het elektra moet worden gemoderniseerd zodat het weer voldoet aan de huidige veiligheidsnormen. Het baksteen aan de buitenkant moet worden schoongemaakt en opnieuw worden gevoegd. Buiten moet er worden opgeruimd en schoongemaakt, het schoolplein moet opnieuw worden geasfalteerd en er moet een hellingbaan komen voor rolstoelgebruikers.’

Hij keek haar aan om te zien wat zij ervan vond, maar zij zag enkel een groot, lelijk, stinkend gebouw met vieze gebroken ruiten. ‘Ik heb Mark Wicker ernaar laten kijken. Die man is een verdomd goede aannemer. Hij schat dat het opknappen bijna een jaar in beslag zal nemen en ongeveer een miljoen zal kosten.’

‘Dollar? Een miljoen dollar? Popi, ik geloof dat ik even moet gaan liggen. En volgens mij moet jij dat ook doen.’

‘Misschien, maar luister eerst even naar me. De verkoopprijs is, of was, veel te hoog. Ik heb een tegenbod gedaan en toen heeft hij dat ook weer gedaan. Vervolgens ben ik weggelopen, want hij móét dat pand verkopen en bovendien leeft hij in een droomwereld waarin hebzucht troef is. Vandaag heeft hij een normalere vraagprijs laten horen, dus toen heb ik gezegd dat ik met mijn partner moest overleggen en dat hij nog van me zou horen.’

‘Dus ik ben jouw partner?’

‘Jij bent mijn alles.’

Verdorie. Hij wilde het, wat ‘het’ ook was, echt heel graag hebben.

‘Laten we naar buiten gaan, want ik wil er niet aan denken wat voor dingen we nu allemaal inademen. Daar kun je me vertellen wat je wilt gaan doen voor één miljoen. God, dat bedrag laat me echt naar adem happen. Een miljoen dollar. Allemachtig.’

Hij liep met haar naar buiten en deed de deuren weer op slot. Daarna pakte hij haar hand en liep samen met haar om het gebouw naar het verzakte hek.

'Daar heb ik mijn knieën meer dan eens opengehaald. Ik heb er tikkertje en andere spelletjes gedaan.'

Ze leunde tegen hem aan.

'Toen waren er nog niet zo veel mensen in de stad en ook niet zo veel kinderen. En een flink deel van hen woonde toen buiten de stad, op een boerderij. Tegenwoordig is dat anders. De stad is gegroeid. Het is een fijne stad. Maar weet je wat hier ontbreekt, Adrian?'

'Nou?'

'Een plek voor die kinderen, waar ze na schooltijd of 's zomers naartoe kunnen. Ergens waar ze kunnen honkballen, tafeltennissen of videospelletjes kunnen spelen. Misschien zelfs een plek waar ze huiswerk kunnen maken of gewoon een veilige plek om wat te hangen. Veel werkende ouders, veel sleutelkinderen. Zo is dat tegenwoordig.'

'Jij wilt een jongerencentrum bouwen.'

'Misschien kunnen we er lessen aanbieden. Een instrument leren bespelen of leren tekenen of schilderen. Een plek waar activiteiten worden geboden en waar structuur is.' Hij glimlachte naar haar. 'Waar je gezonde snacks kunt krijgen.'

'Nu probeer je me te paaien.'

'Een klein beetje. Naschoolse opvang, wat sportlessen.'

'Nou doe je het weer,' zei ze, maar ze sloeg wel haar arm om zijn middel.

'Sophia en ik hebben het meer dan eens over dit pand gehad. Maar er deed zich geen mogelijkheid voor om het te kopen, tot nu dan. Misschien is het nog steeds te hoog gegrepen, maar...'

'Niets is te hoog gegrepen als je het maar blijft proberen. Je mag gerust weten dat ik het hele idee wel een beetje eng vind. Maar als ik tussen mijn wimpers door kijk en al mijn gezond verstand uitschakel, kan ik het bijna voor me zien.' Bovendien wilde hij het dolgraag. Dat was het enige wat ertoe deed.

Ze deed een stap naar achteren en stak haar hand uit. 'Goed. Laten we het doen, partner.'

Hij pakte haar hand en kneep erin. '*Gioia mia*. Ik ben trots op je.'

Dom vond bijna niets zo leuk als koken voor een grote groep, behalve dan een huis vol kinderen en drukte te hebben.

Dankzij Adrians vrienden had hij allebei.

Hij marineerde kilo's dikke varkensribbetjes in een friszure marinade die hij zelf had gemaakt, hij grilde zomergroenten uit zijn eigen moestuin, maakte een koud pastagerecht, zo bontgekleurd als een circus, met dikke olijven, kerstomaatjes en dunne reepjes courgette. Ook had hij focaccia's gebakken. Als toetje had hij een taart gemaakt met een vulling van slagroom en aardbeien.

Het gekreun van mensen die hun buik rond hadden gegeten, het gekwebbel van kinderen en de rommel die het gevolg was van een uitgebreide, tot in de puntjes verzorgde maaltijd, schonken hem een diepe voldoening.

Hij vond het heerlijk om Adrian met haar vrienden en vriendinnen van de middelbare school te zien. En om Harry – die een soort vader voor Adrian was geweest – met zijn gezin te zien.

Verschillende generaties aan één tafel vormden een familie, een thuis.

Onder het genot van cappuccino en taart vroeg hij aan Hunter, de zoon van Harry: 'Vertel eens wat jij graag zou willen hebben in een jongerencentrum.'

'Een zwembad.' Hunter, met zijn donkere zigeunerogen, nam een grote hap taart. 'De papa's zeggen...' Hij stak een duim op, maar draaide die meteen weer omlaag.

'Paardrijden en een manege.' Hunters jongere zus, Cybill, haalde met een vorkje nog wat roomvulling uit haar taartpunt.

'En wat zou jij willen, Phineas?'

'Een planetarium.'

Dom knikte ernstig en keek toen naar Adrian. 'We hebben een groter gebouw nodig.'

‘Zeg dat wel. Wat vinden jullie van spelletjes? Bordspellen, videospelletjes, een basketbalveld? Teken- en schilderles, handvaardigheid, muziekles? En bij dat laatste denk ik aan jou, Monroe.’

Hunter bewoog met zijn vork naar Monroe. ‘Kun jij gitaarspelen?’

‘Ja. Vind je de gitaar leuk?’

‘Ja. Als ik er voor kerst eentje krijg, kun jij me dan wat leren als we hier weer op bezoek komen?’

‘Tuurlijk. Als je wilt, mag je morgen wel een poosje bij me komen en dan zal ik je wat dingen leren.’

‘Echt? Gaaf!’

‘Je Harry-papa moet morgen hier werken.’ Phineas keek Harry onderzoekend aan. ‘Dus dan kan je Marshall-papa je wel brengen. Jij mag ook komen, hoor,’ zei hij heel hoffelijk tegen Cybill. ‘Ik krijg een telescoop voor kerst.’

‘O ja?’ vroeg Monroe met zijn cappuccino in zijn hand.

‘Ja, want ik word later astronoom/astronaut en dan ga ik leven op een andere planeet ontdekken. Want er is buitenaards leven.’

‘Dit heeft hij niet van mij, hoor,’ zei Monroe tegen zijn vrouw. ‘Echt niet.’

‘Tja, wiskundig en logisch gezien, heeft hij gelijk. Er moet buitenaards leven zijn.’

Monroe wees met zijn vork naar Teesha. ‘Ik bedoel maar. Dom, Adrian, dit was een ongelooflijk lekkere maaltijd. Hierbij geef ik mezelf en de anderen op om de afwas te doen.’

‘Ik doe mee. Sterker nog, als ik me nu niet in beweging zet, schiet ik misschien wel wortel in deze stoel.’ Hector, met zijn hoornen bril en korte paardenstaart, ging staan. ‘Ik denk altijd dat Sylvie en ik redelijk kunnen koken… tot we hier komen eten. Wij kunnen ons echt niet met jullie meten.’

‘Jammer dat ze niet kon komen.’ Loren stond op en begon de borden op te stapelen. Hij had zijn vuurrode haar laten millimeteren en Adrian vond dat hij er zelfs in een spijkerbroek en een T-shirt uit wist te zien als een advocaat.

'Zij vond het ook jammer, maar ze is druk bezig met inpakken omdat we naar New York gaan verhuizen.'

Ondanks haar dikke babybuik veerde Teesha op uit haar stoel. 'Wat?'

'Ja, het leek me een goed idee om dat nieuwtje een poosje te bewaren.' Grijnzend haalde hij zijn schouders op. 'Ze kreeg een goede baan aangeboden, dus ben ik daar zelf ook maar wat gaan rondvragen. We gaan dus terug naar New York, en daar is mijn vader heel blij mee. Vooral omdat ik Sylvie ten huwelijk heb gevraagd.'

Loren gaf hem een por tegen zijn arm. 'En dat vertel je ons niet?'

'Dat doe ik nu toch? Ik dacht dat ik wel met jou mee terug kon rijden naar de stad om daar een paar woningen te bekijken en daarna terug te vliegen naar L.A.'

'We gaan op excursie!'

Adrian stond op en sloeg haar armen om hem heen. 'Dit is geweldig nieuws. We moeten de champagne openmaken.'

'Maar eerst de afwas.'

Harry wachtte tot de afwas klaar was en zijn kinderen hun taart eraf renden onder het toeziend oog van Marshall.

Hij pakte Adrians hand. 'Zullen we een eindje gaan wandelen?'

'Ja, prima. Ik wilde net naar beneden om te kijken of alles klaarstaat voor de opnamen van morgen.'

'Dat doet Hector wel.' Hij trok haar mee naar de voorkant van het huis.

'Is er iets mis? Gaat alles goed met jou en mama?'

'Ja, met mij is alles prima en met haar ook. Over een paar dagen keert ze terug naar New York. En ze wil met jou overleggen over een nieuwe moeder-dochterproductie. Waarschijnlijk voor de komende winter.'

'Dan zal ze toch hiernaartoe moeten komen. Ik wil popi niet alleen laten. Bovendien is het hoog tijd dat zij hem weer eens bezoekt.'

Hij liep samen met haar de veranda aan de voorkant van het huis op. 'Wat een schitterend uitzicht. Zelfs een verstokte stadsbewoner als ik kan zoiets waarderen. Dom is dolenthousiast over dit jongerencentrum.'

'Zeg dat wel. Daar gaan we ons op storten zodra we zijn begonnen met deze productie. We hebben het koopcontract al getekend, nadat Teesha de verkoper nog eens twaalfduizend had laten zakken met zijn prijs.'

'Die meid is een mirakel.'

'Nou en of.' Ze sloeg hem aandachtig gade terwijl ze liepen. Slank, goedverzorgd en nog even knap als vroeger. Misschien wel knapper door de paar grijze haren in zijn kapsel. 'Waar wil je me nou echt over spreken, Harry?'

'Nou, ik vraag me af waarom je Dom en de anderen niets over dat laatste gedicht hebt verteld.'

'Wie zegt dat ik dat niet heb gedaan?'

'Dat zeg ik, Ads, want ik ken je. Kom, dan lopen we nog een stukje om te genieten van het laatste restje van deze lange zomerdag en kun jij me tekst en uitleg geven.'

'Ik zag het nut er niet van in, Harry. Nog steeds niet, trouwens. Vooral als het om popi gaat. Zoals je net zei, is hij nu dolenthousiast. Waarom zou ik hem dan iets verontrustends vertellen waar hij toch niets aan kan doen? Hij is vierennegentig, Harry.'

'En waarom heb je het voor de anderen verzwegen?'

Ze slaakte een diepe, ongeduldige zucht. 'Als ik bof, zie ik Hector en Loren twee keer per jaar, en wat kunnen zij eraan doen? Teesha is in verwachting, dus nogmaals, waarom zou ik het haar vertellen? Dit speelt tenslotte al jaren.'

'Ja, maar het escaleert. Dat weten we allebei.'

'En ik doe elke keer heel braaf aangifte. Ja, het escaleert en dat baart me zorgen. Het maakt me van streek en het is zenuwslopend, en dat is precies wat die persoon wil. Maar ik heb geen vreemde telefoontjes gekregen, er zijn geen vernielingen aangericht of pogingen tot inbraak geweest. Het wordt nooit persoonlijker dan wat rotgedichtjes.'

'Dit jaar zijn het er al drie. Ik weet dat je een alarmsysteem hebt laten installeren en dat je een reusachtige hond hebt, maar je woont hier behoorlijk afgezonderd, Adrian. Volgens mij wordt het tijd dat je gaat nadenken over persoonlijke beveiliging.'

Van pure verbazing bleef ze staan. 'Wil je dat ik een vuurwapen aanschaf?'

Minstens zo verbaasd stopte hij ook. 'Nee! God, nee. Met een vuurwapen kunnen er veel te veel dingen fout gaan. Maar je kunt een lijfwacht nemen.'

Ze begon te lachen. 'Maak het nou, Harry.'

'Nee, ik meen het serieus. Als Lina ergens optreedt, heeft ze beveiligers, en zij heeft nog nooit te maken gehad met zo'n aanhoudende bedreiging als jij. Het is gewoon een kwestie van gezond verstand.'

'Ik doe nooit optredens...' bracht ze hem in herinnering. '... want zoals ik al zei is popi vierennegentig. En vanaf het moment dat ik dat besluit heb genomen, heb ik ontdekt hoe fijn ik het vind om thuis te werken, hoeveel werk ik gedaan krijg en hoeveel mensen ik op deze manier kan bereiken.'

'Dat begrijp ik allemaal, maar als je hier extra beveiliging neemt, en dan heb ik het over mensen, verklein je het risico.'

'Maar dan zijn popi en ik onze privacy kwijt. Als ik de politie bel, is die binnen vijf minuten hier. Onze dichter heeft jaren de tijd gehad om met iets bedreigenders of gewelddadigers op de proppen te komen dan wat rijmelarij. Het is gewoon een geval van emotionele stalking.'

'Maar stalkers gaan na verloop van tijd vaak tot actie over.'

Hij nam haar zorgen bepaald niet weg, dacht ze. Maar goed, dat was zijn bedoeling ook niet.

'Dat spreek ik niet tegen. Dat kan ik ook niet. Maar ook als we uitgaan van het ergste scenario, dat iemand mij kwaad wil doen, ben ik nog altijd sterk, lenig en snel. Ik ben niet hulpeloos, Harry.'

'Dat ben je nooit geweest.'

'Ik vind het vreselijk dat je je zo ongerust maakt, maar juist dát sterkt me in mijn overtuiging dat ik dit niet tegen popi wil zeggen. Ik zal een cursus zelfverdediging gaan doen.'

Harry rolde met zijn ogen. 'Waar?'

'Op internet. Als je je best doet, kun je alles via internet leren. En ik zál mijn best doen. Om het risico te verkleinen.'

'Goed, goed. Ik wist dat ik je niet zou kunnen overhalen, maar ik moest het proberen.'

'Ik hou van je, juist omdat je het hebt geprobeerd. Maar ik hield sowieso al van je. Ik zal op internet gaan zoeken naar cursussen zelfverdediging en er volgende week eentje uitkiezen. En omdat ik nou eenmaal doelgericht en competitief ben ingesteld, zal ik als beste van de klas eindigen.'

'Dat zou me niets verbazen.'

'En weet je? Als ik er voldoende over heb opgestoken, is het misschien een goed onderwerp voor mijn blog of zelfs een segment op een fitnessvideo.'

'In dat opzicht lijk je op Lina,' zei hij terwijl ze terugliepen naar het huis.

Hoewel die opmerking haar ergerde, haalde ze haar schouders op. 'Misschien. Een beetje.'

'Ze heeft zichzelf opgewerkt en haar eigen succes gecreëerd, Adrian. Dat heb jij ook gedaan. En een van de redenen daarvoor is dat Lina en jij eventuele hindernissen niet aan de kant proberen te schuiven, maar een manier bedenken om die hindernissen om te buigen in een voordeel.'

'Soms vraag ik me af of ik dat voor haar was. Een hindernis.'

'Nee.' Hij sloeg een arm om haar schouders. 'Zo heeft ze je nooit beschouwd, geloof me. Jij was een keus.'

Misschien, dacht ze opnieuw. Maar ze was er nooit achtergekomen waarom haar moeder die keus had gemaakt.

14

Ze presteerde het om hem daadwerkelijk een speciaal voor hem gemaakte fitnessvideo te sturen. Het was een korte, verrassende en helemaal niet zo leuke video, vond Raylan.

Hij vond eigenlijk dat... tja, wat moest hij ervan vinden dat ze de tijd had genomen om een trainingsschema van een hele maand voor hem te maken? Zeven dagen per week – dat kon toch niet waar zijn? – en dat vier weken lang.

Verplichte warming-ups en coolingdowns. Elke dag opnieuw, verdomme.

Hij bekeek het eerste segment op zijn laptop die in de keuken stond, waar de kipsticks en aardappelkroketjes uit de vriezer in de pan lagen te spetteren (het was een lange dag geweest en bovendien zou hij die wat minder gezonde spullen compenseren door broccoli te stomen), terwijl de kinderen en de hond als wilden door de achtertuin renden.

Cardio op dag één. Ze deed voor hoe hij moest joggen-op-de-plaats waarbij hij zijn knieën hoog moest optrekken. Ze droeg hem op om dat dertig seconden vol te houden en daarna meteen door te gaan met jumping jacks, voorwaartse en achterwaartse lunges, squats, burpees, enzovoort. Vervolgens zei ze, zonder dat zij ook maar een beetje hijgde, dat hij die hele serie twee keer moest herhalen en daarna een pauze van dertig seconden mocht nemen om water te drinken. Daarna kwamen er shuffles, staande mountain climbers en andere kwellingen. Uiteindelijk moest hij zich een half uur in het zweet werken.

Als hij dat trouw elke week deed dan zou hij, zo verzekerde ze hem, aan het einde van week vier in staat zijn om alles vijfenveertig seconden achter elkaar vol te houden.

Ook kon hij ervoor kiezen – iets wat ze hem sterk aanraadde – om elke dag tien minuten aan zijn buikspieren te werken.

'Tuurlijk, waarom niet? Tijd zat.'

Hij liet de video doorspelen terwijl hij de broccoli pakte en Adrian ging over op de krachttraining van dag twee. Wat hem verbaasde, dacht hij terwijl hij de broccoli in roosjes sneed, was hoe rustgevend haar stem klonk terwijl ze de onschuldige kijker dwong tot het trainen van de biceps, de biceps in combinatie met de schouders, de borstspieren en de triceps, waarbij je moest liggen en een gewicht naar je voorhoofd moest brengen. Ook moesten er roeibewegingen worden gemaakt.

Weliswaar vond hij het fascinerend om haar spieren te zien bewegen – hij was van plan om dat in zijn tekeningen te verwerken – maar hij had geen dumbbells.

Hij had het druk gehad.

Dag drie bestond uit buikspieroefeningen, en die zagen er ronduit pijnlijk uit.

Ondanks de rustgevende stem en de fascinerende spieren, zette hij de video stop.

Hij stoomde de broccoli en pakte de borden. Een tikje laat herinnerde hij zich het wasgoed dat hij 's ochtends in de wasmachine had gedaan voordat ze aan de laatste inkoopmarathon voor het nieuwe schooljaar waren begonnen.

Hij haalde het wasgoed uit de wasmachine, deed het in de droger en vroeg zich af waarom hij niet gewoon pizza had besteld. Toen schoot hem te binnen dat hij dat gisteravond al had gedaan, na hun vorige inkoopmarathon.

Maar goed, de kinderen hadden nu nieuwe schoenen en geschikte kleren voor de herfst, nieuwe rugzakken en koeltasjes voor de lunch, multomappen, elastomappen en nieuwe potloden met nog smetteloze gummetjes.

Ze hadden nu verdorie alles wat ze maar nodig hadden en nog meer.

En vol enthousiasme waarmee een nieuw begin altijd gepaard gaat, hadden ze hem geholpen bij het opbergen van alle nieuwe dingen. Dus nu hingen die rugzakken op haken in de bijkeuken, maar zonder de koeltasjes, want die zou hij morgenochtend vullen. Precies op tijd, dacht hij, want morgenochtend om tien voor halfacht zou de grote gele bus komen voor de eerste schooldag.

Was hij een slechte vader omdat hij opgelucht en blij was dat het eindelijk zover was? Nee, zeker niet, verzekerde hij zichzelf. Hij was een realist.

Het vooruitzicht om urenlang in een leeg huis te zitten, om niet gestoord te worden? Heerlijk! Zo heerlijk dat je bijna een traan van blijdschap over je wang voelde biggelen.

Nadat hij had gecontroleerd hoever alles was en had besloten dat ze over een minuut of vijf konden eten, liep hij naar de deur om de kinderen te roepen.

Maar in plaats daarvan bleef hij alleen naar ze staan kijken.

Mariah verdedigde zich tegen Bradleys ninja-krijgskunst met haar danspasjes terwijl Jasper rondrende met een gele tennisbal in zijn bek.

Het zitvlak van Mariahs felroze korte broek zat onder de grasvlekken. De veters van Bradleys oude Converse-gympen waren weer losgeraakt en zagen grijs van de viezigheid.

Hij hield zo veel van ze dat het pijn deed.

Hij deed de deur open en voelde de verstikkende hitte en vochtigheid, waardoor zijn kinderen glansden van het zweet. Net toen hij ze binnen wilde roepen, zoals een beschaafd mens zou doen, gaf hij toe aan een plotselinge opwelling. Hij pakte de tuinslang, draaide de kraan helemaal open en spoot ze kletsnat.

Ze gilden, dansten, renden weg en renden weer terug.

'Papa!' gilde Mariah terwijl ze haar best deed om de waterstraal te ontwijken, al straalde haar gezichtje van pret, net als dat van Bradley.

'Weg met alle achtertuinindringers. Mijn machtige tuinslang zal jullie verslaan!'

'Nooit!' Bradley holde op hem af en maakte overdreven zwembewegingen terwijl de straal hem in zijn buik trof.

Hij waardeerde de creativiteit van zijn zoon en toen Mariah zich bij haar broer voegde om samen met hem de aanval in te zetten, liet Raylan zich door hen op de grond werken.

Toen de tuinslang in het gras viel, likte Jasper blij het spuitende water op terwijl Raylan stoeide met zijn kinderen.

Even doorweekt als zij, ging Raylan op zijn rug liggen, met zijn ene arm om Bradley en de andere om Mariah. Omdat hij de achterdeur open had laten staan hoorde hij de timer van de oven piepen. 'Het eten is klaar.'

De volgende ochtend maakte hij foto's van hen, met hun glanzende gezichtjes, nieuwe schoenen en nieuwe rugzak. Hij zag dat ze werden verzwolgen door de gele schoolbus en voelde even een steek van pijn in zijn hart.

Hoewel die zo weer was verdwenen, had hij hem wel degelijk gevoeld. Daarna keek hij naar de hond en zei: 'We zullen het met z'n tweetjes moeten rooien, makker. Ik stel voor dat jij de ontbijtboel afwast, dan ga ik aan het werk. Nee? O, werkt het niet zo?'

Hij maakte de keuken aan kant en luisterde naar de stilte. Ja, die stilte was inderdaad heerlijk, maar toch moest hij even aan zijn kinderen denken. Zij waren nu de nieuwkomers op school. Ze hadden in de zomer wel vriendjes en vriendinnetjes in de buurt gemaakt, maar toch zouden ze op school de nieuwelingen zijn.

Als ze weer thuiskwamen, zouden ze vol verhalen zitten en bergen formulieren hebben gekregen die hij allemaal moest invullen. Dus hij kon maar beter gebruikmaken van de rust en stilte die nu nog heersten.

In zijn kantoor ging hij aan zijn tekentafel zitten terwijl Jasper stiekem op de bank kroop die Raylan als zijn nadenkplek beschouwde.

Hij had zijn script afgerond, geredigeerd, er nog wat mee gespeeld en gepolijst. Waarschijnlijk zouden er hier en daar nog wel een paar veranderingen worden doorgevoerd, maar het zat goed in elkaar.

Hij had een goed begin gemaakt met zijn ruwe kaderindeling, en nu bestudeerde hij alle tekeningen op de twee bladzijden die op zijn tekentafel lagen. Alle gedachte- en tekstballonnen stonden op de juiste plaats en alle bijkomende teksten waren aangebracht. Nu pakte hij een blauw potlood en voegde extra details toe aan de personages en de achtergrond. Met andere kleuren accentueerde hij bepaalde dingen en bracht schaduwen en licht aan.

Af en toe bekeek hij de schetsen die hij op zijn prikbord had gehangen om de personages en profil te zien en hun gezichtskenmerken en postuur te bestuderen.

De slechterik was slank, op het tengere af, en had een artistiek, romantisch gezicht, met goudblond haar dat tot op zijn schouders viel.

Dat alles vormde een dun laagje vernis op een monsterlijk boosaardig personage.

Raylan maakte de ogen van de schurk ietsje scheefstaand, zodat ze bijna feeëriek leken. De kleur zou kristalblauw zijn… tot het moment dat de slechterik zich ging voeden. Dan zou het bloedrood van de demon erin doorschijnen.

Tevreden ging hij verder met de volgende bladzijden, en de volgende kaders, terwijl hij zijn script en zijn mal voor de lay-out raadpleegde. Tegen de tijd dat hij de kaders had opgemeten en gemarkeerd, liet Jasper zich van de bank afglijden en begon te kwispelen omdat hij uitgelaten wilde worden.

Raylan deed de deur open zodat de hond naar buiten kon gaan en pakte een cola voor zichzelf.

Zoals altijd was hij begonnen met de tekstballonnen. Het had geen zin om iets te tekenen wat afgedekt zou worden door die ballonnen. Meer beschrijvende tekst dan dialoog op deze twee pagina's, dacht hij. Daarop dwaalde Adrianna door haar huis, zich verzettend tegen de lokroep van Grievous. Dan een plaatje dat één hele bladzijde besloeg, waarin ze zich eraan overgaf en veranderde in Cobalt Flame, met een speer in haar hand en een gekwelde blik in haar ogen.

Hij moest toegeven dat ze heel sexy was.

Zijn basisschets in blauw potlood kreeg vorm en hij tekende haar huis, waarbij hij opnieuw zijn schetsen en de kaders die hij al af had raadpleegde voor de details.

Ze stond voor het hoge raam van haar torenkamer en keek de donkere nacht in. Ze was eenzaam en lag met zichzelf overhoop, dacht hij. Ze werd achtervolgd. Gekweld.

Wie hield er niet van een heldin die aan die criteria voldeed?

Krachtige jukbeenderen – niet zo scherp als die van haar meester, maar toch krachtig en geprononceerd. Hij zou met verf moeten experimenteren om de juiste tint goudgeel, groenig bruin te krijgen. Maar voorlopig ging het om vorm, gezichtsuitdrukking en compositie.

Hij was net begonnen aan het grote kader van haar transformatie, toen hij Jasper hoorde huilen als een verdoemde, waanzinnige ziel.

Hij liet alles uit zijn handen vallen en rende naar de achterdeur. Toen hij Jasper daar niet zag, sloeg zijn hart even over, maar toen hoorde hij dat gejank opnieuw. Hij volgde het geluid en zag zijn hond met zijn voorpoten op de bovenkant van het tuinhek staan. Het beest kwispelde als een bezetene en had zijn kop achterovergegooid om nog een keer te janken.

Hij had de auto niet horen stoppen, maar zag hem nu staan. Adrian haalde er net een sporttas uit, en iets wat verdacht veel weg had van een yogatas, terwijl Sadie geduldig in de auto zat.

Adrian sloeg de draagband van beide tassen over haar schouder en zag Raylan toen staan. 'Het spijt me van het lawaai. Als je er geen bezwaar tegen hebt, kan ik haar wel een paar minuutjes bij hem laten.'

'Ja, doe dat. Jasper, je maakt het mannelijk geslacht te schande. En bovendien is hij...' Raylan maakte een knipgebaar met zijn vingers.

'Liefde draait niet altijd om seks en seks niet altijd om liefde,' zei Adrian terwijl ze naar het poortje in het hek liep. 'Toe Sadie, wees eens lief voor die jongen. Ik heb wat spullen voor je meegebracht.'

Raylan dacht aan de speciaal voor hem gemaakte martelvideo en keek haar behoedzaam aan toen Sadie en zij de tuin in liepen. 'Heb jij spullen voor me meegebracht?'

'In de auto ligt nog meer, maar dat kan ik niet in mijn eentje dragen.'

Jasper rende om Sadie heen, rolde door het gras en maakte hoge sprongen. En Adrian glimlachte terwijl ze Raylan de zwarte yogatas overhandigde. 'Hoe gaat het hier op de eerste schooldag?'

'Tot nu toe prima, maar ondertussen begin ik me wat zorgen te maken.' Die yogatas was zwaarder dan hij had verwacht.

'Daar zit een yogamat in, yogablokken en -riemen, weerstandsbanden en enkel- en polsgewichten.'

'O. Dat had je echt niet hoeven doen.'

'Ach, daar heb je toch vrienden voor? Heb je die instructievideo nog gekregen?'

'Ja. Ja, maar ik had het, eh...'

Ze wierp hem een glimlach van duizend watt toe. 'Druk, druk, druk.'

Ze straalde een en al vrolijkheid en begrip uit. Hij vertrouwde het voor geen meter.

'Laten we deze spullen eerst even naar binnen brengen, dan halen we daarna de gewichten uit de auto. Ik kan je wel helpen om die naar beneden te brengen, als dat tenminste de beste fitnessplek voor jou is. Daarna laat ik je weer alleen, zodat je verder kunt gaan met het druk hebben.'

Wat gebeurde hier allemaal? 'Gewichten? Heb je gewichten voor me meegebracht?'

'En een gratis lidmaatschap van een maand zodat je Work Out Now dot com kunt streamen als je daaraan toe bent.' Ze liep langs hem heen de keuken in.

Die meid was zo verraderlijk als een addertje onder het gras.

'O, Raylan, dit ziet er echt heel leuk uit. Het geluk straalt ervan af. Opgeruimd en gelukkig,' voegde ze eraan toe. 'De kalender met alle activiteiten, het prikbord met kindertekeningen en kiekjes.' Ze draaide zich naar hem toe en zei: 'Zeg, als ik even een lastpost mag zijn...'

'Die titel heb je al in de wacht gesleept.'

Ze begon te lachen en schudde haar dikke haar naar achteren. 'Dat kan ik niet ontkennen. Maar je had gezegd dat ik een keer naar je werk mocht komen kijken. Ben je al bezig met dat nieuwe personage?'

'Ja, er zit schot in.' Met het gevoel dat hij in de val zat, zette hij de tassen op het kookeiland. 'Mijn kantoor is hier.' Hij liep om het kookeiland heen en ging haar voor door de openstaande glazen deuren.

In de deuropening bleef ze staan. 'O, wat mooi! Al die tekeningen. En zo'n goede lichtinval. Dat is vast belangrijk. En ook hier is alles zo keurig georganiseerd, met al die potloden en penselen, en een echte tekentafel. Kennelijk ging ik er onbewust van uit dat je alles op de computer zou tekenen.'

'Sommige mensen doen dat. Ik soms ook. Maar ik hou van de ouderwetse manier.'

'Is dit de ouderwetse manier?' Ze liep naar de tekentafel met de twee pagina's erop. 'Dat huis is echt geweldig. Het lijkt op het onze, maar dan met een scheutje *Beetlejuice*.'

Dat ontlokte hem niet alleen een grijns, maar vervulde hem ook met een diepe trots. 'Ja, daar zeg je zowat.'

'En zij ziet er zo... zo verdrietig uit, en eenzaam. Dat maakt haar sympathiek, waardoor de lezer met haar meevoelt zelfs als, of nee, wannéér... ze afschuwelijke dingen doet. O, kijk deze. Hier teken je haar heel groot en ten voeten uit, terwijl ze in beweging is.'

'Haar gedaanteverwisseling, ja.'

'Heb jij de anatomie bestudeerd?'

'Eh... ja. Op de universiteit. Je moet weten hoe dingen met elkaar in verbinding staan om ze op papier tot leven te kunnen wekken. Het spierstelsel, de ruggengraat, de ribbenkast.'

'Dan hebben we wat gemeen. Je kunt geen fitnessles geven, althans niet verantwoord of goed, als je niet weet hoe dingen met elkaar in verbinding staan en op elkaar reageren. Ik vind dat je een geweldige werkplek hebt, en je hebt ook nog eens een huis dat geluk uitstraalt. Het lijkt me enig als je me een keer het hele arbeidsproces wilt uitleggen. Maar nu ben je aan het werk, en ik moet weer terug. Laten we de gewichten even naar binnen brengen.'

'Hoe wist je dat ik zelf nog geen gewichten had gekocht?'

'Dat heb ik aan Jan gevraagd.'

'Verraden door mijn eigen moeder.'

Ze waren er een half uur mee bezig, waarna Raylan besloot dat hij die dag meer dan genoeg lichaamsbeweging had gehad. Tegen de tijd dat hij de laatste twee gewichten – die allebei zestien kilo wogen – naar binnen had gesjouwd had zij het halterrek van twee lagen in elkaar gezet en de gewichten erin gelegd, en waren alleen de laatste twee plekken nog onbezet.

Zijn kelder, klaar om ingedeeld en afgetimmerd te worden, kwam hem ineens een beetje angstaanjagend voor.

'Eigenlijk heb je ook een halterbank nodig.'

'Stop.'

'Dat merk je vanzelf wel.' Ze wuifde met een hand. 'Het is mooi dat er hier al een vloer van hardhout ligt en de lichtinval is ook beslist niet slecht. Deze ruimte voldoet uitstekend.'

Haar bijzonder lange benen waren in een korte zwarte hardloopbroek met felblauwe biezen gestoken. Waarschijnlijk moesten die biezen ervoor zorgen dat de broek bij het felblauwe haltertopje paste waarin haar lange, gespierde armen mooi uitkwamen. Haar hardloopschoenen completeerden het geheel. Die hadden dezelfde blauwe kleur, met het discrete NG – New Generation – logo in het zwart.

Haar outfit zou beslist Mariahs goedkeuring kunnen wegdragen, dacht hij.

'In eerste instantie zul je het niet erg leuk vinden,' zei Adrian, die door de kelderruimte liep. 'Maar aan het einde van de tweede week zul je de voordelen gaan merken. Je zult lekkerder slapen en je beter voelen. En in de derde week zal het een gewoonte zijn geworden. Dan is naar de kelder lopen om een work-out te doen even vanzelfsprekend als douchen en tandenpoetsen. Dan hoort het gewoon bij je dag.'

'Dat zeg jij.'

'Ja, dat zeg ik. Onthoud: als iets pijn doet, moet je ermee ophouden. Als het onplezierig voelt, moet je doorzetten. Maar pijn betekent stoppen.'

'Het doet nu al pijn.'

'Even doorzetten, Wells.' Ze priemde met een vinger in zijn borstkas en draaide zich toen om om de trap op te lopen.

Hij bekeek haar aandachtig omdat hij de aanblik van haar rug nodig had voor zijn tekeningen.

'Zeg, heb je toevallig een blender?' vroeg ze.

Hij was een beetje bang om antwoord te geven. 'Ja.'

'Geweldig. Er zit een proefmonster van onze superfoodsmoothie in de tas, en nog wat suggesties voor andere zelfgemaakte gezondheidsdrankjes.'

'Ga mijn huis uit.'

'Ik ga al, en ik neem het vriendinnetje van je hond mee.'

Toen ze naar buiten liep, zag ze Sadie op het gras liggen, met allerlei cadeautjes voor zich die Jasper haar had gebracht. Stokken, twee ballen, een half opgekauwd bot van runderhuid, een gerafeld stuk trektouw en een pluchen katje.

'Jezus, wat schattig. Ze zal voor hem zwichten,' voorspelde Adrian. 'Hoe kan ze al die liefde weerstaan? Weet je, je mag hem best af en toe bij mij brengen. Dan kunnen zij bij elkaar zijn terwijl jij aan het werk bent.'

'Jij moet ook werken.'

'Dat is waar, maar ik heb een grote tuin en een groot huis. Bovendien zou popi het geweldig vinden.'

'Oké. Goed.'

'Fantastisch. Kom, Sadie. Groetjes aan de kinderen.'

'Doe ik.'

Ze aaide de nu terneergeslagen Jasper even en liep toen naar het poortje.

'Ik zeg wel "bedankt voor alle spullen", maar eigenlijk meen ik dat niet.'

Ze gooide die dikke haardos opnieuw naar achteren. 'Dat komt nog wel.'

Om nog meer gejank te voorkomen, gaf Raylan Jasper een hondenkoekje. Nadat hij de hond weer naar binnen had gebracht, bleef hij even staan en schudde hij zijn hoofd. 'Ik snap wel dat jij al die gevoelens hebt voor dat grote, mooie meisje. Maar voor mij voelt het niet echt goed dat ik dit, dit... "iets" begin met die lange, adembenemend mooie fitnesskoningin. Ik weet verdomme niet hoe ik daarmee om moet gaan.'

En omdat hij dat niet wist, besloot hij te gaan lunchen met een overgebleven kipstick en daarna ging hij weer aan het werk.

De hele maand september bleef de zomer met hete vuisten inbeuken op de aankomende herfst. Zwembaden in achtertuinen bleven in gebruik, tuinen stonden in bloei en airconditioners bleven zoemen. Watersporters trokken met hun opblaasbare banden, rafts en kajaks naar Traveler's Creek om dobberend of varend af te koelen in de schaduw van overhangende bomen die koppig groen bleven.

In oktober was het opeens gedaan met de zomer. De herfst diende zich aan met frisse winden en zorgde dat de bomen levendige, opvallende kleuren kregen die wandelaars en fietsers lokten en de Canadese ganzen al gakkend naar het noorden lieten trekken.

Op wat Adrian als een volmaakte herfstdag beschouwde, met bontgekleurde bomen tegen een diepblauwe hemel, parkeerde ze haar auto op het parkeerterrein van Rizzo's. De frisse herfstbries liet een aantal van de felgekleurde bladeren naar de grond dwarrelen, waar ze bleven opwaaien en draaien als miniatuurgymnasten.

Nadat Dom en zij uit de auto waren gestapt, maakte ze de achterklep open en lijnde Sadie aan. 'Werk niet te hard, popi.'

'Dat kan ik ook tegen jou zeggen. Barry zal me voor het avondeten weer thuisbrengen. Zal ik wat manicotti meenemen?'

'Wie kan daar nou nee op zeggen?' Ze gaf hem een kus op zijn wang en bleef op de parkeerplaats staan treuzelen tot ze hem door de achterdeur naar binnen had zien gaan. Het zou zijn eerste volledige werkdag in het restaurant worden nadat een late zomerverkoudheid hem een paar dagen had geveld. Waarschijnlijk had hij die opgelopen omdat hij, of eigenlijk zij samen, van hot naar her waren gegaan voor besprekingen met de architect, de bouwkundig ingenieur, de aannemer en de stadsplanoloog, dacht ze terwijl ze met Sadie naar het postkantoor liep.

Al dat harde werken was de moeite waard geweest nu hij weer helemaal de oude was, dacht ze. En als alles volgens plan verliep, zou het werk aan het jongerencentrum binnenkort beginnen.

Net toen ze Sadies riem aan het fietsenrek voor het postkantoor vastmaakte, hoorde ze een wanhopig gejank. 'O, jee. Volgens mij is je vriendje in de buurt. Geef me even tijd om mijn post op te halen, dan gaan we hem daarna blij maken.'

Sadie ging zitten, even gehoorzaam als altijd, maar ze liet haar mooie ogen de kant op gaan waar het gejank vandaan kwam. En Adrian zag een verlangende blik in die ogen.

Zoals ze had voorspeld was Sadie voor Jasper gezwicht.

'Over vijf minuutjes ben ik terug,' beloofde Adrian waarna ze de hal in liep.

Binnen zag ze Raylan staan praten met de directrice van het postkantoor. Voor hem op de balie stond een enorme doos. Adrian bekeek hem even en knikte toen. Hij was in vorm en slank, maar niet meer te mager. Ze nam hem kritisch op en vond dat hij er in zijn spijkerbroek en hoody behoorlijk fit uitzag. Zoals ze al eerder had geconstateerd, had de zomerzon Raylans haar gebleekt.

Ze voelde een lichte versie van Sadies verlangen opwellen, maar duwde dat gevoel weg, en deed de binnendeur een stukje open. 'Dag, mevrouw Grimes. Hoi, Raylan. Ik hoorde Jasper een liefdeslied zingen toen ik Sadie buiten vastbond.'

'Laat ik dan maar snel teruggaan voordat hij zich door het autoportier heen kauwt.'

'Als je even tijd hebt, kunnen we een wandeling met ze maken door het park, langs de beek.' Waar ze toch al met Sadie had willen gaan hardlopen.

'Ja, dat kunnen we wel doen. Bedankt, mevrouw Grimes.'

'O, maakt u zich geen zorgen. We zullen zorgen dat dit voor u naar New York wordt gestuurd. Wat zie jij er vandaag mooi uit, Adrian.'

'Dank u wel. Ik probeer onze nieuwe hardloopleggings uit.'

'Mijn kleindochter is dol op je merk. Ze draagt die spullen elke dag tijdens haar training. Cross-country,' zei ze tegen Raylan. 'In het eerste team. We zullen dit jaar ook weer het kampioenschap van de staat winnen. Let op mijn woorden.'

'Welke maat heeft ze?' vroeg Adrian.

'Ze is zo mager als een lat en ze heeft lange benen, net als jij. Ze heeft maatje xs. Op haar leeftijd kon ik mijn linkerbeen niet eens in maat xs krijgen.'

'Wat is haar lievelingskleur?'

'Ze is dol op paars.'

'Dan zal ik u een legging van onze nieuwe lijn voor haar geven, dan kan ze kijken of die haar bevalt.'

'Dat is echt niet nodig, Adrian.'

'Zij kan er lekker in lopen en het zal een mooie reclame voor mij zijn.'

'Dat zal ze fantastisch vinden.'

'Ik wil haar eerlijke mening horen. Ik ga alleen nog even mijn postbus legen.'

'Dan wens ik jullie nog een prettige dag. En die twee lieve honden ook.'

Raylan liep de hal in terwijl Adrian het sleuteltje van haar postbus uit een van de strakke zakken van haar legging haalde.

'Wil dat zeggen dat groen jouw lievelingskleur is?'

'Ja, hoe weet je… o, vanwege die legging. We noemen deze kleur Bosschaduw, de broek en de hoody, en het topje is Loden Explosie.' Ze wierp hem een flauw glimlachje toe terwijl ze de sleutel in het slot stak. 'We maken ook hardloopleggings voor mannen.'

'Nee. Nooit. Ik sterf nog liever.'

Ze opende de postbus en tastte erin om de stapel post te pakken. Hij zag dat ze haar hand ineens stilhield en tot een vuist balde. Ook veranderde haar gezichtsuitdrukking. De eerdere geamuseerdheid maakte plaats voor behoedzaamheid. En hij meende ook even angst te zien, vlak voordat ze alle post pakte en die snel in haar crossbodytas propte.

'Nou, het was leuk om je even gezien te hebben. Ik moet er weer vandoor.'

Hij legde een hand op haar arm voordat ze op de loop kon gaan. 'Wat is er? Wat zit er bij die post?'

'Het is niets. Ik moet nu echt...'

'Vertel me waar je zo van bent geschrokken,' zei hij, waarna hij haar naar buiten leidde. 'Hoi, Sadie.' Voordat Adrian de kans kreeg, had hij de hondenriem al losgemaakt van het fietsenrek. 'Jij vindt dat het mij niet aangaat.' Sadie trok hem, zo beleefd mogelijk, naar het zielige gejank dat uit het op een kiertje staande raampje van zijn auto naar buiten kwam. 'En daar heb je gelijk in. Maar aan de andere kant... ik ken iemand die, ook al ging het haar niet aan, een vracht aan dumbbells naar mijn huis heeft gebracht.'

Toen ze de auto naderden, begon Jasper te blaffen van opwinding. Hij stuiterde op en neer op de achterbank alsof hij springveren onder zijn poten had.

Raylan gaf Sadies riem aan Adrian en liep naar de passagierskant om Jaspers reserveriem uit het handschoenenkastje te pakken. Ineens had hij zijn armen vol wanhopige hond, waarna Jasper zich losrukte en naar zijn geliefde rende.

De honden begroetten elkaar als twee veteranen die tijdens een oorlog op twee verschillende continenten hadden gediend. Nadat Raylan er eindelijk in slaagde om de riem aan Jaspers halsband te bevestigen, rechtte hij zijn rug en haalde een hand door zijn inmiddels volledig verwarde haar. 'We zullen de honden hun wandeling-als-twee-geliefden gunnen, en dan kun je me het vertellen.'

'En dan zeggen ze dat ik een drammer ben.'

'Ben je ook.'

'Nou, jij kunt er anders ook wat van,' gaf ze terug, maar aangezien de honden haar weinig keus gaven liep ze toch met hem mee.

'Als het om iets belangrijks gaat wel.'

Bij wijze van stilzwijgende overeenkomst liepen ze door een zijstraat in plaats van Main Street, en gunde hij haar wat tijd om tot rust te komen. Hij zag dat ze daar behoefte aan had. Hij had verstand van gezichten, gezichtsuitdrukkingen en lichaamstaal. Dat had hij nodig voor zijn werk. En de doorgaans zelfverzekerde, ongekunstelde Adrian Rizzo was nu geschrokken, angstig en stil.

Hij wachtte tot ze alle huizen en de achterkant van bedrijfspanden achter zich hadden gelaten en in het mooie, groene park waren, waar de beek onder de eerste stenen brug door kronkelde.

'Er zat iets bij je post,' begon hij.

'Ja.'

'Van wie?'

'Dat weet ik niet, en dat is een deel van het probleem.'

Ze namen het wandelpad langs de beek, die hier in het park langzaam en rustig stroomde. Eenmaal buiten het park werd hij breder en kreeg hoogteverschillen. En buiten de stad, waar de uitlopers van bergen glooiden, werd de stroom woester en de hoogteverschillen groter en brachten ruige, hogere rotspieken het water in een stroomversnelling.

Als je die heuvels verder in trok, stroomde de beek nog sneller en was het water wit. Door felle lentebuien of plotselinge onweersbuien in de zomer kon de beek aanzwellen, buiten zijn oevers treden en overstromingen veroorzaken.

Vaak, veel te vaak bleek iets wat er onschuldig en ongevaarlijk uitzag dodelijk te zijn, dacht Adrian.

'Ik wil graag dat je niet verder vertelt wat ik je nu ga vertellen,' zei ze.

'Oké.'

'Ik weet dat je je aan je woord zult houden. Onder andere omdat ik je minstens drie keer ben tegengekomen sinds Maya jou had verteld dat ze in verwachting was. Ik weet dat ze het je moeder en jou al had verteld voordat ze het een paar dagen geleden tegen mij zei. Maar jij hebt het nooit ter sprake gebracht.'

'Ze had gezegd dat ik dat niet mocht doen, nog niet althans.'

'Precies. En ik wil mijn opa niet overstuur maken. Teesha moet over een paar weken bevallen en zij kan ook geen extra stress gebruiken. En behalve zich ongerust maken kunnen ze toch niets doen.'

'Wat zat er in die postbus, Adrian?'

'Ik zal het je laten zien.' Met de hondenriem in een lus om haar pols, graaide ze in de tas tot ze de envelop had gevonden.

'Je hebt hem nog niet geopend.'

'Ik weet wat erin zit omdat ik die dingen al vanaf mijn zeventiende krijg, altijd met dezelfde zorgvuldige blokletters en zonder retouradres. Deze is afgestempeld in... Detroit. Ze worden zelden twee keer vanaf dezelfde plek verstuurd. Jij hebt zeker geen zakmes bij je?'

'Natuurlijk wel. Wie heeft er nou geen zakmes bij zich?'

'Ik, en ik maak die enveloppen graag voorzichtig open.'

Hij tastte in zijn broekzak en overhandigde haar een klein zakmesje.

Ondanks alles moest ze glimlachen. 'Een zakmes van Spider-Man.'

'Ik heb het als kind op de kermis gewonnen. Het werkt nog uitstekend.'

'Jij raakt geen dingen kwijt,' mompelde ze waarna ze voorzichtig de bovenkant van de envelop opensneed.

Bij de volgende stenen brug bleven ze staan zodat twee hardlopers konden passeren. Terwijl de honden languit op het gras gingen liggen, haalde Adrian één velletje papier uit de envelop. Raylan las over haar schouder mee.

Een nieuw seizoen is aangetreden, voor mij een extra reden jou van het leven te beroven.

Nu de herfststormen gaan waaien, kan ik je één ding wel beloven.
Is onze ontmoeting eindelijk daar, zul je voor je sterft van angst verbleken,
maar dan is het te laat en helpt geen huilen of smeken.

'Oké. Jezus, wat een zieke klootzak. Je moet hiermee naar de politie.'

'Dat doe ik ook. Al vanaf het eerste gedichtje. Toen was ik zeventien, een maand nadat mijn eerste solo-dvd was uitgekomen. De eerste envelop kwam in februari. Ze kwamen altijd in februari, als een soort zieke Valentijnskaart.'

Ze deed het gedicht terug in de envelop en stopte die in haar tas. 'Er is een bepaalde routine, een soort draaiboek. Ik maak er kopieën van. Het origineel gaat naar de FBI. Ik heb een agent toegewezen gekregen, de derde al die deze zaak behandelt sinds dit gedoe is begonnen. Ik maak een kopie voor de rechercheur in New York. Daar heb ik de eerste ontvangen en dit is nog steeds een lopende zaak. Ik maak ook een kopie voor de politie hier, eentje voor Harry en eentje voor mezelf.'

'Dus geen vingerafdrukken, geen DNA op de achterkant van de postzegel en geen sporen omdat er nooit nader onderzoek naar is gedaan?'

'Precies.'

'Het is nu geen februari.'

'Eerst kwam er één per jaar, tot ik hier ging wonen. Het is volgend jaar mei twee jaar geleden dat ik mijn eerste blog heb gedaan met Traveler's Creek als adres. Kort daarna heb ik er eentje gekregen. Het jaar daarop kreeg ik er een in februari en een in juli. En dit is al de vierde van dit jaar.'

'Hij escaleert.'

'Ja, dat zeggen ze. Maar het blijft steeds bij gedichtjes van vier regels.'

'Stalken blijft stalken.' Raylan keek om zich heen, naar alle mooie bomen en paden in het park. 'Emotioneel misbruik is emotioneel misbruik. De dader is iemand die veel reist, dat ligt het meest voor de hand.'

'Ja, dat is een veilige aanname,' zei ze. Ze merkte dat ze kalmer werd door met hem te praten. 'Goedkope, standaard envelop, gewoon wit papier en zwarte inkt, altijd zwart. Geschreven met balpen, aldus de analyse. Alles altijd in blokletters, niet cursief geschreven, geen computer of typemachine.'

'Een handgeschreven brief is persoonlijker. Intiemer.'

Met een frons keek ze hem aan. 'Dat is precies wat de forensisch psycholoog zei, die ernaar gekeken heeft. Waarom denk jij dat?'

Hij haalde zijn schouders op. 'Ik schrijf mijn scripts meestal op de computer, maar de tekeningen, de belettering, het inkten en het inkleuren doe ik met de hand want dat is...'

'Persoonlijker.'

'En jij kunt niemand bedenken die zo'n grote wrok tegen je koestert of helemaal door jou geobsedeerd is? Die vraag is je vast al door iedere politieman gesteld die je erover heeft ondervraagd. Je hebt er ongetwijfeld honderden keren over nagedacht. Dus zo iemand ken je niet.'

Ja, ze voelde zich inderdaad kalmer door met hem te praten, dacht ze. 'Ik kende nauwelijks mensen toen dit begon. Ik zat nog op school en had Teesha, Hector en Loren pas net ontmoet.'

'Maar de mensen kenden jou wel, van de video's die je met je moeder hebt gemaakt, en daarna van je eigen video. Dus het hoeft niet per se iemand te zijn die jij kent, een man die je de bons hebt gegeven of iemand die graag je vriendje had willen zijn.'

'Toen dit begon, had ik überhaupt geen vriendjes.'

'Jammer. Maar zelfs als je op je zeventiende iemand de bons had gegeven, is het onwaarschijnlijk dat zo'n jongen na al die jaren nog verliefd op je is.' Hij keek haar even aan. 'Niet dat je dat niet waard bent.'

'Bedankt. Maar die briefjes voelen in dat opzicht niet persoonlijk aan. Niet zo van: ik hield van je, maar jij hebt me afgewezen.'

'Jij kent die persoon niet, maar hij of zij kent jou evenmin.'

Ze keek hem opnieuw fronsend aan. Zij had hetzelfde gedacht, maar ze kon niet precies zeggen waarom. 'Waarom zeg je dat?'

'Iemand die zoiets doet?' Hij tikte met een vinger op de tas die ze droeg. 'Zo iemand wil graag dat jij net zo met hem of haar bezig bent als andersom. Dat is het doel. Die persoon wil, eigenlijk op het dwangmatige af, onder je huid kruipen, je leven overhoophalen. Maar dat lukt niet, want daar ben jij te sterk voor.'

'Zo sterk voel ik me nu anders niet.'

Omdat troost of steun bieden net zo vanzelfsprekend voor hem was als ademhalen, sloeg hij een arm om haar heen en trok haar even zijdelings tegen zich aan. 'Ja, je bent even van slag als het gebeurt, want het zou gek zijn als het je onberoerd liet. En jij bent niet gek. Je volgt je protocol, je schudt het van je af en gaat weer verder met je leven en je werk. Volgens mij weet de dader dat niet omdat die persoon niet in de buurt is om je te observeren.'

'Ik mag verdomme hopen van niet.'

'Ga daar maar van uit. Er zit niet genoeg woede of frustratie in dat gedicht. Die dichter vindt zichzelf sluw en geslepen. Maar die persoon mag dan slim genoeg zijn om geen sporen achter te laten en om een paar versregels op papier te zetten, maar zo heel slim is hij of zij nou ook weer niet. De dichter snapt totaal niet wat mensen drijft. Anders zou het bekijken van jouw video's, en volgens mij heeft de dader al je dvd's, die persoon duidelijk hebben gemaakt dat jij een sterke persoonlijkheid bent.'

'Dus ik ben een sterke persoonlijkheid?'

Afwezig streelde hij haar haren. 'Dat weet je best, want jij snapt wel wat mensen drijft. Daarom ben je goed in je werk.'

Terwijl ze gefascineerd bleef staan, liet hij zijn blik door het park gaan en wreef ondertussen loom over haar rug. Een gebaar van troost, van steun.

'Daarom ben je na de dood van je oma hier komen wonen. Mijn moeder zegt dat Dom binnen zes maanden zou zijn gestorven als je dat niet had gedaan. Dat wist jij ook. Jij gaat die leggingdingen, ongetwijfeld met een complete bijbehorende outfit, aan de kleindochter van mevrouw Grimes geven omdat je weet wat dat betekent voor een jonge sportvrouw, en voor haar oma. Je bent mij verdomme die stomme gewichten komen brengen omdat je wist dat ik ze zelf niet zou kopen.'

'Maar gebruik je ze ook?' Met opgetrokken wenkbrauwen stak ze een arm uit en kneep in zijn biceps. Vol verbazing trok ze haar wenkbrauwen nog wat verder op. 'Ja, je gebruikt ze.'

'Ja, anders liggen ze daar maar niets te doen.' Hij keek haar recht in de ogen en zag die prachtige, ongewone tint die hij wilde kleuren. 'Deze persoon kent jou niet. Evenmin als de Adrian Rizzo van de dvd's. Althans niet echt.'

'Ik weet niet of ik me daar beter of slechter door voel. Beter,' realiseerde ze zich meteen. 'Ik wil niet dat die klootzak me kent. Of het kreng, want het kan ook een vrouw zijn. Wie het ook is. Je hebt me wat gerustgesteld, en dat waardeer ik. Anders zou ik meteen naar huis zijn gegaan en had ik me veel langer zorgen gemaakt dan nu.'

'Dat ik je heb gerustgesteld wil niet zeggen dat je niet voorzichtig moet zijn.'

'Dat ben ik ook. Ik heb een grote hond die ik overal mee naartoe neem. Ik zorg ervoor dat de deuren op slot zitten en dat ik het alarmsysteem elke avond inschakel. En ik volg al bijna twee maanden zelfverdedigingslessen en taekwondo via internet.'

'Echt waar? Heb je al een paar trucjes geleerd?'

'O ja, ik ken wel een paar trucjes. Heb jij al plannen voor het avondeten?'

Toen hij met zijn ogen knipperde, begon ze te lachen.

'Nee, geen versiertrucjes. Kom gezellig met de kinderen en Jasper bij ons eten. Popi neemt manicotti mee van het restaurant en ik zal zeggen dat hij extra mee moet nemen omdat we bezoek krijgen. Hij zal het geweldig vinden. Vinden jouw kinderen manicotti lekker?'

'Het is een gerecht met pasta, saus en kaas, dus dat spreekt vanzelf.'

‘Kom bij ons eten.’

‘Ja, dat is goed. Dat zullen de kinderen ook leuk vinden.’

‘Is een uur of zes te laat voor je?’

‘Zes uur is prima.’

‘Geweldig. Kom op, Sadie. Ik moet nu echt terug naar huis,’ zei Adrian terwijl Sadie haar kop ophief, die naast die van Jasper op de grond lag. ‘Ik zou nu eigenlijk een blog moeten schrijven en jij hoort aan het werk te zijn.’

‘Dat werk loopt niet weg.’

Hij hoefde Jasper niet te roepen, want die trippelde naast Sadie als een hond die al zijn wensen in vervulling had zien gaan.

‘Als ik vanavond een schetsboek meeneem, kan jij dan een paar trucjes voordoen? Flame kan goed vechten, dus als haar prototype wat trucjes wil laten zien zou dat heel goed van pas komen voor mij.’

‘Op dit moment doe ik meer aan afweren dan aan echt knokken. Maar ik kan je wel wat laten zien.’

Hij wist bijna zeker dat ze nu al goed kon knokken, maar anders zou ze dat binnenkort echt kunnen.

15

Dom had zo genoten van het etentje met Raylans gezin dat Adrian besloot om een avond per week mensen te eten te vragen, in telkens wisselende samenstellingen. Ze hield het aantal gasten beperkt en het tijdstip wat vroeg, want wat haar opa zelf ook dacht, zij wist dat hij tegenwoordig sneller moe was dan vroeger.

Omdat de meeste vrienden van zijn eigen leeftijd waren overleden of verhuisd naar een warmer klimaat, waren de mensen op de gastenlijst vaak wat jonger. Maar dat leek hem juist extra energie te geven.

Dus een keer per week planden ze samen een menu, kookten ze en ontvingen ze gasten. Ondertussen maakte oktober plaats voor november, met knappende haardvuren en stevige stoofpotten.

Terwijl de open haarden en kaarsen brandden en er zachtjes een mix van Doms favoriete evergreens uit de speakers klonk, voerden Dom en Phineas een ernstig gesprek over Oscar het Moppermonster.

'Ik dank God niet alleen voor deze heerlijke maaltijd,' mompelde Teesha, 'maar ook voor Doms onuitputtelijke geduld. Welke vierjarige wil er nou over woedebeheersing bij een Muppet praten?'

'Vorige week werd hij nog geobsedeerd door moleculen,' bracht Monroe haar in herinnering. 'Dan toch liever psychoanalyse voor Muppets.'

'Je moeder komt toch naar Traveler's Creek?' Adrian gebaarde met haar wijnglas. 'Om te helpen met We-weten-het-nog-niet? Zij zal in elk geval doen alsof ze over Muppets wil praten.'

'Ja.' Teesha hield het bij water, terwijl ze over haar ronde buik wreef. 'Alleen heeft Monroes moeder besloten om ook te komen.'

'De strijd tussen de oma's.' Hoofdschuddend nam Monroe nog een hap van de runderstoofpot naar Noord-Italiaans recept. 'Dat zal een verhit gevecht worden.'

'Omdat ik over een week ben uitgerekend, wilde mijn moeder maandag komen zodat zij voor Phineas kan zorgen terwijl wij het druk hebben om deze hier ter wereld te brengen.'

'We hadden tegen mijn moeder gezegd dat ik haar een berichtje zou sturen als Teesha's weeën beginnen. Maar toen hoorde ze dat haar concurrente er dan al zou zijn en belde ze om te vertellen dat zij ook aanstaande maandag komt.'

'En toen mijn moeder dat hoorde, besloot ze om dit weekend al te komen.'

'En nu komen ze allebei dit weekend al.'

'Bid voor ons,' zei Teesha. 'Er kan altijd nog een kink in de kabel komen,' ging ze verder terwijl ze over haar buik bleef wrijven. 'We-weten-het-nog-niet kan besluiten om vannacht te komen. Of morgenochtend.'

'Wat?' zeiden Monroe en Adrian tegelijkertijd.

'Geen paniek, het zijn nog maar korte weeën. Er zitten nog steeds zes minuten tussen.'

Phineas keek naar zijn moeder die aan de andere kant van de tafel zat. 'Papa moet de tussentijden in de gaten houden. Dat is zijn taak. Jullie moeten de vroedmevrouw bellen als de tussentijd vijf minuten is.'

'Ik weet wat ik moet doen, jochie.' Maar Teesha glimlachte naar hem. 'Stuur alsjeblieft nog geen berichtje naar jouw moeder of de mijne,' zei ze meteen daarna tegen Monroe. 'Alles gaat hier goed.'

'Schat, het zal even duren voordat ze hier zijn.'

Phineas sloeg zijn armpjes over elkaar – zijn rebelse houding. In zijn donkere ogen lag een opstandige gloed. Zijn kleine kaak verstrakte. 'Ik wil niet thuisblijven bij de oma's. Ik wil mee naar de kraamkliniek. Het is ook mijn baby, hoor.'

'Dit hebben we al besproken, Phin. Mama zal het heel druk hebben en ik moet haar helpen.'

'Mag ik een voorstel doen?'

Teesha knikte naar Dom. 'Ga je gang. Druk de stopwatch maar in, Monroe. Ik sta even op om een stukje met deze hier te lopen.'

Adrian kwam ook meteen overeind.

'Wat zouden jullie ervan zeggen als Adrian en ik samen met Phineas naar de kraamkliniek gaan? Ze hebben daar toch wel een wachtkamer?'

'Jazeker.'

'Wij kunnen even naar jullie huis gaan om alles op te halen wat Phineas nodig heeft en hem daarna naar de kraamkliniek brengen. Dan kunnen we daar met zijn drieën wachten.'

'Het kan uren duren, hoor. Die kans is zelfs heel groot.'

'Ik heb er tien uur en vijfendertig minuten over gedaan om eruit te komen,' zei Phineas trots. 'En ik had meteen al haar.'

'Het zou me een eer én een genoegen zijn,' zei Dom tegen Teesha.

'De wee trekt weg... en nu hij is voorbij.'

'Deze duurde achtentwintig seconden. Laten we even afwachten hoe snel de volgende komt. Ik kan die berichtjes nog wel even uitstellen,' overwoog Monroe. 'Ik bedoel, we willen ze niet allebei hier laten komen vanwege een vals alarm.'

Teesha keek hem aan en glimlachte toen. 'Nee, dat willen we zeker niet. Laten we nog even wachten om er echt zeker van te zijn.'

'En dan kan ik wachten met popi en Adrian, want baby's moeten een band vormen met hun gezin.' Phineas keek Dom ernstig aan. 'Dat heb ik in een boek gelezen.'

'Ja, dat is een goed plan. Dank jullie wel. Maar als het heel, heel laat wordt en iedereen heel, heel erg moe is, mag je niet klagen als popi en Adrian je mee naar hun huis nemen om te slapen.'

'Mag ik dan hier slapen?'

'Nou en of.' Onder het lopen sloeg Adrian een arm om wat er nog over was van Teesha's taille.

Acht uur later, terwijl de twee oma's net op tijd waren gearriveerd, liep Adrian naar de wachtkamer waar Phineas opgekruld op Doms schoot lag te slapen. Ze zagen er allebei zo lief uit dat Adrian eerst haar telefoon pakte om het moment te vereeuwigen en daarna naar hen toe ging en zachtjes Doms schouder aanraakte. 'Popi.' Ze streelde zijn arm terwijl zijn ogen opengingen en hij haar aankeek met een wezenloze blik die langzaam helderder werd.

'Hoe gaat het met Teesha?' vroeg hij.

'Fantastisch. Echt geweldig.'

Phineas deed zijn ogen open. 'Is mijn baby er al?'

'Je hebt een klein broertje en hij is helemaal volmaakt. Hij wil je graag ontmoeten.'

'Kom mee, popi! Hij wil me ontmoeten.'

'Ik weet niet zeker of ik wel…'

'Teesha heeft naar je gevraagd,' zei Adrian tegen hem. 'Als je niet te moe bent.'

'Te moe om de nieuwe baby te zien? Ik dacht het niet.'

In de verloskamer sloten de twee oma's met tranen in hun ogen een wapenstilstand. Monroe gaf het ingebakerde kindje in Teesha's armen een kus en ging toen rechtop staan. 'Kom jochie, dan kun je kennismaken met je broertje.' Hij gaf Phineas een kontje zodat het jongetje op het bed kon gaan zitten.

'Hij draagt een mutsje. Heeft hij ook haar net zoals ik?'

'Ja, net zoals jij.'

'Mag ik hem vasthouden? Dan moet ik wel mijn pyjamajasje uitdoen, want hij moet huid-op-huidcontact met ons hebben.'

De tranen biggelden over Teesha's wangen terwijl ze knikte. 'Inderdaad. Help hem eens even, papa.'

Terwijl de betraande oma's naar het bed kwamen om foto's te nemen, legde Teesha de baby voorzichtig in Phineas' armen.

'Hij kijkt naar me! Ik ben de grote broer en ik weet al heel veel dingen. Die zal ik je allemaal leren.'

'We moeten nog een naam kiezen,' begon Monroe en hij wierp zijn moeder een waarschuwende blik toe zodat zij haar voorkeur er niet uit zou flappen. 'Weet je de drie namen nog waaruit we zouden kiezen als het een broertje zou worden?'

Phineas knikte. 'Maar hij is die andere twee niet. Hij wordt Thaddeus. Jij bent Thaddeus en ik ga helpen om voor je te zorgen.'

Monroe pakte Teesha's hand terwijl hij tranen in zijn ogen kreeg. 'Nou, dat is dan geregeld.'

De kerstperiode werd wat makkelijker voor Raylan. Het nieuwe huis, nieuwe gewoonten, familie vlakbij. Hij bracht nog een bliksembezoek aan Brooklyn en ook dat ging hem makkelijker af.

Het leed geen enkele twijfel dat zijn kinderen goed gedijden in Traveler's Creek, dus dat bracht opluchting met zich mee en het geruststellende gevoel dat hij de juiste keuzes had gemaakt.

Misschien voelde hij een korte scheut van pijn tijdens Mariahs kerstopvoering van haar dansschool, maar zijn familie zat naast hem te kijken terwijl zij danste in haar roze tutu met glittertjes.

En hoewel hij het niet graag toegaf, had hij baat bij zijn dagelijkse work-outs in de kelder. Hij sliep lekkerder en hij voelde zich beter. Verdomme.

Voor de gezelligheid dronk hij af en toe een biertje met Joe, gingen de kinderen en hij eten bij Dom en Adrian en sprak hij af met zijn oude vrienden wanneer die een keer in de stad waren.

De abrupte wending die zijn leven had genomen had hem in een andere richting gestuurd. En hij was blij dat hij daardoor in Traveler's Creek was beland.

Op oudjaarsavond, terwijl zijn kinderen op de bank lagen te slapen, en de hond onder de salontafel lag te snurken, hief Raylan zijn bier om een toost uit te brengen.

'Alweer een jaar voorbij, Lorilee. Ik mis je. Maar het gaat hier goed met ons. Ik zou het niet erg vinden als je nog eens op bezoek kwam. Dat is al een hele tijd geleden. Maar als je eraan toe bent, kun je me hier vinden.'

Rond dezelfde tijd, niet ver daarvandaan, nipte Adrian in haar eentje van een glas wijn toen de klok twaalf uur sloeg. Omdat het buiten ijzelde, had ze smoesjes verzonnen om niet naar een van de vele feestjes te gaan. Omdat ze niet wilde dat haar opa met dit weer naar buiten ging, had ze tegen hem gezegd dat ze beter thuis konden blijven omdat ze haar rijvaardigheid in deze weersomstandigheden niet vertrouwde.

Aangezien hij voor elven al in slaap was gevallen, wist ze dat ze de juiste beslissing had genomen.

Gezelschap zou op zich best leuk zijn geweest, maar ze vond het ook niet erg om oudjaarsavond op deze manier door te brengen. De open haard knapte, de ijzel tikte tegen de ruiten en ze had een glas wijn in haar hand.

Bovendien waren ze tijdens de kerstperiode naar tal van feestjes gegaan en hadden ze er zelf ook een aantal gegeven. Haar moeder was het weekend voor Kerstmis gekomen en vier dagen gebleven: een record.

En eerlijk is eerlijk, Lina had veel tijd doorgebracht met Dom en ze had zelfs een kijkje genomen in het nog te voltooien jongerencentrum. Als Lina liever vakantie hield op een tropische bestemming in plaats van hier, waar een koude wind uit de heuvels waaide, dan moest ze dat zelf weten.

Ze hadden het nauwelijks over hun volgende, gezamenlijke project gehad, alleen afgesproken om de details daarvan aan het begin van het nieuwe jaar te bepalen. Omdat Adrian daar al heel specifieke ideeën – of liever gezegd: een visie – over had, vond ze het heel verstandig dat ze dat onderwerp buiten de hectiek van de kerstperiode hadden gehouden.

Toen de menigte op Times Square begon te juichen, bracht ze een toost op hen uit. Ze nam een slokje wijn en wreef met haar voet over Sadies brede rug. 'Een behoorlijk fijn jaar is ten einde. Laten we van het nieuwe jaar een nog fijner jaar maken.'

Toen ze de televisie uitzette en ging staan, volgde Sadie haar voorbeeld. De hond liep achter Adrian aan, die een ronde maakte door het stille huis om de sloten te controleren en alle lampen uit te doen.

Ze bleef even staan om door een raam naar buiten te kijken. 'Het is gaan sneeuwen, Sadie. Dat vinden we een stuk leuker. We zullen ons morgen dik aankleden om een wandeling door de sneeuw te maken. Zie je al die lichtjes? Er zijn nog heel veel mensen aan het feest vieren. Gelukkig nieuwjaar, Traveler's Creek. Ik weet wel dat we vanavond alleen zijn en dat het misschien een beetje eenzaam is. Maar we maken wel deel uit van een groter geheel en daar mogen we blij om zijn. Laten we gaan slapen.'

Toen Adrian de trap op liep, gaf haar telefoon aan dat er een tekstberichtje binnenkwam. Verbaasd haalde ze het toestel uit haar zak.

Gelukkig nieuwjaar, Adrian. Wens popi ook een gelukkig nieuwjaar namens mij. Mam.

'Nou, dat is ook voor het eerst.'

Ontroerd en geamuseerd typte Adrian een berichtje terug.

Zal ik doen. Jij ook een gelukkig nieuwjaar. Geniet van de Arubaanse zon. Adrian

'Een ander begin van dit jaar, Sadie. Laten we dat als een goed teken beschouwen.'

Het nieuwe jaar bracht gruwelijk koude winden met zich mee. Zelfs nadat die waren gaan liggen, vroor het dat het kraakte met temperaturen die je tot op het bot verkilden. Hoewel Adrian niet in de legende geloofde, overwoog ze om een winterslaap te gaan houden toen de bosmarmot Punxsutawney Phil zijn eigen schaduw zag op Groundhog Day.

Nee, daar heb ik het veel te druk voor, dacht ze bij zichzelf.

Naast haar normale werk waren er ook besprekingen en moesten er vragen worden gesteld en beantwoord over de vorderingen van het jongerencentrum. En godzijdank hadden ze de boel dicht weten te krijgen voordat het was gaan vriezen.

Ze moest voor haar hond en haar opa zorgen en meer details uitwerken wat betreft haar visie op het project met haar moeder.

En er moest een verjaardagsfeest worden gepland voor iemand die vijfennegentig werd. Ze had een maand om die plannen rond te krijgen en ze hoopte vurig dat het weer half maart wat zachter zou zijn.

Terwijl ze zich aankleedde – een warme suède broek, een gevoerde blouse met daaroverheen een trui van kasjmier en laarzen met dikke zolen en gevoerd met schapenwol – maakte ze een lijstje van de boodschappen en klussen die ze moest doen en bepaalde ze welke route ze het beste kon nemen.

Eerst naar het jongerencentrum en daarna naar Rizzo's waar ze de auto op het parkeerterrein zou zetten. Vervolgens zou ze de elementen trotseren om naar de bloemist te gaan en te bespreken welke bloemen ze nodig had voor het verjaardagsfeest. Vanaf daar naar de bakker om te overleggen wat voor verjaardagstaart er moest komen en wat voor andere desserts, dan teruglopen naar het postkantoor – daar zag ze tegenop want het was weer tijd voor het gedichtje van februari – en tot slot terug naar Rizzo's om samen met Jan het verjaardagsmenu te bepalen.

Voor al die dingen dacht ze ruim twee uur nodig te hebben, als het er geen drie waren. Maar daarna zou ze weer terugkeren in een lekker warm huis.

Ze ging naar beneden en trof Dom aan in de keuken, waar hij thee zette.

'Pak je maar goed in, meisje van me.'

'Daar kun je van op aan. Ik zal foto's nemen van het jongerencentrum zodat je de vorderingen kunt zien.'

'Ja, die vorderingen bekijk ik nu liever op foto's dan dat ik zelf in dit weer naar buiten ga. Mijn oude botten zouden barsten en versplinteren. In plaats daarvan ga ik de hele dag voor de open haard in de bibliotheek zitten, winterthee drinken en de roman van Stephen King lezen die je vorige week voor me hebt meegenomen.'

'Alleen thuis op een koude winterdag met een griezelig boek? Weet je zeker dat ik Sadie niet hier moet laten?'

Hij lachte. 'Ik ben niet bang voor boeken.'

'Dan ben je moediger dan ik. Ik zal je thee naar de bibliotheek brengen.'

'Adrian.'

'Die breng ik naar binnen, samen met het bordje koekjes dat je ook op dit dienblad wilde zetten.'

Hij schoof zijn bril wat hoger op zijn neus. 'Betrapt.'

'Ja, ik ken mijn opa. Ga jij maar vast lekker zitten, dan kom ik dit zo brengen.'

Ze pakte de koekjes, legde er een paar schijfjes appel bij en pelde een clementine die ze van de fruitschaal had gepakt. Daarna droeg ze het dienblad door het huis naar de bibliotheek waar het haardvuur al brandde.

Ze zette het dienblad op het tafeltje naast zijn stoel en schonk de eerste kop thee voor hem in. Daarna legde ze een deken over zijn schoot.

'Je verwent me. Eigenlijk zouden we nu onze spullen moeten pakken om dat vliegtuig te nemen.'

'Waar gaan we dan naartoe?'

'Naar Sorrento. Sophia was dol op Sorrento. We hadden het er net nog over.'

Ze streelde zijn haar. Deze winter had hij vaak gezegd dat hij met zijn vrouw praatte. 'Ik wil dolgraag met jou naar Sorrento.'

'Dan zoeken we daar een lieve Italiaanse jongen voor je. Een knappe, vriendelijke en rijke jongen. Eentje die jou waard is.' Hij trok haar omlaag om haar een kus te geven. 'En dan gaan we dansen op je bruiloft.'

'In dat geval ga ik mijn koffers pakken zodra ik terug ben.'

'Wat zou ik toch zonder jou moeten beginnen?'

'Dat geldt andersom ook. Geniet van je griezelige boek en dan ben ik zo weer terug.'

'Pas goed op ons dierbare meisje, Sadie,' riep hij hen na toen ze de kamer uit liepen.

Ze pakte zich goed in – gevoerd vest, jas, sjaal, wollen muts, handschoenen, maar toch leek de eerste windvlaag rechtstreeks van de Noordpool te komen.

De wereld was een groot sneeuwlandschap toen ze naar de stad reed. Smalle paadjes waren sneeuwvrij gemaakt, sneeuwpoppen stonden als aan de grond vastgevroren met een geschrokken glimlach op hun gezicht, althans zo kwam het op haar over.

In de stad leken de weinige mensen die op straat waren op zich snel voortbewegende bobbels, met gebogen hoofd en opgetrokken schouders. De sneeuw van de laatste keer schuiven lag in bevroren, glinsterend witte hopen langs de trottoirs.

Ze reed rechtstreeks naar de bouwplaats waar ze de auto parkeerde.

Het oude metselwerk kon pas in de lente worden gerepareerd en gevoegd. Maar de nieuwe eerste verdieping had een dak en muren, die nu nog bestonden uit betonplaat. In de lente, die nog eindeloos ver weg leek, zouden ze worden betimmerd met planken waar hun keus na lang wikken en wegen op was gevallen. En de ramen – allemaal gloednieuw – waren breed en prachtig.

Ze zette de motor af en haastte zich met opgetrokken schouders samen met Sadie naar de nieuwe dubbele toegangsdeuren.

Binnen was de temperatuur een aangename vijftien graden Celsius. Wat ooit een grote puinhoop was geweest, was nu een groot, open vertrek, als ze de dekkleden, het zaagsel, de ladders en al het gereedschap weg dacht. Overal echoden geluiden van het werk: knallende spijkerpistolen, zoemende zagen.

Ze zag dat de twee toiletruimten op de begane grond al waren uitgemeten en nam er plichtsgetrouw foto's van. Daarna schakelde ze over op 'filmen' omdat ze wist dat haar opa het leuk zou vinden om de geluiden te horen, vooral toen iemand op de eerste verdieping langdurig, en inventief, begon te vloeken.

Samen met Sadie liep ze de tijdelijke trap op naar de eerste verdieping en zag tot haar vreugde dat daar meer vertrekken waren uitgemeten.

'Hoi, Adrian.' Mark Wicker stapte bij een elektrische zaag vandaan. 'Hoi, Sadie. Wat ben jij toch een grote meid. Wat ben jij een schoonheid.'

Zelf ook bepaald niet klein, boog Mark zich voorover om de kwispelende hond te aaien en even door haar vacht te woelen. 'Waar is de chef vandaag?'

'Die zit voor de open haard, en daar ben ik blij om. Het is buiten verdorie veel te koud. Ik neem foto's die ik hem straks zal laten zien.' Ze wiebelde met haar telefoon. 'Hij zal dolenthousiast zijn. Jullie hebben enorme vorderingen gemaakt na ons laatste bezoek van vorige week.'

'Ja, het schiet lekker op.' Met een tevreden gezicht haakte hij zijn duimen achter zijn gereedschapsriem. 'Het is echt mooi om dit oude gebouw weer tot leven te zien komen. Dom heeft er beslist kijk op. Vanmiddag komen de loodgieter en de elektricien om de voorbereidingen te treffen voor het aanleggen van de leidingen. Als de bouwinspecteur dat alles goedkeurt, zijn we echt flink op weg.'

'Echt wel. Het is de eerste keer dat ik zo'n soort project doe, maar zelfs ik zie, hoor en ruik dat hier goed werk wordt geleverd.'

'Wij leveren alleen maar goed werk af.'

Daar was zij ook van overtuigd, en toen ze weer in haar auto zat met haar telefoon vol foto's en filmpjes popelde ze om die aan haar opa te laten zien. Ze nam zich voor om over een paar dagen nog een keer te gaan kijken en foto's te maken van de waterleidingen en elektriciteitskabels.

'Zelfs toen we de bouwtekeningen hadden laten maken, kon ik het niet echt voor me zien, Sadie. Popi kon dat wel, maar ik niet. Maar nu kost me dat geen enkele moeite meer.'

Vol nieuwe energie bracht ze bijna een uur door bij de bloemist. Misschien kwam het door de lange, koude winter, maar ze wilde dat het huis vol bloemen zou staan voor popi's verjaardagsfeest.

Onderweg naar de bakker rilde ze en later toen ze het postkantoor binnen liep, probeerde ze optimistisch te blijven. 'Misschien heeft hij longontsteking of bevriezingsverschijnselen opgelopen en slaat hij dit jaar een keertje over.'

Maar ze zag hem al, tussen alle andere roze, gele en roomwitte enveloppen: die ene goedkope, witte envelop met blokletters.

Ze wilde hem nu nog niet lezen. Ze wilde niet dat dat ding de feeststemming zou bederven die ze in zichzelf had opgeroepen. Dus stopte ze de envelop samen met de andere in haar tas en stak daarna de straat over naar Rizzo's.

Ze fleurde weer op toen ze samen met Jan in het piepkleine kantoortje zat. 'Ik vind het een geweldig idee om een groot buffet in de eetkamer neer te zetten, met nog wat kleinere opstellingen in de zitkamer, de grote woonkamer en de bibliotheek. Ik zit aan drie bars te denken. Eentje voor alcoholvrije drankjes, eentje voor wijn en bier en eentje voor mixdrankjes. Ik vind dat we ook een koffiebar moeten hebben.'

'Je weet toch dat we kelners en barkeepers van de zaak kunnen gebruiken, hè?'

'Nee. Niemand van Rizzo's zal die avond werken. Het is ook hun feestje. Teesha helpt me om alles te regelen.'

'Hoe gaat het met haar baby?'

'Dik en blij, en Phineas is nog altijd smoorverliefd op hem. Maya's bevalling komt ook steeds dichterbij. Ze ziet er fantastisch uit.'

'Dik en blij,' herhaalde Jan. 'Collin weet nog altijd niet of hij het wel leuk vindt om een zusje te krijgen. Nu Phineas een broertje heeft, staat Collin erop dat Maya er een jongetje van maakt.'

'Klinkt redelijk.'

'Hij doet me aan Raylan denken. Hij snapte gewoon niet waarom hij een zusje had gekregen. Maar daarna was hij gek op haar tot het moment dat ze aan zijn spullen begon te zitten. Geloof me, er zijn momenten geweest waarop ik dacht dat die twee hun leven lang gezworen vijanden zouden zijn. Maar ineens waren ze vrienden, alsof er een knop werd omgezet.' Ze zette haar leesbril af en liet die aan de ketting om haar hals hangen. 'Soms mis ik die ruzies, die boze gezichtjes. Maar af en toe zie ik die nog wel in Bradley en Mariah.'

'Jouw kinderen maken mooie kinderen.'

'Ja, dat is waar. Goed, is alles nu geregeld of wil jij Dom ook nog een vinger in de pap laten hebben?'

'Nee, geen vinger in de pap voor hem. Ik wilde hem pas over het feest vertellen als wij alle voorbereidingen hadden afgerond, dus ik ga het hem vertellen als ik weer thuis ben. Hij zal doen alsof hij het allemaal veel te veel moeite vindt, maar hij zal van elk moment genieten. Ik moet gaan. Ik ben langer bezig geweest dan ik had gepland. Bedankt voor je hulp, Jan.'

'Ik kan je eerlijk zeggen dat ik het ontzettend leuk vind om het te doen. Het leven dat ik nu leid, heb ik voor een groot deel aan Dom en Sophia te danken. Vijfennegentig is echt een mijlpaal. Ik verheug me erop om zijn verjaardag met hem te vieren.'

'Hij wil morgen even naar de zaak komen, dus hou er rekening mee dat hij zal proberen om je het menu te ontfutselen.'

Terwijl ze gingen staan, deed Jan alsof ze haar mond dicht ritste.

Dit was een fijne, productieve ochtend geweest, dacht Adrian terwijl ze naar huis reed. Een ochtend waarop ze veel dingen had geregeld. Als haar opa nog niets had klaargemaakt voor de lunch – en ze verwachtte eigenlijk dat hij in slaap was gevallen met zijn boek op schoot – dan zou zij wel iets klaarmaken voor hen allebei.

Daarna zou ze hem alles vertellen over het verjaardagsfeest dat ze voor hem hadden georganiseerd. 'Dat heet nou een *fait accompli*, Sadie.'

Nadat ze de auto had geparkeerd, pakte ze haar tas met post erin en dacht toen ineens aan de envelop.

'Nee, nee, nee, daar ga ik nu even niet aan denken. Die klootzak mag doodvallen.'

Samen met Sadie liep ze het huis in. Ze toetste de code in om het alarmsysteem uit te zetten en hing toen haar buitenkleding op. 'Ik ben thuis!' Ze zette de tas met post op de tafel bij de trap, om alles later af te handelen, en liep toen door naar de bibliotheek.

'Ja, dat dacht ik al,' mompelde ze toen ze Dom zag zitten met het boek op schoot en zijn hoofd omlaag, zijn bril op zijn neus en zijn ogen dicht. Ze wilde de bibliotheek weer uitlopen. Ze zou een lunch voor hem maken, en daarna...

Maar Sadie liep naar hem toe, legde haar kop in zijn schoot en begon te janken.

'Ssst! We laten hem nog even slapen.' Ze haastte zich naar hem toe en probeerde de hond bij hem vandaan te trekken, waarbij haar hand die van Dom raakte.

'Je bent koud. Je bent veel te koud.' Toen ze de deken op zijn schoot omhoog wilde schuiven, viel zijn arm slap van de armleuning.

En bleef bungelen.

'Word wakker,' zei ze bevelend. 'Nee, nee, nee, nee. Popi, word wakker!' Ze nam zijn gezicht in haar handen om het op te tillen. Koud, zo koud. 'Alsjeblieft, alsjeblieft, word wakker. Alsjeblieft, laat me niet alleen. Laat me niet alleen.'

Maar dat had hij al gedaan, ze wist dat hij dat al had gedaan, en alles in haar begon te beven.

Toen de grote bronzen deurklopper op de voordeur sloeg, schrok ze en rende ernaartoe. 'Blijf bij hem,' beval ze Sadie. 'Blijf bij hem.'

Ze rende naar de deur – iemand die haar zou helpen – en rukte hem open.

De glimlach waarmee Raylan haar aankeek verdween ogenblikkelijk. Hij kwam naar binnen en pakte haar bij haar schouders. 'Wat is er? Wat is er aan de hand?'

'Popi. Het is popi. De bibliotheek.' Ze rende terug en liet zich op haar knieën naast de stoel vallen. 'Ik krijg hem niet wakker. Hij wil niet wakker worden.'

Hoewel hij zag dat Dom was overleden, legde Raylan toch twee vingers in zijn hals, en voelde slechts koude huid.

'Hij moet wakker worden. Kun jij hem wakker krijgen? Toe, maak hem wakker.'

Zonder een woord te zeggen trok Raylan haar overeind en nam haar in zijn armen. Toen ze zich snikkend aan hem vastklampte en helemaal instortte, bleef hij haar gewoon vasthouden.

Toen ze sprak, klonk haar stem schokkerig en haperend. 'Ik heb hem alleen gelaten. Ik had hem niet alleen mogen laten. Ik ben te lang weggebleven. Ik had moeten...'

'Hou op.' Omdat hij precies wist hoe hevig en allesverscheurend verdriet kon zijn, hield hij alles teder: zijn stem en zijn handen. 'Hij zit thuis voor de open haard, met een boek op zijn schoot en een foto van zijn vrouw als boekenlegger. Er staat een dienblad met thee, koekjes en wat fruit naast hem en ik durf te wedden dat jij hem die hebt gebracht. Hij heeft een deken over zijn benen. Ik durf te wedden dat jij die over hem heen hebt gelegd.'

'Maar...'

'Adrian.' Hij deed een stapje naar achteren. 'Hij is rustig weggegleden terwijl hij naar de foto van zijn vrouw keek. Hij heeft een lang, mooi en rijk leven geleid, en het lot heeft hem een liefdevol einde aan dat leven gegund.'

'Ik weet niet wat ik moet doen.' Ze drukte haar gezicht tegen zijn schouder. 'Ik weet niet wat ik moet doen.'

'Het komt goed. Ik zal je helpen. Maar laten we hier even weggaan.'

'Ik wil hem niet alleen laten.'

'Maar hij is niet alleen. Hij is nu bij Sophia.'

16

In plaats van een verjaardagsfeest organiseerde Adrian een herdenkingsdienst. In plaats van te worstelen tegen het verdriet, gebruikte ze dat om beslissingen te nemen die niet pragmatisch of logisch waren, maar puur emotioneel. Bij elke beslissing vroeg ze zich af wat Dom zou hebben gewild, wat hij belangrijk zou hebben gevonden. En in haar hart wist ze de antwoorden op die vragen.

Uiteindelijk hield ze een openbare herdenkingsdienst in het stadspark op de dag waarop hij vijfennegentig zou zijn geworden.

De beek stroomde ruisend onder de stenen boogbruggen door, extra snel door de gesmolten sneeuw. Zonnestralen schenen tussen de kale takken door en glinsterden op stukjes sneeuw die zich probeerden te verstoppen in de schaduw. In de muziekkoepel speelde een trio, dat bestond uit Monroe en twee van zijn muzikale vrienden, lieflijke, zachte muziek terwijl de mensen zich verzamelden.

Ondanks de koude maartse wind kwamen er honderden mensen, en tientallen van hen betraden om de beurt het podium om een herinnering op te halen of een dierbaar moment te delen.

Ten slotte liep zij het podium op en keek naar de zee van gezichten. 'Ik wil iedereen bedanken dat jullie zijn gekomen om samen met mij eer te bewijzen aan een leven dat echt heel mooi is geweest. Ik weet dat velen van jullie een heel eind hebben gereisd om hier te kunnen zijn, en dat bewijst dat Dom Rizzo een heleboel levens heeft geraakt. Traveler's Creek was niet zomaar een stadje voor mijn opa, net zomin als Rizzo's zomaar een restaurant was. Beide hoorden bij zijn gemeenschap, zijn thuis, zijn hart. Zijn geliefde Sophia en hij hebben zichzelf met hart en ziel aan deze gemeenschap en dit thuis gewijd. En deze dag laat zien dat ze goed werk hebben geleverd.'

Ze moest even ophouden met praten toen ze zag dat Jan zich naar Raylan draaide en haar gezicht tegen zijn schouder drukte.

'Hij was mijn hart,' ging ze verder, 'hij was mijn anker en mijn vleugels. En hoewel ik hem zal missen, put ik troost uit de wetenschap dat heel veel mensen van hem hebben gehouden en dat hij nu bij zijn grote liefde is. Ik put kracht uit de wetenschap dat hij van me verwacht dat ik doorga met alles waar hij en mijn oma hard voor hebben gewerkt en alles wat ze hebben opgebouwd. En ik zal elke dag dankbaar zijn voor de erfenis die zij aan me hebben doorgegeven. Hij heeft een goed en fijn leven geleid, hier in dit stadje. En wat hij is begonnen zal blijven bestaan. Dank jullie wel.'

Toen ze van het podium liep, stond Hector klaar om haar hand te pakken en haar te troosten.

Tientallen vrienden kwamen naar het huis dat vol bloemen stond van mensen die hun medeleven wilden tonen. De tafels stonden vol eten, maar in dat opzicht had Jan Adrians wensen naast zich neergelegd. Alles was klaargemaakt en werd geserveerd door het personeel van Rizzo's.

Dat bood zijn eigen troost, net als de menigte waarin naast zacht gesnik inmiddels ook af en toe gelach klonk. Monroe had de oude evergreens waar haar opa zo gek op was geweest opgezet als achtergrondmuziek. Het hielp om al die mensen van verschillende generaties te zien, wier levens hij op de een of andere manier had geraakt.

Haar moeder kwam naar haar toe en legde een hand op haar arm. 'Je hebt een prachtige herdenkingsdienst georganiseerd, Adrian. In alle opzichten.'

'Jij hebt geholpen.'

Lina schudde haar hoofd. 'Het was jouw visie voor hem, maar ik kon het niet altijd zien. Het leek veel te groots, te open. Maar je had gelijk. Tot en met de vergroting van die foto waarop hij met deeg staat te gooien.'

'Voelde hij zich ooit ergens gelukkiger dan wanneer hij in de keuken met deeg stond te gooien?'

'Hij voelde zich op heel veel plekken gelukkig. Maar zeker ook in die keuken.'

Lina hield op met praten toen Raylan met zijn kinderen naar hen toe kwam. Beide kinderen hielden een witte roos vast.

'We vinden het heel erg van popi. Hij was jouw opa. En hij was altijd heel aardig.' Bradley stak Adrian zijn bloem toe. 'Hij zei dat hij me in dienst zou nemen om pizza's te maken als ik oud genoeg was.'

'Ontzettend bedankt.' Ze boog zich voorover om hem te knuffelen. 'En als je oud genoeg bent, mag je bij ons komen werken.'

'Papa zegt dat hij nu in de hemel is bij nonna en onze mama.' Mariah keek op naar Lina en stak haar de bloem toe. 'Deze is voor u omdat hij uw papa was.'

Het duurde even voordat Lina iets kon zeggen en ze de bloem aannam. 'Dank je wel. Dat is heel lief van je. Als jullie me even willen verontschuldigen, dan ga ik een vaas halen.'

'Hoe gaat het nu met je?' vroeg Raylan aan Adrian.

'Beter. Vandaag was echt...' Ze keek om zich heen naar alle mensen, alle stemmen en alle onderlinge banden. 'Ja, beter. Ik wil graag met je praten, maar een andere keer, en ergens waar het wat rustiger is.'

'Afgesproken. Als je in de tussentijd nog iets nodig hebt, dan...'

'Ik weet dat ik op je kan rekenen. Dat heb je al bewezen.' Ze boog zich dicht naar hem toe en drukte een kus op zijn wang. Ze wilde nog iets zeggen, maar werd toen door iemand geroepen.

Heel langzaam werd de menigte kleiner en keerde de rust terug. Monroe bracht Phineas en de baby naar huis en Hectors vriendin Sylvie ging mee om hem te helpen. Maya, die meer dan een beetje moe was in de laatste weken van haar zwangerschap, sloeg haar armen nog een keer stevig om Adrian heen, waarna zij en haar gezin afscheid namen.

Een tijdje zat Adrian in de grote kamer met alleen Teesha, Hector en Loren.

'Ik ken niemand die zo'n mooi afscheid heeft gekregen.' Hector pakte Adrians hand en kneep er zacht in. 'Hij zou trots op je zijn geweest.'

'Ik ken echt geen enkele gewone sterveling,' voegde Loren eraan toe, 'voor wie zo veel mensen zijn gekomen om afscheid van hem te nemen. Maar... weet je zeker dat je het redt in dat grote huis?'

'Ja. Het is niet zomaar een groot huis. Het is mijn thuis.'

'Dat weet ik wel, maar... ik dacht dat Harry en Marshall nog een paar dagen zouden blijven.'

'Die hebben schoolgaande kinderen,' bracht Adrian hem in herinnering. 'En mijn moeder is voorlopig hier.'

'Blijft ze?'

Adrian keek Teesha even aan en haalde toen haar schouders op. 'Ik zou het echt niet weten. Ze heeft er niets over gezegd.'

'Wil je de productie nog steeds begin mei doen?' vroeg Hector.

'Het liefst wel. Maar ik moet nog... ik moet nog met haar overleggen en alles rondmaken. Dat, en heel veel andere dingen, zijn de afgelopen weken een beetje blijven liggen.'

'Gun jezelf wat tijd.'

'Dat doe ik ook, Teesh. Echt waar. Maar weer aan de slag gaan, zit Rizzo's nou eenmaal in het bloed. En dat zal me helpen. Net zoals het me heeft geholpen dat jullie allemaal zijn gekomen.'

'Wij hielden ook van hem. En we houden nog steeds van jou.' Loren schoof een stukje naar haar toe om haar een kus te geven. 'Weet je, Ads, deze twee zijn al bezet. Maar stel dat het ons niet lukt om iemand te vinden die ons waard is, zullen we elkaar dan plechtig beloven dat we met elkaar gaan trouwen? Laten we kijken hoe het ervoor staat als we veertig zijn.'

'Daar kan ik wel wat mee.'

'En daaruit concludeer ik dat Rizz uitgeput is en haar hersenen al in slaap zijn gevallen.' Teesha ging staan. 'Ik neem deze twee mee naar huis. En jij moet gaan slapen.'

Adrian aaide Sadies kop. 'Doe ik. Maar misschien ga ik eerst nog een wandelingetje maken met mijn vriendin hier.'

Een deel van haar wilde dat haar vrienden zouden blijven, zoals die keer dat ze vroeger met zijn allen in het grote huis hadden gelogeerd. Ze wilde het moment uitstellen waarop ze alleen zou zijn, het moment van stilte en de wetenschap dat ze morgenvroeg wakker zou worden zonder allerlei zaken te moeten regelen, zonder alle details die haar aandacht hadden opgeëist sinds de dood van haar opa.

Maar alle mensen hadden een eigen leven dat op hen wachtte, en dat gold ook voor haar, hoe moeilijk ze zich dat momenteel ook voor kon stellen.

Ze liep door de keuken, waar ze Jan en het bedienend personeel bedankte, en pakte toen een jas uit de bijkeuken.

Toen ze samen met Sadie om het huis heen liep, zag ze haar moeder op het terras aan de achterkant zitten met een glas wijn en een aantal brandende kaarsen.

Ze voelde zich meteen schuldig omdat ze Lina helemaal was vergeten. 'Het is veel te koud om buiten te zitten.'

'Ik had behoefte aan wat frisse lucht en wat stilte. Maar je hebt gelijk. Ik hoorde de auto's net gaan. Zijn je vrienden vertrokken?'

'Ja.'

'Ik hoop niet dat ik ze het gevoel heb gegeven dat ze niet mochten blijven.'

'Nee, natuurlijk niet. Ze vonden het gewoon... vanwege de hele situatie, handiger om bij Teesha en Monroe te logeren.'

'Harry zou langer zijn gebleven als hij had gekund. Net als Mimi.'

'Dat weet ik. We konden dit moment niet blijven uitstellen. De terugkeer naar... de normale dingen,' maakte Adrian haar zin af.

'Nee, dat is waar. Je bent vast moe, maar ik wil graag nog even met je praten. Binnen, want het is hier inderdaad te koud.'

'Goed. Ik maak eerst nog even een rondje met Sadie.'

'Ik ben in de keuken.'

'Wat zou ze met me willen bespreken?' Adrian blies de kaarsen uit en begon aan de wandeling. 'Ik hoop dat ze niet overstuur is omdat hij me het huis en de zaak heeft nagelaten. Ik heb echt geen zin om het daar vanavond nog over te hebben.'

Ze maakte de wandeling af en ging weer naar binnen via de bijkeuken.

Haar moeder zat in de ontbijthoek. Op tafel stonden twee glazen wijn en een schaal met kaas en fruit.

Ze zag er doodmoe uit, dacht Adrian. In het felle licht van de keukenlamp was haar vermoeidheid duidelijk te zien.

'Jij hebt ook een lange dag achter de rug. We kunnen morgenochtend wel praten.'

'Ik heb dit al op de lange baan geschoven. Ik wilde hier pas over beginnen na de herdenkingsdienst. Wanneer dit... allemaal achter de rug was.'

Dus ging Adrian zitten. 'Als dit over het huis of over Rizzo's gaat...'

'Wat? O, god nee,' zei Lina bijna lachend. 'Hij wist dat ik geen van beide zou willen. Ik zou verdomme niet weten wat ik ermee moest. Traveler's Creek is gewoon mijn thuis niet, Adrian. Het is het stadje waar ik vandaan kom, dat is iets heel anders. Hij heeft me dat schilderij nagelaten dat zijn oma heeft gemaakt, van dat veld met zonnebloemen, omdat ik dat altijd mooi heb gevonden. Het is niet echt een goed schilderij, maar het spreekt me aan. En hij heeft me het zakhorloge van zijn vader nagelaten, omdat mijn opa me daar altijd mee liet spelen toen ik nog klein was. Hij heeft me dat soort dingen nagelaten, dingen waarvan hij wist dat ze iets voor mij betekenden. Ik hield van hem, Adrian.'

'Ja, natuurlijk.'

'Nee, nee.' Hoofdschuddend pakte Lina haar glas wijn. 'Ik hield van hen allebei, maar we woonden in heel verschillende werelden. Ik heb voor een andere wereld gekozen. En zij hebben nooit geprobeerd me tegen te houden.' Ze haalde even diep adem. 'Toen mijn moeder overleed, was dat zo abrupt, zo snel. Ik was ontzettend boos. Ze had niet om het leven mogen komen door een stomme gladde weg op een donkere avond. Maar bij hem is het anders gegaan. Dat merkte ik toen ik hier was met kerst. Hij zag er ouder uit, hij bewoog zich langzamer. In gedachten zag ik de tijd dat hij er niet meer zou zijn en dat maakte me bang. Hij leek altijd zo onkwetsbaar. Hij zou hier altijd zijn. Er zou altijd tijd zijn om goed te maken dat ik hier te weinig was geweest.' Haar stem brak en ze zweeg even om een slokje wijn te nemen. 'Ik zou voor zijn verjaardag komen en dan misschien een weekje blijven. Daarna wilde ik hier om de paar maanden op bezoek komen, gewoon voor een dag of twee. Om een deel van die verloren tijd in te halen. En toen... belde jij, en was er ineens geen tijd meer.'

'Hij was trots op je. Ze waren allebei trots op je om alles wat je hebt bereikt.'

'Ja, dat weet ik. Ik heb altijd het gevoel gehad dat ik hier in de val zat, dat ik geen kant op kon.' Ze keek om zich heen. 'Dit grote, oude huis op de heuvel, het stadje beneden. Het was niets voor mij. Ik heb drukte nodig, beweging. Maar daar gaat het nu niet om.' Lina liet een stilte vallen en drukte haar vingers op haar ogen. 'Rechtvaardigingen hebben geen nut.' Ze legde haar handen op tafel. 'En dat geldt ook voor treuzelen, wat ik nu doe. Ik ben een slechte moeder geweest.'

'Je... wat?'

'Denk je soms dat ik niet weet dat ik tekortgeschoten ben als moeder? Ik wist precies wat ik wilde, en daar ben ik ook voor gegaan. Wat het ook kostte, wat ik er ook voor moest verwaarlozen. Ik heb een heleboel dingen verwaarloosd. Maar de simpele waarheid is gewoon dat ik niet goed met kinderen kan omgaan.'

'Oké.' Zich geen raad wetend, stak Adrian haar handen omhoog. 'Ik ben nooit iets tekortgekomen.'

Lina liet een kort lachje horen. 'Daarmee leg je de lat voor mij wel heel erg laag. Je bent nooit iets tekortgekomen omdat Mimi en Harry de steken hebben opgeraapt die ik liet vallen. En ook omdat je grootouders je een thuis hebben gegeven. Ik ben mijn ouders nu kwijt,' zei

Lina langzaam. 'Ik ben ze allebei kwijt. En daardoor moet ik onder ogen zien dat ik zelf een slechte ouder ben geweest.'

'Jij hebt me geleerd wat discipline en doorzettingsvermogen zijn en hoe belangrijk het is om mijn eigen dromen na te streven. Ik zou New Generation nooit hebben gehad als jij het pad ervoor niet al had geëffend.'

'Jij bent zelf dat pad op gelopen, samen met de vrienden die zonet zijn vertrokken. Je bent niet naar mij toegekomen, want waarom zou je? Weliswaar zag en wist ik dat toen, maar... nou ja, je weet wel... ik had het druk. Het spijt me.'

Omdat Adrian zich verbaasde over haar eigen gevoelens, sprak ze die hardop uit: 'Volgens mij ben je te streng voor jezelf.'

'Nee, dat ben ik niet en dat weet je best, maar je hebt nu een beetje medelijden met me. En daar ga ik misbruik van maken door je te vragen me de kans te geven om mezelf te verbeteren. Ik snap heel goed dat je een volwassen vrouw bent, en dat ik de tijd die is verstreken nooit terug kan krijgen. Maar ik wil graag proberen om het beter te doen als ouder. Als moeder. Ik hou van je. Ik vind het moeilijk om dat te tonen, maar dat wil niet zeggen dat ik het niet voel.'

Adrian kon zich niet herinneren dat Lina haar ooit ergens om had gevraagd. Lina had haar kort gehouden, haar opdrachten gegeven en was het met haar oneens geweest. Maar ze had Adrian nooit ergens om gevraagd.

'Zou je een vraag voor me willen beantwoorden?'

Met iets wat het midden hield tussen een grijns en glimlach, bewoog Lina haar glas heen en weer. 'Ik heb vanavond meer wijn gedronken dan doorgaans in een hele week, dus dit is hét moment om me een vraag te stellen.'

Adrian nam er de tijd voor en dronk zelf ook wat wijn. 'Waarom heb je mij gekregen? Je had een keus.'

'O, die vraag.' Lina ademde diep in en uit. 'Ik zal open kaart spelen en niet tegen je zeggen dat ik die keus niet heb overwogen. Ik was jong en nog net niet afgestudeerd. Ik had ontdekt dat de man van wie ik hield en van wie ik dacht dat hij ook van mij hield, niet alleen naar bed ging met andere vrouwen, maar ook nog een echtgenote had van wie hij niet wilde scheiden.'

'Dat moet verschrikkelijk voor je zijn geweest.'

Na een korte aarzeling boog Lina zich naar Adrian toe. 'Dat is een van de grote verschillen tussen ons. Jij ziet en begrijpt dat. Jij hebt verder niets nodig om met een ander mee te voelen. Mijn inlevingsvermogen haalt het niet bij het jouwe. Dat heeft een generatie overgeslagen.'

Ze liet zich weer achterover zakken. 'Het was verschrikkelijk. Mimi was toen een grote steun voor me. Dat is ze altijd geweest. Ik wist dat ze achter me zou staan, welke keus ik ook zou maken, en daardoor werd alles wat minder verschrikkelijk. Ik had het gevoel dat ik het aan Jon moest vertellen, al ging ik tegen die tijd natuurlijk niet meer met hem om. Dat heb ik je al eens verteld, maar ik vond het mijn plicht om het tegen hem te zeggen. Ik ben naar zijn kantoor in het faculteitsgebouw gegaan, en dat gesprek is toen... niet goed verlopen.'

Met gefronst voorhoofd en een felle blik in haar ogen staarde Lina naar de tafel. 'Hij had een fles in zijn bureaulade, en daar had hij kennelijk al uit gedronken voor mijn komst. Dat had een alarmbel bij me moeten laten afgaan. Maar ik was naar zijn kantoor gegaan om schoon schip te maken.'

Ze keek weer op. 'Hij noemde me eerst een leugenaar en toen een hoer en daarna beschuldigde hij me ervan dat ik zijn leven kapot probeerde te maken, dat ik hem in de val wilde laten lopen, enzovoorts. Ik zei dat ik niets van hem wilde en dat ik niet van plan was om het aan anderen te vertellen, maar dat hielp niet. Hij eiste dat ik abortus zou plegen, dat ik iets zou regelen, anders zou hij ervoor zorgen dat het me zou berouwen. Ik was kwaad genoeg om te zeggen dat ik zelf wel bepaalde wat ik met mijn eigen lichaam zou doen en dat hij daar niks mee te maken had. Toen vloog hij me aan. Akelig snel. Hij duwde me tegen de muur. Ik weet nog dat er dingen van de boekenplanken vielen, zo ruw was hij. Hij heeft me toen twee keer geslagen, met zijn vuisten.'

Ze drukte een hand op haar buik. 'Hij sloeg tegen het begin van jou en bleef maar schreeuwen dat hij het voor me zou bepalen. Hij zou het ter plekke laten verdwijnen. Toen ik onze relatie verbrak, had ik al gezien wat voor man hij was, Adrian. Maar daar op zijn kantoor zag ik hetzelfde als jaren later in het huis in Georgetown: moorddadig geweld. Ik weet niet hoe het op zijn kantoor zou zijn afgelopen, maar ineens ging de deur open. Het was de studente met wie hij op dat moment naar bed ging. Ik herkende haar. Hij keerde zich tegen háár en zei dat ze moest opsodemieteren, en toen slaagde ik erin me los te trekken en te ontsnappen.'

Ze hief haar glas nog een keer. 'Op dat moment heb ik mijn keus bepaald. Misschien was het een willekeurige keus of eentje uit wrok, maar het bleef maar door mijn hoofd spoken dat hij óns had aangevallen. Ons. Dus toen heb ik voor óns gekozen. Eigenlijk had ik naar de politie moeten gaan, en ik heb er spijt van dat ik dat niet heb gedaan, maar ik wilde alleen bij hem wegkomen. Toen ik naar huis ging, toen ik hier in deze keuken zat met mijn vader en moeder en ik hun het hele verhaal had verteld, stonden zij voor me klaar. Voor ons.'

'Wat moet je bang zijn geweest.'

'Toen ik eenmaal thuis was niet meer. Toen ik aan het werk was niet meer. Eigenlijk genoot ik van mijn zwangerschap. Het was een uitdaging en ik had een doel. Zo sta ik tenslotte in het leven.'

'Zo staan de Rizzo's in het leven,' verbeterde Adrian haar.

'Tot op zekere hoogte.' Lina schudde haar hoofd nog een keer. 'Hoe dan ook, daar is Yoga Baby uit voortgekomen, uit ons. Maar na je geboorte besefte ik al snel dat ik niet erg moederlijk ben ingesteld en dat ik niet heel goed ben met baby's of kinderen. Ik kon er weliswaar voor zorgen dat je gezond en veilig was, maar daarvoor moest ik aan mijn carrière werken en mijn bedrijf opbouwen. Zo dacht ik er toen over. En Mimi was er om voor de rest te zorgen. En je grootouders, en later ook Harry. Dankzij hen had ik mijn handen vrij en kon ik doen wat ik wilde doen.'

Ze richtte haar blik opnieuw op het tafelblad. 'En ik héb gedaan wat ik wilde doen,' mompelde ze. 'Jij was gezond, beleefd en er werd goed voor je gezorgd. Je hebt een goede opleiding gekregen, je hebt veel gereisd en je was getalenteerd. O, je had zo veel talent. En zorgde ik er niet voor dat jij anderen in je leven had die mijn tekortkomingen goedmaakten? Later zou er nog genoeg tijd zijn voor al het andere, wat dat dan ook was. Ik had geen tijd om je te vertroetelen of te knuffelen, en daar had ik ook geen behoefte aan.' Ze hief haar handen op. 'En zo ben ik al die tijd kwijtgeraakt.'

Voordat Lina haar handen weer op tafel kon leggen, pakte Adrian er een vast. 'Weet je wat een van mijn levendigste herinneringen is? Een van mijn diepste en krachtigste herinneringen aan jou? Aan mijn moeder?'

'Ik durf het bijna niet te vragen.'

'Hij deed Mimi pijn. Ik was geschrokken en doodsbang, en toen ben ik naar jou gerend. Ik rende naar jou en ik riep je. Maar toen greep hij mij en deed hij mij pijn. Hij deed mij pijn. Maar toen kwam jij je kamer uit, zo kalm en zo sterk.'

'Dat was ik toen niet, hoor. Echt niet.'

'O, jawel. Je probeerde hem te overreden om mij los te laten. Je bleef maar op hem inpraten terwijl je hem ervan probeerde te overtuigen dat hij mij moest loslaten. Daar was al je aandacht op gericht. Al je aandacht was op mij gericht. En toen hij me door de lucht gooide, toen hij me van de trap af probeerde te gooien, deed dat pijn. Een soort withete pijn, maar toen zag ik jou. Ik zag jou door de pijn heen, ik zag de boosheid, de woede op je gezicht en ik zag dat je hem aanvloog. Dat deed je voor mij. Om mij te redden. Hij sloeg jou en deed jou pijn, maar toch ging je door. Je bloedde en toch ging je door. Hij zou jou hebben vermoord, ons alle drie, maar dat stond jij niet toe. En toen hij was gevallen, rende je naar mij toe. Naar mij! Je hield me vast terwijl het bloed en de tranen over je gezicht liepen.' Adrian pakte ook haar moeders andere hand zodat ze elkaar vasthielden, met hun armen gestrekt over het tafelblad. 'Ik weet dat je van me hield. Maar tijdens het leven van alledag ben je er heel slecht in om dat te laten merken.'

Lina's verbaasde lach eindigde in iets wat op een snik leek. 'Ja, dat kun je wel stellen.'

'Maar als het op de moeilijke dingen aankomt, op de nare dingen, dan sta je voor me klaar. Dat heb ik altijd geweten. En toen je me hier die ene zomer achterliet, wist ik niet, begreep ik niet, dat jij alle ellende, alle gevolgen en alle lelijkheid ging opvangen en dat je mij naar een plek had gebracht waar ik gewoon mezelf kon zijn.'

'Voor het grootste deel is dat waar, en voor dat deel wil ik best de eer opstrijken. Maar het was gedeeltelijk ook uit eigenbelang. Ik moest die ene gebeurtenis gebruiken om mijn bedrijf een zetje te geven en te voorkomen dat alles wat ik was begonnen erdoor zou worden vernietigd.'

'Jij hebt vanavond inderdaad veel wijn gedronken.'

'Het spijt me vreselijk, Adrian. Ik zou dolgraag beloven dat ik het voortaan beter zal doen en beter zal zijn. Ik wil het proberen, en dat is het doel. En hopelijk wordt dit niet het eerste doel dat ik mezelf heb gesteld dat ik niet haal. Je lijkt te veel op je opa en oma om me die kans niet te gunnen. Dus zal ik gebruikmaken van je goede inborst.'

Adrian liet een van haar moeders handen los en pakte haar glas wijn. 'Blijf drinken,' zei ze, wat Lina nog een lachje ontlokte.

'Goed, dan zal ik je alles uit de doeken doen. Ik geniet van mijn leven. Ik ben trots op wat ik heb opgebouwd en ik denk, of nee, ik wéét, dat ik een paar levens ten goede heb veranderd met mijn werk. Ik hou ervan om in het middelpunt van de belangstelling te staan. Ik hou van de financiële voordelen die mijn werk me oplevert, het reizen en alle andere dingen. Ik hou van de vrijheid die het me biedt, en dat is een van de redenen dat ik nooit ben getrouwd. Maar als puntje bij paaltje komt, weet ik dat ik slim genoeg, georganiseerd genoeg en pienter genoeg was om meer tijd voor jou en voor mijn ouders vrij te maken. De tijd met hen krijg ik nooit meer terug,' zei ze. 'Ondertussen…' Nu hief zij haar glas. '… ben jij beter dan ik ooit ben geweest. In dat opzicht ben jij makkelijker te benaderen, vriendelijker en evenwichtiger. Je hebt een goed zakelijk inzicht, al is het mijne nét iets beter, maar het jouwe is beslist goed, en je hebt jezelf omringd met getalenteerde mensen. Mensen die jij aardig vindt en die jou aardig vinden. Nog meer evenwicht. En jij hebt meer aangeboren talent dan ik had. Ik wil ook best de eer opstrijken dat ik jou de basis heb bijgebracht, maar daar heb je zelf verder op voortgebouwd. En daar heb ik respect voor.'

Lina nipte van haar wijn en keek haar dochter aandachtig aan. 'Ik vond het zonde dat je hier ging wonen, maar dat zag ik verkeerd. Het heeft je talent en uitstraling juist vergroot. Het zou mij hebben verstikt, maar het heeft jou juist geopend.'

Ze nam nog een slokje en keek de keuken rond. 'Wat ga je doen in dit grote, oude huis?'

'Om te beginnen ga ik erin wonen. En erin werken. De rest zie ik later wel.'

'Als je het goed vindt, wil ik graag nog een paar dagen blijven.'

'Dat zou ik fijn vinden. En ik zal je een rondleiding geven door het jongerencentrum, zodat je de renovatiewerkzaamheden kunt zien. Misschien heb je een paar suggesties.'

'Zou je die van me aannemen?'

'Misschien wel.' Adrian glimlachte. 'Als ik ze goed vind. Ik wil graag dat je in de eerste week van mei terugkomt voor ons gezamenlijke project.' In gedachten maakte ze een snelle berekening. 'Of misschien in de tweede week van mei. Ik heb bijna alles al geregeld.'

'Maar we hebben nog niet eens... Wat heb je geregeld? Ik ging ervan uit dat we de productie in New York zouden doen.'

'Ik heb een nieuwe invalshoek bedacht.' Lina Rizzo was niet de enige die wist hoe ze gebruik moest maken van het moment, dacht Adrian. 'We gaan filmen in de gymzaal van de middelbare school in Traveler's Creek. Er zullen leerlingen en leraren meedoen. Daar heb ik al toestemming voor gekregen. Het wordt een dubbel-dvd.'

'Opnamen in een gymzaal van een middelbare school? En dan ook nog een middelbare school in een klein stadje? Met kinderen erbij?'

'Eindexamenklassers met toestemming van hun ouders en huisarts. Zes eindexamenklassers en zes leraren. Die zetten we flink aan het werk. Work-outs van dertig à vijfendertig minuten: cardio, krachttraining, oefeningen op de mat, yoga en een combinatie van al die dingen. Wij geven ze de sportkleding, misschien Yoga Baby voor de leraren en New Generation voor de leerlingen.'

'Wil je er een wedstrijdje van maken?'

'Nou, wel een vriendschappelijke.'

'*Fitness 101*.'

Adrian fronste. 'Verdorie, dat is beter dan de voorlopige titel die ik in gedachten had.'

'Wat was die dan?'

'Laat maar zitten. We gaan gebruikmaken van het stadje waar ik nu woon en waar jij bent opgegroeid, en we geven het wat leuke publiciteit. We gaan de school gebruiken waar jij eindexamen hebt gedaan en voegen wat leuke nostalgische dingen toe.'

'Laten we het jaar waarin ik eindexamen heb gedaan maar niet noemen.'

Een glimlach van vrouw tot vrouw. 'Alsof ik dat zou doen.'

'Je ging dit sowieso doen, hè? Met of zonder mij.'

'Ja. Maar als je het niet ziet zitten, zal ik over een tijdje het project doen wat jouw voorkeur heeft. Ik denk gewoon dat dit veel belangstelling zal wekken en dat we er veel dvd's mee zullen verkopen.'

'Ik wil de oefeningen zien die je wilt gaan doen.'

'Ze zijn nog niet allemaal af.'

'Fijn. Ik heb zelf ook een paar ideeën. Als we het daarover eens kunnen worden, hebben we een deal.' Lina stak haar hand uit zodat Adrian die kon schudden en kneep even in die van haar dochter. 'Ik zal het voortaan echt beter doen.'

'Dat doe je al.'

Adrian had een hele zak vol condoleancepost die ze moest doornemen Ze wilde er zo veel mogelijk van beantwoorden, en ook zo snel mogelijk. Sommige condoleances waren naar het huis gestuurd en andere naar het restaurant.

Ze was 's ochtends vroeg een eindje met Sadie gaan rennen zodat haar moeder gebruik kon maken van haar fitnessruimte. Eenmaal terug ging ze met een smoothie als ontbijt aan de keukenbar zitten om een begin te maken met het sorteren van de brieven. Veel ervan kon ze in de daarvoor bestemde herinneringsdoos stoppen, aangezien ze de afzenders al persoonlijk had gesproken. Maar andere brieven kwamen uit allerlei delen van het land, allemaal van mensen voor wie haar opa iets had betekend.

Nadat ze alle enveloppen had geopend en gesorteerd, zou ze haar best doen om bedankbriefjes te schrijven.

Een man in Chicago had een brief gestuurd waarin hij vertelde dat Dom hem zijn eerste baantje had gegeven. Een vrouw uit Memphis schreef dat ze haar verloving in Rizzo's had gevierd en dat Dom hoogstpersoonlijk een fles mousserende wijn naar hun tafel had gebracht.

Andere mensen vertelden dat ze een verjaardagsfeest hadden gevierd in Rizzo's of dat ze daar met hun sportteam naartoe waren gegaan na afloop van een gewonnen of verloren wedstrijd.

De brieven bleven maar komen, en elke keer werd haar hart erdoor geraakt.

Toen sloeg haar hart even over bij het zien van een envelop met de voor haar zo bekende blokletters. Het was niet de gebruikelijke envelop, wat verklaarde dat ze hem in eerste instantie over het hoofd had gezien. Ditmaal was het een dikkere, grotere witte envelop met het poststempel Philadelphia.

Nadat ze de envelop voorzichtig open had gemaakt, vond ze een kaart, een zwartwitfoto van een kat met opengesperde ogen en een verfomfaaide vacht.

HEB JE EEN ROTDAG?

BEDENK DAN DAT ER ALTIJD IEMAND IS DIE HET MOEILIJKER HEEFT.

Ze haalde het briefje eruit en las het gedichtje.

Je popi is dood, je bent kapot van verdriet.
Je huilde tranen met tuiten, ach treur nu maar niet.
Het weerzien met hem komt namelijk heel snel.
Na mijn bezoek zie je hem terug in de hel.

'Nou is het verdomme genoeg.' Ze was zo kwaad dat ze de kaart wilde verscheuren, maar ze beheerste zich. Ze deed haar ogen dicht en wist zich te beheersen. 'Je gaat hem niet gebruiken, je gaat hem niet op deze manier gebruiken.'

Ze kwam overeind en begon te ijsberen omdat ze voelde dat ze beefde. Ze was te boos om na te denken en toch moest ze dat doen. Ze trok de koelkast met een ruk open en pakte een cola. Ze had net haar eerste slok genomen toen Lina binnenkwam.

'Dat meen je toch niet? We waren net bezig om eindelijk een band met elkaar te scheppen, en dan neem jij... Wat is er aan de hand?'

Adrian wees enkel op de kaart.

Lina ging zitten en las hem. 'Als jij die smoothie niet meer wilt, neem ik hem.'

'Ga je gang.'

'Ik zou graag zeggen dat dit nog meer gelul is, maar dat gevoel geeft het mij ook niet. Iedereen die jouw blog volgt of interviews met jou heeft gelezen, weet hoe hecht de band tussen popi en jou was, dus dit is opzettelijke wreedheid.'

'Dat weet ik. Ik weet dat het is bedoeld om me precies het gevoel te geven dat ik nu voel.'

'Nee, Adrian, het was bedoeld om je verdrietig te maken, je verdriet te verergeren en je bang te maken. Maar in plaats daarvan heeft het je kwaad gemaakt. Hij of zij kent jou niet.'

Ze hield op met ijsberen en keek Lina aan. 'Dat zei Raylan ook al.'

'Heb je Raylan Wells hierover verteld?'

'Dat gebeurde toevallig. Hij zag me zo'n envelop uit mijn postbus halen toen hij ook op het postkantoor was, en hij zag hoe ik daarop reageerde. Dus toen heb ik het hem verteld.'

'Heel goed. Hoe meer mensen die om je geven hiervan weten, hoe beter. Wat wordt je volgende stap?'

Ze was even stomverbaasd dat haar moeder, die haar privéleven altijd heel erg privé hield, het fijn vond dat Adrian deze informatie met iemand had gedeeld.

'Ik weet het niet.'

'Ik wil graag een privédetective inhuren. De politie en zelfs de FBI zullen hier minder hard hun best voor doen dan iemand die ervoor wordt betaald om dit uit te zoeken. Zij hebben gewoon de tijd er niet voor.'

'Maar wat kan een privédetective dan doen?'

'Dat zien we dan wel weer. Misschien niets, maar dat merken we wel. Laat me dit voor je doen. Laat mij de juiste persoon vinden en laat die privédetective dan onderzoek doen. Eigenlijk had ik dit jaren geleden al moeten doen, maar ik heb altijd het idee gehad dat dit soort vervelende dingen erbij horen als je een publiek figuur bent.'

'Dat denkt iedereen.'

'Nou, volgens mij hebben ik en iedereen het dan mis. Laten we dit eens proberen.'

'Oké.' Adrian knikte. 'Oké. Het is in elk geval beter dan niets doen en afwachten tot de volgende envelop wordt bezorgd.'

Of wachten tot de rijmelaar komt opdagen, dacht ze. Hoelang zou hij of zij nog tevreden zijn met het schrijven van een paar regeltjes?

17

Raylan zat in zijn auto die hij had geparkeerd voor zijn oude huis in Brooklyn. Het huis zag er nog hetzelfde uit – allicht – maar was niet meer hetzelfde. Er was bijna een jaar verstreken sinds hij zijn leven hier achter zich had gelaten. Niets was eigenlijk nog hetzelfde.

Maar zijn vriendin, zijn zakenpartner, had een nieuw leven in dat huis gebracht. Tijd om naar binnen te gaan, hield hij zichzelf voor. Tijd om het onder ogen te zien.

Hij pakte de bloemen en de reusachtige pluche draak in regenboogkleuren en liep naar de voordeur. Het voelde raar aan – allicht – om op de voordeur te kloppen die ooit van hem was geweest. Maar een paar tellen later, toen Pats opendeed, verscheen er een oprechte glimlach op zijn gezicht.

Pats was een lange vrouw met brede schouders, kort, warrig bruin haar en levendige blauwe ogen. Zodra ze hem zag, sloeg ze haar armen om hem heen en gaf hem een vrolijke knuffel. 'Je bent er! O, wat fijn om je te zien, Raylan.'

'Gefeliciteerd, mammie.'

'Ik ben er nog steeds ondersteboven van. Ik kan de hele dag wel naar haar kijken. Ze is zo mooi. Kom binnen, kom binnen, dan kun je kennismaken met onze Callie Rose. Een draak! Een regenboogdraak! Ik vind hem geweldig!'

'Jeetje, had jij er ook een gewild? De bloemen zijn voor de mama's, de draak voor de baby. Die zal over haar waken.'

'Een waakdraak. Alleen jij kunt zoiets bedenken.'

Ze nam de bloemen aan en pakte zijn hand. Die hield ze stevig vast, terwijl Raylan van de gelegenheid gebruikmaakte om aandachtig rond te kijken.

Nieuwe verf en wat nieuwe meubels, naast de spullen die ze van hem hadden overgenomen. Een babymonitor, een schommelwieg met volants, een campingbedje met een rieten draagwieg erin, een doos Pampers, een luieremmer.

Het rook er naar bloemen – hij was niet de enige die een boeket had meegebracht – en naar kersverse baby. Zacht, romig leven. Een nieuw leven, dacht hij opnieuw. Maar niet het zijne. En hij merkte dat hij dat prima vond.

'Alles goed, makker?'

'Ja.' Hij draaide zijn hoofd om en drukte haar een kus op haar wang. 'Niks aan de hand.'

'Loop even mee naar achteren. Wil je een cola?'

'Graag. Het ziet er hier mooi uit, Pats. Dat meen ik. Het ziet er gelukkig uit en daar kan ik prima mee leven.'

'We zijn dol op het huis. Het heeft niet alleen een stevig geraamte, maar ook een fijne sfeer. Bick heeft Callie net mee naar boven genomen om haar te verschonen. Ja, we hebben ontdekt dat we stereotiepe moeders zijn. We wilden dat ze een van haar belachelijk schattige jurkjes draagt als je haar voor het eerst ziet. Hoe gaat het met de kinderen en alle anderen?'

'Prima. De kinderen zijn blij dat ze een nachtje bij oma mogen logeren. Zo van: "wanneer ga je nou weg, pap?" Maya hoeft nog maar heel even, en dan hebben we een nieuwe baby in de familie. Dus jullie zijn echt voor een thuisbevalling gegaan?'

'Ja, en ik durf best te bekennen dat ik doodsbang was.' Ze schonk de cola over ijsblokjes. 'Maar het ging allemaal heel soepel. Bick is een taaie. Als ik eraan denk, springen de tranen weer in mijn ogen. Sorry.'

'Daar hoef je je toch niet voor te verontschuldigen?'

'Ze heeft zich er moedig doorheen geslagen en Sherri, onze vroedvrouw, was geweldig. En ineens was ze er, het allermooiste schepseltje van de wereld, huilend en maaiend met haar vuistjes alsof ze wilde zeggen: *Wat is dit, verdomme?*' Nadat ze een tweede glas had ingeschonken, tikten ze met hun glazen tegen elkaar. 'Daar zul je ze hebben.'

Bick kwam de trap af met het baby'tje dat een roze jurkje met strikjes en een bijpassend haarbandje droeg. 'Ik heb het gevoel dat we spotlights moeten hebben,' zei Bick. 'Dat er muziek moet klinken en er misschien zelfs een fanfare moet spelen. Ik wil je graag voorstellen aan het nieuwste wereldwonder: Callie Rose.'

Het kindje had die kenmerkende pasgeboren babyblik, alsof ze net omhoog was komen zwemmen uit een mysterieuze wereld. Haar grote, amandelvormige ogen domineerden haar gezichtje dat de kleur had van met goudstof bedekte chocolade. Een volmaakt gevormd kaboutermondje en een schattig neusje.

'Oké, ze is echt aanbiddelijk. Goed gedaan, Bick.'

'Het beste werk dat ik ooit heb geleverd. Wil je haar even vasthouden?'

'Nou en of.'

Hij zette zijn cola neer om de baby te kunnen overnemen. En zijn hart smolt. 'Ik zal je altijd snoep geven kleintje, wat je moeders daar ook van zeggen. Daar kun je van op aan.'

Callie staarde hem aan met een blik van vage interesse. En spuugde vervolgens op zijn overhemd.

'Goh, dat doet me denken aan vroeger.'

'Sorry, sorry.' Lachend haalde Bick het spuugdoekje van haar schouder.

'Geeft niks. Geeft niks,' zei Raylan.

'We kunnen je overhemd wel even wassen,' zei Pats tegen hem. 'De wasmachine draait hier tegenwoordig de hele dag.'

'Nee, geeft niks,' zei hij opnieuw. 'En jij ziet er fantastisch uit. Zelfs voor iemand die een week geleden een kind ter wereld heeft gebracht.'

'We doen alleen maar hazenslaapjes, mijn tepels moeten nog bekomen van de schrik, en we zijn tot de ontdekking gekomen dat een mensje van drie kilo ruim negenhonderd kilo per dag poept. Maar dit is de mooiste tijd van ons leven. Je hebt een draak voor ons meegebracht!'

'Nee, ik heb een draak meegebracht voor Callie. Voor Callie, dus! Onthou dat.'

Terwijl hij met de baby in zijn armen ging zitten, plofte Bick op de bank en legde haar voeten op de tafel.

Ze had haar haren in een bobkapsel à la Halle Berry laten knippen en Raylan vond dat ze er bijna even schattig uitzag als haar dochter.

'Hoe gaat het met je moeder?' vroeg ze hem.

'Redelijk. Het is moeilijk. Dom was als een vader voor haar. Dat de kinderen vandaag en vannacht bij haar zijn is goed voor hen alle drie.'

'Voor een nachtje maar?'

'Ja, morgen ga ik weer terug. Dit weekend heeft Mariah haar grote balletuitvoering en Maya is bijna uitgerekend. Ik ga straks nog even naar het hoofdkwartier.' Hij streek zacht met zijn vinger over het wangetje van de baby. 'Ik moet wat werk afgeven en ik wil even bijkletsen met iedereen.'

'Je weet toch dat *Cobalt Flame: Turn of the Demon* razendgoed is, hè? Dank je wel, schat,' zei ze toen Pats haar een glas sinaasappelsap bracht.

'Haar ontwikkelende relatie met Angel zorgt voor extra spanning, en emotie. En als extraatje zijn er… je weet wel… vechtpartijen. Door al die dingen ben ik meer gaan nadenken over het samenstellen van een team, maar daar hebben we het al eens over gehad.'

'Ons superheldenteam.'

'Ja, en dan niet alleen in de cross-oververhalen die we hebben gemaakt. De *Front Guard*.'

'De Front Guard.' Terwijl Bick erover nadacht draaide ze kringetjes met haar voet. 'Klinkt strijdlustig. En een beetje politiek. Dat bevalt me wel. Dan moeten we wel een verhaallijn hebben die opbouwt naar de formatie van zo'n superheldenteam, iets om de personages bij elkaar te brengen die wij als kernleden willen. En we hebben ook een infrastructuur nodig. Waar is hun hoofdkwartier? Hoe ziet dat eruit? Je zult iets heel groots en heel slechts moeten bedenken om hen te motiveren om dat team te vormen en ook bijeen te houden.'

'Ja, daar heb ik al over nagedacht. Ik heb een paar aantekeningen en wat voorlopige schetsen gemaakt. Die wilde ik aan Jonah laten zien, en dan kunnen we er later op afstand over vergaderen.'

'Bick, lieverd? Waarom ga je niet met Raylan mee naar kantoor?' Pats hief haar hand op voordat Bick kon protesteren. 'Ik weet dat je dat graag wilt. We hebben genoeg melk in de vriezer. Je hebt haar een uur geleden nog de borst gegeven, dus dat hoeft een poosje niet. Toe, ga lekker een paar uur de deur uit.'

'Echt? Weet je het zeker?'

'Zodat ik de kans krijg om ons kleintje helemaal voor mezelf te hebben? Ja, ik weet het zeker. Raylan kan je in de auto naar kantoor brengen en ook weer terug. Het is nog steeds te ver voor je om heen en terug te lopen. Maar als je weer thuis bent kunnen we samen wel een wandelingetje maken. Dan krijgt Callie ook wat frisse lucht. Toe, ga nou maar.'

'Twee uur. Dat zou fijn zijn. Twee uur,' herhaalde ze, waarna ze naar haar dochtertje keek. 'Ik heb haar tot nu toe nog geen twee minuten alleen gelaten. Ik weet niet zeker of ik wel... Nee, zo'n moeder wil ik niet worden. Of ben ik dat al? Nee.' Ze slaakte een zucht. 'Goed dan, laten we naar het gekkenhuis gaan voor werkoverleg over de Front Guard.'

Uiteindelijk bleef hij twee nachten – tot grote vreugde van zijn kinderen en zijn moeder – omdat het brainstormen goed op gang kwam. Op een van die avonden at hij pizza van hetzelfde afhaalrestaurant dat Lorilee en hij hadden gebruikt, in hun oude eetkamer, terwijl hij en zijn twee zakenpartners verhaallijnen bedachten of afkeurden.

'Zeg, het beeld van een reusachtige grot als hoofdkwartier spreekt me wel aan.' Jonah nam nog een hap pizza, eentje dik belegd met vlees. 'Met stalagmieten, stalactieten en gangen en zo. Maar ik vind het te voor de hand liggend voor de teamleden die halfdemon zijn.'

'Ik heb er een hekel aan als hij iets zinnigs zegt.' Bick pakte een van de vele tekeningen die op de tafel lagen. 'Want ik vind deze reusachtige, zelf-verlichtende stenen tafel ontzettend mooi.'

'Dat hoofdkwartier moet op een afgelegen plek liggen. Dat is het belangrijkste. No One wordt nog steeds opgejaagd door het leger.'

'We zouden alsnog een grot kunnen nemen,' stelde Jonah voor. 'Maar dan niet te diep ondergronds. Misschien eentje die is uitgehakt in een berg. Ergens in de Andes?'

Daar gingen ze met elkaar over in discussie terwijl Jonah met een hand at en met de andere tekende. Ineens werd de baby huilend wakker.

'Dat is haar ik-heb-hongergeluidje,' zei Bick voordat Pats overeind kon komen. 'Ik regel het wel. Wat denken jullie van ergens in de Himalaya? Dat is mysterieus.'

Ze tilde Callie op uit de draagwieg, ging weer zitten en maakte haar blouse open om het meisje de borst te geven.

'Ik weet niet waarom je ze in grotten en spelonken wilt stoppen,' zei Pats schouderophalend. 'Ik bedoel, het is daar donker. En ze vechten altijd tegen duistere machten. Geef ze toch een afgelegen tropisch eiland. Ergens waar zon en strand zijn.'

Er viel een stilte die wel tien seconden aanhield.

'Neem me niet kwalijk. Jullie zijn de experts.'

'Nee.' Raylan schudde zijn hoofd. 'We zijn even sprakeloos omdat we ons afvragen waarom we dat zelf niet hebben bedacht. Het Front Guard-eiland.'

'Ver uit de buurt van de drukbevaren scheepsroutes,' ging Jonah verder. 'Weelderig groen en ongerept. Zou No One zo'n eiland kunnen laten verdwijnen? Kan hij ervoor zorgen dat het niet te zien is op satellietbeelden of vanuit een vliegtuig?'

'Daar kan ik wel wat mee.'

'Een eiland dat in een ver, ver verleden uit zee omhoog is gekomen.' Bick keek Pats stralend aan. 'Op dit moment hou ik echt ontzettend veel van je. Ik wil ook een waterval.'

'En een vulkaan,' zei Raylan. 'Er moet een vulkaan bij. Dat hoofdkwartier moet van glas zijn. Doorzichtig. Alsof het er niet is.'

'Jezus, dat is geweldig. Net als jij, Pats,' zei Jonah terwijl hij aan een nieuwe schets begon.

Het was een goede, productieve reis geweest, dacht Raylan terwijl hij over de overdekte brug naar Traveler's Creek reed. Nu Flame's eerste stripalbum in productie ging en het idee van de Front Guard vaste vorm aannam en zijn volgende No One-avontuur onderweg was, liep het werk op rolletjes.

Op persoonlijk vlak wist hij nu zeker dat hij helemaal had geaccepteerd dat het huis in Brooklyn nu van zijn vriendinnen was en kon hij zelfs blij zijn met het leven dat zij daar hadden opgebouwd.

Hij zou vanavond gaan eten bij zijn moeder – zoals ze had verordonneerd – en van Bradley en Mariah horen hoe hun logeerpartij bij oma was geweest. Als hij eenmaal weer thuis was met zijn kinderen en ze in bad waren geweest en in bed lagen, zou hij meteen aan de slag gaan.

De ideeën knalden en spetterden in zijn hoofd.

Ineens zag hij Adrian en haar grote hond aan de overkant van de straat in een flink tempo hardlopen. Haar strakke broek in de kleur van wilde viooltjes kwam tot halverwege haar kuiten. Hij kon de vorm van haar beenspieren zelfs zien. Het soepele haltertopje had een opengewerkte rug en bewoog mee met haar bewegingen, net als haar dikke zwarte krullen die tot halverwege haar rug vielen.

Opnieuw voelde hij die mengeling van verlangen en wellust. Ditmaal bezorgde het hem minder schuldgevoel, al kromp hij wel even ineen van schaamte toen hij bijna het huis van zijn moeder voorbijreed.

Met een vlotte draai reed hij haar oprit op en toen hij was uitgestapt, zag hij nog net dat Adrian en de hond de hoek omgingen, in de richting van zijn huis.

Het was haar bedoeling geweest om naar huis te rennen, maar ze merkte opeens dat ze een omweg maakte. Omdat ze nog niet helemaal klaar was voor het grote, stille huis, ging ze eerst even bij Teesha langs.

Ze zag dat Raylans auto nog altijd niet op de oprit stond. Volgens het roddelcircuit van Traveler's Creek was hij voor een dag of twee naar New York. Zelf had ze hem voor het laatst gezien op de herdenkingsdienst voor haar opa.

Ze hadden het ook zo druk.

Op weg naar Teesha's voordeur hoorde ze geschreeuw en gelach uit de achtertuin komen en ze besloot om nog een omweg te maken.

Phineas en Collin maakten goed gebruik van het speeltoestel in de achtertuin. Ze droegen allebei een felgekleurde hoody en klommen om de beurt met rode wangen de ladder van de glijbaan op, waarna ze zich weer omlaag lieten glijden.

Adrian deed het poortje van het hek open en maakte Sadies riem los.

De hond en de kinderen renden meteen op elkaar af.

'Hoi, Sadie. Hoi!'

De twee jongetjes stortten zich bijna op de hond.

'Hoi, Adrian. Hoi!'

'Jullie ook hoi. Wat een mooie zondag, hè? Willen jullie een tijdje met Sadie spelen?'

'Mama zegt dat Sadie mijn pleeghond is. Pleeg betekent vervanger. En dat blijft ze totdat Thaddeus minstens een jaar oud is. Misschien krijgen we daarna zelf een puppy. Dus ik moet nog tweehonderdenachttien dagen wachten.'

Typisch Phineas, dacht ze.

'Sadie vindt het heel leuk om jouw pleeghond te zijn. Hoe gaat het met je moeder, Collin?'

'Die krijgt een meisje. Meisjes hebben geen penis.'

'Ja, dat heb ik ook ergens gehoord. Je wordt vast een lieve, grote broer. Net als Phin.'

'Ik denk het wel. Maar hij heeft een broertje gekregen, mét een penis.'

'Nou ja, ik heb nooit een broertje of zusje gekregen, dus ik ben nooit iemands grote zus geweest, dus jullie boffen allebei maar. Ik ga je moeder even gedag zeggen, Phin.'

'Ze zei dat we buiten moesten gaan spelen omdat zij de baby moest voeden. Daarna zou ze hem in zijn wieg leggen zodat hij een dutje kan doen. Ze geeft hem melk uit haar borsten. Dat kunnen jongens niet.'

'Ik leer vandaag van alles.'

Ze liep naar de keukendeur en keek even naar binnen. Teesha zat aan de keukentafel en wenkte dat ze binnen moest komen.

'Ik zit eindelijk even, voor het eerst sinds... te veel uren om te tellen. De baby slaapt, de jongens spelen buiten en Monroe maakt muziek.'

'Dat heb ik gehoord.'

'En vanavond laten we eten komen, omdat ik dat heb bevolen. Als je iets wilt eten of drinken, moet je het zelf maar pakken.'

'Ik ben al voorzien.' Ze tikte op haar flesje water. 'Je ziet er moe uit.'

'Hij krijgt tandjes. Wat vergeten we toch snel hoe dat is. Is je moeder weer veilig thuis gekomen?'

'Ja, een paar uur geleden. Het was een... interessante ervaring.'

'Houdt de... moet ik het een wapenstilstand noemen... stand? Ik bedoel, ik weet dat ze een paar dagen in Washington D.C. is geweest, maar sinds ik haar ken is ze nog nooit zo lang in Traveler's Creek gebleven.'

'Een nieuw record. Ik zou het geen wapenstilstand willen noemen.' Adrian ging zitten. 'Het lijkt meer of we een nieuwe weg zijn ingeslagen. En die houdt stand. Ze meent het, ze doet echt haar best. En ik wilde jou vertellen dat ze akkoord is gegaan met de productie. We hebben er samen wat aan bijgevijld, maar ze heeft gezegd dat ze het wil doen. Als jij er al mee wilt beginnen, zal ik je alles mailen.'

'Als jij dit per se in de tweede week van mei wilt doen, móéten we nu wel beginnen.'

'Ik wil alles graag achter de rug hebben voor de diploma-uitreiking van de eindexamenleerlingen.'

'Ik zal aan de slag gaan. Jij ziet er trouwens ook moe uit.'

'Misschien een beetje. Ik heb vanochtend een gesprek gehad met de aannemer en met de bouwinspecteur. Ik heb Kayla gevraagd om de inrichting te regelen, dus hebben we samen ideeën besproken via e-mail en tekstberichten. Ik weet dat Jan Rizzo's op rolletjes laat lopen, maar ik moet wel bij het restaurant betrokken blijven. Dat zou hij van me verwachten.'

'En laten we het ook even hebben over het onderwerp dat jij nu achterwege laat. Heb je die privédetective al gesproken?'

Adrian haakte haar flesje water van haar riem en nam een grote slok. 'Ja, en ze lijkt me een betrouwbare, intelligente vrouw. Ze denkt zowaar dat ze misschien kan achterhalen waar die laatste kaart vandaan komt. Die komt van een echte uitgever. In dat opzicht verschilt dit gedicht van de vorige.'

'Nog iets om je zorgen over te maken. Hij is weer van zijn patroon afgeweken.'

'Hij wilde me een trap na geven toen ik in de put zat, en dat is hem gelukt. Maar die privédetective, ze heet Rachael McNee, zei dat de dader daarmee een fout heeft begaan. Voor die tijd bestond er geen enkele kans om te bepalen waar de brieven vandaan kwamen, maar nu wel. Misschien heeft ze gelijk. Maar goed, mijn moeder wil dit graag doen, en ik wil het haar graag laten doen.' Adrian keek even door de grote glazen deuren naar buiten. 'Sadie is in de zevende hemel.'

'Net als die twee jongetjes. Ik vind het geweldig dat Phin een beste vriend heeft. Grote hersenen hebben echt vriendjes nodig, en nu kunnen ze mooi samen twee kleine ettertjes zijn.'

'Collin is nog steeds teleurgesteld dat de nieuwe baby geen penis krijgt.'

'Ja, dat brengt hij vaak ter sprake.'

'Het spijt me dat ik Phins penisdragende broertje misloop, maar ik moet ervandoor.'

'Je kunt ook blijven en die bezorgmaaltijd met ons delen.'

'Bedankt voor het aanbod, maar ik moet de choreografie her en der nog wat bijslijpen.'

'Red je het wel... zo in je eentje?'

'Ja, dat huis is echt mijn thuis. En ik heb Sadie.'

'Mocht je van gedachten veranderen, kom dan gewoon terug. En maak je geen zorgen over de rest. Ik zal een begin maken met de voorbereidingen van de nieuwe productie en de datums vastzetten.'

Adrian ging staan. 'Is Raylan nog niet terug?'

'Maya zei dat hij vanavond wordt verwacht voor een familiediner.' Teesha leunde iets achterover op haar kruk. 'Waarom maak je eigenlijk geen werk van hem?'

'Wat?' Ze deinsde zichtbaar achteruit. 'Van Raylan? Nee. Dat zou gewoon... raar zijn.'

'Waarom? Hij ziet er goed uit en hij is beslist geen met een bijl zwaaiende, verkrachtende, drugsverslaafde psychopaat. En hij is single.'

'Ik ben bevriend met zijn zus en sinds kort ook de werkgever van zijn moeder. Ik heb zijn vrouw gekend en ik vond haar echt heel aardig. Hij heeft zijn trouwring nog om. En bovendien is het een hele tijd geleden dat ik voor het laatst werk van iemand heb gemaakt. Ik weet zeker dat mijn versiertrucs zijn verstoft.'

'Je bent afgelopen herfst anders wel met die ene man uit geweest.'

'Bedoel je Wayne? Twee keer, en beide keren nam hij het initiatief en heb ik hem maar laten begaan. We hadden geen klik. En die heb je echt nodig.' Ze liet een stilte vallen en slaakte toen een diepe zucht. 'Ik mis de seks. Echt waar. Maar niet genoeg om een vriend als Raylan te versieren of om op klikloze dates te gaan.' Ze haakte haar flesje water weer aan haar riem. 'Misschien kun jij me Monroe lenen. Voor een paar uurtjes maar.'

'Hij is er goed in. Maar nee. Zoek zelf maar een man.'

'Over een poosje misschien. Geef die baby een kus namens mij. Ik ga weer naar huis, samen met Phins pleeghond.'

Teesha lachte. 'Heeft hij je dat verteld? Ik moest iets verzinnen toen hij met statistieken aankwam over honden die geschikt zijn voor kinderen. Ik ben echt niet van plan om een pup zindelijk te maken terwijl ik thuis een kleuter heb van bijna vijf en een baby die net tandjes krijgt.'

'Dat zal niemand je kwalijk nemen. Ik zal je de uiteindelijke agenda en het draaiboek mailen.'

Teesha stond op en liep naar de deur, waarna ze riep: 'Vergeet niet dat Monroe en ik eerst ook gewoon vrienden waren.'

'Hoelang ook alweer?' riep Adrian terug. 'Vijf minuten?'

'Acht. Dat hebben we wel acht minuten volgehouden. Denk er eens over na.'

Adrian wuifde slechts naar haar, lijnde Sadie aan en jogde toen weg.

Aan het einde van de week erna, terwijl het april moeite kostte om tot bloei te komen in de korte periodes tussen kille regen en koude nachten, zat Rachael McNee in de woonkamer van Adrian.

Rachael, een stevig gebouwde vrouw van in de veertig, dronk haar koffie zwart en droeg een marineblauwe coltrui onder een steengrijs pak

Ze was een voormalig politieagente en had kort, sluik haar in dezelfde kleur als haar pak. Ze leek meer op een vriendelijke bibliothecaresse dan op een privédetective met een eigen bedrijf.

Misschien voelde Adrian zich daarom zo op haar gemak bij haar. 'Ik had niet verwacht dat je al zo snel verslag zou uitbrengen.'

'Ik heb een geschreven verslag voor je, maar ik dacht dat het wel zo prettig voor je zou zijn als je ik persoonlijk de vorderingen kwam vertellen.'

'Ik had eigenlijk ook niet verwacht dat er al zo snel vorderingen zouden zijn.'

'Je hebt hier al een hele tijd mee te maken,' zei Rachael met duidelijk medeleven, 'zonder hulp van anderen. Tot nu toe heeft je stalker goedkoop, wit papier en goedkope, witte enveloppen gebruikt, en gemakkelijk verkrijgbare postzegels met de Amerikaanse vlag erop. Hij is slim genoeg om niet aan de plakrand van de envelop te likken. Hij schrijft het adres in blokletters, dus die adressering valt niet te herleiden tot een bepaald soort computersoftware of typemachine.'

'En dat hij die gedichtjes met de hand schrijft, maakt het wat persoonlijker.'

Rachael trok een wenkbrauw op en knikte. 'Ja. Altijd met dezelfde soort inkt, balpeninkt. Volgens mij gebruikt hij ook telkens hetzelfde merk balpen. Hij is een gewoontedier. Maar ditmaal heeft hij zich niet aan zijn eigen gewoonten gehouden.'

'Is het je gelukt om die kaart te herleiden?'

'Ja. En dat zal de FBI-agente die op jouw zaak is gezet ook doen, zodra ze eraan toekomt. Op dit moment ben jij mijn enige cliënte, want dat was een eis van je moeder.'

'Ja, zo is ze.'

'Ja. Ik wil maar zeggen dat ik meteen onderzoek kon gaan doen naar deze nieuwe manier van communiceren. En ik kon zijn fout uitbuiten. Hij had een algemeen verkrijgbare kaart van een grote uitgever kunnen nemen, maar in plaats daarvan heeft hij voor goedkoop en klein gekozen.'

'Klein?'

'Kattenclub Kaartjes. Dat is een eenvrouwszaak uit Silver Spring in Maryland. Dat bedrijf is pas op 18 februari van dit jaar begonnen met het uitgeven van en het reclame maken voor die kaartjes. Het is maar een heel klein bedrijfje, mevrouw Rizzo.'

'Adrian.'

'Adrian. Die vrouw werkt thuis en neemt foto's van haar katten. Ze heeft er zes. Ze heeft me verteld dat haar man haar af en toe helpt.'

'Heeft zij die kaart aan mijn stalker verkocht?'

'Nee. Ze doet de verkoop niet vanuit haar huis, althans, daar is ze pas mee begonnen nadat ze een website had opgezet om de kaartjes via internet te verkopen. Maar die website is pas sinds vorige week in de lucht. Haar zus is filiaalhouder van een kantoorboekhandel in

Georgetown die ook wenskaarten verkoopt, en zij heeft een voorraad van die kaartjes ingekocht. Op 18 februari. En mevrouw Linney, de dame van de katten, heeft in de veertien dagen daarna nog drie andere verkooppunten zover gekregen om haar kaartjes in hun assortiment op te nemen. Een winkel in het centrum van Silver Spring, waar ze zelf ook regelmatig komt, heeft die kaartjes op 23 februari in de rekken gezet. De twee andere verkooppunten zijn pop-upwinkels, een in Bethesda, Maryland en een in het noordwesten van de stad Washington en die hebben die kaartjes op 2 maart in de rekken gezet.'

'Dus de kaart die hij me heeft gestuurd moet uit een van die winkels komen.'

'Ja. Dus dat verkleint het zoekgebied. Die kaarten werden of per stuk verkocht of per set van acht: het gemengde pakket. Haar zus heeft zes van die sets ingekocht, plus vierentwintig losse kaartjes, waaronder die met de afbeelding die jij hebt ontvangen.

Voor de datum waarop jouw kaart is afgestempeld heeft ze twee pakjes en tien losse kaarten verkocht, waaronder het "Heb je een rotdag?"-kaartje. Bij alle andere verkooppunten samen zijn er acht sets verkocht en zes exemplaren van de kaart waar het om gaat.'

'Hij woont dus in die omgeving.'

'Of hij was er op doorreis. Geen van die verkooppunten heeft bewakingscamera's waarvan de opnamen zo lang bewaard worden als wij nodig hebben. Sommige aankopen zijn betaald met een creditcard, andere contant. Ik heb met bedrijfsleiders en kassamedewerkers gesproken en die herinneren zich niemand die zich in hun ogen verdacht gedroeg of anderszins opviel.'

Rachael zette haar koffie neer en deed een rode leesbril op om haar aantekeningen te raadplegen. 'De tijdlijn. Het laatste gedichtje dat op de gebruikelijke manier is verzonden is afgestempeld op 10 februari in Topeka, Kansas. Jij hebt gezegd dat je de envelop zag toen je op 13 februari de post uit je postbus haalde, maar dat je hem toen nog niet hebt geopend.' Ze keek Adrian aan met een blik waar nog meer medeleven in stond te lezen. 'Dat was op de dag waarop je opa is overleden.'

'Ja.'

'Zijn overlijdensbericht, en een artikel over hem, zijn vrouw en jouw familie, zijn op 17 februari in plaatselijke kranten verschenen en op dezelfde datum gelinkt aan de website van Traveler's Creek.'

'Ja.' Adrian ging ontspannen zitten. 'En de dag erna is het kaartje in Georgetown in de verkoop gegaan. Een paar dagen later in Silver Spring, en nog een paar dagen later in de pop-upwinkels.'

'Correct. De envelop met het kaartje is afgestempeld op 16 maart, tien dagen voor de herdenkingsdienst, waarover zowel in de kranten als op de website van Traveler's Creek is bericht. Dit kaartje is niet naar je postbus gestuurd, maar naar het restaurant en jij hebt de envelop op de dag na de herdenkingsdienst geopend.'

Toen Adrian ging staan, hief Sadie haar kop op en keek of haar baasje haar nodig had. Ze bleef naar Adrian kijken, die met grote passen door de kamer begon te lopen. 'Ze hebben dat verhaal ook in de krant van Kitty Hawk geplaatst. Toen mijn overgrootouders in die plaats gingen wonen, hebben ze daar ook een Rizzo's geopend. Dat was nog voor mijn geboorte. Nadat de ouders van mijn opa waren overleden hebben mijn grootouders die zaak verkocht. Twee restaurants tegelijk runnen was te veel. Mijn stalker kan op een heleboel plekken over de dood van mijn opa hebben gelezen.'

'Ja, daar heb je gelijk in. Ik vermoed dat hij de kranten uit deze omgeving leest en kijkt of jij of je familie erin worden genoemd. Het is heel goed mogelijk dat hij je van een afstand in de gaten houdt. Hij kan je blog lezen, je work-outs streamen en je dvd's kopen. Hij zal ze allemaal hebben, Adrian. En hij zal ze vaak bekijken.'

Adrian moest een huivering onderdrukken. 'De politie en de FBI zijn het erover eens dat het niet om een seksuele obsessie gaat.'

'Dat ben ik met ze eens. Misschien is hij wel aseksueel. "Hij" kan ook best een heteroseksuele vrouw zijn, maar in die gedichtjes schemert nooit iets door wat aan een seksuele obsessie doet denken. Hij heeft macht over je en hij beïnvloedt je op een andere manier. Het zit hem in de consistentie en de beknoptheid van de gedichten, in de dreiging dat hij je iets aan zal doen. Hij geniet te veel van het overhoophalen van jouw leven om ermee te stoppen.'

'Tot nu toe, bedoel je?'

Rachael spreidde alleen haar handen. 'De escalatie is geen goed teken. En hoewel hij nog nooit een van die indirecte bedreigingen ten uitvoer heeft gebracht en dat misschien ook nooit zal doen, vind ik dat je aan je persoonlijke veiligheid moet denken. Ik kan je wel wat mensen of dingen aanbevelen.'

'Ik heb Sadie en ik heb een inbraakalarm. Ik volg onlinecursussen. Zelfverdediging en vechtsporten. Een lijfwacht wil ik niet. Hoelang zou zoiets duren? Dit kan makkelijk nog tien of twaalf jaar doorgaan. Dat hoort bij de kwelling, nietwaar? Niet weten of er ooit een einde aan zal komen. En je afvragen wat je moet doen wanneer en als het verdomme wel ophoudt. Wat dat zou betekenen.' Ze ging weer zitten. 'Ik wil je graag bedanken voor het werk dat je hebt verricht. Sinds dit gedoe is begonnen heb ik nog nooit zulke tastbare informatie gehad.'

'O, maar ik ben nog niet klaar, hoor. Er zijn nog een paar sporen die ik wil natrekken. Je moeder wil dat ik het grondig doe, Adrian. En ik ben goed in grondigheid.'

Rachael haalde een grote gele envelop uit haar aktetas. 'Dit is een kopie van mijn geschreven verslag. Ik heb er ook een naar je moeder gestuurd. Als je nog vragen hebt, als er nog een gedichtje arriveert, neem dan contact met me op.'

'Zal ik doen. Mag ik vragen waarom je bij de politie bent weggegaan?'

'Toen we twee kinderen hadden, hebben mijn man en ik het erover gehad. Het is gevaarlijk werk. Maar het werk van een privédetective is heel anders dan je op televisie of in de bioscoop ziet. Het gaat om onderzoek doen, veel lopen en verslagen schrijven. En,' zei ze terwijl ze ging staan, 'ik wilde een eigen bedrijf hebben. Ik wilde zelf kunnen bepalen wat ik moest doen of laten.'

'Dat kan ik heel goed begrijpen.'

Rachael stak een hand uit. 'Wees verstandig. En doe voorzichtig. Ik neem nog contact op.'

Adrian bracht het kopje en de schotel naar de keuken en waste ze af. Er lag werk op haar te wachten, er was altijd wel iets wat ze kon doen.

Maar als ze thuisbleef, zou ze het verslag gaan lezen en alles nalopen wat haar al eens was verteld. En zou ze zich er zorgen over blijven maken.

'De zon schijnt voor de verandering een keer, Sadie. Wat zeg je ervan? Zal ik me omkleden en daarna buiten een eindje gaan rennen met jou?'

Sadie wist wat 'buiten' en 'rennen' betekenden en haastte zich naar de bijkeuken waar haar riem hing. Daarna blafte ze één keer ter bevestiging.

'Geef me vijf minuutjes om mijn sportkleren aan te trekken, en dan gaan we op pad.'

18

Toen ze de week erna ging kijken bij de renovatiewerkzaamheden stond ze versteld van de afgewerkte muren, die inmiddels met gipsplaat waren bekleed en gladgeschuurd. Ze keek Kayla aan, die thuis was vanwege de voorjaarsvakantie.

'Wauw, vind je ook niet?'

'Het is echt super. Het hele gebouw.' In haar gescheurde spijkerbroek en de hoody van haar universiteit liep Kayla een rondje. 'Vroeger zeiden we dat het hier spookte.'

'Misschien was dat ook zo. Maar als er hier echt spoken waren, zijn die nu vast een stuk gelukkiger. Ik wil trouwens zeggen dat ik het heel erg op prijs stel dat je jouw voorjaarsvakantie op een bouwplaats wilt doorbrengen.'

'Ik kon niet geloven dat je wilde dat ik je zou helpen bij het inrichten van dit nieuwe jongerencentrum. Toen ik op de middelbare school zat, zouden we een moord hebben gedaan voor zo'n plek. Ik vind het zo naar voor je dat je opa er niet meer is, Adrian. Hij betekende heel veel voor iedereen. En ik vind het echt een eer dat ik hier deel van mag uitmaken.'

'Nou, dat komt goed uit, want ik heb hulp nodig.' Ze sloeg een arm om Kayla's middel. 'Ik zie mezelf graag als een besluitvaardige vrouw, met een vrij scherpe blik en een redelijk goede smaak. Maar als ik hier om me heen kijk heb ik geen flauw idee waar ik moet beginnen.'

'Oké, je zei dat je een warme, vrolijke uitstraling wilt, maar dat de inrichting wel makkelijk in het onderhoud moest zijn. Niet te overdreven, maar ook niet saai. En je wilde de geschiedenis van dit gebouw in ere houden.'

'Kun je daar wat mee?'

'Ik heb kleurenwaaiers en moodboards in mijn auto liggen. Zal ik ze halen?'

'Moodboards? Echt? Nou, graag. Ik help je wel even.' Maar voordat ze dat kon doen, werd ze geroepen door Mark, die bovenaan de nieuwe trap stond.

'Hé, Adrian. Kun je even boven komen om dit te bekijken? Hoi, Kayla. Hoe gaat het op de universiteit, meid?'

'Goed, meneer Wicker. Hoe gaat het met Charlie en Rich?'

'Die groeien als kool. Kayla was vroeger onze babysitter.'

In Traveler's Creek stond iedereen wel op een bepaalde manier met elkaar in verband, dacht Adrian. 'Ik kom zo. Kayla heeft wat dingen in haar auto liggen die we moeten halen.'

'O, dat kan ik wel alleen.'

'Hé, Derrick. Wil jij Kayla even helpen om haar spullen naar binnen te brengen?' riep Mark.

'Doe ik.' De slungelige Derrick met zijn puntige ellebogen rende de trap af op zijn zware werkschoenen. 'Hoegaatie, Kayla?'

Adrian liep de trap op en beoordeelde het voorstel voor een slimme verandering in een opslagruimte.

Toen ze weer beneden kwam, had Kayla een stuk multiplex op twee zaagbokken gelegd en daarop een aantal kleurenstalen en -waaiers uitgestald, en drie moodboards waarop ze interieurelementen in groepjes bij elkaar had geplaatst.

'Nu moet ik opnieuw "wauw" zeggen.'

'Je moet toch wat te kiezen hebben. Al die foto's en filmpjes die je me hebt gestuurd hebben me echt geholpen. Ik ben ervan uitgegaan dat je de kleuren en kleurschakeringen door het hele gebouw heen wilt laten lopen. Zullen we het bij één kleurgroep houden? Volgens mij moet je wel afgebakende zones hebben, maar zo dat alles in elkaar overvloeit. Uit historisch oogpunt moet je er ook wat ouderwetse elementen in verwerken, dus dacht ik aan dit soort tegels voor de toiletruimtes en de kantines.'

'Het lijkt wel baksteen.'

'Maar het is een makkelijk schoon te maken antisliptegel. Je kunt ook voor dat neutrale vinyl kiezen en dan misschien een muur in baksteenpatroon doen. Bij de kastjes zou je voor wat kleur kunnen gaan, gewoon omdat het vrolijk staat, maar dan wel met gladde deuren die je makkelijk kunt schoonmaken. En wat het meubelbeslag betreft, raad ik je rustiek aan.'

'Ik vind dat groen voor de kastjes nu al prachtig. Ik hou van groen.'

'Weet ik. Combineer die met witte composietbladen. Die hoef je niet te impregneren en ze vlekken niet. Je zou ze een afgeronde rand kunnen geven. Dat ziet er mooi uit en het is kindvriendelijker. Misschien in combinatie met deze rustieke bronzen handvatten.'

Adrian keek aandachtig toe terwijl Kayla de stalen in groepjes herschikte. 'Ga door.'

Voordat ze klaar waren, had Adrian voor de meeste materialen een definitieve keus gemaakt en had ze een paar stalen apart gelegd om mee naar huis te nemen en nog een keer te bekijken.

Mark kwam beneden en bekeek de gemaakte keuzes. 'Ik vind het mooi. Kijk jou nou toch,' zei hij terwijl hij Kayla een por tegen haar arm gaf. 'Je bent een echte binnenhuisarchitecte geworden.'

Marks broer, de ooit zo ruige kerel, kwam ook even kijken. 'Groene kastjes. Chic, hoor.' Hij knipoogde naar Kayla en wierp Adrian daarna een stralende glimlach toe. 'Ik wist niet dat jij vanavond zou komen. Dan had ik mijn goede pet wel gedragen.'

Hij heette Paul, herinnerde ze zich en ze glimlachte terug. 'Ik dacht dat dát je mooie pet was.'

'Dit ouwe ding?'

'Paul, als jij de dames nou eens helpt om al deze spullen terug te brengen naar hun auto's?'

'Geen probleem. Ik vind het echt heel leuk om dit oude gebouw weer tot leven te brengen.' Met zwierige pas droeg hij de boards met schetsen naar buiten. 'Ik kijk uit naar wat echt lenteweer, als de lente ooit nog komt. Ik zie jou af en toe joggen met je hond. Jullie zien er samen prachtig uit.'

'Sadie is dol op rennen. Ik ook, trouwens.' Ze opende het portier zodat Sadie in de auto kon springen. 'Alleen het bovenste board in deze auto, Paul. Dank je wel.'

'Mason begint volgende week met het schoonmaken en het opnieuw voegen van de gevels, als de regen wegblijft, tenminste.' Hij leunde even tegen haar auto. 'Dan zul je pas echt verschil zien. En ook als we de gevelbekleding op de eerste verdieping gaan aanbrengen.' Hij wreef over zijn kin. 'Als we een paar weken mooi weer krijgen, zal het gebouw stralen.'

'Ik ben heel benieuwd. Nogmaals bedankt.'

'Graag gedaan. Ik wilde vanavond naar Rizzo's gaan voor een biertje en een paar pizzapunten. Ik trakteer je graag op hetzelfde als je de werkzaamheden hier wilt bespreken.'

'Dank je. Als ik dat niet haal, zie ik je over een paar dagen weer hier.'

Hij tikte tegen de klep van zijn pet. 'Pas goed op jezelf.' Daarna liep hij het gebouw weer in.

'Hij was ontzettend met je aan het flirten.'

'Ja, dat had ik door.'

'Hij is echt heel knap, en ook nog eens gespierd. Barry heeft verkering gehad met de zus van Mark en Paul. Paul is een aardige vent. Volgens Barry was hij vroeger nogal wild, maar nu is hij oké.'

'Ja, nou...' Adrian maakte een geluidje waarin doorklonk dat Paul haar niet zo veel deed.

'Geen vonken die overspringen?'

'Ik geloof het niet. Maar hij is zeker gespierd. Iets om over na te denken. Vanavond neem ik een definitief besluit over de rest. Of anders morgen. Ik weet dat we het nog over het meubilair moeten hebben voordat je vakantie voorbij is.'

'Ik heb wel een paar ideeën.'

'Daar ga ik van uit. Tot binnenkort.'

Nee, geen overspringende vonken, dacht Adrian terwijl ze wegreed. Geen klik. Maar goed, ze had hem ook niet veel kans gegeven. Ze kon altijd dat vrijblijvende biertje met hem gaan drinken in Rizzo's en dan kijken... hoe het zich zou ontwikkelen.

'Ik lijk er geen energie voor op te kunnen brengen, Sadie. Misschien nadat die productie met mijn moeder klaar is en de renovatie erop zit. Iets om over na te denken.'

Ze maakte een omweg om bij Teesha langs te gaan, zodat ze haar de selecties kon laten zien waarover ze nog moest beslissen. Er stond echter geen gezinsauto op de oprit, dus was dat gezin ergens naartoe voor een gezinsuitje.

Wel zag ze Raylans auto op zijn oprit staan en daar parkeerde ze de hare achter. Sinds de herdenkingsdienst had ze nog altijd geen tijd of gelegenheid gevonden om met hem te praten. Ze zou hem storen tijdens zijn werk, dacht ze, waarna ze Sadie opnieuw de auto uit liet. Ze nam zich voor om niet lang te blijven.

Sadie snelde voor haar uit en kwispelde opgetogen.

'Ik heb je al een hele tijd niet bij je vriendje op bezoek laten gaan. Mijn schuld.' Adrian klopte aan en streelde Sadies kop. 'Weet je, je moet je enthousiasme wat temperen. Laat hem maar een beetje zijn best voor je doen, voordat je...'

Raylan deed de voordeur open, met zijn telefoon tegen een oor gedrukt. De honden, ieder aan een kant van de deuropening, snelden op elkaar af en eindigden als een rollende berg dolgelukkige verliefdheid op de vloer van de woonkamer.

'Of niet, natuurlijk,' mompelde Adrian.

Raylan wenkte haar binnen.

Hij droeg een grijze trainingsbroek en een sweatshirt met No One op de voorkant. Hij had zich duidelijk een paar dagen niet geschoren, en vreemd genoeg vond ze dat hij er aanbiddelijk uitzag.

'Ja, dat is het vriendinnetje van mijn hond. Ja, mijn hond heeft een vriendinnetje.' Raylan stapte om de honden heen om te voorkomen dat hij over ze zou struikelen. 'Heel grappig. Nee, dat lijkt me echt heel leuk. Mijn moeder wil wel op ze passen, en dan maken we er een avondje van. Ja, het is zeker veel te lang geleden. Afgesproken, tot over een paar weken.'

Hij beëindigde het gesprek en stak de telefoon in zijn zak. 'Hoi.'

'Hoi. Het spijt me dat ik je kom storen.'

'Geeft niets.' Hij keek naar de honden die druk bezig waren elkaars kop te likken. 'We hebben de geliefden gescheiden gehouden.'

'Dat moeten we in de toekomst echt beter doen.'

'Zal ik ze maar in de achtertuin laten om ze wat privacy te geven?'

'Goed idee. Maar je bent vast aan het werk en ik wil je niet ophouden.'

'Ik ga straks wel weer verder. Kom mee, tortelduifjes.'

Hij ging voorop, en zodra hij de achterdeur open had gedaan, stoven de honden naar buiten en renden over het gazon.

'Wil je iets drinken? Cola, water, een pakje sap?'

'Nee, dank je wel.'

De keuken zag eruit als een keuken van een gezin, dacht ze. De kalender op de koelkast met het schema voor die maand, het prikbord waar hij met punaises kindertekeningen en een paar visitekaartjes op had geprikt, de bijna lege fruitschaal op het aanrecht.

'Ik heb je na de herdenkingsdienst niet meer gezien,' begon ze. 'En er waren nog een paar dingen waar ik het met je over wilde hebben.'

'Hoe gaat het nu met je?'

'Oké. Best wel oké. Toen nonna overleed, was ik hier eigenlijk alleen maar op bezoek geweest. Vaak waren dat best lange bezoekjes, maar toch... bezoekjes. Ik miste haar, maar eigenlijk maakte ik me vooral zorgen over hem. En toen ben ik hier gaan wonen. Dat doe ik nu al ruim twee jaar. Soms sta ik 's ochtends op en vraag ik me af of het mijn beurt is om hem naar zijn werk te brengen, of verwacht ik zijn ochtendkoffie te ruiken wanneer ik naar de keuken ga. En dan besef ik ineens weer dat hij er niet meer is.'

'Als ik bij Rizzo's binnenga, verwacht ik nog steeds dat hij achter de bar zal staan. Hij heeft zo'n grote rol gespeeld in het leven van veel mensen.'

'Ja. Ik wilde nog tegen je zeggen dat... ik weet wel dat ik je heb bedankt voor alle hulp die je hebt geboden en dat je toen voor me klaarstond. Maar ik wilde je ook vertellen dat wat je toen tegen me zei echt heel veel voor me heeft betekend. Je zei dat hij een lang, mooi, rijk leven had geleid. En dat het lot hem daar een liefdevol einde aan had gegund. En op dat afschuwelijke moment hebben die woorden me echt geholpen. Ik speel ze in gedachten nog vaak af als ik het moeilijk heb, en dan slepen ze me erdoorheen. En al het andere, dat je die telefoontjes voor me hebt gepleegd, dat je mijn hand vasthield toen ik mijn moeder belde, dat was allemaal heel belangrijk voor me. Maar de woorden die je toen tegen me hebt gezegd hebben eeuwigheidswaarde.'

'En nu weet ik even niet wat ik moet zeggen.'

'Op dat moment kon ik niet goed nadenken, maar dat heb ik intussen wel gedaan. Waarom was je toen gekomen? Precies op het moment dat wij je nodig hadden?'

'Ik wilde je een voorlopige versie van de Flame-strip laten zien.'

'Is die klaar?'

'Ja. Min of meer. Ik had een drukproef gemaakt, en aangezien ik haar uiterlijk op het jouwe heb gebaseerd, wilde ik je die laten zien.'

'Heb je hem nog?'

'Ja.'

'Mag ik hem nu dan zien?'

'Tuurlijk,' zei hij. 'Hij ligt in mijn kantoor.'

Ze liep met hem mee en terwijl hij om zijn tekentafel heen liep en een lade van een kast opentrok, bekeek zij de tekeningen die aan zijn muur hingen en zijn storyboard.

'Je werkt aan een nieuw verhaal van No One. O!' Ze liep er wat dichter naartoe. 'Je laat hem strijden tegen Divina de Tovenares. Geweldig. Tussen die twee vonkt de seksuele spanning, ook al proberen ze elkaar te vernietigen. Hé, maar dit is nieuw,' zei ze terwijl ze op een andere tekening tikte. 'Is dit een glazen fort? Nee, geen glas,' verbeterde ze zichzelf. 'Het is een doorzichtig, ondoordringbaar materiaal, hè? Gaaf, heel gaaf. Is dat een eiland? Het lijkt op een eiland. Ja, een eiland. Met een vulkaan! Wie vindt vulkanen nou niet leuk?' Ze draaide zich naar hem om en zag dat hij haar volkomen verbijsterd aankeek. 'Dit is een hoofdkwartier, hè? Vast van de helden omdat het doorzichtig is. O, zeg alsjeblieft dat je van plan bent om eindelijk een heldenteam samen te stellen. Dat je een soort Avengers gaat maken, een soort Justice League.'

'Front Guard. Ze gaan de Front Guard heten.'

'De Front Guard.' Ze zei het zacht, met enige eerbied in haar stem. 'Dat is volmaakt. Ze smeden hun krachten aaneen, stellen hun missies op elkaar af en bundelen hun krachten om samen tegen het kwaad te strijden.'

'Misschien gaan we die omschrijving wel gebruiken.'

'Er zal natuurlijk onderlinge wrijving zijn, dat kan niet anders. Violet Queen en Snow Raven hebben al een keer met elkaar gevochten in *Queen's Gambit*.'

'Krijg nou wat.' Raylan kon haar enkel stomverbaasd aanstaren.

'Maar Snow Raven en No One hebben ook al een keer goed met elkaar samengewerkt in *No Quarter* en in het vervolg *All in*. Wordt Cobalt Flame ook een lid van het team? Vertrouwt de rest haar daar wel voldoende voor?'

'We overwegen om True Angel een goed woordje voor haar te laten doen, zodat ze na wat heen en weer gepraat een lidmaatschap op proef zal krijgen. Je leest mijn strips echt.'

'Ik hou van de innerlijke strijd en de gevechten. Goed tegen kwaad, de eenzaamheid van het leiden van een dubbelleven, alles op het spel zetten. En ik vind het mooi wat Uncle Ben tegen Peter heeft gezegd: "Grote macht brengt grote verantwoordelijkheid met zich mee".' Ze zag het boek dat hij in zijn hand hield. 'Is dat het album?'

Hij gaf het aan haar en hij moest even grijnzen toen ze op haar tenen omhoogwipte.

'O god, wat is dit vreselijk gaaf.'

'Het is maar een voorlopige versie, hoor. Gedrukt op goedkoop papier en op een goedkope manier ingebonden.'

'Ik vind het fantastisch. Echt prachtig.' Voorzichtig bladerde ze erdoorheen. 'Als ze alleen is, ziet ze er zo eenzaam en gekweld uit, en dan komt ze ineens tot leven wanneer ze op haar draak rijdt. Moet je dat contrast tussen haar en Angel eens zien. Dat overstijgt het lichamelijke.'

Ze keek hem aan. 'Hoor mij nou de fangirl uithangen. Maar je tekeningen zijn echt verbazingwekkend mooi.'

'Zeg, kun je niet in mijn kantoor komen wonen om die woorden elk uur te herhalen?'

'Wij, die goed zijn in wat we doen en ons best doen om nog beter te worden, weten dat we goed zijn in wat we doen. Dus blijven we ons best doen om ons te verbeteren.' Ze slaakte een zucht en stak hem het stripboek weer toe. 'Fijn dat ik het even mocht bekijken.'

'Je mag hem wel houden.'

'Ik mag hem wel...' Ze gaf hem een stomp tegen zijn arm. 'Echt?'

'Ja.' Voorzichtig wreef hij over zijn arm. 'Wat ben jij sterk.'

'Jeetje! Signeer hem, signeer hem, signeer hem!'

'Goed, maar dan mag je me niet meer stompen.'

'Zeg, nu ik zo complimenteus over je werk ben geweest. Oprecht complimenteus,' zei ze terwijl hij een rode markeerstift uitkoos, 'wil ik nog iets anders met je bespreken. De werkzaamheden voor het jongerencentrum liggen op schema en het is de bedoeling dat het in september helemaal in bedrijf is. Een deel van ons beoogde aanbod bestaat uit verscheidene demonstraties en praktijklessen. Handvaardigheid, sport, muziek, en voor dat laatste willen we Monroe trouwens inschakelen, dansen en tekenen. Ik hoopte eigenlijk dat jij wat tijd wilt vrijmaken om demonstraties, en lessen, tekenen en illustreren te geven.'

'Dat wil ik best doen.'

'Nou, dat ging makkelijk.'

'Mijn collega's en ik deden dat soort dingen af en toe op scholen bij ons in de buurt, op beurzen en beroepskeuzedagen. Het is leuk om te doen en vorig jaar hebben we op die manier iemand gevonden die een zomerstage bij ons heeft gelopen.'

'Dan ben je hierbij aangenomen. De betaling zal bestaan uit grote waardering en stevige handdrukken.'

'Dat komt overeen met mijn gebruikelijke vergoeding op dat gebied.'

'Bedankt, Raylan.' Ze pakte het stripalbum weer van hem aan en drukte het zowaar stevig tegen zich aan. 'En ook bedankt voor dit album. Nog één dingetje en dan laat ik je weer met rust. Ik ben van plan om de traditie van Rizzo-etentjes bij mij thuis nieuw leven in te blazen. Het huis heeft mensen nodig. Hebben jij en je kinderen zin om vrijdag mijn solo-kookkunst uit te proberen?'

'Dat klinkt goe- O, helemaal vergeten. Ze zijn vrijdag bij mijn moeder. Ze hebben haar overgehaald tot een filmmarathon en een logeerpartij. En ik mag niet komen.'

'Tja. Heb je dan zin om in je eentje te komen? Tenzij je liever wilt genieten van de stilte en het even alleen zijn. Als ik Teesha mag geloven zijn die twee dingen meer waard dan kaviaar en champagne.'

'Dat mensen gek zijn op kaviaar, snap ik niet zo,' mijmerde hij. 'Wat kaviaar betreft lijk ik op Tom Hanks in *Big*. Maar goed, eh... tuurlijk. Een gratis maaltijd die ik niet hoef te koken?'

'Geweldig. Dan word jij mijn eerste slachtoffer. Dat wil zeggen: mijn eerste gast. Ik zal geen kaviaar serveren. Schikt het rond een uur of zeven?'

'Ja, dat is goed.'

'Tot dan. Ik ga nu naar buiten om Sadie op te halen en daarna lopen we naar de auto. Moet Jasper naar binnen of wil je dat hij buiten blijft?'

'Die moet buiten blijven tot hij is opgehouden met pruilen. Hij pruilt altijd nadat Sadie weer naar huis is gegaan.'

'Neem hem vrijdag dan ook mee.'

Hij bleef staan waar hij stond terwijl zij via de achterdeur vertrok. Ze liet zichzelf uit zoals een vriend of vriendin zou doen, dacht hij.

Ze waren vrienden.

Ze hadden geen afspraakje gemaakt. Ze had hem, zijn kinderen en zijn hond uitgenodigd om bij haar te komen eten. Dat de kinderen niet konden, wilde niet zeggen dat het ineens een afspraakje was.

Het treurigste van alles was dat hij zich afvroeg of hij nog wel wist hoe een afspraakje ging.

Dus het was maar goed dat dit géén afspraakje was.

En omdát het dat niet was, schold hij zichzelf in gedachten uit voor stommeling toen hij zijn auto die vrijdagavond voor het grote huis parkeerde. Hij had zijn kleren heel zorgvuldig uitgezocht, en dat was gewoon gênant.

Uiteindelijk had hij zijn oog laten vallen op een spijkerbroek – altijd een veilige keus – en omdat hij had gemerkt dat hij een inwendige strijd voerde of hij zijn overhemd moest instoppen of over zijn broek moest laten hangen, had hij ten slotte maar een dunne lentetrui aangetrokken.

Hij had een fles goede wijn gekocht om mee te nemen, want zo hoorde dat, maar hij had de neiging om een boeket te kopen bij de bloemist weten te onderdrukken.

Dat zou te veel van het goede zijn geweest.

Terwijl Jasper zich op de achterbank zowat tegen het autoportier gooide, nam Raylan een momentje om tot rust te komen. 'Ze heeft geen belangstelling voor je op die manier, dat heeft ze nooit gehad, dus hou op met daarover na te denken. Bovendien zou je niet weten wat je moest doen als ze dat wel had, dus hou op met erover na te denken.'

Zodra hij het autoportier opendeed, schoot Jasper naar buiten en rende naar de voordeur. Terwijl Raylan langzaam achter de hond aanliep, ging zijn telefoon. Het was Jonah, die zich meldde voor een FaceTime-gesprek.

'Jonah.'

'Hé, heb je even? Ik wil graag een nieuwe invalshoek met je bespreken.'

'Eh, kan ik je later terugbellen? Ik sta op het punt om te gaan eten.'

'Tuurlijk. Zeg, ik hoor de kinderen niet. Ik hoor de kinderen altijd als jullie gaan eten.'

'Ze zijn bij mijn moeder.'

'Oké, leuk. Nou, ga lekker eten en dan vertel ik je ondertussen over mijn voorstel. Volgens mij voegt het iets nieuws en iets extra's toe, maar het zorgt ook voor wat probleempjes die we moeten oplossen.'

'Ik ben niet thuis. Ik heb een etentje.'

'Een etentje? Met wie? Wacht eens even. Je hebt je geschoren. Je hebt een date.'

'Nee, nee. Geen date.'

'Hé, dat is Jasper. Waarom jankt hij zo? Wacht eens! Jij hebt een date met Flame! Die vrouw met de hond waar Jasper zo hoteldebotel van is. Krijg nou wat!'

'Het is geen date. Hou je smoel.'

'Het is die razendknappe work-out-koningin, hè? Is ze er al? Ga jij voor haar koken? O nee, je zei dat je niet thuis was, maar je hebt de hond wel bij je. Het is bij háár thuis! En zij kookt voor jóú! O, la la.'

'Help me eraan herinneren dat ik je een trap in je ballen geef als we elkaar weer zien.'

'Tuurlijk, tuurlijk. Hé, stuur me later maar een berichtje. Ik wil alles in geuren en kl–'

Raylan verbrak de verbinding. Dit had ook een gesprek kunnen zijn van twee tienerjongens die bol stonden van de hormonen, dacht hij. Vreemd genoeg bracht dat hem tot rust.

Hij sloeg met de grote klopper op de deur.

Ze droeg een spijkerbroek – dus hij had de juiste keus gemaakt – en een lichtgele blouse over een strak wit haltertopje. Ze had haar schitterende haar uit haar gezicht getrokken en opgestoken.

'Je bent precies op tijd,' zei ze terwijl Jasper onmiddellijk naar Sadie rende. 'Prima keus.' Ze nam de fles wijn van hem aan. 'Die combineert goed met het menu van vanavond. Laten we naar binnen gaan en er meteen een glas van nemen.'

Net als Dom had ze muziek aan staan, heel zacht, als achtergrondgeluid. Het viel hem op dat er nog iets hetzelfde was als vroeger: de geuren. 'Wat we ook gaan eten, het ruikt heerlijk.'

'Dat is waar, dus ik hoop dat het ook zo zal smaken. Popi heeft me het recept van zijn geheime tomatensaus nagelaten in zijn testament. In een verzegelde envelop.' Ze keek hem grijnzend aan terwijl ze behendig de fles wijn ontkurkte. 'En met verzegeld bedoel ik: verzegeld met zegelwas. Ik moet het recept uit mijn hoofd leren en het daarna opnieuw in een verzegelde envelop doen en die op een veilige plaats opbergen. Vervolgens moet ik dat recept aan mijn kinderen doorgeven wanneer ze dat hebben verdiend, áls ze dat ooit doen.'

Ze pakte wijnglazen. 'Ik weet dat je moeder het recept heeft, dus dat bewijst meteen hoeveel vertrouwen hij in haar had.'

'En terecht. Ze heeft het nooit doorverteld en ze heeft Rizzo's saus nooit thuis gemaakt.'

'Nou, die heb ik vanavond wel gemaakt. We eten lasagne, en dat heb ik nog nooit in mijn eentje gemaakt. Dus als jij straks zegt dat het minder lekker is dan het ruikt... dan lieg je.'

Ze schonk de wijn in. 'Fijn dat je bent gekomen,' voegde ze eraan toe. 'Dit is echt een soort proefrit voor me. In mijn eentje iets koken, dat door een ander laten opeten en kijken hoe ik dit aspect van het leven weer moet oppakken.'

Hij pakte het glas wijn dat ze hem aanreikte en tikte ermee tegen het hare. 'Een toost op geslaagde proefritten.'

'*Salute*. Nou, ga lekker zitten. We kunnen de antipasto hier wel eten voordat we naar de eetkamer gaan voor het hoofdgerecht.'

'Een flinke maaltijd.'

'Een Italiaanse maaltijd.' Ze pakte de lange, smalle schaal met peperoncini, cherrytomaatjes, kikkererwten, olijven en andere lekkernijen – alles overgoten met de vinaigrette volgens haar oma's recept – en schepte een deel ervan op twee kleine borden. 'Ik heb veel vertrouwen in het voorgerecht en het toetje, want die heeft nonna me leren klaarmaken. Jij kookt vast ook regelmatig, met twee kinderen.'

'Hoe graag ze het ook willen, we kunnen niet alleen op afhaalmaaltijden van Rizzo's leven. De barbecue en de wok staan altijd binnen handbereik, maar mijn kip uit de oven is ook behoorlijk lekkere kip. Bovendien is het onmogelijk om op te groeien bij mijn moeder zonder dat je leert koken.'

'Dat had ik al begrepen.'

'Maar als ik het druk heb... en ga me nou niet veroordelen, maar jouw kennende doe je dat toch... haal ik kipsticks en aardappelkroketjes uit de vriezer.'

'Die maakte Mimi af en toe voor me als mijn moeder de stad uit was. Dat was ons geheimpje. En nee, ik veroordeel je niet.' Ze at wat provolone. 'Ik léér dingen aan mensen. Mijn moeder veroordeelt mensen, maar ze doet haar best om minder kritisch te zijn.'

'O ja?'

'Mijn moeder en ik zijn... ook een soort proefrit aan het maken. Popi's dood is hard aangekomen. Ze heeft zichzelf onder de loep genomen. Daar was ze daarvoor eigenlijk al mee begonnen. Op oudjaarsavond heeft ze me een berichtje gestuurd, net na middernacht, om me een gelukkig nieuwjaar te wensen. Dat had ze nog nooit eerder gedaan. En ze heeft ingestemd, zonder al te veel protesten, met het middelbareschoolthema voor onze volgende dvd.'

'Daar heb ik over gehoord. Heel Traveler's Creek verkeert in een staat van opwinding.'

'Ik ben er zelf ook best opgewonden over. Ik vind het thema van twee generaties geweldig. Nou ja, tweeënhalf dan,' verbeterde ze zichzelf, 'aangezien de middelbare school al een hele tijd achter me ligt.'

'Gaan jullie er sporters voor gebruiken? Dit smaakt trouwens heerlijk.'

'Dank je wel. Er doen een cheerleader, een linebacker van het footballteam, een docent gymnastiek en een footballcoach mee, dus de sporters zijn zeker vertegenwoordigd. Maar er doen ook leerlingen mee die uitblinken in de exacte vakken, leerlingen die bij de toneelclub zitten en eentje die een volledige beurs heeft gekregen om aan de Technische Hogeschool van Virginia te gaan studeren.' Met een glimlach keek ze over de rand van haar glas. 'Het is in elk opzicht een divers gezelschap. Qua geslacht, leeftijd en etniciteit, fit of wat minder fit. Het was een hele uitdaging om een goed programma samen te stellen voor al die verschillende mensen.'

'Ik durf te wedden dat je ervan hebt genoten.'

'Nou en of. Mijn moeder komt over een paar weken weer terug om te repeteren zodat we zeker weten dat alles werkt, en om de oefeningen te timen met de volledige cast. Daarna komt de filmcrew om de filmset te bouwen, en gaan we een heel weekend opnamen maken, twee lange dagen, met een eventuele uitloop na schooltijd op dag drie. Ben je klaar voor de grote test?'

'Als ik die heerlijke geuren nog veel langer moet ruiken zonder dat ik kan eten, loopt het misschien niet goed af.'

'Duim maar. Als jij de honden in de achtertuin laat en daarna de kaarsen op tafel aansteekt, doe ik de rest.'

Het ging soepeler dan hij had verwacht, dacht hij, terwijl hij de honden naar buiten liet. Maar ze was dan ook prettig gezelschap en je kon gemakkelijk met haar praten. Dat was altijd al zo geweest. En als je je in dit huis niet kon ontspannen dan was het wel heel erg met je gesteld.

Ze zette de lasagne op tafel, gevolgd door de zachte, dikke broodstengels die vaste prik waren bij Rizzo's, en een gerecht dat bestond uit cherrytomaten uit de oven met olie en kruiden.

'Ik zal het opscheppen als je het niet erg vindt.'

'Doe mij maar flink wat.'

'Hopelijk krijg je daar geen spijt van.'

Ze schepte grote vierkante stukken lasagne op, tezamen met de bijgerechten terwijl Raylan hun wijnglazen bijschonk.

Ze ging zitten en schoof het eerste stukje lasagne op haar vork. 'Nou, daar gaan we dan.'

Ze proefden allebei hun eerste hapje. Adrian kreeg langzaam een glimlach op haar gezicht en daarna liet ze haar wenkbrauwen een paar keer op en neer gaan.

'De nalatenschap van de familie Rizzo leeft voort,' zei Raylan, waarna hij nog een hap nam.

'Pfff. Ik zal nooit zo'n hartstochtelijke en goede kok worden als mijn grootouders, maar het is fijn om te weten dat ik ze niet heb teleurgesteld. Nu mijn faalangst is verdwenen, wil ik je graag vertellen dat ik je album heb gelezen. Twee keer.'

'Ik heb het te druk met eten om last te krijgen van mijn eigen faalangst.'

'Mooi, want dat zou pure verspilling zijn. Bewaar die faalangst maar voor als het een keer echt nodig is. Ik moet bekennen dat ik bij de eerste keer lezen wat was afgeleid. Dat krijg je nou eenmaal als je jezelf op papier, in het verhaal ziet. Dat was zowel een rare als een geweldige ervaring. Bij de tweede keer lezen zag ik Flame in plaats van mezelf. Al kon ik me nog steeds inleven in haar innerlijke strijd. Ze is zo getormenteerd. De aantrekkingskracht en de afkeer die ze voelt voor Grievous. Haar bewondering voor en jaloezie op True Angel.'

Ze pakte haar glas, gebaarde er even mee en nam toen een slok wijn.

'En hoewel ik het al had gelezen, en wist wat er ging gebeuren, blijft dat ene moment in het metrostation onder de nachtclub, onder Styx, zo spannend dat je er hartkloppingen van krijgt. Dat moment waarop Angel gewond raakt en zichzelf niet kan verdedigen, terwijl Grievous Flame probeert over te halen Angel te doden en de vonk te laten ontvlammen die de stad zal vernietigen. Als Flame True Angel doodt en

Angels ziel uitlevert aan Grievous, zal ze voorgoed van hem af zijn. Als ze dat niet doet, zal ze zelf worden verdoemd tot de duisternis, maar ze begrijpt de duisternis. Dus wanneer ze haar krachten, haar vuur, tegen Grievous gebruikt, waarmee ze niet alleen Angel redt maar ook de mensen die haar vrezen en minachten, is dat heel spannend om te lezen.'

'Ik vraag me af hoe mijn ego het zo lang zonder jou heeft kunnen redden.'

'Ik probeer je echt niets op de mouw te spelden. Het had alle kanten uit kunnen gaan, want Flame is een beetje gek. Ze wordt gedreven door emotie en ze heeft zichzelf wijsgemaakt dat Angel alles is wat zij nooit zal kunnen zijn, dus is ze heel erg jaloers op haar.' Ze prikte een tomaatje aan haar vork. 'Als ze True Angel had vernietigd, zou ze alles hebben gekregen waarvan ze dacht dat ze het wilde, alles wat ze meende te verdienen.'

'Maar dan had ze zichzelf voorgoed en volledig afgesneden van haar menselijke deel.'

'In plaats daarvan koos ze voor haar menselijke kant. Vinden je kinderen het cool wat je doet?'

'Dat is het enige aan me wat ze cool vinden. Maar Bradley is nog steeds helemaal weg van Batman.'

Geamuseerd nam Adrian een slok wijn. 'Dat is vast een fase.'

'Toen we met Pasen eieren gingen verven tekende hij een Batman-kap op een ei. Een behoorlijk goed gelukte Batman-kap, moet ik zeggen. Maar ach, ik kan ermee leven, en tegenover Jonah verdedig ik zijn voorliefde voor Batman, want Jonah vat het op als een persoonlijke belediging.'

'Mis je het?' vroeg ze. 'Om met je collega's in de tekenstudio te zijn?'

'Soms wel, ja. In de studio hangt een bepaalde sfeer, een bepaalde energie en die ontbreekt als je via de computer met elkaar vergadert. Door thuis te werken, krijg ik waarschijnlijk wel meer werk gedaan, maar ik mis het dagelijkse geouwehoer. En jij? Mis jij New York?'

'Dat had ik wel verwacht, maar eigenlijk doe ik dat helemaal niet. Het grootste deel van mijn werk doe ik toch al in mijn eentje. Dat Teesha en Monroe hier zijn komen wonen, vind ik ontzettend fijn, maar weet je, ik werk niet nauw samen met mensen, zoals jij. Dat wil zeggen, die samenwerking komt pas wanneer er een dvd moet worden gemaakt.'

'Monroe.' Raylan doopte zijn laatste broodstengel in het schaaltje olie. 'Toen we naast hen gingen wonen, had ik er geen idee van dat hij ongeveer tien procent van de liedjes op mijn playlist had geschreven.'

'In dat opzicht is hij heel bescheiden.'

'Ja, zeg dat wel. Soms zit hij in de tuin en speelt hij op zijn gitaar of op zijn keyboard. Of op zijn saxofoon. Ik heb hem gevraagd waarom hij zijn eigen liedjes niet vertolkt.'

'En toen zei hij: Ik hou van de rust.'

'Precies. Adrian, dit was allemachtig lekker. Echt heerlijk.'

'We zijn nog niet klaar. Er is ook nog zabaglione. Daar heb ik alle vertrouwen in omdat nonna me jaren geleden haar geheim heeft verklapt. Ik ruim de tafel even af. Wil je cappuccino?'

'Graag. Ik help je wel even.'

Ze stonden allebei op en verzamelden de borden.

'O, ik heb Maya vandaag nog gezien,' begon Adrian terwijl ze de borden naar de keuken droegen. 'Ze was net terug van haar wekelijkse controle en alles gaat goed.'

'Ja, dat heb ik ook gehoord. Mijn moeder wordt een beetje gek nu ze weet dat er een meisje op komst is. Joe vindt het geweldig. Collin is er wat minder blij mee, en hij heeft mij in vertrouwen verteld dat zijn ouders een grote fout begaan omdat meisjes suf zijn.'

'Wat heb je toen tegen hem gezegd?'

'Ik heb hem laten weten dat ik met hem meevoelde… om zijn vertrouwen te winnen. Daarna heb ik de sprong in het diepe gewaagd en hem verteld over alle meisjes die niet suf zijn: de roze Power Ranger, Wonder Woman, Prinses Leia, Storm, Violet Queen, zijn moeder en zijn oma. Ik heb zijn nichtje wijselijk niet ter sprake gebracht, want op dit moment vindt hij Mariah het toppunt van sufheid.'

'Slim van je.'

Ze draaide zich om naar de cappuccinomachine terwijl hij naar voren liep om de borden neer te zetten. Plotseling botste ze tegen hem op.

Ze keek omhoog. Groene ogen. Waarom had hij nou groene ogen? Ze boog zich naar voren, naar hem, naar dat verlangen.

Ineens kwam ze weer tot bezinning en deinsde met een ruk terug. 'Sorry. Jezus! Raylan, het spijt me vreselijk. Dat was gewoon...'

Hij sloot zijn hand zacht om haar arm zodat ze niet weg kon lopen. 'Moet je er echt spijt van hebben?'

19

Ze kon haar gedachten niet op een rijtje krijgen. Ze kon zelfs geen samenhangende gedachte vinden om dat rijtje mee te beginnen. 'Het was niet mijn bedoeling om... Ik heb dit niet georganiseerd om jou te... strikken om... Tja.'

'Laten we eerst eens kijken of we hier allebei spijt van krijgen, of juist niet.'

Het zou de zaken veranderen, want belangrijke momenten veranderden dingen nou eenmaal. Dus nam hij de tijd om haar eerst naar zich toe te trekken en nog wat extra tijd om haar een beetje omhoog te trekken, waarna hij de rest van de afstand overbrugde en zijn mond op de hare drukte.

Traag, zacht en teder. Gewoon een voorproefje, een test waaruit ze zich allebei konden terugtrekken zonder daarbij een lange, belangrijke vriendschap te beschadigen.

Zich aangetrokken voelend tot het trage, het zachte en het tedere drukte ze haar mond iets steviger op de zijne. Alsof er een sleutel in een slot werd gestoken. Ze voelde de klik die haar zo lang was ontglipt en gaf zich over aan de kus en het moment.

Dat veranderde dingen. Dus legde ze een hand op zijn wang, liet haar vingers omhoog door zijn haar glijden en zorgde dat er dingen veranderden.

Verdiepte hij hun kus of deed zij dat? Ze wist het niet, ze wist alleen dat alles in haar schreeuwde om meer.

Heel langzaam maakte hij zich van haar los, maar hij bleef haar aankijken. 'Spijt?'

'Nee. Nee, zelfs geen klein beetje.'

'Ik ook niet.'

Ditmaal sloeg ze haar armen om zijn hals. Het gezoem dat ze in haar lichaam voelde, welde ook op in haar keel toen hij zijn handen op haar heupen legde.

'Het zou het verstandigste zijn...' wist ze uit te brengen voordat ze hem nog een keer kuste '... om nu een paar dagen te wachten.'

'Is dat zo?' Hij liet zijn handen langs de zijkanten van haar ribbenkast omhoog- en weer omlaagglijden. 'Denk je dat echt?'

'Of we kunnen nu naar boven gaan en tijd besparen.'

'Efficiënt tijdsbeheer wordt altijd ondergewaardeerd. Ik stem voor dat plan.'

Ze pakte zijn hand en slaakte een diepe zucht. Samen liepen ze de keuken uit.

'Ik had niet verwacht dat deze avond zo zou eindigen,' begon ze.

'Nee, ik ook niet. Maar ik heb er wel aan gedacht.'

Onderaan de trap bleef ze staan. 'Echt?'

'Laten we doorlopen. Dat verkleint het risico dat je je zult bedenken.'

De vlinders in haar onderbuik fladderden omhoog naar haar borst. 'Dat zal niet gebeuren.'

'Kijk, het zit zo. Na Lorilee ben ik niet meer met een vrouw naar bed geweest, dus mijn vaardigheden op dat gebied zijn een beetje weggezakt.'

'Ik sta zelf ook al een hele tijd droog. We frissen elkaars geheugen wel op.' Ze liep haar slaapkamer in waar zoals altijd de mooie lamp bij het raam zacht brandde.

Ze drukte zich tegen hem aan. Ze verlangde naar zijn warmte, naar dat gespannen gevoel van nerveuze opwinding.

'Dit deel herinner ik me nog,' mompelde hij tegen haar mond terwijl hij zijn handen over haar lichaam liet dwalen.

Toen hij de haarspelden uit haar haren trok, bracht ze haar handen instinctief omhoog. 'O, dit wordt...'

'Fantastisch. Wat een enorme bos.' Hij kamde er met zijn vingers doorheen en draaide haar naar het bed toe. 'Ineens komt alles weer bij me terug.'

Haar hart sloeg even over toen hij haar met een soepele beweging optilde, op het bed legde en naast haar kwam liggen.

'Mooie beweging. Topscore.'

'Dank je wel.' Hij deed er even het zwijgen toe en keek naar het spel van licht en schaduw op haar gezicht. Dat gezicht had hij talloze keren getekend en hij kende het vanuit elk perspectief. Maar toch... 'Wie had ooit kunnen denken dat we hier zouden belanden?'

Toen drukte hij zijn mond op de hare en was de tijd van nadenken voorbij.

Hij had zich vreselijk lang afgesloten voor zijn verlangens, maar nu herontdekte hij het wonder van de begeerte die zich als een hittegolf door zijn lichaam verspreidde. Opnieuw naar iemand verlangen en merken dat iemand naar jou verlangde, voelde miraculeus en tegelijk heerlijk normaal. Ze stak haar armen naar hem uit. Zou hij ooit onder woorden kunnen brengen wat het betekende dat iemand weer haar armen naar hem uitstak? Wat het betekende om te merken dat een vrouw begeerte in hem opriep en vervolgens aanbood om die te bevredigen?

Hij trok haar blouse over haar schouders omlaag en liet zijn handen over haar stevige spieren gaan, waarbij hij het verschil tussen haar lenige lange armen en haar satijnzachte huid voelde.

Toen hij haar haltertopje omhoogschoof en over haar hoofd trok, kromde ze haar rug om hem te helpen. Vervolgens bewoog hij zijn handen heel zacht strelend over haar borsten, waarna hij zijn hoofd daar simpelweg neervlijde en haar hart hoorde bonzen.

Ze voelde zich zo... gekoesterd. Zijn handen streelden haar huid bijna eerbiedig en zijn lippen liefkoosden haar huid, alsof haar smaak even belangrijk voor hem was als ademhalen. Hoe was het mogelijk dat ze zo goed, zo moeiteloos bij elkaar pasten na alle jaren die ze elkaar al kenden, waarin ze hun eigen weg waren gegaan tot hun paden elkaar ten slotte opnieuw hadden gekruist.

Zijn mond schonk haar nieuwe, maar ook bijna vergeten gevoelens van opwinding, die haar lichaam deden rillen en haar hart in vervoering brachten. Met zijn handen ontstak hij kleine vuurtjes van verlangen in haar bloed.

'Meer' was het enige wat ze kon denken.

Ze trok zijn trui uit en liet haar handen met een goedkeurend gebrom over zijn gespierde borstkas en zijn schouders gaan. Toen hun blikken elkaar in het schemerduister raakten, glimlachte ze.

'Kijk niet zo zelfvoldaan.'

'Jij hebt al het werk gedaan,' merkte ze op. 'Ik heb alleen een programma voor je opgesteld.'

'Op sommige dagen heb ik je gehaat en je naam op allerlei originele manieren vervloekt.'

'Dat betekent dat we het allebei goed hebben gedaan.'

Zijn ogen, dacht ze, terwijl ze zacht met haar vingers over zijn wang streelde. Ze was altijd al min of meer verliefd geweest op zijn ogen. 'Raylan,' mompelde ze, waarna ze zijn mond weer naar de hare trok.

Hij voelde de verandering, de plotselinge urgentie. Ineens sidderde haar lichaam onder het zijne en grepen, streelden en kneedden haar handen. Toch probeerde hij nog steeds het tempo te vertragen om dit moment langer te laten duren.

Iets wat zo mooi en betoverend was als dit hoorde je niet in één slok op te drinken.

Terwijl ze elkaar uitkleedden, maakte hij met een lange, innige kus een einde aan hun haast. Ze drukte zich tegen hem aan, zich aanbiedend, openend en eisend. Hij voelde hoe heet, nat en zacht ze was en bracht haar met zijn handen naar die eerste ontlading, die ze snakkend naar adem onderging.

Toen haar lichaam, een wonder van vrouwelijke kracht, verslapte, voelde hij zich net een god.

Daarna nam hij waar hij naar verlangd had. Hij proefde haar huid en beet zacht met zijn lippen in adertjes die hij snel voelde kloppen. Hij liet zijn handen over haar hele lichaam dwalen om alles op te eisen, totdat zijn verlangen zo groot was dat hij naar adem snakte.

Toen hij bij haar naar binnen gleed – langzaam, langzaam, langzaam – was het als de laatste sleutel in een slot. Heel even legde hij zijn voorhoofd tegen het hare en deed zijn best om zichzelf te herpakken.

Maar ze legde haar handen om zijn gezicht en keek hem recht aan, waardoor hij zich in haar blik verloor.

In haar.

Hij liet zich gaan en ditmaal was hij degene die nam. Hij bewoog in haar en zij bewoog met hem mee, met haar armen en benen om hem heen geslagen. Toen hij eindelijk zijn hoogtepunt bereikte, begroef hij zijn gezicht in haar haren en snoof haar geur op.

Ze bleef een hele tijd stil liggen, buiten adem en verdoofd, alsof ze een marathon had gelopen in een hete woestijn en over de finish was gekomen in een door de maan verlichte oase. Nu liet ze zich wegzinken in het warme, stilstaande water en zou haar lichaam hebben gehuild van dankbaarheid als het daar nog energie voor had gehad.

Ze slaakte een zucht en streelde met een hand over zijn rug.

'Ja, we wisten nog hoe het moest.'

'Ik probeer te bedenken of ik "dank je wel" of "wauw" moet zeggen. Dus, eh... wauw, dank je wel.'

Hij rolde zich op zijn zij zodat ze heup tegen heup lagen. Ze glimlachte in zichzelf omdat ze durfde te zweren dat ze de tandwielen in zijn hoofd hoorde draaien.

'Luister,' zei hij. 'Ik wil even een paar dingen zeggen. Laat ik beginnen met dat ik niet iemand ben voor een snelle wip en dan klaar.'

Haar glimlach werd breder. 'Echt niet?'

'Nee, ik...' Toen hij zichzelf hoorde, moest hij even lachen. 'Nee, ik heb het niet over nu. Hoewel, een tweede ronde... Nee, ik bedoel dat ik meer wil dan één nacht. Ik wil je vaker zien.'

Ze rolde zich om zodat ze op hem neerkeek. 'Dat vind ik prima, en het "hoewel" vind ik ook prima.'

'Dat is fijn om te horen. Waarschijnlijk is het een goed idee om een keertje uit te gaan. Je weet wel, een date.'

'Dates worden overschat.'

Hij kneep zijn fascinerende groene ogen tot spleetjes. 'Nu probeer je me te paaien.'

'Dat woord hoor je niet elke dag. Maar, nee. Dat doe ik niet. Alhoewel...'

Ze bracht haar hoofd omlaag om hem een terloopse kus te geven. 'Tuurlijk, samen een filmpje pakken of uit eten gaan en al die traditionele, sociale concepten zijn prima. Ik bedoel dat ik het plichtmatige "we móéten op zaterdagavond uitgaan" overschat vind. Als twee mensen die een druk leven hebben een avondje uit willen, is daar niks mis mee. Maar als twee mensen die een druk leven hebben thuis willen blijven om veel seks te hebben, is daar ook niks mis mee.'

'Je hoeft niet eens moeite te doen om me te paaien. Volgens mij is dat een aangeboren talent bij jou.'

'En nu voel ik me verplicht om dat talent tot in de perfectie bij te schaven. Je zei dat je een paar dingen wilde zeggen.'

'O ja, dat is ook zo. Het tweede punt kwam bij me op nadat we hadden bewezen dat we "het" nog konden. Ik zei: "Wie had ooit kunnen denken dat we hier zouden belanden?", maar als ik heel eerlijk ben, moet ik toegeven dat ik me wel een paar keer heb afgevraagd of ik jou op die manier moest benaderen.'

'O ja?' Ze gooide haar haren over haar schouder en legde haar onderarmen op zijn borstkas om hem aan te kijken. 'Verklaar je nader en sla geen detail over.'

'Nou ja, zo veel details zijn er niet, alleen dat... Die eerste zomer dat jij in Traveler's Creek kwam logeren en Maya en jij vriendinnen werden. Ik zag je wel, maar wilde niets met je te maken hebben. Je was Maya's vriendinnetje en dus niet interessant. Maar toen begon je over mijn tekeningen. Je wist wie Iron Man en Spider-Man waren. Dat maakte je meteen een stuk interessanter. Heel even maar, want daarna moest ik je weer negeren omdat meisjes suf zijn, zoals Collin kan beamen.'

'Dan zal ik nu opbiechten dat ik zo onder de indruk was dat ik toen zelf heb geprobeerd om te gaan tekenen.' Ze fronste haar wenkbrauwen terwijl ze aan dat moment terugdacht. 'Wat probeerde ik toen ook alweer te tekenen... o, ja, Black Widow. Ik wilde zelf Black Widow zijn, dus toen heb ik geprobeerd haar te tekenen. Ik vond het heel frustrerend dat ik dat niet kon.'

Hij draaide een van haar haarlokken om zijn vinger. 'Natasha of Yelena?'

'Natasha.'

'Ik kan je wel leren tekenen.'

'Dat betwijfel ik oprecht.' Ze gaf hem opnieuw een kus. 'Wanneer zag je me voor het eerst als meer dan een suf meisje?'

'Toen je hier kwam in de zomervakantie na mijn eerste studiejaar. Dat weet ik nog omdat ik toen een vakantiebaantje in Rizzo's had. Op een dag kwam jij het restaurant binnen met Maya en een stel andere meisjes. Je zal een jaar of vijftien zijn geweest. En toen vond ik dat je er goed uitzag. Nee, je zag er héél goed uit. Dus toen had ik even zo'n momentje van "hmm". Maar meteen daarna dacht ik "doe niet zo gek", want je was de kleindochter van meneer Rizzo en Maya's vriendin en bovendien was je eigenlijk nog maar een kind terwijl ik al studeerde.'

'Bij mij gebeurde het in de zomer ervoor.'

'Bij jou gebeurde het... Wat?'

'Dat ik je als meer dan gewoon een jongen zag. Je was de tuin van je moeder aan het maaien en je had je T-shirt uitgetrokken. Je was helemaal bezweet en heel spichtig...'

'Ik was niet spichtig.'

'Dat ben je altijd geweest. Tegenwoordig ben je slank en slungelig, maar toen was je spichtig en je haar was ook helemaal bezweet. Het krulde een beetje en er zaten allemaal door de zon gebleekte lokken tussen, alsof je een surfer was. Toen kreeg ik ineens vlinders in mijn buik. Vooral omdat ik wist dat je groene ogen had, ook al had je een zonnebril op. Ik heb een zwak voor groene ogen.'

'Daar maak ik even een mentale aantekening van.'

'Maar goed, ik heb mezelf er toen aan herinnerd dat ik met hart en ziel aan Daniel Radcliffe toebehoorde.'

'Aan Harry Potter?' Hij pakte haar schouders en tilde die een beetje op. 'Heb jij verkering gehad met Harry Potter?'

'Nee, ik heb hem nog nooit ontmoet, maar ik wilde niets liever. Hij zou natuurlijk ook ogenblikkelijk verliefd worden op mij en daarna zouden we nog lang en gelukkig leven. Kennelijk heb ik een voorliefde voor nerds.'

'Maak ik ook een mentale aantekening van.'

'Peter Parker staat ook op mijn lijstje, en ik zou meteen "ja" zeggen als Tom Holland mij tot zijn liefdesslaaf wil maken.'

'De dingen die je te horen krijgt als je naakt bent.'

'Zeg dat wel.' Ze kneep even in zijn linkerbovenarm. 'Met hoeveel kilo train je je biceps nu?'

'Hou op, zeg.'

'Kan ik niet. Dat zit in me. Ik zal een nieuw programma voor je samenstellen.'

'Ik heb een abonnement genomen op de onlinesportschool van je moeder en jou. Ik heb verdorie alle programma's die ik nodig heb.'

'Heel goed.'

'Waarschijnlijk ben ik nu hier omdat ik je bijna elke dag in van die strakke pakjes zie.'

'Onbewuste verleiding.' Ze trok haar wenkbrauwen op. 'Zei je nou "bijna" elke dag?'

'Ik wissel mijn work-outs af. Ik doe nu gewichtheffen onder begeleiding van Hugo the Hammer. Die vent is angstaanjagend.'

'Je kunt je geen lievere kerel bedenken.'

'Straks ga je me nog vertellen dat die andere kerel, hoe heet hij ook alweer, met zijn ontzettend geprononceerde buikspieren en dat mannenknotje, ook een lieverd is.'

'Je hebt het vast over Vince Harris, en nee, die is zo vals als een slang en hij heeft sterallures. Maar hij verstaat zijn vak. Je moet Margo Mayfield eens proberen met *Give me Twenty*. Ze laat je alle hoeken van de kamer zien, maar dan op een goede manier.' Ze kuste zijn buikspieren. 'Door al dat gepraat over work-outs heb ik honger gekregen. Zin in een toetje?'

'Oké.' Hij rolde op haar.

'Dat was niet wat ik bedoelde met toetje.' Lachend sloeg ze haar armen om hem heen. 'Hoewel...'

Hij bleef slapen, tot verbazing van hen allebei en tot grote vreugde van de honden die samen in Sadies mand sliepen.

De volgende ochtend verbaasde het Adrian ook dat Raylan even vroeg opstond als zij.

'Ik laat de honden even naar buiten,' zei ze. 'Slaap jij nog maar even door.'

'Ik ben al wakker. Uit gewoonte. Ik heb kinderen.' Hij pakte zijn broek. 'Op hun leeftijd maakt de biologische klok echt geen verschil tussen door de week of het weekend.'

'Hoe laat ga je ze ophalen?'

'We hebben om tien uur afgesproken.'

'Mooi, dan hebben we nog tijd zat. Eerst samen even trainen en daarna ontbijten.'

'Ik heb geen sportkleding bij me.'

Ze pakte zijn overhemd en trok het aan. 'Ik regel wel wat voor je. Kom, Sadie. Kom, Jasper.'

'Wacht. Nee.' Een diepe, oprechte paniek maakte zich van hem meester. 'Ik weiger in zo'n strakke legging te sporten.'

'Ik regel wel wat voor je,' riep ze naar hem terwijl ze doorliep. 'Er ligt een extra tandenborstel in het badkamerkastje.'

'Jezus, kunnen we niet gewoon nog een keer seks hebben?' mompelde hij. 'Dat is toch ook een work-out?' Maar hij liep naar haar badkamer en vond de tandenborstel. Hij bekeek zichzelf even in de spiegel. Hij zag eruit als een man die seks had gehad. Heel veel heerlijke seks.

Zijn moeder zou het weten. Net zoals ze het had geweten toen hij de eerste keer seks had gehad. Met Ella Sinclair, toen hij een jaar of zeventien was geweest.

Ze had alleen maar gevraagd of hij een condoom had gebruikt, dacht hij, iets wat hij uiteraard had gedaan. Maar het was een gênante ervaring geweest.

Hij moest die voldane uitdrukking van zijn gezicht zien te krijgen, anders zou zijn moeder het meteen weten. En dat zou gewoon raar zijn.

Toen hij de badkamer weer uitkwam, had Adrian een van haar pakjes aangetrokken. Een strakke, zwarte korte broek en iets wat eruitzag als een zwart-wit geblokte sportbeha.

Hoewel die broek haar bijzonder goed stond, was hij echt niet van plan om een strakke, korte broek aan te trekken. Nooit ofte nimmer.

'Als ik nou een eed in bloed schrijf dat ik thuis een work-out zal doen?'

Zwijgend hield ze een, in zijn ogen normale, korte sportbroek omhoog – een ruimvallend ding dat ongeveer tot zijn knieën zou reiken – en een T-shirt van New Generation.

'Je hebt ongeveer dezelfde maat als popi. Ik heb zijn oude spullen nog niet opgeruimd. Dat wil ik wel, maar het komt er steeds niet van.'

Er was geen ontsnappen meer mogelijk, dacht hij. 'Die passen me wel. Als je wilt, kan ik je helpen met het uitzoeken van zijn spullen. Ik weet uit ervaring hoe moeilijk dat is.'

'Zeg dat wel. Dat is lief van je, maar ik wil kijken of ik er dit weekend mee kan beginnen. Ik hou mezelf telkens voor dat ik in de grote slaapkamer moet gaan slapen. In die kamer hangt een goede sfeer, hij grenst aan de veranda en hij heeft een mooi uitzicht. Dat ga ik binnenkort ook regelen.'

Hij deed de korte broek aan en trok aan het touwtje. Niet dat hij spichtig was, hield hij zichzelf voor. Hij was slungelig. Met slungelig kon hij wel leven.

Berustend liep hij met haar naar beneden.

'Heb je gisteren toevallig krachttraining gedaan? Aan je bovenlichaam gewerkt?'

'Nee.'

'Mooi, ik ook niet. Dan doen we dat nu.'

Toen ze in haar studio waren, zette ze haar handen in haar zij. 'Wil je een online-programma of een persoonlijke training?'

'Je gaat me vermoorden. Dat voel ik nu al.'

'Goed. Een persoonlijke training, dus.'

Ze pakte een afstandsbediening, zette wat muziek op en glimlachte. 'Laten we eerst een warming-up doen.'

Hij wist dat ze heel goed was in lesgeven – tenslotte streamde hij haar work-outs al maanden – maar bij een een-op-eentraining kreeg dat een totaal andere wending.

Ze corrigeerde zijn lichaamshouding en spoorde hem op haar gebruikelijke opgewekte, maar intense manier aan tot meer inzet dan hij bij zichzelf zou hebben gedaan – iets wat hij wel toe durfde te geven.

Toen hij zijn gebruikelijke dumbbells van 9 kilo wilde pakken, schudde ze haar hoofd en reikte hem dumbbells van 11 kilo aan.

'Daag jezelf uit. Als je merkt dat je je vorm verliest, verwissel je ze voor lichtere gewichten. Daar gaan we: squat, hammer curl, squat, shoulder press.' Ze deed het voor. 'Op die manier train je je hele lichaam. Snap je?'

'Ja, ja.'

Tijdens de work-out bleef ze hem aanmoedigen, zonder dat haar energie ook maar een moment leek te verslappen.

Aanspannen, ademhalen, borst vooruit, kont naar achteren.

Toen hij begon te zweten, wilde hij haar niet de voldoening geven om te zeggen dat het een prettig gevoel was.

Bijna deugdzaam.

Vooral niet toen ze hem een hele reeks cardio-oefeningen liet doen, gevolgd door een intense core-sessie van tien minuten.

'Geweldig! Mooi zo. En dan nu de beloning. Een beetje yoga om de spieren wat te rekken en af te koelen.'

Yoga gaf hem altijd een onbeholpen en onhandig gevoel, maar ook hierbij corrigeerde ze zijn lichaamshouding – schouders en heupen – en moedigde hem aan om de poses langer vol te houden dan hij in zijn eentje zou hebben gedaan.

'Je bent behoorlijk lenig, Raylan.'

Misschien wel, maar nu hij haar zag zitten met haar benen gespreid in een hoek van bijna honderdtachtig graden en haar bovenlichaam plat op de grond, wat anatomisch onmogelijk hoorde te zijn, vond hij zijn eigen zittende vooroverbuiging niets om over naar huis te schrijven.

Ze eindigden de oefening tegenover elkaar op hun matjes in kleermakerszit. 'Namasté. Goed gedaan. Nu nog even een paar keer met de schouders rollen, want die heb je daarnet flink belast, en dan een coolingdown van twee minuten.'

Met een snelle beweging had hij haar op de mat op haar rug geduwd. 'Ik heb geen zin in een coolingdown.'

Hij was een beetje aan de late kant toen hij zijn kinderen ophaalde. En hij zag aan de opgetrokken wenkbrauwen en de snelle grijns van zijn moeder dat het hem niet was gelukt om de man-die-seks-heeft-gehad-uitdrukking van zijn gezicht te halen.

Twee weken later beviel zijn zus van Quinn Marie Abbott. Nadat Collin het baby'tje dat in de armen van zijn moeder lag een hele tijd goed had bekeken, haalde hij zijn schouders op en boog hij zijn hoofd om zijn glimlach te verbergen. Daarna zei hij: 'Nou, misschien is ze wel lief.'

Precies op het moment dat Jan het baby'tje met betraande ogen aan Raylan gaf, kwam Adrian binnen met een boeket roze bloemen. Toen ze dichter naar hem toeliep om even naar het meisje te kijken, hoorde ze hem fluisteren: 'Snoepgoed. Dat zal ik je altijd geven.'

En toen ze hem met een van zijn lange vingers dat lieve, donzige wangetje zag strelen, vreesde ze dat ze een beetje verliefd was geworden.

Een eind rijden in de lente. Bestond er iets mooiers? Zachte briesjes, bloemen in bloei. Weilanden vol paarden, die graasden van het veldbeemdgras.

Van alles te zien, van alles te doen.

Een kleine, waardeloze Honda pick-up stelen in Indiana – *Zet hem op, Hoosiers!* – kentekenplaten verwisselen en dan kalmpjes doorrijden naar Louisville, dat door de plaatselijke boerenkinkels werd uitgesproken als Loo-a-ville.

Binnenkort zou de Louisville Derby plaatsvinden en zou er een sfeer van doldrieste gekte in de stad hangen.

Dat zou lekker ruiken. Gekte rook altijd lekker.

In één van die mooie, met bomen omzoomde voorsteden van de stad woonde het volgende slachtoffer. Die hoer die zich voordeed als liefhebbende moeder van twee kinderen, toegewijde verpleegster en trouwe echtgenote.

Aan dat leven vol leugens zou binnenkort een einde komen.

Haar een paar dagen bespieden, simpel en leuk.

Haar leven beëindigen, een waar genoegen.

Het idee om haar dood te slaan moest worden aangepast toen de beste gelegenheid zich voordeed. Te weinig tijd en te weinig privacy.

En dat was jammer, aangezien die methode zo'n diepe, duistere en persoonlijke opwinding met zich meebracht.

Maar nu de gestolen pick-up op het parkeerterrein van een 24/7-supermarkt stond, ongeveer achthonderd meter van de plek waar de jager zou toeslaan, bleek de wandeling naar het parkeerterrein voor werknemers van het ziekenhuis om één uur 's nachts tamelijk saai te zijn.

Eigenlijk hoefde de jager maar heel kort te wachten voordat de prooi naar buiten kwam op haar schoenen met rubber zolen.

Daarna was het slechts een kwestie van tevoorschijn springen – Boe! – en haar keel doorsnijden. Jeetje, het bloed spoot echt in het rond!

Spetter, spetter, klots, klots.

Haar sleutels en haar handtas meegrissen en haar daarna onder de volgende auto rollen.

Ze had een leuke, vrij nieuwe Subaru. Aangezien ze op zijn vroegst pas over een paar uur zou worden gevonden en het verwisselen van de kentekenplaten zo gepiept zou zijn, was die auto ideaal voor het volgende deel van de reis.

Muziek harder zetten, raampjes omlaagdoen en dan een pilletje innemen om lichaam en ziel bijeen te houden tijdens de rit. In de Subaru zou de jager al minstens honderdzestig kilometer verderop zijn voordat iemand de prooi zelfs maar zou missen.

Adrian vond het altijd heerlijk als er vrienden kwamen logeren. Hector en Loren zouden een week blijven, net als haar moeder, al was zij technisch gesproken niet echt een gast.

Omdat Harry en Mimi ook kwamen, zou het een minireünie worden.

Hectors verloofde zou met de trein komen en het weekend blijven, net als Harry's echtgenoot zodra hij en Harry de agenda's van hun kinderen hadden omgegooid.

Ook al logeerde de rest van het productieteam in een hotel in de stad, toch zou ze een huis vol gasten hebben.

En dat vond ze prima. Hoewel ze haar eigen culinaire vaardigheden bovengemiddeld vond – koken zat haar per slot van rekening in het bloed – regelde ze dat Rizzo's de welkomstmaaltijd en de catering tijdens de opnamen zou verzorgen.

In de week voordat de gasten kwamen, nam ze de slaapkamer van haar grootouders onder handen en ze merkte dat het minder pijn deed dan ze had verwacht. Ze glimlachte even toen ze een van Doms lievelingstruien vond, en de oude versleten pantoffels die hij niet weg had willen doen.

Zijn haarborstel. Hij was altijd heel trots geweest – en terecht – op zijn volle haardos. Ze legde de borstel opzij als aandenken en liet zijn groene lievelingsvest in de kast hangen. Dat vest kon ze zelf lekker aantrekken als ze het nodig had.

Hij had een flesje van haar oma's parfum bewaard, dus dat zette Adrian ook apart, samen met zijn aftershave. Kleine dingen, kleine herinneringen, kleine bronnen van troost.

Ze stopte dingen in dozen, hield de spullen apart waarvan ze dacht dat iemand anders die graag zou willen hebben en droeg daarna alles naar de auto voordat ze schoonmaakspullen pakte.

De schoonmakers zouden de rest van het huis onder handen nemen, maar de slaapkamer van Dom en Sophia wilde ze zelf doen uit eerbied, genegenheid en dankbaarheid voor de twee mensen die daar samen zo veel nachten hadden doorgebracht.

Ze deed de verandadeuren open om de lentelucht binnen te laten en Sadie kuierde naar buiten om lekker in het zonlicht te gaan liggen.

Ze had deze klus uitgesteld, mijmerde ze, terwijl ze schrobde, poetste en stofzuigde, en ze had zichzelf voorgehouden dat deze kamer te groot was voor haar alleen. Maar eigenlijk was ze altijd dol geweest op de grote, ruime slaapkamer, het cassetteplafond met zijn roomkleurige vierkanten die mooi afstaken tegen de spierwitte randen, de glanzende parketvloer, en zelfs op het zachte, rustgevende blauwgrijs op de muren.

Omdat ze zich sentimenteel voelde, zette ze de flesjes met reukwater – van hem en van haar – op de schoorsteenmantel van de open haard en plaatste er nog drie van haar oma's koperen kandelaars bij.

Ze verschoonde het grote bed met de hoge, dikke gedraaide bedstijlen, legde haar witte dekbed erop, voegde er nog een paar kussens aan toe en legde een sprei aan het voeteneinde.

Ze nam ruim de tijd om de kamer naar eigen smaak in te richten. Op de planken in de aangrenzende badkamer stalde ze haar mooie flesjes en mandjes uit en legde er fris gewassen donzige handdoeken neer. Als laatste zette ze ook hier kaarsen neer. Haar kleren borg ze op in de inloopkast, samen met een yogamat. Sadies mand kreeg een plekje in het zitgedeelte.

Over een poosje zou ze Kayla misschien inhuren om hier een kijkje te nemen en na te denken over het wijzigen van de kleurencombinaties, gewoon om de boel een andere aanblik te geven. Maar toen ze rondkeek, zag ze voorlopig precies de goede combinatie van aandenkens aan haar grootouders, haar eigen spullen en nieuwe dingen om zich op haar gemak te voelen.

Ze liep de veranda op die uitzicht bood op de heuvels en de bomen, op de tuin en de meanderende beek en op de bergen in de verte.

Popi en nonna hadden haar dit nagelaten, dus zij zou alles koesteren en onderhouden.

Ze ging op de vloer van de veranda zitten en aaide haar hond. 'Het gaat best goed met ons, hè Sadie? Ja, wij redden ons wel.'

's Ochtends liet ze het huis over aan de schoonmakers en ging ze zelf de planten potten die ze had uitgekozen voor de veranda's en het terras.

Ze had al een poging gedaan – helemaal zelf – om groenten en kruiden in de achtertuin te planten, zoals haar opa en oma vroeger altijd hadden gedaan. Nu hoopte ze vurig dat al die gewassen goed zouden opkomen.

Maar nu was het huis gereed – of zou dat binnenkort zijn – om gasten te ontvangen, en liep ze nog steeds over van energie.

Nadat ze de afwas had gedaan, trok ze een legging en een sportbeha aan en pakte de hondenriem. 'Kom, laten we een eindje gaan rennen.'

Ze begon op een sukkeldrafje om de spieren op te warmen en te genieten van de lichaamsbeweging. Ze genoot ook van de lente die zich steeds meer liet zien en de kornoeljes en judasbomen in bloei zette; van de mooie, pas gemulchte bloembedden en van de geur van pas gemaaid gras.

Maar de gedachte aan deze dag – deze datum – drukte zwaar op haar. Ze wist dat die ook zwaar op Raylan moest drukken.

Ze sloeg af naar zijn huis, en toen ze langs het huis van Teesha kwam, hoorde ze Monroes snelle en opgewekte pianomuziek door de geopende ramen naar buiten komen.

En ze hoorde de grasmaaier waarmee Raylan heen en weer liep over het gras in zijn voortuin.

Hij was niet meer zo mager als de jongen uit haar herinnering, dacht ze. Zijn armen waren inmiddels flink gespierd, en ze wist heel goed hoe dat kwam. Maar hij droeg nog steeds geen hoed op zijn door de zon gebleekte haardos.

In tegenstelling tot die keer van lang geleden, zag hij haar ditmaal wel. Hij bleef staan en zette de grasmaaier uit. Kort daarna begon Jasper klaaglijk te janken in de achtertuin.

'Ik laat haar heel even in je achtertuin, oké?'

'Goed idee, voordat de buren de politie bellen.'

Ze maakte het hekje open voor Sadie zodat de twee verliefde honden zich konden herenigen.

Toen ze terugliep, zat Raylan op het trapje van zijn veranda en nam hij grote slokken uit een flesje Gatorade. Ze ging naast hem zitten en haakte haar flesje water los van haar riem.

'Een zaterdags klusje op een maandag?'

'Ik kon me niet op mijn werk concentreren, dus het leek me een goed idee om iets lichamelijks te doen.'

'Ja, dat geldt ook voor mij. Gisteren én vandaag. Een paar zware dagen voor ons allebei.'

'Ja.' Hij legde een hand op de hare, een gebaar van wederzijds begrip. 'Gisteren was het drie jaar geleden voor jou, en vandaag is het drie jaar geleden voor mij. Ik heb een struik gekocht. Een laurierroos. Als de kinderen uit school komen, ga ik die samen met hen planten.'

'Dat lijkt me precies de juiste bezigheid. Grappig, ik heb vandaag planten in die prachtige Italiaanse potten gedaan waar nonna zo dol op was. En gisteren...' Ze slaakte een diepe zucht. 'Ben ik voor het eerst in de grote slaapkamer gaan slapen. En dat voelde goed.'

'Het verstrijken van de tijd helpt,' zei hij toen ze haar hand omdraaide en haar vingers met de zijne verstrengelde. 'Lorilee vond het altijd heel fijn om naar Traveler's Creek te gaan, maar het was niet haar thuis. Ze heeft een heel nare jeugd gehad, pleeggezin in, pleeggezin uit. Als kind heeft ze nooit een echt thuis gekend.'

'Daar heeft ze me weleens over verteld. In de brieven die ze me schreef,' legde Adrian uit toen Raylan haar aankeek.

'Ze praatte er zelden over, echt met bijna niemand.'

'Het is anders als je elkaar brieven schrijft, echte handgeschreven brieven. Daarbij komt een vreemd soort intimiteit om de hoek kijken. Ze heeft me verteld dat ze zich nooit echt ergens thuis had gevoeld tot jullie dat huis in Brooklyn kochten.'

'Ze werd er verliefd op. Ons "voor altijd" huis, noemde ze het.'

Adrian liet de stilte even voortduren. 'Maar jij gaat straks die laurierroos voor haar planten, hier in Traveler's Creek, en dat is belangrijk.'

'Zo voelt het wel.' Hij ging verzitten en keek haar aan. 'Jij hebt straks een huis vol mensen, gevolgd door een heel drukke week.'

'Ik ben er klaar voor. Het grootste deel van de groep moet hier rond drie uur zijn, en dan doen we eerst een doorloop bij de school en daarna gaan we naar huis voor het avondeten en overleg.'

'Ja, en terwijl jullie dat doen, gaan Monroe en ik hamburgers grillen met de kinderen, een echte stoere mannentaak.'

'We kunnen best ruimte maken voor iedereen.'

'Bedankt, maar ze moeten morgen weer naar school.' Hij nam nog een grote slok Gatorade. 'Als volwassene ben ik verplicht om dat te zeggen, en het ook te menen, maar meestal vind ik dat helemaal niet leuk. Met een beetje mazzel liggen de kleintjes al in bed voordat jullie het hoofdgerecht op hebben.'

'Dan organiseren we een keer een etentje op een avond waarop ze de volgende dag niet naar school hoeven. Of we doen het op zondag, dat maakt het net wat specialer, en dan kunnen we vroeg genoeg aan tafel gaan om ze op tijd in bed te hebben.' Toen hij haar een poos aankeek, haalde ze haar schouders op. 'Wat is er nou? Ik vind jouw kinderen aardig. Ik hou gewoon van kinderen.'

'Dat weet ik. Mensen denken dat je kunt veinzen alsof je van kinderen houdt, of van sommige kinderen in het bijzonder. Maar dat kan niemand.'

'We kunnen het inplannen voor zondag over een week, als dat schikt. Het komende weekend...'

'Moet jij gymnastiekles geven,' maakte hij haar zin af.

'Wat zeg je ervan als wij ons etentje op vrijdagavond houden en dan op zondag samen met de kinderen gaan eten?'

'Volgens mij past dat wel in onze agenda.'

De vrijdagavond doorbrengen met Adrian was een gewoonte geworden. Samen eten, samen in haar bed liggen.

'Ga vrijdag niet koken. Ik breng wel een afhaalmaaltijd mee.'

'Heel graag. Nou, ik moet weer terug.'

Toen ze ging staan, deed hij hetzelfde, nog altijd met haar hand in de zijne. Daarna pakte hij ook haar andere hand en boog zich naar haar toe om haar een kus te geven.

'Fijn dat je even bent langsgekomen om een paar moeilijke dagen wat draaglijker te maken.'

'Dat heb jij ook voor mij gedaan.' Ze gaf een kneepje in zijn handen en liep toen om het huis heen om Sadie te roepen.

Toen hij de grasmaaier weer in beweging zette, hoorde hij Jaspers klagelijke gejank en Adrians lachende belofte dat ze binnenkort weer zou langskomen met zijn vriendinnetje.

Hij keek haar na terwijl ze in een soepel tempo wegrende met wapperende haren en snel bewegende benen. Hij dacht aan de laurierroos die hij samen met zijn kinderen zou planten, aan de herinneringen die door het planten van die struik wortel zouden schieten en aan het leven dat aan die struik tot bloei zou komen.

En terwijl hij Monroes vrolijke muziek door de lucht hoorde zweven, dacht hij aan de herinneringen en aan het leven dat nog zou komen.

20

De taxi – een zeldzame aanblik in Traveler's Creek – kwam voor het huis tot stilstand. Het onbekende tafereel zorgde ervoor dat Sadie één keer waarschuwend blafte. 'Al goed, al goed.' Adrian legde een hand op Sadies kop terwijl ze door het raam naar buiten keek. 'O, het is meer dan goed! Het is Mimi. Blij,' voegde Adrian eraan toe, waarop Sadie begon te kwispelen.

Adrian rende naar buiten om Mimi te omhelzen. 'Je bent er! In een taxi! O, ik vind het zo fijn dat je er bent. Mijn Mimi.'

'Kleine verandering van de plannen.' Mimi zoende haar op beide wangen. Ze nam de reistas op wieltjes aan van de taxichauffeur en bedankte hem.

'Is dat alles wat je bij je hebt? Voor de hele week? O, zeg alsjeblieft dat je een week blijft.'

'Ja, dat doe ik ook. Je moeder en Harry hebben mijn koffer bij zich, want zij komen met de auto. Ik besloot om de trein te nemen omdat zij eerst nog voor een interview naar Washington D.C. moesten. Ze moeten hier over minder dan een uur zijn, maar ik had geen zin om zo vroeg te vertrekken of om die omweg te maken.'

'Kom binnen, kom binnen. Ik ga een glas wijn voor je inschenken.'

'Het is nog niet eens vier uur.'

'Op dagen waarop je reist telt dat niet. Zet je tas maar bij de trap, dat regelen we later wel. Blij,' zei Adrian nog een keer waardoor Sadie opnieuw ging kwispelen en zich tegen Mimi's benen drukte.

'Is ze groter geworden?' vroeg Mimi terwijl ze de poot schudde die Sadie had opgestoken. 'Ik durf te zweren dat ze groter is geworden.'

'Misschien een beetje. O, wat zie je er goed uit,' zei Adrian terwijl ze Mimi meetrok naar de keuken.

'Ik heb in de trein geslapen. Ik ben niet aan het werk geweest. Ik heb een boek gelezen tot ik in slaap viel, en dat was heerlijk.'

Ze zag er echt heel goed uit, dacht Adrian. Heel ontspannen in haar spijkerbroek en felrode blouse, met haar krullende haar in een prachtige opgeknipte bob.

'Ga even lekker zitten. Ontspan je.'

'Ik heb al de hele tijd gezeten, lieverd. Geloof me, dat voel ik nog steeds aan mijn kont.'

'Dan nemen we de wijn mee naar buiten en lopen we een stukje. Hoe gaat het met Issac en met de kinderen?'

'Met iedereen gaat het goed, en... O, wat een lekker wijntje, zeg. Natalie heeft een stageplaats weten te bemachtigen voor deze zomer. In Rome.'

'Wat? Wanneer? Wauw!'

'Ze heeft het gisteren pas gehoord. Ze is door het dolle heen. God, ik zal haar missen, maar...' Lachend hief Mimi haar glas. 'Het is heerlijk voor haar.'

'Het is fantastisch. Ze zal het daar vast geweldig doen.'

'Mijn zoon doet de vooropleiding voor geneeskunde en mijn meisje gaat een zomer naar Rome om daar te werken bij een internationale zakenbank. Ik begrijp tegenwoordig nog maar de helft van wat ze zeggen, maar ik ben vreselijk trots op allebei.'

'Dat is anders helemaal niet aan je te merken, hoor.'

Mimi sloeg een arm om Adrians middel en trok haar zijdelings tegen zich aan voor een korte knuffel. 'Alle drie mijn kinderen worden steeds maar groter. O, kijk nou wat je met die tuin hebt gedaan. Overal staan prachtige bloemen. Zijn dat tomaten?'

'Tomaten, paprika's, komkommers, worteltjes, pompoenen, courgettes, kruiden en nog meer kruiden.'

Mimi schoof haar zonnebril omhoog en bekeek de rijen planten. 'Je hebt hier praktisch een boerderij.'

'Stadsmeisje! Dit is gewoon een moestuin.'

'Voor mij is dat hetzelfde. Heb jij dit allemaal gedaan? Helemaal alleen?'

'Tot nu toe gaat het goed. Ik wilde het gewoon proberen. Nonna en popi verbouwden elk jaar groenten en kruiden. Ik ga mijn best doen om die traditie in ere te houden. Het is ontspannend werk en ik heb er alle tijd voor wanneer ik niet bezig ben met mijn echte werk.'

'Maar daar ben je bijna altijd mee bezig.'

'Als ik niet bezig ben met de voorbereidingen voor een productie, die productie zelf of de nabewerking ervan, werk ik eigenlijk maar halve dagen.'

Met een aanzienlijk gevoel van trots keek ze naar de jonge planten. 'Ik heb nu een ritme, en dat bevalt me prima. Ik ben gestopt met reizen toen ik hier kwam wonen voor popi en ik merkte al snel dat ik het fijn vond om niet op reis te hoeven. Ik snap precies wat Monroe bedoelt wanneer mensen hem vragen waarom hij alleen muziek schrijft en die zelf niet uitvoert. Dan zegt hij altijd: "Ik hou van de rust." En dat geldt ook voor mij.'

'Jij hebt reizen eigenlijk nooit leuk gevonden. Niet echt.'

'Nee,' bekende Adrian. 'Niet echt.'

'Lina geniet ervan. En voordat ze hier komt, wil ik je een vraag stellen waarop ik een eerlijk antwoord wil. Ik weet wat haar kijk op de situatie is, maar ik wil de jouwe horen. En wat je zegt, blijft tussen ons tweeën. Hoe gaat het tussen jou en je moeder?'

'Ik hoop dat zij vindt dat het beter tussen ons gaat, want dat is echt zo. We begrijpen elkaar beter dan vroeger en volwassenen liggen haar meer dan kinderen. Toen ik klein was, was jij mijn moeder.'

'O, liefje toch. Maar ze heeft altijd van je gehouden, Adrian.'

'Dat begin ik in te zien.' Adrian pakte de bal die Sadie aan haar voeten had laten vallen en gooide hem een heel eind weg. 'Het feit dat ze heeft toegestemd in deze gezamenlijke productie, zonder al te veel veranderingen te willen doorvoeren, en dat we gaan filmen op de middelbare school hier, is heel inschikkelijk voor haar doen, en dat waardeer ik.'

'Ze is heel nerveus.'

'Wat?' Adrian wilde in lachen uitbarsten, maar toen zag ze Mimi's gezicht. 'Meen je dat nou? Is Lina Rizzo nerveus?'

'Ja, reken maar dat Lina Rizzo nerveus is. Ze moet terug naar haar oude middelbare school, en daar zijn twee leraren die haar nog kennen van vroeger. Met een van hen is ze zelfs een paar keer uit geweest.'

'Dat méén je niet. Waarom weet ik daar niets van?'

'Ik denk dat ze het gewoon nooit ter sprake heeft gebracht. Volgens haar was het geen serieuze relatie, want kort daarna heeft ze een poosje verkering gehad met een boerenzoon die American Football speelde.'

'Een boer die footballer was? Mijn moeder?'

'Een boerenzoon die in het schoolteam zat. Dat was kennelijk wel een serieuze relatie, voor zolang het duurde.'

Fascinerend wat je te weten kwam wanneer moeders of surrogaatmoeders je eindelijk als een volwassene beschouwden, dacht Adrian. Gewoonweg fascinerend. 'Ze heeft het nooit met mij over die tijd.'

'Praat jij dan wel met haar over de jongens en de mannen met wie je wat hebt gehad?'

'Absoluut niet.' Ze gooide de bal nog een keer weg.

'Je zei "blij" tegen Sadie. Jij ziet er blij uit, Adrian.'

'Dat ben ik ook. Ik heb mijn werk, mijn thuis. Ik heb van alles in de tuin geplant. Ik heb geweldige vrienden en een fantastische hond. Allemaal dingen waar je blij van wordt.'

'Ik wil die blijdschap niet bederven, maar heb je al wat van die privédetective gehoord?'

'Ze trekt nu een aanwijzing na in Pittsburgh. Althans, daar was ze een paar dagen geleden nog mee bezig. En nee, daar bederf je mijn blijdschap niet mee. Ik heb het gevoel dat ik mijn probleem aan haar heb overgedragen.'

Sadie rende terug en blafte opnieuw.

‘Ze hoort een auto. Dat zullen Harry en mama zijn. En ik verwacht de anderen ook elk moment. En wij zijn al voor vieren aan de wijn.’

Lachend sloeg Mimi een arm om Adrians middel. ‘Laten we dan maar snel wat meer glazen halen.’

Op vrijdagavond stond Adrian in de gymzaal met haar moeder, al haar vrienden en de rest van de filmcrew. Hector en zijn assistent overlegden waar de stilstaande camera moest komen en wat de eventuele bewegingen van de twee draagbare camera’s zouden zijn. De lichtontwerper zette samen met zijn chef-technici en de toneelknechten de lampstatieven op, legde de bekabeling aan en besprak het gebruik van gels en filters.

‘Dit is een goede ruimte,’ zei Adrian tegen haar moeder.

‘Ja, dat denk ik ook.’

‘Herinneringen?’

Lina haalde haar schouders op. ‘Ik speelde geen basketbal en het interesseerde me ook niet zo.’

‘Ik heb gehoord dat hier ook dansfeestjes werden gehouden.’

‘Ja.’ Er gleed een heel vage glimlach over Lina’s gezicht. ‘Met livebands. Heel ouderwets. Laten we de garderobes even bekijken.’

‘Wij zitten in de meisjeskleedkamer.’

Toen ze naar achteren liepen, keek Lina om zich heen. ‘In elk geval zijn hier de afgelopen decennia een paar dingen gemoderniseerd. En het ruikt hier niet meer naar zweet, vocht en Love’s Baby Soft. Een populair parfum uit de jaren tachtig,’ zei ze toen Adrian haar even niet-begrijpend aankeek.

‘En dat heb jij nooit gebruikt.’

‘Nee, dat klopt. Maar hoe weet jij dat?’

‘Omdat jij nooit hebt meegedaan met de massa. Jij zorgde ervoor dat je opviel. Dat is trouwens geen steek onder water.’

‘Zo vatte ik het ook niet op.’

‘Dit is van jou.’ Adrian gebaarde naar het rek dat de afdeling Kleding al had neergezet. ‘En dat is van mij. Zoals we al hebben besproken, trekken we voor elk segment dezelfde kleding aan of kleren met kleuren die elkaar completeren. Kleding regelt de kleren voor de cast, de meisjes in deze kleedkamer, de jongens in de andere. Vrouwen in een lange of driekwart legging. We hebben de maten van iedereen.'

Ze liet haar hand even heen en weer gaan terwijl haar moeder de keuzes bekeek.

'Jongens in een korte gymbroek of een trainingsbroek, en als ik "jongens" of "meisjes" zeg, bedoel ik ook de docenten. Meisjes dragen een sportbeha en mogen kiezen tussen een sporttop of een T-shirt. Jongens een sporttop of een T-shirt. Op die tops of T-shirts zal het logo van Yoga Baby of New Generation staan. Het leek me handig om daar een mengeling van te maken. We hebben sokken, sportschoenen, zweetbandjes, waterflessen, en proefmonsters van ons Energy Up-drankje. Ook met logo's. De cast mag alles houden wat ze gebruiken, en iedereen krijgt een hoody met daarop zijn of haar achternaam. Dat was een idee van Harry.'

'Die man is altijd aan het denken. Als we eerst de introductie doen en daarna het cardiodeel,' zei Lina peinzend, 'waarom gaan we dan niet voor rood? Ik wil de rode top en de zwarte legging met het vlammenpatroon langs de zijkant.'

'Dan neem ik de rode beha, een zwarte top en de rood met zwarte driekwart legging.' Toen ze alles had gepakt, keek ze haar moeder even aan. 'Daarna de krachttraining.'

'Kies jij maar.'

Veranderingen, dacht Adrian terwijl ze peinzend naar de kleren keek. Er konden dingen veranderen en kleine scheurtjes in relaties konden genezen.

Heel vroeg op zaterdagochtend zat Adrian op de sporttribune om het script een laatste keer door te nemen terwijl Teesha naast haar zat en met Monroe telefoneerde.

'Ja, het lijkt erop dat we redelijk op tijd kunnen beginnen. Adrian en haar moeder hebben de hoofdintroductie al gefilmd. Als jij over, laten we zeggen... een uurtje met ze langskomt, dan geef ik Thad de borst tijdens de pauze en kan Phin de filmcrew bedelven met zijn tien miljoen vragen. Je bent geweldig, Monroe. Tot over een uur.' Ze stopte haar telefoon in haar zak. 'Hé, je moeder is half aan het flirten met die leraar daar.'

Verrast keek Adrian op en zag haar moeder aan de andere kant van de gymzaal bij een man staan. Hij had bruin haar dat wat grijze lokken had en droeg een bril met hoornen montuur. Ze waren allebei al gekleed voor de opname en leken inderdaad half met elkaar te flirten.

'Dat is de man met wie ze een paar keer uit is geweest toen ze nog op de middelbare school zat.'

'Oké. Waarom fluister je?'

'Weet ik niet. Ik heb haar nog nooit zien flirten, zelfs niet een beetje. Het is heel raar om dat te zien.'

'Misschien kan ze hem even bepotelen nu ze toch in de stad is.'

'Gadver. Dat meen je toch niet? Bovendien is hij getrouwd en heeft hij kinderen. En kleinkinderen. Dat heeft hij me zelf verteld.'

'Dan is het waarschijnlijk maar een halve flirt. Uit nostalgie. Maar heb je gezien dat Loren voluit staat te flirten met die knappe lerares daarginds?'

Adrian draaide haar hoofd naar de andere kant van de gymzaal en zag dat Loren onder de basketbalring hevig stond te flirten met de blondine met een paardenstaart.

'Zij is niet getrouwd en heeft geen kinderen. Ze heet Allyson... Ally. Ze is zevenentwintig, geeft biologie, sport vijf keer per week en is dol op yoga.'

'Ken jij de hele cast uit je hoofd?'

'Tja, ik kan niet zo goed informatie of rare feitjes onthouden als jij, maar namen en gezichten onthouden is een essentieel deel van de productie.'

Ze zag dat een productieassistent de jongens en de overige mannelijke leraren de zaal in leidde. Het werd ogenblikkelijk rumoeriger.

'Je hebt gelijk. We gaan inderdaad op tijd beginnen.' Ze gaf Teesha een klopje op haar been en overhandigde haar het script.

Ze liep de tribune af op het moment dat ook de meisjes de zaal binnenkwamen, en ging naar Hector, die net de camera op driepootstatief nog een keer controleerde.

'Ben je er klaar voor?' vroeg ze hem.

'Nou en of.' Hij keek door de camera terwijl de assistenten de castleden op hun plek neerzetten voor het segment dat ze gingen opnemen. 'Ziet er goed uit.'

Ze keek naar de monitor. 'Precies zoals ik het voor ogen had. We zullen iedereen een korte peptalk geven, wat extra geheugensteuntjes, en dan kunnen we de intro van dit segment doen en meteen doorgaan met de work-out.'

Ze trok haar moeders aandacht en liep toen samen met haar naar het midden van de gymzaal.

'Dit was jouw idee,' fluisterde Lina. 'Begin jij maar.'

'Goed. Hallo, allemaal!' Adrian hief haar handen op tot de stemmen, het gegiechel en de zenuwachtige lachjes waren weggestorven. 'Lina en ik willen jullie graag nogmaals bedanken voor jullie deelname. We zullen jullie de komende dagen hard laten werken.' Ze grinnikte even toen er een gekreun opging. 'En jullie zullen het leuk vinden, anders zwaait er wat. Eerste geheugensteuntje...'

'Als jij links zegt, dan bedoel je rechts,' riep een van de jongens.

'Precies. De camera brengt alles in spiegelbeeld in beeld. Als je je vergist, ga dan gewoon door. Als je het wat langzamer aan wilt doen of zelfs even wilt stoppen, doe dat dan. Maar wees niet lui! In het eerste segment doet Mandy de lichtere optie voor, dus jullie kunnen altijd naar haar kijken als je het wat rustiger aan wilt doen. Elke waterfles heeft een etiket met een naam erop. Gebruik je eigen fles.'

Ze keek naar haar moeder, die de introductie af zou ronden.

'Hector en Charlene lopen tussen jullie door met de camera's. Als je in de camera wilt kijken, is dat prima, maar blijf bewegen! Adrian en ik zullen af en toe ook tussen jullie doorlopen om jullie houding te corrigeren, jullie extra aan te sporen of juist om jullie aan te raden om het wat kalmer aan te doen. We nemen halverwege de work-out een pauze van één minuut, eentje maar, om water te drinken. Na de coolingdown is er een langere pauze. Dan kun je je afdrogen, je verkleden en even op adem komen. Zijn er nog vragen?'

Toen alle vragen waren beantwoord, namen Adrian en Lina hun plek in voor de camera.

'Niet vergeten om gewoon te blijven ademen, mensen,' zei Adrian waarna ze op Hectors teken wachtte.

'Dit is *Fitness 101* cardio,' begon Lina. 'Maak je klaar om hard te werken en flink te zweten.'

'Dit zijn leerlingen en docenten van mijn moeders vroegere middelbare school in Traveler's Creek. Zij hebben er zin in.' Ze keek even achterom. 'Hebben jullie er zin in?'

Toen er hier en daar 'ja' werd geroepen in de groep, bracht Adrian haar hand naar haar oor. 'Ik heb jullie niet verstaan. Hebben jullie er zin in?'

Ditmaal brulde iedereen 'ja'. Adrian draaide zich weer om naar de camera. 'Goed, dan beginnen we aan de warming-up.'

Veertig minuten later pakte Lina haar waterfles. 'Dat ging goed.'

'Vond ik ook. Ik zou alles nu graag terugkijken op de monitor, maar...'

'Het ging verdomd goed. Ik moet eerlijk zeggen dat ik bang was dat sommige kinderen de kantjes eraf zouden lopen, onderling zouden gaan bekvechten of de draak zouden steken met sommige deelnemers, de mensen jij hebt uitgekozen. Je weet wel, de docenten en leerlingen die minder goed in vorm zijn.'

'We hebben pas één segment opgenomen, maar ik denk niet dat dat zal gebeuren.'

'Nee, dat denk ik ook niet meer. En als alles zo gladjes blijft gaan en we na het volgende segment een lunchpauze van twee uur houden om weer op krachten te komen, dan liggen we misschien wel precies op schema. O, nog één ding.'

'Ja?'

'Die ene knul? Kevin? Ik wil niet al te veel aandacht aan hem besteden want dat vindt hij duidelijk gênant, maar vraag hem eens of hij belangstelling heeft voor een persoonlijke training met jou. Een deel van zijn schaamte komt voort uit het feit dat hij iets te zwaar is en niet in conditie is. Ik vind het heel dapper van hem dat hij hieraan meedoet.'

'Dat deed je vroeger ook altijd,' mompelde Adrian.

Ogenblikkelijk verstijfde Lina. 'Wat?'

'Je richten op iemand die hulp nodig heeft, en die hulp ook graag wil, maar er zelf niet om durft te vragen. Dat heb ik altijd aan je bewonderd. Juist dat maakt jou zo goed in je werk.'

'Ik, eh... Nou, dank je wel.'

'Ik heb er al met hem over gepraat, want kennelijk lijk ik in dat opzicht op mijn moeder. Ik heb een programma voor hem opgesteld dat hij in zijn eentje thuis kan doen. Zijn ouders steunen hem. Hij zal een keer per week naar mijn studio komen zodat ik zijn vorderingen kan evalueren.'

'Heb je ook een dieet voor hem opgesteld?'

'Vanzelfsprekend. Hij is er ongeveer een week geleden mee begonnen en ik zie nu al verbetering. Zal ik je op de hoogte houden van zijn vorderingen?'

'Dat zou ik leuk vinden.' Lina raakte Adrian niet aan, want zo zat ze niet in elkaar, maar ze vroeg wel: 'Gaat het tegenwoordig beter tussen ons?'

'Ja, mam.' En omdat Adrian wél zo in elkaar zat, boog ze zich naar Lina toe en gaf haar een kus op haar wang. 'Het gaat beter tussen ons.'

Op zondagavond, na twee productieve dagen waarin flink was gezweet, zat Adrian in kleermakerszit op haar yogamat, terwijl haar handen met de palmen omhoog op haar knieën rustten. 'Druk nu je handen voor je borst tegen elkaar en maak een buiging om de workout die je net hebt volbracht te omhelzen. En Namasté.' Ze glimlachte. 'Gefeliciteerd, allemaal. Jullie hebben net *Fitness 101* afgerond. En iedereen is met vlag en wimpel geslaagd.'

De deelnemers kwamen overeind, gaven elkaar high fives, en omhelsden elkaar zelfs.

'Bedankt voor het meedoen,' zei Lina in de camera. 'En denk eraan: hou vol en blijf je verbeteren.' Ze sloeg een arm om Adrian heen. 'Elke dag is een nieuwe kans. Ik ben Lina Rizzo.'

'En ik ben Adrian Rizzo. Jullie zijn altijd welkom om terug te komen en samen met ons aan het werk te gaan.'

Ze maakten een rondje door de groep, en er werden nog meer high fives en omhelzingen uitgewisseld.

'Het staat erop!' riep Hector. 'Goed gedaan, allemaal.'

Tegen de tijd dat ze de set hadden afgebroken en alle apparatuur en de extra kleding weer hadden opgeborgen, was het gaan schemeren.

Lina bleef stokstijf staan toen iemand haar naam riep op het moment dat ze naar buiten kwamen.

Adrian zag een man, half verborgen in de schaduw staan en haar hart begon te bonzen. Haar rechterhand balde zich tot een vuist en ze veerde op haar tenen omhoog.

Hij deed slechts een stap naar voren, met zijn pet in de hand en een vage glimlach op zijn gezicht. Hij kwam haar enigszins bekend voor, dacht ze, maar toch legde ze een hand op haar moeders arm. Voor het geval dat.

Haar moeder begon echter verbaasd te lachen. 'Matt? Matt Weaver! Allemachtig... jezus-nog-aan-toe. Matthew.' Ze liep naar hem toe en sloeg haar armen om hem heen.

Adrian zag dat de man zijn ogen even dichtdeed en een zucht slaakte.

'Adrian, dit is een vriend van me. Van vroeger. Matt, dit is mijn dochter Adrian.'

'Aangenaam. Wat lijk jij op je moeder. Hoe kan het dat wij inmiddels volwassen kinderen hebben, Lina?'

'Joost mag het weten.'

'Ik wil beginnen met je te vertellen dat ik het heel erg vind dat meneer Rizzo er niet meer is. Ik ben bij de herdenkingsdienst geweest, maar daar was het heel druk en ik wilde je niet lastigvallen.'

'Jij hebt nooit van grote menigten gehouden.'

'Wat dat betreft is er niets veranderd. Weet je, de zoon van mijn neef zat in jullie groep. Hij heet Cliff.'

'O, Cliff, natuurlijk. De American Footballer. Net als jij vroeger.'

'Die goede oude tijd.' Toen hij grijnsde, verscheen er een kuiltje bij zijn rechtermondhoek. 'Ik wil jullie niet ophouden. Ik vroeg me alleen af of je zin hebt om ergens een hapje te gaan eten en bij te praten.'

'We geven straks een feestje in het restaurant om te vieren dat de opnamen erop zitten.'

Hij knikte en draaide zijn pet rond tussen zijn handen. 'Een ander keertje, dan.'

'Nou, de cast en de crew zitten in het achterste deel van het restaurant en waarschijnlijk nemen ze ook een stuk van het voorste deel in beslag. Maar ik kan wel een tafeltje voor ons regelen, hoor. Ik ken de eigenaresse heel goed.'

Adrian glimlachte. 'Ik zal ervoor zorgen.'

'Dan tref ik je daar, Adrian. Heb jij nog steeds een pick-up, Matt?'

'Nee, ik ben met de auto gekomen. Ik meen me te herinneren dat jij niet graag in een pick-up reed.'

Adrian dacht na over de man terwijl ze naar haar eigen auto liep. Strakke kaak, stroblond haar dat grijs werd bij de slapen, gladgeschoren en verlegen, vriendelijke ogen. En een kuiltje in zijn wang als hij grijnsde.

Interessant.

Aan het einde van de avond toen Adrian de rekening wilde betalen, werd het nog interessanter.

'Ik doe mijn best om ze naar buiten te krijgen, Jan. Ik weet dat het bijna sluitingstijd is.'

'Geen probleem, hoor. We zijn hier dol op grote, vrolijke, hongerige groepen.'

'Nou, dat waren we allemaal.' Ze keek rond en zag dat er nog maar een paar tafeltjes bezet waren in de grote eetzaal. 'Ik zie mijn moeder en haar vriend nergens meer.'

'O, ja. Die zijn een half uurtje geleden vertrokken. Ze vroeg of ik tegen jou wilde zeggen dat ze met Matt mee is gegaan om zijn boerderij te bekijken.' Jan overhandigde Adrian haar creditcard en de bon. 'Als ik jou was, zou ik niet opblijven tot ze weer thuiskomt.'

'Dank je wel, ik… Wat zeg je me nou?'

Met iets wat leek op een kort hinniklachje boog Jan zich over de toonbank. 'Als je al zo lang in een restaurant werkt als ik dan weet je hoe je mensen moet lezen. Lichaamstaal, gezichtsuitdrukkingen, toonhoogte, gebaren, dat soort dingen. En wat ik heb gezien is… Laat ik het omschrijven als twee mensen die zich opmaakten voor een romantisch besluit van de avond. Het zijn oude geliefden, schat.'

'Jawel, maar…'

'Ik ken Matt al een hele tijd. Hij is een goede vent. Laat ik er nog aan toevoegen dat ze er allebei heel blij uitzagen en heel veel te bespreken hadden.'

'Tja, dat is… me ook wat. Al weet ik niet precies wat. Ik zal proberen de treuzelaars een beetje aan te sporen. De meesten van hen gaan trouwens toch naar mijn huis.'

Adrian besloot om er niets over te zeggen, zelfs niet tegen Harry en Mimi. Dat voelde gewoon te vreemd.

Toen ze weer thuis waren en Harry opmerkte dat Lina kennelijk al naar bed was, lachte Adrian ietwat ongemakkelijk en zei ze: 'Ja, dat zal wel.'

De volgende ochtend stond ze vroeg op en deed een korte workout terwijl de anderen in het huis nog sliepen. In de keuken maakte ze frittata's voor het afscheidsontbijt en schoof ze in de oven terwijl ze in gedachte haar vingers kruiste.

Ze controleerde de koffiemachine om er zeker van te zijn dat er water in zat, deed er verse koffiebonen in en maakte toen een smoothie voor zichzelf.

Vervolgens ging ze met de smoothie en haar tablet aan de ontbijtbar zitten om de e-mails van kijkers door te nemen. Toen ze de voordeur open en dicht hoorde gaan, nam ze aan dat een van haar gasten naar buiten was gegaan om een luchtje te scheppen.

Maar toen ze opkeek, zag ze haar moeder naar de keuken lopen.

Ze was ervan uitgegaan dat Lina de vorige avond laat was thuisgekomen. Ze had nooit verwacht dat haar moeder bij Matt zou blijven slapen. Na even te hebben nagedacht, volgde Adrian haar intuïtie. 'Je begrijpt toch wel dat je nu huisarrest hebt, hè?'

'Goh, wat grappig.'

Toen Lina een mok pakte en een paar knoppen indrukte op de luxe koffiemachine, trok Adrian stomverbaasd haar wenkbrauwen op. 'Koffie? Jij?'

'Soms. Als je met mate geniet en verstandig eet en drinkt, hoef je je niets te ontzeggen.'

'Ik wou dat je dat een keer had gezegd tegen een meisje dat dol is op cola.'

Lina keek haar aan. 'Ik ook.'

'Nee, zo bedoelde ik het niet. Vergeet maar dat ik dat heb gezegd. Ik ga nu een cola pakken.' Ze stond op en haalde er een uit de koelkast. 'Dus… Jij en Matt Weaver.'

'Het zal geen serieuze relatie worden. Daar zijn we allebei niet naar op zoek.' Met de mok zwarte koffie ging Lina bij Adrian aan de ontbijtbar zitten.

'Dus geen overspringende vonken?'

'O, heel veel zelfs.' Lina streek even over haar halflange steile haar. 'Toen en nu. Het was leuk om hem weer eens te zien, om over vroeger te praten. God, dat is nu dertig jaar geleden. Hij werkt op de boerderij met zijn jongste zoon. Zijn oudste heeft rechten gestudeerd en heeft een advocatenpraktijk in een buurdistrict van Traveler's Creek. Zijn dochter is verpleegkundige en woont een paar kilometer verderop. Hij is ongeveer tien jaar geleden gescheiden en hij heeft vijf kleinkinderen.' Ze nam een slok koffie. 'Maar net als vroeger is hij verknocht aan zijn boerderij, en ben ik vergroeid met mijn carrière. Er was altijd een bepaalde aantrekkingskracht tussen ons, en nu weet ik dat die nooit zal verdwijnen. Maar we willen andere dingen van het leven. We hebben nostalgische seks gehad, en het was heerlijk.' Ze glimlachte. 'En we hebben afgesproken dat we vaker nostalgische seks zullen hebben als ik in de stad ben en we allebei nog ongebonden zijn, iets wat we allebei lijken te willen blijven.'

'Seksdates. Mijn moeder.'

'Ik heb niet dertig jaar zonder seks geleefd, Adrian. Ik weet gewoon hoe ik kieskeurig en discreet moet zijn. Wat ruikt hier toch zo lekker?'

'Ik maak frittata's.'

'Frittata's.' Lina keek Adrian aan over de rand van haar koffiemok. 'Het Rizzo-gen zit stevig in je verankerd.'

'Ik probeer het te koesteren. Dat doet me eraan denken... Moeten wij geen kookboek schrijven? Gezonde, maar lekkere recepten. Rizzo en Rizzo. *Kook jezelf fit*. Of zoiets.'

'Daar hebben we het nog wel eens over. We weten allebei dat ik bepaald geen kokkin ben, maar... Laat me er eens over denken en dan zullen we het bespreken als ik de volgende keer hier ben. Maar nu ga ik met mijn koffie naar boven om me te verkleden. Noemen ze het nog steeds de *walk of shame*?'

'Voornamelijk als geintje, tussen vrienden.'

'Dan zal ik dat maar in zijn geheel proberen te vermijden.'

Geamuseerd trok Adrian haar tablet naar zich toe. In haar persoonlijke account zag ze een nieuwe e-mail van de privédetective.

Adrian,
Ik ben terug in Washington D.C., en ik wil deze week graag een afspraak met je maken als het schikt. Ik zal natuurlijk een geschreven verslag meebrengen, maar ik wil je ook graag even persoonlijk spreken.
Laat me alsjeblieft weten op welke dag en hoe laat het jou schikt, dan plan ik het in.

Groeten,
Rachael

Adrian pakte haar agenda om te kijken wanneer ze afspraken had op de bouwplaats, zakelijke besprekingen met Teesha en een afspraak met haar jonge fitnessleerling om zijn vorderingen te bespreken.

Ze schreef Rachael terug en meldde de dagen en tijden waarop het haar niet paste, maar schreef dat ze de rest van de week wel tijd had.

Ze zou haar eigen werk eromheen kunnen plannen. Dat was het mooie van eigen baas zijn, dacht ze.

Daarna legde ze haar tablet weg en zette ze de e-mail even uit haar hoofd. Een afscheidsontbijt was niet het goede moment voor duistere gedachten.

DEEL 3

Erfenissen

De toekomst wordt verworven door het heden.

Samuel Johnson

21

Halverwege de week, een paar uur voordat Rachael zou komen, las Adrian het volgende gedicht. De dichter had deze keer, als vanouds, een velletje papier en de witte envelop zonder opsmuk gebruikt.

Afgestempeld in Omaha.

Ze las het op de veranda aan de voorkant van het huis terwijl Sadie aan haar voeten lag en naar haar keek.

'Met mij gaat het prima. Maak je maar geen zorgen.'

De zomer is er eindelijk weer, voor jou wordt dat de laatste keer.
Mijn tijd van wachten is voorbij, binnenkort ben jij van mij.
Jij, ik, wij, dat is waar ik vreselijk naar smacht.
En met jouw dood is mijn levenstaak volbracht.

'Met mij gaat het prima,' herhaalde ze. 'Maar met degene die dit doet gaat het op geen stukken na prima. Jij, ik, wij. Wat is dat voor geleuter?'

Ze sprong op en ijsbeerde over de veranda terwijl een kolibrie als een vliegende edelsteen naar de voederbak suisde die ze aan een boomtak had gehangen.

'En wat betekent die laatste regel eigenlijk? Dat hij zijn doel bereikt als hij mij doodt, of heeft hij het over een moord-zelfmoord? Eerst mij ombrengen en dan zichzelf van het leven beroven? En waarom probeer ik dit geraaskal eigenlijk te interpreteren?' Ze drukte haar vingers tegen haar ogen. 'Nou ja, iemand moet dat doen.'

Ze liet haar handen zakken en keek naar de glooiende heuvels, het weelderige groen, de bomen die helemaal in blad waren en naar de hoge rododendron vol dikke roze bloemen in de zijtuin.

'Maar in één ding heeft hij gelijk, de zomer komt eraan. En weet je? Ik ben het wachten ook zat.'

Misschien was het een opwelling, misschien was het roekeloos, maar op dat moment zou het haar een zorg zijn.

Ze ging naar binnen en liep de trap op om sportkleren aan te trekken. Ze maakte zich heel zorgvuldig op. Na enig nadenken deed ze wat gel in haar haar en bond het in een hoge, halve paardenstaart.

'Nonchalant sexy, vind je niet Sadie? Wie zegt dat je er niet op je voordeligst uit kunt zien als je iemand gaat uitdagen? Kom, dan gaan we een punt maken.'

De hond vergezelde haar naar de studio in het souterrain en ging voor de open haard liggen terwijl Adrian alles klaarzette om een opname te maken.

Ze ging het op haar blog posten. Ze wist verdomme zeker dat hij haar blog volgde. En daarna zou ze het voor alle zekerheid op al haar andere sociale media zetten. 'Eens kijken hoe jij dat vindt, klootzak.'

Ze drukte op RECORD en liet een stralende glimlach zien.

'Hallo, iedereen. Ik ben Adrian Rizzo en het leek me leuk om deze week een kleine bonusronde te doen. Een snelle oefening om stress te verminderen en energie op te wekken. Het wordt een pittige. En ik wil deze work-out graag opdragen aan de dichter, jij weet wie ik bedoel! Het is heel makkelijk om dingen op de lange baan te schuiven, maar wat bereik je daarmee? Helemaal niks, toch? Dan ben je ongelukkig, gestresst en stel je het steeds uit om echt stappen te zetten om je doel te verwezenlijken. Je kunt iemand anders de schuld geven, of je kunt de hele wereld de schuld geven maar uiteindelijk komt het neer op wat in jou zit.'

Ze sloeg zacht met een gebalde vuist op haar hart.

'Als je je zo naar, zo droevig en zo boos voelt, sta dan op en kom in beweging. Goed, deze is niet voor beginners. Aangezien de dichter me al een hele poos volgt, is deze bonus voor de meer gevorderden. Drie ronden van drie, allemaal dertig seconden. We gaan split lunges doen, met squats.'

Ze deed een pas achteruit om het voor te doen. 'Rechts, links, squat. En we gaan ze snel doen. Denk aan je houding, het gaat om veiligheid en resultaat.' Ze zakte weer omlaag voor een lunge. 'Knie boven de enkel, je gewicht op je voorste been, breng je achterste knie tot vlak boven de vloer. Wissel dan van been. Zorg voor een zachte landing. En dan een squat. Dan laat je je vallen voor een pike press, spider lunge rechts, en weer omhoog voor split jacks. Dan doen we alles opnieuw, de tweede ronde, maar nu de spider lunge met het linkerbeen, en dan een derde keer met beide benen om de beurt.'

Ze deed alles voor en gooide daarna haar paardenstaart over haar schouder.

'Hier heb je uithoudingsvermogen en kracht voor nodig en je moet doorzetten. Kun je dit halen? Negen minuten. Vergeet niet wat het doel is. Goed, de timer staat aan, en daar gaan we.'

Ze vond de juiste snelheid, en hield haar blik op de camera gericht terwijl ze riep welke bewegingen er gedaan moesten worden.

'Als je echt niet meer kunt, moet je stoppen en op adem komen. Concentreer je en ga door. Het is geen schande om je grens te bereiken, het is alleen een schande als je het nooit probeert. Hou je borst open en je hoofd omhoog. Ga lager voor die squats, doe je billen naar achteren. Naar de vloer! Pike houding, spider lunge. Spike houding, spider lunge. Sneller! Ik heb vernomen dat het eindelijk weer zomer wordt, dus zorg dat je lichaam in vorm komt. Jij, ik, wij. We zijn hier klaar voor! Hup, push up jacks!'

Ze kon en wilde niet stoppen. Eindelijk had ze haar punt gemaakt.

'De tweede ronde. Als je houding niet meer goed is, neem dan een korte pauze en ga weer verder. Ik daag je uit om dit te doen.'

Haar hart bonsde zowel van tevredenheid als van inspanning. Haar huid was nat van het zweet, maar ze liet haar ogen telkens weer naar de camera gaan terwijl ze de derde ronde eruit hamerde.

Naar de persoon die toekeek.

'En dat zijn negen minuten. Nu afkoelen en stretchen. Ik feliciteer iedereen die dit heeft geprobeerd. Goed, speel je favoriete cooling-down af, zorg dat je hartslag omlaaggaat en stretch alle spieren die zich flink hebben ingespannen. En vergeet niet... Mijn leven is van mij, net als mijn levenskracht. Denk je mij te kunnen keren? Nou, dat heb je fout gedacht. Ik laat me niet intimideren, al doe je nog zo rot en bot. Ik, en ik alleen, bepaal mijn levenslot.'

Ze begon te lachen. 'Ach ja, een beetje afgezaagd, maar het bewijst dat iedereen kan dichten. Tot de volgende keer. Ik ben Adrian Rizzo. Blijf fit. Blijf fel.'

Ze bekeek de hele video een keer en postte hem toen op haar blog onder Bonus Uitdaging, en plaatste hem vervolgens op al haar sociale media.

'Wedden dat dit je kwaad krijgt? Mooi zo.'

Ze zorgde dat ze voldoende water dronk en stretchte. 'Kom mee naar buiten, Sadie. En we laten de telefoon hier. Want als Teesha dit ziet, zal ze vreselijk kwaad zijn en ze zal waarschijnlijk niet de enige zijn. Laten we naar buiten gaan om te kijken hoe de tomaten erbij staan.'

Het kostte Teesha nog geen twintig minuten om de poort te bestormen. Ze beende om het huis heen naar de achtertuin, waar Adrian met de bal gooide voor een dolgelukkig Sadie.

'Je telefoon niet opnemen is hetzelfde als je vingers in je oren doen en "la, la, la" zeggen.'

'Dat kan wel zijn, maar ik wilde even tijd om af te koelen. Jij bent snel.'

'Ik wil dat je het weghaalt, van alle kanalen. Je weet dat ik dat ook kan doen, daar ben ik toe gemachtigd, maar...'

'Je weet dat het mijn eigen keus is. Het is mijn keus om het overal te laten staan.'

'Dat is de verkeerde keus.'

'Echt waar? Was het de goede keus om het jaar in jaar uit te accepteren? Om het door andere mensen te laten afhandelen hoewel het aan mij gericht is? Is dat de goede keus?'

'De politie, Rizz. De FBI, en nu een privédetective. Vakmensen. Dus ja, dat is de slimme keus.'

'En zelfs met al die hulp heb ik er vandaag weer een gekregen.'

'Dat had ik begrepen.' Teesha wreef met haar handen over haar gezicht. 'En je weet dat ik het heel rot voor je vind. Maar wat schiet je ermee op om hem uit te dagen?'

'Nou, hij is een lafaard en een dwingeland en het werd hoog tijd om hem te laten weten dat ik dat weet.'

'Hoe ging die van vandaag?'

Adrian deed haar ogen dicht, riep het gedicht in gedachten op en declameerde het.

'Achterlijke psychopaat!' Met haar handen in haar zij draaide Teesha twee rondjes. 'Hoe laat komt die privédetective?'

'Tussen vier en halfvijf.'

'Goed, dan ga jij met mij naar huis tot het zover is. Voor hetzelfde geld is hij hier maar een kilometer vandaan, Adrian.'

'Of hij is verdomme in Omaha. Dit is nou precies de reden dat ik iets moest doen. Ik kan zo niet langer verder. Hij heeft in elk geval gedeeltelijk zijn doel bereikt. Hij drijft me tot waanzin. Ik ben nota bene bang voor de post. En ja, ja, een van de suggesties was dat ik de postbus moest opzeggen, maar de conclusie was dat hij dan een andere manier zou vinden.'

'Maar op die andere manier zal hij misschien een vergissing begaan.'

'Zal. Misschien. En omdat mijn naam erop zal staan, zullen ze alsnog op het postkantoor belanden. Zonder afzender. Dat is de oplossing niet. Ik weet niet of dit het wel is, maar ik voel me beter. Ik heb het gevoel dat ik eindelijk iets heb gedaan om terug te meppen.'

Met een sissend geluid pakte Teesha haar telefoon, toen die overging. 'Het is Harry. Hoi, Harry. Ja, wacht, ja, dat weet ik. Ik ben nu bij haar. Hm-m.'

Teesha stak haar de telefoon toe. 'Voor jou.'

'Verdomme.'

Ze liet hem tegen haar tekeergaan.

'Nee, ik haal het niet weg, en wat heeft dat voor zin als het al tweehonderd keer is bekeken? Een keer daarvan waarschijnlijk door hem, of haar. Weet je wat, we houden het op hen. Ik heb trouwens geen spijt dat ik het heb gedaan, want ik wilde verdorie een keer terugslaan. Nee, wacht.'

Ze haalde diep adem. 'Ik zeg dit zowel tegen Teesha als tegen jou. Het spijt me dat het jullie van streek heeft gemaakt en dat jullie je nu extra zorgen maken. Het spijt me dat het mijn moeder en alle andere mensen van streek zal maken. Maar... de kaart die hij me na het overlijden van popi heeft gestuurd. Die heeft me diep gekwetst. En door dit laatste gedicht is mijn laatste restje zelfbeheersing geknapt. Ik ben het zat, Harry. Ik ben er echt helemaal klaar mee. Ik geef de telefoon nu weer aan Teesha.'

Zodra ze dat had gedaan raapte ze de bal op en begon die weer te gooien voor Sadie. Een paar minuten later sloeg Teesha haar armen van achteren om haar heen.

'We houden van je, Adrian.'

'Dat weet ik, en daarom vind ik het vervelend dat je je hier zorgen om maakt. Ik besef heel goed dat het niet het verstandigste of veiligste was wat ik kon doen. Maar Teesha, ik moest echt een keer terugslaan. Ik wilde in elk geval het idee hebben dat ik de situatie een beetje onder controle heb.'

'Dat kan ik begrijpen. Ik begrijp jou, want we zijn al veel te lang bevriend om dat niet te doen.'

'Dat geldt andersom ook, dus het spijt me echt vreselijk dat je door mij nog ongeruster bent geworden. Maar vergeet niet dat ik alle verstandige dingen al heb gedaan: politie, FBI, privédetective, alarmsysteem, zelfverdedigingscursussen, grote hond.'

Sadie liet de bal bij Adrians voeten vallen en keek vol aanbidding omhoog.

'Ja, ze is echt levensgevaarlijk. Goed.' Teesha verstevigde haar greep om Adrian even en liet haar toen los. 'Als puntje bij paaltje komt, vraag ik me af of ik me zo lang had kunnen beheersen als jij hebt gedaan. En als je terugslaat, doe je het hard. Die hufter zal eerste, tweede en derde hulp nodig hebben voor de dreun die je hem met je boodschap hebt verkocht. En ik moet weer terug. Ik zie je morgen weer, en dan ga ik je martelen met het budget voor het jongerencentrum.'

'Het Familie Rizzo jongerencentrum.'

'O, je hebt een naam gekozen.'

'Ik heb heel lang getwijfeld. Noem ik het naar mijn grootouders, naar popi, omdat het zijn droom was? Maar die droom deelde hij met nonna. Maar zonder zijn ouders zouden zij hier niet zijn geweest of voldoende geld hebben gehad om hun droom te verwezenlijken. En zonder alles en iedereen, onder wie mijn moeder, zou ik er niet zijn geweest om die droom werkelijkheid te laten worden. Vandaar familie, en je kunt een plaquette toevoegen aan je budget.'

'Daar hebben we het nog wel over.' Teesha keek omlaag naar de altijd bedaarde Sadie. 'Toe, leer op zijn minst grommen.'

Toen Teesha was vertrokken, pakte Adrian de bal weer op. 'Grommen is niet jouw stijl, hè schatje?'

Ze gooide de bal opnieuw, en opnieuw, terwijl ze een manier probeerde te verzinnen om Rachael te vertellen wat ze had gedaan.

'Preken, Sadie. Volgens mij krijg ik straks nog een preek. Waarom is een preek erger dan een flinke klap in je gezicht?'

Toen Rachael een berichtje stuurde om te zeggen dat ze was verlaat, schreef Adrian terug dat dat niet erg was. Ze pakte haar tablet en ging op de veranda aan de voorkant zitten, en begon informatie in te winnen over plaquettes. Maten, materialen, vormen, lettertypes.

Ze wilde geen groots, opvallend statement, maar iets subtiels en gedistingeerds dat bij het gebouw paste.

Ze wilde wat haar opa en oma zouden hebben gewild.

Nadat ze haar keuzes had beperkt tot drie, kreeg ze nog een berichtje.

Adrian, opgehouden door verkeer. Geschatte aankomsttijd nu zes uur. Kunnen nieuwe afspraak maken als het te laat is.

Adrian keek hoe laat het was en zag dat de detective al ruim de helft van de afstand had afgelegd.

Niet te laat voor mij. Vanavond geen vastomlijnde plannen.

'Nee toch, Sadie? Alleen wij samen een beetje chillen.'

Fijn, schreef Rachael terug, *dan zie ik je over ongeveer een half uur.*

Het was eerder veertig minuten later dat Adrian een auto de heuvel op zag rijden. Maar die extra tijd had ze nuttig besteed. Ze had een plaquette gekozen en een kaasplank en een karaf wijn neergezet.

Sadie wachtte tot Rachael uit haar auto was gestapt en toen ze de bezoekster herkende, sloeg ze met haar staart.

'Het spijt me,' begon Rachael, maar Adrian wuifde haar woorden weg.

'Dat is nergens voor nodig. Ik heb al m'n werk af kunnen krijgen. En ik wilde net een wijntje nemen. Ik weet dat je nog een heel eind terug moet, maar tenzij je liever iets anders wilt, zou ik zeggen dat je er een hebt verdiend.'

Rachael keek naar de karaf en slaakte een zucht. 'Dolgraag. Twee kleine aanrijdingen en één auto met pech en het verkeer stond vast,' zei ze terwijl ze ging zitten.

Ze pakte het glas wijn aan dat Adrian haar toestak en ontspande zich even. Ze had een zonnebril met oranje glazen op en droeg een wit T-shirt met een lichtblauw jasje. 'Je hebt hier een echt paradijsje.'

'Ik doe mijn best om alles bij te houden. Dit jaar probeer ik achter het huis in mijn eentje een moestuin te onderhouden. Ik ben ontzettend blij dat ik wat tomaten en paprika's krijg, maar ik ben ook heel bang dat ik ze ga ombrengen.'

'Bitterzout opgelost in water.'

'Ja!' Adrian begon verbaasd te lachen. 'Daar zwoer mijn oma bij. Tuinier jij?'

'Ik woon midden in de stad, dus ik heb alleen potten en plantenbakken. Er is niets lekkerder dan een tomaat zo van de plant. Maar goed...'

'Voordat we beginnen, moet ik je iets vertellen, en het je laten zien. Ik heb vanochtend weer een gedicht gekregen.' Ze legde de map die op de stoel naast haar had gelegen op tafel. 'De envelop was afgestempeld in Omaha. Ik heb het briefje en de envelop gefotokopieerd.'

Rachael verwisselde haar zonnebril voor haar leesbril en las het gedicht. 'Directer dan anders, met een termijn erin.'

'Zomer, en dat wordt het binnenkort. Ik moet je ook vertellen dat ik erop heb gereageerd.'

Rachael tuurde naar haar over de rand van de leesbril. 'Hoe precies?'

Als antwoord opende Adrian haar tablet, riep de video op, zette het apparaat zo dat Rachael het kon zien en drukte op PLAY.

Rachael nam af en toe een slokje wijn en bekeek het hele filmpje zonder iets te zeggen. 'Heb je dit vandaag gepost?'

'Ja, en ik heb het ook op al mijn andere socialemediakanalen gezet. Ik heb de commentaren een paar keer bekeken, en voorlopig zit daar niets abnormaals bij.'

Rachael knikte en liet haar bril omlaagbungelen aan het koordje terwijl ze Adrian recht in de ogen keek. 'Je bent een intelligente vrouw en je weet dat een dergelijke provocatie tot een escalatie of zelfs tot een confrontatie kan leiden. Daarom heb je het ook gedaan.'

'Ja.'

'Ik ben hier niet om bevelen uit te delen en kan je alleen naar mijn beste vermogen van advies dienen. Ik had liever gezien dat je hiermee had gewacht tot na deze bespreking.'

'Ik wacht al sinds mijn zeventiende. Maar in plaats van dat er een einde aan is gekomen is het erger geworden.'

'Dat is waar. En omdat je niet hebt gewacht, zullen we een inschatting maken van de situatie zoals die nu is. Als deze video hem ertoe beweegt een dreigement te uiten in de commentaren op een van de socialemediakanalen, dan kunnen we zijn IP-adres achterhalen. En dat wist je.'

'Ja. En ik weet zeker dat hij het ook weet, maar hij zou iets kunnen plaatsen uit kwaadheid. Dat doen mensen wel vaker. Zelfs mensen die niet ziek en geobsedeerd zijn.'

'Dat klopt, dus we zullen dit scherp in de gaten houden. Ik kan overleggen met de agent die jouw zaak onder zijn hoede heeft en haar aansporen om hetzelfde te doen.'

'Dat zou ik op prijs stellen.'

'Maar ondertussen heb ik een verslag.' Ze haalde het uit haar tas. 'Wat vooruitgang en een aantal theorieën.'

'Je bent in Pittsburgh geweest.'

'Ja, inderdaad. De verslaggever die met de primeur over jouw vader kwam, is daar een paar jaar geleden gaan wonen. Hij werkt tegenwoordig voor een roddelwebsite.'

'Denk je dat hij hierachter zit?'

'Nee, en hij is ondervraagd nadat jij die gedichten begon te ontvangen. De aanval in Georgetown en de dood van Jonathan Bennett zijn breed uitgemeten in de media. En daarvoor had jouw moeder, en daarmee ook jij, zelf ook aandacht gegenereerd, en dan voornamelijk positieve, maar natuurlijk ook wat negatieve. Niets is ooit honderd procent het een of het ander.'

'Sommige mensen hekelden haar omdat ze ongehuwd was en impliceerden dat ze losbandig was, en sommigen gebruikten veel hardere termen, omdat ze weigerde te zeggen wie de vader was.' Adrian deed haar tablet dicht en legde hem weg. 'Maar dat wist ik toen allemaal niet. Toen het hele verhaal na Georgetown naar buiten kwam, werd de kritiek van sommige mensen een stuk harder. Soms zelfs hatelijk. Dat wist ik ook niet omdat ze me hier had gebracht, omdat ze wilde dat ik hier zou logeren tot alles wat bedaard was of helemaal was verdwenen.'

Adrian voelde zich ondertussen weer kalm en stabiel en ze nam een slokje wijn. 'Op haar manier heeft zij me beschermd en kon zij terugvechten en zich op haar carrière storten. Ze weigerde zich door iets of iemand te laten tegenhouden. Vroeger nam ik haar dat kwalijk, maar nu heb ik er bewondering voor.'

'Van tijd tot tijd bleven er geruchten opduiken. De verslaggever in kwestie, Dennis Browne, heeft geprobeerd het hele verhaal nieuw leven in te blazen, aangezien het zijn carrière eerder een tijdelijke opleving had gegeven.'

'Dat weet ik, maar die artikelen waren makkelijker te negeren. Ze heeft zo'n sterke uitstraling en in interviews weigerde ze simpelweg om erover te praten. Of eigenlijk weigerde ze dat altijd. Als Lina Rizzo een deur op slot doet, is het heel moeilijk om die open te breken.'

'Dat ben ik met je eens, en dat is precies de reden dat ik naar Pittsburgh ben gegaan. Zij had de deur naar je biologische vader op slot gedaan, maar iemand heeft hem weten open te wrikken. Hoe en waarom? Ik hou niet van vragen zonder antwoord. Ging het hier om oude, afgeronde zaken of niet? Daar wilde ik achter komen.'

'En, is dat je gelukt?'

'Het is een lange periode om een bron te beschermen, vooral wanneer die bron niet alleen is opgedroogd maar niet langer bruikbaar is. En ik kan methodes gebruiken die onmogelijk zijn voor de politie. Hij is twee keer gescheiden en moet alimentatie betalen voor drie kinderen. Laten we zeggen dat zijn inkomen enorm gedaald is. En hij drinkt graag bourbon.'

Adrian begreep wat ze bedoelde en glimlachte flauwtjes. 'Je hebt hem omgekocht.'

'Jazeker, met instemming van je moeder, want zij betaalt alles. Duizend dollar. Ik had toestemming om tot vijfduizend te gaan, maar hij was niet hebberig en duizend was voldoende om hem aan de praat te krijgen. En de fles Maker's Mark maakte hem ronduit babbelziek.'

Omdat het op tafel stond, deed Rachael wat kaas op een flinterdun crackertje. 'Jemig, wat lekker. Wat is dit?'

'Rustico kaas met rode peper.'

'Heerlijk. Dus na het geld en een paar slokken bourbon kreeg ik het hele verhaal te horen. Zijn bron was Catherine Bennett.'

'Ik... Ik kan je even niet volgen.'

'Bennetts vrouw wist dat haar man een zwak had voor aantrekkelijke jonge studentes. Ze keek altijd de andere kant op om hun levensstijl, haar gezin en hun sociale status niet in gevaar te brengen. Maar toen hoorde ze van jouw bestaan. Hij had een kind verwekt en kennelijk was dat voldoende om haar leven op zijn grondvesten te doen schudden. Ik heb begrepen dat ze hem er niet mee heeft geconfronteerd omdat ze een echtscheiding wilde voorkomen, maar dat ze aan de kalmeringsmiddelen is gegaan, of haar al bestaande dosis daarvan heeft verhoogd. Ze slikte Valium, Xanax en andere medicijnen om het leven aan te kunnen, maar ineens waren jij en je moeder daar. Yoga Baby stond op het punt om bekend te worden, of was dat al een beetje. Zijn verhoudingen kon ze verdragen, maar zo'n duidelijk zichtbare herinnering als een kind dat hij had verwekt buiten de wereld die zij altijd zo zorgvuldig in stand had gehouden, werd haar te veel.'

'Zij heeft het verhaal naar buiten gebracht,' zei Adrian peinzend. 'Hij gaf mijn moeder en mij de schuld, nooit zichzelf, maar uiteindelijk was het zijn vrouw die hem had geruïneerd.'

'Zij zag zichzelf als het slachtoffer. En hij moest boeten omdat hij haar had vernederd. Je moeder moest boeten. Jij moest boeten. Ik kan je niet vertellen of het een impulsieve daad was, uit woede, of dat ze juist heel berekenend te werk is gegaan. Maar ze is naar Browne toegegaan. Ze had namen, datums en ze heeft hem de namen van andere vrouwen gegeven, bij wie hij navraag heeft gedaan, waardoor hij een patroon ontdekte. Op dat moment had Bennett een verhouding met een andere studente. Zij was tweeëntwintig. Misschien was dat de druppel voor Catherine, ik zou het niet weten. Maar je moeder en jij waren haar doelwit, en zouden voor vette krantenkoppen zorgen. Van een universitair docent die studenten bepotelt kijkt niemand op, behalve de direct betrokkenen. Maar als diezelfde docent een buitenechtelijk kind heeft verwekt bij een vrouw, die vervolgens haar carrière heeft gelanceerd met behulp van dat kind? Browne dacht dat hij met dat verhaal bij de grote jongens zou gaan horen.'

'Dus in plaats van bij hem weg te gaan, besloot ze ons, en hem, te vernietigen.'

'Niemand is wraakzuchtiger dan een gekrenkte vrouw, vooral niet wanneer haar woede al ruim tien jaar smeult. Maar je moeder en jij werden er niet door vernietigd. Jullie overleefden het en kregen juist ontzettend veel succes. Maar John Bennett was niet alleen geruïneerd, hij was dood. Gestorven nadat hij een kind had aangevallen. Sterker nog: hij had twee vrouwen aangevallen, en een kind van wie hij de biologische vader was. Dus in plaats van een stoïcijns, diepbedroefd slachtoffer, was ze de vrouw van een onverbeterlijke vreemdganger, een gemene, gewelddadige zatlap en een kindermisbruiker. En daardoor kwam zij in een bijzonder kwaad daglicht te staan.'

'Denk je dat zij hierachter zit? Stuurt zij die gedichten?'

'Nee, want ze is al bijna veertien jaar dood, zelfmoord door een overdosis pillen. Maar je hebt een halfbroer en halfzus.'

'O god.' Ze moest even opstaan en een stukje lopen, met haar armen strak om zichzelf heen geslagen.

'Nikki van zevenendertig en Jonathan Junior van vierendertig. Moet ik even stoppen?'

'Nee. Nee. Ga verder.'

'Tot nu toe heb ik ze geen van beiden te pakken kunnen krijgen. Junior is al bijna tien jaar onvindbaar. Meteen nadat hij zijn erfenis heeft ontvangen, en die was aanzienlijk, want zijn grootouders van moeders kant waren rijk, is hij feitelijk spoorloos verdwenen. Daar ben ik mee bezig. Nikki werkt als consultant. Ze bezoekt cliënten om bedrijfsplannen op te stellen, oude bedrijfsplannen aan te passen, uitgaven te verlagen en winsten te vergroten. Ze werkt al vijftien jaar voor Ardaro Consultants. Ze is veelgevraagd.'

'Ze reist.'

'Vaak en door het hele land.'

'Omaha. De laatste kwam uit Omaha.'

'Op haar huidige reis zal ze onderweg San Diego, Santa Fe en Billings aandoen. Eind volgende week wordt ze terugverwacht in Georgetown, waar ze woont. Ik ben van plan om een babbeltje met haar te gaan maken. Ze heeft geen strafblad, ze is nooit getrouwd geweest en ze heeft geen kinderen. Ze woont, ogenschijnlijk alleen, in het huis waar haar broer en zij zijn opgegroeid. Het huis dat haar ouders hadden gekocht met het geld van haar moeder. Mensen omschrijven haar als rustig, vlijtig en aardig. Ik heb geen goede vrienden van haar kunnen ontdekken, en ook geen vijanden.'

'Ze is erg op zichzelf. Wordt dat niet altijd gezegd?'

'Vaak wel. Haar broer heeft een paar lichte vergrijpen op zijn naam staan. Openbare dronkenschap, beschonken achter het stuur, een paar mishandelingen, maar die zaken zijn geseponeerd. Nooit getrouwd geweest, geen kinderen. Tot een jaar of tien, elf geleden gaf hij het adres in Georgetown op als zijn huisadres. Hij wordt onvriendelijk en asociaal genoemd. Hij heeft een hele reeks baantjes gehad, maar is nergens langer dan een jaar gebleven en meestal korter. Hij had een aantal vrienden en een daarvan, een voormalig alcoholist, heeft me verteld dat Junior vroeger altijd rondbazuinde dat hij een blokhut in het bos wilde bouwen, misschien bij een rivier of een meer en dan zijn middelvinger wilde opsteken naar de wereld. Misschien heeft hij dat echt gedaan. Daar ben ik mee bezig.'

Adrian ging weer zitten. 'Ik moet bekennen dat ik de Bennetts niet als mijn halfbroer of -zus beschouw.'

'Dat lijkt me logisch.'

'Er is slechts een toevallige en, in mijn optiek, te verwaarlozen biologische band tussen ons, verder niets. Jij denkt dat een van hen, en je neigt naar de dochter omdat ze veel reist, een wrok tegen me koestert, net zoals hun moeder.'

'De kans is groot dat zij die wrok op hen heeft overgedragen.'

'Ja, daar kan ik me wel iets bij voorstellen. En toen ging hun vader dood, nadat hij zichzelf te schande had gemaakt, omdat mijn moeder mij, zichzelf en Mimi verdedigde. Dus dat valt ons te verwijten. Hun moeder is overleden en waarschijnlijk geven ze ons daar ook de schuld van. Vlak na haar dood is het eerste gedicht gekomen.'

'Misschien een zenuwinzinking, door dat laatste verlies. En dat dan in combinatie met de publicatie van jouw eigen dvd. Die timing onderbouwt mijn theorie. Maar hoewel ik sterk het gevoel heb dat een van hen hier verantwoordelijk voor is, of dat ze er samen achter zitten, moet ik met nog meer mensen spreken. Want volgens mij draait dit om meer dan alleen gedichten. Ik ben later dan de bedoeling was uit Washington D.C. vertrokken omdat ik een afspraak had met een andere vrouw die een verhouding heeft gehad met Bennett. Ze woont in Foggy Bottom. Op de tijdlijn kwam haar verhouding ongeveer een jaar voordat hij iets met je moeder kreeg. Ze was heel behulpzaam en ik heb haar gevraagd of ze toevallig ook dreigementen of anonieme gedichten had ontvangen. Of dat er iets was gebeurd waardoor ze zich bedreigd had gevoeld, enzovoorts. Geen brieven, geen telefoontjes,' zei Rachael, waarna ze nog een cracker nam. 'Maar ze is een paar jaar geleden wel verhuisd, nadat er een inbraak en een tragedie hadden plaatsgevonden. Kort na haar scheiding was ze in een opwelling een lang weekend weggegaan met haar nieuwe vriend, en had ze haar zus gevraagd om op haar huis te passen. Niet alleen uit veiligheidsoverwegingen, maar vooral omdat haar zus net haar baan had verloren en ze haar even een verandering van omgeving wilde bieden. Iemand heeft ingebroken in het huis. De zus is neergeschoten, verschillende keren, in haar slaap. Er zijn verschillende voorwerpen gestolen, en het had alle schijn van een mislukte inbraak.'

'Maar jij denkt dat het dat niet was.'

'Nee. Ik ben naar Foggy Bottom gegaan omdat ik eerder een gesprek had gehad met de moeder van een andere vrouw wier naam op de lijst van Catherine stond, de namen die ze heeft doorgegeven aan de verslaggever.'

Afwezig pakte Rachael nog een cracker en deed er wat kaas op. 'Ik wil eerst even zeggen dat het een tijdje zal duren om iedereen op die lijst op te sporen. Huwelijken, echtscheidingen, verhuizingen naar andere plaatsen. In dit geval woonde de moeder in Bethesda, dus die was makkelijk te bereiken. Ze wist dat haar dochter tijdens haar studie iets had gehad met een oudere man. Een getrouwde man. Een scharrel, anders niet. Ik moest wel met de moeder praten, want de vrouw zelf is een paar jaar geleden doodgestoken tijdens haar vaste ochtendwandeling. Het is gebeurd op een wandelpad in Noord-Californië, waar ze woonde met haar man en twee zoons.'

Heel behoedzaam pakte Adrian de wijn en schonk haar glas bij. 'Ze hadden allebei een verhouding met John Bennett.'

'Hun namen stonden op de lijst die de verslaggever had gekregen. Dus of ze nou wel of geen verhouding hadden gehad, Catherine dacht in elk geval van wel. De politie heeft die lijst niet, en heeft dus ook geen enkele aanleiding om de vrouw die is doodgeschoten tijdens een inbraak in D.C. in verband te brengen met een vrouw die is doodgestoken in Californië. Het enige verband tussen die twee zaken is dat het huis waar het eerste slachtoffer is doodgeschoten eigendom is van een vrouw die, net als het tweede slachtoffer, heeft gestudeerd aan Georgetown University. Maar niet in dezelfde periode. Ik wilde jou zo snel mogelijk van deze informatie op de hoogte brengen. En ik ga meteen beginnen aan het natrekken van de andere namen op de lijst.'

Langzaam nam Adrian een slok wijn. 'Mijn moeders naam staat op die lijst.'

'Ik heb al contact met haar opgenomen en ze zal voorzorgsmaatregelen treffen. Ik kan niet met zekerheid zeggen dat ze geen enkel gevaar loopt, maar het is waarschijnlijker dat ze, en ik stel voor dat we meervoud gebruiken om het eenvoudig te houden, zich hebben geconcentreerd op jou. Het is heel goed mogelijk dat ze van plan zijn om zich op een later tijdstip van haar te ontdoen, maar die gedichten worden, al vanaf het begin, naar jou gestuurd. Ze nemen het jou kwalijk dat je bestaat. Het feit dat jij bent geboren heeft hun iets ontnomen, heeft hun aanzien verminderd. En daardoor houden ze jou verantwoordelijk voor de dood van hun vader en voor de uiteindelijke zelfmoord van hun moeder. Als we de gedichten aan de hand van die theorie lezen, dan komen de verwijten en de wrok duidelijk naar voren.'

'Ja,' zei Adrian instemmend. 'Ja, zeg dat wel.'

'Wil je nog meer redenen? Je bent heel succesvol in jouw vakgebied, daarin geniet je zelfs enige bekendheid. Je hebt nooit hoeven boeten voor de schande van je geboorte. Daar komt nog bij dat je een jonge, bijzonder aantrekkelijke vrouw bent met een behoorlijke financiële zekerheid, die uit een gerespecteerde familie komt. In hun familie draaide het om overspel, mishandeling, zelfmoord en publiekelijke vernedering.'

'Daar zal niets aan veranderen door mij pijn te doen, maar ik kan je theorie volgen. En nu? Ga je met dit alles naar de politie of de FBI?'

'Zeker, maar als het lukt, wil ik eerst contact opnemen met de andere vrouwen. In elk geval met zo veel als ik er kan vinden. En ik wil met Nikki Bennett praten. Als ik deze theorie hard kan maken, zullen de opsporingsdiensten eerder geneigd zijn haar te gaan ondervragen en om haar broer te gaan zoeken. En als ze erin slagen om een van hen, of hen allebei, in verband te brengen met deze moorden, kunnen ze hen ook in staat van beschuldiging stellen.'

'Mooi. Mooi,' zei Adrian met een gedecideerd knikje. 'Want ik geloof dat je gelijk hebt. Er zit een soort afschuwelijke logica achter. Jij hebt in een paar weken meer ontdekt dan de anderen in al die jaren.'

'Daar zou ik graag alle eer voor opstrijken, maar ik ben pas heel laat aan deze zaak begonnen, waardoor ik alles met een frisse blik kon bekijken. En zonder dat er een stapel andere dossiers op mijn bureau lag. Ik kon al mijn aandacht hieraan wijden. En ik bofte qua timing. Dennis Browne was bereid om zijn hart te luchten. Toen hij dat eenmaal had gedaan, had ik duidelijke aanwijzingen die ik kon natrekken.'

'Kan me niet schelen.' Adrian hief haar glas op. 'Ik weet alleen dat ik voor het eerst snap dat er een reden is voor al dit gedoe, en dat ik zowaar kan geloven dat er ooit een einde aan zal komen. Die vrouwen, die twee vrouwen.' Ze kneep haar ogen even dicht. 'Er kunnen er nog meer zijn.'

'Ja, inderdaad.'

'Hoeveel namen staan er op die lijst?'

Rachael zweeg even en nam haar laatste slokje wijn. 'Vierendertig in de veertien jaar voor zijn dood. Die ze heeft opgeschreven. Zijn gemiddelde was meer dan twee per jaar.'

'Vierendertig? Dat klinkt meer als een seksverslaafde dan als een huis-tuin-en-keuken-vreemdganger. En het moet aan haar hebben gevreten, aan zijn vrouw, bedoel ik. Dat kan niet anders, hoezeer ze ook probeerde te doen alsof er niks aan de hand was. Kinderen weten heel goed als er iets mis is in het gezin. Dat voelen ze.'

'Daar heb je gelijk in. Worden psychopaten geboren of gemaakt? Daar zijn heel veel theorieën over. In dit geval heb ik de neiging om te zeggen: allebei. Ik ga weer naar huis, tenzij ik nog iets voor je kan doen.'

'Nee. Nee, maar je hebt me heel wat gegeven om over na te denken.'

'In het geschreven verslag staan nog veel meer bijzonderheden. Als je vragen hebt, neem dan vooral contact met me op. En wees alsjeblieft voorzichtig.'

'Zal ik doen. Ik hoop dat de terugreis beter verloopt dan de heenreis,' zei Adrian toen ze allebei overeind kwamen.

'Dat kan bijna niet anders. Bedankt voor de wijn... en die kaas.'

'Wacht even, dan pak ik die voor je in.'

'Dat hoef je echt niet...'

Maar Adrian was al naar binnen gesneld. Even later holde ze weer naar buiten en wikkelde de kaas in vershoudfolie. Die stopte ze in een vershoudbakje, samen met wat crackers en de olijven waar ze Rachael er een paar van had zien eten. Ze deed er ook nog een flesje S. Pellegrino-mineraalwater bij. 'Mijn moeder betaalt je, maar dit krijg je van mij.'

'Dat aanvaard ik graag. Dank je wel. Je hoort nog van me, Adrian.'

Ze keek Rachaels auto na en legde haar hand toen op Sadies kop. 'Ik voel me misselijk. Ik heb niet meer aan zijn kinderen gedacht sinds... Ik weet eigenlijk niet of ik ooit wel aan ze heb gedacht.' Omdat haar benen helemaal verkeerd aanvoelden, liet ze zich zakken en sloeg ze haar armen om Sadie heen, om zich te laten troosten door de grote hond. 'Het idee dat zij zo veel aan mij hebben gedacht, op zo'n verknipte manier, maakt me echt kotsmisselijk.'

Ze bleef zitten tot ze zich weer wat beter voelde. En daarna bleef ze nog een tijdje zitten, gewoon om alles op een rijtje te zetten.

Ze zou het verslag moeten lezen, daar viel niet aan te ontkomen. En aangezien het idee van een maaltijd haar enorm tegenstond, besloot ze een smoothie te maken en zich daarna te dwingen die ook op te drinken.

En daarna...

Toen Sadie ineens waakzaam overeindkwam, kromp Adrians maag ineen, maar op het moment dat ze ging staan, herkende ze Raylans auto. Alles in haar kwam opeens tot rust. Ze slaagde er zelfs in te glimlachen toen hij uitstapte. Terwijl Sadie en Jasper naar elkaar toe renden, vroeg ze: 'Heb je weten te ontsnappen aan de kinderen?'

'Heel even, maar. Ik kan niet lang blijven. Bradley krijgt gitaarles van Monroe en Mariah heeft zich verwaardigd om met Phin te spelen. Maar ik kan niet blijven.'

'Als je bent gekomen om me een preek te geven voor mijn roekeloze gedrag, dan heb ik misschien nog een glas wijn nodig en ik heb al anderhalf glas op.'

'Nee, daar kom ik niet voor.' Hij liep het trapje naar de veranda op, en bracht de geur van gras en lente mee.

'Je hebt het gras gemaaid.'

'Ja, ik ben nog een beetje zweterig, maar goed.' Hij nam haar gezicht in zijn handen en kuste haar. Teder, dacht ze, zoals hij iemand zou kussen die een beetje ziek was. 'Teesha heeft me het hele verhaal verteld.'

'Ze is nog steeds kwaad op me.'

Hij bewoog zijn hand heen en weer. 'Ik heb begrepen dat Harry en zij jou de wind van voren hebben gegeven. Maar goed, ik heb die video zelf bekeken. Op een goede dag moet je me vertellen hoe je zo van die plankhouding in de lucht springt zonder iets belangrijks te breken. En ja, misschien was het een roekeloze opwelling, maar het was ook... briljant.'

'Hè?'

'Je wilde hem een trap in zijn kloten geven, en dat is je uitstekend gelukt, zonder dat je je anders hebt gedragen dan normaal. Gewoon een korte bonus work-out, als je sterk en hard genoeg bent. Je wilde een dreun uitdelen, en dat heb je gedaan. Wat dat betreft sta ik helemaal achter je.'

'Wat dát betreft sta je achter me.'

'Zou ik graag willen dat je het niet had gedaan?' Hij kamde met zijn vingers door zijn haar, dat ook een beetje zweterig was. 'Dat je niet nog een gedicht had gekregen? Dat je het eerste nooit had gehad? Tuurlijk. Maar zelfs al wrijven we over een lamp, dat wil niet zeggen dat er een geest verschijnt. We moeten het doen met de situatie zoals die is.'

Ze staarde hem aan en begon toen te huilen.

'Kom eens hier.' Hij trok haar tegen zich aan. 'Je hebt een rotdag achter de rug.'

'Een ongelooflijke rotdag. Maar toen kwam jij. Jij kwam en je zei precies wat ik moest horen.' En omdat hij dat had gedaan, kon ze zichzelf een beetje laten gaan, kon ze haar tranen laten komen.

'Je hebt bezoek gehad,' mompelde hij. 'Twee wijnglazen, twee bordjes.'

'Rachael McNee. De privédetective.'

'En heeft dat je dag nog rottiger gemaakt?'

'Nou en of.'

'Ik bel Teesha even om te vragen of ze een halfuurtje langer op de kinderen kan passen. Dan kun je me alles vertellen.'

Ze drukte haar gezicht harder tegen zijn schouder. 'O, graag.'

22

Ze ging eerst naar binnen om wat water op haar gezicht te plenzen en daarna haalde ze voor hen allebei een glas limonade, want dat leek haar op dat moment verstandiger dan wijn.

Vervolgens ging ze zitten en vertelde ze hem het hele verhaal.

'Ten eerste wil ik even zeggen dat je moeder echt een kei van een privédetective heeft gevonden.'

'Ja, absoluut. Ze blijft zo rustig, en... Ik heb het idee dat ze het echt belangrijk vindt hoe ik me voel. Feiten zijn het allerbelangrijkst, maar ze negeert mijn gevoelens niet. En dat helpt.'

'Ja, dat helpt altijd. Verder hoef ik jou natuurlijk niet te vertellen dat, als haar theorie inderdaad klopt, de motivatie volstrekte nonsens is. En dat hoef ik jou niet te vertellen, want je bent niet dom en je bent niet het type dat graag de martelaar uithangt.'

'Nou... nog meer dingen die ik echt even moest horen. Dat weet ik allemaal best, Raylan, maar het helpt. Echt, het helpt om iemand dat te horen zeggen. Ik heb mezelf al heel lang geleden losgemaakt van het biologische aspect van mijn vader. Hij betekende en betekent niets voor me, behalve dan dat hij mijn DNA heeft geleverd. Ik geloof niet dat er iets van hem in mij zit. Echt totaal niet. Dat zou ik een stuk moeilijker kunnen geloven als ik mijn grootouders niet had gehad en, achteraf bezien, als ik mijn moeder niet had gehad. Als Mimi, Teesha, Hector en Loren er niet waren geweest. Als ik Maya en jouw moeder niet had gehad. Als dat er allemaal niet was geweest.' Ze wees naar het stadje in de verte. 'Want omdat ik dat kon geloven, omdat ik dit allemaal had, heb ik nooit aan zijn kinderen, zijn vrouw of aan wat dan ook gedacht.'

'Omdat ze geen deel uitmaken van je leven.' Hij zei het heel ongekunsteld, en dat hielp ook. 'Waarom zouden ze? Als een van hen, of zij allebei, contact met je hadden gezocht of om welke reden dan ook hadden geprobeerd een band met je te krijgen, zou het anders zijn geweest. Maar dat hebben ze niet gedaan. Of misschien wel, maar niet zoals je bij Oprah Winfrey ziet.'

'Nee, zeker niet. Raylan, stel dat een van hen, of zij allebei... die twee vrouwen.'

Hij legde een hand op die van haar. 'Die twee vrouwen wisten het niet. Ze waren niet op hun hoede. Vreemd genoeg willen ze dat jij dat wel bent. Maar weet je...' Hij bracht haar hand naar zijn lippen, een gebaar dat ze onder andere omstandigheden ontzettend aandoenlijk zou hebben gevonden.

'Het zijn moordenaars,' maakte zij zijn zin af. 'Het zijn geschifte, geobsedeerde, gewelddadige moordenaars, die willen afmaken wat hun vader is begonnen toen hij me van de trap probeerde te gooien.'

Hij drukte nog een kus op haar hand en bleef haar recht aankijken met zijn groene ogen. 'Maar ze zullen niet de kans krijgen om iets af te maken. Jouw kei van een privédetective zal voldoende bewijs verzamelen om ze te laten aanhouden. Maar tot ze dat heeft gedaan zou je een reisje kunnen maken, ergens anders naartoe gaan, een plek die rustig, afgelegen en veilig is.'

'Waar dan? Een blokhut in de bergen, een huis aan het strand, een appartement in Parijs of iets dergelijks? Raylan, daar zou ik alleen zijn. Echt alleen. En wat gebeurt er altijd met de vrouw die gevaar loopt, zodra ze zich voor de slechterik gaat verschuilen op een locatie die zogenaamd veilig en geheim is?'

'Dat is fictie.'

'En die is vaak genoeg gebaseerd op de werkelijkheid. Slechterik vindt de vrouw, en zij is moederziel alleen. Als ze me iets willen aandoen, zullen ze hier moeten komen. Hier, waar de politie nog geen vijf minuten verderop is, en trouwe vrienden en minnaars nog dichterbij zijn. Hier in dít huis, waar ik elk hoekje ken. Ik ben hier niet alleen, en ik voel me hier veiliger dan waar dan ook. En ik geloof dat Rachael precies gaat doen wat ze heeft beloofd: voldoende bewijs tegen hen verzamelen om ze te laten arresteren.'

'Je kunt niet van me verwachten dat ik het een fijn idee vind dat je hier in je eentje bent.'

'Dat doe ik ook niet, maar de alternatieven zijn nog erger.'

'Misschien. En vanwege dat "misschien" ga ik nu niet met je in discussie. Wat denk je hiervan? Zodra het schooljaar voorbij is, gaan we met zijn allen ergens naartoe.'

'O, ja?'

De glimlach op zijn gezicht was zonder meer uitdagend te noemen. 'Zeg nou niet dat je niet op vakantie durft met twee kinderen en twee honden.'

'Ik durf alles. Het is heel lang geleden dat ik een echte vakantie heb gehad.'

'Dan wordt dat hoog tijd. Ik stem voor strand, en dat zullen de kinderen ook doen, dus jouw stem doet er niet meer toe. Ik zal kijken wat ik kan regelen. Ik moet weer terug.'

'Morgen is een schooldag.'

'Ja, precies.' Maar hij trok haar overeind en ditmaal zoende hij haar niet alsof ze een beetje ziek was. 'Doe je deuren op slot, oké? En maak dan nog een rondje om te controleren of alle deuren echt op slot zitten en schakel het alarmsysteem in. En stuur me een berichtje voor je gaat slapen.'

'Goed. Jij hebt me een fijner gevoel bezorgd dan de boerenkoolsmoothie die ik straks voor het avondeten ga maken.'

'Jezus, dat mag ik hopen.' Hij kuste haar nog een keer en liep toen het trapje af. 'Zo een zal ik echt nooit drinken. Kom mee, Jasper.'

'Ze zijn verbazingwekkend lekker.'

'Dat is een afschuwelijke, verschrikkelijke leugen.' Hij moest de onwillige Jasper in de auto tillen. 'Dat siert je niet.'

'Misschien moet je het leren waarderen.'

Hoofdschuddend zei hij: 'Alleen daarom ga ik een hele zak kaaschips eten als de kinderen in bed liggen. Stuur me een berichtje.'

Ja, dat zou ze doen, dacht ze toen ze het vuile servies op de tafel op de veranda opstapelde. Ze zou alles afsluiten, daarna alles nog een keer nakijken en het alarm aanzetten.

En ze wist dat ze beter zou slapen omdat hij was langsgekomen en had gezegd wat ze had moeten horen.

Ze zorgde dat ze het de rest van de week druk had – zo druk dat ze bijna tijd tekortkwam. Naast haar eigen werk, waaronder het bekijken van Hectors eerste montage van *Fitness 101*, had ze ook een lang gesprek met haar moeder via FaceTime.

Dat gesprek bevatte de verwachtte preek, en wat discussie – en wat geven en nemen – over de montage.

Ook maakte ze echt werk van de aanschaf van verlichting, badkamer- en keukenkranen, verf en gamesystemen voor het centrum. Ondanks alle hulp van Kayla nam ze zich heilig voor om de rest van haar leven nooit meer een grote verbouwing te doen.

Daarmee werden haar gedachten volledig in beslag genomen door het normale leven tot vrijdagmiddag, toen Rachael haar belde.

Ze had nog drie vrouwen gelokaliseerd. Een daarvan was klaarblijkelijk een natuurlijke dood gestorven na een lange strijd tegen kanker. Een was er gevonden, doodgeslagen en beroofd, in New Orleans, waar ze een eigen bar had gehad. De laatste was in haar achterhoofd geschoten in haar auto, nadat ze de motelkamer had verlaten waar ze een afspraakje had gehad met de man met wie ze haar echtgenoot bedroog.

De politie van Erie, Pennsylvania, had de gangen van haar echtgenoot grondig nagetrokken, maar zijn alibi had standgehouden.

Nu zijn het er vier, dacht ze. Minstens vier.

Ze keek hoe laat het was. Raylan kon elk moment komen, en dat was fijn. Hij zou haar gedachten afleiden en haar alle informatie die ze net had gehoord van zich af laten praten.

Ze wist niet wat voor afhaalmaaltijd hij mee zou nemen, maar wat het ook was, ze zouden het op de veranda kunnen eten, in de open lucht. Omdat het de hele ochtend had geregend rook alles fris en schoon.

Ze besloot om het servies pas te kiezen als ze zag wat ze gingen eten. En dat gold ook voor de wijn.

Omdat ze verder toch niet veel te doen had, besloot ze zich te verkleden – een jurkje, eenvoudig, zwierig, leuk en vrouwelijk. Ze deed haar haar in een lage staart en liet wat losse krullen ontsnappen.

Op blote voeten draaide ze snel een rondje voor de spiegel en besloot dat dit prima was voor een informeel – en hopelijk romantisch – etentje thuis in de buitenlucht.

Ze hoorde Sadies blaf voordat ze de auto hoorde, maar toen ze de veranda van de eerste verdieping op liep, zag ze Raylan aan komen rijden.

En hij zag haar. Een waanzinnig plaatje, dacht hij. De vrouw in de soepel vallende jurk bij de balustrade van de hoge veranda, met de enorme hond naast zich, omgeven door potten vol schitterend bloeiende bloemen. Ze zou de hele avond, de hele nacht van hem zijn. Het voelde ongelooflijk om dat nu al te weten.

'Wat eten we?'

'Kom maar beneden, dan kun je het zelf zien.'

Ze haastte zich de trap af, omdat ze – zoals haar was opgedragen – de deuren op slot had gedaan. Toen ze de voordeur opendeed, rende Jasper naar binnen zodat Sadie en hij zich konden overgeven aan hun blije, energieke hereniging.

'Denk je dat ze ooit iets zullen hebben van: *O, leuk dat je er weer bent?*' vroeg Adrian.

'Nee.'

'Dan zal ik hun voorbeeld volgen.' Ze sloeg haar armen om Raylan heen en zoende hem tot zijn ogen bijna naar achteren rolden in de kassen.

'Honden zijn echt mijn beste vrienden. Je ziet er adembenemend uit.'

'Ik wilde de terugkeer van de zon vieren door een jurk aan te trekken. Die draag ik bijna nooit. Hé, dat ziet er niet uit als een tas van een afhaalrestaurant.'

'Dat is het ook niet. Ik ga de barbecue aansteken en een steak voor je bakken.'

'Een steak?'

'Iemand die boerenkoolsmoothies drinkt, heeft af en toe rood vlees nodig.'

'Weet je wel hoeveel ijzer er in boerenkool zit?'

'Nee, en eerlijk gezegd kan me dat ook niet schelen.' Hij zette de tas op het aanrecht, haalde de steaks eruit, gevolgd door twee enorme aardappels. 'En wat is een steak zonder een gepofte aardappel?'

'Elk van die aardappels is een maaltijd voor vier personen.' Ze pakte er eentje op en voelde het gewicht. 'Maar hier kan ik wel wat interessants mee doen.'

'Komt daar boerenkool aan te pas?'

'Helemaal niet. Boter, kruiden, specerijen en de barbecue komen eraan te pas.'

'Dan laat ik de aardappels aan jou over.' Hij haalde een zakje gemengde sla uit de tas. 'En nou niet meteen met je oordeel klaarstaan.'

'Ik zal mijn oordeel opschorten als we jouw gemengde sla mogen opleuken met een paar ingrediënten die ik toevallig heb.'

'Komt voor elkaar. Ik heb ervaring op dat gebied. Vertrouw me maar.' Hij overhandigde haar de tweede aardappel. 'Ik laat deze achter in jouw bekwame handen en ga de barbecue aansteken.'

Toen hij weer binnenkwam, stond ze aan het aanrecht de aardappels in aluminiumfolie te wikkelen.

'Jouw tuin staat er echt waanzinnig bij. Wij hebben ook wat dingen geplant. Onze bloemen zien er goed uit, en de groenten kunnen ermee door. Maar het staat er lang niet zo prachtig bij als jouw tuin.'

'Composteer je?'

'Uiteindelijk wil ik dat wel.'

'Hou op met uitstellen en ga het echt doen.' Ze zette haar woorden kracht bij door twee keer stevig op zijn borstkas te tikken. 'Help de aarde te redden door zelf compost te maken en te gebruiken en dan zal jouw tuin er ook waanzinnig bij staan.' Ze gaf hem de aardappels aan. 'Leg deze er maar vast op, want gezien hun formaat hebben ze misschien wel veertien dagen tijd nodig. Ik ga een lekkere fles rode wijn openmaken en dan kunnen we achter op de veranda gaan zitten om naar mijn waanzinnige tuin te kijken. Rachael heeft een tussentijds verslag uitgebracht. Daar wil ik je graag over vertellen zodat we dat onderwerp kunnen afsluiten en we er de rest van de avond niet meer over hoeven te praten of aan hoeven te denken.'

'Oké.' Hij boog zich voorover en drukte een kus op haar voorhoofd. 'We zullen zorgen dat alles goed komt.'

Dat was de papa in hem, dacht ze. De troost, de geruststelling. Ze dacht niet dat ze een vadercomplex had, want haar opa had de rol van vader in alle opzichten vervuld. Bovendien had ze Harry gehad. Maar ze vond die eigenschap van Raylan wel heel aantrekkelijk.

Hij kwam weer binnen en zette de steaks en de salade in haar koelkast en pakte de geopende fles wijn. 'Kom, dan gaan we zitten.'

Ze nam het schaaltje olijven en het schaaltje amandelen mee naar buiten. Als het papa-gen een wezenlijk onderdeel van hem was, was het voed-de-ziel-gen een wezenlijk onderdeel van haar.

Ze haalde diep adem toen hij de wijn inschonk. 'Je hebt gelijk wat betreft de tuin. Als kind vond ik het al leuk om te helpen tuinieren, om buiten te zijn bij mijn opa en oma. En nu ik het in mijn eentje doe, vind ik het nog steeds leuk.'

'Ik liep altijd enorm te klagen en te zaniken als ik moest helpen wieden en zo. En nu, als de nieuwigheid er eenmaal vanaf is, zal ik het geklaag van Bradley en Mariah moeten aanhoren.'

'En op een goede dag zullen ze terugdenken aan tuinieren met jou, en hun eigen tuin gaan aanleggen.'

'Dat mag ik graag denken.' Hij verschoof iets op zijn stoel en keek haar recht aan. 'Vertel.'

‘Rachael heeft nog drie vrouwen van de lijst opgespoord. Alle drie overleden. Een vrij duidelijk aan een natuurlijke oorzaak. Zij heeft de strijd tegen botkanker verloren. Maar de andere twee...’

‘Niet natuurlijk?’

Adrian schudde haar hoofd. ‘Nee, niet natuurlijk. Een vrouw is doodgeslagen in de steeg achter haar eigen café in New Orleans. De dader heeft haar horloge en haar portemonnee meegenomen.’

‘Zodat het een diefstal, een beroving leek.’

‘Ja. De andere was in Erie, Pennsylvania. Ze zat in haar geparkeerde auto. In haar achterhoofd geschoten door iemand die op de achterbank zat. Dat is officieel vastgesteld. Ze was in een motel geweest met een andere man dan haar echtgenoot.’

‘Hebben ze gekeken of de echtgenoot de dader kan zijn?’

Ze knikte en bedacht dat ze twee moorden bespraken terwijl de barbecue rookte, vlinders om haar bloemen dansten en de honden door de tuin renden.

‘Hij was de stad uit, op zakenreis. Waterdicht alibi. Ze hebben ook onderzocht of hij iemand anders had betaald om haar te vermoorden. Maar weet je wat ze na een grondig onderzoek hebben geconcludeerd? Dat hij niet eens wist dat ze een verhouding had. Maar goed, er zaten jaren tussen die twee moorden, de plekken waren duizenden kilometers van elkaar verwijderd en de methodes waren verschillend. Er was geen enkele reden om ze met elkaar in verband te brengen.’

‘Tot nu, dan. Dus dat zijn er vier van de, hoeveel waren het er ook alweer? Vierendertig. Acht komma vijf procent.’

Ze liet een klein lachje horen. ‘Jij bent net als Teesha. Tot in het belachelijke goed met cijfers.’

‘Cijfers vertellen de waarheid. Dat wijst op een seriemoordenaar. Is drie daar niet de grens voor?’

‘Ik heb geen flauw idee. Maar Rachael denkt dat de kans groot is dat ze er nog meer zal vinden. O, jezus.’ Ze rilde even en nam een slokje wijn. ‘De oudste moord die ze heeft ontdekt, is van twaalf jaar geleden, nog geen jaar na mijn eerste gedicht.’

'Dus hij is van drie jaar naar twee gegaan. Dat heeft ze ontdekt. De kans is groot dat hij zich niet vijf jaar koest heeft gehouden. Sorry.' Hij nam haar hand in de zijne. 'Dat klinkt heel kil, maar...'

'Nee, nee, dat is precies wat ik nu wil horen. Eerlijk, logisch, geen gelul. Nikki Bennett is ergens onderweg, op de terugreis van haar laatste klus, dus Rachael moet nog even geduld hebben voor ze haar kan spreken. Minstens nog een paar dagen, aangezien Nikki de gewoonte heeft om onderweg langs te gaan bij andere opdrachtgevers om de voortgang te controleren, of extra hulp te verlenen of wat dan ook maar. Dat hoort bij haar werkmethode. Ondertussen loopt Rachael de lijst verder na.'

'Ik heb er een bloedhekel aan als mensen mij proberen te vertellen hoe ik mijn werk moet doen, maar moet ze niet naar de FBI of de plaatselijke politiekorpsen met deze informatie?'

'Dat is ze ook van plan. Over een week hoopt ze zoveel bewijs te hebben dat ze een sterke zaak kunnen opbouwen. Ze heeft het verband tussen de vrouwen gevonden, ze stonden allemaal op de lijst van Catherine, maar ze woonden en werkten op verschillende plekken, kenden elkaar niet en zijn op diverse manieren om het leven gebracht. Geen van hen, voor zover dat is nagetrokken, had bedreigingen ontvangen. Geen gedichten.'

'Ze zal haar best moeten doen om ze te overtuigen. Ik snap het. Mij heeft ze overtuigd.'

Ze pakte de fles en schonk eerst zijn glas en toen het hare nog eens vol. Rokende barbecues, vlinders, honden, wijn. Normale dingen, die een tegenwicht boden aan alles wat afschuwelijk was.

'Wat zij niet heeft gezegd, en wat jij ook niet zegt, is dat zij geen gedichten hebben ontvangen omdat zij niet het echte doelwit waren. Het was niet hun schuld dat hun vader werd ontmaskerd, dat hij dood is, dat hun moeder zich van het leven heeft beroofd. Misschien zijn ze, hoe afgrijselijk dat ook is, gebruikt om ervaring op te doen of als manier om stress te verminderen zodat de daders de ultieme daad kunnen uitstellen.'

Hij zweeg even en nam alleen haar hand in de zijne. 'Ik weet dat je helemaal geen band met hen voelt, en waarom zou je ook? Maar ik denk ook dat de schrijver van die gedichten wel een connectie met jou voelt. Je bent een bloedverwant, een zus. Jij bent belangrijker. Ze willen je aandacht. Dat jij je bewust bent van hen.'

'Maar ik weet niet wie die gedichten heeft gestuurd.'

'Dat is voor de grote onthulling. Als je schrijft, vooral over goed tegen kwaad en alles daartussenin, ben je genoodzaakt diep te graven naar motieven, daden, reacties. Waarom zou dat personage op dit moment die keus maken? Ik weet dat het maar stripverhalen zijn, maar...'

'Niks "maar" stripverhalen. Jij schrijft sterke verhalen met gelaagde, complexe personages.'

'Nou, dank je. Het maakt me geen Freud of Jung of zo, maar ze laten je wel nadenken over wat iemand tot een held maakt, en vooral over wat iemand tot een schurk maakt. Wat willen ze, wat hebben ze nodig? In mijn optiek ligt het hier nogal voor de hand dat het de schuld is van de vrouw. Van de vrouwen.'

Met een frons hief ze haar wijn op en dacht daarover na. 'Vrouwen in het algemeen?'

'Ik denk het wel. Neem die vrouw uit het motel. Ze hebben haar opgewacht in haar auto, en haar vermoord. Maar ze hebben de man met wie ze overspel pleegde met rust gelaten. Waar was hij toen het gebeurde?'

'Volgens Rachaels verslag was hij nog in de kamer. In zijn verklaring stond dat hij een douche had genomen, zich heeft aangekleed en toen naar buiten is gegaan, waar hij haar auto nog zag staan. Hij liep ernaartoe en zag haar zitten. Hij heeft het alarmnummer gebeld. De politie heeft hem ook nagetrokken.'

'Dus als de moordenaar had gewild, had hij naar de kamer kunnen gaan om die man dood te schieten. Als overspel de achterliggende reden was, waarom zou hij dat dan niet hebben gedaan? Maar het draait om de vrouwen, omdat alles hun schuld is. Het was niet de schuld van de vader vanwege zijn herhaaldelijke ontrouw, maar van de vrouwen met wie hij vreemdging.'

'Moordlustige vrouwenhaat. Jij denkt dat het de zoon is.'

'Niet per se. Er zijn zat vrouwen die andere vrouwen haten.'

'Dat is waar,' gaf Adrian toe. 'Treurig, maar waar.'

'En zij heeft een baan waarvoor ze veel moet reizen, dus kan ze op verschillende plekken een gedicht op de bus doen. Het is de een of de ander, of ze doen het samen. Maar volgens mij is jouw privédetective een heel eind op streek om de zaak op te lossen, en zal dit binnenkort allemaal achter je liggen.'

Ze zat zwijgend naast hem terwijl ze af en toe een slokje wijn nam en naar de barbecue keek. 'Weet je wat ik denk?' vroeg ze na een tijdje. 'Ik denk dat ik dit makkelijker van me af kan zetten doordat ik bij iemand ben die het met me wil bespreken in plaats van het weg te wuiven om mij te beschermen. En ik denk dat iemand hebben die gelooft dat ik dit van me af kán zetten het makkelijker voor me maakt om dat ook te geloven.' Daarna haalde ze haar schouders op. 'Verdomme nog aan toe, sinds Eva krijgen vrouwen al overal de schuld van. Ik vraag me af of ze weten dat hun moeder dit allemaal in gang heeft gezet.'

'Als ze dat wisten, was het geen zelfmoord.'

Ze deinsde naar achteren. 'Wat?'

'Sorry, ik ging te ver.'

'Nee, wacht. Jezus.' Ze ging ontspannen zitten en kwam weer tot rust. 'Daar zit een afschuwelijke logica in. Zij – de moeder, de vrouw – heeft de vader verraden. Dat ligt in het verlengde van niet hém de schuld geven van de ontrouw, maar de vrouwen met wie hij vreemdging. Zij heeft hém verraden. Als ze gewoon een oogje was blijven toeknijpen, zou de vader nog leven, zouden zij hun oude leventje nog hebben en zou alles in orde zijn. En het kan toch zeker niet moeilijk zijn om iemand die toch al verslaafd is aan pillen wat extra pillen te geven? Haar telkens meer te geven, net zolang tot ze dood is?'

'Ze valt in een eeuwigdurende slaap. Een stillere dood. Geen geweld, want ze blijft de moeder. Ze is hun bloedverwant.'

'Het begint en eindigt met een bloedband. Met mij. Het verandert niets aan de zaak, maar het is vreemd genoeg heel nuttig om te zien hoe het eventueel is begonnen, hoe het deze vorm kan hebben aangenomen.'

'Ik kan er helemaal naast zitten.'

'Voorlopig geeft dit me een stevige basis. Als iemand je wil vermoorden, wil je weten waarom. Ik ga al deze invalshoeken met Rachael bespreken. Morgen. Ik weet dat het op dit moment veelgevraagd is, maar laten we het van ons af zetten.'

'Bij dezen, totdat jij er weer mee aan de slag wilt. Je kunt geen kinderen grootbrengen of een bedrijf leiden zonder af en toe de nare dingen even te negeren. Goed, zal ik je vertellen over een strandhuis op Buck Island in North Carolina?'

Het kostte haar even tijd om mentaal om te schakelen. 'Heb je zo laat in het seizoen nog iets kunnen vinden?'

'Connecties. Herinner je je mijn vriend Spencer?'

'Heel vaag.'

'Ik zal liegen en zeggen dat je fijne herinneringen aan hem koestert. Hoe dan ook, hij en zijn vrouw wonen in Connecticut. Ze hebben een bijzonder luxe vakantiewoning op Buck Island, waar ze meestal bijna de hele zomervakantie doorbrengen. Maar mevrouw Spencer verwacht in juli hun eerste kindje. Ze zijn nu op Buck Island, maar ze willen over een paar weken alweer naar huis gaan. Als alles voorspoedig gaat, hopen ze in augustus weer naar hun vakantiehuis te gaan en in de tussentijd mogen er familieleden gebruik van maken. Maar vanaf vijf juli mogen wij er twee weken in. Honden zijn trouwens welkom, want ze hebben zelf twee mopshonden. Lijkt je dat wat?'

'Twee weken?' Ze had niet echt geloofd dat het hem zou lukken. En dan veertien dagen… 'Wat moet ik hier allemaal mee doen?'

Net als zij keek hij naar haar grote tuin. 'Volgens mij kennen we allebei genoeg mensen die er graag voor willen zorgen, vooral als ze rijpe tomaten en dergelijke mogen meenemen.'

'De laatste keer dat ik twee weken op vakantie ben geweest is… Dat ben ik nog nooit geweest. Niet op één plek, niet als het niets met mijn werk te maken had.'

'Als het nodig is, kun je daar werken. En dat geldt ook voor mij. Het huis heeft een fitnessruimte.'

'Nou zit je me te dollen.'

'Een eigen zwembad met uitzicht op de oceaan. Het is er heel rustig, dus de mensen komen er voor het strand en het uitzicht. Als je meer drukte wilt, moet je naar Nags Head of naar Myrtle Beach gaan.'

'Ik heb geen behoefte aan drukte. Het klinkt super.'

'Er is wellicht een nadeel. Het is een flinke reis. Met twee kinderen en twee honden.'

'Ik hou van kinderen en honden.'

'Dat is me niet ontgaan.'

'Zullen jouw kinderen dit wel leuk vinden?'

'Ze mogen jou graag. En we gaan naar het strand.'

'Het lijkt me heerlijk.'

Veertien dagen strand en… niets. Het ging haar voorstellingsvermogen te boven. 'Als ze het willen, het écht willen, dan ga ik graag mee. Als ze het niet willen, dan moet je met hen gaan. Deze kans is te mooi om te laten liggen.'

'Ik zal met ze praten. Maar ik ken mijn kinderen. Ze zullen het prima vinden.'

'Goed, dan. Ik ga even naar de aardappels kijken.'

'Ik zal de salade klaarmaken. En hoe wil je je steak?'

'Als ik een stuk vlees moet eten, dan zo rood mogelijk.'

'Zo mag ik het horen.'

Ze aten hun eerste gezamenlijk bereide maaltijd op de veranda terwijl de zon ondertussen naar de heuvels in het westen zakte. Ze praatten over zijn kinderen, het jongerencentrum, zijn werk, het hare. Ze vond het heerlijk om dingen te bespreken die belangrijk waren in hun dagelijkse leven.

'Jij mag je voortaan altijd over de aardappels ontfermen.' Verzadigd liet Raylan zich met zijn wijn achteroverzakken.

'Ik ben onder de indruk van je salade en van je barbecuekwaliteiten. En omdat ik een Rizzo ben, zeg ik dat niet zo gauw.'

'Wacht maar tot je mijn macaroni met kaas hebt geproefd. Alleen uit een pakje als het echt niet anders kan,' voegde hij eraan toe toen ze haar ogen tot spleetjes kneep. 'Het is het recept van mijn moeder.'

'Ik weet nog dat Jan zalige macaroni met kaas maakt.'

'Zie je wel? Ik zal het aan het strandmenu toevoegen.' Hij keek haar aan en verdeelde het laatste restje wijn uit de fles over hun glazen. 'Ik vind jouw gezicht mooi.'

Geamuseerd legde ze haar kin op haar hand. 'O, ja?'

'Om voor de hand liggende redenen heb ik een grote belangstelling voor gezichten en lichaamstypes. Ik heb dat van jou een keer getekend toen we nog klein waren. Je gezicht, bedoel ik.'

'Echt waar?'

'Om te oefenen. Ik heb dat van Maya heel vaak getekend. Meestal met duivelshoorns of een gevorkte tong. Jouw grootouders, want die hadden zulke goede gezichten. Soms zat ik na schooltijd in Rizzo's als mijn moeder moest werken en probeerde ik de gezichten te tekenen van de mensen die binnenkwamen. Het was makkelijker om personages met maskers of kappen te tekenen, dus ik wilde oefenen. Ik vraag me af of ik toen al bepaalde gevoelens had.'

'Voor kunst? Nou en of.'

'Nee, voor jou. Misschien lichte gevoelens. Ik geloof dat ik Cassie... herinner je je haar nog? Volgens mij heb ik haar getekend als slangenmeisje omdat ze achterbaks was. Niet dat ik haar dat kwalijk nam, ik bewonderde haar er juist om. Maar van jou tekende ik alleen je gezicht. Dus misschien had ik toen al gevoelens voor je. Die heb ik nu in elk geval wel.'

Ze pakte zijn hand. 'Dat is een hele opluchting, want ik heb ook gevoelens voor jou.'

'Ik denk graag aan je als je er niet bent. Wat is ze nu aan het doen? Als ik uit het raam kijk, zie ik haar misschien naar de buren, naar Teesha gaan. Of misschien zie ik haar hardlopen als ik boodschappen ga doen. Ik wist niet dat ik me ooit weer zo zou kunnen voelen. Dat ik dat weer zou willen.'

Haar hart leek te struikelen in haar borstkas. Ze stond op en trok even aan zijn hand zodat hij hetzelfde deed. 'Ik vind dat we de vuile vaat binnen op het aanrecht moeten zetten. Dat ruimen we later wel op.'

'Goed idee.'

'En we kunnen onze ongelooflijk brave honden een kauwbot geven terwijl wij naar boven gaan.'

'Dat verdienen ze.'

'En...' Ze ging vlak voor hem staan en hief haar gezicht naar hem op. 'Nog later kunnen we de vaat doen en dan voor op de veranda een cappuccino drinken. Naar de lichtjes van Traveler's Creek kijken en naar de stilte luisteren voordat we weer naar boven gaan.'

'Al die dingen,' mompelde hij, waarna hij haar kuste. 'Ik heb een tas in de auto liggen.'

Ze glimlachte. 'Haal die ook maar later. Honden en vaat, en daarna wil ik bij jou zijn. Alleen bij jou, Raylan.'

23

Toen Adrian de volgende ochtend opgekruld tegen Raylan wakker werd, hoorde ze buiten de regen gestaag kletteren. Het constante geluid klonk als muziek. Het zachte grijze licht leek te zweven als een glanzend gordijn van gaas, terwijl er een briesje door de open ramen naar binnen fluisterde. Op een andere dag zou ze het misschien alleen klam en somber hebben gevonden, maar nu vond ze het even romantisch als Camelot.

Daarom drukte ze zich dicht tegen hem aan, lijf tegen lijf, huid op huid en liet haar lippen over zijn gezicht bewegen, over zijn ochtendstoppels. En op het moment dat hij zijn slaperige, groene ogen opendeed, voelde ze hem tegen haar lichaam hard worden. 'Goedemorgen,' mompelde ze.

'De ochtend heeft nu al mogelijkheden.'

'Waarschijnlijkheden,' verbeterde ze hem, en ze verstrengelde haar handen in zijn haar om zijn gezicht naar het hare te brengen.

Ze wilde de hitte, dus gaf ze die ook en liet ze aanwakkeren, gloeiende as die een vonk veroorzaakte. En de vonk ontstak een lange, trage vlam. Ze liet zich boven op hem rollen om de leiding te nemen, de baas te zijn in de wetenschap dat ze daarmee niet alleen zichzelf behaagde, maar ook hem.

De sterke handen die over haar lichaam gleden lieten het bloed sneller door haar aderen stromen, een tromgeroffel bij de muziek van de regen. Lippen die lippen zochten om steeds dieper in het genot te glijden dreven haar hartslag op, als een echo van de zijne.

Ze wilde hem proeven, zijn hals, zijn kaak, de harde lijn van zijn schouder.

Toen was zijn mond er weer, een wonder van sensaties, van langs elkaar glijdende tongen en tanden die zacht langs huid bewogen. Een kort, zacht beetje om te plagen, een hijgende kreun als reactie. En zijn smaak vulde haar en liet al haar andere zintuigen samensmelten van wellust.

Haar ogen boorden zich in de zijne, en er werd geen woord gezegd toen ze anders ging zitten. Ze plaatste haar knieën aan weerskanten van hem en nam hem in zich, heel langzaam en diep om het genot te rekken. En ze zag hoe het ook hem overwon op hetzelfde moment dat zij er volledig door werd overspoeld.

Ze had hem van de ene droom in de andere gebracht, terwijl alles zacht en warm en bedwelmend mooi was. Hij kon alleen nog aan haar denken, zichzelf in haar verliezen, terwijl hij zich overgaf aan haar en aan het moment dat ze samen creëerden.

In het wazige licht strekte ze haar lange, lenige lichaam boven hem uit en bewoog op haar eigen, lome ritme terwijl het geluid van de regen hen inkapselde, een wereld schiep speciaal voor hen, weg van alles en iedereen behalve van elkaar.

Haar ogen keken hem aan, keken dwars door hem heen, goud en groen en zwaar. Hij zag er genot in, en kracht, en kennis, en alles wat een vrouw fascinerend, gevaarlijk en onweerstaanbaar maakte.

Toen ze brak, en zich over die aanzwellende golf wierp, viel haar hoofd achterover, kromde haar lichaam en hief ze haar armen op, zodat haar handen haar wilde, prachtige haren optilden en daarna weer lieten vallen.

Ze kreunde en zuchtte, een vrouw die haar eigen kracht omarmde en haar eigen triomf opeiste. En al die tijd bleef ze in beweging en hield haar langzame, gestage ritme aan.

Hij moest haar heupen beetpakken, zich aan haar vastklampen om te voorkomen dat hij de controle zou opeisen en zijn ontlading zou veroorzaken. Op dat moment gooide ze haar haren naar achteren en keek hem met een glimlach aan. Zonder woorden, nog altijd zonder woorden.

Terwijl ze hem aankeek en haar ademhaling in kleine, snelle zuchtjes ging, liet ze haar handen over haar lichaam dwalen, over haar borsten tot hij durfde te zweren dat hij ze kon proeven, waarna ze ze weer omlaag liet gaan. Daarna legde ze haar handen op zijn borstkas.

Ze ging wat verzitten en boog zich omlaag om haar mond op de zijne te drukken. Hij voelde haar sidderen en hoorde haar naar adem snakken toen ze over de volgende golf rolde.

Het geluid, alleen dat kleine geluid, zorgde ervoor dat zijn zelfbeheersing het begaf.

'Ik kan niet. Ik moet...'

Met een snelle beweging legde hij haar op haar rug en trok haar benen omhoog. Helemaal door het dolle heen stootte hij bij haar naar binnen en hij werd half waanzinnig toen ze haar lange benen om hem heen sloeg.

Deze keer liet de kracht van het getij hen allebei kopje onder gaan.

Ze lag er helemaal slap bij, een tikje bang dat haar hart zo uit haar borstkas zou springen. 'Laten we hier nog een minuutje blijven,' stelde ze voor. 'Of een uur. Eventueel een hele dag, tot onze vitale functies weer stabiel zijn.'

'Wat? Zei je iets? Het bloed klopt nog zo hard in mijn oren dat ik niks versta.'

'Dat is niet waar je bloed een minuutje geleden klopte.'

Hij lachte, grinnikte, en lachte toen weer. Daarna hief hij zijn hoofd op en keek met een grijns op haar neer. 'Je hebt me volledig uitgeput.'

'Dat was ook de bedoeling. Ik moet meestal niet veel hebben van regenachtige zaterdagen, maar deze is heel goed begonnen.'

'Dat is vooral voor mij heel prettig, want ik moet de rest van deze regenachtige dag twee kinderen en een hond zien te vermaken.' Hij boog zijn hoofd weer en streek met zijn lippen langs haar hals. 'Dit zal me de kracht geven om het te kunnen doorstaan.'

'Kom je morgenavond hier met ze eten?'

'Ze verheugen zich erop. Mariah heeft haar outfit al helemaal uitgezocht. Al zoekt ze natuurlijk al speciale kleren uit om een boterham te eten.'

'Haar stijl bevalt me wel.'

'Nou, stijl heeft ze genoeg. Lorilee zei altijd dat ze in de baarmoeder al de pagina's van *Vogue* las en bekritiseerde.' Hij deed er abrupt het zwijgen toe en vroeg zich af of een naakt samenzijn met Adrian wel het beste moment was om het over zijn overleden vrouw te hebben. 'Maar goed... zou ik even een douche mogen nemen?'

'Tuurlijk. Dan ga ik alvast naar beneden om de honden naar buiten te laten. En ik moet een ontbijtje klaarmaken.'

'Dat moet je?'

'Jazeker. Na die work-out verga ik van de honger.'

Onder de douche vroeg hij zich af wat hij moest beginnen met wat hem overkwam. Of hij daar wel iets mee moest doen. En hoe hij dat moest doen, als hij besloot actie te ondernemen.

Hij had oprecht gemeend wat hij de avond ervoor tegen haar had gezegd. Hij had niet geweten dat hij zich ooit weer zo zou kunnen voelen. Maar dat deed hij wel.

Hij hief zijn hand op en keek aandachtig naar zijn trouwring. Die ring droeg hij al zo lang, dat hij deel van hem leek uit te maken. Maar was het niet oneerlijk, verkeerd, om hem te blijven dragen nu hij naar bed ging met een andere vrouw?

Nu hij overduidelijk verliefd was op een andere vrouw.

Het draaide niet alleen om seks. Misschien had hij zich er bijna van kunnen overtuigen dat het uitsluitend om seks zou draaien, maar daar kende hij zichzelf te goed voor.

Wat had ze die ene dag toen ze met die losse gewichten was komen aanzetten ook alweer gezegd? Liefde draaide niet altijd om seks en seks draaide niet altijd om liefde. Dat was absoluut waar. Maar als het om allebei draaide, was het miraculeus. Dat wist hij, want hij had twee mirakels in zijn leven gehad.

Alleen... Hij wist niet wat zij voor hem voelde. Tuurlijk, ze gaf om hem en ze mocht hem graag. En hij bracht ook nog zijn eigen bagage mee.

Hij had twee kinderen en een hond, dacht hij. Heel veel mensen hadden daar geen zin in.

Hij zou kunnen vragen hoe ze zich voelde, wat ze voelde. Meestal koos hij voor de directe aanpak. Maar – nóg een maar – was het niet oneerlijk of verkeerd om haar onder druk te zetten nu ze levensechte en serieuze problemen had?

Ze werd bedreigd door een gestoorde stalker. Het laatste wat ze kon gebruiken was dat hij haar onder druk zette terwijl ze al meer op haar bord had dan een mens aankon.

Eén ding tegelijk, hield hij zich voor onder het afdrogen. Hij zou haar helpen haar probleem het hoofd te bieden, voor zover hij daartoe in staat was. Zorgen dat zijn kinderen tijd met haar doorbrachten, voor zover ze dat wilde. En dan zou hij kijken hoe alles zich ontwikkelde.

Toen hij naar beneden ging, aten de honden brokken uit bakken, die ze naast elkaar had gezet.

'Ah, precies op tijd. Weet je hoe de koffiemachine werkt? Dan maak ik de borden op.'

'Waarmee?'

'Jij krijgt een gepocheerd ei op een volkoren bagel met tomaat en spinazie en een bakje Griekse yoghurt met bessen en granola. Daar zit alles in.'

'Oké. Dat klinkt eigenlijk helemaal niet eng. Ik kan koffie voor jou zetten, maar zelf neem ik liever een van de cola's die ik in je koelkast zag staan. Dat is mijn gebruikelijke cafeïnedrankje in de ochtend.'

'Echt waar?' Ze hield op met haar bezigheden en staarde hem aan. Ze had automatisch koffie voor hem gezet op hun zaterdagochtenden samen omdat ze had aangenomen dat hij dat wilde drinken. 'Dat is wat ik 's ochtends het liefste drink. Een koude cola. Dat sta ik mezelf ongeveer een keer per week toe.'

'Waarom maar een keer per week?'

'Daar zijn talloze redenen voor, maar nu wil ik graag hetzelfde als jij.'

Ze maakte de borden op. 'Dit maakte ik altijd voor mijn opa, als ik tenminste eerder in de keuken was dan hij. Meestal at hij doordeweeks koude ontbijtgranen, maar in het weekend maakte hij pannenkoeken en wentelteefjes en bakte hij spek, spek en nog eens spek.'

'Spek is het goddelijkste eten dat er is.'

Hij ging bij haar aan tafel zitten en nam een hap van zijn gezonde alternatief. 'Maar dit is heerlijk. Deze combinatie zou ik nooit hebben bedacht. Dit kan ik de kinderen voorzetten, maar dan met roerei.'

'Weet je niet hoe je een ei moet pocheren?'

'Ik heb geen flauw benul, maar weet wat er gebeurt als een jongen van acht dit eet waar zijn zusje bij is: *Mariah, kijk een oogbal!* En dan steekt hij er een paar keer in. *Ooo, gadver, gadver, er komt geel bloed uit.* En dan wil ze nooit meer een ei eten.'

'Ik snap dat jij dit weet omdat je zelf ook een zusje hebt en je vroeger ook dit soort walgelijke dingen hebt gedaan.'

'Dat was mijn plicht, en wij Wells-mannen nemen onze plicht serieus.'

'En dan te bedenken dat ik altijd graag een broertje of zusje wilde. Wat ik in feite ook heb, maar...'

Hij legde een hand op haar arm. 'Niet doen. Denk er niet aan.'

'Maak je geen zorgen. Ik heb vandaag genoeg te doen om mijn hersens met andere dingen bezig te houden. Eerst trainen, dan mijn weekendklusjes in huis doen, dan nog een keer Hectors ruwe versie van de middelbareschoolvideo bekijken. En daarna moet ik aan de slag met de inhoud voor mijn volgende solo.'

Ondertussen wist hij hoe hij haar hersens bezig moest houden. 'Hoe bedenk je dat? Die inhoud?'

'Je moet voor afwisseling zorgen. Mensen gaan zich vervelen als ze steeds dezelfde choreografie doen. Soms grijpen ze misschien terug op een oude favoriet, maar ze willen dingen proberen die een beetje anders zijn. Ik moet de trends bijhouden, bepalen wat veilig is, wat geschikt is voor beginners en wat voor de meer gevorderden. En je moet zorgen dat er iets leuks bij zit. En dat het een beetje uitdagend is. Het is net als een gezond ontbijt. Als dat altijd uit granola en quinoa bestaat, wordt het saai.' Met een glimlach nam ze haar laatste hap. 'Wil je er nog een?'

'Nee, bedankt. Maar dat was echt een verrassing. Je moet een kookboek schrijven.'

Ze priemde met een vinger in zijn schouder. 'Dat is precies wat ik tegen mijn moeder heb gezegd. Ik ben sinds kort een beetje met dat idee aan het stoeien.'

'Je zou het heel goed kunnen.' Hij gaf een zoen op haar wang. 'Ik zal de vaat doen. Een deel van het verdriet vanwege de regen op zaterdag kan ik waarschijnlijk verhelpen door de kinderen over het strand te vertellen. Dat levert vast gejuich en vreugde op,' zei hij terwijl hij de vaatwasser inruimde. 'En dan zal Mariah zeggen dat ze nieuwe kleren voor het strand nodig heeft.'

'Heeft ze die dan niet nodig?'

Hij keek haar even quasistreng aan over zijn schouder. 'Moedig haar alsjeblieft niet aan, want dan moet ik datgene het hoofd bieden waar alle vaders in dit land doodsbang voor zijn: een middagje winkelen.'

'Ik wil wel met haar gaan winkelen.'

Nu draaide hij zich helemaal om. 'Wat?'

'Ik heb ook nieuwe kleren nodig voor het strand. Ik zal met haar gaan winkelen. Een meidenuitje: nieuwe kleren kopen, lekker lunchen, gezellig kletsen. Dat wordt leuk.'

'Je hebt geen idee wat je jezelf op de hals haalt. Echt niet.'

Ze nam een slokje cola. 'Uitdaging aangenomen. Mariah en ik zullen het bespreken als jullie hier komen eten en dan kunnen we een dag uitkiezen als de vakantie is begonnen.'

'Ik wil dat je me hier en nu iets belooft.'

'Jezus Raylan, ik laat haar echt niet zomaar een drukke weg oprennen of met lucifers spelen.'

'Nee, dat bedoel ik niet. Ik wil dat je me plechtig belooft dat je ook na die ervaring nog met me naar bed zult gaan. Wat er ook gebeurt.'

Ze streek met haar vinger over haar hart. 'Beloofd.'

'Ik ga nu gauw, voordat je weer tot bezinning komt. Daarna zorg ik dat je eraan vastzit, want als ze zegt dat ze moet winkelen, en geloof me dat zal ze doen, vertel ik haar dat jij met haar zult gaan.'

'Ik vind het prima.' Ze stond op en sloeg zijn armen om zijn middel. 'Mannen. Jullie zijn echt watjes als het op winkelen aankomt.'

'Ja, en daar schamen we ons niet voor. Niet te hard werken, oké?'

'Precies hard genoeg.'

Hij kuste haar en hield haar even stevig vast. 'Dan zien we je morgen. Geef je vriendinnetje een zoen, Jasper. We moeten ervandoor.'

Toen hij bij zijn moeder kwam, zag hij dat de magie van oma ervoor zorgde dat zijn kinderen – zonder gekissebis – een legpuzzel maakten op de eettafel. En zijn moeder stond op een keukentrap om de hoge planken in haar keuken schoon te maken.

'Kom naar beneden. Waarom sta je op een trap?'

'Aangezien ik niet de gave van zweven bezit, is dit de enige manier om bij de hoge planken te komen.'

'Kom naar beneden,' herhaalde hij. 'Dat doe ik wel. Jij moet niet op trapjes staan.'

Met in haar ene hand een fles reinigingsspray en in haar andere een oude doek, tuurde ze omlaag naar hem. 'Zeg je nou dat ik een oude vrouw ben?'

'Nee, ik zeg dat je mijn moeder bent.'

'Daar heb je je mooi uitgekletst. Bovendien ben ik hier toch klaar.'

Toen ze de keukentrap af kwam – waarbij hij de trap vasthield – zag hij alle verschillende stofvangers die ze op de planken had staan. De kookboeken stonden op de onderste, zodat je er makkelijk bij kon, wist hij nog.

'Blijf jij hier,' beval hij. 'Ik zal alles terugzetten en jij kunt het me aangeven. Maar klim niet op die trap.'

Nu zette ze haar handen geërgerd in haar zij. 'Ik moet alles toch nog afstoffen of soppen. Maar sinds wanneer denk jij dat je de baas kunt spelen over mij?'

'Sinds ik je net op een trapje zag staan. Wacht nou even, dan doe ik het.' Hij liep de eetkamer in, legde een hand op het hoofd van beide kinderen en bekeek de puzzel. 'Een snoepwinkel, heel cool. En jullie zijn al bijna klaar.'

'Het regent, papa.' Mariah probeerde een groot, kleurrijk stuk op bijna alle overgebleven plekken te leggen voordat ze de juiste plaats vond. 'Oma zei dat ze er nog een heeft die we mee naar huis mogen nemen om daar te doen als het blijft regenen.'

'Jij mag wel helpen met die, maar niet met deze.' Bradley, met zijn tong tussen zijn tanden geklemd, vond het middenstukje van een gigantische zak M&M's.

'Dan zal ik nu alleen toekijken.'

Terwijl hij dat deed, en zij het einde naderden, zag hij Bradley twee stukjes onder zijn hand schuiven terwijl hij een derde pakte.

Toen alleen de laatste stukjes nog moesten, wilde hij zijn zoon een por geven, maar zijn moeder – in de keuken, met haar rug naar hen toe – draaide alleen haar hoofd om.

Raylan had nooit van zijn leven in het 'ogen in het achterhoofd' geloofd. Hij had het eeuwen geleden al 'mama's gedachtemacht' gedoopt.

En toen wierp ze Bradley DE BLIK toe. Daar was Bradley niet tegen bestand, evenmin als andere mensen, zoogdieren, vissen, vogels of buitenaardse wezens dat zouden zijn.

'De stukjes zijn op! Waar zijn de stukjes?'

Op het moment dat zijn zusje onder de tafel keek, duwde Bradley een stukje naar haar toe. 'Hier zijn ze. De laatste twee. Precies zoals oma zei, oké?'

Met rode wangen van opwinding, en zich gelukkig onbewust van de poging tot een staatsgreep, griste Mariah haar stukje op. 'We moeten aftellen! Drie, twee, één!'

En ze legden de laatste stukjes tegelijk neer.

'Hoera! Kijk, pappie, we hebben het helemaal zelf gedaan. Hm, snoep.'

'Oma zei dat we een Hershey-reep zouden krijgen als we hem afkregen zonder ruzie te maken.' Bradley keek omhoog naar Raylan. 'Mag dat?'

'Hier bepaalt oma de regels. Maar ga eerst naar boven om al jullie spullen te pakken. Ik help oma even om dit af te maken en dan moeten we naar huis.'

Ze renden weg, op de voet gevolgd door Jasper.

Raylan pakte een theedoek en begon af te drogen.

'Ze zijn de zonnestraaltjes in mijn leven,' zei ze.

'Jij in die van hen. Ik wil even zeggen, nu de zonnestraaltjes de kamer uit zijn, dat ik heb geconcludeerd dat jij, dankzij jouw superkrachten, weet dat Adrian en ik samen legpuzzels maken.'

Met een glimlach overhandigde ze hem een oude Delfts blauwe theepot die van zijn oma was geweest. 'En ik heb ook geconcludeerd dat samen legpuzzels maken jullie allebei gelukkig maakt.'

'Inderdaad. Dat zijn we. Je weet van de ellende waar ze mee te maken heeft?'

'Genoeg om bang te zijn, ja. Maya heeft me verteld dat zij, of Lina, een privédetective in de arm heeft genomen.'

'En die boekt vorderingen. Maar in de tussentijd, om haar een adempauze te geven en te kijken hoe het verdergaat tussen ons, mag ik Spencers strandhuis in juli twee weken gebruiken. Ik heb gevraagd of ze zin heeft om daar met de kinderen en mij naartoe te gaan.'

'Dan zal jij nog meer puzzels kunnen leggen. Klim het trapje maar op. Eerst de bovenste plank. Twijfel niet aan je gevoelens,' zei ze tegen hem toen ze hem de theepot aanreikte. 'Voel ze gewoon. Je hebt een goed, sterk hart dat ook nog eens heel groot is.'

'Ik moet er met de kinderen over praten. Zij moeten het goed vinden.'

'Ja, natuurlijk. Je voedt kinderen op die ook een groot, sterk hart hebben.' Ze gaf hem een glazen voorraadpot aan. 'Voorzichtig daarmee.' Daarna legde ze haar hand op zijn been. 'Ik hield van hun moeder alsof ze mijn eigen dochter was. Zij was ook een zonnestraal in mijn leven.'

'Dat weet ik.'

'Liefde maakt ruimte, Raylan. Er is altijd plaats voor meer.'

Daar moest hij aan denken toen hij naar huis reed terwijl de kinderen hem bedolven met verhalen over wat ze bij oma hadden gedaan.

Een fort gemaakt van beddengoed, marshmallows geroosterd en spelletjes als levensweg en yahtzee gedaan.

Omdat ze nog helemaal in puzzelstemming waren, wilden ze zodra ze thuis waren met de nieuwe legpuzzel beginnen. Dus installeerde hij ze aan tafel en ging zelf ook zitten om mee te doen terwijl buiten de regen spetterde en Jasper besloot dat dit een uitstekend moment was voor een tukje.

'Hoeveel dagen nog voordat de school voorbij is, Bradley?'

'Dertien! Nog maar dertien schooldagen en dan vrijheid!'

'O, ja. Ik heb een lijst met zomerklusjes opgesteld.'

'Pap!' Heel dramatisch liet Bradley zich onderuitzakken op zijn stoel terwijl Mariah systematisch naar kantstukjes zocht.

'Ja, echt. En het eerste klusje is het ophangen van een nieuw basketbalnet. Dat wil ik al een hele poos. En de veranda moet worden geveegd, de planten moeten worden gesproeid, je kamer moet worden opgeruimd. Het is een lange lijst.'

'De zomer is voor leuke dingen.'

'Die komen ook aan de beurt. Basketbalnet, de zomerleeswedstrijd, spelen met vriendjes, naar het park gaan, een paar weken naar het strand, barbecues met de hele familie...'

'Het strand!' gilde Mariah opgewonden. 'We gaan naar het strand! Kunnen we naar hetzelfde huis als de vorige keer?'

'Nou, nee,' begon hij toen Bradley opsprong en een wilde vreugdedans deed. 'Want we gaan naar een ander strand.'

'Waarom?' wilde Bradley weten. 'Dat was een fijn strand.'

'Ja, maar dat is dit strand ook. Jullie gaan zelfs naar een compleet andere staat. North Carolina. Ik zal het jullie laten zien op de kaart. We mogen logeren in het strandhuis van mijn vriend Spencer. Dat staat vlak bij de oceaan. En het heeft een zwembad.'

'Een zwembad!' Bradley begon prompt weer te dansen.

Mariah was echter nog niet helemaal overtuigd. 'Is het huis net zo mooi als dat andere?'

'Het is een heel mooi huis.'

'Krijg ik een eigen kamer en hoef ik niet te delen met een jongen die stinkt?'

'Ja.' Raylan besloot geen acht te slaan op de scheetgeluiden die Bradley met zijn mond maakte. 'Het is een groot huis, met heel veel kamers. Daarom heb ik gevraagd of Adrian zin heeft om mee te gaan. Als jullie het daarmee eens zijn.'

De scheetgeluiden hielden op en Bradley keek hem aandachtig aan.

'Twee meisjes, twee jongens.' Mariah knikte. 'Ze is aardig. Ze heeft me een keer geholpen met mijn radslag.'

'Dat wist ik niet.'

'Ze kwam op bezoek bij Teesha toen ik met Phin aan het spelen was en toen hielp ze me om een radslag goed te doen. Zij kan er heel veel doen en ze ruikt lekker. Ik vind haar kleren mooi. Phin zei dat hij heeft gezien dat jij haar op de mond kuste. Is ze je vriendinnetje?'

Wel verdraaid, daar ging zijn plan om dit voorzichtig te brengen, dacht Raylan. 'Ze is een goede vriendin en we mogen elkaar graag.' Hij richtte zijn blik op Bradley. 'Jij vindt haar toch aardig?'

'Ze kan op haar handen lopen. Dat is cool. En ze praat gewoon, niet zo van: *Ooo, wat word jij al groot*.' Hij zei het met een zangerige, bijzonder goed geslaagde kopstem en sloeg toen zijn ogen ten hemel. 'En ze weet dingen zoals waarom de Joker de aartsvijand is van Batman.'

'Essentiële dingen.'

'Ik vind haar aardig.'

'Mogen Sadie en zij dan met ons mee naar het strand?'

‘Jasper houdt van Sadie. Ik weet zeker dat Sadie Jaspers vriendinnetje is.’ Opeens sprong Mariah van haar stoel. ‘Dan heb ik strandkleren nodig, pappie. Ik moet nieuwe kleren hebben voor het strand. Kunnen we gaan winkelen?’

‘Grappig dat je het vraagt. Adrian zei dat zij ook nieuwe strandkleren nodig heeft als ze met ons meegaat, en het leek haar leuk om samen met jou te gaan winkelen.’

Mariahs mond viel open en haar ogen werden zo groot als schoteltjes. ‘Kan ik gaan winkelen met een meisje? Alleen met een meisje?’

‘Als je dat wilt. Morgenavond gaan we bij haar eten, dus dan kunnen jullie het erover hebben.’

‘Ik wil winkelen met Adrian. Ik ga meteen naar mijn kamer om te kijken wat ik allemaal nodig heb. Ik moet sandalen hebben, en teenslippers en drie nieuwe badpakken.’

‘Niet zo snel. Drie?’

‘Je kunt niet elke dag hetzelfde dragen.’ Deze keer sloeg zijn dochter haar ogen ten hemel. ‘Je moet het zout van de oceaan eruit spoelen en het spul uit het zwembad, en je hebt er drie nodig. Ik ga meteen naar boven. Ik kan een lijst maken!’

Vol energie door het vooruitzicht van het winkeluitje rende zijn fashionista de kamer uit.

Bradley ging weer zitten. ‘Ik moet met je praten. Alleen.’

‘Oké.’

‘Ga je seks doen met Adrian?’

Raylans hersens ontploften in zijn schedel. Hij ging snel met zijn hand over zijn haar om er zeker van te zijn dat de vlammen alleen metaforisch waren. ‘Wauw. Die vraag zag ik niet aankomen.’

‘Je hebt haar op de mond gekust.’

‘Inderdaad. Maar van het een komt niet altijd het ander.’ Maar toen Bradley hem zwijgend aan bleef kijken, besloot Raylan dat hij eerlijk moest zijn. ‘Seks is gecompliceerd en privé. En zo hoort het ook. Maar gezien de omstandigheden… Ik heb gevoelens voor Adrian, en we zijn allebei volwassen. Dus… ja.’

'Je kuste mama op haar mond. Vaak. En je hebt seks met haar gedaan, want je moet seks maken om baby's te krijgen.'

'Ja, dat heb ik gedaan, dat hebben wij gedaan. We wilden jou en Mariah. Eh... je hoeft niet altijd seks te doen om een kindje te krijgen...' Hij was acht, dacht Raylan. Weliswaar bijna negen, maar toch. Wanneer werd het te veel informatie? 'Ik hield vreselijk veel van je moeder.'

'Maar nu hou je niet meer van haar?'

Nu voelde Raylan zijn hart verdraaien. 'O, Bradley. Dat doe ik wel.' Zijn zoontje wilde gewoon gerustgesteld worden, dacht hij. Hij had geen behoefte aan een lesje biologie.

'Ik zal altijd van haar houden.' Hij tilde de jongen van de stoel en nam hem op schoot. 'En ik hoef alleen maar naar jou of Mariah te kijken om haar te zien. Ze zit in jullie, en ik vind het heerlijk om haar te zien als ik naar jullie kijk.'

'Mariah weet niet meer zoveel over haar, want zij was nog bijna een baby. Maar ik wel. In mijn hoofd praat ik af en toe nog met haar.'

'Ik ook.'

Bradley keek op. 'Echt waar?'

'Ja. Ik zal haar altijd missen, maar als ik naar Mariah of jou kijk, is ze er. Ik hou van haar. Ik vind het heerlijk dat wij Mariah en jou met zijn tweetjes hebben gemaakt.'

Opeens schoten de woorden van zijn moeder hem te binnen, alsof ze die speciaal voor dit moment had gezegd. 'Liefde maakt ruimte, Brad. Er is altijd plaats voor meer.'

Na een lange, regenachtige middag, de speelafspraak 's middags en een filmmarathon waarmee hij had ingestemd om zelf niet gillend gek te worden, keek Raylan nog een keer bij zijn kinderen.

Ze sliepen zoals ze dat altijd deden, Mariah opgekruld met haar pluche lievelingsbeest van die week en Bradley helemaal wijduit in een bed vol actiefiguurtjes.

Hij liep naar zijn eigen slaapkamer en ging op de rand van het bed zitten, waar hij aandachtig naar zijn trouwring keek.

Toen ze naast hem kwam zitten, verzuchtte hij alleen haar naam. 'Lorilee.'

'Ik zou verdrietig zijn als je geen plekje in je hart voor mij bewaart.'

'Daar ben je altijd.'

'Dat weet ik, dat weet jij en dat weten onze kinderen. Ik durf te wedden dat Adrian het ook weet. Ik vind haar echt heel aardig. En dat weet jij ook al.'

'Ik had niet verwacht dat dit zou gebeuren. Dat ik ooit nog eens dit soort gevoelens voor iemand anders zou krijgen.'

'Maar je hebt ze wel. En daar ben ik blij om.'

Hij keek naar haar, zo lieflijk, zo echt voor hem. 'Echt waar?'

'Waarom zou je denken dat ik wil dat je alleen bent? Ik hou van je, dus dat wil ik toch zeker niet? Het wordt tijd om die ring af te doen, lieverd. Hem afdoen betekent niet dat je mij vergeet. Je bouwt een nieuw leven op, voor jou en voor de kinderen. Dit is een fijn huis, Raylan, een gelukkig huis. Je wist dat het daar tijd voor was. En je weet dat het hier nu tijd voor is.'

'Ja, dat weet ik.'

'Stop hem in het doosje met aandenkens dat je in je lade bewaart, het doosje waarin we de haarlokken van onze kinderen hebben gestopt samen met hun echo's en alle andere lieve herinneringen. Bewaar hem daarin.'

Hij knikte en stond op om de lade te openen en het doosje eruit te halen. Vlak voordat hij zijn ring af wilde doen, draaide hij zich naar haar toe. 'Hierna zal ik je niet meer zien, hè?'

'Nee, niet op deze manier. Maar je zei het zelf al: je hoeft alleen maar naar de kinderen te kijken.'

'Lorilee. Jij hebt mijn wereld veranderd.'

'We hebben elkaars wereld veranderd.'

'Ik herinner me de eerste keer dat ik je zag, toen ik het lokaal binnenging waar Schone Kunsten werd gegeven. Je benam me de adem. En ik weet nog wanneer ik je voor het laatst zag, toen... toen je wegreed. En zoveel momenten daartussen, Lorilee. Maar nu kan ik aan veel van die momenten denken met een glimlach. Nu kan ik blij zijn, of me gezegend voelen dat ik die momenten met jou heb beleefd.'

Ze tikte met haar hand op haar hart. *'Bewaar dat plekje daar voor me. Ik vind het niet erg om daar gezelschap te hebben, liefje. Ik ben er juist blij om.'*

Hij keek omlaag naar zijn ring en deed zijn ogen even dicht. Daarna trok hij hem af. 'Je kunt zien waar hij heeft gezeten, waar het zonlicht nooit kon komen.'

'Dat zal mettertijd vervagen. Nu laat je weer licht toe.'

Hij deed de ring in het doosje met aandenkens. En zij was verdwenen.

24

Op een heerlijk zonnige middag zat Adrian in Teesha's kantoor aan huis met de baby op schoot terwijl haar businessmanager financiële rapporten, budgetproblemen en marketingplannen voor Rizzo's en het jongerencentrum besprak.

Mollig van de moedermelk zwaaide Thaddeus met zijn bijtring terwijl Phineas op de grond zat en zo te zien een futuristische stad van lego bouwde.

Ondertussen zweefden er noten van Monroes pianomuziek naar beneden, in wat volgens Adrian een ballade over een gebroken hart moest zijn.

'En tot slot,' zei Teesha, 'heeft Jan een sterk en goed onderbouwd verzoek ingediend om Barry promotie en opslag te geven. Omdat Bob-Ray, die het afgelopen jaar feitelijk de assistent-manager was, met pensioen gaat, wil ze graag dat jij in overweging neemt om Barry officieel tot haar assistent-manager te benoemen, met de salarisverhoging, zorgverzekering en pensioenregeling die daarbij horen. Ik heb de brief waarin ze hem aanbeveelt. En ik steun haar verzoek.'

'En ik zal die brief lezen, maar ik stem erin toe, want ik ken Barry, ik ken zijn werk en ik ken zijn liefde en toewijding voor Rizzo's. Ja, toch?' vroeg ze aan Thaddeus terwijl ze hem even op en neer liet wippen.

'Geweldig. Ik zal het tegen Jan zeggen. En als Kayla en jij nog een keer gaan winkelen, hou je dan aan het budget.'

'Ja, mevrouw. Zoveel hebben we het budget voor lichtarmaturen en kranen niet overschreden.'

'Je geeft dan eens hier wat te veel uit, en dan eens daar, en voor je het weet, heb je in totaal veel te veel uitgegeven. En je hebt één komma zes procent teveel uitgegeven aan het licht en een hele twee procent aan spullen voor de toiletten en badkamers.'

Adrian liet de baby nog een keer wippen. 'Jouw mama is heel streng.'

'Papa niet.' Heel zorgvuldig koos Phineas nog een blokje uit. 'Hij zegt dat je soms gewoon even moet worstelen, zelfs al is het bijna bedtijd.'

'Iemand hier moet voor scheidsrechter spelen, kereltje van me. Wat ben je vandaag aan het bouwen?'

'Ik maak Phinville. Als ik later groot ben, ga ik mijn eigen stad maken en ben ik de baas van iedereen.'

'Hoe kun je tegelijk astronaut en de baas van Phinville zijn?'

Hij wierp zijn moeder een ongelooflijk geduldige blik toe. 'Ik ga Phinville in de ruimte bouwen.'

'Natuurlijk. Wat dom van me.'

'Ik heb de hele zomer geen kinderopvang, maar daarna ga ik naar de kleuterschool. Dan ga ik samen met Bradley en Mariah met de bus en ik moet een plaatsje vrijhouden voor Collin, want de bus komt eerst bij mij.'

'Hoe weet je dat hij eerst bij jou komt?' vroeg Adrian.

'Omdat hij Mariahs vriendin Cissy ophaalt na Mariah, en Cissy woont tegenover Collin, dus hou ik een plaatsje voor hem vrij omdat we beste vrienden zijn. In Phinville zullen we geen schoolbussen nodig hebben. Daar zal iedereen teleporteren.'

Adrian keek naar hem, met zijn schitterende zwarte krullen en zijn grote, prachtig bruine ogen en werd weer helemaal opnieuw verliefd op hem. 'Lekker snel en efficiënt.'

'Bussen gebruiken benzine, en dat is niet goed voor de lucht. En wij moeten de lucht in Phinville zelf maken, want het ligt in de ruimte. Hé, papa! Ik ben Phinville aan het bouwen.'

Monroe slenterde naar binnen, ging op zijn hurken zitten en bekeek de stad in aanbouw heel aandachtig. 'Jij gaat hier wonen.' Hij tikte op een toren. 'Want die is het hoogst. Dan kun je naar buiten kijken om er zeker van te zijn dat alles rustig is in de stad.'

Hij haalde Sadie, die aan Adrians voeten lag, even lekker aan. 'Wisseling van de wacht. Het spijt me dat ik je niet heb horen binnenkomen, anders had ik de kinderen al eerder gehaald.'

'Ik mocht de baby vasthouden en ik heb de stichting van Phinville meegemaakt. Wat je net speelde, vond ik echt prachtig. Heb je er al tekst bij?'

'Daar ben ik nog mee bezig. Deze keer kwam de muziek eerst. Kom Phin, dan gaan we een stukje lopen met Thad. All drie even een frisse neus halen. Mama vindt het vast niet erg als je je stad hier laat staan. Of wel, mama?'

'Nee, dat is best. Misschien heeft Thad een schone luier nodig.'

'Laat dat maar aan ons over, hè Phin?'

Monroe nam de baby, die ondertussen helemaal zelf op en neer wipte, in zijn armen en Adrian spreidde haar armen voor Phin. 'Hé, knapperd, ik heb er eentje nodig.'

Hij knuffelde haar, waarbij hij heen en weer bewoog op de manier die ze zo vertederend vond. 'Jij mag ook in Phinville wonen.'

'Daar reken ik op.'

Toen hij de kamer uit liep met zijn vader, hoorden ze hem fluisteren: 'Gaan we een ijsje eten, pap?'

'Knul, je bezorgt me nog problemen. Je moeder heeft scherpe oren.'

Adrian schudde haar hoofd. 'Jij bent toch niet zo streng dat ze op een mooie middag in juni geen ijsje mogen eten?'

'Dat is een spelletje dat ze graag spelen. Net als ik. We moeten nog wat cijfers voor New Generation bekijken, maar omdat alle andere oren nu weg zijn, wil ik even een paar persoonlijke dingen zeggen. Eerst het moeilijke. Heb je al iets van je privédetective gehoord?'

'Ja, heb ik. Ze heeft nog veertien vrouwen gelokaliseerd, allemaal levend en wel. Ze heeft ze allemaal gesproken, op een na, en ze gaat naar Richmond, waarschijnlijk is ze daar al, om die laatste onder vier ogen te spreken.'

'Oké.' Teesha knikte langzaam. 'Dat is heel goed, heel gedegen. Dat is iets meer dan eenenveertig procent levend en wel.'

'Ik kan je wel vertellen dat ik me na het horen van dat nieuws behoorlijk opgelucht voelde.'

'Logisch. Aan de andere kant, als we degenen die niet levend en wel zijn optellen bij die veertien, dan moet ze nog eenzelfde aantal lokaliseren. Maar daar slaagt ze ongetwijfeld in, want ze is heel grondig.'

'Zeg dat wel. Nikki Bennett is nog niet terug in Washington D.C. Blijkbaar heeft ze nog een omweg gemaakt naar weer een andere klant. Van de broer geen spoor, nog niet althans. Rachael heeft wel met een aantal buren gesproken. Het is jaren geleden dat iemand hem heeft gezien.'

'Misschien heeft de zus hem vermoord en begraven in de kelder.'

'Nou, wat een opwekkende gedachte.'

'Het is maar een suggestie. Maar goed, ik voel me een stuk geruster nu ik weet dat ze allebei niet in de buurt zijn en je privédetective druk bezig is met onderzoek. Ik wil dat er een einde komt aan deze ellende. Je hebt er nu wel lang genoeg mee te maken gehad. Zaak gesloten.' Ze sloeg haar handen ineen. 'Dan kun je lekker met mijn sexy buurman naar het strand gaan en hoef je alleen te genieten.'

'Weet je zeker dat jij voor de tuin wilt zorgen?'

'Adrian, je gaat twee weken weg, niet twee jaar. Laat het maar aan ons over. En dan nu het leuke. Hoe gaat het met jou en de net genoemde meneer Sexy?'

'Het gaat… We hebben een heel gezellig etentje gehad met de kinderen. Mariah heeft al een lijst gemaakt voor ons winkeluitje. Weet je, ik dacht: tuurlijk, kan ik met een meisje gaan shoppen, geen probleem. Maar ik heb het nog nooit gedaan. Misschien moet jij…'

'Uh-uh.' Teesha bewoog haar wijsvinger heen en weer. 'Punt één: je weet dat ik alleen ga winkelen als het echt niet anders kan en punt twee: ze is helemaal opgetogen dat ze met jou gaat. Het is een mooie kans om een band met haar op te bouwen. Grijp die aan. Het is een lieve meid. En haar broer is een lieve knul. Als je buren bent, wéét je zoiets.'

'Maar laat ik haar helemaal uit de band springen of moet ik haar een beetje intomen of wat moet ik doen?'

'Je praat nu met de scheidsrechter, weet je nog? Dus ik ben onpartijdig. Doe wat je gevoel je ingeeft. En hou op met speuren naar beren op de weg.'

'Dat doe ik niet. Niet echt. Het is gewoon... Hij heeft zijn trouwring afgedaan.'

'O.' Teesha blies haar wangen bol en liet zich achteroverzakken. 'Dat is een flinke stap.'

'Ja. Ik weet niet precies wat het betekent. Ik weet niet of ik hem moet vertellen dat het me is opgevallen, of dat ik er juist over moet zwijgen. Toen we begonnen met wat we zijn begonnen, had ik dit helemaal niet verwacht.'

'Voor jou of voor hem?'

'Allebei niet. Je kent me al een eeuwigheid, Teesh. Ik heb nog nooit een serieuze relatie gehad.'

'Omdat je die altijd uit de weg bent gegaan.'

'Misschien wel. Nee, niet misschien,' verbeterde ze zichzelf bij het zien van Teesha's kalme blik. 'Ja, die ben ik uit de weg gegaan. En deze is bij toeval ontstaan. Hoe moeten we... We hebben allebei een eigen bedrijf, een veeleisende carrière. En dan heeft hij nog twee kinderen en ik heb Rizzo's en tegenwoordig ook nog het jongerencentrum. Hoe moeten we in vredesnaam al die bordjes in de lucht houden? Ik weet niet hoe Monroe en jij al jullie bordjes in de lucht houden.'

'Het komt allemaal neer op ritme en teamwerk. Ben je op zoek naar een ontsnappingsmogelijkheid?'

'Nee, en dat baart me zorgen. Ik ben niet echt iemand die zich snel zorgen maakt. Je bepaalt gewoon wat je nodig hebt of wat je wilt doen en dan regel je dat.' Zo had ze het altijd gedaan en ze had geloofd dat ze het altijd zo zou blijven doen. 'Maar in deze situatie weet ik niet precies wat ik nodig heb of wat ik wil doen. Dat heb ik nog niet eerder hoeven bepalen. En waarschijnlijk reageer ik veel te heftig, wat me ook niet vaak overkomt.'

Teesha hield haar hoofd schuin en staarde naar het plafond. 'Ik weet nog dat je me heel hard hebt uitgelachen toen ik thuiskwam en beweerde dat ik naar Zuid-Amerika moest verhuizen toen Monroe me de eerste keer ten huwelijk had gevraagd.'

'De eerste keer dat hij zei dat hij van je hield, wilde je alleen maar naar de westkust verhuizen.'

'Dat is waar. Beide voorbeelden illustreren dat verstandige mensen zich heel vaak zorgen maken en te heftig reageren als ze verliefd worden.'

'God. Ik was hier helemaal niet naar op zoek, en ik verwachtte het ook niet. Dit kun je niet netjes verwerken tot een programma, je kunt er geen rooster voor maken of bepalen wat de volgende stap is en daarnaartoe werken.'

'Jij vindt het moeilijk om dingen gewoon op hun beloop te laten. Jij bent al heel lang de machinist van je eigen trein, Adrian. Maar,' voegde ze eraan toe terwijl ze een vinger opstak, 'je weet ook hoe je een wissel moet omzetten als het nodig is. Dat heb je gedaan toen ik je leerde kennen, en daarmee heb je je hele leven op een ander spoor gezet. En het mijne erbij. En je hebt het opnieuw gedaan toen je hier bent gaan wonen. Misschien kun je, voorlopig althans, de bediening delen met een ander en een poosje van het uitzicht genieten.'

'Vroeger maakte ik me hier helemaal niet druk over.'

'Omdat hij die ring droeg en zijn vrouw een soort buffer vormde.'

'Jezus Teesha, zo wil ik helemaal niet aan haar denken.'

'Ik denk dat hij er, tot op zekere hoogte, ook zo over dacht. Alleen kwam hij eerder dan jij tot de slotsom dat die tijd voorbij was. Toe Rizz, ontspan je en geniet van het uitzicht.'

'Nou, ik zal wel moeten, want ik kan niet bij jou op bezoek gaan zonder na afloop met Sadie naar haar vriendje te gaan. Verveel me met alle cijfers,' beval ze Teesha. 'Zorg voor zo'n overdaad dat mijn hersens ontploffen.'

'Cijfers zijn leven, licht en de waarheid.'

Een uur later, haar hersens uitgeput door alle getallen, liep Adrian naar het huis naast dat van Teesha. Gedraag je ontspannen, zelfverzekerd en losjes, zei ze tegen zichzelf. Het is maar een snel bezoekje zodat Sadie en Jasper elkaar even kunnen zien. Bovendien is de kans groot dat hij helemaal opgaat in zijn werk.

Maar nog voor ze aanklopte, hoorde ze de dreunende muziek, en zag ze binnen lichten opflitsen. Ze had hem nog nooit bij zoveel lawaai zien werken, maar misschien probeerde hij een scène te visualiseren.

Net toen ze echt wilde kloppen, begon Jasper te janken, waar Sadie op reageerde door drie keer kort te blaffen.

Toen Raylan opendeed, stroomde de muziek als een vloedgolf naar buiten en er draaiden gekleurde lichtjes door zijn woonkamer waar zijn kinderen, van wie ze had gedacht dat ze op school waren, als gekken stonden te dansen.

Raylan droeg een zonnebril met regenboogkleurige glazen en hij had een honkbalpet achterstevoren op zijn hoofd. Over zijn T-shirt droeg hij een gilet met paarse glitters.

'Nou,' wist ze uit te brengen. 'Dit is een verrassing.'

Gekleed in een tutu en een stel elfenvleugels, en met een plastic tiara op haar hoofd rende Mariah naar hen toe. 'Het is een dansfeest! Kom mee, dansen.'

'Een dansfeest?'

'Om te vieren dat de zomervakantie is begonnen,' zei Raylan tegen haar. 'Bradley, zet die muziek even wat zachter.'

'O, dat is niet nodig, hoor.'

Maar Bradley, die een groene pruik, een kattenoogmasker en een Batman T-shirt droeg, draaide de muziek bijna helemaal weg. 'Papa heeft het allemaal klaargezet! Toen we uit de bus stapten, was het allemaal al zo. Het is Club Vakantie.'

Hij had alle meubels opzijgeduwd om een plek vrij te maken die duidelijk de dansvloer was en er stond een lichtapparaat dat kleuren op de muur projecteerde. Aan het plafond hingen serpentines en ballonnen. Al haar eerdere bedenkingen losten op in verrukking.

'Als je een dansfeest houdt, moet je je erop kleden,' voegde Raylan eraan toe.

'Jij kunt dansen.' Mariah trok aan haar hand. 'Echt waar.'

'Ik ben bang dat ik niet gekleed ben voor een feestje.'

'We hebben spullen!' Ze rende naar een kist, gooide het deksel open en holde terug met een andere tiara en een roze boa.

'Wauw. Wie vindt een tiara nou niet leuk? Ik wil me niet opdringen bij jullie familiefeestje,' zei ze tegen Raylan.

'Club Vakantie is open voor iedereen,' zei Raylan terwijl Bradley haar een scherpe blik toewierp.

Net toen ze nog een uitvlucht wilde verzinnen, kwam de jongen voor haar staan. 'Jij kunt op je handen lopen. Kun je er ook op dansen?'

'Of ik op mijn handen kan dansen?'

'Kun jij de split doen?' wilde Mariah weten.

'O, ik snap het al.' Ze knikte en zette de tiara op en sloeg de boa om haar hals. 'Het is een auditie. Nou Bradley, gooi hem dan maar omhoog.'

'Wat moet omhoog?'

'Ze bedoelt dat je de muziek weer harder moet zetten.'

Nadat hij dat had gedaan, deed Adrian haar schoenen uit, en was ze blij dat ze een legging droeg. Ze schudde een paar keer met haar heupen en rolde met haar schouders en toen boog ze zich voorover, zette haar handen op de grond en stak beheerst haar benen omhoog. Op de maat van de muziek liep ze naar voren en weer terug en van links naar rechts en andersom. Terwijl ze in een rondje liep, deed ze haar benen van elkaar in een split en daarna boog ze zich achterover tot ze in een bruggetje stond. Na even gekeken te hebben of het kon, maakte ze een handstandoverslag, kwam neer in een split en strekte haar armen sierlijk uit.

Terwijl de kinderen klapten, gooide ze het losse uiteinde van de boa over haar schouder. 'Nou, heb ik de auditie doorstaan?'

'Dat was waanzinnig vet,' zei Bradley.

'Het grootste compliment dat je kunt krijgen.' Raylan stak haar zijn hand toe. 'Zo te zien gaan we dansen.'

Terwijl Adrian danste, zat Rachael in de keurige woonkamer van Tracie Potters moderne stadsvilla in het centrum van Richmond.

Ze had de vrouw nagetrokken en wist dat Tracie aan Georgetown had gestudeerd, waarbij ze een jaar onder Lina had gezeten, en dat ze was afgestudeerd in journalistiek en communicatie. Ze had zich opgewerkt tot presentatrice bij de plaatselijke netwerkpartner van NBC, waar ze op dit moment de journaals van zes en elf uur presenteerde, wat haar tot een plaatselijke beroemdheid had gemaakt. Ze was getrouwd toen ze achter in de twintig was en had twee kinderen gekregen. Haar man en zij waren uit elkaar gegaan toen ze halverwege de dertig was en op haar veertigste was ze hertrouwd met een projectontwikkelaar. Ze had drie kleinkinderen, eentje van haar oudste dochter en twee van haar stiefzoon. Haar echtgenoot en zij waren lid van een countryclub, speelden graag golf en hadden een tweede huis in San Simeon in Californië.

Zelfs van dichtbij vond Rachael dat de vrouw eruitzag alsof ze begin veertig was, wat inhield dat ze uitstekende plastische chirurgie moest hebben ondergaan, ook als ze superieure genen had. Haar dikke blonde haar, dat duidelijk een dure coupe soleil had, golfde om een gezicht met een romige huid, scherpe blauwe ogen en een volmaakt dieproze gekleurde mond.

Ze sloeg haar in een strakke witte spijkerbroek gestoken benen over elkaar en leunde achterover met haar Wedgewood-kopje met koffie. 'Ik kan een halfuur voor u vrijmaken,' begon ze. 'Ik wilde dit gesprek liever hier voeren dan op mijn kantoor. Het is weliswaar oud nieuws, maar ik heb geen zin om het roddelcircuit te voeden.'

'Ik stel het op prijs dat u met me wilt praten.'

'Uit nieuwsgierigheid. Wat heeft de onbezonnen, korte verhouding die ik in het grijze verleden met Jon Bennett had te maken met iets wat vandaag de dag speelt?'

'U weet dat professor Bennett ongeveer twintig jaar geleden is omgekomen in Georgetown toen hij Lina Rizzo, haar minderjarige kind en een vriendin van haar te lijf is gegaan?'

'Dat was destijds groot nieuws. Ik ben verslaggever. Zelfs als ik tien jaar daarvoor niet met hem naar bed was geweest, zou ik erover hebben gehoord. Ik weet ook dat het kind zijn biologische dochter was. En dat hij zowel de vrouw als het kind fysiek heeft mishandeld. Had ik al gezegd dat mijn verhouding met hem onbezonnen was?'

'Jazeker. Mag ik vragen of u die ook al als onbezonnen beschouwde voor dat incident?'

'Ik vond het onbezonnen op het moment dat ik Jon Lina Rizzo, al wist ik op dat moment niet wie ze was, fysiek te lijf zag gaan op zijn kantoor. Daar had ik met hem afgesproken voor een vluggertje.'

Ze nam nog een slokje koffie. 'Het was een enorme schok voor me, al had het dat niet moeten zijn, om te zien dat hij haar tegen de muur gedrukt hield en zijn hand om haar keel had gelegd. Het duurde maar heel even, maar ik zag de verbeten uitdrukking en de razernij op zijn gezicht. Omdat ik daar niet zelf het slachtoffer van wilde worden, heb ik onze relatie beëindigd. Al was het eigenlijk geen relatie.'

Ze zweeg even en Rachael wachtte geduldig.

'Ik was negentien en dom, maar niet zo dom. Dom genoeg om naar bed te gaan met een getrouwde man, al beweerde hij dat hij midden in een ingewikkelde echtscheidingsprocedure verwikkeld was, wat trouwens een leugen was, maar niet dom genoeg om een zwangerschap te riskeren voor wat opwindende, verboden seks. Waarom heeft Lina Rizzo u na al deze tijd mijn naam gegeven?'

'Dat heeft ze niet gedaan. Ik vermoed dat ze uw naam nooit heeft gekend of hem weer is vergeten. U staat op een lijst, mevrouw Potter.'

'Wat voor lijst?'

'Van vrouwen zoals u, die naar bed zijn geweest met Jon Bennett. Op die lijst staan vierendertig namen. Vier vrouwen daarvan zijn dood: het slachtoffer van directe of indirecte moord. Vier vrouwen die ik heb weten te lokaliseren en van wie ik heb vastgesteld dat ze zijn overleden.'

Tracie liet haar kopje zakken en Rachael moest het haar nageven:

ze maakte geen abrupte beweging van schrik en ze snakte niet naar adem. Ze wierp Rachael alleen een lange, indringende blik toe.

'Dat wil ik nagaan. Officieus. U hebt net aangegeven dat ik op een soort moordlijst sta.'

'De informatie die ik kan delen, zal ik u geven. Hebt u ook dreigementen ontvangen?'

'Nee. O, er zijn altijd wel een paar mensen die je op internet van alles naar je hoofd slingeren als ze het niet eens zijn met je verslaggeving. Maar iets als dit, nee. Wanneer is dit gebeurd?'

'De sterfgevallen. In de afgelopen dertien jaar.'

'Dertien jaar? Maakt u nou een geintje? U hebt bij de politie gezeten, ik heb u nagetrokken voor deze ontmoeting plaatsvond. Mensen overlijden, worden vermoord. Vier mensen in zo'n lange periode...'

'Die op dezelfde lijst stonden. En ik moet nog meer vrouwen lokaliseren.'

'Ik neem aan dat de naam van Lina Rizzo ook op die lijst staat. Ik neem aan dat zij uw cliënt is.'

'Ze staat op de lijst. Hebt u ooit contact gehad met de vrouw of de kinderen van Jon Bennett?'

'Nee, waarom zou ik? Ik heb een affaire met hem gehad die slechts een paar weken heeft geduurd, mevrouw McNee. Achteraf gezien, en ik heb er later vaak aan teruggedacht, had ik hem moeten aangeven. En dat had Lina Rizzo ook moeten doen.'

'Waarom hebt u dat niet gedaan?'

'Dat ene moment dat ik hem zag, dat ik hem echt zag voor wie hij was, heeft me de stuipen op het lijf gejaagd. En dat was ver voor de hele Me Too-beweging. Wie denkt u dat de gevolgen zou hebben ondergaan, als het al gevolgen had gekregen? De universitair docent met de vaste aanstelling of de jonge studente die uit vrije wil met hem naar bed was gegaan? En anderen op de universiteit moeten hebben geweten hoe hij was.'

'Ik snap het. Ik weet dat het schokkend is om dit te horen. Ik voel niet alleen een verplichting tegenover mijn cliënt, maar tegenover alle vrouwen op die lijst met wie ik contact kan opnemen zodat ze voorzorgsmaatregelen kunnen treffen.'

'Hij is al heel lang dood. Waar komt die lijst vandaan? Doe me een lol zeg,' snauwde Tracie haar toe. 'Hoe kan ik voorzorgsmaatregelen nemen als ik niet precies weet wat ik het hoofd moet bieden?'

'Zijn vrouw heeft de lijst opgesteld. Zij wist ervan.'

'Zo,' zei Tracie. 'Zij was dus minder onwetend dan hij dacht. Denkt u dat zijn vrouw, na al die jaren, de vrouwen vermoordt met wie hij naar bed is geweest?'

'Zijn vrouw is overleden, aan een overdosis slaaptabletten. Ongeveer dertien jaar geleden.'

'Aha.' Nu zette ze het kopje neer. 'Was ze hertrouwd? Had ze familie, een broer of zus?'

'Nee.'

'Gezien de timing moet het iemand zijn die in verband staat met zijn vrouw. Dus ze hadden kinderen? Hoe oud waren die? Ik weet niet of ik dat ooit heb geweten, maar weer vergeten ben.'

'Oud genoeg. Mevrouw Potter, ik ben ervan overtuigd dat u gezien uw werk de beschikking hebt over goede onderzoeksbronnen, maar ik wil u graag nog een keer waarschuwen. Ik ben van plan om zo snel mogelijk met de dochter en de zoon van professor Bennett te spreken. En daarna zal ik mijn bevindingen overdragen aan de FBI en de betreffende politiekorpsen.'

'Staat uw naam op die lijst?'

'Nee.'

'Dan is het niet meer dan een opdracht voor u. Maar voor mij is het wel iets meer dan dat.'

'Als u contact opneemt met de mensen in kwestie, of ze bewust maakt van mijn onderzoek, zouden ze op de vlucht kunnen slaan, en bent u alleen maar verder van huis. Ik hoop in elk geval binnen een paar dagen met de dochter te kunnen praten. Ik zal alles doen wat in mijn vermogen ligt om mijn cliënt te beschermen, en daarmee ook u en alle andere vrouwen op die lijst.'

'Daar twijfel ik niet aan. U hebt een heel goede naam. Ik stel het op prijs dat u me heeft gewaarschuwd en ik zal zeker voorzorgsmaatregelen treffen. Maar nu moet ik me verkleden en naar de studio gaan.'

Het viel niet te voorkomen, dacht Rachael toen ze in haar auto stapte om terug te rijden naar huis. Die vrouw zou gaan rondsnuffelen, want zo zat ze in elkaar. Ze kon alleen maar hopen dat het gesnuffel geen alarmbellen zou doen afgaan.

Voor een alleenstaande vader bracht de zomer een heel andere wereld met zich mee, eentje waarvoor het rooster compleet moest worden omgegooid. Hij hoefde niet te zorgen dat de kinderen op tijd opstonden, zich aankleedden, ontbeten en klaarstonden voor de schoolbus, waarna hij zich vervolgens een flink aantal uur in alle rust aan zijn werk kon wijden.

Ook hoefde hij zijn inwendige wekker niet te zetten voor hun terugkeer zodat hij op zijn minst kon proberen om alles af te ronden en zich voor te bereiden op snacks eten, praten en huiswerk maken.

Lange zomerdagen betekenden hopen dat de kinderen lief zouden spelen zonder dat er bloed zou vloeien, iets wat af en toe gebeurde. Of regelen dat ze bij een vriendje of vriendinnetje konden spelen. En dan was het als ouder je plicht om het betreffende kind ook een keer terug te vragen.

Lange zomerdagen hielden in dat hij ervoor moest zorgen dat ze een goede lunch kregen en niet bijna de hele dag naar een scherm zaten te turen.

Zijn moeder vond het natuurlijk heerlijk om een paar uur op ze te passen als ze een ochtend of middag vrij had. En een keer per week nam ze hen, op haar eigen verzoek, een paar uur mee naar het restaurant.

Om ze de kneepjes van het vak te laten zien, zoals zij het noemde.

En een keer per week gingen ze naar Maya.

Soms zat zijn achtertuin vol kinderen, en dat was prima want soms waren zijn kinderen in andere achtertuinen. En soms nam hij een uur pauze om met ze te basketballen in de basketbalring die hij tot kinderhoogte had laten zakken.

In de hoop dat hij geen grote fout beging, zette hij in de achtertuin een tent op voor Bradley en zijn twee beste vrienden. Drie jongens van bijna negen, dacht hij. Wat kon er misgaan?

Heel veel.

Maar zoals zijn moeder vroeger voor hem had gedaan, zette hij een tent op, nadat hij eerder al snacks, drinken en zaklampen had ingeslagen.

Mariah, die haar neus ver had opgetrokken bij het idee in een tent te moeten slapen, was weg voor het winkeluitje waar ze zich zo op had verheugd. Wat kon daarmee misgaan?

Daar dacht hij liever niet over na.

'Phin komt zijn telescoop een poosje brengen zodat we naar de maan en zo kunnen kijken.' Met zijn tong tussen zijn tanden probeerde Bradley een haring in de grond te slaan. Waardoor Raylan zich voor de zoveelste keer afvroeg waarom hij uit sentimentele overwegingen zijn oude tent had gebruikt, in plaats van een nieuwe opgooitent te kopen, die min of meer in één keer stond.

'Als we een vuurkuil hadden, konden we hotdogs en marshmallows roosteren.'

'Die hebben we niet en je mag geen vuurtje stoken.'

'Als we het kampeerfornuis van Ollies vader mogen gebruiken...'

'Ook niet. Misschien als je tien bent. Als je hotdogs wilt, zal ik die binnen maken.'

'Dat is niet hetzelfde. We eten wel pizza zoals we hadden afgesproken.'

'Goed.'

'Als we zaterdag naar de honkbalwedstrijd gaan kijken, kunnen we hotdogs halen.'

Nog iets wat hem terugbracht in zijn kindertijd. Een warme zomeravond, honkbal, en zo dicht bij de spelers van de minor league zitten dat het bijna leek alsof je zelf op het veld stond. Hij hield op met hameren en woelde met zijn hand door het haar van zijn zoon. 'Hotdogs zoveel je wilt.'

'En nacho's. En frietjes.'

'Ik krijg er nu al honger van. Volgens mij staat hij goed, knul. Laten we het luchtbed erin leggen.'

'Cowboys sliepen op de grond.'

'Wil je op de grond slapen?'

'Nee. Ik ben geen cowboy.' Bradley liet zich op zijn buik de tent in glijden, zo op het luchtbed. 'Maar als we willen mogen we de hele nacht opblijven. Dat heb je zelf gezegd.'

'Ja, dat klopt. Maar jullie moeten wel in de tuin blijven.'

'Ja, ja, dat weet ik.'

Ja, hij had het ook geweten, dacht Raylan, maar toch waren Spencer, Mick, Nate en hij stiekem de tuin uit geslopen om in het holst van de nacht een stuk door het bos te lopen. Waarbij ze zichzelf de stuipen op het lijf hadden gejaagd, wist hij nog. En Spencer was gestruikeld en had zijn scheenbeen opengehaald, dat een tijdje had gebloed als een rund.

Fijne herinneringen.

'Vanavond kamperen,' zong Monroe aan de andere kant van het hekje.

'In een stokoude tent. Als ze te veel lawaai maken, doe je maar een raam open en gooi je iets naar ze toe.'

Zoals het de goede buren en vrienden die ze waren geworden betaamde, sprong Monroe over het hek, waarna hij zich bukte om Phineas eroverheen te tillen.

Gebroederlijk naast elkaar bekeken ze de tent.

'Vleermuizen komen 's nachts tevoorschijn,' zei Phineas hulpvaardig. 'Maar jullie zullen geen last van ze hebben. Ze willen insecten.'

'Vleermuizen?' herhaalde Bradley.

'Jij vindt Batman leuk. Je zou kunnen kijken of je vleermuizen ziet. Mag ik de basketbal gooien?'

'Tuurlijk.' Raylan keek het jochie na, dat de bal pakte, een stap naar achteren deed en wierp.

Raak, zonder ook maar het bord of de ring te raken.

'Elke keer weer.' Hij kon alleen zijn hoofd schudden.

'Die jongen heeft aanleg. Heb je je spookverhalen helemaal klaar?' vroeg Monroe aan Bradley.

'Ik heb een hele goeie.'

'Spoken zijn, misschien, mensen die heel even gevangenzitten in het ruimte-tijd cont... hoe heet dat ook alweer?'

'Continuüm,' zei Monroe.

'Continuüm,' zei Phineas.

Weer een bal raak.

'Zoals in Star Trek?'

'Ik vind Star Trek leuk.' Phineas keek even naar Bradley, en gooide toen weer raak. 'Moedig gaan waar geen mens eerder is geweest. Dat ga ik later ook doen. Ik vind Spock het leukst.'

'Dat had ik nooit kunnen denken.' Raylan moest lachen.

Toen blafte Sadie een keer.

'Kennelijk zijn de dames terug.' Raylan keek hoe laat het was. 'Wil je een biertje?'

'Dat sla ik niet af.'

'Ginger ale, Phin?'

'Ik vind ginger ale lekker, dank je wel. Ale is een soort bier, maar dat is ginger ale niet.'

Weer raak.

Raylan schudde zijn hoofd nog een keer. 'We gaan straks pizza halen, als jullie willen blijven eten.'

'Pizza is altijd goed. Ik zal het even navragen bij de baas, maar mij lijkt het wel wat. Toevallig hebben wij alles in huis om sorbets te maken.'

'Met slagroom?' wilde Bradley weten.

Monroe snoof minachtend. 'Zonder slagroom is het geen sorbet, maar gewoon ijs, knul.'

'Hou die gedachte vast.' Raylan ging naar binnen om de drankjes te halen en te kijken hoe de dames het ervanaf hadden gebracht.

Bij de voordeur zag hij Adrian en Mariah een hele verzameling tassen naar binnen slepen.

'Wauw, zo te zien zijn jullie geslaagd.' Het viel hem op dat Adrian er niet pips uitzag en dat haar ogen ook niet glazig stonden.

'Kijk eens naar mijn nieuwe sandalen, pappie!' Mariah balanceerde op een voet om met haar felpaarse sandalen te pronken, die een bandje hadden dat uit roze-en-witte bloemen bestond. 'En ik heb een paar witte, en teenslippers, blauwe met een vlinder en paarse met bloemen, en badslippers en ik mocht een paar sneakers uitzoeken van de dingen die Adrian maakt, en die krijg ik van haar.'

'Nog een wauw. Als ik het goed heb uitgerekend, zijn dat zes paar schoenen.'

Adrian zette de twee tassen neer die ze had gedragen. 'En wat bedoel je daar precies mee?'

'En ik heb shorts en jurken en topjes en skorts...'

Terwijl zijn dochter een lange lijst afratelde, overdacht hij het feit dat hij een volwassen man was die wist wat skorts waren.

'Ik heb alles gepast, en alles is perfect! En we hebben geluncht in een bistro, en ik kreeg prikwater in een wijnglas. Daarna hebben we een mani-pedi gehad. Ik heb paars op mijn tenen, zodat ze bij mijn nieuwe sandalen passen en roze op mijn vingers.'

'Ik zie het. Mooi, zeg.'

'Ik ga al mijn nieuwe schoenen naar boven brengen en opbergen.' Ze draaide zich om en sloeg haar armen om Adrian heen. 'Ik vond het heel leuk om met jou te winkelen. Het was hartstikke gezellig.'

'Vond ik ook.'

Mariah rende de trap op waarbij twee tassen tegen elkaar aan botsten.

'In de auto staan nog twee tassen van haar. Ik haal ze wel, want ik weet wat waarin zit.'

'Wacht eventjes. Nog twee? Ze is maar zo groot. Hoeveel maar zo grote kleren passen er wel niet in zes tassen?'

'Wees blij dat ik de gaatjes in haar oren nog even heb weten uit te stellen.'

‘Wat? Hè? Wat!’

‘Je staat bij me in het krijt,’ zei ze, waarna ze weer naar buiten ging.

Hij liep achter haar aan. ‘Ze is zes.’

‘Over een paar maanden wordt ze zeven, iets wat ze heel nadrukkelijk opmerkte toen we in de schoonheidssalon een van haar vriendinnetjes tegenkwamen die net gaatjes had laten prikken.’ Adrian pakte de twee tassen en gaf ze aan Raylan. ‘Er staat je een flinke strijd te wachten.’

Daar wilde hij niet aan denken. Wel bestudeerde hij het aantal tassen dat nog in de auto stond. ‘Die zijn van jou.’

‘Op deze na.’ Ze pakte er nog een tussenuit. ‘Hierin zitten nieuwe zwemkleding, uv-werende T-shirts en badslippers voor jou en Bradley, iets waar je dochter heel liefjes op aandrong. Gedeeltelijk uit onbaatzuchtigheid,’ ging ze verder. ‘Maar voornamelijk zodat jullie ons meisjes niet voor schut zullen zetten op het strand.’

Adrian deed het autoportier dicht. ‘Er is me verteld dat Bradley en jij kleren dragen die niet bij elkaar passen, soms zelfs een rode zwembroek bij een paars zwemshirt. We moesten ons best doen om daarna nog van onze lunch te genieten, maar uit medelijden met jullie hebben we onze gevoelens manmoedig opzijgeschoven.’

‘Je hebt een leuke middag gehad.’

‘Ik heb een stroomstootwapen nodig om Teesha mee te krijgen voor meer dan het hoogstnoodzakelijke. Maya winkelt graag, maar Mariah is een winkelgodin. Ik ben diep onder de indruk.’

‘Wil je wat wijn terwijl je onder al die indruk bent?’

‘Eigenlijk zou ik de wijze lessen van de godin in praktijk moeten brengen en mijn aankopen moeten opbergen. Maar ik kan eerst wel een glas wijn drinken.’

‘Neem meer dan een glas.’ Hij nam de tassen in een hand, zodat hij met de andere haar hand kon vastpakken. ‘Bradley gaat met een paar vriendjes in een tent in de achtertuin slapen.’

‘In een tent in de achtertuin? Waarom?’

‘Vrouwen.’ Hoofdschuddend ging hij haar voor naar het huis. ‘Teesha, Monroe en de kinderen komen straks eten. We laten pizza bezorgen. En er wordt gefluisterd dat we ook sorbets zullen krijgen. Blijf.'

'Wijn, pizza en ijs of de Thaise noedelsalade die ik voor mezelf wilde gaan maken. Jij wint.'

'Pizza wint altijd.' Bij de voordeur bleef hij even staan, nog altijd met haar hand in de zijne. 'Blijf daarna ook. Blijf hier vannacht slapen.'

Hij kon heel duidelijk zien dat ze dat niet had verwacht. Hij had zelf ook niet verwacht dat hij dat zou zeggen. Maar het voelde zo natuurlijk en goed.

'Ik weet niet of dat wel slim is. De kinderen...'

'We gaan binnenkort met z'n allen naar het strand,' zei hij. 'En ze weten al dat ik je op je mond kus. Phineas, die alles ziet, hoort en weet, heeft zijn mond voorbijgepraat. En daar hebben ze geen problemen mee. Dus blijf.'

'Misschien wil jij alleen extra ruggensteun vanwege de kampeerders in de achtertuin.'

Met een glimlach trok hij haar tegen zich aan. 'Dat speelt zeker mee. Het is niet de belangrijkste reden, maar het speelt zeker mee.'

'Ach, ik krijg pizza en ijs, dus ik kan je wel helpen.'

In de wetenschap dat ze een grote stap gingen zetten, de volgende stap, kuste Raylan haar op haar mond.

25

In de tuin voor haar studio werkte Adrian aan een yogatraining met lichte gewichten. Omdat ze wilde dat die precies een kwartier zou duren, had ze een timer gezet. Ze had een concept bedacht voor een nieuw programma: uitsluitend yoga (waarmee ze zich misschien een beetje op haar moeders terrein begaf), waarvan elk onderdeel een kwartier zou duren en waarbij de nadruk telkens op iets anders zou liggen.

Een mooie aanvulling op de programma's die ze al streamde, vond ze. En het zou leuk zijn als ze alle onderdelen buiten kon doen, dacht ze terwijl ze in de boom-houding stond en twee dumbbells vanaf haar oren omhoog- en omlaagbewoog om de schouders te trainen.

Ze had de glazen terrasdeuren opengelaten zodat Sadie naar believen van binnen naar buiten kon gaan.

Toen haar timer piepte, lag ze op haar mat in de brughouding en gebruikte ze de dumbbells voor de borstspieren. 'Oké, shit, te lang.'

Ze kwam overeind en legde de gewichten neer, waarna ze haar tablet pakte om het schema te bestuderen en er veranderingen in aan te brengen.

Nadat ze opnieuw vijftien minuten had ingesteld, begon ze van voren af aan. En toen de timer deze keer piepte, zat ze in kleermakerszit op de mat. Haar handen lagen op de mat, met de palmen naar boven. Vervolgens drukte ze haar handpalmen voor haar borst tegen elkaar en boog ze haar hoofd.

'Precies goed. Hartstikke mooi.'

Gewoon omdat het kon, ging ze weer op haar rug liggen en keek ze naar een witte schapenwolk die zich langzaam een weg baande langs de hemelsblauwe hemel.

Sadie slenterde naar haar toe en ging languit naast haar liggen.

Ze hoorde de fluitende vogels en het geruis van de bries. Ze rook gras, rozemarijn en de heliotroop die vlak bij haar in een pot op het terras stond.

Kon alles maar zo blijven, dacht ze. Mooi en rustig, warm en zonovergoten. Of zoals de avond die ze bij Raylan had doorgebracht, een en al lawaai en opwinding; kinderen die rondrenden, vrienden die zaten te praten, Monroe die op een banjo tokkelde en een wereld waarin alles goed was.

Maar zo bleef het nooit en niet alles was goed in de wereld.

Ze wist dat Rachael nog vier vrouwen had gevonden. Drie van hen waren nog in leven, maar een was vermoord op de parkeerplaats van het ziekenhuis waar ze werkte. Ze wist ook dat de percentages daardoor weer veranderden, maar ze was niet van plan om de rekensom echt te maken.

Bovendien wist ze dat Rachael de volgende dag met Nikki Bennett wilde gaan praten. Nu de vrouw eindelijk weer op haar kantoor werd verwacht, zou Rachael daarnaartoe gaan, het hele verhaal uit de doeken doen en aandringen op antwoorden.

Als die er al waren.

Er moesten antwoorden zijn. Er moest een tijd aanbreken dat alles weer goed zou zijn in haar wereld. Want ze wilde samen met haar hond lekker in het gras kunnen liggen onder de blauwe hemel zonder bang te zijn dat iemand die ze nog nooit had ontmoet haar kwaad wilde doen.

En waarom.

'En weet je wat daar nog bij komt?' vroeg ze terwijl ze Sadie aaide. 'Volgende week komt mam. En dat vind ik prima, echt waar, maar het geeft extra druk. Daarom moet ik deze yogatraining af hebben voordat ze hier is en allerlei wijzigingen suggereert.'

Ze slaakte een zucht. 'Wat waarschijnlijk heel goede wijzigingen zullen zijn. En bovendien loop ik te piekeren omdat Raylan morgen naar New York gaat. Het is maar voor een nachtje, maar ik loop te piekeren. Heb je me dat ooit zien doen vanwege een man? Nee, dus!'

Nadat ze anders was gaan liggen kroop ze gezellig tegen de hond aan. 'Dus daar hou ik mee op en in plaats daarvan ga ik uitvogelen hoe ik het buikspiergedeelte moet aanpakken.'

Ze stond op en borg de gewichten op, waarna ze op haar tablet keek om haar geheugen op te frissen. Maar net toen ze de timer wilde instellen, blafte Sadie – op vriendelijke toon – en liep ze naar de zijkant van het huis.

Adrian volgde haar voorbeeld en zag Teesha en Maya uit hun respectievelijke auto stappen. 'Wat een verrassing.'

Maya spreidde haar armen uit. 'We zijn kinderloos!'

'Ik zie het.'

'Collin en Phineas zijn bij mijn moeder, wat we van tevoren hadden afgesproken. En toen wilde ze per se ook op haar kleindochter passen. Dus heb ik gekolfd en de baby bij haar gedumpt.'

'Ik had al gekolfd voor Thad, en Monroe heeft nu oppasdienst, dus heb ik hem een berichtje gestuurd om te zeggen dat hij een dubbele dienst moet draaien.'

'En toen zijn we hiernaartoe gegaan om ervoor te zorgen dat jij de rest van de dag vrij neemt en met ons gaat hangen,' maakte Maya het verhaal af terwijl ze de achtertuin in liepen.

'Dat kan ik best doen. Ik heb mijn werk toch al bijna af.'

'Rol die mat op, meid,' zei Teesha. 'Laten we iets kouds inschenken.'

'Konden we maar margarita's drinken.' Maya deed haar ogen even dicht en slaakte een zucht. 'Konden we maar de hele middag ijskoude, schuimige margarita's drinken uit grote glazen met limoensap en zout op de rand. Weet je nog hoe het was om dat te doen, Teesha?'

'Absoluut. Daar kijk ik met vreugde op terug. Volgend jaar zomer zijn onze borsten weer van ons en zullen we overdag schuimige, ijskoude margarita's drinken.'

Nadenkend zei Adrian: 'Ik heb vanochtend verse limonade gemaakt. Nu heb ik zin om tequila in de mijne te doen.'

'Je mag ons niet kwellen. Limonade. Heb je ook koekjes?' vroeg Teesha.

'Nee, het spijt me. Ik heb wel…'

'Waag het niet om hummus te zeggen.' Waarschuwend hief Maya haar vinger op. 'Waag het niet om rauwe groenten te zeggen. We willen je geen pijn doen.'

'Ik vind wel iets anders. De veranda aan de voorkant of de achterkant?'

'Hierzo is prima. Wij zullen op de veranda gaan zitten.' Maya stak haar arm door die van Teesha. 'Dan hoef je niet zo ver te lopen met de hummusloze versnaperingen.'

Adrian borg alles op en zette daarna de keukendeur naar de veranda open.

Teesha pakte de glazen en Maya de kan terwijl Adrian wat hapjes regelde die aan de huidige maatstaven voldeden. Ze had guacamole, chips, crackers met kruiden en een bijzonder lekkere Goudse kaas. Gekoelde druiven en bessen.

'Lekker.' Maya ging zitten en wierp haar goudblonde paardenstaart naar achteren. En maakte een mmm-geluid. 'Het is eeuwen geleden dat ik een middag met de meiden, alleen met jullie tweeën, heb doorgebracht. We moeten echt een manier verzinnen om dit vaker te doen. Een keer per maand. Geen kinderen, geen mannen, alleen wij.'

'Een meidenclub in plaats van een leesclub.' Teesha schepte wat guacamole op. 'Ik ben stapelgek op mijn kinderen, maar…'

'Ik had het niet beter kunnen zeggen, meid.' Maya tikte met haar glas tegen dat van Teesha. 'Een paar uur waarin niemand me roept, ik niemands billen hoef af te vegen, niemand een schone luier of iets te eten hoeft. En jij en ik staan er niet eens alleen voor, zoals mijn moeder. En jemig, zoals Raylan.' Met een glimlach zei Maya tegen Adrian: 'Ik heb gehoord dat je hebt gewinkeld met de modekoningin. Hoe ging dat?'

‘Ze heeft me overgehaald om, voor mezelf welteverstaan, twee keer zoveel te kopen als ik van plan was of nodig had. Ik dacht de hele tijd: maar ik draag negentig procent van de tijd sportkleding of een joggingbroek. Ik heb die schattige capribroek niet nodig. En dan maakte zij een opmerking dat mooie kleren je een goed gevoel geven. En dat je aardiger tegen anderen bent als je je goed voelt. Dus zou ik die capribroek in feite kopen voor het welzijn van de mensheid.’

‘Als haar liefhebbende tante ben ik blij dat er iemand is die haar aangeboren talenten weet te waarderen. Maar even wat anders… Hoe gaat het tussen Raylan en jou?’

Adrian nam alle tijd om de volmaakt dikke blauwe bes uit te zoeken. ‘Prima.’

‘Heel vaag,’ zei Maya met een knikje tegen Teesha. ‘Vind jij dat antwoord niet heel vaag?’

‘Een treurig, zelfzuchtig gebrek aan details terwijl wij hier zitten, als twee vrouwen die tijd vrij moeten maken voor hun seksleven te midden van actieve kinderen, borstvoedingen, rondlopen door een winkel, het leiden van een bedrijf en het verschonen van luiers.’

‘Het beantwoorden van vragen, het repareren van speelgoed en het drogen van tranen,’ ging Maya verder. ‘Wanneer heb jij voor het laatst de energie of de gelegenheid gehad voor ononderbroken seks, inclusief voorspel en met een toegift?’

‘Een toegift? Hemeltje.’ Teesha liet zich achteroverzakken en richtte haar blik op de blauwe lucht. ‘Ik geloof toen de oma’s een lang weekend met Phineas naar Hersheypark zijn gegaan. Zo hebben we Thaddeus gekregen. Ik weet bijna zeker dat het door de toegift kwam.’

‘Een paar weken terug hebben allebei de kinderen een nachtje bij mijn moeder geslapen, zelfs al wil ons meisje ’s nachts om twee uur nog altijd de borst of de fles. Joe en ik hebben de eerste ronde weten te volbrengen en daarna hebben we allebei tien uur achter elkaar geslapen. We zullen het nog een keer moeten proberen.’

Nu glimlachte ze naar Adrian. ‘Jouw beurt.’ Ze wees met haar vinger toen Adrian haar hoofd schudde. 'Niet eerlijk. Toen Joe en ik net verkering hadden, heb ik jou bedolven onder de details.'

'Net als bij Monroe en mij.'

'Monroe en Joe zijn alle twee geen broer van mij,' merkte Adrian op, waarna ze een druif at. 'Een vriendin vertellen over de seks met haar broer is meer dan gênant, het is ronduit bizar.'

'Hij is niet mijn broer.' Teesha gebaarde met haar glas in haar ene hand en sneed wat kaas af met haar andere hand. 'Als Maya nou even een ommetje maakt, vertel je het aan mij en dan vertel ik het straks wel aan haar.'

'Stel nou dat ik zeg dat er voor jullie allebei nog hoop is op dit gebied, aangezien Raylan twee kinderen heeft die ouder zijn dan die van jullie.'

'Nog altijd vaag,' zei Maya, 'maar wel bemoedigend.'

Teesha slaakte een jubelkreet. 'Nou komen we ergens.' Ze strekte haar benen voor zich uit. 'Jezus, wat is dit fijn. Echt superslim van je om dit te bedenken, Maya. Ik was net op weg naar huis en wilde daar meteen weer aan het werk gaan.'

'Ik wilde naar de winkel toe om de update van de website af te ronden. Ik ben gek op die winkel. Ik vind het heerlijk om met de ambachtslieden en de kunstenaars te werken, om achter de toonbank te staan en om elke dag met mensen te praten. Maar als je niet oppast, beland je in een sleur, waardoor je vergeet wie je bent naast je werk en het echtgenote en moeder zijn.' Ze hief haar glas. 'Op het je herinneren hoe je een vriendin moet zijn.'

'Jullie zijn de beste vriendinnen die ik ooit heb gehad.' Adrian tikte met haar glas tegen dat van Maya. 'Jullie tweeën, hierzo, vormen twee grote keerpunten in mijn leven. Die eerste zomer hier, toen je me hebt opgenomen in jouw vriendengroep, Maya. Toen had ik echt een vriendin nodig.'

'Ik zal je iets vertellen wat ik nog nooit eerder heb gezegd. Toen mijn moeder hoorde wat er was gebeurd, en dat je de hele zomer hier zou blijven, heeft ze met me gepraat. Ze heeft de situatie uitgelegd en ze zei dat een heleboel kinderen jou waarschijnlijk zouden overstelpen met vragen. Sommigen zouden je misschien zelfs uitlachen of een gemene opmerking maken. En toen vroeg ze hoe ik het zou vinden als kinderen dat bij mij zouden doen. Ik zei dat ik dat naar zou vinden en dat ik me zou schamen. Toen zei ze alleen dat ik gelijk had en dat ze wist dat ik dat niet zou doen. En dat ze durfde te wedden dat jij een vriendinnetje kon gebruiken.'

'Ik ben gek op jouw moeder,' mompelde Teesha.

'Er is geen betere. Ik vroeg natuurlijk hoe het moest als jij gemeen of stom was of ik je gewoon niet aardig vond. Zij zei dat ik moest kijken of dat zo was. Dus dat heb ik gedaan. En nu zitten we hier.'

'Jij vroeg of ik mee wilde naar jouw huis om je barbies te zien, en daarmee heb je een zomer vol verdriet en eenzaamheid helemaal veranderd. En nu zitten we hier. En jij.'

Ze richtte zich tot Teesha. 'Ik was zo kwaad op mijn moeder omdat ze me naar die school had gestuurd waar ik niemand kende en waar ik helemaal niet wilde zijn. Tijd om haar te laten zien wat ik kon, om mijn eigen toekomst te grijpen. Ik ging naar dat tafeltje in de kantine omdat ik op zoek was naar een videoploeg. Maar ik kreeg veel meer.'

'Je hebt ons echt een doodschrik bezorgd. Het nieuwe meisje, het meisje dat linea recta naar de populaire leerlingen, naar de sporters of op zijn minst naar de snobs had moeten lopen, kwam naar ons en ging aan onze tafel zitten. Dat was heel dapper. Jij bent altijd dapper geweest.'

'Pisnijdig en vastberaden. En nu zitten we hier.'

Omdat het moment erom leek te vragen, zette ze haar glas neer en pakte de handen van haar vriendinnen. 'Volgende keer zorg ik dat ik koekjes in huis heb.'

Rachael ging het kantoorgebouw van Ardaro Consultants in het noordwesten van Washington D.C. binnen. Ze had een plan bedacht dat op verschillende manieren kon worden aangepast als de situatie daarom vroeg.

Een paar dagen eerder had ze naar het kantoor gebeld en beweerd dat ze lid was van de reüniecommissie van de middelbare school waar Nikki Bennett op had gezeten. Ze had zich heel opgewekt en babbelziek voorgedaan, en hoewel Nikki's assistent te professioneel was geweest om Rachael Nikki's exacte locatie te geven, had ze voorgesteld dat Rachael twee dagen later terug zou bellen als de andere vrouw weer op kantoor zou zijn.

Haar plan was om Nikki vandaag te spreken te krijgen op haar kantoor, zogenaamd als de overwerkte eigenaar van een onafhankelijke boekwinkel in Bethesda Maryland die hulp nodig had bij een reorganisatie van haar bedrijf.

In elk geval tot ze in dat kantoor was en de vrouw onder vier ogen kon spreken.

Ze had zich er speciaal voor gekleed – een grijze broek met haar beste paar zwarte schoenen met een hakje, een bijpassend truitje met een ronde hals en een lichtblauw jasje. Ze had diamanten oorknopjes van haar zus geleend, een paar glinsterende kettingen omgedaan en haar eigen eenvoudige trouwring vervangen voor een pronkerige zirkonia, die volgens haar kon doorgaan voor een echte diamant.

Een bemiddelde vrouw. Een vrouw die het zich kon permitteren om een hoog aangeschreven expert en ervaren consultant van een betrouwbaar bedrijf in dienst te nemen om haar leuke bedrijf weer succesvol te maken.

Ze betrad de smaakvol ingerichte lobby, toverde een vriendelijke, maar enigszins arrogante uitdrukking op haar gezicht en liep naar de receptioniste.

'Goedemorgen. Kan ik iets voor u doen?'

'Ik hoop van wel. Ik wil graag een gesprek met...' Ze stak een vinger omhoog en haalde haar telefoon uit haar, eveneens geleende, handtas van Max Mara. 'O ja, met Nikki Bennett.'

'Hebt u een afspraak?'

Rachael wierp een blik op de receptioniste. 'Ze werd me ten zeerste aanbevolen. Ik was toch al in het gebouw voor een andere afspraak. Ik zou graag vijf minuutjes van haar tijd willen. Zegt u alstublieft tegen haar dat mevrouw Salina Mathias op haar staat te wachten. Misschien kent u mijn broer, senator Charles Mathias?'

'Het spijt me vreselijk mevrouw Mathias, maar mevrouw Bennett is momenteel niet op kantoor, vanwege een consult met een andere cliënt. Ik wil u graag doorsturen naar een van onze andere consultants of zorgen dat de assistente van mevrouw Bennett een afspraak met u maakt.'

'Tja, wanneer is ze dan weer op kantoor?'

'Morgen. Na afloop van haar consult zal ze de rest van vandaag thuis werken.'

'Thuiswerken?' Rachael liet een minachtend lachje horen. 'Ik begrijp dat ik mijn tijd heb verspild.' Na die woorden marcheerde ze het gebouw uit.

Ze vroeg zich af wat het over haar zei dat ze met zoveel plezier een veeleisende snob had gespeeld. Ongetwijfeld zou de receptioniste zich tijdens haar lunchpauze over haar beklagen tegen een collega.

Weer in haar auto verruilde ze de hoge hakken voor sneakers, waarna ze de parkeergarage uit reed en koers zette naar Georgetown. Onderweg stopte ze om wat tussendoortjes te kopen en haar blaas te legen. Daarna parkeerde ze haar auto een half huizenblok voorbij het deftige huis van de familie Bennett, en aan de overkant van de straat.

Ze zou het huis in de gaten houden – wat veel minder leuk was dan zich voordoen als een enorme trut – tot Nikki terugkwam.

Mooie wijk, dacht ze. Rustig, stabiel. Welvarend.

Als iemand besloot om melding te maken van een onbekende auto, zou ze een babbeltje maken met de agenten die op onderzoek werden uitgestuurd. Tenslotte was ze vroeger een van hen geweest.

Ze typte alles op wat ze die ochtend had gedaan, en hoeveel tijd dat haar had gekost, en daarna deed ze haar oortjes in en zette haar huidige audioboek aan. Het volgende uur bracht ze door in de Schotse hooglanden terwijl ze ondertussen kaaschips at, waar ze een enorm zwak voor had.

Toen de ruige clanleider en de vurige vrouw die hij beminde hun avontuur hadden afgerond, belde ze eerst met haar echtgenoot en daarna met haar kantoor en daarna scrolde ze langs nieuwe audiokeuzes.

De ingetogen Mercedes kwam tot stilstand voor het chique huis.

Nikki Bennett stapte uit en haar korte bruine haar fladderde een beetje in de wind. Ze droeg een lichtgrijs zomerpakje en pumps van iets donkerder grijs met lage, brede hakken. Ze sloeg de riem van een zwarte aktetas over haar schouder en haalde vervolgens een grote stoffen draagtas uit de achterbak.

Rachael wachtte tot ze bij de deur was voordat ze zelf uit haar auto stapte, op de afstandsbediening drukte om hem af te sluiten en toen de straat overstak.

Ze drukte op de bel.

Een paar tellen later deed Nikki open en ze keek Rachael aan met een vermoeide, achterdochtige blik. 'Ja?'

'Mevrouw Bennett? Ik ben Rachael McNee.' Ze hield haar identiteitsbewijs op. 'Ik wil u graag een paar minuutjes spreken. Mag ik binnenkomen?'

'Nee. Waar gaat het over? Ik ben een poosje de stad uit geweest. Ik heb niets gehoord over problemen in deze wijk.'

'Voor zover ik weet zijn die er ook niet. Uw naam is naar voren gekomen in een zaak die ik onderzoek.'

'Welke zaak?'

'Poëzie.'

Nikki leek dwars door haar heen te staren. 'Ik heb geen flauw idee waar u het over hebt. Er ligt werk op me te wachten.'

Voordat ze de deur kon sluiten, kwam Rachael zover naar voren dat ze hem kon blokkeren. 'Mevrouw Bennett,' begon ze, en daarna somde ze nog een aantal namen op die op de lijst stonden, eindigend met de vijf vermoorde vrouwen.

'Die mensen ken ik allemaal niet. Als het cliënten van mij of mijn bedrijf zijn, maakt u dan een afspraak via mijn kantoor. Dit is mijn privéwoning.'

'Adrian Rizzo.'

Dat ontlokte haar een reactie, alleen een snelle flikkering in haar vermoeide ogen. 'Als u een journalist bent die al die ouwe koeien weer uit de sloot wil halen, ben ik niet...'

'Ik ben geen journalist.' Weer stak Rachael haar identiteitsbewijs omhoog. 'Ik onderzoek een serie bedreigingen en een reeks sterfgevallen, die allemaal verband houden met uw vader.'

'Mijn vader is al ruim twintig jaar dood. Goed, als u nu niet weggaat, bel ik de politie.'

'Dat is prima. Als u me niet te woord wilt staan, ga ik hierna naar hen toe. De opsporingsinstanties, bedoel ik. Of ik kom even binnen en u beantwoordt wat vragen. Dan kunnen we dit ophelderen. Anders kunt u met de politie praten.'

'U komt mijn huis niet in.' Maar Nikki stapte naar buiten en sloeg haar armen over elkaar voor de openstaande deur. 'Ik was nog maar een kind toen mijn vader stierf. Mijn broer en ik waren nog kinderen.'

'Dat geldt ook voor Adrian Rizzo. Zij was zelfs jonger dan jullie tweeën.'

'Niets van dat alles had of heeft iets met mij te maken, maar toch hebben we ervoor moeten boeten. We zijn onze vader kwijtgeraakt. We moesten leven met het schandaal, alle media-aandacht en de vele vragen. We hebben ervoor geboet. Uiteindelijk kon mijn moeder het niet langer aan en heeft ze zichzelf van het leven beroofd. We hebben ervoor geboet en nu ligt het achter ons.'

'Daar denkt iemand heel anders over. Vijf van de vrouwen wier namen ik u heb genoemd zijn op een gewelddadige manier aan hun einde gekomen. Vermoord. Alle vrouwen die ik heb genoemd, en nog een heel stel anderen, hebben een verhouding gehad met uw vader.'

Nu keek Nikki schichtig, van rechts naar links en weer terug. Er lag duidelijk een zenuwachtige blik in haar ogen. 'Dat heeft niets met mij te maken.'

'Vindt u het niet vreemd?'

'Mensen gaan nou eenmaal dood. Mijn vader is doodgegaan. Net als mijn moeder.'

'Vermoord, Nikki. En die namen staan op een lijst die je moeder heeft opgesteld.'

'Je liegt.' Nu stond er woede in haar ogen te lezen. 'Mijn moeder wist er niets van. Ze wist niet van die andere vrouwen. Ze had helemaal geen lijst.'

'Zij heeft die lijst aan de journalist gegeven die het verhaal wereldkundig heeft gemaakt, op de dag voordat je vader Lina en Adrian Rizzo en Mimi Krentz heeft aangevallen.'

'Dat is een leugen.' Maar de flikkering in haar ogen was terug.

'Ik heb geen enkele reden om te liegen. Jij reist heel veel.'

'Nou en? Dat gaat jou niks aan.' Haar stem werd hoger. 'Het is mijn werk. Ik heb een carrière opgebouwd. Een leven. Ik zal niet toestaan dat jij hier gaat lopen rondscharrelen en alles probeert te vernietigen vanwege iets wat mijn vader heeft gedaan toen ik nog een kind was.'

'Schrijf je gedichten, Nikki?'

'Ik ben dit zat, en jou ook.'

'De afgelopen dertien jaar heeft Adrian Rizzo anonieme, bedreigende gedichten ontvangen, de eerste vlak na het overlijden van je moeder. De poststempels variëren, wat te verwachten valt van iemand die veel reist. Een van de vakken die je vader doceerde was poëzie.'

'Ik schrijf geen gedichten. Ik stuur niemand anonieme bedreigingen.' Maar haar ademhaling werd zwaarder en ging sneller. 'Mijn vader is dood omdat hij dacht dat hij ongestraft mijn moeder kon bedriegen. Hij is dood omdat hij dronken en gewelddadig werd. Hij is dood omdat hij een van zijn hoeren heeft bezwangerd en een bastaard heeft verwekt, en weigerde om daar voor uit te komen als een echte man.'

'En dat heeft jou pijn gedaan. En toen je moeder zichzelf ombracht, deed het opnieuw pijn. Erger zelfs. Al die vrouwen hadden je moeder verschrikkelijk veel pijn berokkend. En dat kind dat hij had verwekt was een levende herinnering aan die pijn. Je zei dat jij ervoor had geboet. Vond je dat zij er ook voor moesten boeten?'

'Wat mij betreft mogen ze wegrotten in de hel. Ik denk nooit aan ze. Ze betekenen niets voor me.'

'Het laatste gedicht kwam uit Omaha. Ben jij tijdens je laatste reis door Omaha gekomen, Nikki?'

'Nee. Maar het gaat je niets aan. Verdwijn van mijn terrein of ik laat je oppakken wegens huisvredebreuk en intimidatie.'

'Waar is je broer, Nikki?'

'Ik heb geen idee en het kan me ook niet schelen. Loop naar de hel!'

Ze stapte weer naar binnen en smeet de deur met een knal dicht.

Rachael haalde een visitekaartje uit haar houder en duwde het onder de deur door. Je wist maar nooit.

Nou, een ding wist ze wel, verbeterde ze zichzelf toen ze terugliep naar haar auto. Nikki Bennett was een leugenaar en bepaald geen goede.

Aan de andere kant van de deur begon Nikki te trillen. Voornamelijk van woede. Ze weigerde pertinent om ook maar een aspect van haar leven opnieuw op de kop te laten zetten door mensen om wie ze niets gaf, door wat haar dronken overspelige vader had gedaan toen ze verdomme nog maar een tiener was geweest.

En ze geloofde geen seconde dat haar moeder op de hoogte was geweest van alle sletten die haar vader had geneukt.

Alleen deed ze dat wel. Ja, bekende ze, dat deed ze wel. Ze sloeg haar handen voor haar gezicht.

Al die jaren, alleen meer leugens.

Leugens en verraad, drank en pillen. Haar hele leven was op leugens gebaseerd.

Nee, nee, nee, niet haar leven. Zij had verdomme haar eigen leven opgebouwd. De anderen mochten doodvallen.

Toen ze haar handen weer liet zakken, werden haar ogen groot van schrik omdat haar broer de elegante draaitrap af slenterde.

'Dag, zusje. Ben je verdrietig?'

'JJ.' Ze herkende hem nauwelijks met zijn onverzorgde baard en zijn haar dat tot halverwege zijn schouders kwam. Met zijn bekraste cowboylaarzen en wapenholster leek hij een wazige combinatie tussen een onverzorgde boerenkinkel en een apostel, met daaronder een vleugje van hun vader. 'Wat doe je hier? Hoe ben je binnengekomen?'

'Dat zal ik je vertellen,' zei hij. En hij ramde zijn vuist in haar gezicht.

Rachael stopte bij een filiaal van Sheetz om haar tank te vullen, en een gekoeld drankje te halen en haar blaas nogmaals te legen. Daarna ging ze in haar auto zitten om contact op te nemen met Adrian. 'Je spreekt met Rachael. Ik wilde je even vertellen dat ik net met Nikki Bennett heb gesproken.'

'Wat zei ze?'

'Ze beweert dat ze niet weet waar ik het over heb en dat ze geen van de vrouwen kent op de lijst waar ik haar over heb verteld. Heel veel ontkenningen, heel veel verontwaardiging. En wat leugens tussendoor. Of ze nou wel of niet verantwoordelijk is voor de dreigementen aan jouw adres of voor de moorden, ze weet iets.'

'Wat ga je nu doen?'

'Ik zou heel graag haar reisdata van de afgelopen jaren in handen krijgen. Kijken of ik haar in de buurt van de moorden kan plaatsen. Dat zou een hoop gewicht in de schaal leggen.'

'Kun je dat voor elkaar krijgen?'

'Ik werk voor mezelf, dus ik kan niet zomaar een huiszoekingsbevel krijgen. Ik betwijfel zelfs of ik er een zou krijgen als ik nog bij de politie had gezeten.' Ze keek hoe laat het was. 'Ik moet naar huis. Over een paar uur heb ik een familieaangelegenheid. Als jij het goedvindt, wil ik alles wat ik tot nu toe heb ontdekt graag aan mijn oom vertellen. Hij zit nog bij de politie.'

'Doe alsjeblieft alles waarvan je denkt dat het kan helpen. Wat het ook is.'

'Dan zal ik vragen wat hij hiervan vindt. Ik heb zelf nog een paar vrienden en contacten bij het korps, en mijn oom heeft er een heleboel. Ik kan je wel zeggen dat mijn intuïtie me vertelt dat ze er mee te maken heeft en dat ze van slag is. Ik zal alles voor je opschrijven, zodat je mijn observaties en indrukken hebt.'

'Ik heb haar opgezocht op de website van haar bedrijf. Dat was ik niet van plan, maar ik moest haar echt zien. Ze lijkt zo...'

'Gewoontjes?' maakte Rachael haar zin af.

'Ja. Gewoon een vriendelijk uitziende werkende vrouw. Ik kon nergens foto's van haar broer vinden, behalve een paar in recentere artikelen over de zaak in Georgetown, en die zijn van toen hij nog een kind was. Daarop ziet hij eruit als een jongen die zich netjes heeft aangekleed voor de schoolfoto's.'

'Hij is nu geen kind meer. Zij allebei niet. Als een van hen hier verantwoordelijk voor is, of zij samen, dan zal ik daarachter komen.'

Want iets kwam me verdacht voor, dacht Rachael. Iets aan haar deed een belletje rinkelen.

'Ik ben blij dat je aan mijn kant staat.'

'Daar kun je van op aan. Laat me wat brainstormen met mijn oom. Ik bel je nog.'

Er zou een doorbraak komen, dacht Rachael bij zichzelf toen ze de parkeerplaats af reed. Ze had woede, angst en schuldgevoel in golven van Nikki af zien en voelen komen.

En die golven zouden voor een doorbraak zorgen.

26

Alles deed zeer. Ze kon niet door de pijn heen denken en haar lichaam trilde van schrik. Een afschuwelijke droom, dacht Nikki. Word wakker. Word wakker.

Terwijl ze door de rafelige, scheurende lagen probeerde te duwen, proefde ze bloed in haar mond.

Kon je iets proeven in een droom?

Maar het was een smerige, koperachtige smaak waardoor ze wilde hoesten en spugen. En haar gezicht, o god, haar gezicht klopte en prikte. Haar hoofd bonsde, aan de buitenkant en aan de binnenkant, terwijl ze moeite deed om haar ogen open te doen en wakker te worden.

Ze zag dat ze op de grond lag, op tegels, koude tegels, en dat het licht te fel was. Dat deed pijn aan haar ogen en liet ze tranen.

Ze probeerde rechtop te gaan zitten, maar haar rechterarm zat vast. Hoewel ze nog altijd wazig en dubbel zag, keek ze naar de handboei om haar pols.

Doodsbenauwd zag ze de ketting, die aan de boei was gelast en die op zijn beurt weer aan een dikke bout was bevestigd die de betegelde muur had beschadigd.

Het toilet onder de trap, háár mooie toilet waar ze mooie handdoeken had liggen voor gasten die nooit kwamen.

In paniek probeerde ze haar arm los te rukken, maar het enige wat ze bereikte was dat de boei in haar pols sneed en haar meer pijn bezorgde. Dus begon ze te schreeuwen, ook al veroorzaakte dat een explosie in haar hoofd. Ze schreeuwde zo hard mogelijk.

Ze hoorde voetstappen en probeerde achteruit te deinzen. Want ineens was het haar weer te binnen geschoten. Lieve hemel, ze wist het weer.

JJ liep naar de deur. Hij droeg een van haar archiefdozen, die hij op de grond zette. Hij ging op zijn hurken zitten en keek haar grijnzend aan. 'Jemig, misschien heb ik je arrogante neus wel gebroken, Nik. Je krijgt in elk geval twee flinke blauwe ogen.'

'Je hebt me geslagen. Je hebt me geslagen.'

'Minder hard dan ik had kunnen doen. Eigenlijk moet je me bedanken.'

'Wat doe je? Waar ben je mee bezig?'

De glimlach die hij haar toewierp was precies zoals in haar herinnering. De lippen wijd uiteen, de ogen zo koud als de winter.

'Ik ben bezig om jou níét te vermoorden. Daar mag je me later voor bedanken. Als je die nieuwgierige trut had binnengelaten, zou ik jullie allebei hebben afgemaakt. Maar omdat jij je mond hebt gehouden, zullen we het op deze manier doen.'

'Wat heb je gedaan, JJ?'

Hij liet zijn wijsvinger heen en weer gaan. 'Dat weet je best. Als je het eerst niet wist, dan weet je het nu. Net zoals je weet dat je hier kunt gillen tot je longen bloeden, maar dat niemand je zal horen. Het is een binnenkamertje zonder buitenmuren, zusje. Mooie, dikke gipsmuren en geen ramen. Dus.'

Hij rommelde in de doos en haalde er een potje Advil en een fles water uit. Die stak hij haar allebei toe. 'Als ik jou was, zou ik er vier innemen.'

'Jij hebt die vrouwen vermoord. Die vrouwen waar de privédetective het over had.'

'Ze verdienden het. Ze verdienen het allemaal, en ik zal ze allemaal te grazen nemen. Tot nu toe heb ik mijn tijd genomen, maar nu weet ik dat ik moet opschieten. Puur mazzel dat ik hier was toen die trut langskwam om jou aan een kruisverhoor te onderwerpen. Ik was alleen gekomen om je wat geld, een lekkere warme douche en een paar goede maaltijden af te troggelen. Maar ik heb er een flinke bonus aan overgehouden.'

'Waarom? Waarom? Waarom?' Haar opgezwollen ogen begonnen weer te tranen. 'Hij ging vreemd, hij...'

'Houd je bek over hem! Zij spreidden hun benen toch voor hem?' Hij sloeg met gebalde vuist op de kleine wasbak. 'Hoe vaak moet ik nog tegen je zeggen dat het hun schuld was? Een man neemt wat hem wordt aangeboden, zo zit hij in elkaar. Zij zijn de reden dat hij dood is, dat wij in schande zijn opgegroeid. Zij horen niet op deze wereld, en dat zou jij moeten weten! En dat geldt vooral voor dat kind dat niet als foetus is geaborteerd door haar hoerige moeder. Zij heeft onze vader vermoord. Zij is de reden.'

Dat had ze allemaal al ontelbare malen gehoord, en ze wist dat er niet met hem te praten viel. Vooral niet omdat een deel van haar, een afschuwelijk deel waarvoor ze zich diep schaamde, het met hem eens was.

Met trillende handen maakte ze de fles water en het potje pillen open. Ze moest de pijn zien te verminderen zodat ze kon nadenken. 'Heb jij haar gedichten gestuurd? Dat meisje van Rizzo?'

'Ja, ik heb immers altijd goed gedichten kunnen schrijven. Dat zei papa altijd. Mama ook, maar papa had verstand van die dingen. Hij was trots op me. Trotser op mij dan op jou.'

Hij ging op de grond zitten in de deuropening en keek naar een punt boven haar hoofd. 'Hij hield van me. Mama mopperde meestal op me, maar hij hield van me. "Laat hem met rust," zei hij dan tegen haar. "Dat joch heeft pit. Zo zijn jongens."'

Ja, dat zou hij hebben gezegd, dacht Nikki. Dat soort dingen zou hij hebben gezegd, zelfs als bleek dat JJ iets uit een winkel had gestolen, een vechtpartij was begonnen of stiekem 's avonds het huis uit was geglipt.

'Ze probeerde alleen te voorkomen dat je in de problemen kwam.'

'Ze was zwak. "Neem nog een pil, Catherine." Dat zei hij altijd, als ze weer begon te zeuren. En ze gaf hem niet wat hij nodig had, anders zou hij zijn heil toch zeker niet bij die hoeren en sletten hebben gezocht?'

'Ik weet dat ze zwak was,' zei Nikki behoedzaam. 'Ze slikte pillen. En ik heb voor je gezorgd, JJ. Je weet dat ik mijn best voor je heb gedaan. Ik zorgde ervoor dat je te eten kreeg toen er niemand meer bij ons wilde komen werken. Ik heb je geholpen met je huiswerk en ik waste je kleren.'

'Je verwachtte dat ik me aan de regels hield. Dat ik vloeren dweilde en de afwas deed.'

'Ik kon het niet allemaal in mijn eentje doen.' Ze probeerde naar hem te glimlachen, maar jezus, wat deed dat pijn. 'Ik had je hulp nodig.'

'Maar toen ging je studeren, hè? Je liet me in de steek.'

'Ik bleef thuis wonen, maar ik moest een diploma halen. Een goede baan vinden.'

'Leugenaar. We hadden geld zat.'

'We hadden geld van de familie.' Nog een keer, dacht ze. Loop alles nog een keer door en blijf kalm. 'Maar mama was geestelijk niet stabiel, JJ. Dat weet je best, en zij beheerde het geld.' En jij was ook niet stabiel, dacht ze. Dat wist ik. Dat heb ik altijd geweten. Maar ik heb mijn best gedaan! Het lag niet aan mij.

Ze moest heel zorgvuldig ademhalen toen de woorden omhoogwelden en naar buiten wilden komen.

'Ik ben mijn hele studie thuis blijven wonen. Ik ben zelfs thuis blijven wonen toen ik een baan kreeg. Ik wilde dat jij ook ging studeren, JJ. Dat je hier weg zou gaan en je eigen leven zou gaan leiden, maar…'

'Onderwijs is voor sukkels. Jij ging op reis in je zakenpakjes.'

'Als het kon, nam ik je mee. Vooral nadat mama was overleden.'

'Daarvoor heb je me anders vaak genoeg bij haar achtergelaten. Dan moest ik haar rotzooi opruimen, haar pillen verstoppen en naar haar gezeik luisteren. Jij was er niet om haar gezeur te horen. Jij hoorde niet hoe ze papa uitschold als ze een driftbui had. Jij hoorde haar niet lachen en zeggen dat ze blij was dat hij dood was. Dat ze blij was dat ze had geholpen om de hele wereld te vertellen wat een overspelige klootzak hij was. Dat ze lachte en lachte, en huilde en huilde.'

Ze had nooit gedatet, dacht Nikki. Ze was nooit naar een nachtclub of naar de bioscoop gegaan. De universiteit en thuis, anders niets. Later was dat werk en thuis geworden. Haar reizen? Ze had vaak gedacht dat ze dankzij de vele reizen voor haar werk haar verstand niet had verloren.

Ze moest hem rustig zien te houden, hem ervan overtuigen haar te laten gaan. 'Het spijt me, JJ. Het spijt me dat ik hier niet de hele tijd was, maar...'

'Je was er niet toen ze me vertelde dat ze het al die tijd had geweten, dat ze een hele lijst had van vrouwen met wie hij had geneukt. Dat ik moest ophouden met zijn nagedachtenis te aanbidden als ik een echte vent wilde zijn. Ze had die lijst zelfs bewaard. Ze heeft hem opgezocht en naar mijn hoofd gesmeten. Volgens haar zou hij zijn trouwgeloftes niet hebben verbroken als hij echt van mij had gehouden. Ze zei walgelijke dingen, telkens opnieuw. Ik had haar wel ter plekke kunnen wurgen. Maar dat heb ik niet gedaan.'

Ze voelde de kou, diep in haar buik. Ondertussen bestond die uit meer dan alleen angst. 'Wat heb je gedaan?'

'Ik heb haar gegeven wat ze wilde. Pillen. En nog meer pillen. Ik heb haar naar boven geholpen, haar in bed gelegd en haar nog meer pillen gegeven. Ik heb naar haar gekeken terwijl ze stierf en daarna ben ik de deur uitgegaan om een paar biertjes te drinken.'

'Ze was onze moeder.'

'Ze was een aan pillen verslaafde teef die onze vader heeft vermoord. Zij heeft hem net zozeer vermoord als die anderen. En toen jij thuiskwam, vond je haar en belde je eerst het alarmnummer en daarna mij terwijl ik die biertjes zat te drinken. Je huilde om haar. Je huilde alsof ze niet al jaren een blok aan ons been was.'

Hij glimlachte weer. 'En daarna hebben we toch zeker geld gekregen?' Hij stak zijn hand weer in de doos, haalde er een pakje Frosted Mini-Wheats uit en begon ze op te eten. 'Ik ging met je op reis omdat ik iets van het land wilde zien, kijken of ik een plek tegenkwam die van mij leek. En jij bleef me maar aan mijn kop zaniken over studeren of een vakopleiding doen of een goede baan zien te krijgen. Volgens jou was ik goed met mijn handen, en daar had je gelijk in. Die handen heb ik gebruikt om huizen in en uit te komen, en te pakken wat ik hebben wilde. Maar ik bleef maar aan die lijst denken.'

Hij stopte nog wat ontbijtgranen in zijn mond. 'Stelen was weliswaar leuk, maar het diende niet echt een doel. En een man moet een echt doel in zijn leven hebben. Ik overwoog om de mensen te gaan vermoorden die de dood van mijn vader op hun geweten hadden. En wat zag ik op een dag op tv toen ik me dood verveelde en jij ergens was waar je mensen probeerde te laten doen wat jij ze opdroeg? Ik zag die kleine teef in een talkshow, waar ze over zichzelf zat op te scheppen. Ze had het over een nieuwe generatie. Dat soort gezeik. Dus ben ik er echt voor gaan zitten en heb ik haar een gedicht geschreven. Krijg de tering, jij hoort dood te zijn. En op een goede dag zal ik je vermoorden. Maar dan poëtisch.' Dat vond hij zo grappig dat hij onbedaarlijk begon te lachen.

Hij leek veel te veel op hun moeder, dacht Nikki.

'Eigenlijk wilde ik haar het liefst meteen vermoorden, maar ik wist dat zoiets heerlijks moest wachten. Niet alleen omdat wraak een gerecht is dat het best koud kan worden opgediend, maar ook omdat het een gerecht is dat naar smaak opnieuw kan worden opgewarmd. Dus heb ik een van de anderen omgebracht. Dat was echt heerlijk. Daar kon ik het een tijdje op uitzingen. En ik vond het leuk om de gedichten te schrijven. Eerst een per jaar. Ik dacht dat als ze wist wanneer het zou komen, ze voortdurend in angst zou leven.'

'JJ, luister alsjeblieft naar me.'

Hij luisterde niet, hij hoorde haar niet. Hij hoorde alleen zijn eigen gedachten.

'Maar zij bleef die verrekte dvd's maken, bleef gewoon doen waar ze zin in had. Maar goed.' Hij deed het pakje ontbijtgranen weer dicht. 'Dat zal niet lang meer duren.'

'JJ, je moet me laten gaan.'

Weer wierp hij haar die glimlach toe die haar bloed deed stollen.

'Nadat ik al die moeite heb gedaan om die bout in de muur te boren? En ik wilde dit voor haar gebruiken als ik er klaar voor was. Het leek me een goed idee om een lang gesprek met haar te voeren voordat ik haar doodsla. Zo wil ik haar namelijk ombrengen.'

'JJ, je weet dat ik hier tegen niemand iets over zal zeggen. Ik heb je altijd in bescherming genomen.'

'Je nam me alleen in bescherming als het jou goed uitkwam.'

'Dat is niet waar. Je weet best dat dat niet waar is. Ik maak me zorgen om jou. Je moet hiermee ophouden, anders word je gepakt. Het is niet jouw schuld, maar je moet ophouden. Ze weten niet waar je bent, dus je kunt teruggaan. Gewoon besluiten dat het genoeg is. Je weet dat ik ze nooit zal vertellen hoe ze je moeten vinden. Je bent het enige familielid dat ik nog heb.'

'Familie, mijn reet,' smaalde hij, en de blik in zijn ogen werd fel. Te fel. 'Maar ja, als jij geen familie van me was, zou ik je gewoon hebben vermoord. In plaats daarvan heb ik je hiernaartoe gebracht. Je hebt een toilet en een fonteintje zodat je water hebt. In deze doos heb ik eten.' Hij tikte tegen de doos en schoof hem toen naar haar toe. 'En maak je maar geen zorgen over je kantoor. Ik heb ze een berichtje gestuurd vanaf je telefoon. Daar staat in dat je een noodgeval in de familie hebt en dat je veertien dagen vakantie moet opnemen. O ja, ik heb je schoonmaakservice ook een berichtje gestuurd. Die slaan de komende weken over.'

Haar ademhaling werd oppervlakkig en snel.

'Toe, toe, toe, laat me hier niet vastgeketend achter. Ik zie wazig, JJ, en ik ben misselijk. Ik kan best een hersenschudding hebben.'

'Je overleeft het wel.' Hij duwde zich omhoog. 'Ik ga nu die lekkere warme douche nemen. Ik ben al een poosje onderweg. Daarna neem ik alles mee wat ik wil, aangezien alles in dit huis evenzeer van mij is als van jou. De pick-up die ik in Kansas had gejat heb ik achtergelaten in een gevaarlijke buurt, dus die zal ondertussen wel gestript zijn. Daarom neem ik jouw auto mee.'

'Doe dit niet. Alsjeblieft. Ik ben je zus.'

'Je kunt bij de wasbak en bij het toilet. Ik kom terug als ik klaar ben in dit deel van de wereld.'

'JJ, toe nou. Laat me hier niet achter.'

Hij deed de deur gewoon achter zich dicht.

Ze moest een hand voor haar mond slaan om niet te gillen. Anders kwam hij misschien terug om haar nog een klap te geven. Of haar iets ergers aan te doen.

En uiteindelijk zou hij haar iets ergers aandoen, dat wist ze nu zeker. Want dat had ze gezien, ze had geaccepteerd wat ze altijd al had geweten.

Haar vader noch haar moeder was geestelijk stabiel geweest.

Haar broer was krankzinnig.

Ze zat een poosje te huilen en probeerde de stemmen te verdringen die haar voorhielden dat ze haar hele leven al wist dat haar broer niet helemaal lekker was.

Ze had niet geweten dat hij hun moeder had vermoord, echt niet. Maar ze had het zich wel afgevraagd. Toen ze hem had gebeld om het hem te vertellen, had zijn stem aan de andere kant van de lijn zo koel en nonchalant geklonken. En toen hij thuiskwam en net deed alsof hij het erg vond, waren zijn ogen leeg geweest.

Maar ze had het niet geweten. En het was niet haar schuld.

Ook al was haar moeder af en toe van leer getrokken tegen haar over hoe trouweloos mannen waren en dat ze er nooit eentje moest vertrouwen, ze had het niet zeker geweten. Ook al had haar moeder een aantal genoemd, of zelfs namen gesnauwd, zij had niet geweten dat haar moeder met een journalist had gepraat. Ze had het niet geweten. Dus was het niet haar schuld.

Zij hoorde niet te boeten. Zij hoorde geen pijn te hebben. Zij hoorde niet bang te hoeven zijn.

Zij had haar best gedaan. Ze had hard gewerkt om de problemen van andere mensen op te lossen. Ze had JJ talloze malen in bescherming genomen, en nu deed hij haar dit aan.

Ze huilde en huilde, bittere tranen van zelfmedelijden, tot het gesnik en het getuit in haar oren ervoor zorgden dat ze moest overgeven in de toiletpot.

Van uitputting viel ze in slaap, maar ze schrok wakker toen ze de voordeur dicht hoorde slaan. Ze gaf toe aan de hysterie en rukte net zo lang aan de ketting tot haar pols bloedde. Ze schreeuwde tot ze geen stem meer over had.

Niemand hoorde haar. Niemand kwam.

Normaal gesproken als JJ een moord pleegde, besteedde hij weken, soms zelfs maanden, aan het observeren van zijn prooi, het vastleggen van haar gewoonten en het analyseren van haar zwakke punten. Voor hem was dat het hoogtepunt van het hele proces.

Hij beschouwde zichzelf als een intellectueel. Daarvoor hoefde je per slot van rekening alleen maar naar zijn vader te kijken. Docent aan een van de meest prestigieuze universiteiten van het land. Zelf had hij echter niet jarenlang in een schoollokaal willen zitten, en dat had hij ook niet nodig gehad. Saai!

Al die regels, al die structuur zou zijn aangeboren intellect hebben gesmoord in plaats van aangewakkerd. Had hij niet, bijna helemaal op eigen kracht, geleerd hoe je sloten moest openbreken, alarmsystemen onklaar moest maken en auto's moest stelen? En het allerbelangrijkste: hoe je moest opgaan in de menigte. Hij wist hoe hij niet moest opvallen, deel moest uitmaken van de omgeving.

En dat betekende, dacht hij onder het rijden – exact vijf kilometer harder dan de toegestane snelheid – dat hij zich moest scheren en naar de kapper moest.

De afgelopen jaren had hij het leven geleid van eenzame prepper in de wildernis van Wyoming. Een afgezonderd bestaan zonder aandacht te trekken. Gewoon een harde, en wanneer dat zo uitkwam met de nationale vlag zwaaiende overlevingsspecialist die in zijn eentje woonde op zijn eigen stuk land en die bij zijn sporadische bezoekjes aan het dichtstbijzijnde klotedorp om boodschappen te doen nooit de aandacht trok.

Hij maakte geen vrienden, en ook geen vijanden.

Elke keer dat hij een van zijn langdurige reisjes maakte voor zijn zogenaamde levenstaak, was er niemand die het merkte of het iets kon schelen.

Overal waar hij kwam, ging hij op in de massa. Hier als hipster, daar als zakenman, of wellicht gewoon als een reiziger die zijn weg in het leven probeerde te vinden.

Hij wist hoe hij er ongevaarlijk uit moest zien. Een witte man van gemiddelde lengte, met een doorsnee gewicht en zonder opvallende lichamelijke kenmerken. Hij had altijd twee verschillende valse identiteitsbewijzen bij zich. Voor zijn eerste valse id's toen hij net van de radar was verdwenen had hij een exorbitant bedrag moeten neertellen, maar daarna had hij ze zelf leren maken.

Hij bewaarde ze samen met zijn contante geld in een brandwerende stalen doos onder de vloerplanken van zijn hut. Daarin lagen ook de foto's van iedere vrouw die hij had omgebracht. Plus de foto's die hij met een telelens had genomen tijdens zijn observaties en de uitgeprinte foto's van allerhande artikelen op sociale media of uit de reguliere pers.

Nadat hij in Foggy Bottom de verkeerde vrouw had vermoord, was hij na hun dood een foto gaan nemen om te voorkomen dat hij die fout ooit nog zou maken.

Nou ja, al doende leert men.

Hij had heel vaak overwogen om terug te gaan en zijn vergissing recht te zetten, maar eigenlijk stoorde de fout zelf hem nog het meest.

Voor deze reis had hij zijn identiteitsbewijs, rijbewijs, Visa-kaart, stempas en zijn wapenvergunningen bij zich. Hij verwachtte niet aangehouden te zullen worden, maar er gebeurden nou eenmaal ongelukken omdat mensen stommelingen waren. Zijn probleem was nu natuurlijk dat hij in de auto van zijn zus reed. Tenminste, dat zou een probleem zijn als hij niet de tijd en moeite had genomen om een valse kentekenregistratie te maken die elke oppervlakkige politiecontrole kon doorstaan.

Elke eventualiteit afgedekt en waar nodig correcties aangebracht, dacht hij.

Hij was van plan geweest om vanaf Washington D.C. in noordwestelijke richting te rijden en een poosje te gaan kamperen in de buurt van Traveler's Creek.

Aangezien hij Adrian Rizzo al jaren in de gaten hield meende hij hooguit een week nodig te hebben voordat hij haar kon vermoorden.

Die teef had hem uitgedaagd. Ze had die stomme, arrogante, onzinvideo geplaatst om hem belachelijk te maken, en dat kon niet ongestraft blijven.

Hij had haar pas in augustus willen ombrengen, tijdens de lome hondsdagen, maar hij had het tijdstip naar voren gebracht.

En dat was maar goed ook. Het geluk lachte hem duidelijk toe. Als hij niet eerder was gekomen, als hij niet in het huis was geweest op het moment dat zijn achterlijke zus de deur had geopend voor die debiele teef, zou hij nooit hebben geweten dat iemand alle puzzelstukjes tot een geheel aan het leggen was. Dan had hij niet geweten dat er iemand naar hem op zoek was.

Hij snapte echter niet hoe ze hem op het spoor waren gekomen, en dat zat hem dwars. Hij was slim geweest, en voorzichtig.

Het moest door die journalist komen, maar waarom zou iemand na al die jaren bij hem langs zijn gegaan? Dat zou hij die klootzak moeten vragen voordat hij hem naar de andere wereld hielp. Maar voorlopig had hij een opkikker nodig.

Die privédetective – ongetwijfeld een lesbo – had de namen op de lijst genoemd. En een daarvan was van een verslaggeefster, die niet al te ver uit de buurt woonde, dus zij kon mooi de plaats innemen van die hufter in Pittsburgh.

Hij had niet meer dan wat oppervlakkig onderzoek gedaan naar Tracie Potter, maar hij wist genoeg en hij zou nog meer te weten komen. Daarom reed hij naar Richmond in het zuiden. Daar zou hij voor een nacht of twee een goedkope motelkamer huren. Maximaal voor drie. Of slechts voor één, als dat geluk hem bleef toelachen. Maar of het nou één of drie nachten werden, als hij Richmond weer verliet, zou ze dood zijn.

En aangezien die pot haar visitekaartje had achtergelaten zou hij haar ook een bezoekje brengen op weg naar Traveler's Creek.

Voor Adrian wilde hij de tijd nemen. O ja, hij wachtte al jaren om de tijd te kunnen nemen met de teef die zijn vader had vermoord, het kreng dat zijn leven had geruïneerd. En als hij haar had doodgeslagen – de enige geschikte methode – ging hij terug naar Washington. Tegen die tijd had hij ongetwijfeld besloten wat hij met Nikki moest doen. Of hij haar moest laten gaan of haar een kogel door het hoofd jagen. De tweede optie sprak hem meer aan, want vrouwen waren nou eenmaal niet te vertrouwen.

Toen langzaam het besef tot hem doordrong dat hij binnen een paar weken vier vrouwen ging vermoorden – inclusief de slet door wie dit alles was begonnen – voelde hij zich gelukkiger dan in maanden het geval was geweest.

Nieuw record! Een topscore!

Als hij Browne wist te lokaliseren in Pittsburgh, zou hij zijn zegereeks daar vervolmaken – vijf uit vijf! – voordat hij terugkeerde naar Wyoming.

En dan zou hij bepalen met wat, of wie, hij zich daarna ging bezighouden.

Op een volmaakte zomeravond zat Adrian op haar veranda met haar tablet om de links naar meubel- en inrichtingkeuzes te bekijken die Kayla haar had gestuurd. Ze had ook een glas wijn en een schaal met frisse groene druiven en aan haar voeten lag de hond te dutten.

Dit kwam in de buurt van volmaaktheid, dacht ze, een tel voordat Sadie haar kop hief en een keer blafte. Toen zag ze Raylans auto de heuvel op rijden en dacht ze: volmaaktheid bereikt.

Kennelijk was Sadie het met haar eens, want ze begon met haar staart te kwispelen.

Adrian zag Raylan uit de auto stappen en Jasper naar buiten springen.

'Waar is de rest van je gezin?'

'Bradley krijgt gitaarles en Mariah is naar het verjaardagsfeestje van haar op een na beste vriendinnetje en blijft daar ook slapen. Een van de zes andere meisjes is haar allerbeste vriendinnetje. Voor de ouders bid ik tot goden van de geestelijke gezondheid.'

Hij liep de trap naar de veranda op terwijl Sadie en Jasper elkaars kop likten. 'Jasper wilde zijn meisje zien. En ik het mijne. En ik wilde haar dit geven.' Hij legde het stripboek op tafel. 'Vers van de pers, om zo maar te zeggen.'

'O god, het is echt. Het is schitterend!' Ze pakte het op en liet een vinger over de omslagafbeelding van Cobalt Flame gaan, die op haar draak zat met een speer in haar hand. 'Ik vind het echt, echt geweldig.' Ze bladerde erdoorheen. 'O, die tekeningen. Het is fantastisch, Raylan. Ik ga elke pagina opnieuw verslinden.'

Ze hief haar hoofd op en trok het zijne omlaag om hem een zoen te geven.

'Wij zijn er verdraaid trots op en de reserveringen ervoor stromen binnen.'

'Laat me een glas wijn voor je inschenken, dan kunnen we erop drinken.'

'Doe maar een cola, en die haal ik zelf wel. Ik heb maar een halfuur. Bradley en ik hebben vanavond een mannenavondje. Ik moet pizza ophalen. En daarna staat er een *X-Men*-filmmarathon met popcorn op het programma.'

'Ik ben heel blij dat je eerst langs bent gekomen. Ik ga mijn meidenavondje thuis doorbrengen met het lezen van Cobalt Flames debuutroman.'

'Moet ik jouw wijn bijschenken als ik toch binnen ben?'

'Nee, dank je.'

Zodra hij in het huis verdween, sloeg ze de eerste pagina op en las het colofon. Toen hij weer naar buiten kwam, staarde ze hem aan. 'Je hebt mijn naam in het colofon gezet. "Adrian Rizzo, de inspiratie."

Dat had je me niet verteld. Dat stond niet in de zetproef. Ik voel me zo… vereerd. En ik bedoel echt vereerd.'

'Zonder jou zou het er niet zijn.' Hij ging zitten en strekte zijn benen voor zich uit. 'Volgens mij behoort dit tot ons beste werk, en dat meen ik echt. Bovendien heeft het als springplank gefungeerd voor de Front Guard.'

'Hoe staat het daarmee?'

'Een paar problemen, wat onverwachte wendingen en flink wat vooruitgang. En hoe gaat het met jou?'

'Prima. Ik was net nog wat mogelijkheden voor het jongerencentrum aan het bekijken. Dat ziet er zo goed uit, Raylan. Ze zijn nu bezig met de buitenboel, de binnenplaats, het speelveld. En ik heb het concept voor mijn nieuwe streams in de herfst helemaal uitgewerkt. Dus alles is goed.'

Hij legde een hand op de hare. 'Alles?'

Ze slaakte een zucht. 'Nou, Rachael heeft eindelijk persoonlijk met Nikki Bennett gepraat, en ze gelooft niet dat die honderd procent eerlijk was. Ze wil met haar oom gaan praten, die is agent, om te vragen wat hij vindt dat ze nu moet doen. Kijken of er voldoende is om, ik weet het niet precies… Nikki officieel te verhoren of haar huis te doorzoeken of wat die lui ook maar doen.' Ze aarzelde eventjes. 'Het… Weet je, het voelt net alsof dit gedoe niks met mij te maken heeft. Ik weet wel beter, maar zo voelt het. Ik ken haar niet. Ik ken haar broer niet. En ik zat lekker buiten op deze heerlijke avond na een enorm productieve dag, en het lijkt geen verband te houden met mij.'

'Dat moet ook niet.'

'Maar dat doet het wel. Dat weet ik.'

'Je zat hier, terwijl iedereen die heuvel op kan rijden.'

'Ik kan me niet binnen opsluiten. Ga daar niet op aandringen. Mijn moeder wil al dat ik naar New York ga en mezelf opsluit in haar appartement. Omdat ik dat weiger, komt ze hiernaartoe. En vrijwel elke dag komt Teesha, Maya, Monroe of Jan wel langs. Of jij.'

'We houden van je. Ik hou van je.'

'Raylan.'

Hij pakte haar hand steviger beet. 'Ik had nooit gedacht dat ik weer verliefd zou worden, dat ik dat zou kunnen. Maar dat is toch gebeurd.'

'Je hebt je trouwring afgedaan,' zei ze tegen hem.

'Ja, dat klopt. Als het alleen seks tussen ons was, zou ik die nog dragen. Maar dat weet je.'

'Waar het om gaat is...' Ze wist niet precies hoe ze moest zeggen wat ze voelde, of bedoelde. 'Ik heb nog nooit... Ik ben heel opzettelijk en zorgvuldig elke serieuze relatie uit de weg gegaan. Dus ik heb er nog nooit een gehad.'

'Je hebt er nu een. En dat weet je ook.'

'Maar ik weet niet of ik er goed in zal zijn.'

'Tot nu toe breng je het er prima vanaf.'

'Maar alles is nog zo pril,' merkte ze op. 'En jij ziet mijn tekortkomingen niet.'

'Die zie ik best.'

Nu schudde ze haar haren naar achteren en keek hem aan. 'O, ja?'

'Tuurlijk. Je bent impulsief, vooral als je kwaad bent of van streek. Vandaar die onverbloemde video die gericht was tegen die hufterige dichter. Je bent griezelig doelgericht. Je bent opdringerig onder het mom van "Laat me je even helpen." Zo van: "Alsjeblieft, hier is een klein workoutprogramma, speciaal voor jou, en deze accessoires krijg je van mij." En als het erop aankomt om zelf dingen te regelen, ben je heel koppig. Volgens mij komt dat omdat je moeder je leven te veel probeerde te bepalen en jij je bij de eerste de beste gelegenheid hebt bevrijd uit haar greep, wat een impulsieve daad was. En dat kan ik je niet kwalijk nemen.'

Koeltjes nam ze een slokje wijn. 'Sommige mensen zouden dat positieve eigenschappen vinden.'

'Heel goed mogelijk.' Hij haalde zijn schouders op. 'Net zoals sommige mensen mijn obsessieve planning bijzonder... obsessief zouden vinden. Of mijn neiging om ondanks de obsessieve planning toch te laat te komen als onachtzaamheid. Sommige mensen zouden het geschift vinden dat ik met mijn overleden vrouw heb gepraat over het afdoen van mijn trouwring.'

Adrian slaakte een zucht. 'Aangezien ik zelf ook een obsessieve planner ben, beschouw ik dat niet als een negatieve eigenschap. En ik heb nog nooit gemerkt dat jij onachtzaam bent. Het is absoluut niet geschift dat je met Lorilee praat. Maar... Ik weet niet of ik een relatie in stand kan houden. Of het me zal lukken om het benodigde werk daarvoor te doen, want ik weet dat een relatie werk vereist.'

'Teamwerk. Je moet er allebei individueel aan werken,' voegde hij eraan toe. 'Maar het vergt ook heel veel teamwerk.'

Hij had van die mooie ogen, dacht ze. En zo'n groot hart. 'Ik weet dat ik nog nooit voor een ander heb gevoeld wat ik voor jou voel. En ik weet dat ik een diepgewortelde, onwrikbare behoefte heb om heel goed te zijn in wat ik doe, en ik vertik het om dat als een negatieve eigenschap te zien. En ik weet dat jij iemand hebt gehad die heel, heel goed was in waar we het nu over hebben. Waarschijnlijk zelfs volmaakt. Dat is heel intimiderend.'

'Ze was heel goed in waar we het hier over hebben. Maar om een cliché te gebruiken: Niemand is volmaakt.' Hij zweeg even en nam een slokje cola. 'Ik vind het moeilijk om je dit over haar te vertellen.'

Vol oprechte afschuw hief Adrian haar handen op. 'Nee, niet doen. Raylan, ik vraag niet van je om ons te vergelijken, in de hoop dat je mijn onzekerheid daarmee wegneemt.'

'Volgens mij moet je dit echt horen. Daardoor zul je makkelijker kunnen begrijpen dat er dingen zijn waarmee je leert leven in een relatie, hoe moeilijk ook. Je leert ze tolereren of zelfs begrijpen bij iemand van wie je houdt. Lorilee...' Hij hield even op met praten en schudde zijn hoofd. 'Ik flap het er gewoon in een keer uit, dan heb ik het maar achter de rug. We zijn heel wat jaren samen geweest en we hebben het er heel vaak over gehad, maar verdomme nog aan toe, ze bleef *Star Wars* en *Star Trek* door elkaar halen.'

Een tel lang kon Adrian hem alleen aanstaren. Ze voelde een lach opborrelen in haar keel, maar slikte die weer weg. 'Jezus Raylan, dat is... Ik snap niet dat je daarmee hebt kunnen leven.'

'Ik hield van haar. Ze probeerde het op allerlei manieren goed te maken, maar... Ze noemde Spock nota bene "doctor Spock". Elke keer opnieuw. Volgens mij deed ze het expres, om mij te kwellen.'

'Nee!' Adrian stak een hand op en wendde haar hoofd af. 'Ik weet niet of ik nog meer kan verdragen.'

'Ik kwam een keer thuis met een plastic lichtsabel voor Brad en toen vond ze het vreselijk lief dat ik iets van *Star Trek* voor hem had meegenomen. Of stel dat ik met een stel vrienden zat te praten over de geschiedenis en de prestaties van de *Millennium Falcon* en dan vroeg ze of dat het ruimteschip van Kapitein Kirk was. Het was vernederend.'

'Hou alsjeblieft op. Je hebt genoeg gezegd.'

'Ik zou door kunnen gaan, maar dat doe ik niet. Ik wil alleen maar zeggen dat liefde belangrijker is dan gebreken. Ik hield van haar. Ik hou van jou. Volgens mij maakt dat me tot een bofkont.'

'Dit is bepaald niet het gesprek dat ik vanavond op de veranda verwachtte te zullen voeren.'

'Ik moet vaker langskomen tussen de gitaarlessen en pizza door.' Hij wierp een blik op zijn horloge en stond abrupt op. 'Shit, shit, shit, ik kom te laat thuis. Kijk, ik wist precies hoeveel tijd ik had. Ik had het helemaal uitgerekend en nu kom ik alsnog te laat bij Monroe om Bradley op te halen.'

Hij boog zich voorover om haar een zoen te geven en ze greep zijn hand vast. 'Als ik tegen je zeg dat ik ook van jou hou, kom je dan nog later?'

Zwijgend nam hij haar gezicht in zijn handen. 'Ik moet ervandoor, maar zeg het toch maar.'

'Ik hou ook van jou.'

Met zijn ogen strak op de hare gericht, gaf hij haar nog een zoen. 'Dat wist ik wel, maar het is echt heel fijn om het uit jouw mond te horen.'

'Daar heb je nog een negatieve eigenschap. Je bent bijdehand.'

‘Toch moet ik gaan. Jasper! Kom. Verdomme, waarom heb ik die pizza niet besteld terwijl we hier zaten? Nu meteen, Jasper!’

‘Wat wil je hebben?’ riep ze toen hij op een sukkeldrafje naar de auto rende. ‘Dan bel ik je bestelling wel door.’

‘Een grote, met pepperoni en Italiaanse worst. Geen commentaar op het vlees. We zijn stoere mannen. Hup, in de auto, Jasper.’ Hij moest de onwillige hond een handje helpen. Vervolgens bleef hij nog even naast de wagen staan. ‘Ik heb de kinderen beloofd dat ik overmorgen met ze naar de kermis ga. Ga met ons mee.’

‘Ik ben dol op de kermis.’

‘We gaan funnelcake, miniburgers en patat gefrituurd in pindaolie eten, dus bereid je maar vast voor.’

Ze nestelde zich weer in haar stoel toen hij in de auto stapte. Dat zou ze doen, dacht ze terwijl ze haar telefoon pakte om zijn bestelling te plaatsen, plus een zomersalade voor twee personen. Ze zou zich erop voorbereiden, want zo hoorde dat als je van iemand hield.

27

Na het gesprek met haar oom besloot Rachael om alle informatie met de politie van Washington D.C. te delen. Ze wist dat het niet genoeg was voor een aanhoudingsbevel en zelfs niet genoeg om Nikki zo onder druk te zetten dat ze voor een gesprek naar het bureau zou komen, maar ze vroeg aan een rechercheur die ze kende om bij Nikki langs te gaan.

Een politiepenning legde nou eenmaal meer gewicht in de schaal dan een vergunning als privédetective.

De rechercheur, met wie ze jaren geleden had samengewerkt, nam haar dossier aan en was het met haar eens dat het zaakje stonk.

Het zou geen voorrang krijgen, en daar legde ze zich bij neer, maar zijn partner en hij zouden het in behandeling nemen. Vooral nadat ze had benadrukt dat ze binnenkort ook een gesprek had met de FBI-agent die de leiding had over Adrians zaak.

De lichte wedijver met de FBI zou er wel voor zorgen dat het balletje aan het rollen ging.

Dus morgen, of anders overmorgen, kon Nikki bezoekjes verwachten van de plaatselijke politie en van de FBI.

Even flink schudden aan de boom, dan viel er wel wat uit, dacht Rachael.

Na haar gesprekken reed ze terug – in verkeer dat slechts stapvoets vooruitkwam – naar haar kantoor om haar verslag te schrijven. In de stromende regen rende ze naar het gebouw waarin niet alleen haar kantoor gevestigd was, maar ook dat van een kleine advocatenfirma (die haar vaak opdrachten gaf) en een fotostudio.

Ze nam de trap naar de eerste verdieping, duwde de deur van matglas open en liep haar receptieruimte in. Tegen beide zijmuren stonden drie leren stoelen met een gecapitonneerde zitting en rugleuning en in een smalle alkoof was ruimte om jassen op te hangen. Een sanseveria, die even groot was als zij, stond in een felblauwe pot voor het dubbele raam. Haar receptioniste hield de plant in tiptop conditie.

Haar bedrijf had een abonnement op een handjevol tijdschriften waaronder *Forbes* en *Vanity Fair*. Rachael had zelf de drie potloodschetsen van een plaatselijke kunstenaar uitgekozen die ingelijst aan de café-au-lait geschilderde muren hingen.

Haar man, het marketing-genie, had gezegd dat een bijzonder chique receptieruimte bijzonder chique cliënten aantrok. In de jaren sinds ze de deuren van McNee Investigations had geopend had hij daarin meestal gelijk gehad.

'Verkeer.' Rachael sloeg haar ogen ten hemel terwijl ze haar paraplu in de alkoof hing. 'Met geen pen te beschrijven. En het regent dat het giet.'

'Ze zeggen dat het naar het zuiden trekt, maar heel langzaam. De spits vanavond wordt afschuwelijk.'

'Nou, fijn. Echt iets om naar uit te kijken.' Op weg naar haar kantoor praatte ze even bij met haar twee collega's en haalde ze koffie in de piepkleine kantine. Na een wat langer gesprek met haar kantoormanager, waarin de nodige opmerkingen over trouwplannen voorkwamen, ging ze in haar kantoor achter haar bureau zitten.

Ze liet zich achteroverzakken op haar stoel, nipte van haar koffie en deed haar ogen dicht om de stress van de verkeersdrukte in Washington tijdens een stortbui weg te laten spoelen.

Die regen betekende ook dat de softballwedstrijd van haar man zou worden afgelast waardoor zij, of hij, moest bedenken wat ze die avond zouden eten. Ze zouden iets bestellen, besloot ze. Daar zouden ze alle twee mee kunnen leven, vooral omdat ze zich allebei een weg door de verkeersdrukte zouden moeten banen om thuis te komen.

En als ze geen van beiden werk mee naar huis namen, konden ze een goede fles wijn openen en een lekkere maaltijd nuttigen die ze niet zelf hadden hoeven koken. Misschien konden ze zelfs tijd vinden voor wat seks voordat ze in slaap vielen.

Maar om die plannen echt uit te voeren, kon ze maar beter haar werk afmaken. Ze schreef het verslag en stuurde het als bijlage in een e-mail naar Lina, want zo had haar cliënt het graag.

Daarna stuurde ze haar gewerkte uren door naar haar kantoormanager, zodat die de cliënt in kwestie een rekening kon sturen.

Voordat ze de telefoon pakte om Adrian te bellen over de laatste ontwikkelingen – de manier waarop zij het allebei graag hadden – ging de telefoon over.

'McNee Investigations. U spreekt met Rachael McNee.'

'Mevrouw McNee, u spreekt met Tracie Potter.'

'Wat kan ik voor u doen?'

'Het is misschien meer een kwestie van wat ik voor u kan doen. Ik heb wat dingen nagetrokken, en ja, u had gezegd dat ik dat beter niet kon doen, maar dat is nou eenmaal mijn werk. Hoe dan ook, terwijl ik dat deed, kwamen er wat herinneringen bij me boven. Een daarvan gaat over een telefoongesprek dat ik Jon hoorde voeren met zijn vrouw. En ja, ik heb toen inderdaad voor luistervink gespeeld.'

'In die omstandigheden zou ik hetzelfde hebben gedaan.' Of onder welke omstandigheden dan ook, moest Rachael toegeven. Alles willen weten was iets wat elke onderzoeker in het bloed zat.

'Ik weet nog dat hij heel laatdunkend tegen haar deed. Iets over de kinderen, of over een ervan. Dat hij onmogelijk alles uit zijn handen kon laten vallen om naar huis te gaan. Hij moest nog werk afmaken. Dat zij het maar moest regelen. En ik weet nog dat hij daarna tegen haar snauwde: "Als jij het niet aankunt, neem je nog maar een pil. Je ziet me wel thuiskomen." Of woorden van gelijke strekking.'

'Oké.'

'Ik moet bekennen dat ik het grappig vond. Ik stond in de deuropening van het appartementje dat hij aanhield voor zijn slippertjes, en ik zei iets in de trant van: "Problemen thuis?" Ik herinner me zijn antwoord nog, omdat ik in die tijd vast van plan was me daaraan te houden: "Ga nooit trouwen, en als je dat toch doet, neem dan verdomme zeker geen kinderen."'

Tracie lachte kort. 'Zo ben je op je negentiende. Hoe dan ook, hij stak een korte tirade af, wat me verbaasde omdat hij nooit over zijn gezin praatte. Ik praatte ook nooit over hen. Maar we hadden allebei een paar drankjes op.'

'Weet u nog wat hij zei?'

'Ik kan me de strekking nog herinneren. Hij zei dat zijn vrouw die snotneuzen had gewild, en dat hij haar beter had kunnen dwingen ze te laten aborteren. En dat ze de kinderen nog steeds niet aankon, zelfs nu ze iemand had die kwam schoonmaken en koken.'

Tracie deed er even het zwijgen toe. 'Zijn familieproblemen interesseerden me niet, maar ik weet nog dat ik me afvroeg hoe hij al die hulp in de huishouding kon betalen van zijn salaris. Op dat moment wist ik niet dat bijna al het geld van haar was, en die vraag kwam ineens bij me op. Maar omdat ik het gesprek heel saai vond, zei ik iets als: "Waarom kom je niet terug naar bed om je bezig te houden met mij." En dat was dat.'

'Interessant.'

'Dat vind ik ook. Ik vraag me af of Lina Rizzo de enige bedpartner is die hij zwanger heeft gemaakt, aangezien hij nooit zin had om een condoom om te doen.'

Die mogelijkheid was ook al bij Rachael opgekomen, en ze had er navraag naar gedaan. 'Ik neem aan dat dat niet voor u opgaat?'

'Nee. Maar onze verhouding heeft ook maar heel kort geduurd. Ik was aan de pil en ik stond erop dat hij een condoom gebruikte. Dat vond hij niet leuk, en hij klaagde en stribbelde tegen, maar anders zou ik niet met hem naar bed zijn gegaan. Misschien is mijn herinnering enigszins gekleurd, maar het viel me op dat hij alleen minachting voelde voor zijn vrouw en dat hij zijn kinderen als een last zag. En daarmee kom ik bij mijn tweede, vrij vage herinnering.'

'Ga uw gang.'

'Eerlijk waar, ik herkende geen enkele naam op de lijst die u me liet zien, maar mijn studietijd ligt ook al ver achter me. Maar door deze herinnering moest ik denken aan een meisje dat bij de Shakespeare Club zat, en die club werd geleid door Jon. Ik bleef er ook na onze verhouding lid van want, wat je verder ook van Jon kon zeggen, hij was een geweldige docent en zijn inzichten in Shakespeare waren briljant. Zelfs toen ik me haar weer kon herinneren, wilde haar naam me niet te binnen schieten. Ik weet dat ze nieuw was, eerstejaars, en volgens mij zat ik op dat moment in mijn derde of vierde jaar.'

'U denkt dat Jon en zij een verhouding hadden?'

'Volgens mij had Jon een bepaald type. Hij had ze graag jong en slim, aantrekkelijk en met een goed figuur. Dat had ze allemaal. Ze was een beetje verlegen, maar in die club bloeide ze helemaal op. En aangezien ik ooit een affaire met hem had gehad, herkende ik de tekenen.'

'Waarom moet u nu ineens aan haar denken?'

'Plotseling kwam ze niet meer, en zoals ik al zei, was ze daar helemaal opgebloeid. Ik dacht dat hun verhouding spaak was gelopen en dat ze zich schaamde of liefdesverdriet had. Ik zei er iets over tegen een vriendin die in dezelfde studentenflat woonde als zij. Nogal vals van me, moet ik bekennen. Toen heeft ze me het hele verhaal verteld. Het meisje, en ik heb even navraag gedaan bij mijn oude studievriendin en zij wist haar naam nog: Jessica. Jessica kwam op een avond in de studentenflat, helemaal in elkaar geslagen. Goed, dit komt uit de derde hand, want mijn vriendin woonde weliswaar ook in die flat, maar niet eens op dezelfde verdieping. Maar ze hoorde dat Jessica naar binnen was gestrompeld met een gezicht dat bont en blauw was, een blauw oog dat dicht zat en dat bovendien haar broek onder het bloed zat. Een miskraam.'

Rachael omcirkelde de naam Jessica in de aantekeningen die ze had gemaakt en ze onderstreepte 'miskraam'. 'Politierapport? Medisch dossier?'

'Kennelijk beweerde ze dat ze was beroofd, maar dat ze de dader niet kon identificeren. Of dat in elk geval niet wilde. Ze wilde niet dat haar flatgenoten een ambulance of de politie belden, wat ze natuurlijk toch hadden moeten doen. Volgens mijn vriendin heeft ze haar studie eraan gegeven.'

'Ik zou graag de naam en adresgegevens van je vriendin willen.'

'Dat heb ik haar gevraagd, maar ze heeft liever niet dat ik die doorgeef, tenzij het echt relevant wordt.'

'Het maakt deel uit van het geheel, mevrouw Potter.'

'Dat ben ik met u eens, maar bronbescherming is heel belangrijk voor me. Ik zal wat meer bij haar aandringen, maar voorlopig kan ik u die informatie niet geven. En ik kan u ook niet vertellen waar die Jessica toentertijd woonde of zelfs maar wat haar achternaam was. En ik zou graag zeggen dat ik het zeker weet, maar ik ben er in feite slechts voor zeventig procent zeker van dat dit speelde op hetzelfde moment dat Jon naar college kwam met zijn rechterhand in het verband. Hij maakte een grapje dat docenten Engels nooit klusjes moesten doen. Daar moesten we allemaal om lachen, en dat was dat.'

'Dit is heel nuttig.'

'Staat er een Jessica op uw lijst?'

'Twee zelfs. Het is een vrij veelvoorkomende naam. Weet u nog hoe ze eruitzag?'

'Eh... Een brunette en het beeld dat ik van haar heb is dat ze jong, fris en knap was. Slank, maar welgevormd. Maar dat is alles. Als ik haar nu tegenkwam, zou ik haar niet herkennen. Het spijt me. We zagen elkaar tijdens bijeenkomsten van de club, maar dat was een keer per week gedurende een paar maanden.'

'Weet u nog wanneer dit speelde?'

'Ik weet bijna zeker dat het in mijn derde jaar was, en na de kerstvakantie. Ik herinner me dat het koud was en dat ik in een studentenhuis buiten de campus was gaan wonen. Wacht, ja, nu ik erover nadenk, weet ik zeker dat het begin januari was. De eerste, of misschien de tweede, bijeenkomst van de club na de kerstvakantie. Volgens mij de eerste.'

Knikkend bij zichzelf schreef Rachael het vermoedelijke jaartal op en omcirkelde het. 'Oké.'

'Ik zou het graag horen als u haar weet te lokaliseren. Ik had haar kunnen waarschuwen, maar dat heb ik niet gedaan. Misschien zou ze niet naar me hebben geluisterd, maar ik had haar kunnen vertellen wat voor man hij was. Ik moet nu naar de visagie. Ik moet nog wat promo's opnemen voor *News at Five*.'

'Als u nog iets te binnen schiet, verneem ik dat graag. Bedankt voor het doorgeven van deze informatie.'

Rachael liet zich achteroverzakken en dacht na. Ze was erin geslaagd om beide Jessica's op de lijst te vinden. De ene, die eerder dan Lina een relatie met Bennett had gehad, woonde in Londen. Ze was geboren en getogen in Engeland, en Tracie zou zich ongetwijfeld hebben herinnerd dat Jessica een accent had gehad. Bovendien had haar verhouding zich dus eerder afgespeeld.

Maar de tweede Jessica had precies de juiste leeftijd. Ze had heftig ontkend ooit een seksuele relatie met Bennett te hebben gehad, wat zelfs in het korte telefoongesprek als een boze leugen had geklonken.

Rachael haalde haar aantekeningen erbij. Ja, Jessica Kingsley, meisjesnaam Peters, al vierentwintig jaar getrouwd met Robert Kingsley, die dominee was bij de Kerk van de Verlosser, en moeder van vier kinderen. Ze woonde in haar geboortestad Eldora in Iowa.

De eerste keer weg van huis, peinsde Rachael, verlegen en opgetogen. Wordt verliefd op charmante docent. Gaat naar huis voor de kerstvakantie en ontdekt dat ze zwanger is. Vertelt het aan Bennett, die hetzelfde reageert als bij Lina Rizzo, maar dit meisje kan zichzelf niet verdedigen. Beschaamd en geschrokken slaagt ze erin haar studentenflat te bereiken terwijl ze een miskraam heeft. Verzint een verhaal en gaat terug naar huis.

Waarschijnlijk geeft ze zichzelf de schuld van het incident en ze stopt het diep weg.

Vertelt ze het haar toekomstige echtgenoot voor hun bruiloft? Heeft ze het hem ooit verteld? Hoogst onwaarschijnlijk. Ze zou bang zijn dat hij haar niet zou vergeven. In plaats daarvan bouwde ze een leven op in haar kleine stadje en hield het diep weggestopt.

'Ik had haar kunnen waarschuwen,' had Tracie gezegd. En hoewel Rachael dat al had gedaan, of het in elk geval had geprobeerd, wist ze dat ze een tweede poging moest wagen.

Ze haalde een flesje water uit haar mini-koelkast en liep even rond in haar kantoor terwijl ze het leegdronk. Ondertussen overwoog ze welke aanpak het beste zou zijn.

Als ze het niet probeerde en er zou iets gebeuren met Jessica Kingsley, dan zou zij daarmee moeten leven. Dat wilde ze niet.

Ze deed de deur van haar kantoor dicht, een teken dat ze niet gestoord wilde worden, ging zitten en haalde het telefoonnummer uit haar dossier.

De vrouw nam op, en was duidelijk afgeleid. 'Momentje, ik haal net een taart uit de oven.'

Rachael hoorde gerammel, geneurie en voetstappen.

'Sorry. Hallo.'

'Mevrouw Kingsley, u spreekt met Rachael McNee. We hebben elkaar een paar weken geleden gesproken.'

'Ik heb u al verteld dat dit niets met mij te maken heeft en dat u me niet meer moet bellen.'

'Hangt u alstublieft niet op. U hoeft niets te zeggen. Ik vraag alleen of u een minuutje wilt luisteren. Wat er al dan niet is gebeurd in Georgetown, uw naam staat op een lijst. Wat ik nog niet wist tijdens ons eerdere gesprek, maar wat ondertussen bevestigd is, is dat vijf vrouwen op die lijst dood zijn. Ze zijn vermoord. Ik wil dat u zich daarvan bewust bent, en ook van de mogelijkheid dat er meer kunnen zijn dan ik tot nu toe heb gevonden. De politie en de FBI doen onderzoek en wellicht nemen ze contact met u op. Ik kon u deze informatie niet met een gerust geweten onthouden, en ik adviseer u alleen om voorzorgsmaatregelen te nemen.'

'Waarom zou ik u geloven?'

'Waarom zou ik liegen?'

'Voor hetzelfde geld bent u een verslaggever die nepnieuws probeert te verspreiden, zoals alle journalisten doen.'

Rachael deed alleen haar ogen even dicht. 'U kunt mijn naam en de naam van mijn bedrijf googelen. Ik wil alleen dat u zich ervan bewust bent dat iemand vrouwen vermoordt die aan Georgetown University hebben gestudeerd en wier namen op een lijst staan. Net als die van u.'

'Prima. U hebt het me verteld. Laat me nu met rust.'

Rachael schudde haar hoofd toen de verbinding ruw werd verbroken. Kennelijk had Jessica het incident niet alleen weggestopt, maar opgeborgen in een betonnen bunker, die gevuld met ontkenning en toen laten afzinken in de diepten van de oceaan.

'Ik heb mijn best gedaan,' zei ze peinzend.

Ze had nog een uur voordat ze zich een weg naar huis zou moeten vechten omdat de regen zich misschien naar het zuiden zou verplaatsen, al leek die bepaald geen haast te hebben. Die tijd besteedde ze aan het opsporen van nog een naam van de lijst.

Eentje maar vanavond.

Het kostte haar bijna twee uur, waardoor haar gevecht met het verkeer een bloedige veldslag zou worden, maar het lukte haar twee namen te vinden.

Eentje leefde nog – een docent aan Boston College, die niet alleen toegaf dat ze een verhouding had gehad, maar Rachaels verhaal serieus nam.

En eentje was dood, een advocaat die een aantal keer met een mes was gestoken op de parkeerplaats van een supermarkt, op een paar kilometer afstand van haar huis in Oregon.

Aangezien haar handtas en horloge nooit waren gevonden, en haar auto pas ruim een week later in Noord-Californië boven water was gekomen, hield men het motief op autodiefstal en beroving. 'Hij heeft haar auto meegenomen, maar hoe is hij dan op die parkeerplaats gekomen? Hij moet haar zijn gevolgd in een andere wagen. Ook gestolen? Daar durf ik een eed op te doen. Maar dat gaan we uitzoeken.'

Ze wierp een blik op haar horloge en vloekte. 'Later.' Ze verzamelde haar spullen en deed haar computer uit.

Ze zag dat zij weer de laatste was die naar huis ging. Ze pakte haar paraplu en deed de deur van het kantoor achter zich op slot. Daarna belde ze haar man om te zeggen dat ze onderweg was. En dat hij een pizza moest bestellen. En een fles wijn moest opentrekken.

Ze at met haar gezin, dronk wijn en slaagde er zelfs in om een snelle, en stille, vrijpartij met haar man te hebben.

Maar ze wist dat ze niet zou kunnen slapen. Daarom liet ze zich uit bed glijden, trok een joggingbroek aan en ging naar haar werkkamer. Omdat ze de tv in de familiekamer keihard aan hoorde staan, deed ze de deur dicht.

In Washington D.C. mocht het dan na elven zijn, in Oregon was het nog maar net acht uur. Misschien had ze geluk en zou ze iemand aantreffen die het belangrijk genoeg vond om na te gaan of er een gestolen auto was aangetroffen op de parkeerplaats waar Alice McGuire, meisjesnaam Wendell, vijf jaar geleden was vermoord.

Ongeveer op hetzelfde moment dat Rachael haar overredingskracht losliet op een rechercheur van het politiekorps van Portland, zat Tracie Potter in haar piepkleine kleedkamer haar tv-make-up te verwijderen, die na afloop van haar journaaluitzending van elf uur altijd twintig kilo leek te wegen.

Toen ze zich insmeerde met vochtinbrengende crème durfde ze te zweren dat ze haar dankbare huid die met slurpgeluiden in zich op hoorde nemen.

Nu de regen zo hard kletterde, besloot ze haar pakje, dat heel geschikt was voor tv, te verwisselen voor iets anders en haar hoge hakken om te ruilen voor de regenlaarzen die ze speciaal voor dit soort gelegenheden bewaarde.

Ze vervloekte zichzelf omdat ze haar auto helemaal aan de andere kant van het parkeerterrein had gezet, wat ze altijd deed als ze haar tienduizend stappen van die dag nog niet had gehaald. Wat eigenlijk bijna elke dag was, dacht ze.

Haar man zou diep in slaap zijn als ze thuiskwam, en wie kon het hem kwalijk nemen? Maar het leek haar een goed idee om zich te ontspannen met een glas cognac voordat ze naast hem kroop.

Haar crew was allang weg en ze riep gedag naar wat achterblijvers. Ze ging via de achterdeur en liet die met een dreun achter zich dichtvallen terwijl ze haar paraplu uitklapte.

Ondanks de beveiligingslampen kon ze nauwelijks meer dan een halve meter vooruitkijken omdat de regen viel in sluiers, die werden voortgeblazen door de wind.

In gedachten prees ze haar laarzen en zei ze tegen zichzelf dat het heel slim was geweest dat ze de tijd had genomen om een spijkerbroek aan te trekken, terwijl de regen tegen haar pijpen spatte.

Ze had de autosleutel in haar hand en drukte op de afstandsbediening om de portieren te openen.

De lampen knipperden. Ze hoorde de gebruikelijke klik van de sloten niet, maar het regende dan ook keihard. Op een sukkeldrafje overbrugde ze de rest van de afstand, waarna ze haar paraplu inklapte en praktisch de auto in dook.

'Jezus nog aan toe,' mompelde ze, waarna ze op de startknop wilde drukken.

Ze kreeg niet de kans om te gillen. De harde ruk aan haar haren trok haar hoofd naar achteren. Het mes sneed diep in haar keel.

Ze maakte gorgelgeluiden, haar ogen draaiden en haar armen flapperden.

'Als een vis aan de haak.' JJ maakte snurkgeluiden van het lachen. Hij duwde haar ruw naar de passagiersstoel. In zijn wergwerpschilderspak – inclusief muts, handschoenen en overschoenen – sprong hij van de achterbank naar buiten.

Hij gaf haar een nog hardere duw terwijl hij achter het stuur ging zitten. Ondertussen was ze opgehouden met gorgelen. 'Je hebt er een zooitje van gemaakt,' zei hij tegen haar, waarna hij de motor startte. 'Maar dat geeft niet. We hoeven niet ver.'

Hij feliciteerde zichzelf omdat hij had geweten – echt, hij had het gewoon gewéten – dat vanavond dé avond was. De regen, het volmaakte teken, de volmaakte dekmantel. Hij zou haar auto dumpen in het kleine winkelcentrum op een paar straten afstand van de plek waar hij de auto van zijn zus had achtergelaten.

Hij moest alle beschermende kleding in een tas doen en die ergens weggooien tijdens de rit naar Washington D.C. Dat kon wel op een gunstig gelegen parkeerplaats. Hij keek even opzij naar Tracie en dacht: Eén teef dood, nog drie te gaan!

Adrian gebruikte Maya of Teesha vaak als proefkonijn. Vandaag gebruikte ze Teesha om een danssegment voor een project te vervolmaken. 'Kom op, Teesh. Deze hoort leuk te zijn.'

'Baby die tandjes krijgt. Onderbroken nachten. Borsten die pijn doen van het voeden.'

'Een cardio-oefening zoals deze geeft je nieuwe energie. Nu een driedubbele stap. Rechts, links, rechts. Gebruik je heupen! Zo pak je je buikspieren aan. Waar is je gevoel voor ritme? Je bent een zwarte vrouw.'

'Waag het niet om me te stereotyperen.' Maar ze begon te lachen. 'En mijn ritme snakt naar een dutje.'

'Chassé, een stap naar achteren, rechts, links, rechts. Nu de draai. En vergeet die blije heupen niet.'

'Mijn reet!'

'Daar is het zonder meer ook goed voor.'

Met strenge aanmoedigingen, gesoebat en sarcasme sleepte ze Teesha erdoorheen.

'Ja, dit zal prima werken.'

'Ik wil de opname hiervan nooit zien.'

'Alleen bedoeld als beoordelingsmateriaal voor mij. Volgens mij moet ik het funkier maken. Zo is het misschien wat te makkelijk.'

'Ik herhaal, mijn reet.'

Toen Teesha neerplofte op een stoel in de studio haalde Adrian een energiedrankje voor haar. 'Zorg dat je wat energieker wordt. Ik moet nog bezig met de yoga met gewichten.'

'Dat ga ik niet doen.'

'Ik moet het segment toch eerst voor mezelf uitwerken. Ik wil het hele programma rond hebben voordat mijn moeder komt. Daar heb ik nog bijna een week de tijd voor. Maar vandaag wordt een kort dagje want ik ga met Raylan en zijn kinderen naar de kermis.'

'Een kermis, met kinderen. Je zit er tot over je oren in, Adrian.'

'Absoluut. Twee dagen geleden kwam hij een halfuurtje langs en van het een kwam het ander...'

Teesha boog zich naar voren. 'Ik wil alles horen.'

'Niet "het ander" in dat opzicht. Jemig, bij jou draait ook alles om seks, seks, seks.'

'Was het maar waar. Monroe en ik zijn gedaald tot één komma zes vrijpartijen per week.'

'Komma zes?'

'Coïtus interruptus. Ons gemiddelde is nu één komma zes. We hebben ons heilig voorgenomen om dat gemiddelde op te krikken tot twee komma nul, en dat als uitgangspunt te nemen als Phin, en de hemel zij geprezen, eind augustus naar de kleuterschool gaat. Dan kunnen we een keer per week een vluggertje maken tijdens het middagslaapje.'

'Tja, het is een plan.'

'Spontane seks wordt overschat... meen ik me vaag te herinneren. Maar goed. Van welk ene ding kwam dan het andere?'

'Hij zei dat hij van me hield. Dat joeg me de stuipen op het lijf. Ik wist dat het zou komen, ik ben niet dom, maar toch joeg het me de stuipen op het lijf.'

'Ahh.'

Bij het horen van dat 'Ahh' hief Adrian haar handen op. 'En ik zat een beetje te babbelen, verzon smoesjes of probeerde hindernissen te plaatsen, maar hij heeft zo'n geduldige vastberadenheid. Of vastberaden geduld? Allebei, en bovendien is hij op een bedaarde manier heel zeker van zichzelf. En van mij. En van ons. Hij heeft me op mijn gebreken gewezen.'

'Tjonge, dat is heel romantisch.'

'Ja, eigenlijk wel. Want hij ziet ze, kent ze, en ligt er niet wakker van. Hij heeft er ook een stel van zichzelf opgesomd, en het enige wat ik kon denken was: ik zit er niet mee. En toen... toen heb ik gezegd dat ik van hem houd. Want dat doe ik.'

'Het h-woord is uitgewisseld, het belangrijkste werkwoord dat er is. Jippie! Dat werd hoog tijd.'

'Hoog tijd? Teesh, we hebben pas een paar maanden wat. Nauwelijks.'

Dat wuifde Teesha prompt weg. 'Jullie kennen elkaar al eeuwen. En je hebt altijd een zwak voor hem gehad.'

'Nietes.'

Ditmaal wees Teesha heel beslist met haar wijsvinger naar Adrian. 'Welles, en dwing me nou niet om als Phin te klinken. Heel lang geleden toen je me vertelde over Maya, had je het ook over haar broer. En er was een vonk.'

'Nee.'

'Jawel. Dat was ruim tien jaar geleden. Je had heel wat over hem te vertellen.'

'Echt waar?'

'Zijn kunst, zijn groene ogen.'

'O god.' Ze ging zitten en moest om zichzelf lachen. 'Je hebt gelijk. Nu ik eraan terugdenk, vermoed ik dat ik voor hem ben gevallen op de dag dat ik die tekeningen aan de muren van zijn slaapkamer zag hangen. Gevolgd door de manier waarop hij me aankeek, met die ogen van hem, toen ik zei dat ik ze heel mooi vond. Hoe oud was ik toen? Zeven? Jemig.' Even verbaasd als geamuseerd legde ze haar handen met een klets op haar wangen en schudde haar hoofd. 'Toen deed hij de deur voor mijn gezicht dicht, zoals elke zichzelf respecterende jongen van tien zou doen. Ik heb het waarschijnlijk nooit aan de oppervlakte laten komen, vooral niet na Lorilee.'

'Want in de eindeloze stroom van het ruimte-tijdcontinuüm, was dít het moment en de plaats.'

'Tuurlijk, dat verklaart het.'

'Ja, eigenlijk wel. Jullie passen goed bij elkaar en dat is het belangrijkste, want veel mensen die verliefd op elkaar worden doen dat niet. En ik moet ervandoor.' Ze duwde zich overeind. 'Weet je, Raylans kinderen zullen Phin vertellen over de kermis. Uiteindelijk zal ik er mee naartoe worden gesleept.'

'Ja! Laten we daar afspreken. Dat wordt leuk. Ik zal Maya een berichtje sturen om te vragen of Joe en zij ook willen komen met de kinderen.'

'Regel je een hele groep om je liefde te kunnen verbergen?'

'Nee. Iedereen heeft wel wat lol verdiend. En hé, we hebben het over de kermis.'

Lang voordat de zomerzon onderging, schalde er muziek, draaiden en zwierden de attracties en klonk er gegil van kinderen en een flink aantal volwassenen. De lucht, die naar gebrande suiker, gegrild vlees en borrelend frituurvet rook, straalde hitte en vochtigheid uit.

Kermisspellen trokken hoopvolle zielen aan die twintig dollar neertelden om eventueel een speeltje van twee dollar te winnen. Bellen rinkelden, wielen draaiden en luchtgeweren knalden.

Zodra ze in het weiland parkeerden, bij de tientallen andere auto's, greep Bradley Raylans hand beet. 'Kom mee, pap! Ik verga van de honger. Ik wil twee hotdogs en funnelcake en een ijsje en...'

'Als je zelfs maar de helft daarvan eet voordat je in de attracties gaat, moet je straks overgeven.'

'Nee-hee.'

'Ja-haa. Kies eerst een paar attracties, daarna mag je eten en dan gaan we eerst wat spelletjes doen voordat we in de volgende attracties gaan.'

'Ik wil in de Matterhorn en de rups en het reuzenrad.' Van verrukking voerde Mariah een bijzonder geslaagde radslag uit.

'Ben je er klaar voor?' vroeg Raylan aan Adrian.

'Absoluut.'

Bij de kassa kocht hij vier passe-partouts. Vervolgens liet hij zijn blik over de uitbundige doolhof van kraampjes en attracties gaan. 'Zo te zien is de Matterhorn als eerste aan de beurt.'

'Dit jaar mag ik erin.' Mariah legde haar hand in die van Adrian. 'Vorig jaar was ik niet groot genoeg, maar ik ben gegroeid. We hebben me gemeten en zo. Ik hoef alleen in de kinderattracties als ik dat zelf wil.'

'Wil je bij mij zitten, Mariah?'

'Ik kan wel bij Adrian zitten, pap. Wij zijn de meisjes.'

'We redden ons wel,' stelde Adrian hem gerust. En dat deden ze ook, samen in het bakje dat op een bobslee leek en dat van binnen naar buiten gleed, almaar sneller tot de wereld helemaal wazig was. Naast haar liet Mariah opgewonden kreten, wild gelach en gegil horen.

Toen de bakjes langzamer gingen, keek ze stralend op naar Adrian. 'Dit was het allerleukste uit mijn hele leven!'

'Er komt nog veel meer.'

Zodra ze weer vaste grond onder de voeten hadden, sprong Mariah in Raylans armen. 'Kunnen we nog een keer gaan? Alsjeblieft?'

'Mijn onbevreesde vrouwe.' Hij wreef met zijn wang langs de hare. 'Tuurlijk. Maar zullen we eerst ergens anders in gaan?'

'Een berichtje van Teesha. Ze zijn aan het parkeren en Maya en Joe kwamen vlak achter hen aan.'

'Waarom spreek je niet af bij de rupsbaan?'

'Mag ik een suikerspin als we gaan eten?'

Onder het lopen keek Raylan omlaag naar Mariah en daarna richtte hij zijn blik op Adrian. 'Misschien moet je oogkleppen voordoen.'

'Ga ringwerpen, pap. Mag ik een zakmes als je wint?'

'Als je dertien bent,' zei Raylan tegen Bradley.

'Dat duurt nog eeuwen!'

'Waarom beweerde je onlangs dan dat je al bijna een tiener bent?'

Bradley voerde de draai van honderdtachtig graden foutloos uit. 'Dat ben ik ook bijna, dus hoor ik een zakmes te hebben.'

'Die logica kan ik niet helemaal volgen.' Maar Raylan stopte bij het ringwerpen en kocht kaartjes. Hij zag een mooi, klein roze zakmes en wierp de ring. Precies over de fles.

'Hoe deed je dat?' wilde Adrian weten.

'Het draait gewoon om hand-oogcoördinatie en wat elementaire natuurkunde.' Hij overhandigde haar de prijs. 'Jij bent hier oud genoeg voor. Ga er verantwoordelijk mee om.'

Hij won een opzichtige ketting voor Mariah en een pen met verschillende kleuren inkt voor Bradley.

'Dat had onmogelijk moeten zijn,' merkte Adrian op toen ze verder liepen naar de volgende attractie.

'Ja, dat hoor ik bijna altijd van de uitbater van het spel.'

Toen ze zich bij de anderen voegden, stond Phineas treurig naar de ronddraaiende attractie te kijken. 'Ik ben niet groot genoeg.'

'Volgend jaar wel,' zei Mariah tegen hem. 'Ik ben net groot genoeg geworden.'

'Geeft niks, knul. Ik ben wel groot genoeg, maar ik ga echt niet in die kotsmachines.' Monroe duwde de wandelwagen, waarin de baby met zijn voetjes lag te trappelen. 'Jij en ik gaan met Thad naar de andere attracties. Waarom geef jij me je kleintje niet, Maya, dan neem ik haar ook mee.'

'Drie tegen één?' Maya klopte Quinn, die in een draagzak voor haar borst hing, op haar billetjes en schudde haar hoofd. 'Ik blijf deze ronde bij jou.'

'Ik kom je straks aflossen.' Joe boog zich voorover en gaf Maya een kus. Daarna wreef hij in zijn handen. 'Ik ben gek op kotsmachines. Ben je klaar voor je eerste rit, Collin? Je bent net groot genoeg.'

Het jongetje beet op zijn lip. 'Ja, ik denk het wel.'

'Je hoeft niet. Je mag ook met ons mee,' zei Maya tegen hem.

'Nee, ik kan het wel.'

Hij deed het inderdaad, maar in tegenstelling tot Mariah stapte hij uit met grote ogen van ontzetting. Hij slaagde erin om in nog twee attracties een rit te maken, waarbij zijn ogen op manen van blauw glas leken.

'Zullen we mama nu een kans geven? Dan helpen wij Monroe met de kleintjes.'

'Oké. We moeten eerlijk zijn.' Een beetje wankel op zijn benen pakte Collin Joe's hand terwijl ze naar de kinderattracties liepen. 'Ik heb niet overgegeven.'

'Een maag van staal.'

Na de eerste ronde aten ze een, naar Adrians mening, belachelijke hoeveelheid vlees, suiker en vet, waarna ze er zoveel mogelijk weer vanaf liepen op het kermisterrein terwijl de schemering viel en de felle lampen aangingen.

Het leek net magie, dacht ze.

En op magische wijze liet Raylan ballonnen knappen met dartpijltjes, waarmee hij een enorme pluche eenhoorn won voor Mariah. Bij de schiettent raakte hij voortdurend ronddraaiende wolven, hanen, beren en coyotes, waarmee hij een robot voor Bradley in de wacht sleepte.

'Nee, echt,' wilde Adrian weten. 'Hoe doe je dat toch?'

Hij haalde alleen zijn schouders op. 'Dat is mijn superkracht. Daar is het balletjes gooien. Zie je er iets leuks bij?'

Lachend zei Adrian: 'Een beetje medelijden met de kermisklanten, Arendsoog.'

'Ik vind de octopus leuk,' zei Phineas tegen hem. 'Octo betekent acht en ze hebben acht tentakels.'

'Ik zal zien wat ik voor je kan doen.' Hij won de octopus voor Phineas en een pluche slang voor Collin.

'Die doe ik.' Joe wees naar de kop-van-jut. 'Ik zwaai vaak genoeg met een hamer. Ik zal die bel laten rinkelen.' Hij gaf Maya het oplichtende zwaard dat hij al eerder had gewonnen en rolde met zijn schouders.

Hij hief de hamer op en bracht hem met een zwaai omlaag. Toen het net niet hard genoeg bleek, zei hij dat het een oefenronde was geweest en overhandigde de eigenaar nog een paar kaartjes.

Bij de tweede klap rinkelde de bel en flitsten er lampen op.

'Mijn sterke kerel.' Maya knipperde met haar wimpers naar hem en nam de pluche koe met de grote ogen van hem aan.

'Op mij hoef je niet te rekenen.' Lachend zwaaide Monroe met zijn handen door de lucht. 'Ik heb al door pure mazzel die magische kristallen gewonnen. Ik ben musicus, niet Thor.'

Voordat Raylan een stap naar voren kon doen, stak Adrian haar hand op. 'Ik wil het wel proberen.'

De beheerder glimlachte naar haar. 'Succes, juffie.'

De hamer was zwaarder dan ze had verwacht, maar ze zette haar voeten stevig neer, tilde hem op en bracht hem omlaag.

Het gewicht kwam ruim vijfentwintig centimeter onder de bel tot stilstand.

'Dat was een goede poging, dametje.' De beheerder overhandigde haar een diadeem met bloemetjes die licht gaven.

Ze zette hem op haar hoofd en rolde haar schouders eerst naar achteren en daarna naar voren. 'Nog één keer.'

Raylan trok de benodigde kaartjes van de stapel.

Ze greep de hamer beet, ging in de juiste houding staan en hield haar hoofd schuin. Ademde in. Ademde uit. Ademde in en bracht de hamer omlaag terwijl ze uitademde.

Het gewicht vloog omhoog, raakte de bel en liet de lichtjes flitsen.

'Een dametje heeft niet zulke.' Ze spande haar biceps.

'Nee, vast niet,' zei de kermisklant lachend.

28

Ongeveer op hetzelfde moment dat Adrian de bel liet rinkelen, had Rachael nog twee dode vrouwen opgespoord, waarmee het totaal op acht kwam. Meer dan twintig procent, dacht ze. Niemand kon zoiets negeren. Niemand.

Ze maakte er een aantekening van, stuurde kopieën naar de rechercheur in Washington D.C. die de zaak onderzocht, en naar de FBI-agent. Ze sprak bij allebei een voicemail in, waarin ze aandrong op het ondervragen van Nikki Bennett.

Bekijk het maar, ik doe zelf nog wel een poging, dacht ze toen.

Ze stuurde haar man een tekstberichtje.

Sorry. Sorry. En nog eens sorry. Ik weet dat ik nu al heel erg laat ben, maar ik moet nog één ding doen. Ik ben nog ongeveer een uur of anderhalf uur bezig.

Net toen ze het lege kantoorgebouw afsloot, stuurde hij haar een berichtje terug.

Je werkt te hard, Rach. Alles oké hier. Maggie is vanavond bij Kiki. Sam heeft me twee keer ingemaakt met Fortnite dus nu troost ik mezelf met een boek. Als je nog tijd hebt, neem dan wat Butter Crunch-ijs mee. Misschien heb ik nog meer troost nodig.

Onwillekeurig glimlachte ze terwijl ze de deur op slot deed.

Ik zal er tijd voor maken, en ik zal je troosten. Liefs.

Toen haar mobieltje ging, zag ze Anonieme Beller op het scherm staan. Vanwege haar beroep kon ze anonieme bellers niet negeren. 'Met Rachael McNee.'

'Mevrouw McNee, u spreekt met rechercheur Robert Morestead van de politie in Richmond. Afdeling Zware Delicten.'

'Richmond,' herhaalde ze terwijl ze haar bloed koud voelde worden.

'We hebben uw naam en telefoonnummer gevonden in het adresboek van Tracie Potter.'

Rachael leunde met haar rug tegen de gesloten deur. 'Mag ik het nummer van uw politiepenning zodat ik kan controleren of u echt bent wie u zegt?'

Terwijl hij haar de informatie gaf, inclusief de naam van zijn inspecteur, maakte ze de deur weer open en deed ze de lampen aan. 'Een momentje, graag.'

Zodra ze weer aan haar bureau zat, gebruikte ze het vaste toestel om zijn identiteit te controleren. Daarna leunde ze achterover in haar stoel en deed ze haar ogen dicht.

'Rechercheur Morestead, ik heb contact met Tracie Potter opgenomen en ik heb haar twee keer gesproken in verband met een onderzoek waar ik nu mee bezig ben. Wat is er met haar gebeurd? Ik ben zelf tien jaar lang politieagente in Washington D.C. geweest. Dat kunt u natrekken. Op dit moment werk ik samen met rechercheurs Bower en Wochowski van het Metropolitan Police Department en met FBI-agente Marlene Krebs.' Al pratend stond ze op om nog een flesje water te pakken. 'Aangezien u van de afdeling Zware Delicten bent, moet ik wel concluderen dat Tracie Potter of gewond of dood is.'

'De moord op mevrouw Potter is hier uitgebreid in het nieuws geweest.'

'Ik ben in Washington D.C., niet in Richmond.' Godverdomme, dacht ze. Godverdomme, nu zijn het er al negen.

'Potter is de negende vrouw die is vermoord van een lijst waar de namen van vierendertig vrouwen op staan. U moet als de bliksem mensen gaan bellen, rechercheur. En u moet me een e-mailadres geven waarop ik u alle informatie en alle bewijsstukken kan sturen die ik tot nu toe heb verzameld. En als u die agenten belt, zorg dan dat ze van hun luie reet af komen. Ik heb hun de naam van mijn hoofdverdachte al doorgegeven en ze hebben haar nog steeds niet ondervraagd.'

'Hoe komt u aan die lijst?'

'Ik zal u kopieën van al mijn dossiers en verslagen sturen. Die zijn heel gedetailleerd.' Ze zette haar computer aan en wachtte tot die was opgestart. 'Deze moorden hebben plaatsgevonden in de loop van een aantal jaren en zijn gepleegd op verschillende manieren en in verscheidene, door het hele land verspreide jurisdicties.'

'En het verband ertussen?'

'Vergelding. Ik zal al uw vragen beantwoorden nadat u de dossiers hebt gelezen en de nodige telefoontjes hebt gepleegd.'

'Ik zal in de telefoon klimmen, en ik zal u een e-mailadres geven waar u de dossiers naartoe kunt sturen. En ik zal vragen gaan stellen. We zitten al in de auto in verband met ons onderzoek en we kunnen binnen twee uur bij u zijn.'

Het was al bijna halftien, dacht ze. Nou, geweldig. Echt geweldig, verdomme.

'Oké. Ik ben nu nog op kantoor, maar ik ga zo naar huis. U kunt me daar spreken.' Ze ratelde het adres af. 'Ik heb zelf ook een vraag, rechercheur. Hoe is ze vermoord? De informatie die jullie aan de media hebben doorgegeven is voldoende.'

'Het slachtoffer is gisteravond tussen elf en twaalf vermoord. Haar lichaam is vanochtend rond een uur of acht ontdekt op een parkeerterrein van een klein winkelcentrum, een paar straten verwijderd van haar studio. Voorlopig lijkt het op een uit de hand gelopen carjacking.'

'Dat is het niet. Uw e-mailadres?'

Nadat hij het haar had gegeven, mailde ze de dossiers.

'Kunt u onderweg hiernaartoe de volgende personen natrekken? Jonathan Bennett Junior en Nikki Bennett. Broer en zus. Dan zie ik u over een paar uur.'

Ze hing op, misselijk en woedend. Geen troost vanavond, dacht ze. En ze zou geen bezoekje aan Nikki Bennett kunnen brengen om haar zelf nog een keer onder druk te zetten. Ze moest naar huis gaan, zorgen dat ze wat kalmer werd en zich voorbereiden op een gesprek met Richmond.

Voordat ze dat deed, noteerde ze wat er in het telefoongesprek was besproken, plus de naam van de rechercheur uit Richmond en de tijden en de datums. Daarna trok ze rechercheur Morestead snel na.

Tweeëntwintig jaar bij de politie, waarvan de laatste negen jaar bij de afdeling Zware Delicten. Een goede, degelijke diender.

Ze ging naar een paar sites van kranten in Richmond, zette haar persoonlijke schuldgevoel in de wacht en las de bijzonderheden over de gepleegde misdaad.

'Carjacking, mijn reet,' mompelde ze. En ze vermoedde dat Morestead dat ook wist. Maar hij kende haar niet, mijmerde ze. In zijn plaats zou ze ook niet al te scheutig zijn geweest met het delen van informatie.

De moordenaar moest in de auto zijn gestapt en het slachtoffer daar hebben opgewacht. Net als bij Jayne Arlo in Erie. Hij moest haar meteen hebben vermoord. Waarom zou hij een risico nemen? Maar daarna had hij de auto van de studio naar het winkelcentrum gereden. Daardoor zou het langer duren voordat ze werd gevonden en had de dader meer tijd gehad om zich uit de voeten te maken, concludeerde Rachael.

De moordenaar had haar in de auto achtergelaten, dus moest hij of zij zelf ook een auto hebben gehad. Waarschijnlijk had die op hetzelfde parkeerterrein gestaan.

Toeslaan en wegwezen.

Ze maakte kopieën van de krantenartikelen voor haar dossiers, waarna ze haar computer opnieuw uit zette en het kantoor opnieuw afsloot.

Nu waren het er al negen, dacht ze. Er waren minstens negen vrouwen vermoord. Maar ze zouden verdomme zorgen dat er een einde kwam aan deze reeks wraakzuchtige moorden.

Ze overwoog haar oom te bellen, maar besloot te wachten tot ze thuis was en wat tot rust was gekomen. Ze zag dat het al na tienen was, maar hij zou nog wakker zijn.

En onderweg zou ze verdorie dat ijs halen. Dat was wel het minste wat ze kon doen, aangezien ze waarschijnlijk de halve nacht op zou zijn vanwege deze zaak en thuis bezoek zou krijgen van agenten.

Worstelend met haar schuldgevoelens en haar woede, liep ze naar buiten en ging op weg naar haar auto.

Ze zag de flits en voelde de felle bijensteek in haar arm.

Ze draaide om haar as, tastte naar haar autosleutels en de knop van het alarmsysteem.

Pijn schoot als een speerpunt door haar borstkas en haar schouder. Ze wankelde naar achteren, stootte haar hoofd tegen het portier van haar auto en voelde dat ze het bewustzijn verloor.

Hij liep naar haar toe. Hij had een .22 semi-automatisch pistool gebruikt om het lawaai te beperken. Maar hij wist dat hij het van dichterbij had moeten doen. Zo'n .22 pistool had niet veel kracht! Hij moest toegeven dat hij beter was met een mes dan met een vuurwapen.

Maar hij hield van het gevoel waarmee het wapen knalde in zijn hand, de manier waarop kogels hard een mensenlichaam binnendrongen.

Ze bloedde flink, maar hij zou voor alle zekerheid nog een kogel in haar oor schieten. Toen hij op haar af liep, hoorde hij opeens luid gelach en harde stemmen.

Laat haar ook maar doodbloeden, dacht hij terwijl hij ineengedoken achteruitliep. Laat die nieuwsgierige teef daar maar leegbloeden. 'Twee teven kapot,' mompelde hij.

Heel behoedzaam liep hij nog verder achteruit en maakte daarna gebruik van de duisternis om een grote omtrekkende beweging om het gebouw te maken, alvorens een trottoir op te slenteren en fluitend weg te lopen.

Blijf wakker, beval ze zichzelf. Niet wegzakken! O, jezus. O, god. Ethan, onze kinderen. Nee, nee, nee, dit zou ze hun niet aan doen. Ze was niet van plan om hier op deze manier te sterven en hen achter te laten.

Ze probeerde om hulp te roepen, maar haar stem was nauwelijks meer dan een piepje.

Rillend wist ze zich voldoende te verplaatsen om haar telefoon uit haar zak te halen. Maar god, wat deed dat pijn. Het toestel gleed uit haar vingers door het zweet, het bloed, de schok en de rillingen, maar ze pakte het opnieuw vast en toetste het alarmnummer in.

'Alarmcentrale. Wat wilt u melden?'

'Er is geschoten. Er is geschoten. Agent neergeschoten. Nee, nee, ik ben geen agent meer. Ik ben neergeschoten. Ik ben neergeschoten. Op het parkeerterrein.' Klappertandend gaf ze het adres door.

'Ik stuur nu een politiewagen en een ambulance naar u toe. Blijf aan de lijn. Blijft u aan de lijn. Hoe heet u?'

'Rachael McNee. Ik ben drie keer geraakt. Misschien vier keer. Misschien vier keer. Denk ik. Ik heb mijn hoofd gestoten. Of ben ik aan mijn hoofd geraakt? Ik weet het niet. De pijn in mijn borst is het ergst. Ik verlies bloed. De verdachte is...'

'Blijf bij me, Rachael. Er is hulp onderweg.'

'Witte... Witte man. Ik heb hem gezien. Ik heb hem gezien. Halverwege de dertig. Ongeveer één meter tachtig en zeventig kilo. Blond, hij heeft een baard, een baardje, en... verder weet ik het niet meer. Ik ga flauwvallen.'

'Blijf bij me, Rachael. Ik hoor de sirenes via je telefoon. Blijf gewoon bij me.'

'Lukt niet...'

En toen verloor ze het bewustzijn.

Ze kwam heel even bij terwijl de wereld om haar heen tolde. Er was ook een fel licht dat in haar ogen scheen. Stemmen, veel te hard. Ze kon zichzelf niet horen denken.

Hou je kop, dacht ze. Hou je kop zodat ik kan nadenken.

Ze maakte een maaiende beweging met een hand waarna iemand – een vreemde – zich over haar heen boog. 'We zorgen voor je. Hou vol.'

'Bennett.' Ze sprak de naam onduidelijk uit. 'Junior. Hij heeft me neergeschoten.'

'Alles komt goed. Alles komt goed. Hou vol.'

Maar ze had het bewustzijn alweer verloren.

In het toilet zat Nikki ineengedoken op de grond. Soms had ze het zo koud dat haar lichaam trilde. Soms had ze het zo heet dat het zweet van haar af gutste.

Ze stonk. Ze had geprobeerd zich te wassen, maar ze bleef stinken.

Ze kon niet bij het lichtknopje.

Soms bad ze dat de gloeilampen zouden opbranden zodat het even donker zou zijn. Maar daarna rilde ze bij het idee dat ze alleen in de duisternis zou zitten.

Haar rechterpols, gekneusd en bebloed, deed pijn. Haar gezicht bonsde op de plek waar hij haar had geraakt. Ze nam de pillen in die JJ voor haar had achtergelaten, en die hielpen. In haar hoofd visualiseerde ze dat sommige dieren hun eigen poot afknaagden om zich uit een val te bevrijden.

Zou zij dat kunnen? Moest ze dat proberen?

Het idee alleen was voldoende om haar te laten overgeven.

Ze wist niet hoeveel tijd er was verstreken. Een dag? Een week?

Ze at droge ontbijtgranen en crackers. Een appel. Een banaan. Ze werd bang dat ze zonder eten zou komen te zitten en een langzame hongerdood zou sterven.

Ze was bang dat hij niet terug zou komen.

Ze was bang dat hij dat wel zou doen.

Ze had het geweten.

Elke keer dat ze begon te huilen, moest ze aan zichzelf bekennen dat ze had geweten wat hij was. Niet helemaal goed bij zijn hoofd, nooit echt helemaal goed bij zijn hoofd. Hij was vaak gemeen en gewelddadig geweest, maar dat had hij allemaal weten te verbergen achter bewonderende glimlachjes voor hun vader.

Hij had haar altijd gehaat. Dat had ze ook geweten.

Dat kwam omdat zij de oudste was, had hij haar ooit verteld. Zij eiste delen van hun vaders liefde en aandacht op die hem eigenlijk toekwamen.

Toch had ze hem telkens in bescherming genomen.

Ze had smoesjes voor hem verzonnen wanneer hij 's nachts stiekem het huis uit was geslopen. Ze had het bloed uit zijn kleren gewassen voordat iemand anders het zou zien. Ze had haar moeders aandacht afgeleid, wat heel makkelijk was gegaan, elke keer dat die tegen hem tekeer was gegaan.

Hij had hun moeder vermoord.

Had ze dat ook geweten? Nee, nee, ze geloofde niet dat ze dát had geweten. Misschien had ze het vermoed. Heel vaag. Maar ze had het niet geweten.

Ze had hem geld gestuurd wanneer hij dat nodig had. Ze had hem nooit vragen gesteld. Ze had de antwoorden daarop ook niet willen weten. Ze was opgelucht dat hij bijna altijd weg was. Ze had immers haar eigen leven. Ja toch, zeker?

Ze zat daar ineengedoken, huilend en lachend, en voelde de bonkende pijn. Ook hoorde ze de wartaal die ze uitsloeg, al was er niemand om tegen te praten.

Ze was bang dat ze haar verstand zou verliezen omdat ze een eigen leven had willen hebben. Ze had niet geweten van de gedichtjes. Ze had ook niet geweten van de moorden. Van de vrouwen die hij had vermoord.

Maar ze had onmiddellijk geweten dat het waar was toen die privédetective was langsgekomen. Toen had ze het geweten, en desondanks had ze haar broer in bescherming genomen.

Haar vader had haar keer op keer verteld dat dát haar plicht was. Ze wilde gewoon haar plicht doen. Maar ze wilde niet sterven omdat ze haar plicht had gedaan.

Rechercheur Morestead las Rachaels dossier door terwijl zijn partner reed. Morestead was van het keurig verzorgde type, met een zorgvuldig geknoopte stropdas en volmaakt gepoetste schoenen. Hij diende inmiddels tweeëntwintig jaar bij de politie en zat al bijna tien jaar bij de afdeling Zware Delicten. Zijn haar was altijd keurig kortgeknipt en hij hield zijn gezicht met de harde kaaklijn altijd gladgeschoren.

Hij was een man met oog voor details, en zou dat ook altijd blijven.

Zijn partner Lola Deeks, die inmiddels vijf jaar bij de politie zat, had een wat informeler voorkomen. Zij droeg haar haar heel kort, maar hij wist – omdat ze het hem had verteld – dat ze dat deed omdat ze daardoor meer tijd overhield voor belangrijkere dingen.

Zoals slaap.

Ze droeg nette jasjes of blazers, maar altijd in opvallende kleuren. Over het algemeen droeg ze er een T-shirt onder in plaats van een blouse. En ze droeg altijd sneakers, behalve midden in de winter als er sneeuw lag. Hij nam aan dat ze daar altijd minstens twaalf paar van bezat.

Als hij van de details was dan was zij van het hele plaatje.

Hij las haar stukjes voor uit de dossiers terwijl ze over Interstate 95 reden.

Ze discussieerden en overlegden.

'Ik heb hier een zaak die, op het moordwapen na, precies op de onze lijkt. Er is gebruikgemaakt van een .22 wapen, schot in het achterhoofd. Maar in de auto, vanaf de achterbank.'

'De dader moet al in de auto hebben gezeten, precies zoals bij onze reconstructie van de moord op Potter. Dus zij had er al acht van de vierendertig voordat wij Potter aan de lijst konden toevoegen? Dat is meer dan een gewoon gevalletje van pech hebben, Bobby. Die Nikki Bennett, als de privédetective tenminste gelijk heeft wat haar betreft...

Die Nikki Bennett reist voor haar werk. Ze kiest een doelwit uit, vermoordt die persoon en verlaat de stad weer.'

'Statistisch gezien...'

'Ja, ja.' Ze wierp hem een geërgerde blik toe. 'Niet bij uitstek vrouwelijke wapens of methoden. Vrouwelijke seriemoordenaars zijn zeldzame vogels van een bijzonder pluimage. Maar soms vang je een zeldzame vogel, Bobby.'

'Ja, dat is waar. McNee heeft aan de plaatselijke politie gevraagd om een bevelschrift los te krijgen voor Bennetts reisschema. Wij zullen wat dat aangaat ook wat druk uitoefenen.' Hij trok aan zijn oor. 'Het motief is zwak.'

'Niet zozeer zwak, als wel volslagen gestoord. Rechttoe rechtaan wraak zou via de familie Rizzo gaan. De moeder, de dochter en het kindermeisje. Alleen iemand die gestoord is beschouwt alle vrouwen met wie vaderlief naar bed is geweest als medeplichtig en wil ze daarom allemaal laten boeten.'

'Het gaat wel om een flink aantal jaren, Lola. En om een heleboel geduld. In geen van die gevallen was sprake van gedichtjes of van bedreigingen, zoals bij dat meisje van Rizzo.'

'Ze is rond de dertig, Bobby. Je kunt haar geen "meisje" meer noemen. Zij is het belangrijkst voor de dader, dus zij krijgt de gedichtjes.'

'Een bloedband,' beaamde hij.

'De dader neemt contact met haar op en kwelt haar een beetje. Dat is stom, maar het laat ook zien dat de dader een groot ego heeft. Binnenkort kunnen we van deze verdomde weg af.'

'Ik bel de rechercheur in Washington even die de leiding heeft over deze zaak. Misschien kunnen we ook met hem praten, als we er toch zijn.'

Hij zocht het telefoonnummer op in het dossier. Tot zijn verbazing nam de rechercheur in Washington meteen op.

'Met rechercheur Bower.'

'Dag, rechercheur Bower. U spreekt met rechercheur Morestead van de politie in Richmond. We onderzoeken een moordzaak, en we denken dat we een verband hebben gevonden met een van uw zaken. We zijn nu onderweg naar Georgetown om daar met een privédetective te gaan praten. Rachael McNee.'

Lola wierp een blik opzij toen de schouders van haar partner zich spanden. Ze kende zijn lichaamstaal. Er was iets aan de hand. Iets wat niet best was.

'Wanneer?' Hij krabbelde iets op de blocnote op zijn schoot, die hij gebruikte om persoonlijke aantekeningen over de dossiers te maken. 'Waar is ze nu? Dan zien we u daar.' Hij wierp een blik op de GPS en maakte een herberekening. 'Over een kwartier.'

'Nog een slachtoffer?' vroeg Lola nadat hij de verbinding had verbroken.

'De privédetective heeft vier kogels in haar lichaam gekregen, vlak voor haar kantoor. Hoogstens een half uur nadat ik met haar had gesproken.'

'Is ze dood?'

'Nog niet. Ik zet de route naar het ziekenhuis in de GPS. Ze wordt op dit moment geopereerd.'

JJ reed naar Reagan National Airport om de auto daar op een terrein voor lang parkeren achter te laten en een andere auto te stelen. Hij propte de dichtgeknoopte vuilniszak met bebloede kleding in een vuilnisbak.

Hoewel hij het erg vervelend vond om zijn mooie auto weg te moeten doen, waren die klotesmerissen de naam van zijn zus op het spoor gekomen, dus wisten ze ook naar welke auto ze moesten zoeken.

Tijd voor een ander vervoermiddel.

Hij bofte met een oud, eenvoudig busje zonder beveiliging. Hij brak het busje open en zette zijn tassen, wapens en gereedschap van de auto in het busje. Aangezien het starten van dit koekblik zonder contactsleutel een fluitje van een cent was, reed hij nog geen tien minuten later het parkeerterrein alweer af.

Hij zag dat hij moest tanken. En hij moest een veilige plek zoeken om de kentekens te verwisselen. Je kon niet voorzichtig genoeg zijn!

Misschien zou hij even stoppen bij een truckerscafé of een wegrestaurant om wat snacks te scoren en een dutje te doen. Hij had nog een paar van zijn handige pilletjes die hem een oppepper gaven, maar hij had tijd, dus even slapen kon ook.

Hij had niet echt haast en hij wilde overal van genieten. Smerissen waren, iets waar hij keer op keer het bewijs van had gezien, te stom om de neergestoken journaliste – of eigenlijk had ze het nieuws alleen maar voorgelezen – in Virginia in verband te brengen met een neergeschoten privédetective in Washington D.C.

Die sukkels zouden bij beide zaken hun eigen staart achterna rennen terwijl hij naar dat afgelegen klotedorp ging om een gezellig bezoekje aan het onwettige kind van zijn vader te brengen. Het kreng dat zijn vader had vermoord.

Op zijn telefoon keek hij waar op zijn route een truckerscafé lag. Hij had een zwak voor zulke cafés en voor langeafstandschauffeurs. Meer dan eens had hij zo'n chauffeur gevraagd om tijdens diens volgende stop een brief naar JJ's liefje te posten. Zogenaamd een spelletje dat ze samen speelden, had hij dan beweerd, en daarna had hij de chauffeur op een kop koffie getrakteerd.

Ditmaal had hij geen gedicht om op de bus te doen. Maar misschien zou hij er nog eentje schrijven. Een laatste gedicht dat hij bij haar bebloede, toegetakelde lichaam zou achterlaten.

Ja, dat zou hij doen. Dat was precies wat hij ging doen! En dat gedicht zou worden gepubliceerd in de kranten en op internet. Stomme teven, zoals het wijf dat hij zonet had vermoord, zouden het plechtig voorlezen tijdens nieuwsuitzendingen.

Hij zou beroemd worden. Hij zou zorgen dat zijn vader trots op hem kon zijn!

Dus deze keer zou hij het ondertekenen. Niet met zijn echte naam, natuurlijk. Maar met een pseudoniem.

De Bard, dacht hij. Zijn vader was dol geweest op Shakespeare, dus in feite zou hij zijn vader op die manier eer bewijzen.

Hij zou steak met eieren, een portie gebakken aardappelen en een kop goede, sterke truckerskoffie bestellen en daarna zijn mooiste gedicht tot nu toe gaan schrijven.

Voordat hij die teef ombracht, zou hij het aan haar voorlezen.

Als hij de klus had volbracht, als hij een paar goede foto's van haar lijk en haar tevengezicht had gemaakt, zou hij snel teruggaan naar zijn ouderlijk huis om met zus nummer één af te rekenen.

Geen gedicht voor haar, dacht hij. Enkel een kogel door haar kop. Snel en efficiënt.

Toch jammer dat hij die geldbron in de toekomst niet meer zou kunnen gebruiken, maar dat mens wist te veel, mijmerde hij. En wijven waren gewoon niet in staat om hun bek te houden. Trouwens, in dat huis lagen genoeg waardevolle spullen die hij mee kon nemen.

Daarna zou hij, net als een echte langeafstandschauffeur, teruggaan naar Wyoming. Met de andere teven op zijn lijst zou hij later op zijn gemak afrekenen.

Die moorden zou hij met grote intervallen plegen, zoals hij altijd had gedaan.

Een man hoorde zich niet te haasten bij het verrichten van zijn levenswerk.

Op het moment dat JJ aan zijn steak en eieren begon, stapten Morestead en Deeks uit de lift in het ziekenhuis. Allebei zagen ze onmiddellijk dat de man die een paar meter verderop liep te ijsberen een politieagent was.

Morestead tastte naar zijn politiepenning. 'Rechercheur Bower?'

'Nee.' De stevig gebouwde man in een T-shirt en een wijde spijkerbroek keek hen doordringend aan. 'Ik ben brigadier Mooney. Mijn nicht, de dochter van mijn zus, wordt momenteel geopereerd. Bower en Wochowski zijn even naar buiten gegaan.'

'We vinden het verschrikkelijk wat uw nicht is overkomen, brigadier,' zei Deeks. Daarna stelden Morestead en zij zich aan hem voor. 'Weet u hoe ze eraan toe is?'

'Ik weet godverdomme geen ene moer, behalve dan dat ze vier kogels in zich heeft gekregen. Die hebben ze eruit gehaald en dat zijn nu bewijsstukken. Twee in haar borst.' Hij tikte met een vuist op zijn eigen borstkas. 'Ze heeft zelf het alarmnummer gebeld. Zo moedig is ze.'

'Is er een verdachte?'

Mooney richtte zijn doordringende blik, waar inmiddels woede in stond te lezen op Morestead. 'Sta daar niet van die stomme vragen te stellen. Jullie zijn hier om met haar te praten omdat jullie de puntjes met elkaar hebben verbonden. Of zij heeft die puntjes voor jullie met elkaar verbonden. Als jullie van Moordzaken niet heel snel een aanhoudingsbevel voor Bennett regelen, doe ik dat zelf. Dan bel ik een rechter wakker en vraag ik verdomme hoogstpersoonlijk zo'n aanhoudingsbevel aan.'

'Brigadier,' zei Deeks op zachte, vriendelijke toon. 'We werken pas achttien uur aan deze zaak. Het lijkt erop dat mijn partner de laatste was met wie uw nicht heeft gesproken voordat ze is neergeschoten. Zij heeft inderdaad de verbanden gelegd, en onderweg hiernaartoe hebben we de dossiers gelezen die ze ons heeft gestuurd. Als het Bower en Wochowski niet lukt een aanhoudingsbevel te bemachtigen voor de ondervraging van Nikki Bennett en een huiszoekingsbevel voor haar huis, haar kantoor en haar voertuigen, dan zullen wij dat regelen.'

Mooney hief een hand op en slaakte een diepe zucht. 'Het spijt me dat ik zo tegen jullie uitviel. Ik moest even die wachtkamer uit. Rachaels man, haar twee kinderen, mijn zus, mijn zwager, mijn vrouw, Rachaels broer, haar zus, bijna onze hele verdomde familie, en die is groot, zit daar opeengepakt of probeert op de gang de spanning van zich af te lopen.'

'Mijn broer is ook een keer neergeschoten. In 2007 studeerde hij aan Virginia Tech. Ik was toen nog maar een kind. Ik ben van mijn leven nog nooit zo bang geweest als toen, in de wachtkamer van het ziekenhuis. Vanaf dat moment wilde ik politieagent worden.'

'Heeft hij het overleefd?' vroeg Mooney haar.

'Ja. Hij was de eerste van onze familie die is afgestudeerd aan de universiteit.'

'Fijn om te horen.' Hij streek met een hand door zijn grijze haar. 'Kom, dan gaan we wat koffie voor jullie halen.'

De liftdeuren ging opnieuw open.

'Bower, Wochowski, dit zijn Morestead en Deeks.'

Mooney wachtte tot iedereen klaar was met handen schudden. 'Hebben jullie dat aanhoudingsbevel nu?'

'Het zit in de molen, brigadier,' zei Bower tegen hem. 'Het zit in de molen. Ze zijn nu bezig om een rechter uit zijn bed te bellen.' Hij wreef over zijn nek. 'Wochowski heeft met de inspecteur gesproken en ik met de openbare aanklager. Ik heb haar uit bed gebeld.'

'We gaan een team samenstellen,' zei Wochowski tegen de anderen. 'Een arrestatieteam, een onderzoeksteam. Bower en ik zullen mevrouw Bennett naar het bureau brengen om haar te ondervragen. Als jullie daarbij aanwezig willen zijn, zijn jullie allemaal van harte welkom. Ze heeft geld, dus ze kan zich een goede advocaat veroorloven. We hebben hard bewijs nodig. Tastbaar bewijs,' voegde hij eraan toe.

'Als die vrouw Rachael heeft neergeschoten,' ging Bower verder, 'zullen we dat bewijzen. Dat is verdomme een belofte, brigadier. Dat onderzoeksteam moet iets zien te vinden waarmee we haar in verband kunnen brengen met Rachael en de andere vrouwen die mevrouw Bennett volgens Rachael heeft vermoord.'

'Is ze nog steeds op de operatiekamer?' vroeg Wochowski, waarop Mooney enkel knikte. 'Als ze met haar klaar zijn, en ze weer bij is gekomen, zal ze ons helpen om de zaak rond te krijgen.'

'Daar waren we al mee bezig.' Bower sloeg zacht met een vuist op zijn dij. 'We zouden vandaag met Bennett gaan praten. Eerder lukte het niet. En toen zaten we ineens met die dubbele moord.'

Mooney wuifde het weg. 'Ik zag het ook niet als iets dringends. Dat had ik wel moeten doen. Maar dat deed ik dus niet.'

Hij hield abrupt op met praten en liep weg toen hij een van de artsen in operatiekleding zag staan. Zijn hart klopte in zijn keel en het bloed gonsde in zijn oren. 'Jullie hebben Rachael McNee net geopereerd. Ik ben haar oom. Ik ben...'

'Ik weet nog wie u bent.' De vrouw met de kalme stem en de vermoeide blik in haar ogen knikte. 'Ik ben dokter Stringer. De toestand van uw nicht is stabiel. Ze is sterk en ze is stabiel. Ze is er ernstig aan toe en we zullen haar de komende twaalf uur goed in de gaten houden. Ze heeft de operatie goed doorstaan.'

'Wilt u de familie op de hoogte brengen? Ze zullen haar allemaal willen zien. Ik weet wel dat niet de hele horde naar haar toe mag, maar haar man, haar kinderen, haar moeder. Die moeten haar echt even zien.'

'We zullen haar de hele nacht in slaap houden, maar ja, we zullen het gaan regelen.'

'Al die mensen gaan pas weer naar huis als ze weer bij bewustzijn is.'

'De kantine hier is altijd open. Zodra ze uit de verkoeverzaal is, kan ik een extra bed op haar kamer laten zetten voor haar man. De verwondingen aan haar schouder en arm vielen mee. De wonden in haar borst waren ernstiger, zoals we al hadden verteld. Ze heeft ook snijwonden opgelopen aan haar achterhoofd, ik denk tijdens haar val. Ik mag wel zeggen dat het een wonder is dat ze bij bewustzijn is gebleven en het alarmnummer heeft kunnen bellen.'

'Dan kent u Rachael niet.'

De dokter glimlachte. 'Maar nu wel. Ik hoop dat jullie degene die dit heeft gedaan te pakken krijgen.'

'Daar kunt u op rekenen. De hele familie zit in de wachtkamer. Nou ja, bijna de hele familie.' Hij richtte zich tot de andere agenten en zei: 'Geef me vijf minuten om met hen te praten. Daarna ga ik met jullie mee als jullie haar gaan oppakken.'

'Brigadier...'

'Flik me even geen kunstjes wat dit aangaat. Ik ben al bijna even lang diender als jij hebt geleefd, Bower. Ik ga de zaak tegen de persoon door wie mijn nicht in het ziekenhuis is beland heus niet in gevaar brengen. Maar ik zal erbij zijn als jullie haar inrekenen en naar het bureau brengen.'

'Vijf minuutjes. We moeten terug naar het bureau, een kogelwerend vest aantrekken en het team op de hoogte stellen.'

'Wij gaan ook mee.' Morestead wachtte op de gefrustreerde blikken. 'Alleen als waarnemers en eventuele versterking. Dit wordt jullie arrestatie, rechercheurs. Maar we willen de verdachte wel ondervragen over ons slachtoffer.'

'Prima. Neem die vijf minuten maar, brigadier. En Mooney? Ik ben heel blij dat Rachael het gaat redden.'

Deeks keek naar de wachtkamer toen ze mensen hoorde huilen. 'Dat zijn tranen van opluchting,' zei ze. 'Die klinken anders dan tranen van verdriet. Het is fijn om die te horen.'

29

Aangezien de pijn niet wilde verdwijnen, nam Nikki meer pillen. Ze dommelde in, werd weer wakker en slikte nog meer pillen. Er klonk gebons in haar oren, en hoewel het onmogelijk leek, werd haar hoofdpijn nog erger. Alsof een drilboor gaten in haar hoofd boorde. Vanwege de lengte van de ketting kon ze alleen voorovergebogen staan, maar wanneer ze dat probeerde, werd ze draaierig in haar hoofd en moest ze weer gaan zitten.

Of opnieuw overgeven.

Soms hoorde ze stemmen, maar wanneer ze haar adem inhield om om hulp te schreeuwen, merkte ze dat die stemmen van haarzelf afkomstig waren. Behalve JJ kon niemand het huis binnenkomen en hij zou haar beslist niet komen helpen.

Ze kwam opnieuw bij bewustzijn, misselijk en rillend, met betraande ogen en gebons in haar oren.

Gebons. In haar hoofd, god ja, in haar hoofd, maar ze hoorde ook nog iets anders.

Werd er op de deur gebonsd? Die mensen konden niet binnen komen, nee, ze konden er niet in komen, maar als zij zou kunnen schreeuwen, hoorden ze haar misschien. Als ze tenminste kon gaan staan, of half kon gaan staan, als ze haar longen kon vullen en kon schreeuwen.

Misschien.

Ze deed een poging, en snikte het uit terwijl ze op haar trillende, tintelende benen probeerde te gaan staan. Ze hapte naar adem en slaagde erin een schor geluid voort te brengen, maar werd toen overspoeld door een golf van duizeligheid. Ze viel voorover en sloeg met haar gezicht tegen de wc-deksel.

Vers bloed spoot uit haar gebroken neus. Haar beide voortanden drongen hard haar lip in en versplinterden toen. De wilde, felle pijn hield maar heel even aan en daarna zakte ze slap op de vloer.

Buiten balde Bower zijn vuist om nog eens op de deur te bonzen.

'Binnen brandt geen licht.' Deeks kwam op een sukkeldrafje naar hem toe. 'Geen auto op de oprit. Ze heeft een nieuwe Mercedes sedan op haar naam staan.'

'Ze kan op de vlucht zijn.' Bower deed een stap naar achteren. Hij knikte naar de agent in uniform achter hem. 'Beuk maar open.'

De stormram raakte de deur één keer, twee keer en bij de derde keer begaf de zware mahoniehouten voordeur het.

'Politie!' riep Bower terwijl de agenten naar binnen gingen. 'We hebben toestemming dit pand te betreden. Kom naar buiten met je handen omhoog.'

Deeks deed het licht aan. 'Verdomme, hier ligt iets wat op bloed lijkt.' Ze hurkte neer. 'Opgedroogd bloed op de vloer. Misschien is ze niet gevlucht.'

'Laten we eerst kijken of alles veilig is.'

'In dit soort oude huizen heb je een doolhof aan kamers,' merkte Mooney op terwijl Bower een team opdracht gaf om de eerste en tweede verdieping veilig te stellen.

Met haar wapen in de aanslag trok Deeks een klerenkast open. Morestead begaf zich ondertussen naar de achterkant van het huis terwijl hij bleef roepen dat er politie binnen was.

Wochowski stelde eerst de voorkamer veilig en daarna de zitkamer aan de zijkant, terwijl Mooney naar de deur onder de trap liep.

Nog een kast of misschien een wc, dacht hij.

Hij rook het op het moment dat hij de deurkruk wilde pakken.

Bloed, braaksel.

'Ik heb wat gevonden,' riep hij en hij rukte de deur open. 'Krijg nou wat, verdomme. We hebben een ambulance nodig!' Hij stopte zijn wapen terug in de holster, liep naar binnen en hurkte neer. Hij legde zijn vingers tegen Nikki's keel. 'Ze leeft nog. Ze is bewusteloos. Jezus, ze moet hier al een hele tijd zitten.'

Deeks kwam erbij en keek over Mooneys schouder. 'Een deel van dat bloed is vers. We hebben een betonschaar nodig!'

'Ze is een paar tanden kwijtgeraakt. Dat is ook pas net gebeurd.' Mooney legde haar op haar zij zodat ze niet in haar eigen bloed zou stikken. 'Ze heeft haar hoofd tegen de wc gestoten. Kijk maar naar die bloedspetters. Ze is hard gevallen, maar ze heeft ook oudere blauwe plekken, en ik durf te wedden dat haar neus al gebroken was voordat ze met haar gezicht op de toiletpot belandde.'

'Er zit eten in deze doos. Ontbijtgranen, crackers, een stel vies uitziende klokhuizen en bananenschillen. Een bijna leeg flesje Advil. Degene die haar aan de muur heeft geketend wilde haar niet vermoorden.'

'Ze heeft een broer.'

Bower kwam erbij staan. 'Jezus, die is er beroerd aan toe. De ambulance komt eraan. We hebben een opsporingsbericht voor de auto laten uitgaan.'

'Misschien moeten we een opsporingsbericht voor de broer uitvaardigen,' zei Mooney.

Bower keek naar de bewusteloze vrouw, de ketting en de doos met etenswaren, en knikte toen.

In de ambulance kwam ze een beetje bij bewustzijn. Haar ogen, glanzend als glas, gingen open en daarna krulde ze zich op en ging op haar zij liggen.

'Alles is nu in orde, Nikki.' Bower boog zich over haar heen terwijl een ambulancebroeder haar vitale functies controleerde. 'Je bent nu veilig. Ik ben van de politie en jij bent op weg naar het ziekenhuis.'

'Waarom?' brabbelde ze, waarna ze kreunde. 'O, mijn gezicht. Ik voel mijn gezicht niet meer.'

'We hebben je wat gegeven tegen de pijn,' zei de ambulancebroeder tegen haar. 'Ze verkeert in shock, rechercheur.'

'Dat zie ik. We zijn er bijna, Nikki. In het ziekenhuis zullen ze goed voor je zorgen. Kun je me vertellen wat er is gebeurd? Kun je me vertellen wie je dit heeft aangedaan?'

Ze was duizelig, een beetje misselijk en voelde zich verdoofd. En ze had het veel te koud.

Maar ze deed haar plicht. Dat leek vanzelf te gaan. 'Ik weet het niet. Er kwam een man aan de deur. Hij gaf me een duw. En hij sloeg me. Toen zat ik op het toilet. De ketting.'

Ze stond zichzelf toe om te huilen.

'Heb je hem herkend? Weet je wie hij was?'

'Nee. Hij sloeg me. Waarom?' Ze deed haar ogen dicht en probeerde na te denken. 'Experiment?' Ze probeerde het woord uit te spreken. 'Zei hij dat? Ik kan het me niet meer herinneren. Hij lachte. Ik voelde pijn. Alles deed pijn.'

'Hoe zag hij eruit? Weet je dat nog?'

Ze dacht aan de jongen naar wie ze had verlangd op de universiteit. De jongen die spottend naar haar had gegrijnsd wanneer ze geprobeerd had zijn aandacht te trekken. Die haar het gevoel had gegeven dat ze lelijk en stom was.

En ze beschreef hem in plaats van haar broer.

'Groot. Jong. Bruin haar, golvend. Blauwe ogen. Heel blauw. Dat weet ik nog. Knap gezicht. Kuiltjes in zijn wangen als hij glimlachte. Hij had een accent. Zuidelijk, zacht, zuidelijk. Hij deed me pijn. Ik ben moe.'

Ze deed haar ogen dicht, en hoewel ze bij bewustzijn bleef, liet ze zich wegdrijven.

Hier kon JJ haar geen kwaad doen, dacht ze. Ze zou haar oude leventje weer oppakken. Binnenkort. Het kon haar niets schelen of hij een ander iets zou aandoen. Zij had al genoeg geboet. Het was niet haar schuld.

Eenmaal in het ziekenhuis staken Bower, zijn partner Mooney en de twee rechercheurs uit Richmond de koppen bij elkaar.

'Ze zei dat ze de man die haar had opgesloten niet kende. Ze was er behoorlijk slecht aan toe en ze zat onder de pijnstillers, maar toch wist ze een redelijk signalement te geven. Dat leek in niets op de laatste foto die we van haar broer hebben. Ze verloor het bewustzijn voordat ze me meer details kon geven, maar hij had bruin, golvend haar, blauwe ogen en hij was jong en groot. Hij heeft kuiltjes in zijn wangen en hij spreekt met een zuidelijk accent.'

'Een vreemde vent overvalt haar thuis, slaat haar en sluit haar op. Vervolgens steelt hij haar auto, maar hij laat wel eten en pijnstillers voor haar achter? En dat twee dagen voordat mijn nichtje wordt neergeschoten?' Mooney keek nors. 'Ze lult uit haar nek.'

'We zullen haar nog een keer naar nadere bijzonderheden vragen. En als het inderdaad gelul is, zullen we haar daarmee confronteren. Maar ze kwam meteen met die beschrijving op de proppen. Ze zei iets over een experiment. Op vragende toon, alsof ze het niet zeker wist.'

'We hebben een opsporingsbericht voor de broer uit laten gaan en we zijn op zoek naar haar auto,' merkte Wochowski op. 'Ergens denk ik net als Mooney dat ze uit haar nek lult, maar dan moet je je alsnog afvragen waarom ze zou liegen. Als je broer je bewusteloos slaat en je vastketent, waarom zou je daar dan over liegen?'

'Misschien is die hele familie wel gek.' Morestead haalde zijn schouders op. 'Goed, ze heeft een schoon verleden. Sterker nog, ze heeft helemaal geen strafblad. Maar je kunt je ook afvragen of ze misschien toch een rol heeft gespeeld in dit alles. Stel je voor dat ze eerst hebben samengewerkt en dat ze daarna ruzie hebben gekregen?'

'Ik begrijp waar je naartoe wilt.' Deeks knikte. 'En die invalshoek bevalt me wel. Maar als dat zo is, vraag je je toch af waarom ze hem niet meteen heeft verraden en ze het heeft gegooid op een *O, mijn god, mijn broer. Wat heeft hij gedaan? Hij heeft dit en dat gezegd, hij is gek geworden. Ik had er geen idee van.* Want wie heeft er nou geen medelijden met een vrouw wier broer haar op haar gezicht heeft getimmerd, heeft vastgeketend en haar, zoals het er nu naar uitziet, minstens twee of drie dagen heeft opgesloten met dozen ontbijtgranen?'

'We ondervragen haar nog wel een keer wanneer ze haar hebben opgelapt.' Bower keek op zijn horloge. 'Verdomme. Luister, ik ga even kijken hoe het nu met haar gaat. Volgens mij moeten we daarna proberen een paar uur te slapen zodat we alles met een frisse blik kunnen bekijken. Blijven jullie hier, agenten uit Richmond?'

'Wij blijven tot we met haar hebben gepraat.' Morestead keek Deeks aan, en ze knikte instemmend.

'Er staat een veldbed in het politiebureau, maar dat raad ik je niet aan als jullie onkostenbudget ruim genoeg is om een motelkamer te nemen.'

'Ik blijf hier bij Rachael. Ik wacht tot we weten hoe Nikki eraan toe is en ik wil erbij zijn als jullie haar gaan ondervragen, maar daarna wil ik bij mijn familie zijn. Die is ook in dit ziekenhuis. Is dat verdomme niet geweldig?' Mooney keek achterom naar de deuren van de Spoedeisende Hulp. 'Een ding weten we zeker: zij heeft mijn nichtje niet neergeschoten. Maar dat wil niet zeggen dat ze er niet bij betrokken was.'

'De technische recherche onderzoekt het huis. Als er ook maar iets is wat haar met de zaak in verband brengt, zullen ze het vinden. Ik ga even bij haar kijken.'

Bower luisterde naar wat hij beschouwde als het gebruikelijke medische verhaaltje. De patiënt had rust en stilte nodig. Maar hij kreeg ook de bevestiging dat sommige verwondingen aan haar gezicht ouder waren dan achtenveertig uur. En de snij- en schaafwonden op haar pols waren ongeveer even oud. En daarmee kon ze worden doorgestreept als verdachte van de moord in Richmond.

Naast de gebroken neus, de scheur in haar jukbeen en de ernstige verwondingen aan haar mond en haar rechterpols, had ze een hersenschudding. De kans was groot dat ze verward zou zijn en gaten in haar geheugen zou hebben.

Nadat hij behoorlijk wat druk had uitgeoefend, kreeg hij toestemming om vijf minuten – die hij flink wilde rekken – naar haar toe te gaan. Daarna moest ze acht uur rust krijgen van de arts.

Om de zaak eerlijk te houden, nam hij Mooney en Deeks mee, in de hoop dat die laatste een vrouwelijk perspectief zou bieden.

Hij trok zijn gezicht in een ik-ben-een-vriendelijke-politieagent-plooi terwijl hij naar Nikki's bed liep. 'Hoe voel je je nu, Nikki?'

'Ik weet het niet. Ik ben doodmoe. Ik lig in het ziekenhuis.'

'En je bent veilig. Hier zal niemand je kwaad doen. Ik ben met je meegereden in de ambulance en toen hebben we even met elkaar gesproken. Ik ben rechercheur Bower.'

'In een ambulance? Dat herinner ik me niet meer.'

'Dat geeft niet. Je hebt me toen verteld over de persoon die je heeft mishandeld. Ik moet je een paar vragen stellen, maar daarna mag je rusten. Je zei dat hij jong was. Kun je vertellen wat je daarmee bedoelde?'

'Wie zijn zij?' Ze richtte haar gezwollen ogen op Mooney en Deeks. 'Ik ken hen niet!'

'Politieagenten, net als ik. We zijn hier om je te helpen, om je te beschermen. Hoe oud was de persoon die je heeft mishandeld ongeveer?'

'De man.' Ze deed haar ogen weer dicht. Bijna had ze twintig gezegd, omdat hij dat was geweest. Maar ze was bang dat dat te jong zou lijken. 'Ik weet het niet precies. Eind twintig. Misschien begin dertig. Het spijt me.'

'Geeft niets, geeft niets. Een witte man?'

'Ja.'

'Wat droeg hij?'

'Dat weet ik niet... een uniform? Nee, volgens mij niet... misschien. Nee, ik kan het me niet meer herinneren. Sorry.'

'Kun je hem nog een keer beschrijven? Zo goed als je kunt?'

'Ik... groot.'

'Hoe groot?'

'Groter dan u, denk ik. Ietsje. Sterk. Ik denk dat hij sterk was. Golvend bruin haar en prachtige blauwe ogen. Zo knap, zo charmant. De kuiltjes, het accent. Net een filmster.'

'Als je weer een beetje bent opgeknapt, zou je dan met een politietekenaar aan het werk willen gaan?'

'Dat wil ik wel proberen. Maar ik ben nu heel moe.'

'Je zei iets over een experiment. Heeft hij dat tegen je gezegd?'

'Experiment? Zei hij dat? Ik huilde. Ik huilde en toen lachte hij. Ik had de wc toch? Ik kon toch aan water komen? Hier heb je wat eten. Neem deze pillen in. Ik kom terug.'

'Heeft hij gezegd dat hij terug zou komen?'

'Ik geloof van wel... ja. Ik was bang dat hij dat niet zou doen. Maar ook bang dat hij dat wel zou doen. Ik was gewoon bang.'

'Is hij teruggekomen?'

'Ik geloof het niet... Ik weet het niet meer. Soms dacht ik dat ik stemmen hoorde. Maar ik weet het niet meer.'

'Waar bewaar je je sleutels? Je huissleutels en je autosleutels?'

'In de schaal op de tafel bij de deur. Als je ze daar neerlegt, weet je altijd waar ze zijn. Maar nu wil ik slapen. Alleen slapen.'

Mooney deed een stapje naar voren. 'Was de man al binnen toen Rachael McNee bij je op bezoek kwam?'

Ze voelde letterlijk een scheut van angst langs haar ruggengraat schieten. 'Wie?'

'Rachael McNee. Ze is bij je langsgegaan. Ze is privédetective.'

'Ja, ja. Nee. Ik weet nog wel dat er iemand langskwam. Misschien toen ik net thuis was gekomen? Ja, ik was net thuis. Ik had boodschappen gedaan. Waarom kwam ze bij me? Wat wilde ze van me? Mijn vader.' Nikki deed haar ogen dicht. 'Ik wil het niet over mijn vader hebben. Ik heb geen schuld aan wat er allemaal is gebeurd. Ik was nog maar een kind. Ik wilde dat ze weg zou gaan. Ze maakte me bang en overstuur. Ik heb haar niet binnengelaten, of toch? Daarna ging ze weg. Was die man bij haar? Volgens mij kwam hij vlak daarna. Snel daarna. Ik dacht nog, daar zul je die vrouw weer hebben en ik wil dat ze weggaat. Ik was boos. Ik deed de voordeur open, maar zij was het niet. Hij glimlachte en toen sloeg hij me.'

'Heeft hij je geslagen toen je in de deuropening stond?' drong Deeks een beetje aan. 'Toen je de voordeur opendeed?'

'Ik...' Wat had ze de vorige keer ook alweer gezegd? Hoe moest ze dat nou nog weten? 'Ik weet het niet meer. Het is allemaal zo vaag. Hij leek heel aardig. Ik weet niet waarom hij zo gemeen tegen me deed. Ik wil gaan slapen. Ik moet nu gaan slapen.'

'Oké, Nikki.' Bower gaf een paar klopjes op haar hand. 'Rust maar lekker uit.'

Enigszins onwillig liep Mooney de kamer uit. 'Het komt wel verrekte goed uit dat ze zich sommige dingen heel helder herinnert en dat andere dingen ontzettend vaag zijn.'

'Op zich ben ik dat met je eens, maar dat kan het gevolg zijn van haar verwondingen en de hersenschudding. En hoe je het ook bekijkt, die verwondingen zijn echt.'

'Maar die sluiten niet uit dat ze kan liegen,' merkte Deeks op. 'En volgens mij liegt ze.'

'Dat denk ik ook. Waarom denk jij dat?'

'Haar beschrijving van die vent heeft bijna iets zwijmelends. Alsof ze verliefd op hem is. En als ze hem niet kent, als hij nooit eerder bij haar is geweest, hoe heeft hij dan precies een kamer zonder raam weten te kiezen, een kamer die niet aan een buitenmuur grenst? Hoe wist hij precies hoe lang de ketting moest zijn zodat ze wel bij het fonteintje kon om te drinken maar niet bij de deur kon komen? Ik ben het met Mooney eens dat ze uit haar nek lult. Dus hij deed zo gemeen tegen haar? Als een kerel je gezicht kapotslaat en je aan een muur vastketent noem je dat toch niet "gemeen"? Er klopt iets niet.'

'Ook dat ben ik met je eens. Misschien had ze een minnaar en is hun relatie op de klippen gelopen, met dit tot gevolg. Maar vanavond krijgen we niets meer uit haar. Zodra het licht is, zullen we agenten navraag laten doen bij haar in de straat, ze op wat voordeuren laten kloppen. Eens kijken of iemand die vent heeft gezien. Ze wilde zeggen dat hij een uniform droeg, maar toen bedacht ze zich. Misschien had hij zich vermomd als pakketbezorger, reparateur of politieagent om niet op te vallen. Maar dat zullen we morgen allemaal opnieuw met haar doornemen. Misschien boffen we en vinden we haar auto vanavond nog. Maar ik ben ondertussen bijna vierentwintig uur in touw en ik moet een paar uur slapen. Dat geldt trouwens voor ons allemaal. Ik stel voor dat we morgenochtend om acht uur bijeenkomen op het bureau en dan ondervragen we haar nog een keer zodra het kan. Als er voor die tijd ontwikkelingen zijn, zullen we daar meteen achteraan gaan. Ondertussen zetten we een bewaker voor haar deur zodat er niemand binnen kan die er niets te zoeken heeft en zij niet naar buiten kan.'

'Ik ga even bij Rachael kijken.'

'Als ze voor acht uur wakker wordt en zich iets herinnert, laat het me dan weten. We zitten er bovenop, brigadier.'

JJ stuurde het busje een oud houthakkerspad op, ongeveer vierhonderd meter bij Traveler's Creek vandaan. Het busje had er moeite mee, maar dat had hij binnenkort toch niet meer nodig. Wat hij wel nodig had, was een beetje slaap en hij wilde niet dat stomme politieagenten of barmhartige Samaritanen een kijkje zouden nemen bij een busje dat langs de kant van de weg stond.

Hij had overwogen om 's nacht bij Adrian in te breken, maar hij wist – via haar blog – dat ze een hond had. Een grote. En hij vermoedde dat ze ook een alarmsysteem had.

Een alarmsysteem schrok hem niet af, maar honden konden blaffen. En bijten.

Het was verstandiger om even te wachten en vervolgens die hond buiten al uit te schakelen.

Aangezien hij al een plan had uitgewerkt, kon hij nu mooi even slapen. Hij had de wekker op zijn telefoon op ongeveer een halfuur voor zonsopgang gezet. Daarna zou hij zijn rugzak met daarin zijn gereedschap om doen en naar het bos wandelen. Hij had de omgeving grondig bestudeerd omdat zij het zo leuk vond om haar stomme fitnessgedoe hier op te nemen. Hij zou een geschikt plekje vinden om haar huis in de gaten te houden.

Als hij de hond eenmaal had uitgeschakeld, zouden hij en zijn kleine zusje – de teef – een gezellige, lange ontmoeting hebben. Een ontmoeting die al jaren op zich had laten wachten, dacht hij, terwijl hij zich klaarmaakte om te gaan slapen.

Het laatste gedicht zou hij haar persoonlijk overhandigen.

Ze had niet goed geslapen. Te veel aan haar hoofd, dacht Adrian terwijl ze haar pogingen om weer in slaap te komen opgaf en uit bed stapte zodra het licht werd.

Ze was verliefd geworden en ze wist niet hoe ze daarmee om moest gaan. En als ze niet wist hoe ze ergens mee om moest gaan, bleef ze altijd net zo lang priegelen tot ze een oplossing had gevonden of een manier had bedacht om het probleem te omzeilen. Dat wist ze dan weer wél.

Maar nu ging het niet om een programma, recept of kapsel.

Liefde was een geval apart.

En haar moeder kwam binnenkort op bezoek. Ze moest een manier bedenken om met hun nieuwe relatie om te gaan, om die voorzichtige stapjes te zetten. Misschien zouden ze zelfs een gesprek voeren over dat geval apart.

Ze had nog nooit met haar moeder over iets als de liefde gepraat, nooit overwogen om zoiets met haar te delen. Dus hoe moest ze dat aanpakken?

Ze gebruikte haar telefoon om het alarmsysteem uit te zetten zodat ze de deuren naar de veranda kon openen. Ze liep naar buiten, keek aandachtig naar de vurige gloed van de zon die opkwam boven het bos in het oosten. Toen Sadie naast haar kwam staan, legde ze een hand op haar kop. 'Het is een mooie ochtend, Sadie. Dat is alvast iets.'

Ze moest nog allerlei grote en kleine beslissingen nemen over het jongerencentrum. Het moest precies goed worden, exact zoals haar grootouders het zouden hebben gewild.

Zou het hun iets hebben kunnen schelen als ze voor de rubbertegels in de speeltuin een schaakbordpatroon koos in plaats van alle tegels in één kleur? Waarschijnlijk niet, maar toch piekerde ze daar om vier uur 's ochtends over.

Ook piekerde ze over de juiste vaste planten en de stijl van de sapbar. Zolang ze zich daarover, en over nog veel meer dingen, druk maakte, dacht ze er tenminste niet aan dat ze een halfbroer en een -zus had die haar misschien wilden vermoorden.

Dat was iets wat ze zelf niet in de hand had en ze had een bloedhekel aan dingen die ze zelf niet in de hand had. Voor dit soort dingen was ze afhankelijk van Rachael en ze hoopte maar dat die vandaag iets van zich zou laten horen.

'Als ze iets ontdekt, zal ze het ons wel vertellen.' Ze boog zich voorover om Sadie te aaien. 'Dus we moeten gewoon afwachten. Laten we een zonnegroet brengen. Wat zeg je ervan? Gewoon om even los te komen van onze gedachten.'

Nadat ze een yogabroek en een haltertopje had aangetrokken en haar haren in een staart had gedaan, pakte ze haar matje en liep op blote voeten de trap af en ging naar de keuken. Slecht geslapen of niet, ze hield ervan om 's ochtends vroeg op te staan. Ze hield van de stilte, van de lucht en van het gevoel dat alles nog sliep, behalve zij, Sadie en de vogels.

Ze deed vers water in Sadies waterbak en vulde daarna een fles met water voor zichzelf. Ze zette de openslaande deuren open om de kamer te luchten en liep zelf het trapje af naar het terras. Toen Adrian haar yogamat uitrolde, vatte Sadie dat op als het teken dat ze weg mocht gaan, en ze slenterde de tuin in.

Adrian bleef even staan en keek naar het licht dat in talloze tinten roze en goud boven de boomkruinen was verschenen. Ergens was een specht driftig aan het tikken om zijn ontbijt op te scharrelen en hoog aan de hemel vloog een havik rondjes, op zoek naar het zijne.

Tomaten rijpten aan de ranken die ze had geplant en de weelderige hortensia's die haar grootouders jaren geleden hadden geplant, zaten vol knoppen die binnenkort waanzinnig blauw zouden worden.

Een prachtige ochtend, dacht ze opnieuw. En alweer een nieuw begin.

Met haar handpalmen tegen elkaar gedrukt voor haar borst ademde ze in en hief haar armen vervolgens hoog de lucht in.

Vanuit zijn schuilplaats in het bos observeerde hij haar, wat heel opwindend was.

Daar was ze dan! Niet op een beeldscherm en ook niet, zoals jaren geleden, in een menigte toen hij naar New York was gegaan nadat hij had ontdekt dat ze te gast zou zijn in *The Today Show*.

Maar nu was ze hier in eigen persoon, en helemaal alleen.

Wat een geweldige manier om de dag te beginnen!

Hij had niet verwacht dat ze al zo vroeg naar buiten zou komen. En ze had de deur ook nog eens open laten staan. Hij had het bijna uitgejubeld van vreugde toen ze op de veranda van de eerste verdieping was verschenen en daar gewoon was blijven staan, met haar blik op het bos gericht, precies naar het plekje waar hij zich had verborgen.

De hond was wat groter dan hij had gedacht, maar daar kon hij wel een mouw aan passen. Sadie heette dat beest, had hij op haar blog gelezen. Een teef had natuurlijk een teefje.

Hij hield van honden. Aan katten had hij een bloedhekel en in zijn jonge jaren had hij een flinke hoeveelheid zwerfkatten om zeep geholpen. Maar hij hield van honden. Misschien zou hij binnenkort zelf een hond aanschaffen, peinsde hij terwijl hij het geweer laadde.

Maar geen teefje, en hij was verdomme al helemaal niet van plan om zijn hond te laten castreren. Een man hoorde toch zeker een man te zijn?

Terwijl de hond dichter bij de bosrand kwam, schouderde JJ het geweer. Nog iets dichterbij, grote meid, dacht hij.

Toen ze haar kop ophief en de lucht opsnoof – misschien wel omdat ze hem geroken had – vuurde hij.

Het geluid, niet meer dan een gedempte plop, was onhoorbaar voor Adrian, die zich net op haar matje liet zakken in een lage plank. JJ keek toe terwijl de hond een wankele stap vooruit zette, en toen nog een, waarna ze tegen de vlakte ging.

Welterusten, dacht hij.

Met een heldere geest en een regelmatige ademhaling vervolgde Adrian haar vinyasa-flow. Haar spieren warmden op, haar stemming werd relaxter. Ze hield Krijger I aan, liet het rekken en strekken zijn weldadige werk doen, en ging daarna soepel over in Krijger II.

Diep, zodat haar lichaam erdoor moest zuchten. En terwijl ze langs haar uitgestrekte rechterhand keek, zag ze de man uit de bosrand komen.

Alles in haar leek te bevriezen, en op dat moment van bevriezing werd ze teruggesmeten naar al die jaren geleden, naar Georgetown. Dit kon niet, dit kon niet waar zijn. Ze had hem over de balustrade zien vallen, ze had hem zien vallen.

Ze had hem zien sterven.

Maar op dit moment liep hij op haar af met een afschuwelijke glimlach op zijn gezicht.

Rennen! Ze hoorde de stem in haar hoofd. Maar toen ze zich abrupt wilde omdraaien om de verandatrap op te schieten, richtte hij een pistool op haar.

'Als je ook maar één stap zet, schiet ik je neer. Ik zal je niet vermoorden, maar ik zal wel zorgen dat je niet meer kunt lopen.'

Achter hem, iets links van hem, zag ze Sadie op de grond liggen. Gewaarschuwd of niet, ze voelde angst en verdriet in zich opwellen. 'Sadie!'

Toen ze naar de hond wilde rennen, versperde hij haar de weg. 'Nog één stap en ik schiet je in je knie. Dat zal vreselijk pijn doen, en je zult nooit meer kunnen rennen. Ze slaapt gewoon even.'

Weer verscheen die stralende glimlach op zijn gezicht. Op het gezicht van een man die ze had zien sterven.

Heel even was zij weer dat hulpeloze meisje van zeven.

'Ik dood geen honden. Waar zie je me voor aan? Het was een verdovingsgeweer. Gekocht in Wyoming, speciaal voor haar, speciaal voor vandaag. Je loopt nu de verandatrap op en gaat naar binnen zodat we wat privacy hebben.'

Opnieuw verscheen die glimlach op zijn gezicht. 'We hebben heel wat te bespreken. Zus.'

Hij was niet De Man, besefte ze. Dit was zijn zoon. Bijna het evenbeeld van zijn vader, maar inmiddels zag ze een paar verschillen. De zoon had een tengerder postuur en was niet grijs bij zijn slapen. Zijn haar was slordig geknipt en er zat geen model in.

Maar de ogen, o, die ogen waren hetzelfde. Ondanks de glimlach scholen er woede en waanzin in zijn blik.

Maar zij was geen meisje van zeven meer. Ze wás niet hulpeloos. 'Jij bent Jonathan Bennett.'

'Noem me maar JJ.'

'Jij stuurt me gedichtjes. Al heel lang.'

'Ik heb er nog een voor je, maar dat zal even moeten wachten. Binnen praten we verder.'

Als ze hem hier in de tuin kon houden, was er misschien een kansje dat ze weg kon rennen of dat Sadie, als hij de waarheid had verteld, wakker zou worden.

'We waren nog maar kinderen. Jij, je zus en ik. Wij hebben nooit iets verkeerd gedaan.'

'Het kind wordt uiteindelijk een man, of een hoerig kreng, dat hangt ervan af.'

'Is je zus hier ook? Wil zij met me praten?'

'We zijn hier met z'n tweeën. Nikki bouwt graag muren om zich heen en leeft in haar eigen wereldje. In dat opzicht lijkt ze op onze moeder, maar dan zonder de pillen en de drank. Maar goed, ze heeft nu echt vier muren om zich heen en voorlopig zit ze daar goed.'

Ze hoorde het plezier in zijn stem. Geen woede of razernij, maar een bijna dromerig plezier. Misschien kon ze met hem praten.

'Ik weet helemaal niets over jou of over haar. Ik ben gewoon…'

'Je zult nog genoeg te weten komen. Loop die verandatrap op, langzaam. Als je probeert te vluchten, krijg je een kogel in je knie. Lopen!'

Ineens kwam die woede, die razernij tot ontbranding in zijn blik. 'Of ik schiet je gewoon neer en sleep je dan bloedend mee naar binnen.'

Ze zag meteen aan hem dat hij daartoe in staat was. Ze draaide zich om naar de verandatrap en begon te lopen. Ze deed haar best om na te denken terwijl de doodsangst door haar heen joeg.

Zij kende het huis, elke centimeter ervan. Hij niet. Een tel waarin hij werd afgeleid, meer zou ze niet nodig hebben.

Tientallen plekken waar ze zich kon verstoppen, tientallen manieren waarop ze terug kon vechten.

Maar dan moest ze hem wel zien af te leiden. En dat durfde ze niet te riskeren zolang er een pistool op haar rug werd gericht.

Ze moest haar telefoon te pakken zien te krijgen. Die lag in de slaapkamer aan de oplader. Ze moest haar telefoon te pakken krijgen, zodat ze om hulp kon bellen.

Ze liep de keuken in en zag het messenblok. Misschien, heel misschien, als zich een gelegenheid voordeed.

'Doe de deuren dicht en doe ze op slot.'

Ze gehoorzaamde, maar dacht ondertussen wel koortsachtig na.

Als hij alleen was gekomen om haar te vermoorden, zou ze nu al dood zijn. Hij wilde eerst met haar praten. Hij wilde haar zijn verhaal vertellen of haar zijn woede toeschreeuwen of allebei. Hij wilde haar pijn doen voordat hij haar zou vermoorden.

Dat gaf haar wat tijd, en in die tijd zouden zich kansen of afleidingen voordoen.

'Leuk optrekje,' merkte hij op. 'Wat een retegroot huis. Ik ben ook opgegroeid in een groot huis, maar ik stel me nu al een tijdje tevreden met een leuke, kleine blokhut. Ga naar boven.'

'Naar boven?'

'De deuren daar heb je ook opengezet. Je dacht zeker dat je hier helemaal veilig was, hè? In dat retegrote huis van je.'

Boven, dacht ze. Daar lag haar telefoon aan de oplader.

Ze liep verder terwijl ze plekken bedacht waar ze zich zou kunnen verstoppen of waar ze terug zou kunnen vechten. Ook overwoog ze wat ze als wapen zou kunnen gebruiken. Een lamp, een zware vaas, een presse-papier, een briefopener.

'Waarom gedichtjes? Waarom stuurde je me gedichtjes?'

'Omdat ik er goed in ben. Dat was ik als kind al. Mijn vader was trots op mijn gedichtjes.'

'Het moet zwaar voor je zijn geweest om hem te verliezen.'

'Ik heb hem niet verloren. Jij hebt hem vermoord.' Hij drukte het pistool hard tegen haar onderrug. 'Als jij niet was geboren, zou hij nog leven.'

Haar training nam het over, dus ze bracht zichzelf tot rust met haar ademhaling. 'Tot die ene dag wist ik niet eens van zijn bestaan. Mijn moeder heeft me nooit iets over hem verteld. Ze heeft niemand ooit iets over hem verteld.'

'Het zal me een rotzorg zijn wie ze het wel of niet heeft verteld. Hij is dood omdat jij leeft.'

Ze wierp een steelse blik op het bronzen standbeeldje dat op de tafel op de overloop stond. Dat ding is zwaar, dacht ze. Ze liep er echter langs en ging toen de slaapkamer in.

'Doe de deur dicht en draai de sleutel om.'

De telefoon lag aan de oplader, slechts een paar meter bij haar vandaan. Afleiding.

Ze draaide zich naar hem om en liet al haar angst bevend doorklinken in haar stem. 'Ik begrijp niet waarom je dit doet. Ik begrijp niet waarom...'

De klap die hij haar met de achterkant van zijn linkerhand gaf, was hard genoeg om haar tegen de grond te doen gaan en om pijn door haar gezicht te voelen racen.

'Deur dicht en sleutel omdraaien. Doe voortaan meteen wat ik zeg, anders kost het je de volgende keer een paar tanden.'

Ze duwde zichzelf omhoog, deed de deur dicht en draaide die op slot. Toen hij om haar heen stapte en haar telefoon pakte, verloor ze haar hoop.

Hij gooide de telefoon op de grond en stampte erop. 'Oeps,' zei hij met een grijns.

Hij gebaarde met het pistool naar de tweezitsbank en de leesstoel. 'Ga zitten. Nu! Tenzij je nog een mep wilt.'

De volgende keer zou ze erop voorbereid zijn, en ze wist hoe ze zich moest verdedigen.

Hij was hoogstens vijf centimeter groter dan zij. Maar zij had langere ledematen. Weliswaar had hij pezige spieren, maar daar durfde ze het tegenop te nemen met die van haar. Ze zou wel moeten.

Maar hij hield het pistool nog steeds vast.

Ze ging op de tweezitsbank zitten, in de hoek het dichtst bij de deur.

Hij schudde zijn rugzak van zich af, zette hem op de grond en ging in de leunstoel zitten. 'Zo, daar zitten we gezellig.'

30

In de tuin, onder de aan kracht winnende zon, begonnen Sadies poten te trillen. Haar ogen gingen open. Toen ze probeerde op te staan, weigerden haar poten haar gewicht te dragen dus bleef ze hijgend en verward liggen.

Ze gaf over en begon te janken. Ze wilde Adrian en koel water.

Toen het haar eindelijk lukte om overeind te komen, zette ze een paar wankele stappen naar voren. Ze gaf opnieuw over. Langzaam en zwalkend liep ze naar het huis. Ze wilde weer gaan slapen, maar haar verlangen naar Adrian en water was groter.

Ze bleef staan bij de yogamat, rook eraan en voelde een lichte troost toen ze Adrian rook. Maar er was nog een andere geur, eentje die ze had geroken voordat iets pijn had gedaan, voordat ze misselijk was geworden.

De geur van een mens, maar niet van een mens die ze kende. Het was geen lekkere geur. Ze gromde.

Ze liep naar de terrasdeuren, maar die zaten dicht en binnen zag ze Adrian niet. Het was moeilijk om het trapje van de veranda op te komen. Dat kostte haar een hele tijd, maar daar stond haar waterbak, en ze dronk en dronk.

Haar etensbak was leeg, maar ze had toch geen trek.

Adrian verscheen niet om haar binnen te laten, dus wachtte ze zoals haar was geleerd. Ze jankte opnieuw en bleef hopen. Daarna keek ze bij de trap van de veranda naar de volgende verdieping omhoog.

Ze wilde niet naar boven, ze wilde naar binnen. Maar toch liep ze naar de trap en nadat ze een diepe hondenzucht had geslaakt, klom ze omhoog.

In de slaapkamer hield JJ het pistool stevig vast. 'Verdomd groot huis voor zo'n mager vrouwtje.'

'Het is het huis van mijn familie.'

'Je grootouders zijn de pijp uit, hè? Oma aan flarden bij een autoongeluk en opa gewoon gestorven van ouderdom. Een Italiaans restaurant annex pizzeria was het toch? Misschien pak ik er nog even een pizza als we hier klaar zijn. Jij vindt jezelf bijzonder, hè? Jij vindt jezelf vast heel belangrijk met je dvd's, alle programma's die je streamt en je blog. Iedereen een beetje voorschrijven hoe ze moeten leven en wat ze moeten eten, en iedereen rond laten springen en zorgen dat ze jouw veel te dure rommel aanschaffen. Nou, jij bent niet belangrijk. Mijn vader was belangrijk. Doctor Jonathan Bennett. Mijn vader. Begrepen?'

'Ja. Hij was universitair docent. Dat is heel belangrijk werk.'

'Hij was slim, veel slimmer dan jij. En intelligenter dan wie dan ook. Hij is alleen bij onze pillen slikkende moeder gebleven voor mij. Hij hield van me.'

'Dat weet ik.'

'Hij beschermde me.'

'Logisch. Jij bent zijn zoon.'

'En het is jouw schuld dat hij is gestorven. Omdat je moeder, die vieze hoer, zich zwanger heeft laten schoppen om hem erin te luizen. Ik zie helemaal niets van hem in jou, heb ik ook nooit gedaan, dus dat was waarschijnlijk een leugen. Maar dat verandert niets aan de gebeurtenissen. Zij heeft geprobeerd hem te versieren, net als al die andere wijven. Een man die niet neemt wat hem wordt aangeboden is een stommeling, en dat was mijn vader niet.'

Laat hem zijn verhaal maar vertellen, dacht ze terwijl ze rustig bleef zitten met haar handen op haar schoot. Tegelijkertijd probeerde ze te bepalen welke dingen in de kamer ze eventueel als wapen kon gebruiken.

De kandelaars van haar oma. Die waren zwaar en je kon ze makkelijk beetpakken om er een klap mee uit te delen. De koperen schaal die ze in Maya's winkel had gekocht. Die was redelijk zwaar en je kon ermee gooien. De briefopener op haar secretaire of de schaar in de middelste lade ervan. Die was scherp.

Hou hem aan de praat.

'Geen van de andere vrouwen heeft een kind gekregen uit hun relatie of... gedaan alsof ze een kind van hem hadden gekregen. Waarom heb je hen vermoord?'

'Dat nieuwsgierige kreng dat jij hebt ingehuurd heeft met die klootzak van een journalist gepraat, hè? Nou, dat zal hem berouwen. Zij heeft al berouw.'

Een golf van kilte overspoelde haar en deed de koude rillingen over haar huid gaan. Ze voelde een afschuwelijke knoop in haar maag. 'Wat bedoel je?'

'Zij vond zichzelf ook zo slim, maar ik was net wat slimmer. Ik ben een zoon van mijn vader. Ik heb haar gisteravond vermoord en bloedend achtergelaten op straat.'

'O, god.' Adrian pakte haar ellebogen beet en wiegde heen en weer.

'Haar verdiende loon. Een beetje naar mijn huis komen en dan proberen om mijn zus zover te krijgen dat ze mij verraadt. Nou, Nikki zal niets meer verraden.' Er verscheen een brede glimlach op zijn gezicht.

'Heb... heb jij je zus vermoord?'

'Nog niet.' Hij grinnikte even en grijnsde toen opnieuw. 'Maar als ik dat doe, is dat ook jouw schuld. Jij hebt dat nieuwsgierige kreng ingehuurd en jij hebt Nikki erbij betrokken. Dus eigenlijk heb jij ze allebei vermoord, net zoals je mijn vader hebt vermoord. Je hebt mijn leven kapotgemaakt, vuile hoer. Jij hebt de enige die van me hield van me afgenomen. Jij had nooit geboren mogen worden.'

'Niets van dit alles zal je vader terugbrengen.'

'Alsof ik dat niet weet!' Hij beukte met zijn vuist op de armleuning van de stoel. 'Denk je dat ik dat verdomme soms niet weet? Denk je soms dat ik stom ben?'

Haar hart sloeg als een bezetene in haar keel, even woest als de razernij in zijn ogen. 'Nee, maar ik snap niet wat je probeert te bereiken met het vermoorden van mensen. Ik probeer je te begrijpen.'

'Ik wreek hem, stom wijf. Dat hoort een zoon, een echte zoon, te doen wanneer zijn vader is vermoord.'

Nee, er viel niet met hem te praten, besefte ze. Maar ze kon tijdrekken.

'Denk je dat hij zou willen dat je dit deed? Dat je hier je hele leven aan zou wijden? Je zei dat hij je beschermde. Hij zou het beste voor jou hebben gewild. Je had docent kunnen worden, net als hij. Of dichter. Je gedichten zijn fascinerend.'

'Hij heeft me geleerd om voor mezelf op te komen.' Met zijn duim wees hij op zijn borstkas. 'En nu kom ik niet alleen voor mezelf op, maar ook voor hem. Mijn gedichten zijn een eerbetoon aan hem. Het mooiste gedicht heb ik voor het laatst bewaard.'

Met zijn linkerhand ritste hij het bovenste vak van de rugzak open en haalde er een zorgvuldig opgevouwen vel papier uit. 'Wat zeg je ervan? Zal ik het nu aan je voorlezen?'

Ze zei niets, maar zette zich wel schrap. Ze zou hem aanvliegen, besloot ze. Als hij haar zou neerschieten dan zou dat niet gebeuren terwijl ze stil zat als een hulpeloze zwakkeling.

JJ schraapte zijn keel.

'Nu we ten langen leste tegenover elkaar staan, zal er eindelijk recht worden gedaan. Als je stervend naar je laatste adem ligt te happen, zal ik in mijn handen klappen. Ben je de pijp eenmaal uit, dan zing ik vrolijk en luid. Ja, zingen zal ik, zo ongeremd dat het zelfs een fanfare overstemt.'

Hij barstte in lachen uit toen hij het papier opzijlegde. 'Dat het zelfs een fanfare overstemt! Ik heb deze een paar regels langer gemaakt omdat ik een beetje vrolijk wilde eindigen. Vandaag is een mooie dag voor me. Een gedenkwaardige dag zelfs want ik ga je verdomme vrolijk doodslaan.'

Hij kwam overeind.

Adrian ademde snel in terwijl ze zich klaarmaakte om hem aan te vallen.

Ineens, in een explosie van geblaf en gegrom, stormde Sadie dwars door de glazen deuren heen.

Daar was de afleiding, dacht Adrian. Doodsbang, zowel voor haar hond als voor zichzelf, schopte ze het pistool uit zijn hand. Ze wist hem een stomp te geven, die zijn schouder in plaats van zijn gezicht raakte, terwijl het pistool kletterend over de grond gleed.

Daarna zette ze het op een lopen. 'Rennen,' schreeuwde ze naar Sadie. 'Rennen, Sadie. Ga rennen!'

Ze had gehoopt om de trap te bereiken, maar ze hoorde hem al achter zich aan komen. Daarom schoot ze een van de slaapkamers in.

Plekken om je te verstoppen, bracht ze zichzelf in herinnering. Manieren waarop je kunt terugvechten.

'Ik ga je nu nog meer pijn doen. Hierdoor zal alles een stuk erger voor je worden.'

Ze pakte de antieke briefopener van het bureau in de logeerkamer, sloop naar de badkamer en suite en liep toen geruisloos door naar de slaapkamer die aan de andere kant van de badkamer grensde.

Dus hij wilde haar nog meer pijn doen? Nou, dat zouden ze nog wel eens zien.

Omdat hij vroeg wakker was geworden, besloot Raylan om een poosje te gaan werken voordat zijn kinderen zouden opstaan en zijn werkdag in rook zouden doen opgaan.

Mariah wilde dat de zijwieltjes van haar fiets werden gehaald en dat vond hij doodeng. Maar haar broer reed al op een fiets zonder zijwieltjes en zij was vastbesloten om hetzelfde te gaan doen. Dus had hij beloofd om haar te leren fietsen zonder zijwieltjes.

Aangezien hij wilde gaan werken, trok hij een spijkerbroek en een

T-shirt aan, en ging toen naar de keuken waar hij even twijfelde tussen koffie of cola. Doorgaans won cola het pleit, en ook vandaag vormde daarop geen uitzondering.

Hij liet Jasper naar buiten en bleef staan kijken terwijl hij genoot van de eerste stoot cafeïne en de stilte die nu nog in het huis hing. Naar goed gebruik gaf hij eerst Jasper zijn ontbijt en roosterde daarna een bagel voor zichzelf. Daarna liet hij Jasper weer binnen zodat ze samen in alle rust konden eten.

Hij had net zijn eerste hap genomen toen Jaspers kop uit zijn etensbak omhoogschoot. Ineens begon de hond hard te janken.

'Sst! Jezus, straks maak je de kinderen nog wakker. Ik heb maar een uurtje nodig.' Hij rende naar de deur. 'Kennelijk zijn ze vroeg gaan joggen. Goed, goed.'

Jasper jankte en buiten stond Sadie als een bezetene te blaffen. Toen hij de deur opendeed, schoot Jasper als een kogel naar buiten. 'Ja, het is fijn dat onze vriendinnen vanochtend op bezoek komen. Maar kunnen jullie allebei niet even je kop houden?'

Hij liep om het huis heen naar het hek van de voortuin waar Sadie, die zelden meer dan één keer woef zei, nu op haar achterpoten stond en aan een stuk door blafte.

'Hé, hé, rustig aan, meid.' Hij pakte het poortje van het hek met een hand en met zijn andere hand aaide hij Sadies kop.

'Je rilt. Waar is Adrian?'

Terwijl beide honden nu jankten, zag Raylan dat Sadie haar halsband niet droeg. Adrian lijnde Sadie altijd aan als ze ging rennen.

'Jezus. O, jezus nog aan toe.' Terwijl de angst hem om het hart sloeg, rende hij naar binnen om zijn telefoon en zijn sleutels te pakken. Nog steeds rennend drukte hij de sneltoets in voor Monroe en Teesha.

'Yo!' zei Teesha vrolijk. 'Ja, ik hoor de honden, Phineas.'

'Hij heeft haar. Volgens mij heeft hij Adrian. Bel de politie en pas op mijn kinderen. Ik ga nu naar haar toe.'

'Wat? Wat? Monroe, Raylan zegt dat die klootzak Adrian heeft. Hij gaat nu naar haar toe. Ik ga de politie bellen, Raylan. Ik zal op de kinderen letten. Ga snel naar haar toe. Verdomme, Monroe wil met je mee. Ik bel het alarmnummer.'

Beide honden waren al in de auto gesprongen voordat Raylan erin zat. Monroe stormde zijn voordeur uit in een T-shirt en een korte broek. Hij liep op blote voeten en hield een honkbalknuppel in zijn hand.

'Wat is er verdomme aan de hand?' zei Monroe terwijl hij zowat met een snoekduik in de auto sprong.

'Sadie. Ze trilt helemaal. Geen Adrian, geen hondenriem. Meer weet ik niet.' Hij reed de oprit achteruit af en maakte een scherpe draai. 'En ik heb een heel naar voorgevoel.'

'Sadie zou nooit uit zichzelf wegrennen.' Monroe keek achterom waar Sadie op de achterbank zat te hijgen, te grommen en te beven terwijl hij Adrian belde. 'Ze neemt niet op, en nu heb ik hetzelfde nare voorgevoel. Toe, plankgas.'

In haar ziekenhuisbed maakte Rachael een geluid dat het midden hield tussen een kreun en een zucht. Haar oogleden trilden. Aan haar bed zat haar man, die even in haar hand kneep.

'Wakker worden, schat. Toe, word wakker.'

Ze deed haar ogen open en leek een hele tijd door hem heen te kijken. Daarna werd haar zicht scherper. 'Ethan?'

'Kijk eens aan, daar ben je weer.' Hij drukte haar handen tegen zijn lippen en moest zijn best doen om niet te huilen. 'Daar ben je weer. Alles is in orde, schat. Alles komt nu weer goed.'

'Een Mooney laat zich niet kisten.' Haar oom liep naar de andere kant van het bed en boog zich voorover om zijn lippen op haar voorhoofd te drukken. 'Ik zal de verpleegster roepen.'

'Wacht, wacht.' Ze probeerde zijn hand te pakken. 'Ik ben neergeschoten. Hij heeft me neergeschoten. Jonathan Bennett. Hij lijkt op zijn vader. Ik heb hem gezien voordat hij schoot. Ik heb hem gezien.'

'We zijn al naar hem op zoek. Maak je geen zorgen.'

‘Wacht. Die agenten uit Richmond hebben gebeld. Ik wilde ijs gaan kopen, maar toen kreeg ik een telefoontje uit Richmond. Hun namen zijn me ontschoten. Hij heeft Tracie Potter daar vermoord. Daarna is hij hiernaartoe gekomen om mij te vermoorden.’

‘De agenten uit Richmond zijn hier, in een hotel, een paar straten verderop. Ik zal ze laten weten dat je wakker bent.’

‘Hij zei iets. Iets.’ Ze moest heel diep graven in haar gedachten. Langzaam werd alles in haar wakker en dat ontwaken deed allejezus veel pijn. ‘Hij zei iets, dat hij mij zou afmaken, geen idee waarom hij dat niet heeft gedaan. Dacht hij misschien dat hij me had doodgeschoten? Hij zei... Twee kapot. Twee teven kapot.’ Haar ogen schoten weer open. ‘Potter, ik. Hij gaat Adrian Rizzo vermoorden. Traveler’s Creek. Je moet de politie waarschuw–’

‘Ga ik meteen doen,’ zei haar oom, waarna hij de kamer uitliep.

Toen de deur eenmaal dicht was, draaide Rachael haar hoofd naar Ethan toe. ‘De kinderen?’

‘Die waren hier, iedereen was hier. De kinderen zijn oké, maar ze zullen zich nog veel beter voelen als ik ze vertel dat je wakker bent.’

‘Ik kan wel een paar stevige pijnstillers gebruiken.’ Het lukte haar om een glimlach op haar gezicht te toveren. ‘Ik ben nooit aan dat ijs toegekomen. Sorry, schat.’

Hij drukte haar hand tegen zijn gezicht en liet zijn tranen de vrije loop.

Hij kon zijn mond niet houden. Adrian wist precies waar hij was en welke kant hij opging omdat hij zijn mond niet kon houden. Hij vervloekte haar en tergde haar, terwijl zij zich, op blote voeten en zo rustig mogelijk ademend, geruisloos voortbewoog. Ze wist dat hij was teruggelopen om het pistool te pakken, want zij had hetzelfde gedaan, maar hij was haar net voor geweest.

Het was haar niet gelukt een route te bedenken om bij de trap te komen zonder door hem te worden gezien. Ze berekende hoeveel tijd ze nodig zou hebben om bij de deuren van de veranda op de eerste verdieping te komen. Deuren van het slot halen, ze opentrekken... maar dat laatste zou niet helemaal geruisloos gaan. Hoeveel tijd zou ze nodig hebben om buiten te komen en een kogel te ontwijken?

Die gedachte veroorzaakte een laagje angstzweet op haar huid. Ze was snel, maar niemand was zó snel.

Maar goed, het was een idee. Als het echt niet anders kon, zou ze het proberen. Maar ze had nog een ander idee.

Met de briefopener nog altijd stevig in haar hand geklemd pakte ze een kleine schaal en gooide die een kamer in aan de overkant van de gang.

Toen ze hem met denderende voetstappen naar het geluid toe hoorde rennen, sloop zij een andere kamer in. Zo begon ze aan haar voorzichtige, geruisloze terugtocht, en ditmaal bleef ze hem voor. Terwijl het zweet langs haar rug droop, wachtte, ademde en luisterde ze toen hij van de ene kamer naar de andere ging.

Zo te horen ging hij ditmaal voorzichtiger en grondiger te werk.

Tijd om te gaan. Tijd om zich in beweging te zetten. Ze zette zich schrap en rende toen uit haar dekking waarbij ze zichzelf blootgaf tijdens de paar seconden die ze nodig had om terug te sprinten naar haar slaapkamer.

Ze deed de verandadeuren van het slot en trok ze open.

Het gekraak van de scharnieren klonk als een luide schreeuw.

Seconden later, het leken slechts enkele seconden later, rende hij de kamer in met een wilde blik in zijn ogen, zwaaiend met het pistool. Zodra hij door de geopende deuren de veranda op stormde, besprong ze hem van achteren.

Ze ramde de punt van de briefopener tussen zijn schouderbladen. Toen hij het uitschreeuwde van pijn en zich daarna met een ruk omdraaide om naar haar uit te halen, wist ze die klap voor het grootste deel te blokkeren. Toch wist hij haar te raken, precies op haar jukbeen, dat nog bonkte door de eerdere klap.

Die pijn gebruikte ze om te vechten. Ze pakte de hand waarmee hij het pistool vasthield, duwde die omhoog en boorde haar nagels diep in zijn vlees. Ze ontdekte dat hij sterker was dan hij eruitzag, maar toch lukte het haar tijdens hun worsteling bijna om zijn benen onder hem vandaan te trappen. Hij probeerde met een linkse naar haar uit te halen, maar schampte slechts langs haar schouder. Zo hard mogelijk bracht ze haar knie omhoog. Hoewel ze meer zijn dijspier dan zijn ballen raakte, zag ze een nieuwe pijnscheut over zijn gezicht trekken.

Met hun gezichten vlak bij elkaar slaagde ze erin haar hand om het handvat van het pistool te sluiten.

Twee kogels gingen het plafond in.

Nog voor de auto helemaal stilstond sprong Raylan er al uit. Hij beukte tegen de voordeur. Daarna richtte hij zich op het raam ernaast.

Met zijn elleboog sloeg hij het glas in en zonder acht te slaan op de achtergebleven scherven tastte hij naar de raamsluiting en schoof die omhoog. Daarna sprong hij door het raam naar binnen.

Hij hoefde haar naam niet te schreeuwen, want boven hoorde hij doffe klappen en geraas. Halverwege de trap hoorde hij de schoten.

Op dat moment voelde hij geen doodsangst, maar een blinde, allesverzengende razernij.

Adrian nam het risico om het pistool met een hand los te laten en met diezelfde hand een stoot tegen JJ's keel te geven. Hij maakte verstikte kokhalsgeluiden, maar voordat ze hem een tweede stoot kon geven, haalde hij uit met zijn elleboog. Die raakte haar onder haar kin waardoor haar hoofd omhoogklapte.

Ze zag sterretjes, wel duizend sterretjes. Hij wist haar weg te slingeren, net zoals zijn vader jaren eerder had gedaan, waardoor ze hard op de vloer van de veranda belandde.

Gebruikmakend van haar instinct, van haar spiergeheugen, zette ze zich met haar handen af tegen de vloer en zwaaide haar benen omhoog. Hij probeerde terug te deinzen, deed zijn best om het pistool te richten.

Maar toen had Raylan zich al op hem gestort.

Ze hoorde het afschuwelijke geluid van knokkels tegen bot en zag de twee mannen vechten om het pistool terwijl zij haar hoofd schudde om weer helder te kunnen denken. Ze zag bloed, Raylans bloed, en ze ging staan. Ze balde haar vuisten en maakte zich klaar om zich in de strijd te werpen.

'Wegwezen.'

Ze ontblootte haar tanden. 'Vergeet het maar,' gromde ze waarna ze de bebloede briefopener pakte die uit JJ's rug was gevallen.

Het pistool ging opnieuw af, en de kogel ging dwars door het hout van de balustrade. Terwijl het geluid nog nagalmde in haar oren, sprongen de twee honden als een grommende, bijtende massa door de deuropening.

JJ schreeuwde het uit toen er tanden in zijn kuit, zijn hamstring en schouder werden gezet. Raylan rukte het pistool uit JJ's handen en JJ deinsde achteruit.

Hij knalde hard tegen de balustrade. Het hout kraakte, alsof er nog een schot werd gelost, waarna hij door de kracht van de botsing over de balustrade tuimelde, net als zijn vader zo veel jaar geleden.

Monroe, die de honkbalknuppel omklemde als een man die op het punt stond de bal het stadion uit te slaan, liet het ding vallen en trok Adrian naar achteren. 'De politie komt eraan. Ik kan ze horen. We moeten een ambulance bellen. Niet kijken, schat.'

'Ik mankeer niks. Ik mankeer niks.'

'Dat geloof ik graag.' Hij gaf haar een stevige omhelzing en draaide haar daarna naar Raylan toe. 'Volgende keer de voordeur even opendoen, makker.'

'Sorry.' Raylan sloeg zijn armen om Adrian heen en drukte zijn gezicht in haar haren.

'Geeft niks. Ik ga naar beneden om te kijken hoe het met hem gaat en ik moet Teesha bellen. Die maakt zich vast vreselijke zorgen.'

Omdat de honden nog steeds gromden terwijl ze naar beneden keken, riep Adrian ze. 'Rustig. Brave honden. Zit. Blijf. Blijf.' Ze keek Raylan aan. 'Blijf.'

'Reken maar.'

'Zijn hart klopt nog,' riep Monroe omhoog. 'Hij is vreselijk toegetakeld, maar hij ademt nog. Ik zal de politieagenten naar hem toe brengen.'

'Goddank.' Ze liet haar hoofd op Raylans schouder rusten. 'Ik wil hem niet dood hebben. Ik wil niet dat hij op deze manier doodgaat. Zeker niet in dit huis. Hoe wist je dat je moest komen? Hoe wist je dat ik je nodig had?'

'Dat heeft Sadie me verteld.'

'Sadie.' Dat was het moment dat ze brak, het moment dat haar zelfbeheersing het begaf en de tranen begonnen te stromen.

Raylan tilde haar op en drukte zijn lippen op haar haren toen ze haar hoofd tegen zijn schouder legde. Zo droeg hij haar naar beneden.

Binnen vierentwintig uur had Adrian opnieuw een huis vol visite. Haar moeder, Mimi, en Hector en Loren hadden zich gevoegd bij alle mensen van wat zij in gedachten de Traveler's Creek Brigade was gaan noemen.

De werklui van het jongerencentrum hadden bloemen gestuurd, net als het personeel van Rizzo's. Andere mensen belden of kwamen even langs om te kijken hoe het met haar ging. De honden kregen allerlei cadeautjes in de vorm van botten, ballen en dozen met hondenkoekjes.

Vrienden en familie, dacht ze. Vrienden die praktisch familie waren.

Ze vond dat ze een bofkont was, dat ze gezegend was. Eindelijk voelde ze zich helemaal veilig.

Ze had een lang telefoongesprek gehad met Rachael waarin ze meer dan een beetje had gehuild.

Jonathan Bennett Junior zou herstellen van zijn verwondingen. Van de steekwond tussen zijn schouderbladen, het blauwe oog en de gekneusde keel die zij hem had toegebracht. En van de gebroken neus die Raylan hem had bezorgd, en van de vele hondenbeten. En van de hersenschudding, het gebroken been, de verbrijzelde elleboog en de inwendige verwondingen die hij had opgelopen door zijn val.

Er was haar verzekerd dat hij de rest van zijn leven in de gevangenis zou doorbrengen.

Zijn zus brak tijdens haar verhoor en legde een lange, gedetailleerde verklaring af vanuit haar ziekenhuisbed, inclusief zijn bekentenis dat hij hun moeder had vermoord. Gezien de omstandigheden zouden er geen aanklachten tegen Nikki Bennett worden ingediend.

En gezien de omstandigheden prees Adrian zich gelukkig en gezegend dat ze niet meer dan een paar blauwe plekken, builen en schaafwonden aan de confrontatie had overgehouden.

Ze had eerst een hele poos met de politie gepraat en daarna met de FBI, en ze had (voorlopig) geweigerd om vragen van de pers te beantwoorden.

Het enige wat ze wilde was alles achter zich laten en de draad van haar leven weer oppakken.

Ze zat aan de achterkant van het huis, zo ver mogelijk weg van de plek waar de werklui de balustrade van de bovenste veranda herstelden en de met bloed bevlekte planken van de onderste veranda vervingen. Nog meer om dankbaar voor te zijn, dacht ze, aangezien die mannen ongevraagd waren gekomen zodra de politie het huis had vrijgegeven.

Dus nu zat ze met haar twee oudste vriendinnen aan de limonade. Jan en Mimi zwaaiden de scepter in de keuken en maakten god mag weten wat klaar in wat door Monroe was uitgeroepen tot de fanatiekste kookwedstrijd van de wereld.

Monroe, dacht ze, haar lieve vriend, een man die nog nooit zijn stem had verheven, behalve wanneer hij zong, was op zijn blote voeten door glasscherven gelopen om haar te hulp te schieten.

Ze keek over het aflopende gazon in de richting van de bergen, over de daken en overdekte bruggen van Traveler's Creek. 'Volgens mij is dit het mooiste plekje op aarde.'

'In elk geval één van de mooiste,' beaamde Teesha. 'En ik zeg nog maar eens dat Hector en Loren best bij mij kunnen logeren zodat jij vanavond wat rust en ruimte hebt.'

'Ik vind het fijn dat ze er zijn. En ik vind het echt geweldig dat ze op stel en sprong zijn gekomen. Ik wist wel dat ze dat zouden doen. Ze wilden gewoon met eigen ogen zien dat alles goed met me is.' Hoofdschuddend keek ze Maya aan. 'Wat ik niet kan geloven is dat Joe hen heeft overgehaald om te gaan vissen.'

'Hij was geschokt tot in het diepst van zijn ziel toen hij hoorde dat ze allebei nog nooit een dobbertje hadden uitgegooid. Joe heeft gezworen dat we vanavond verse forel kunnen grillen.'

'En het was ook ontzettend lief van hem dat hij Phin, Collin en Bradley heeft meegenomen,' voegde Teesha eraan toe.

'Hij had Mariah ook willen meenemen, maar die zei…' Maya zette haar ongelovigste gezicht op. '… "Waarom zou ik gaan vissen, Joe? Wormen zijn slijmerig." God, ik ben echt gek op dat kind.'

'Ik ook.' Adrian zuchtte. 'En ik ben gek op ons wereldje.' Ze keek naar het deel van de tuin waar Sadie en Jasper dicht tegen elkaar aan lagen te slapen. 'In alle opzichten.'

Lina kwam naar buiten met een glas in haar hand waar al ijsblokjes in zaten. Ze liep naar de tafel, pakte de kan met limonade en schonk het glas vol. 'Ik ben de keuken uitgestuurd,' zei ze terwijl ze ging zitten. 'Ze hebben me bestempeld als onhandig en ongeschikt. Mariah mocht wel blijven en zij helpt nu met het bakken van koekjes in de vorm van hartjes. Ze hebben me ronduit afgewezen.'

'Dan is het maar goed dat je niet van koken houdt.'

Lina knikte naar Adrian. 'Ja, zeg dat wel. Jouw Monroe mocht ook blijven,' zei ze tegen Teesha. 'Na een felle discussie mag hij de gevulde eieren klaarmaken.'

'Hij maakt de lekkerste gevulde eieren die je ooit hebt geproefd.'

'Hij, Jan en Mimi zijn in druk gesprek over hoe je de eieren moet koken om ze het makkelijkst te kunnen pellen.' Lina begon te lachen. 'Ik ben maar wat blij dat ze me hebben weggestuurd.'

Maya en Teesha wisselden een blik van verstandhouding.

‘Laten we even bij de baby’s gaan kijken,’ zei Maya terwijl de vrouwen tegelijk overeind kwamen en Teesha de babyfoon pakte.

Lina keek hen na toen ze naar binnen gingen. ‘Dat zijn goede vriendinnen van je. Ik weet hoe het is om goede vrienden te hebben. Ik ken Mimi al bijna mijn hele leven. Harry en Marshall ook, hoor. Maar Mimi is echt een vriendin voor het leven.’

Ze keek Adrian aan en legde zacht een hand op de gekneusde wang van haar dochter. ‘Ik ga het niet allemaal weer oprakelen. Ik weet dat je het hele verhaal keer op keer hebt moeten vertellen. Net als na Georgetown. Maar ik wil graag even kwijt dat ik innig dankbaar ben voor je kracht, je moed en je slimheid.’

‘Veel daarvan heb ik van jou geërfd.’

‘Die dingen heb je je allemaal zelf bijgebracht. Die ene dag in Georgetown dacht ik: dit voorval zal niet bepalen wie ze later wordt. En ik zal mezelf er ook niet door laten bepalen. Maar haar zeer zeker niet, dat zal ik niet laten gebeuren. Dat is ook niet gebeurd, maar het is ook nooit helemaal verdwenen. Ik hoop dat het nu wel kan verdwijnen.’

‘Dat kan het en dat zal ook gebeuren.’

‘Al die vrouwen, Adrian, al die andere vrouwen, en jij ook bijna. Ik heb mezelf keer op keer afgevraagd wat ik anders had kunnen doen om dit allemaal te voorkomen.’

‘Niets, mam.’ Ze legde een hand op die van Lina. ‘Niets. Hij lijkt niet alleen qua uiterlijk op zijn vader, maar hij heeft ook dezelfde afwijking, dezelfde verkniptheid. Ik heb het gezien, in hen allebei. Mijn bestaan alleen al wekte woede bij hen op. Hij zei iets tegen me. JJ, bedoel ik. Hij zei dat hij niets van zijn vader in mij herkende. Nou, ik ook niet. Ik ben door en door een Rizzo.’

‘Nou en of.’

Sadie hief haar kop op en Jasper deed vrijwel direct hetzelfde.

‘Dat is Raylans auto. Hij zei dat hij nog een paar dingen moest doen. Ik neem aan dat hij daar nu mee klaar is.’

Toen de auto over de top van de heuvel kwam, stond Lina op en stak het gazon over. Ze liep naar Raylan en sloeg haar armen om hem heen. Ze zoende hem op beide wangen en liep toen weg.

Raylan bleef even staan, ontroerd en verward, voordat hij doorliep naar de veranda.

'Ze is niet iemand die vaak knuffelt, dus je hebt zonet iets bijzonders meegemaakt,' zei Adrian tegen hem.

'Zo voelde het ook.' Teder legde hij zijn hand onder haar kin en bestudeerde haar gezicht. 'Cobalt Flame, je hebt een flinke opdoffer gekregen.'

'Jij ook, Arendsoog.'

'Maar samen hebben we de slechterik verslagen. Met wat hulp van onze vrienden. Dus heb ik een cadeautje voor ze meegenomen.' Hij ging zitten en haalde twee halsbanden uit de tas die hij bij zich had. Een felrode en een felblauwe. Hij gaf ze aan Adrian.

Ze las de inscriptie. 'Mevr. Sadie Wells. Dhr. Jasper Rizzo.'

'Ik dacht: laten we het officieel maken met gedeelde achternamen.'

'Wat een vreselijk lief gebaar. Hier, Sadie. Laten we je jouw nieuwe sieraad omdoen.'

'En dan even over ons tweeën,' ging Raylan verder terwijl Adrian de honden hun oude halsband afdeed en hun nieuwe omdeed. 'Volgens mij moeten wij het ook officieel maken.'

'Wat?' Ze keek hem glimlachend aan, maar toen hij haar diep in de ogen keek, knipperde ze even met de hare. 'Wat?' herhaalde ze.

'Ik had je meer tijd willen gunnen. Heel veel tijd. Maar... dat kan ik niet. Bepaalde momenten zijn belangrijk, op sommige momenten verandert alles. Ik wil geen tijd meer verspillen. Ik hou van je. Ik hou van wie je bent en van wat je bent. Ik verlang naar je en ik heb je nodig. Dus trouw met me. Laat mij met jou trouwen. Laten we een gezin vormen.'

'O, Raylan, we raken er net een beetje aan gewend dat we...'

'Aan verliefdheid kun je nooit gewend raken. Niet echt. Ik ben een man die van zijn gezin houdt, Adrian. Ik ben goed in getrouwd zijn.'

'Ja, dat is waar. Dat ben je. Dat was je. Dat ben je. Ik weet alleen niet of ik er ook goed in zal zijn.'

'Jij leert heel snel. Ik weet dat ik al kinderen heb, maar die zijn dol op jou. We zouden samen nog meer kinderen kunnen nemen, als je dat wilt.'

'Meer kinderen?'

'Als je dat wilt. We zijn allebei goed met kinderen, maar je moet ze wel willen.'

'Ik moet gewoon even...' Ze stond op, liep naar de balustrade en keek de tuin in.

Een huis vol, dacht ze. Een huis dat was gebouwd voor een familie, voor kinderen. Een huis dat haar was nagelaten. Haar erfenis.

'Ik heb altijd kinderen gewild,' mompelde ze.

'Deel de mijne dan met me. Of maak er nog meer met mij. Word mevrouw Adrian Wells, dan word ik meneer Raylan Rizzo.'

'Typisch iets voor jou om me op zo'n moment aan het lachen te maken.' Ze deed haar ogen dicht. 'Toen Sadie mij niet kon bereiken, wist ze waar ze naartoe moest gaan. Naar jou en naar Jasper. Ze had hulp nodig en ze wist waar ze die moest halen. Ik weet ook waar ik naartoe moet als ik hulp nodig heb.' Ze keek hem aan. 'Ik zal altijd naar jou gaan.'

Hij ging staan, liep naar haar toe en pakte haar handen. 'We kunnen morgen trouwen of morgen over een jaar. Jij mag bepalen wat voor bruiloft je wilt.'

Hij stak zijn hand in zijn zak, haalde er een doosjc uit en klapte het dekseltje open. En hij nam er een ring uit.

Geen opzichtige, dacht ze. Hij wist dat ze niet van opzichtig hield. Een eenvoudige ring van witgoud met diamantjes in een kanaalzetting.

'Maar ik hoop wel vurig dat je nu ja zult zeggen. Alle andere dingen zijn details. Maar wij zijn ook goed met details.'

'Je hebt echt de volmaakte ring uitgezocht voor iemand als ik. Voor iemand die doet wat ik doe, voor iemand die is zoals ik.'

'Ik weet wie je bent. Ik hou van wie je bent. Zeg ja.'

'Ik hou ook van wie jij bent.' Ze keek in zijn prachtige groene ogen en legde een hand op zijn wang die, net als de hare, ook blauw was. 'Je hebt een keer tegen me gezegd dat je niet had gedacht dat je zoiets ooit nog eens zou voelen. En ik dacht niet dat ik zoiets überhaupt ooit zou voelen.'

'Is dat een ja?'

'Ik heb eerst een vraag voor je.'

'Laat maar horen.'

'Hoe snel kunnen jij, de kinderen en Jasper bij me intrekken?'

Glimlachend nam hij haar gezicht in beide handen. 'Schikt het morgen?'

'Je zult het eerst aan hen moeten vragen.'

'Heb ik al gedaan, toen jij vanochtend je work-out deed.' Hij drukte zijn lippen eerst op haar voorhoofd en daarna tegen haar handen. 'Zij houden van je. Ik hou van je. Zeg ja, Adrian. Zeg gewoon ja.'

Zo eenvoudig was het eigenlijk, dacht ze. Zo fijn.

Ze zou altijd voor hem kiezen. Misschien was hij al die tijd al de ware geweest.

'Ik hou van hen. Ik hou van jou. Ja, Raylan. Gewoon ja.'

Toen hij haar een kus gaf, langzaam en intens, toen hij de ring om haar vinger schoof, voelde ze alles in haar leven op zijn plek vallen.

En toen ze haar armen om hem heen sloeg, dacht ze opnieuw: Dit is het mooiste plekje op aarde. En nu is het van ons allebei.

* De vertaalde dichtregel in hoofdstuk zes komt uit: *Een bezoek van Sint Nicolaas* – 'Het was de avond voor het Kerstfeest' van Clement C. Moore, vertaald door Martin Hulsenboom.